吉志 / 著

SHUANG JIAO 双娇

百花洲文艺出版社
BAIHUAZHOU LITERATURE AND ART PRESS

图书在版编目（CIP）数据

双娇 / 吉志著 . -- 南昌 : 百花洲文艺出版社，
2020.1

ISBN 978-7-5500-3672-7

Ⅰ . ①双… Ⅱ . ①吉… Ⅲ . ①长篇小说—中国—当代
Ⅳ . ① I247.5

中国版本图书馆 CIP 数据核字（2020）第 009861 号

双 娇 <small>吉志 著</small>

出 版 人	章华荣
责任编辑	杨 旭
装帧设计	文人雅士
出 版 者	百花洲文艺出版社
地 　 址	南昌市红谷滩新区世贸路 898 号博能中心一期 A 座 20 楼
电 　 话	0791-86895108（发行热线）0791-86894717（编辑热线）
邮 　 编	330038
经 　 销	全国新华书店
印 　 刷	廊坊市海涛印刷有限公司
开 　 本	710 毫米 ×1000 毫米　1/16
印 　 张	27
版 　 次	2020 年 9 月第 1 版第 1 次印刷
字 　 数	428 千字
书 　 号	978-7-5500-3672-7
定 　 价	96.00 元

赣版权登字　05-2020-14

网址：http://www.bhzwy.com
图书若有印装错误，影响阅读，可向承印厂联系调换

目 录
CONTENTS

◢◣ 第1章 ◢◣
情断求职路

　　大学临近毕业，在毫无征兆的情况下，蓝天突然提出分手。杜玉娇不知缘由，自然是不依不饶，3年的感情，说断就断，等于用刀子捅她的心！

　　她什么都给了他，还为他做了一次人流。之前，两人多次商量，一参加工作就领结婚证。她甚至设计好了穿什么样的婚纱，戴什么样的钻戒。想不到，她的美梦被他扼杀在摇篮里。

　　她质问他为何分手？他只说缘分尽了。

　　缘分尽了？她不相信，背后肯定另有原因。他父母哥嫂一直看好她，他更是迷恋她。除家庭短板，她外貌、气质、才华卓尔不群，被称为女人中的精品、男人的毒药。大学4年，她的追求者可排成一公里长队，其中不乏公子哥儿和学生会的精英。她最终选择他，只因他体贴入微、善解人意、才貌双全，所以才被吸引。没想到，她挑三拣四，到头来还是挑了个负心郎。

　　她不甘心无缘无故被甩，决定奋力一搏，为尊严、为爱情、为面子战斗到底。她心里清楚，当今社会，女人，在爱情游戏中永远是弱者，要么远离，要么坚守，一旦玩上，就要死守阵线，直至鱼死网破，或同归于尽。

　　她丢下找工作等一应事项，神经兮兮地暗中跟踪蓝天。谁知蓝天早有防范，她盯了半月，效果全无。后来，还是闺蜜褚南娇发现了蛛丝马迹。蓝天为了所谓的理想前程，跟云江省港口集团公司老总的女儿谈起了恋爱。杜玉娇认识这位千金——外语系的龙晨曦。两人均是文学社成员，龙晨曦爱好诗歌，杜玉娇爱好散文。同在一个社团，她们本应常常华山论剑，一论高低，可龙晨曦心高气傲，不把出身低微的杜玉娇放在眼里，几年里，两人除了打个照面，从未正经说过一句话。

对闺蜜提供的消息，杜玉娇有一万个理由不相信。蓝天的家庭背景在她眼里是百里挑一，他父亲是县财政局局长，母亲是县工商局局长，他找工作如同探囊取物，咋会降低条件舍本逐末？龙晨曦属"不出众"的一款，除了身材尚可，脸上毫无动人之处，最要命的是她左腕有一块深紫色伤疤，常年不敢示人，据说是幼年被开水烫伤。或许是这一缺陷，她身边总不见护花使者。

杜玉娇在褚南娇陪同下找蓝天理论，蓝天没有否认，叫她不要多管闲事。

杜玉娇一时情绪冲动，破口大骂："流氓、无赖、恶棍、色狼、陈世美，你不得好死，迟早要遭雷劈……"凡能想到的恶语，悉数倾泻。

蓝天早有思想准备，任凭她发泄，只将头低下。

杜玉娇骂累了，扑在褚南娇身上号啕大哭。

褚南娇为闺蜜打抱不平，斥责蓝天："你们恋爱3年，经受了时间考验，咋说散伙就散伙呢？这样做太过分了！你想过后果没有，多伤玉娇的心，这等于置她于死地。我警告你，玉娇如有不测，我不会放过你。"

蓝天不解释，不争辩，只一个劲地说："对不起，对不起。"

"你一定要说清楚，为什么要抛弃玉娇？龙晨曦有什么好，比不过玉娇一个小指头。难道仅仅是为了留省城，为了找个好单位，是否还有别的原因？"褚南娇揪住不放。

蓝天依然不解释，淡淡地回道："没什么好说的，缘分尽了。"说罢，将头扭向一边，一副与己无关的样子。

室友对杜玉娇的遭遇愤愤不平、怒不可遏，一致认为要帮她讨回公道。有室友撑腰，褚南娇跃跃欲试、摩拳擦掌，要为闺蜜出口恶气。5个昏了头的女人顿时像5只斗公鸡一样昂首挺胸，争先恐后地向龙晨曦宿舍涌去。

宿舍里只有龙晨曦一人，5人围了上去，叽叽喳喳地怒斥不止。

这个说："龙晨曦，要不要脸？明明知道他俩在谈恋爱，还插上一杠。"

那个道："你有没有道德观念？无耻之徒。"

这个羞："你丑八怪一个，有什么资格做第三者？"

那个骂："巫婆，害别人，最终害自己。就你这副嘴脸，人家蓝天真会看上你吗？识相吧，滚得远远的。不然的话，叫你手上再现一块伤疤。"

5人一边怒斥，一边推来搡去，把龙晨曦弄得像只陀螺。龙晨曦则不屈不挠，紧闭双唇，一脸愤慨，几次跌倒，几次爬起。

闹腾一阵，见羞辱的目的达到，5人呼啸而去。临走时，褚南娇还狠狠地向龙晨曦脸上吐了一口痰。

褚南娇以为煞了龙晨曦的威风，得意忘形地向杜玉娇报功。杜玉娇觉得没那么简单，依然沉浸在失恋的痛苦中。

龙晨曦是家里的长女，从小练就了能屈能伸和睚眦必报的刚毅性格。如果形容褚南娇是狼，那么龙晨曦则是虎。虎狼相争，必有好戏。然而，龙晨曦认为真正的狼是杜玉娇而不是褚南娇。她要向狼讨回血债。

龙晨曦极其夸张地向蓝天倾诉了遭遇羞辱的全过程，一把鼻涕一把泪地演绎得感天动地。蓝天气得咬牙切齿，终是忍而不发，一边是初恋，一边是新宠，天平无法向谁倾斜。从内心讲，他确实亏欠杜玉娇，让其发泄一下，亦在情理之中。

在蓝天那儿讨不到令箭，龙晨曦决定亲自出马，这口恶气不出，以后还怎么在男人的前女友面前混？

堂哥龙少华接到她的电话豪气干云："晨曦，放心，我把杜玉娇的脚筋剁断，再放干她的血，让她以后永远匍匐在你的脚下。"

三天后，泪水流干的杜玉娇勉强走出校园，与褚南娇重新踏上求职之路。晚上，当她们拖着疲惫不堪的身子走下公交车，两个彪形大汉挡住去路。未等她们开口，雨点般的拳头顿时落在身上……

杜玉娇住进了医院，断了两根肋骨。

褚南娇代杜玉娇报了案，直指蓝天雇人行凶，理由很直接，感情纠葛，挟愤报怨。

蓝天知情后迅速赶到医院，向两人赔罪悔过，要杜玉娇撤案，赔偿私了。他清楚这一后果的严重性，弄不好拿不到毕业证书，自己虽然没直接参与，但导火索是他，属同案犯。

杜玉娇先是伤心，后又伤身，旧恨新仇，痛苦叠加，对他的道歉嗤之以鼻，暗暗发誓要让他付出沉重代价。

做不通杜玉娇的工作，蓝天低三下四地向褚南娇求情。褚南娇当然不理会，恶狠狠地迁怒："看你找的什么人，跟黑社会有何区别？"

蓝天不便解释，不管谁对谁错，动手打人就是大错特错。龙晨曦纵有一百个对的理由，雇人行凶就输了理、犯了法。

云江省港口集团公司总经理龙旺盛精通法律，深知女儿报复行为铸成大错，私下动用各种关系，以期大事化小，小事化了。随后，学校党委副书记、系主任、派出所所长纷至沓来，给杜玉娇做工作。面对各种压力，杜玉娇面不改色心不跳，坚持要将凶手绳之以法。然而，最终的结果却是不了了之，杜玉娇被迫领了一笔赔偿金，蓝天和龙晨曦作了一个书面检讨。

经此一役，杜玉娇和蓝天结下梁子，成为生死对头。

～✿ 第2章 ✿～
欢 愁 两 端

杜玉娇失恋后，本应改弦易辙，离开伤心之地，可她发誓在哪跌倒在哪爬起来，暗中与蓝天较劲，一比高低。虽说有赌气的成分，但确实是她的志向与理想。

褚南娇不愿与程序回老家，执意与杜玉娇一起留省城。她与程序是高中同学，两人一同考入大学。褚南娇对程序，像猴子捡了块姜，若即若离地交往着。杜玉娇劝她放弃，可她愣是下不了决心。程序对她有情有义，只是想法和节奏和她不在一个频道上。拿就业观来说，程序喜欢慢节奏的小城市，稳定、安逸，没有危机感。褚南娇则向往大城市，勇于挑战和冒险。褚南娇经常开导程序："男子汉要敢于扑进大海，敢于搏击风浪，敢于开疆拓土，敢于面对艰辛，如果图享受、避风浪、求安逸，难成气候，永远是井底之蛙。"褚南娇啰唆多了，程序干脆三缄其口，或顾左右而言他。在毕业去向上，两人不知吵了多少回，谁也说服不了谁。程序在江水县建设投资公司谋了个职位。离校那天，褚南娇送他，见他兴高采烈的样子，心里不是滋味。程序却说："如果在云都找不到工作，早点回来。等我一稳定，就帮你找单位。要知道，我们的根永远在江水，大都市再好，跟我们没一毛钱关系。"褚南娇不便说什么，躲在一边轻拭泪水。

蓝天如愿以偿进入云江省国信集团公司。国信集团是云江省大型国有企业，业务涵盖信托和实业两大块，总资产达两千亿，尤其是实业覆盖面广，在交通、电力、煤炭、钢铁、水泥、铝业、旅游、商业等领域均有涉足，而且体量较大。蓝天作为云江大学经济系毕业生，能进入万人向往的大型国企，着实让人羡慕不已。

报到那天，龙晨曦陪蓝天同去。他们先去拜访总经理邵忠良。邵忠良一表人才，俊逸硬朗，风度翩翩，具有赵丹范儿。邵忠良握住蓝天的手，亲切地说："小蓝，欢迎加入国信集团。我与旺盛商量好了，你先去旅游公司锻炼，等熟悉业务后再到公司本部。"

蓝天忙不迭地点头哈腰："谢谢领导，谢谢领导，我决不辜负领导的期望。"

邵忠良招呼两人到沙发上坐。办公室秘书进来泡上两杯茶，随即退了出去。邵忠良与他俩寒暄一阵，然后感慨地对龙晨曦说："晨曦，还是你行，要么没动静，要么弄出大动静来。蓝天是个好小伙子，祝贺你！我给你个任务，劝劝邵芳，叫她不要一天到晚疯疯癫癫，老大不小了，该收收心，考虑自己的终身大事。"邵芳是邵忠良的独生女，思想前卫，独来独往，去年大学毕业，从未正经处过男朋友，令他头疼不已。

龙晨曦灿烂一笑，得意扬扬地说："好的，邵叔叔，我一定好好劝劝芳姐。"

龙晨曦比邵芳小一岁，两家同住省府大院，来往频繁，从小就是好朋友。虽然龙晨曦小一岁，但块头比邵芳大，似男孩子性格，爱打抱不平，反而成为邵芳的保护神。

邵芳长得小巧玲珑、美艳秀丽、皮肤白皙，尤其是一双顾盼有情的眼睛，令无数少男神魂颠倒。初三起，就有不少情种围在她身边转，这渐渐养成了她冷艳孤傲的性格。但对高富帅，她却来者不拒，和她们打得火热。有时碰上无赖，她求助龙晨曦，龙晨曦立马出手帮她摆平。因而，邵芳对龙晨曦格外倚重。

邵忠良掏出一支烟，点燃猛吸几口，叹声气："她现在越来越不像话，老跟我顶牛。前不久，给她介绍一个研究生，面都不见，说什么不用我操心。好呀，不用我操心，正经交一个男朋友给我看看。"

龙晨曦清楚，邵芳身边不缺男朋友，换男朋友如换衣服一样勤。这种人生态度，她不敢苟同，亦不反对，毕竟人家有资本，魅力无限。如果换成她，天生丽质，吸爆眼球，同样也会深陷其中。哪个男子不钟情，哪个女子不怀春？人，都是兽性动物，肾上腺皮质激素大同小异，只不过想法和自制力不同罢了。

　　龙晨曦笑笑，劝道："邵叔叔，芳姐还年轻，条件又那么好，还怕找不到如意郎君吗？就像选鞋一样，哪双合脚，哪双不合脚，只有她自己清楚。也许缘分没到，缘分一到，挡都挡不住。"

　　邵忠良摇摇头："罢了，不说她，还是任其自然吧。"说罢，拿起话机给人力资源部主任余兴打电话。

　　一会儿，余兴敲门进来。邵忠良作了介绍，交代余兴给蓝天办完报到手续亲自带他到旅游公司去。

　　旅游公司有自己独立的办公大楼，耸立在云江边上，属云都市繁华地段。总经理卫星、党委书记皮树德已在公司恭候。对邵忠良关照的新进员工，他们不敢怠慢。卫星从骨子里瞧不起关系户，但又不得不曲意逢迎表面应付。他有陶渊明的傲气，却没有陶渊明的骨气，空有一副明达清高的皮囊。卫星跟蓝天握过手后公事公办地敷衍："按邵总要求，把你安排在项目开发部。好好干，不要辜负邵总的期望。"

　　蓝天把头点得像啄米的鸡："谢谢领导器重，我一定不辱使命。"

　　皮树德的态度却迥然不同，热情洋溢，握住蓝天的手摇了摇，亲切地说："小蓝不错，一表人才，天阔地方，有将军相。来，到我办公室坐坐。"

　　皮树德办公室装修一般，墙壁上挂了几幅字画，其中有幅"忠良树德"是邵忠良的墨宝，笔走蛇龙，苍劲有力，有毛体风骨。"忠良树德"恰好把他俩的名字嵌入，字明意远，含义深刻，既传承了国学，又彰显了企业精神。

　　见蓝天驻足观看和细心品味，皮树德带着敬仰的口吻说："邵总博古通今、思想深邃，堪称大家，是我们学习的榜样。以后你会领悟到，在邵总'忠良树德'的思想感召下，你的境界和品质会提升很快。国信集团不仅仅是国企，更是一座思想和精神的大熔炉。"

　　龙晨曦一旁插话："邵叔叔酷爱读书，家里飘的都是书香。"

　　蓝天哦了一声，顿时肃然起见，奉承道："我能感受到，邵总思想高远，魅力无限，既是我们做人的楷模，又是我们事业的导师。"

　　皮树德亲自泡了两杯龙井，招呼两人沙发上坐。刚一坐定，皮树德就向蓝天介绍旅游公司的基本情况。旅游公司是国信集团的重要子企业，账面资产180亿，投资开发了多个旅游区、旅游地产、商业地产、酒店、客运、旅行社等，赢利能力较强。皮树德最后总结："旅游公司发展前景远大，企业管理井井有条，党建工作有声有色，企业文化独树一帜。虽说资产总量不靠前，但人员总数却占大头。管理上最头痛的是人，人多问题多、矛盾多、是非多，稍有不慎，闹出个打架或死人事件，叫你急着救火不说，还落个管理松驰、责任不到位的罪名。这些年，由于我们工作到位，未出现一起责任事故，年年被评为集团党建先进单位、安全标兵、企业管理红旗等。"

听了皮树德的介绍，蓝天热血沸腾、激情四射，感到自己找到了一个好平台，融入了一个大家庭，暗暗发誓要在这个好平台上一展身手、独领风骚。他恰到好处地向皮树德表忠心："皮书记，以后我就是您手上的一枚棋子，把我摆到哪里，我就在哪里发挥应有的作用，决不给您丢脸。"

皮树德满意地点点头，把他带到项目开发部，跟部门主任裘平安交代几句就离开了。

裘平安高个子，一副憨厚相，40多岁年纪，简单跟蓝天聊了几句，就领他到办公室。办公室坐着4个青年男女。裘平安一一向蓝天作介绍，当介绍庄诗文时，打趣道："她是我们公司的大美女，你与她坐对桌，今后，就是冤家对头。"

蓝天弯弯腰，向庄诗文伸出手："多多关照。"

庄诗文嫣然一笑："互相关照。"

裘平安介绍完，对蓝天说："小蓝，今天就算正式上班，以后，你就协助庄诗文负责旅游和酒店的投资与监管。"又交代庄诗文，"小庄，做好传帮带。"

庄诗文爽快地应道："好嘞，请领导放心。"裘平安一走，她对蓝天诡秘一笑，"果然与众不同。"

蓝天不知"果然与众不同"的含义，只当是一句调侃，对庄诗文友好地笑笑。

晚上，龙晨曦父母在高档酒店摆了一桌家宴，庆祝女儿与准女婿正式参加工作。龙晨曦三天前就到云都市宣传部报了到。当龙晨曦和蓝天赶到酒店，父母和弟弟已在包厢等候。弟弟已是大一学生。姐弟俩长相南辕北辙，弟弟帅气，遗传母亲基因。当姐弟俩成人时，做母亲的没少唉声叹气，老说两人调了个。是呀，男孩子长得一般，没人在意。女孩子长得不起眼，就会让父母操碎心。当女儿传来好消息，做父母的不知有多高兴，第二天就约见了蓝天，当即拍板将好事定下。龙旺盛问了蓝天的求职要求，马上表态将蓝天安排到云江省最大的国有企业国信集团。邵忠良与龙旺盛是发小，两人高中毕业一同下放，1977年一同考上大学。大学毕业，一个进了省政府办公厅，一个进了省交通厅。后来，两人仕途一帆风顺，又先后到国企任总经理。

虽是家宴，却十分丰盛，全是高档菜。酒，上的是30年陈酿茅台。蓝天平生第一次接触如此珍贵的佳酿，既惊喜又感慨，放开酒量与龙旺盛父子豪饮。

上班第二天，蓝天搬进龙晨曦家。龙晨曦家占据一个单元楼层，一套三居室和一套两居室，装修时两套房打通，成了五室两厅。他躺在宽敞的花梨木床上，思绪万千，无法入眠。对他来说，走出这一步实属不易，亦是一个大跨越，如果固守所谓的爱情，人生路肯定是弯弯曲曲与困难重重。他庆幸这条路走对了，否则，如同杜玉娇、褚南娇一样成为没头苍蝇，不知何时才能踏上征途。

_____ 第 3 章 _____
委 曲 求 全

　　杜玉娇、褚南娇确实做了几个月的没头苍蝇，云都国企和几家大民企没一家青睐她们。凡大企业有招聘信息，她们必全力以赴去应聘。奇怪的是，笔试成绩再好，一到面试就遭遇滑铁卢。慢慢地，她们悟出一个道理，大企业招聘过程水深与潜规则多。碰过无数次壁后，她们降低标准，委曲求全，先找碗饭吃，再徐图求变。

　　降低了求职标准，应聘范围自然宽广许多，先后有多家小公司向她们表达了接受意愿。杜玉娇选择了云江人医疗器械公司秘书岗位。褚南娇选择了天全智能电器有限责任公司市场开发部销售员岗位。她们之所以选择还在创业路上的小民企，是看好企业的未来，因为两家企业的宣传语中都有"力争10年内上市"的豪言壮语。她们相信，没有野心的企业，不是好企业。

　　云江人医疗器械公司总裁江明对杜玉娇的加入十分高兴，不仅欣赏她的美貌和气质，更看好她的亲和力和应变能力。

　　虽是秘书岗，实际是江明的大总管，公司里里外外都要她照应。杜玉娇一时反应不过来，一个新入职员工，还未进入状态，就要独挑重担。好在她的适应能力强，进入角色快，江明布置的每项工作她都有条不紊地按质按量完成。最让她惊讶的是，有些重要应酬，江明还会带上她。

　　开始，她有点不适应，老遭到男人不怀好意地起哄。这时，江明就会正告他们："各位，请手下留情，不要祸害纯情少女，人家才大学毕业。"接着是哄堂大笑，令她无地自容。

　　她最忍受不了的还是经常碰上咸猪手，喝到兴奋时，个别男人装疯卖傻地抓住她的手不放，嚷着要喝交杯酒，不答应就拍肩摸臀，甚至袭胸，羞得她想溜。事后，她跟江明发牢骚。江明表面骂两句，劝她不要当回事，说现在场面上都是这个样子，见怪不怪，习惯了就好。

她开始萌发辞职念头，跟褚南娇说："看来，我不适合这份工作。"

褚南娇不以为然，骂她过于矫情，不留情面地斥责："拉倒吧，以为你还是大姑娘？现在世道就这个样子，想纯洁，好啊，到莫尔的城邦去，那里是梦想的天堂，个个绅士彬彬有礼。可现实中哪有这样的城邦？个别人碰碰摸摸，没少什么，有啥可怕。只要守住底线，啥都不是事。江明说得对，习惯了就好。前几天，我公司一位女业务员，在酒桌上装疯，跟那些男官员搂搂抱抱，只差滚床单。结果怎样，人家一根汗毛没少，硬是把最棘手的事给办了。现在还那么矫情，倒霉的是自己，弄不好饭都没得吃。"

杜玉娇被骂醒，半天说不出一句话，仔细想想，世道就是这个样子，如果还在乎所谓的纯洁，假装高尚，势必是孤家寡人。

从此，她把自己解放出来，不再纠结那些无厘头之事，大大方方地跟那些油滑男打情骂俏。这一巨大变化，令江明喜不自胜，他庆幸自己添了一员大将。

有天上午，江明特别交代："玉娇，你把手头的工作放放，代我坐镇皇冠酒店，督促他们全力以赴做好晚上的重要接待。记住，所有食材必须新鲜保质，你要亲自把关。"

平时接待任务一茬接一茬，从未见老板这么上心，想必今晚来的是厅长或处长，于是杜玉娇就响亮地回道："好，老板，您放心，我一定把两只眼睛当四只眼睛用。"

临近下午下班时间，江明迈着急匆匆的步伐走进酒店厨房，仔细查看已准备妥当的食材，确信无疑才叫她一同去迎接客人。

在酒店大厅，江明踩着囊（tuó）囊的脚步来回踱步，一会儿看手机，一会儿瞧瞧大堂门外，一副兴奋和着急的样子。在杜玉娇的印象中，老板第一次怀着无比期盼的心情等待客人。她心想，这位客人一定是个重量级人物，对老板未来发展影响巨大，今晚要恰到好处地陪好喝好，给老板增光添彩。

不一会儿，门外传来一阵汽车声，江明三步并两步奔了过去。江明刚在大堂外廊站定，一辆奔驰滋的一声停在面前。他赶紧拉开后座车门，用手挡住车门顶，激动地说："魏总，欢迎光临！"

魏总跨出车门，与江明热情地握了握手，笑道："江总越发精神了，你看，印堂放光。"

杜玉娇瞧着心里发笑，因为这位魏总与江明站在一起形成巨大反差。魏总个头不高，大腹便便，肥头大耳。江明呢，人高马大，玉树临风，像电影明星。见他们走来，杜玉娇抿住笑，向魏总伸出兰花手，甜甜地说："魏总，欢迎大驾光临！"

魏总未做出握手反应，扭头凝视江明。

江明马上介绍："杜玉娇，我的秘书。"

魏总指着江明说："咦，好个江总，金屋藏娇哪，以前咋没见过呢？"

江明忙解释："云江大学经济系高才生，到公司时间不长，写得一手好字，精通文墨，是我公司的笔杆子。"

"哦！"魏总满脸堆笑，伸手跟杜玉娇用力一握，"好一个多才多艺的美人儿，看来云江人医疗器械公司这颗梧桐树长大了，引来了美丽的凤凰。"说罢，两人哈哈大笑。

笑毕，江明交代杜玉娇："魏总还有3个朋友，等会把他们领上来。"然后拥着魏总往楼上走。

魏总右脚跨上台阶，忍不住回头又瞅杜玉娇几眼，嘴里啧啧几声："江总，你的眼睛蛮毒嘛，这么靓的人也给招来了，不简单。"

江明点头哈腰："是，是，托魏总的福。"

大约过了半小时，魏总的朋友才到。杜玉娇将他们带到二楼豪华包厢，其中一个年龄稍大的说："魏总，按您的指示，百分之百搞定。"

魏总欣然笑道："好，辛苦了。"然后对江明解释，"生意上的事。现在的生意不好做。"

江明咧咧嘴，不解地问："魏总也有难处吗？"

魏总说："你以为我是省委书记的儿子？我的难处不比你少。好，人到齐了，开张吧！"

江明忙招呼大家上座。主位自然是让魏总坐了。江明坐魏总右手边，杜玉娇坐魏总左手边，其他3位各自选了位置。

杜玉娇坐下后，瞅了江明几眼，发现他对魏总十分谦恭。她心里想，魏总是哪方神圣？引得老板欣喜若狂鞍前马后。如果是厅长处长也罢，左不过也是生意场上的老总。"莫非他是老板的投资人？"这样一想，心里也就释然。公司要上市，战略投资者不可或缺。

服务员倒好酒，江明端杯站起，诚惶诚恐地说："魏总，感谢大驾光临，您的大恩大德小弟永世不忘。以后，云江人医疗器械公司的发展还得靠您大力支持。来，第一杯我喝干，魏总随意。"

魏总也站起，与江明的酒杯一碰："江总喝干，老兄自然不甘落后。"

第一杯酒喝完，江明用纸巾擦擦嘴，吩咐杜玉娇："小杜，魏总是我的贵人，你一定要陪魏总喝好。"

杜玉娇不敢怠慢，端起酒杯毕恭毕敬地敬魏总。魏总眯起眼睛说："小杜的酒一定得喝。"

但凡酒桌上有漂亮女性，喝酒气氛显然不一样，不但热闹非凡，而且高潮迭起。今晚自是不例外。魏总回敬后，其他3位嚷着要与杜玉娇过招。喝过一轮，江明英雄救美，孤身与3人奋战，用眼睛示意杜玉娇专心陪好魏总。杜玉娇点头领命，频频向魏总敬酒。喝到最后，魏总嚷着要与杜玉娇喝交杯酒。杜玉娇已不怯场，大大方方应战。魏总兴致勃勃，不断想出新招与杜玉娇喝酒，弄得她起码喝掉大半瓶茅台。

散场后，送走客人，江明大夸杜玉娇够味，给他赚足了面子，还亲自将她送回住处。

第二天上午，杜玉娇接到魏总电话，约她今晚到米琪大酒店喝酒，说昨晚没喝够。杜玉娇不敢贸然答应，怕江明怪罪，就编排今晚与闺蜜有约。魏总就说："那好，改到明天晚上，不见不散。"

放了电话，杜玉娇赶紧到江明办公室汇报。江明听后笑了笑："好呀，大好事，你得马上答应。"

杜玉娇一脸不悦，埋怨道："江总，他怎么会有我的电话？是不是您告诉他的。"

江明双手一摊："人家要，不能不给吧。"

杜玉娇甚觉好奇，问："江总，他是什么人，让您这么上心？"

江明诡秘一笑："肯定是大人物呗。"

"切，大人物。"杜玉娇贬损道，"长得稀松平常，没点风度，像黑社会老大。"

江明用手压压，正色道："小杜，人不可貌相，人家可是风云人物。他叫魏焘（tāo），云江房地产开发公司副总经理，涂省长的亲外甥。别看他不在党政机关，所有厅局领导和国企高管都熟悉。你不知道，有多少人想巴结他，没点能量的边都挨不上，我花了好长时间才攀上他。"手一挥，"去，你一定得去，痛痛快快地去，帮我搞定他，以后公司上了市，多给你些股份。"

有江明的鼓动与许诺，又是省长的亲外甥，杜玉娇心里多了几分念想。

次日下午，魏焘亲自开车来接，还帮她打开车门，给她系好安全带，甚为热情。

车子开动不久，魏焘瞟她一眼："小杜，你跟别人不一样。"

"哦，是嘛。"杜玉娇侧身望着他，好奇地问，"怎么不一样？"

魏焘逗道："你的眼睛会说话，好像有许多话要跟我说，所以，你得把话说透。否则，我的脑子不够用。"

"魏总，您真幽默。"杜玉娇被逗得哈哈大笑。

魏焘腾出右手拍拍她的大腿："真的，小杜，你跟别的女孩不一样，你的眼睛很特别，像深潭，会让男人魂不守舍地掉进去；又像毒箭，直接穿透男人的心脏，让人窒息而死；还像磁铁，会把男人的灵魂呼地一下吸走。"

她的美貌和气质常引发不少议论，多是用那些陈词滥调赞赏和归纳，俗不可耐。没想到魏焘却用不寻常的比喻来评价与称赞，叫她好不开心。

偌大的包厢空荡荡，半天不见人来，杜玉娇忍不住问："还有人呢？"

"没啦，就我俩。"魏焘点完菜，把菜谱交给服务员，微微一笑。

杜玉娇心里倏地一惊，单独宴请，不知摆的哪出鸿门宴？她端起茶杯猛喝一口，借以压压紧张的情绪。她脑子里倏地闪过褚南娇的劝告：只要守住底线，啥都不是事。是啊，怕他做甚？又不敢吃了我，只要不突破底线，他爱咋地咋地。她这样安慰自己，心里就放松许多，忍不住说了句俏皮话："本姑娘面子够大呀！"

"面子是够大，从来没哪个女孩在我面前摆谱。"魏焘做个鬼脸，"你是第一个。"

杜玉娇心里又是一惊，忙解释："昨晚确实跟闺蜜有约。"

魏焘眨巴双眼："你一个黄毛丫头，咋逃得过我的火眼金睛？"

"您、您有千里眼吗？"杜玉娇结巴起来，惊出一身冷汗。

魏焘拍拍她的肩："看把你紧张的，这是你的与众不同，我就喜欢你这种稳重性格。听江明说，你昨晚为了赶个材料，加了一晚的班。年纪轻轻，蛮敬业嘛！"

杜玉娇敷衍道："应该的。"心想，看来一切尽在他的掌握中。

菜陆续上来，都是高档菜品。她暗暗吃惊，不知何故如此隆重？

几杯酒下肚，魏焘盯着她说："小杜，有话尽管说，我魏某定助你一臂之力。"

杜玉娇晃晃脑袋，继而想起江明的交代，就笑道："对了，江总想把公司做成上市，请魏总鼎力相助哟！"

魏焘笑笑："不说江总，说说你的想法。"

"没有呀，魏总，真的没有想法。"杜玉娇认真回道。

"不对吧。"魏焘意味深长地说，"你的眼里满是话。俗话说，眼睛是心灵的窗户。如果你不愿说，我来猜。"

杜玉娇颇感好奇："行，你猜。"

魏焘用纸巾抹抹嘴，慢吞吞地说："虽说是女流，但心胸宽阔，志向高远，想干番大事业，只是苦于找不到路径，到云江人医疗器械公司仅是个过渡。"

没想到魏焘一眼看穿她的内心世界，令她倒抽口冷气。她生怕这种猜测传到江明耳内，忙否认："魏总，您猜错了，我想帮江总把公司做到上市，到时分杯羹。"说罢，自嘲一笑。

魏焘摇摇头，眼睛直视她："小杜，别在我面前演戏。我说过，你的眼睛很特别，满眼是话，懂你的人，能引起共鸣，不懂你的人，只当是调情。这说明什么呢？说明我们心有灵犀。"

杜玉娇被他直视得心里发虚，笑问："您是不是在我身边安了内线？"

"没有。"魏焘拍拍胸部，"向天发誓，我从未打听你的过去。是你的眼睛告诉了我一切。"

"不可能，您会看相？"杜玉娇半信半疑。

魏焘呵呵一笑："要说看相，我还真不会。我只相信缘分，不知为什么，前天一看到你，心跳得特别快，发现你是我梦寐以求的红颜。"

想不到他说话那么直接，羞得她满脸通红，忙低下头，两只手不知往何处放。开开玩笑，她不在意，但直接表白爱慕，就让她一时无法接受。她清楚，当今社会险象环生，陷阱遍地，弄不好坠入万丈深渊。她本能地摇摇头："不行，我们彼此不了解。"

魏焘又是呵呵一笑："我知道你会拒绝，早做好心理准备。不过不要紧，我们有的是时间。话说在前头，我看好你，会为你两肋插刀。一句话，你的事就是我的事。"

杜玉娇难以承受如此之重，心里忐忑不安，顿时陷入茫然。

第4章
接受橄榄枝

魏焘坚持送她回家。一路上，两人无话。到了出租屋，魏焘帮她打开车门，与她握握手，目送她进入单元门。

褚南娇今晚有个应酬，还未回。她俩合租两室一厅的房，一人住一间。杜玉娇冲个热水澡，躺在床上胡思乱想。她觉得魏焘这人好生唐突，才见两次面，就赤裸裸地表白，叫她既吃惊又恐惧。自与蓝天分手，她就不再相信爱情，人与人交往，实际上是一种利益取向，而这种利益取向又是建筑在生活的天平上。从蓝天身上，她认清了社会现实的残酷性，也洞悉了人性的弱点。这次，魏焘向她伸出橄榄枝，是给她直接搭乘电梯到山顶的机会。倘若错失机会，可能永远挣扎在社会底层。然而，在没有任何感情基础上投入一个陌生男人的怀抱，对她来说难以接受，传统观念在她思想深处根深蒂固。

褚南娇回来，见她早早地躺在床上，上前问："怎么了，谁欺负你了？"

杜玉娇瞟她一眼，没吱声，翻转身子继续想自己的心事。

褚南娇也不追问，去卫生间冲澡，然后躺在她身边，摇摇她："是不是江老板怎么你了。"

杜玉娇侧转身子，左手支着脑袋，答非所问："哎，我问你，假如有位中年男，又是省长亲戚，向你示爱，你将如何对待？"

褚南娇一拍巴掌："好事呀，紧紧抓住，或许是个金蛋。"

杜玉娇笑而不答，望着她若有所思。

"不过，得看看这个金蛋是不是货真价实。"褚南娇坐起来，认真地说，"现在骗子满天飞，要仔细甄别，如果是真金蛋，双手接了。如果是假金蛋，躲得远远的。你呀，经不起折腾。"

杜玉娇也坐起来："估计是真的，江老板花了好大工夫才搞定他。只是不清楚他的过去。"

褚南娇突然来了兴趣，问："是不是魏焘？"

"你认识他？"杜玉娇张开大嘴，惊奇地望着她。

褚南娇摇摇头："不认识。我老板嘴上老叼着他，总是攀不上。据说他神通广大，老板说了，谁能搞定魏焘，奖一万元。"啧啧几声，"一万元啦，以我们现在的收入，不吃不喝，得半年才赚得到。对，为了这一万，你一定得搞定魏焘。"

杜玉娇推她一把，啐道："去，把我当什么人，亏你说得出口。"

"有这么好的机会，不去把握，你傻呀！"褚南娇嘻嘻一笑。

"唉……"杜玉娇长叹一声，"人家也就是这么一说，未必当真。"

褚南娇鼓励道："只要他有这个意思，就紧紧抓住不放。现在这种人呐，是块瑰宝，有多少人去抢呵。"

杜玉娇望向天花板，自言自语："不知他是不是单身。"

"你呀。"褚南娇点点她的脑门，"什么都不清楚，说什么说。不跟你扯了，睡觉。"说罢，下床穿鞋。

这时，杜玉娇的电话响了。她一看来显，轻声说："他的。"说罢就接。褚南娇赶紧抓住她的手："别接，如果他真心实意，还会再打。"

电话响了一阵，停了。褚南娇重新坐到床上，问道："长得怎样？"

杜玉娇简单作了描述。

褚南娇哦了一声："长得差了点，年龄又偏大。"沉吟片刻，又道，"不过不要紧，帅气不能当饭吃，年龄也不是问题，关键看人品。"

杜玉娇说："人家可能不是那个意思。"

褚南娇一下陷入沉思，口里喃喃地："有点复杂，是得谨慎些。现在没几个好男人，都想左拥右抱，醉生梦死。到头来，受害的还是我们女人。不过，既然机会来了，不妨一试，就把魏焘当梯子，当渡船，一旦到达目的地，就潇洒地挥挥手。"

杜玉娇似不认识地盯了她半天，惊叹："咦，你变化也太快了吧，什么时候装进了那些奇思异想？"

褚南娇笑笑："有错吗？蓝天就是例子。否则，他有可能跟我们同遭困境。你看看人家，现在进的啥单位，住的啥房子？我们有什么优势？除了年轻，一无所有。所以呀，只要有机会，就要紧紧把握。你若搞定魏焘，飞黄腾达。我借你的势，帮老板做成一两件大事，你我的生活轨迹必将改变。"

杜玉娇的电话又响了，是魏焘的。褚南娇说："接，赶紧接，答应他的要求。但是，底线必须守住。"

杜玉娇打开手机喂了一声，魏焘问她睡了没有。她说没有。魏焘建议到咖啡馆再坐坐，若愿意，就开车过来接。褚南娇给她使眼色，叫她答应。杜玉娇愣了愣，慢慢应道："好吧。"

杜玉娇放了电话。褚南娇一把搂住她："耶，玉娇，太好了，他真的对你动心了，大胆交往，我做你的保镖。记住，要做到欲擒故纵，慢慢放线。男人都一样，贪吃美色，别让他急于上口，要饿着他，让他长时间流涎水，等条件成熟了，再给他甜头。只有这样，才能把他攥在手里。"

杜玉娇打她一拳，揶揄道："看来，我们得换位。"

褚南娇大言不惭："好呀，只要他愿意，我全力以赴。不过，即便他愿意，我也没这个资格，现在还和程序不死不活地吊着。"

不一会儿，魏焘的车到了，他打电话叫杜玉娇下来。杜玉娇在镜子前理了理头发，提起手袋往外走。

褚南娇拍拍她的肩："祝你旗开得胜。"当她跨出房门，又叫住，"等等，我送送，我要开始履行保镖的职责。"

"没这个必要吧。"杜玉娇摇摇头。

"我要为你负责，再说，让我看看这个金蛋的货色。"褚南娇一边整理衣服一边嘀咕，"对你来说，这是一次新的长征，我要护你顺利到达目的地。若你成功，我可借船出海，去开辟新大陆。"

杜玉娇挽起褚南娇的手臂，边走边说："经你这么一说，好像我真的是去开辟新战场。不过，话说回来，你倒是给了我不少勇气。不经历风雨，咋看得见彩虹？至于结果如何，那是以后的事。"

褚南娇点点头："对，以后我们一定要拧成一股绳，全力应对一切。"

杜玉娇啐道："去，约会这种事，还能联手？"

"当然可以。"褚南娇坚定地说，"一旦你约会成功，我会给你提供无形保护，给对方形成一股巨大的心理压力。"

说话间，两人走到魏焘车旁。杜玉娇向魏焘介绍："我闺蜜，褚南娇。"

褚南娇向魏焘伸出兰花指："魏总好！"

魏焘伸手与褚南娇轻轻一握："放心，两小时后完璧归赵。"

褚南娇呵呵一笑："必须是完璧归赵。"

到得皇冠咖啡馆，魏焘带她直接进入包间。精致的方桌上早已摆好咖啡点心。包间装修典雅、高贵、不落俗套，给人以温馨祥和之感。两人坐好，魏焘把热气腾腾的咖啡推到杜玉娇面前，热情介绍："我很喜欢喝这里的咖啡，都是现磨，且货真价实，尤其是这款麝香猫屎咖啡，别有风味，是我的最爱。你尝尝就知道，风味独特，特别香醇，丰富滑润的香甜口感也是其他咖啡无法比拟的。"说罢，端起咖啡很享受地轻呷一口。

杜玉娇一听名字就倒了胃口，胃液随即翻滚，轻轻把咖啡推到魏焘面前，眉头皱得老高："谢谢，我不敢吃。"

"听到名字倒胃口，是吗？"魏焘微笑解释，"没事的，习惯了就好。麝香猫屎咖啡，通常也被称为果子狸咖啡，是世界十大最昂贵的咖啡排行榜的第一名。它是由麝香猫的粪便中提取出来后加工完成，麝香猫吃下成熟的咖啡果实，经过消化系统排出体外，由于经过胃的发酵，产出的咖啡别有一番滋味，成为了国际市场上的抢手货。因其稀少，云都市场近期才引进。你一定得尝尝，否则辜负我的一片好心。"

经他这么一说，杜玉娇反倒不好意思，莞尔一笑，端过来闻了闻，果真香味扑鼻。她轻呷一口，口感圆润，香醇甘甜，风味独特，不由自主地赞叹："真的不错。"继而又问，"为什么取这么恶心的名字？"

魏焘说："自然才是真。就像我们老祖宗的臭豆腐、臭鳜鱼，名字虽然难听，但不影响世世代代对它们趋之若鹜。"

杜玉娇点点头，抗拒的心理烟消云散，爽快地端起杯子猛喝几口。

魏焘帮她杯里续满咖啡："看来，你还是能够接受的，倘若我们有共同爱好，以后就有约会的理由。"说罢，一双热情似火的眼睛盯着她。

杜玉娇被他盯得脸红耳热，忙低下头，心里七上八下。

魏焘掏出烟，问她能抽吗？她点点头，觉得他蛮绅士，不由得徒增好感。魏焘点燃猛吸两口，把烟掐灭。

"没事的，抽完吧。"杜玉娇赶紧制止。

魏焘笑笑："还是不抽为好，从你的眼神里，我看到了一丝抗拒。"

杜玉娇忙打圆场："真的没事，在江总的办公室和车里早已习惯。"

"你的眼睛藏不住话。总觉得你心里有许多话想说。"魏焘用矿泉水将烟蒂浇湿。

杜玉娇浑身一颤，吐了吐舌头："您的眼睛怎么那么毒？"

魏焘嘿嘿一笑："不是我的眼睛毒，是你的眼睛太丰富。刚才回到家，老琢磨这个问题，所以又把你请出来，否则，我会失眠。"

杜玉娇哦了一声，将头耷拉下来，进行激烈的思想斗争。过了许久，她期期艾艾地说："感谢魏总关心，我确实很苦恼，有许多话无处说。"

"好呀，把我当垃圾桶，全倒出来。"魏焘抽出烟，不点燃，放在鼻子上闻，认真倾听她的下文。

见他那么真诚，杜玉娇心里涌起一股暖流，眼泪不争气地流了出来，把不幸一股脑儿倒出。

听罢她的倾诉，魏焘亲切地安慰："其实，这很正常，蓝天很现实，应聘单位很现实，关键是你的心态没摆平。这个社会就这么残酷，要改变命运，要么努力拼搏，要么寻找靠山。我不敢说可以成为你的靠山，但至少可以帮你少走弯路。"

"谢谢！"杜玉娇擦干泪水，站起来向他深鞠一躬。

魏焘用手势叫她坐下，认真地说："说真的，我第一眼看到你，就知道你是个有故事的人，有股呵护你的冲动。"

杜玉娇又说了句谢谢，扬起眉毛，瞪大碧波荡漾的双眼，大胆地透射过去。当与他炽烈的目光相遇，她眼神又胆怯地退了回来，双手捂住羞红的脸。

魏焘伸出手，温柔地说："把手拿过来。"

杜玉娇愣了一下，怯怯地将手伸过去。魏焘轻轻握住，觉得她的皮肤是那么嫩滑，那么温玉，忍不住提出："答应我，做我的红颜知己。"

好半天，杜玉娇才回过神来，喃喃地说："您的过去，我一片空白。"

魏焘说："我的过去，对你来说无关紧要，关键看往后。我可以负责任地告诉你，我现在是单身。我们可以先做朋友，以后顺其自然。"

　　杜玉娇茫然地望着他，脑子里又进行激烈的思想斗争。

　　魏焘松开手："有顾虑很正常，说明你做事严谨。不要紧，待考虑成熟再回答。"

　　杜玉娇想起褚南娇说过的话，觉得不应错过机会，咬咬牙，点了点头。

第5章
命运改写

　　从此以后，杜玉娇成为魏焘的座上宾。只要有应酬，魏焘就会带上她。魏焘交际圈很广，上至达官贵人商界枭雄，下至老乡同学狐朋狗友，都争先恐后与他称兄道弟、推杯换盏。杜玉娇暗想，难怪他大腹便便肥头大耳，天天浸泡在酒桌上，不把身体催肥才怪呢。

　　魏焘自与杜玉娇交上朋友，在酒桌上乖巧许多。当达官贵人带来的交际花闹着与他喝交杯酒，他镇定自若岿然不动。谁都清楚，这不是他的风格，之前但凡有美女闹着喝交杯酒，他声如洪钟豪气冲天，端起杯子与美女大大咧咧地勾肩搭背喝交杯酒，兴致来了，还要搂抱甚至亲吻美女。

　　有次应酬，一位美女站在魏焘身旁，娇滴滴地说："魏总，这么快就忘记我了。"伸出纤纤玉手，等他来挽。魏焘依然故我，笑眯眯地望着对方，没有行动。美女讨个没趣，灰溜溜地坐回原位。

　　坐在一旁的杜玉娇心里发笑，觉得这些花蝴蝶过于招摇，虽然领了任务，却不知分场合或观察对方的情绪。不过，她还是同情她们，如果不是为了讨生计，一个大姑娘，谁愿意厚着脸皮贴陌生男人的冷屁股？想当初，有些臭男人嚷着喝交杯酒，她内心虽抗拒，但为了生存，还不是壮着胆无可奈何地与他们逢场作戏。

　　后来，有些美女为了完成老板交代的任务，只得求助杜玉娇。杜玉娇不便拂他人意，笑着对魏焘说："魏总，给人家一个面子吧。"得了她的首肯，魏焘才爽快与美女喝交杯酒。有人趁机开玩笑："魏总不敢与美女交杯，原来怕杜大美人吃醋。"这时，就有人起哄他俩喝交杯酒。魏焘二话不说，端起酒杯伸过手去。杜玉娇也不迟疑，大大方方地与他的手挽在一起。

　　一来二往，魏焘的圈子马上传开杜玉娇是他的女人。她也不去解释，任凭风言风语传播。渐渐地，有人绕弯弯求她帮助疏通魏焘的关系，确实推脱不了的，她就答应试试。当然，这一试自然成功。江明是再高兴不过，经常找理由与魏焘喝小酒，关系进了一大步。江明没忘给杜玉娇好处，加了一级工资。

　　褚南娇要杜玉娇撮合魏焘与她的老板蒋锐见次面。杜玉娇不敢造次，立即打了魏焘的电话。魏焘犹豫了一下，还是爽快答应。蒋锐听后自然是欣喜若狂，紧急张罗见面宴。

　　褚南娇采纳杜玉娇的建议，将见面宴设在米琪大酒店。还未到下班时间，褚南娇叫上杜玉娇早早地来到酒店，蒋锐夫妇已在那儿恭候。蒋锐长得精瘦精瘦，重量可能只有魏焘的一半。别看他精瘦，但精神饱满，眼睛贼亮，仿佛身上有种使不完的劲。蒋锐夫人沈晓琪倒是秀丽端庄风采照人，颇具大家闺秀风范。蒋锐要杜玉娇帮助点菜，杜玉娇推脱再三，躲不过褚南娇的纠缠，只得硬着头皮点了几个魏焘爱吃的海鲜。

　　到晚上7点，魏焘仍未到，杜玉娇急坏了，慌忙打电话询问。魏焘说在赶场子，应付一下就过来。杜玉娇松了口气，觉得他还是给面子，没给她难堪。这时，蒋锐反过来安慰杜玉娇：“没事的，我们等。”

　　过了一小时，还不见魏焘的身影。杜玉娇急得不行，又追个电话过去。只听得魏焘在电话里咋呼：“不行，不能再喝，我得走了，否则那边会扒了我的皮。”

　　不一会，魏焘赶到，醉醺醺地向杜玉娇道歉，接着跟褚南娇、蒋锐夫妇握手。

　　刚一坐定，魏焘向杜玉娇倾斜身子：“为了你这杯酒，今晚我可是得罪了省政府办公厅刘副厅长。他怎么损我，重色轻友。”说罢，自嘲一笑。

　　“对不起，不知您有重要饭局，否则，我们改天。”杜玉娇吓得吐舌头。

　　“魏总，是我不对，催着杜玉娇约您。”蒋锐忙赔笑脸。

　　魏焘晃晃脑袋：“跟你没关系，领导临时起意，盛情难却。”

　　“那是，那是。魏总朋友遍天下。”蒋锐极力讨好，给他点烟。

　　魏焘慢慢吐着烟圈，指着大家说：“你们吃，你们吃。我在那边吃得差不多了，陪你们坐坐。”

蒋锐端起酒杯敬他："魏总，那怎么行呢，好歹喝几杯。"说罢，用眼睛向杜玉娇求救。

杜玉娇觉得对不住蒋锐，忙乎了几天，没承想虎头蛇尾，大煞风景。她深吸几口气，端起酒杯跟魏焘碰杯，嗲声嗲气地说："魏总，蒋总可是盼星星盼月亮把您盼来，再怎么着，也得喝两杯，菜还是我给您点的呢。"

"是嘛！"魏焘眯起双眼，"那撑死也得喝几杯。"

杜玉娇赶紧给他碗里夹菜。魏焘含情脉脉地瞅她一眼，慢慢吃起来。

酒一喝开，褚南娇、沈晓琪就过来敬酒。魏焘盯着褚南娇逗道："你们演双簧啦。"

"我为玉娇有您这么好的朋友而骄傲！"褚南娇妩媚一笑。

魏焘脸上顿时放光，愉快地与她们碰杯。

闹过几杯酒，蒋锐开始与魏焘套近乎，吹捧和肉麻的话说了一箩筐，然后介绍天全智能电器公司的发展前景，盛情邀请魏焘当公司顾问。

"顾问不敢当。"魏焘爽朗一笑，"不过，只要玉娇和褚南娇有求，跑个龙套还是可以的。"

"谢谢，谢谢，太谢谢了。"蒋锐双手作揖打躬。

席终，魏焘执意送杜玉娇和褚南娇回家。到了车旁，司机赶紧打开车门。褚南娇抢先坐到副驾驶上。魏焘先送杜玉娇上车，然后腆起肚子挤进车内。车子缓缓滑行，不一会驶入车灯洪流。

褚南娇酒后话多，叽叽喳喳地没完没了。杜玉娇酒后沉默，微闭双目养神。魏焘轻声问："不舒服吗？"杜玉娇睁开眼，对他微微一笑："没事。"魏焘握住她的手，轻轻抚摸。褚南娇虽叽叽喳喳，眼睛却不停歇，从后视镜观察他们。

到了目的地，两人下车。待魏焘的车走远，褚南娇搂搂玉娇，俏皮道："我都看到了，有戏。"

杜玉娇推她一把，啐道："不正经，人家不像你想象的那么坏。"

蒋锐趁热打铁，叫褚南娇通过杜玉娇又安排了几次宴会。蒋锐一下子与魏焘的关系近了许多。蒋锐兑现诺言，果真奖给褚南娇一万元。

褚南娇一拿到奖金，立马给杜玉娇打电话，说晚上请客。杜玉娇觉得她特别兴奋，问："捡了宝？"褚南娇难得有这么好的心情，嘻嘻一笑："对呀，捡了大宝。我要在云都大酒店请你。"

下了班，杜玉娇带着兴奋的心情赶到云都大酒店。在西餐厅，褚南娇占了一个光线明亮视野开阔的位置。杜玉娇一坐下，褚南娇就激动地说："玉娇，我们发财了。"杜玉娇茫然地望着她："发什么财？"褚南娇从挎包里掏出一个鼓鼓囊囊的信封，晃了晃："老板奖给我一万，给，这是你的五千。"说罢，将信封塞进她手里。杜玉娇赶紧将信封推回："这是你的报酬，给我干啥？"褚南娇做个鬼脸："得了吧，没你出马，我就是拼了小命，也请不动魏大老总。好好给我拿着，否则，我要横刀夺爱。"杜玉娇笑笑："好吧，恭敬不如从命。"

不一会儿，服务员端上两大盆澳洲牛排和两碟超大冰镇鲍鱼。杜玉娇瞪大双眼："你真大方。"褚南娇用刀叉慢慢切牛排："当然，这是我们工作以来第一单战绩，好好庆祝一下。对了，得来一瓶红酒。"伸手叫服务员。

杜玉娇被她的情绪感染，尽情享受美味。

"哎，你们到了什么程度？"褚南娇放下刀叉，用纸巾擦着满嘴的油。

"窥视狂。"杜玉娇也放下刀叉，"老盯着我干吗？"

褚南娇两道眉毛一扬："哎，有没有搞错，我是你的保镖，当然要全程跟踪喽。"

"去，去，我才不要你跟踪。"杜玉娇卷一团纸巾扔过去，褚南娇捡起来扔回去。一来二往，两人哈哈大笑。

酒足饭饱，褚南娇意犹未尽，提出去足疗。杜玉娇陪魏焘去消费过几次，知道费用不低，找理由推脱。褚南娇兴趣来了，硬是把她拽了去。两位技师很敬业，按摩、指压恰到好处，令她们舒服至极。

褚南娇聊起蓝天，说他现在吃香的喝辣的，飞机汽车满世界跑，不由得感叹："还是国有企业好啊！"

说者无心，听者有意。杜玉娇顿时陷入沉思，自与魏焘交上朋友，她就开始盘算跳槽。跳槽到哪里？她了无目标，欲与褚南娇商量，觉得为时尚早，想找魏焘讨主意，认为时候不到。想不到褚南娇一句感叹，倒让她明确了跳槽的方向。她觉得跳槽到国信集团最好不过，有发展空间，还可报一箭之仇。

褚南娇见她沉默不语，问她在想什么？她毫不掩饰地将想法和盘托出。

褚南娇听罢一拍大腿："好，早就该付诸行动。有魏焘周旋，成功率起码八成以上。等哪天出了头，弄死这个王八蛋。"

杜玉娇苦笑一声："没必要这么深仇大恨，只想出口恶气。被他不明不白地捉弄，心里憋得慌。"

褚南娇鼓动："现在就给魏焘打电话，把你的要求提出来。"

杜玉娇摇摇头："他晚上有个重要饭局，估计还没完。以后再说吧。"

"不，现在打。"褚南娇比她还着急，"我知道你的性格，激情一退，瞻前顾后，怕这怕那。"

杜玉娇被她一催，果然给魏焘打电话。魏焘接通后小声说："我还在酒桌上，有事等会说，或者我去找你。"杜玉娇哦了几声，告诉了地址。

一小时后，魏焘赶到。褚南娇起身准备走。魏焘说："没关系，你们闺蜜还有什么秘密？"褚南娇笑道："我才不愿做你们的电灯泡。"说罢，背起挎包往外走。她走到门外，又折回："今晚我请客，单我去买。"魏焘摆摆手："去，买什么单，别让我丢脸。"褚南娇愣了一下，笑道："好呀，我倒希望永远沾玉娇的光。"

褚南娇一走，杜玉娇就把想法提出，没承想魏焘爽快应允，还说："我早说过，你的事就是我的事。你不提，到时我也会想办法帮你弄到一个好单位去。"

杜玉娇含情脉脉地望着他："人家不是怕给您惹麻烦嘛。"

"麻烦什么呀。"魏焘语调亲昵，"为你效劳，我乐意。"

杜玉娇收回含情脉脉的目光，忧心忡忡地说："担心江总不让我走。"

"他敢。"魏焘叫道，"早点走，在这个小公司有什么好待的。上市，那是猴年马月的事。"

"可是，人家毕竟在我落难时收留了我，这样做是不是不地道？"杜玉娇皱了皱眉。

魏焘挺喜欢她这种性格，笑道："没什么不地道。人往高处走，水往低处流。这是再浅显不过的道理。明天上午我就去趟国信集团，找邵总聊聊，争取早日把你调过去。"

"谢谢，谢谢！"杜玉娇感激涕零。

足疗毕，技师先后离开房间。魏焘伸手抓住她纤细滑嫩的手，深情地说："不知何时能俘获你的心。"

杜玉娇的脸颊一下子涨得通红，慌得把头埋在胸前。魏焘挤到她的躺椅上，爱怜地抚摸她红彤彤的脸，然后把一张滚烫的嘴贴了上去。杜玉娇因紧张而拼命挣扎，无奈被他有力的大手箍得不能动弹，只好乖乖顺从，迎合他的激情。

过了许久，魏焘才松开，动情地说："从今天起，这是我新生活的开始。希望我们再跨越一步，真正做到心心相印。"

杜玉娇羞答答地回道："别急，慢慢来，我还没有心理准备。"

"好，期望这天早日到来。"魏焘又深情地长吻她一下。

次日上午，魏焘在国信集团回来的路上给她打电话，叫她准备一份简历，到时送给邵总。杜玉娇内心一阵狂喜，觉得他办事效率奇高。

在约定的时间里，魏焘带她进入邵忠良的办公室。邵忠良握着她的手看了半天："好像在哪见过。"杜玉娇吓了一跳，心想不可能，但又不敢辩解。邵忠良琢磨一会，拍拍脑袋："想起来了。你是不是参加过路桥公司的招聘？"

杜玉娇一时语塞，满脸通红。前年，她确实参加过国信集团路桥公司的招聘，可惜面试被淘汰。这段经历，她不敢告诉魏焘，没想到被邵忠良提起，令她好不尴尬。邵忠良说："那天路桥公司面试，我去那儿转了转，晃了你一眼，就记住了你的容貌。看来，你与国信集团有缘呐。"几句轻松话，消弭了她的尴尬。

邵忠良热情地让座请茶，然后仔细翻阅杜玉娇的简历。杜玉娇的简历写得很详细，大学4年来的所有奖项，发表过的杂感论文，个人兴趣爱好，性格特点，以及在云江人医疗器械公司一年多的工作业绩，洋洋洒洒，好几页纸。邵忠良看罢，称赞道："不错，小杜不错，我集团正需要这样的笔杆子。"

魏焘表示了感谢，诚恳地说："邵总，杜玉娇是我女朋友，这忙您一定得帮。本来，我想叫舅舅给您打个电话，想想他平时的教诲，只好自己贸然前来。想必邵总会给我这个面子。"

邵忠良说："放心，下星期小杜就可来上班。我争取明后天在总经理会上过一下，现在国企大小事都要集体讨论。"

"那是，那是。"魏焘表示理解。

三天后，魏焘给她传来好消息，国信集团开过总经理办公会，通知她下星期一去报到。杜玉娇欣喜若狂，连声道谢。

江明得知她要跳槽，郁闷了好几天，千方百计想挽留："你刚成为我的顶梁柱，就要走，让我寒心。到国企有什么好，人浮于事、勾心斗角、尔虞我诈、收入不高。在我这里，不出10年，公司一上市，成为股东，比国企好多了。"

成为上市公司股东的条件是够诱人，可毕竟是墙上画饼。她对他的好意道了谢，并表示："江总，我的心永远不会离开云江人医疗器械公司，这里毕竟留下许多美好回忆，只要江总一声令下，我会尽所能为云江人医疗器械公司出力。"

星期天晚上，江明召集公司骨干在酒店欢送她。酒桌上，大家对她恋恋不舍，赞赏有加。她猛然感到，原来她在公司还那么受欢迎，不由得飘飘然，频频碰杯答谢。

回到住处，褚南娇见她酩酊大醉，责怪她不该喝过量。杜玉娇大着舌头说："人家看得起，不喝行吗？"

褚南娇不客气地反驳："人家还不是看你身后的魏总。"

星期一上午，天空忽然飘起雪花。杜玉娇想到马上就要成为国信集团的员工，心中的喜悦如雪花满天飞舞。魏焘的车按时停在楼下，杜玉娇像燕子一样飞进车里。魏焘欣喜地亲吻她一下，往国信集团疾驶而去。

他们很快办好报到手续，杜玉娇被安排在投资开发部。魏焘跟邵忠良聊了会儿就离开，说好下班来接她。

投资开发部包括她6个人，部门主任是个中年妇女，与她同姓，叫杜鹃。杜鹃对她的到来十分高兴，带她与部里所有人见了面。投资开发部4个办公室，主任、副主任各占一间，杜玉娇与裴勇坐一间。裴勇比她大几岁，早已加入脱发族。办公桌是现成的，原桌子主人方媛半年前荣升路桥公司副总。裴勇蛮热心，帮她清理桌子上的文件和旧报纸。裴勇边清理边说："不好意思，方媛一走，办公室就脏乱差。"

打扫毕，裴勇把方媛留下来的资料一股脑儿搬给她。几十本项目建议书摞了一大桌。杜玉娇一本一本地翻看，然后归类堆放在文件柜里。

裴勇说："杜玉娇，不急，慢慢来，等你熟悉了，就那么回事。"

杜玉娇友好地笑笑："还得请你多多指教。"

裴勇应付道："应该的，应该的。"走过来解释这些建议书的由来。

从裴勇的解释中，杜玉娇方知这些建议书虽是方媛所撰，却是集体的智慧。裴勇更是把自己的作用吹得天花乱坠。杜玉娇真假难辨，不由得频频给他点赞。

很快到了下班时间。魏泰给她打来电话，告知已到楼下。杜玉娇简单收拾一下桌子，给裴勇道个别，提起挎包小跑到电梯间。

一坐进车内，杜玉娇就手舞足蹈，兴奋地谈起上班感受。魏泰说："去祝贺一下。"杜玉娇嚷嚷："去，去，今晚我请客。"魏泰附和："好，一醉方休。"杜玉娇高兴地举起双手："对，一醉方休。"魏泰问："醉了以后呢？"杜玉娇脱口而出："你看着办。反正今晚交给你。"说罢，脸颊绯红。魏泰伸手握住她的手："这就对了，以前老是您呀您的，把尊称去了，表示与我贴心。"

魏泰把车开到米琪大酒店。老板早在门口恭候。老板认识杜玉娇，亲热地叫着小杜。老板把他俩引进包厢，吩咐小姐尽快上菜。有老板盯着，菜上得出奇的快。老板拿来两瓶50年代出厂的茅台，说是家里的珍藏。杜玉娇说："他真舍得，这酒多珍贵。"魏泰说："我们是好朋友，他早就要送。今天好事来了，我要他兑现。"

杜玉娇早已做好把自己放倒的准备，频频向魏泰举杯。她把自己放倒的用意有二，一是真心实意庆祝；二是麻醉自己。她对魏泰谈不上爱，仅有好感。魏泰看她兴致勃勃，自然全力配合，却又留有余地。两瓶茅台，杜玉娇起码喝掉一大半，把自己送进云里雾里。

魏泰把醉意朦胧、娇羞百态的杜玉娇扶到自己住处。当躺到软绵绵的沙发上，杜玉娇似乎清醒，问："这是你家？"魏泰说："对，我家，以后就是我们的家。"杜玉娇睁开醉眼，鹦鹉学舌："对，我们的家。"魏泰去卫生间放好热水，慢慢脱去她的衣服。杜玉娇全身柔软，任凭他摆布……

深夜12点，杜玉娇的手机响个不停。魏泰看来显是褚南娇的，就替杜玉娇接了。褚南娇问玉娇在哪儿，魏泰毫不避讳："玉娇今晚住我这里。"

褚南娇倒抽口冷气，随即欣慰地笑了。杜玉娇终于攀龙附凤，而自己，前景一片茫然。

第6章
情 感 搁 浅

　　褚南娇一夜未眠，杜玉娇勇敢投入魏焘怀抱的举动一下激起了她心中的千堆雪。以前的鼓动，更多成分是逞口舌之快，没承想玉娇果真付诸实施。是呀，人生路千万条，如何选择合适的，没有固定模式，只有附着在人生坐标系上才能做出恰当的选择。当然，这恰当的选择或许与传统观念和大众理念相去甚远，但无法否定其合理性。正如达尔文所说：存在的就是合理的。卢梭表述更直接：当一个人还仅在关注生存问题时，很难指望他有什么高尚的想法。杜玉娇用行动大写了一个实实在在的人。为此，她内心除了震撼还是震撼，除了佩服还是佩服。

　　情感之路频亮红灯也是她失眠的另一原因。与程序的异地恋，造成的隔膜越来越深，障碍越来越多。两人渐行渐远，仿佛是两股逆向的洪流。错在哪里？她始终理不出头绪。人们都说，婚姻是爱情的坟墓。谈情说爱时，情话不断，卿卿我我。一到谈婚论嫁，唇枪舌剑，针锋相对。看来，婚姻是爱情的坟墓在她这里得到了应验。

　　下午，她在电话里与程序大吵一顿。程序通过关系帮她在县招商局谋到一个职位，要她后天回去办入职手续。重回江水，她一百个不情愿，除了嫌弃江水的贫穷落后，更鄙视那儿的投资环境。她有个堂哥，在广州某药厂做高管，负责招商的副县长找到他，请他动员老板到江水办药厂，给的政策特别优惠。老板被优惠政策吸引，在副县长陪同下，与堂哥到江水考察。当时的县委书记记长特别热情，老板被感动得一塌糊涂，当即做出投资办厂决定。办药厂作为县领导招商引资的重点项目，所有部门一路绿灯。厂房建好后，老板将重要车间悉数迁来。很快，药厂成为县里的红火企业和纳税大户。不久，县领导班子换届。谁知换来了一个贪官，因未满足县委书记的私欲，以偷税漏税之名把老板投入监狱。堂哥急得像热锅上的蚂蚁，到处找关系捞人。县委书记一气之下以行贿罪把堂哥羁押起来。上梁不正下梁歪，各部门大小喽啰纷纷向企业伸出贪婪之手，结果出现企业逃跑和倒闭潮。几年后，县委书记被绳之以法，江水的投资环境也从此一蹶不振。面对如此糟糕的投资环境，县招商局纵有十八般武艺，亦回天乏术。要她到这种不死不活的单位混日子，还不如杀了她。

天蒙蒙亮，她好不容易眯了会儿，整个上午，一个人昏昏沉沉，工作老出错，以致遭到经理几次训斥。经理沈晓飞是董事长兼总经理蒋锐的妻弟，比她大几岁。沈晓飞垂涎她的美色，经常借机挑逗。她根本不吃那套，害得沈晓飞暗地里咬牙切齿，逮住机会就给她脸色。别看她平时大大咧咧嘻嘻哈哈，却坚守自己的底线，不给非分之想者有隙可乘。吃完中饭，她趴在桌子上休息。刚眯着，电话响了，程序说已到住处，叫她下午早点回。她头脑嗡地响了一下，觉得这是不祥之兆。这不是他的风格，之前，他来时都会提前告知。这次突然袭击，可能要兴师问罪。她顿时睡意全无，认真思考对策。

下午上班不久，沈晓飞过来说："南娇，下班跟我去接待一个客户。"褚南娇面露难色："对不起，去不了，我男朋友来了。"沈晓飞立即拉下脸："男朋友重要，还是工作重要？"褚南娇不得不装孙子，低三下四地求道："沈经理，当然是工作重要。但是，这次不一样，不能丢下他不管，否则，他会扒了我的皮。"沈晓飞怪怪地看了她几眼，不再吱声。

沈晓飞对她既爱又恨，更无可奈何。市场开发部不少重要业务离不开她。天全智能电器公司开发了智能电表、智能开关等多个产品，因产品性能质量缺乏绝对优势，市场占有率一直上不去，得靠销售人员想方设法拉订单。褚南娇虽是新兵，但头脑灵活，善于交际，打通了几个难度较大的销售渠道，成为市场开发部的业务骨干。另外，董事长对褚南娇比较重视，令他有所忌惮。

离下班还有一个小时，褚南娇跟沈晓飞打个招呼，提起挎包往菜市场奔，买了鲫鱼、排骨和青菜。她的红烧鲫鱼和糖醋排骨深受程序喜爱，百吃不厌。打开房门，看到程序躺在床上闭目遐思，她推推他："怎么啦，来也不打个电话。"

程序翻翻白眼，侧转身，不理睬。褚南娇知道他还在赌气，懒得理会，系好围裙下厨。不一会儿，香喷喷的红烧鲫鱼和糖醋排骨端上桌，褚南娇叫他吃饭。半天，程序才磨磨蹭蹭起来，吃了几口，瓮声瓮气地说："我这次来，要个彻底了结。"

褚南娇摆摆手："先不说，好好吃饭。"

或许是受情绪影响，程序扒了半碗饭就放下筷子，在厅堂走来走去。

她一下没了情绪，也不吃，起身收拾碗筷。"你说吧，怎么彻底了结？"褚南娇忙完坐在沙发上，眼睛望着他。

"给个准信，到底回不回江水？"程序在她面前站定，语气强硬。

"不回。"褚南娇态度坚决。

程序仰头长叹一声："我一直闹不懂，云都有什么好？让你那么不舍，连家都不要。"顿了顿，嗫嚅问，"是不是另有所爱？"

褚南娇狠瞪他一眼，啐道："别门缝里看人，至少现在我不会脚踏两只船。"

"那好。"程序在她身旁坐下，"跟我说明白，在你心里，是家重要，还是工作或城市重要？"

褚南娇说："同等重要。"

程序又站起来，在厅堂踱起方步，思忖半天，做出让步："行，暂不回江水可以，但必须把婚结掉。爷爷奶奶整天吵着要抱孙子，他们快90了，日子不多了，这点心愿应该满足吧。"

她也被两老吵得头大，每次去他家，爷爷奶奶就抓住她的手不放，叨唠着快点结婚。以前总以大学未毕业推脱，现在理由不成立，只有三缄其口。他父母也委婉地催过她，说他们这个年纪已经做了父母。她始终不明白，男孩子长辈比女孩子长辈还急，不知是传统观念还是基因因素所致？程序呢，在结婚问题上是个乖乖仔，对长辈的话言听计从。说实话，在结婚问题上她一直矛盾重重，除了心里未作好做媳妇和母亲的准备，主要还是对程序的感觉淡味与激情渐褪，尤其是发现两人价值观迥异，更让她萌生退意。她不愿让婚姻成为人生之累，甚至成为羁绊。有时一想到无数女人败在婚姻中，她就时刻提醒自己冷静，力做婚姻明白人。"让我再想想吧。"她声音很低，低得像蚊子的嗡嗡声。

尽管褚南娇的声音很低，程序却听得清清楚楚。他痛楚地摇摇头，然后绝望地进入房间，闷闷不乐地钻进被窝。

房间里，静了下来，除了手表的嘀嗒声，就是他俩的心跳声。初春季节，寒流未退，屋外屋内一样冷。褚南娇洗漱后也钻进被窝，搂住他暖烘烘的身子取暖，然后柔声说："程序，别生气。我们还年轻，再等几年吧。再说，我的工作还不算稳，等工作稳定，再谈结婚，保证给你程家生一个大大胖胖的小子。"

程序已失去与她交谈的兴趣，思绪早跑回江水。几个月前，顶头上司给他介绍县武装部长女儿。当时，他死活不肯，声明自己有女朋友。顶头上司说："没结婚，就不算正经女友，见个面，怕个球。去，去，好歹给我一个面子。"抱着给面子的心态，程序硬着头皮去见面。结果女孩子一见钟情，在父母面前发毒誓，非他不嫁。女孩子虽然没倾城倾国之貌，但回头率极高，皮肤白得耀眼，在白炽灯下可当镜子。从此，顶头上司不时在他面前叽叽喳喳，害得他经常用双手堵耳朵。不久，母亲出面干预，问褚南娇回不回来，结不结婚？否则，就答应人家得了。程序与褚南娇谈了4年，两人早已如胶似漆，不是说断就断，他反过来做母亲的思想工作。母亲倒开明，表示尊重儿子的选择。

褚南娇好久没做那个，想从他那儿讨点温情，伸手摸他的敏感部位。谁知他毫不留情地推开她的手。褚南娇刚激起的腺上荷尔蒙一下降到冰点，气得全身发抖，把一个脊背对着他。以前闹矛盾，只要一方主动，激情过后和好如初。看来，这次矛盾升级，暴风雨将至。她心想，来就来吧，大不了各奔东西劳燕分飞。

早晨起来，程序洗漱完提起背包往外走。褚南娇堵住他："干吗，不吃早餐？"程序黑着脸："气饱了，我搭早班车回去。"褚南娇愣了片刻，放开他："行，你走吧。"尔后又说，"我送送。"程序不吭声，低头往楼下走。

天空飘起了雪花，纷纷扬扬的雪花在空中飞舞。两人踩着雪花，一前一后走在大街上。还未到上班时间，街上行人与车辆稀少。

褚南娇说："昨晚想了一晚，如果你另有打算，我不勉强，毕竟过错在我。"

程序一直沉默，直至上了长途汽车，才瓮声瓮气地说了句："好自为之。"

汽车开动了，很快消失在漫天雪舞中。褚南娇双手捂脸，蹲在地上泣不成声。

两个月后，程序给她发来短信："南娇，分手吧，祝你婚姻与事业一帆风顺。感谢你4年来的陪伴，让我尝到了爱的甜蜜与温暖，留下了许多美好回忆。在父母催促下，我答应了她，已定婚期。以后回江水，到家里做客。我相信，我们仍然是好朋友。"

褚南娇已想到这个结局，只是当真实来临，心里一下难以接受。4年里，两人卿卿我我，海誓山盟，没想到这么快就寿终正寝。她忍住悲伤回了三个字："祝福你！"

下午下班前，褚南娇给杜玉娇发短信："晚上陪我坐坐。"杜玉娇马上回短信："OK，老魏出差了。"

在餐馆一坐下，杜玉娇急着问："啥好事？"

褚南娇苦笑一声，把手机递过去："自己看短信。"

杜玉娇看毕，惊诧道："怎么说分就分？"顿了顿，又劝慰，"你跟我不一样，早把爱当鸡肋。也好，早结束早解脱，天地之大，凭你的花容月貌，魔鬼身材，不愁找不到白马王子。"

褚南娇感叹："4年的感情，真正割舍，并非易事。"

杜玉娇也跟着感叹："是呀，我们女人最大的弱点就是过分沉溺感情，不像男人，感情过渡速度忒快，像工蜂采蜜。"

"行啦，不说他了。"褚南娇伸伸腰，"以后，我一身轻，好好安排自己的生活，再也不受别人掣肘。"

"对喽。"杜玉娇击下手掌，"活出真彩。"

菜陆续上来。褚南娇说："今晚陪我喝点酒。"

杜玉娇点点头："好，一醉方休。今晚住回自己的狗窝。"

褚南娇嗔怪："一躺进魏总的怀抱，就把闺蜜忘得一干二净，典型的重色轻友。"

杜玉娇说："没办法，这是人的本色。老魏那儿比自己的狗窝舒服百倍。叫你去住一两晚看看，同样乐不思蜀。"

褚南娇啐道："去，别招我，说不准哪天鸠占鹊巢。"

杜玉娇逗道："可以呀，看人家老魏理不理你。"

"恶心不，一口一个老魏，好像老夫老妻了。"褚南娇用手点她的鼻子。

杜玉娇满脸得色："就让你吃醋，谁叫你是教唆犯。"

"呵呵，人家只不过逞口舌之快，倒是你主动献身，还赖上我。"褚南娇得理不饶人。

两人一边逗闹一边喝酒。几杯酒下肚，杜玉娇问："以后有何打算？"

褚南娇摇摇头："走一步看一步吧，再说，也得整理一下心情。"

杜玉娇端起酒杯敬她一下，又问："沈晓飞还一直纠缠你？"

褚南娇放下酒杯，恨恨道："简直是无赖，也不看自己几斤几两。有妇之夫，老想偷腥。你说，现在的男人是不是都是这个德行，吃着碗里的看着锅里的？"

杜玉娇无言以对。她也一直被这个问题所困扰，魏焘说他是单身，可始终不愿坦白过去。她直接或委婉地问过多次，都被他搪塞过去。有几次，找他身边的人打听，一个个警惕得很，要么不理不搭，要么顾左右而言他。魏焘老是给她灌输荒唐理论："男人的过去是笔烂账，没必要了解。现在和未来，才是你关注的重点。"作为女人，杜玉娇很希望掌握一个完整的他，只有了解全部，方能深入内心。同居那么久，一直进入不了他的内心深处，她十分苦恼。

褚南娇见她沉默寡言，自己回答："我看都是这个德行。"怕她引起联想，加上一句，"当然，你家老魏不是这种人。"

杜玉娇苦笑一声，释然道："别想那么多，否则没法活。不要转移话题，还是说说你讨厌的沈晓飞吧。"

褚南娇端起酒杯："喝酒，说他干啥，八竿子打不到边。以后，再纠缠，大不了换部门，或走人。到时，你不会不管我吧。"

杜玉娇嬉戏道："管，管，到时我养你。"

"死远去。"褚南娇做个揍人动作，"要养也得找个像老魏这样的人来养。"

"我看，让沈晓飞来养你。我敢打赌，他是你的克星，你一定逃不脱他的魔掌。"杜玉娇开玩笑。

"哎，别咒我。"褚南娇叫道，"到时真出了问题拿你是问。"

杜玉娇眯起双眼，怪腔怪调地说："我有预感，沈晓飞以后定会死在你手里。你呢，会借他的鬼魂凤凰涅槃。"

褚南娇愣了一下，嗔怪道："去，去，请你来安慰我，这倒好，又捣乱，又诅咒。寻开心也得看时候，再嚼舌根，小心剥了你的皮。"

杜玉娇笑笑，不再逗闹，陪她喝闷酒。

∽ 第7章 ∽

屡遭骚扰

褚南娇喝得有点过量,次日醒来已是上午9点,推开房门叫玉娇。杜玉娇早已人去房空。褚南娇骂了句:"该死的,也不知道叫醒我。"打开手机,有几个未接电话,全是沈晓飞打来的。她拨回去,沈晓飞在电话里发脾气:"褚南娇,上不上班?快到沈总办公室来。"她喏喏认错,答应马上赶到。

副总经理沈晓琪办公室里坐满了人,所有部门的头头脑脑都在,交头接耳,好不热闹。褚南娇叫声沈总,向各位头儿点头,找个空位坐下。沈晓飞狠瞪她几眼,嘴里嘀咕几句。沈晓琪宣布开会,先介绍召开紧急碰头会的目的,然后叫沈晓飞通报情况。

昨晚,沈晓飞接到明月区供电局总工程师曾海军电话,说上星期进的一批智能电表质量有问题,要全部退货。这是一个大单,辖区内有几个大楼盘相继竣工,按照合同,已销出两批。若因质量问题影响合同正常履行,公司损失巨大。沈晓飞吓得不轻,赶紧向董事长报告。蒋锐出差未回,叫沈晓琪组织人员应对突发事件。

这个渠道是褚南娇费了九牛二虎之力开辟的。当时,她通过魏焘朋友的关系找到张局长。张局长热情接待了她,听完介绍皱起眉头,反复强调已与国内几家名牌企业接洽过。别看她年轻,但有韧劲和磨功,不屈不挠地做张局长和相关人员的工作。她发现张局长常往医院跑,暗中跟踪,得知张夫人查出卵巢肿瘤,已住院待开刀。开刀那天,她自告奋勇当护工,不管人家同不同意,硬是候在病床边待命。由于她嘴甜脚勤手快,很讨张夫人欢心,给留了下来。事实证明,她是个十分称职的护工,把张夫人服侍得舒舒服服。

几天下来，她与张夫人成为莫逆之交。张夫人出院后，把她请到家里做客，顺带当她的说客。张局长经不住夫人和她的硬磨软泡，终于松了口，条件是在确保质量的前提下，价格须优惠。很快，一份大单在她的不懈努力下得以顺利签约。为此，蒋锐在庆功会上盛赞一番并奖励她3万元和一级工资。

褚南娇惊出一身冷汗，觉得事关重大，处理不好会影响公司形象。

沈晓琪望着质检部陈经理："陈经理，曾总说质量有问题，你琢磨一下，质量问题出在哪里？"

陈经理思考半天，慢吞吞解释："叫我们自己找，还真找不出。这单业务按供电局的要求，我们做到了万无一失，每件都严格把关，不放过丁点瑕疵。我可以打保票，生产和质检环节百分之百没问题。除非设计环节出了偏差。"

沈晓琪转头问研发中心经理黄亮："黄经理，你的看法呢？"

黄亮吞了吞口水，打保票："设计上不会出偏差，每道工序都是严格执行标准，只是在防偷漏电方面按供电局的要求作了改进。而且这个改进是目前最先进的技术，为此，我们还化了一笔不菲的技术转让费。"

这种讨论最无效，中国人喜欢坐而论道。沈晓飞一开始就反对这种空对空的会议，只是不好抹姐姐的面子。他提议："我们先不去探讨那些是是非非，派几个人与曾总对接一下，与对方的技术人员一起找问题，然后再考虑对策。"与会人员一致同意沈晓飞的建议。沈晓飞主动请缨，愿带褚南娇去会会曾总。沈晓琪最后拍板，要陈黄两人陪同去。

沈晓飞和褚南娇与曾海军打过多次交道。曾海军对他们4人的到来不冷不热，不咸不淡。沈晓飞谈明来意，态度十分诚恳。褚南娇问了好，要曾总一如既往地支持与关心。陈黄两人分别介绍了公司质检与设计的过程，表示产品若有质量问题随时召回。曾海军即不分辩也不驳斥，打电话叫几个工程师过来。

几个工程师一坐下，叽叽喳喳不停，有说漏电，有说跳闸，有说不稳定，有说技术不达标。总之，都是一些似是而非的问题。陈黄两人就每个问题追问下去，对方又说不出所以然。褚南娇看出端倪，跟沈晓飞耳语几句。沈晓飞点点头，立即表态："我们虚心接受各位师傅的意见，对两批产品进行检测，发现问题，马上更换。"

4人回到车上，陈黄两人义愤填膺："妈的，姓曾的耍我们。"过了会儿，陈经理问："沈经理，你们是否得罪了他？"沈晓飞摇摇头："没有啊，对这种大神，我们敢有半点不敬？"黄亮嘟起嘴："沈经理，你不该随便表态更换。"沈晓飞看看褚南娇又望望黄亮，不解地问："说错了？"后又补了句，"你们不是也说过召回嘛。"黄亮反驳："那是两个概念。召回，是国际通行说法，一旦实施，需要公开。更换，问题就复杂，其中隐含不少潜规则。"沈晓飞拍拍脑袋："是这个理。"随即埋怨褚南娇，"你不该出馊主意。"褚南娇清楚他的性格，关键时刻不敢担责任，狠瞪他一眼，懒得理睬。黄亮说："真要更换，检测费、搬运费、人工费，得要多少，算过这笔账？"褚南娇来了气："你们枉做男人，难道看不出曾海军的花花肠子？告诉你们，这是缓兵之计。假若曾海军真逼我们更换，责任由我担。董事长、沈总那边，我会解析清楚。"3人知道她的能量，顿时三缄其口。

4人一起去给沈晓琪汇报。沈晓琪沉思良久，觉得问题既复杂又简单，叮嘱沈晓飞和褚南娇稳住曾海军，等蒋锐回来再作打算。沈晓琪姐弟俩心里有个小九九，心痛那笔多出来的费用。

从沈晓琪办公室出来，褚南娇跟在沈晓飞后面，一起走进他的办公室。

褚南娇说："沈经理，给曾总打电话，晚上约他出来喝几杯。"沈晓飞瞥她一眼："约得出来吗？"褚南娇哂笑："怎么一下变得婆婆妈妈？"沈晓飞沉吟半晌，慢慢拿起座机话筒。

电话拨通，沈晓飞直奔主题。谁知曾海军不买他的账。

褚南娇抢过话筒，嗲声嗲气："曾总，不看僧面看佛面，今晚务必赏光，我和沈经理到时在皇冠酒店等你呵，不见不散。再说，少不了你的好处。"

曾海军被褚南娇"嗲"得骨头酥软，态度来了个一百八十度的大转弯，爽快应诺。沈晓飞不得不佩服她的本领，给她竖起大拇指。褚南娇说："别给我戴高帽子，晚上你得包个大红包。"沈晓飞问："包多少？"褚南娇伸出两个指头。沈晓飞说："两千。"褚南娇摇摇头。沈晓飞惊讶："两万。"

褚南娇心里骂他没出息，嘴上却说："在这方面，你应向蒋总学习。舍不得孩子套不到狼。放点小血，回报的却是百倍。这么简单的道理，难道不懂？曾总虽然成不了事，但能坏事，真跟你较劲，张局长也没辙。孰重孰轻，你去掂量。我们拜菩萨时，明显小觑了他，以致留下后患。"

沈晓飞觉得有理，吩咐她去财务室取钱。市场开发部有一块销售专用资金，由经理掌握。

下班后，沈晓飞和褚南娇早早地到皇冠酒店包厢恭候。曾海军做派，故意姗姗来迟。褚南娇把曾海军安排在主位。待坐定，褚南娇把服务员打发走，沈晓飞赶紧掏出大红包，塞进曾海军包里。曾海军假意推脱："使不得，使不得，这不是害我嘛。"褚南娇捉住他的手，曲意奉承："曾总，您帮了我们大忙，一点小意思。这次真的不好意思，产品质量没达到您的要求，给您添了不少麻烦。沈经理说了，经过检测，发现有质量问题一律更换。您尽可放心，我们保证说到做到，决不让曾总为难。我知道，曾总在局里一言九鼎，以后，还得请您大力支持。您的好，我们永远不会忘记。"

曾海军被她哄得飘飘然，抽回手，悠然一笑："行啦，恭敬不如从命。放心，你们的事我一定尽力而为。"

后面的酒就喝得轻松自然，双方都高兴，捉对厮杀，高潮迭起。这酒喝了两个多小时才结束。送曾海军上车时，他紧紧抓住褚南娇的手不放，大着舌头说："小褚，你是好样的，我相信你，相信你们的产品。"车子开动，曾海军还从车窗伸出手不停地挥动。

沈晓飞和褚南娇都喝得有七八分醉。沈晓飞叫来司机开车。不知何因，沈晓飞今晚突然变得绅士，帮褚南娇打开车门，扶她上车，然后自己慢慢上车。当车子驶上主干道，沈晓飞靠近她，伸手抓她的手。褚南娇侧转身，躲开他。沈晓飞借助酒劲，拼命往她身上靠，抓不到她的手，就摸她的胸。褚南娇气得浑身发抖，当着司机的面又不便发作，只得捉住他的手往外推。她越推，他越来劲，还涎着脸把嘴巴贴到她的脸上。她实在忍无可忍，一巴掌打在他的脸上。这一巴掌，把他打醒了，也惊吓了司机。司机回过头问："怎么啦？"褚南娇随机应变："没什么，进来一只蚊子。"

次日上午，褚南娇准时上班，在走廊上碰到沈晓飞。沈晓飞对她暧昧一笑，轻声问："昨晚睡得还好？"褚南娇斜他一眼，不吱声，快步走过。走了几步，停下，回头说："沈经理，等下去拜访一下曾总吧。我觉得此事还有点悬。"沈晓飞点点头："好，我先打电话，看曾总在不在办公室。"

10点整，沈晓飞来到她办公室，手上转着车钥匙："南娇，走，曾总开完会，在办公室等我们。"以防他骚扰，她坐到车后座。沈晓飞回头说：

"坐前面来。"褚南娇说:"我怕了你。"沈晓飞做个鬼脸:"真是的,我又不会吃了你,过来吧,在前面好说话。"褚南娇把头扭一边:"开你的车,后头一样说话。"沈晓飞拗不过,只得发动车子。

到了曾海军办公室门口,沈晓飞把褚南娇推在前面。她上前轻轻敲门。里面传来声音:"请进。"褚南娇推开门,柔声叫了句:"曾总。"曾海军连忙站起来,走过来跟他们握手,请茶让座。

褚南娇喝了几口茶,嗲声嗲气地说:"曾总,不好意思,昨晚招待不周,改日再喝个痛快。"曾海军爽声应道:"好呀,小褚好酒量,下次单独比试比试。"沈晓飞马上接口:"曾总,好事不过日,要么就今晚,还是老地方。"曾海军摇摇头:"不行,下午出差,改日吧。"沈晓飞双手抱拳:"好,等曾总出差回来,我们再喝个一醉方休。"

扯了一阵闲话,褚南娇切入正题:"曾总,您这一出差,我们的事是不是往后推推。"曾海军点点头:"对,往后推推。"沉吟片刻,又改口,"我看,为不影响合作,你们的检测人员再进行一次抽检。我这里呢,找几个人配合一下。"褚南娇一愣,与沈晓飞交换了一下眼色:"行,进度要快,以免节外生枝。"曾海军爽朗一笑:"放心,我会安排好。再说,你们这单业务是局长亲自协调的,信不过你们,也得信我们局长啊!"说罢,哈哈大笑。

这哈哈大笑彻底卸下了两人的思想包袱,褚南娇忙不迭地表示感谢。

出得供电局办公大楼,两人的心情特别愉悦。趁褚南娇不注意,沈晓飞冷不丁地拥抱她一下:"南娇,这次你又立了大功。"褚南娇吓得躲一边,拉下脸:"有没有名堂?"沈晓飞嬉皮笑脸:"为你高兴呗。"走到车旁,沈晓飞摁了遥控。褚南娇迅速坐进后座。沈晓飞发动车子:"坐到前面来。"褚南娇瞟他一眼,坐着不动。沈晓飞回头望着她:"不坐前面,我就不走。"褚南娇打开车门:"行,不走,我打车走。"说罢,右脚伸出车外。沈晓飞赶紧劝阻:"得,得,我们走。"车子驶入大道,他嘴里嘟囔:"南娇,我咋这么惹你嫌?"褚南娇正色道:"你是有妇之夫,要讲点德行。"沈晓飞鼻腔哼一声:"切,这年头讲什么德行。你看那些当官的,一个个左拥右抱,三五成群。我们也来个与时俱进嘛!"褚南娇啐道:"无耻!"沈晓飞放慢车速,继续给她灌输歪理邪说:"人生苦短,不能吊死在一棵树上。活一天，就要活出自我，活出精彩。趁年轻，多留下难忘的记忆与美好。男欢女爱，是人生最高境界，年轻不享受，老了就没机会喽。"褚南娇不理他，任他胡说八道。沈晓飞回头瞅她一眼，嘴里仍是鬼话连篇："我总觉得自己亏大了，到现在才爱过一个女人。可是，孩子一出生，那种感觉全没了。后来见到你，才发现我对女人的感觉又回来了。真的，不知咋的，我特喜欢你，经常梦里与你亲热，害得我心里痒痒的。我真怕成为红楼梦里的贾瑞，死在镜子前。"褚南娇"呸呸"两声，斥责："无聊。"沈晓飞嘿嘿一笑："今天，我跟你说了大实话，不管你喜不喜欢，我定会追到底，最终得到你。"褚南娇气得脸色铁青，恶狠狠地诅咒："你会不得好死。"沈晓飞又是嘿嘿一笑："死在你的石榴裙下，值。"褚南娇听得心烦，干脆用双手捂住耳朵。

当天下午，褚南娇带质检部工程师与供电局检测中心工程师会合，对第二批智能电表进行抽检。因曾海军提前作了安排，供电局检测中心的工程师抽检了几箱就打道回府。褚南娇为了确保产品质量，还是领着质检部工程师按规定进行了抽检，对个别有瑕疵的智能电表进行了更换。

两日后，曾海军出差回来，到仓库转了一圈，装模作样地发表几点指示，然后在检测报告上签了字。晚上，沈晓飞和褚南娇在老地方宴请曾海军。为了表达谢意，沈晓飞按褚南娇的建议给他准备了一箱茅台酒和几条高档香烟。曾海军见了喜笑颜开。酒后，曾海军提出去K歌。两人兴致勃勃地陪同。曾海军喜欢唱歌，声音洪亮，中气十足，一首接一首地唱。唱累了，褚南娇就陪他跳舞。他的舞姿一流，交谊舞、拉丁舞、爵士舞、华尔兹，样样精通。好在褚南娇有半桶子水，勉强应付。凡一曲或一舞终了，沈晓飞和褚南娇就用力鼓掌。至凌晨1点，曾海军才意犹未尽地提出收场。沈晓飞开车送曾海军回家再送褚南娇。

离她住处还有两里路，沈晓飞将车停在路边。褚南娇警惕地问："干嘛？"沈晓飞不吱声，打开车门坐进后排，发疯般地搂住她："南娇，我发现，我已深深爱上你。刚才，你跟曾总跳舞，我心里酸酸的，几次想冲过去将他推开。求求你，给我一次机会吧！"褚南娇手脚并用，拼命踢打："沈晓飞，你疯了，放开我，放开我，否则我告你。"沈晓飞完全失去理智，厚颜无耻地说："你去告，得不到你，我会死。"褚南娇发现他真的疯了，硬拼是拼不过，只有以智取胜，改变策略："沈晓飞，既然喜欢我，不是这么个喜欢法呀。"沈晓飞愣了一下，惊喜道："你同意了。"褚南娇假意应承："得给我时间考虑考虑。"沈晓飞赶紧松开手，不停地点头："那是，那是。"褚南娇往外推他："去开你的车，我好困，想早点回去休息。"沈晓飞乖乖地回到驾驶室，把她送回家。

蒋锐出差回来，听说危机得到化解，喜不自胜，大笔一挥，奖励褚南娇两万元。

周末晚上，褚南娇饭后邀杜玉娇去足疗，想到屡遭沈晓飞骚扰，忍不住唉声叹气。杜玉娇趁机打诨插科："怎么样，我早就料到他是你的克星。"

褚南娇没好气地骂道："你有没有良心，人家水深火热，你却幸灾乐祸，还是人吗？"

杜玉娇逗道："我看，你就从了，反正你也是单身狗。他说得对，男欢女爱是人生最高境界，健全男女，谁不喜好这一出？"

褚南娇伸手打她："去，谁愿意跟这种有家室的人男欢女爱。"

"如果是金蛋，决不可错过，尽快接到手。"杜玉娇学她的口吻开玩笑。

褚南娇被她逗得哭笑不得，找台阶下："如果他是老魏，我二话不说，马上从了。"

杜玉娇嬉戏："沈晓飞比魏焘差不到哪里去嘛！"

褚南娇嗔道："切，好歹老魏是单身。他是有妇之夫，再说，档次比老魏差了十万八千里。"

"好了，不开玩笑。倘若在天全电器公司待不下去，我跟老魏说说，让他帮你找个单位。要不，到国信集团来，我们做伴。"杜玉娇认真起来。

褚南娇沉吟片刻，摇摇头："算了吧，到国企，未必有天全电器公司好。说实话，我挺喜欢那儿的工作环境，一是薪酬比你高，加上这奖那奖，起码高一倍；二是激励机制好，但凡有点成绩，立马给你兑现奖励或升职。董事长交了底，下半年提我为市场开发部副经理。如果不是沈晓飞纠缠不休，还真挑不出天全电器公司的毛病。"

杜玉娇感慨："是呀，民企有民企的优势。公司一上市，你若持有股权，身价立马倍增。"

褚南娇长叹一声："是啊，没十全十美的事。算了吧，还是先对付着。

要不，你回来住，给我做伴，遇到麻烦有个商量。"停顿片刻，骂道，"奶奶的，我就不相信对付不了他，大不了跟他撕破脸皮。"

杜玉娇笑道："这就对了，回来住是不可能，老魏这关过不了。他呀，回到家，没有我睡不着。不过，偶尔住住还是可以。今晚就陪你，已跟他说好了。"

褚南娇向她投去羡慕一瞥："祝贺你找到了真爱。"

杜玉娇扼腕长叹："谁知道是不是真爱？他还那样把自己裹得紧紧的，对过去守口如瓶。有时我半夜醒来，望着他的脸孔，觉得十分陌生。"

褚南娇伸过手去，与她的手紧紧握在一起，眼里闪着泪花："看来，我们都过得不容易。"

杜玉娇哽咽："对，都不容易。"继而自我鼓劲，"吉伯特说，每朵乌云背后都有阳光。只要坚持，定会穿过乌云拥抱阳光。"

回到出租屋，褚南娇还想聊天。杜玉娇说："不早了，早点睡吧，明天我还要陪杜主任到旅游公司检查工作。"褚南娇问："是蓝天所在的公司吗？"杜玉娇点点头。褚南娇遗憾道："可惜我不能跟着去，特想看看仇人相见的场景。"杜玉娇啐道："灰暗心态。"褚南娇警告她："玉娇，决不可好了伤疤忘了疼，对这种负心人，得给点颜色。"

杜玉娇哦了一声，紧锁眉头，心里久久不能平静。

第8章
敢讲真话

进入国信集团近一年，杜玉娇完全掌握了集团的资产状况、产业结构与管理程序。投资开发部是国信集团比较重要的业务部室，对所有控股公司和子公司的项目开发进行审核。集团实业与信托业务互为掎角，尤其是实业，发展速度比较快，每年有不少新项目上马。为了控制投资开发和运管风险，投资开发部按照集团管理章程制定了若干个风控制度。杜玉娇承担的工作就是负责核定项目前期论证，协助裴勇监督风控制度的落实与实施。

或许是杜玉娇勤奋好学为人低调，杜鹃特别偏爱她，每次出差都乐意带上她。

毕业以来，杜玉娇与蓝天从未谋面，不排除两人有意为之。其实，杜玉娇就是刻意回避。

蓝天的心态五味杂陈，当时甩掉杜玉娇去攀高枝就是为了谋个好单位，谁知她紧随其后进了国信集团，且成为顶头部室的要员，后又听说成了涂省长外甥的女朋友，他心里更是惶恐不安，担心她会借机报复。

龙晨曦见他长吁短叹，就不停地劝慰，并不顾父母反对跟他同床共眠，借以排泄他的苦恼。龙旺盛呵斥："成何体统，不可以办完喜酒再同房？"龙晨曦鼓起双腮嘲笑："老八股，少见多怪，现在未婚同居的人多了去。"龙夫人居中调停，劝丈夫："算了，算了，迟早要住在一起。"劝女儿："爸爸为你好，大了肚子，我们的脸挂不住。住一起我不反对，但要采取措施。"龙晨曦理直气壮："怕什么，真怀了，我和蓝天搬出去，挺着大肚子就不能办喜酒？"见调停失败，龙夫人只得安慰丈夫，说这桩婚姻不容易，依了他们，生米做成熟饭，也许是好事。龙旺盛想想也是，女儿本来就是横刀夺爱，还差点弄成官司，大不了提前把酒席办了。要提前办喜酒，龙晨曦却不干，说全国人民代表大会召开的时间能随便改吗？龙旺盛觉得女儿抬杠，无理取闹。龙晨曦说那不叫抬杠，婚礼大典，与全国人民代表大会的意义毫无二致。做父亲的辩不过，只得挂免战牌。

蓝天在旅游公司项目开发部负责综合管理，部门主任裴平安布置他撰写汇报材料和整理项目开发风险控制的相关案例，并交代："案例越生动越好，以案例体现风控制度落地更有说服力。"蓝天不负厚望，不仅汇报材料写得漂亮，案例整理更加精彩纷呈。裴平安阅后击掌叫好，要他做好准备，一起陪检查组到项目单位检查。

裴平安与蓝天在旅游大厦大门口迎接检查组。当杜鹃、裴勇、杜玉娇跨出车门，裴平安和蓝天迎了上去。蓝天与杜鹃、裴勇握过手，尴尬地与杜玉娇握手，很不自然地打招呼："你好！"杜玉娇瞅他一眼，生硬地回了句："你好！"

裴平安陪杜鹃、裴勇走在前头，不停地说笑。蓝天陪杜玉娇走在后头，一路无话。快到电梯间，蓝天忍不住问："这段时间还好吗？"杜玉娇脸上倏地飘过一朵乌云，眉头皱了皱，算作回答。蓝天讨个没趣，将脸扭向一边。

进得电梯，杜鹃瞅着他俩说："你们同一个学校，同一个专业，应是同班同学吧。"杜玉娇莞尔一笑，点点头。蓝天一边点头一边哈腰："是的，是的。"杜鹃问："怎么没听你们说过？"蓝天笑着打趣："我们都是新兵，不敢拉帮结派。"杜鹃呵呵一笑："年轻人心眼多。"

出了电梯，蓝天把3人带到会议室。裴平安去请皮树德。一会儿，皮树德快步走来，与3人握手，笑着解释："卫总陪冯总出差了，今天我跟3位汇报，并陪你们去检查。"冯总叫冯辉，集团公司副总，分管旅游公司。

杜鹃忙摆手："不敢麻烦皮书记，我们是例行公事，有平安陪同就行。"

寒暄一会儿，皮树德开始汇报。他指着汇报材料说："旅游公司项目投资开发风险控制的具体做法全在里面，3位可以细看，我就不念。今天，我想讲几个风险控制的案例，让杜主任、裴勇、小杜更加直观。"

皮树德娓娓道来，其中石岗瀑布旅游区开发风险防范措施特别精彩。这是石岗县招商引资的项目，距县城30公里开外的原始森林有条长年水流不断的小溪，每遇暴雨，落差达50米的悬崖峭壁处瀑布如帛、汹涌澎湃、浪花飞溅、水雾蒸腾，如果用李白的诗"飞流直下三千尺，疑是银河落九天"来形容一点都不为过。经过反复论证，旅游公司认为很有开发价值，报集团审核后与石岗县签订了开发协议。为确保项目万无一失，旅游公司提前做好前期中期后期每步风险防范。上游建水库，景区规划，道路建设，沿途拆迁等等，无不未雨绸缪，防患于未然。如上游建水库会淹没一道山脉，当地居民以破坏龙脉为借口阻挠施工。项目组三番五次到各家各户做深入细致的劝解工作，多次请来风水先生详解风水道理，还帮当地居民修葺宗祠宗庙，最后化干戈为玉帛，工程顺利完工。

中午，皮树德在食堂招待检查组，因下午有个会，说好限量。喝了几杯，皮树德开蓝天与杜玉娇的玩笑："你们两个都是才子，金童玉女，在学校没擦出过火花吗？"

杜玉娇毫无表情地低下头。蓝天哼哈一声："难以叙说。"

皮树德哈哈大笑："难以叙说，说明有故事喽。"转眼盯着杜玉娇，"小杜，不要不好意思，你说说，火花闪了多久？"

杜玉娇哀怨地瞪了皮树德一眼，无声地摇摇头。皮树德见她情绪不佳，与杜鹃相视一笑，把话题转到别处。

下午，杜鹃、裴平安、裴勇、杜玉娇、蓝天一行5人乘坐别克商务车前往石岗旅游区开发公司。杜玉娇坐在副驾驶上，杜鹃、裴平安坐中排，蓝天和裴勇坐后排。一路上，杜裴裴3人话题不断，谈锋甚健。蓝天时而加入闲谈，时而默默观察杜玉娇的表情。杜玉娇始终不语，眼睛一眨不眨地直视前方。

到得石岗旅游区开发公司宾馆，休息片刻，检查组就开始工作。旅游区开发公司总经理李运来做了工作汇报。李运来生性活泼、思维敏捷，放开稿子滔滔不绝，给人的感觉是精明强干游刃有余。从汇报中，杜鹃觉得旅游区开发公司在防范风险方面心细如发滴水不漏，可以说做到了极致，不停地点头予以赞扬。听完汇报，杜鹃作了中肯的点评。随后，裴勇、杜玉娇按规定检查相关规章制度及工作措施。

晚餐，免不了觥筹交错。饭后，李运来安排大家在内部歌厅K歌。唱起兴致，裴勇起哄杜玉娇与蓝天来个男女合唱。两人推不脱，只得硬着头皮持麦。音乐响起，两人十分投入，配合默契，一曲《明明白白我的心》唱得深情真切、如泣如诉、委婉动听，引得掌声一片。

杜玉娇坐回原处，杜鹃悄悄问："怎么了，看你们心事重重，是不是以前闹过矛盾？"杜玉娇苦笑一下，随意编排："由于性格原因，在学校就很少说话。"杜鹃哦了一声，不再言语。到跳舞环节，裴勇又起哄他们跳伦巴。蓝天愣了一下，向她伸出手。杜玉娇借故上厕所以回避。

K歌结束，回到房间。杜玉娇刚放好热水准备洗澡，房门被敲响。她大声问："谁？"门外没有回音，继续响起敲门声。杜玉娇只好打开门，见是蓝天，忙关门。蓝天伸进一只脚，低声求道："让我进去说几句。"杜玉娇将他往外推："有什么好说的，走，走。"蓝天不理会，硬是挤了进来。杜玉娇只得顺手关上门，不吭声，独自坐在床上看电视。蓝天不请自坐，长叹一声："玉娇，对不起，过去我严重伤害了你，请谅解，以后要长期共事，这种状态会憋死人。"杜玉娇斜他一眼，不搭理，眼睛盯在荧屏上，心里却浊浪翻滚。蓝天继续说："我知道，你一直不肯原谅我，事后，我也后悔过，可是，已回不了头。我不是人，对不起你。"杜玉娇撇撇嘴，恨恨地说："说这些有何意义呢？"蓝天吁口气："我知道没意义，不说出来，心里难受。我不求什么，只求得到你的谅解。"杜玉娇心里来了气，咬牙切齿地吼道："你还会难受？哼，巴不得别人从地球上消失。"蓝天难过地说："看来，你对我成见太深，在这个时候说什么都是多余。行，打搅了，我回房间去。"蓝天站起来，抻下衣服，抬脚往外走，丢下一句话："希望你不要把个人恩怨带到工作中去。"

随着关门声响，杜玉娇心里咯噔一下，索性关掉电视，躺在床上闭目遐思。心想，刚才有点过分，人家来赔礼道歉，自己却蛮横无理。过会儿又想，没办法，自己就这个性格，嫉恶如仇，好在留有余地，没跟他撕破脸皮。她给褚南娇打电话，叙述刚才的情景。

"玉娇，真沉得住气，换上我，不羞辱他一顿才怪呢？他把你害得那么惨，不能便宜他。"褚南娇在电话里叫起来。

"唉！"杜玉娇重重地叹声气，"羞辱他一顿又有何意义？说实话，时过境迁，我对他已恨不起来，只是看着别扭，想出口恶气。刚才，我琢磨了半天，老纠结过去的恩怨，对人对己毫无用处，到头来反坏了自己的心绪。能早看清一个男人的内心，是件好事。倘若误入歧途，更加悲哀。找到懂自己的人难，找个过日子的不难，所以不必苛求，只要认为自己的选择是对的就足矣！"

褚南娇一时无语，沉默半晌，回道："行啦，我也是这么一说，你自己看着办。不过，你这种妥协态度我不赞成，如果我遇到这种事，非理出个子丑寅卯来。在男女问题上，我宁愿负天下，决不让天下负我。"

搁了电话，杜玉娇心里一下轻松许多，想起魏焘，心里憧憬无限，再纠缠过去，无疑给自己找茬。

次日早晨，杜玉娇与蓝天打照面时态度大变，除了爽快交流，还不时给个笑脸。蓝天心里一块石头落了地，心想，只要她不给脸色，爱咋地就咋地。

吃早餐时，蓝天主动坐在杜玉娇身旁，有一搭没一搭地胡聊。这一变化，引起杜鹃的注意，她不时向他俩张望。在接下来的行程中，两人显得比较自然。杜鹃跟杜玉娇耳语："看来你们还是蛮投机嘛！"杜玉娇笑笑，不置可否。

最后一站是度春山溶洞景区管理公司。这是多年前并购的一家县级旅游公司。并购以来，经营管理上一直起色不大，年收益仅够维持运转。当地民风野蛮彪悍，景区管理难以规范，稍有动静，必引起纠纷。问题反映到县委县政府主要领导，最终都是不了了之。公司经理换了几茬，一茬比一茬差，最后还是起用原总经理王三雄以求平稳过渡。

王三雄原是县旅游局副局长，开发度春山溶洞景区时主动请缨担当总指挥。景区刚投入运营，主要合作方突然提出撤资，台面上的理由是总部遇到财务危机，实际是与主管副县长刘海和王三雄闹翻。刘海通过关系找到冯辉求合作。冯辉带队考察数次，经过多轮评估，与县里签下控股合作协议，溢价收购了原合作方的所有股权和县里让出的10%的股权。收购后，冯辉才发现这是一个烫手山芋，原班子成员四分五裂，每个班子成员背后都牵涉一位县领导，各吹各的号，各唱各的调。冯辉指示卫星将原班子成员就地免职，从别的公司抽调一位精干副总出任总经理，副职则实行竞聘上岗。王三雄重回县旅游局，因没了职数，任了个虚职，其他副职也陆续回原单位。新班子组成后，根本无法开展工作。要么员工消极怠工，要么沿途村民闹事，要么三天两头出现偷盗现象，要么景区发生临时工殴打游客事件。新班子成了救火队，运营管理一落千丈。新总经理干不下去，提出辞职。中国有句老话，强龙难压地头蛇。卫星只好请县里支援，谁知县里连续派的几位均是落荒而逃。县长出来支着："度春山周边村民野蛮，必须得有强人坐镇。王三雄是当地人，只有他才能收拾局面。"卫星已是穷途末路，只得重新起用王三雄。果真，王三雄到任后，一切恢复正常。王三雄汲取以往教训，接受国信集团的企业文化理念，推行集团和旅游公司的管理制度，进行有限度的改革。从此，度春山溶洞景区管理公司在运营管理上逐步走上正轨。

在杜鹃的印象中，度春山溶洞景区管理公司是个问题公司，故而临时改变检查程序，先实地检查，再听取汇报。

那天上午，天公不作美，阴雨绵绵，冷风透背，春的气息完全被山风吹尽。王三雄派办公室主任小张陪同。度春山溶洞与张家界黄龙洞十分相似，分旱洞和水洞，共三层，长8公里，最高处百余米。一层水洞与两层旱洞上下纵横，形成洞下洞、楼上楼螺旋结构，最大洞厅的面积5000平方米，可容纳几千人。洞内有一个水库、两条阴河，游人多时，渡船如梭。钙质石积物五颜六色，绚丽多彩。穿顶石壁滴水沉淀的石乳、石柱、石笋、石幔、石琴、石花奇异多姿、玲珑剔透，尤其是水晶玉石，琳琅满目，异彩纷呈，美不胜收。

杜玉娇大二暑期跟褚南娇来游玩过一次，一方面对大自然的巧夺天工惊叹不已，一方面对景区的管理深恶痛绝。时隔几年，有些地方仍是旧颜未改，如到山顶洞口有段800米的陡峭山坡，轿夫强拉游客坐抬轿的现象屡禁不止，甚至争抢游客出言不逊大打出手，令不少游客大倒胃口。小张口齿伶俐，把度春山溶洞形成与神话故事演绎得栩栩如生。下山时，杜玉娇问起为何不整顿轿夫和小商贩秩序？小张苦笑一声，三缄其口。杜玉娇顿生疑窦，觉得有必要通过此次检查促进改革，让度春山溶洞公司旧貌换新颜。

下午开会，度春山溶洞公司班子成员和中层干部悉数参加。王三雄汇报工作时声音洪亮，粗话连篇。小张拼命给他使眼色，暗示他念稿子。他斜小张一眼，不理不搭，继续自己的临场发挥。王三雄啰唆半天，勉强汇报完工作。

蓝天听后心里直打鼓，恨王三雄不争气。撰写汇报材料时，他按度春山溶洞公司提供的材料作了尽善尽美的勾画，对存在的问题蜻蜓点水一笔带过。时下，国有企业层层汇报工作都是这个套路，谈成绩，莺歌燕舞；谈问题，轻描淡写；谈团结，一团和气；谈发展，宏图远大。这篇汇报材料重点突出、归纳准确、条理分明，如果照本宣科，效果应该不错。谁知这位老兄我行我素，全然不顾企业的形象。

汇报结束，杜鹃作了点评，对成绩给予充分肯定，对存在的问题毫不留情地予以指正。杜鹃点评完，要裴勇和杜玉娇发表意见。

裴勇投其所好地吹捧一通，博得王三雄、裘平安、蓝天眉开眼笑，并获得阵阵掌声。

杜玉娇初生牛犊不怕虎，成绩简单归纳几句，然后大谈问题："通过看材料、实地检查、听汇报，我发现，首先是旅游公司的汇报材料不真实，过分夸大成绩，刻意掩饰问题；其次是度春山溶洞公司的汇报避重就轻，思路不清。"并对汇报材料逐条进行分析，基本否定了汇报材料的观点和内容。接着对王三雄的汇报进行猛烈抨击，"这是我听过的最糟糕的汇报，一个半小时，不知王总表达了什么。我们是来检查工作，不是来歌舞升平。当然，不能否认王总及班子成员的功劳，有功劳，谁也抹杀不了，没必要大吹大擂。关键是要发现问题，找出问题，如果对存在的问题视而不见，不敢直面，管理上留死角，到头来会要了企业的命。管理学家说，细节决定成败。度春山溶洞公司应该从细节抓起，进行一次阵痛和革命性的改革，彻底解决遗留问题。比如轿夫野蛮拉客，餐馆和小商贩恶意欺诈游客等，与几年前没有两样。这，难道不是公司最大的风险隐患吗？要吸引游客，开辟新天地，必须浴火重生，凤凰涅槃。我认为，应该从以下几方面着手：一是重新制订管理规划；二是严格责任目标；三是改变管理理念；四是彻底整顿市场秩序；五是增加景区设施，提升档次，比如对800米陡坡架设索道，让年龄大的游客多一个选择；六是加大宣传力度，酒香不怕巷子深的观念早已过时，宣传上敢于花钱，回报应是几何级。"

杜玉娇这番话，说得王三雄火冒三丈、咬牙切齿，说得裘平安哑口无言、思潮起伏，说得蓝天脸红脖粗、气愤难平。

三人的情绪变化，杜鹃一一看在眼里，同时心里也在翻江倒海，一方面觉得杜玉娇说出了她的心里话，一方面又担心捅了马蜂窝。在王三雄火爆脾气未发作前，她赶紧和稀泥："王总，这仅是杜玉娇同志的个人观点，不代表检查组。不过，杜玉娇提出的六点建议，还是有可取之处，供旅游公司和度春山溶洞公司参考。"

杜鹃的话一停，王三雄倏地站起来，黑着脸往外走。小张赶紧跟了出去。王三雄走到走廊窗口，掏出烟，点燃猛抽。小张站在他身后，小心翼翼地劝解："王总，杜玉娇到集团时间不长，情况不熟悉，别当回事。"王三雄一口把烟蒂吐出窗外，恶狠狠地骂道："妈的，黄毛丫头，口出狂言。"然后用手理理头发，昂首挺胸地走进会议室。

待王三雄坐好，杜鹃望着他说："王总，今天的汇报到此结束吧。有什么意见下次再说。"

王三雄用力摆摆手："等等，到这个份上，不说两句，心里难受。"干咳两声，亮开嗓门发泄不满："度春山溶洞公司确实存在隐患，这是历史形成的。为什么会出现轿夫野蛮拉客、餐馆和小商贩恶意欺诈游客的行为？当地的民风就是这个样子，谁也没有本事改变。在他们的地盘上，只有斗智斗勇，如果强行立规立矩，或将他们赶下山，其结果是两败俱伤。过去的经验教训历历在目。至于建索道，我们不是没考虑过，当时一放风，村民顿时围攻县委县政府和公司，只好作罢。谁不想进行改革？改得了吗，小杜同志，要不你来试试。县委县政府也为景区的环境头疼，前后下了几个文件，村民根本不买账。防范风险，我们比谁都着急，出了问题，受罚的是我们。作为检查组，要多看成绩，不要吹毛求疵……"

裘平安听不下去，赶紧制止："老王，别说了。检查组就是来检查问题，要虚心接受检查组的意见。通过这次检查，我们一定要在风险防范上引起高度重视。"转头望着杜鹃，"杜主任，我看汇报会可以结束了。"

此次检查，最憋气最恼火的莫过于蓝天，想不到杜玉娇当着众人面毫不留情地否定他起草的材料，这等于羞辱他。想到马上要走进婚姻殿堂，他暂时将恼怒克制住。

_∽∾∾ 第9章 ∾∾∾_

桃花运

　　还有一个星期，是蓝天和龙晨曦的大喜日子。大喜日子来临之际，最激动的莫过于龙晨曦，最高兴的莫过于龙旺盛两口子。

　　随大喜日子临近，却有一个人坐立不安，那就是邵芳。为什么邵芳会坐立不安？话还得从头说起。

　　自邵忠良委托龙晨曦劝导邵芳，她就时刻记在心上，一有机会就找邵芳聊上个把小时。两人因"三观"不同，总说不到一起。邵芳嘲笑她是九斤老太太，反讥："你蠢不蠢，女人没几年风光日子，不趁年轻快乐一下，算白活。找男人结婚还不容易？大街上多的是，问题是一结婚，就吊死在一棵树上，没了自由。"

　　龙晨曦与别的女孩不一样，答应了的非得理出个子丑寅卯来。她相信自己的能力，一定能把邵芳改造过来，如此才对得起邵总。劝说无效，她便安排条件好的帅哥与邵芳相亲。谁知邵芳与帅哥一见面，奚落得人家落荒而逃。无奈之下，龙晨曦向蓝天求助。蓝天答应与她一起做工作。

　　一天晚上，3人在春秋咖啡馆见了面。蓝天十分惊叹和欣赏邵芳迷人的气质和姣美的身材，一张漂亮瓜子脸透着魅力四射的妩媚，泉水般的双眼似巨大的磁场深深吸附他，让他欲罢不能，尤其是魔鬼身材简直让他感到自然界造物技术太神奇太伟大，三围比例世界绝无第二，形容为女人中的绝品决不为过。龙晨曦在她面前显得是那么不协调，让他想起左拉在《陪衬人》里描写的场面，蓝天心里顿时涌起一种从未有过的不适感，似乎还有点隐痛。他微闭双目，使劲甩摆脑袋，借以驱散难以言状的无奈和痛楚。龙晨曦问他咋回事，他苦笑一下："没什么，突然有点头晕。"龙晨曦关切地问："是不是空气不好，我去开窗。"说罢起身。蓝天伸手搂住她："没事，待会儿就好。"然后用手指按摩太阳穴。

邵芳第一次与蓝天见面，他眼波荡漾，嘴巴大张。蓝天逼人的英气与得体的礼貌深得她的好感，她心里小鹿乱撞，含情脉脉地望着他。龙晨曦在这方面是马大哈，未发现两人的情绪变化，只一门心思做劝说工作，说来说去，总离不开那些陈词滥调。邵芳根本听不进，眼睛只在蓝天身上转。见两人直勾勾地对视，龙晨曦终于醒悟，一巴掌打在蓝天背上："看什么看，邵芳脸上插了花？"又骂邵芳，"没见过男人呐，色鬼。"蓝天歉疚一笑，调侃："美女，哪个不爱看？"邵芳则大言不惭地挑衅："我就是色鬼，再骂，把你的心肝挖了去。"龙晨曦在邵芳面前晃晃拳头："你敢，动他一根毫毛，把你剁成肉泥。"推推蓝天，"叫你来干什么，不是做相公。"

蓝天吐吐舌头，向前倾斜身子，认真当起说客："邵芳，你与晨曦是发小，关系自然不一般。她跟你说过多次，效果全无，于是着急，为邵总急，为你急。说实话，你的美貌令我吃惊。龙晨曦老说你漂亮、妩媚、娇艳，一见面，果然名不虚传。邵叔叔为何急？你老大不小了，晃荡的日子不多。女人的青春本来就短，不在黄金时间解决个人问题，到头来吃亏的还是自己。现在剩女一大把，个个急得双脚跳，都后悔当初挑三拣四，误了前程。叶倩文的《潇洒走一回》要认真解读，我拿青春赌明天，你用真情换此生。你赌得了吗？你换得了吗？最终是忧伤遍地，血流满面。潇洒走一回，怎么走？灯红酒绿，醉生梦死，快乐一时，却快乐不了一世。"

龙晨曦补充："女人一过三十就成豆腐渣，时光，在我们身上耗不起。你只有几年的光鲜时光，再不认真对待，时光就会惩罚你，把你变成老妈子。当你满脸皱纹，腰肥腿粗，成了明日黄花，就没哪个男人愿意娶你。"

邵芳撇撇嘴，不以为然地笑笑："我不是你们想象的那样，不是不想找，而是找不着。谈恋爱，需要感觉，需要心动，既谈得来，又对得上眼。"

龙晨曦问："你的标准究竟是什么呢？"

"要说出来吗？"邵芳瞅龙晨曦一眼，将目光放在蓝天身上。

龙晨曦催促："对，直接说出来，又不是见不得人。"

邵芳想了想，摇摇头："算了，还是不说为好，省得引起误会。"

蓝天从她闪烁的眼光中读懂了她的意思。龙晨曦却不解风情地嘲笑：

"切，还会引起误会，莫不是要找厅长处长？"

"懒得跟你说。"邵芳狠剐龙晨曦一眼，抛给蓝天一个意味深长的媚笑。

蓝天不接她的招，继续唠叨："邵芳，不管怎么说，你得走出这一步。多接触符合条件的异性，才会有收获。"

"你怎么知道我不接触异性？"邵芳顶他一句，然后油腔滑调地调侃，"告诉你，我接触的男人一大把，可以说阅人无数。哪个男人正经，哪个男人花心，他一撅屁股，我就看得清清楚楚明明白白。"

蓝天发现与她交流挺费劲，难怪邵总夫妇和龙晨曦无法与她沟通，关键是她老把你设置的频道岔开，始终走不到一起。

邵芳不愿继续这个无聊的话题，跳跃性地聊天南地北和花边新闻。龙晨曦不断打岔，把话题往正题引，却被邵芳巧妙遮掩。蓝天自觉无力再当说客，干脆投其所好，跟她谈笑风生。分别时，邵芳要了他的电话号码，还跟龙晨曦打趣："小心点，我看上了蓝天。"

在回家的路上，龙晨曦埋怨蓝天："叫你来做工作，没承想一个德行，与她一唱一和。"

"喂，她听你的吗？她和我们根本不是一路人，你就是说破天，她依然故我，天马行空。"蓝天叫苦不迭，直觉得龙晨曦冥顽不化。

躺在床上，龙晨曦辗转反侧，不停地找蓝天说话。说着说着，她突然烦躁不安。蓝天问："怎么呐？"龙晨曦喃喃自语："她好像对你感兴趣。"蓝天用鼻子顶顶她的鼻子，笑道："傻瓜，你们是发小，我是你的未婚夫，她当然对我感兴趣喽。"龙晨曦幽幽地说："不是这种兴趣，怕是那种兴趣。"蓝天觉得她过于敏感，安慰道："担心什么呀！我们早就是一家人了，她能把我怎样？"龙晨曦说："我知道她不能把你怎样，就怕她居心不良。"蓝天哈哈大笑："你呀，神经过敏。要不，你以后天天跟着我。"龙晨曦使劲搂紧他，嗲声嗲气地说："别笑我，我只是有那么一点点担心。"蓝天拍拍她的脸，温柔地说："别想那么多，好好睡觉。"

不一会儿，龙晨曦响起了轻微的鼾声，蓝天却睡意全无，龙晨曦的担忧害得他浮想联翩。他慢慢回味与邵芳接触的点滴，对视时，发现她含情脉脉，眼睛里似有一团火，直烧心胸，以致热浪翻滚。她是当代女性中的叛逆者，敢于用青春赌明天，敢于用身体寻极乐。对他而言，她是一束刺玫瑰，一朵罂粟花，唯有远离，方可避免引火烧身。

蓝天想躲她，邵芳却千方百计找理由接触他。这不，趁龙晨曦出差，邵芳晚上约他出来K歌。蓝天左右为难，不敢应承。邵芳取笑："蓝天，怕我吃了你不成？男男女女一大堆，即便想吃，也没机会呀。"蓝天想想也是，大男人还怕小女子？笑话，于是壮胆赴约。

那是云都最有名的豪华歌厅，装潢绝对一流，大厅走廊金碧辉煌、流光溢彩、香气缭绕；进得包厢，又是另一番景象，令人眼花缭乱。偌大的包厢里装饰了假山假桥假水，正面墙壁挂了一个巨大的液晶电视，里面正在播放杨钰莹的《我不想说》，甜腻腻的声音似蜜一样流进每个人的心田。五颜六色的灯光将假山假桥假水照耀得色彩斑斓，似仙境一般。沙发上早已坐满了青春勃发奇装异服的帅哥靓女。见蓝天进来，邵芳赶紧迎上去，拉着他的手向大家介绍："我发小的未婚夫，国信集团的大秀才。"接着掌声响起。蓝天向大家鞠躬："各位好！"邵芳把他拉到身边坐下，问："喝点什么，红的，白的？"没等蓝天回答，她自作主张，"还是白的吧。"随即给他倒了半杯五粮液。邵芳跟他碰过杯后，一一介绍来宾。没想到全是官富二代，要么父亲是副省长、人大常委会副主任、政协副主席、国企老总，要么母亲是厅长、大学校长。一下子和这么多宦官子弟相聚，令他无所适从诚惶诚恐。

邵芳好像是聚会的组织者，一会儿指挥这个唱歌跳舞，一会儿鼓动那个划拳喝酒。闹腾一阵子，有人起哄邵芳与蓝天合唱一首情歌。邵芳高声叫"好"，点了一首《明明白白我的心》。邵芳唱歌水平不咋地，音域窄，音色差，又跑调。蓝天本想唱出成龙的原音调，无奈被邵芳拖累，勉勉强强将歌唱完。邵芳倒谦虚，给蓝天道歉："不好意思，把你带到莫斯科去了。"

这时，有美女过来跟他碰杯，自我介绍叫思诗。思诗说："蓝哥，你的音质特好，中气又足，好好训练一下，保不准成阎维文第二。"蓝天淡然一笑："过奖了。"思诗放了酒杯，提议与他合唱一首《当爱已成往事》。这是蓝天的拿手戏，他欣然同意。思诗的唱歌水平不一般，音调准，音色纯，唱出了林忆莲的韵味。蓝天唱得深沉委婉、如泣如诉，鼻腔喉咙同时出气，略带重音，又富磁性，十分动听。一曲终了，掌声雷动。思诗唱起了兴趣，连续与蓝天合唱了几首。

"跳舞，跳舞，大家各自找舞伴跳舞。" 只听得邵芳尖叫。蓦地，灯灭，仅剩下几束微暗的射线上下左右飘浮，《蓝色多瑙河》圆舞曲随之响起。邵芳过来牵了蓝天的手，慢慢步入舞池。这边，早有男女搂在一起跳贴面舞。微暗中，一对对情影随着欢快的节奏摇晃呢喃，渐渐沉湎在惬意的欢乐中。邵芳双手搭在蓝天肩上，痴情地望着他，等他搂腰。蓝天不习惯这种场面，双手不知往哪摆。邵芳扑哧一笑："搂腰也不会吗？"蓝天尴尬地笑笑，机械地搂住她的腰。邵芳说："搂紧点。"蓝天犹豫一下，顺势将她搂紧。两人随《蓝色多瑙河》圆舞曲节拍慢慢摇晃、慢慢移步。走着走着，邵芳把他带到假桥上。一上桥，几束亮光顿时倾泻下来，接着是雨点般的彩色纸花撒在身上。一阵欢呼过后，亮光瞬间熄灭。几近浪漫又带恶作剧的场景叫蓝天惊喜异常，想不到这些宦官子弟如此疯狂，让他洞悉了另一番景象。

跳舞结束，思诗嚷嚷着要邵芳与蓝天喝交杯酒。这是他们事先设计好的游戏，谁遇上天女散花，谁就要扮演情侣。蓝天一脸苦相，往后躲。思诗抓住他往前推，大叫："不准耍赖。"大家一起起哄，拍巴掌，敲茶几，大呼小叫。蓝天被这种疯狂的喧嚣气氛感染，只得顺其自然，在大家恶作剧的摆布下完成了一个个浪漫与出格的动作。

至凌晨1点，K歌才结束。蓝天与邵芳同坐一辆的士回家。一上车，邵芳就靠在他肩膀上，微闭双目，陷入陶醉。蓝天先到家，下车时，邵芳搂住他，在他脸上猛吻几下，激动地说："下次再约。"蓝天推开她，逃也似的跳下车。

这一夜，蓝天失眠了，思前想后，发誓再也不接受她的约会。

然而，蓝天的发誓又成泡影。同样是龙晨曦出差时间，邵芳打电话约他晚上出来吃饭。他以晚上加班为由予以搪塞。邵芳在电话里咯咯笑起来："别装熊了，你有什么班加？快出来吧。今晚这顿饭局对你很重要，余副省长也在，你就不想结识一下分管国资委的省领导吗？"

蓝天心动了，能近距离接触副省长，对他来说是莫大的荣幸。他在电视里见过余副省长，英俊潇洒，风流倜傥，口若悬河，是位专家型的省级领导。他二话不说，带着一种崇敬的心情爽快应约。放了电话，又甚觉蹊跷，她怎么能请动副省长呢？于是追个电话过去。邵芳笑骂："切，小人之心，怀疑人家骗你。告诉你，是有人请我们。"蓝天问："谁请？"邵芳说："来了就知道。"

蓝天提前下班，早早来到酒店。邵芳已在，思诗也在。见他迟疑，邵芳解释："余副省长是思诗的父亲。"蓝天哦了一声，双手打恭作揖："对不起，有眼不识泰山。"思诗请茶让座，说起今晚请他的理由，要他假扮她的男朋友，骗过舅舅。

原来，思诗从初中起在舅舅身边长大。思诗父母长期在基层工作，随父亲升迁，母亲和思诗跟着转战不同县市。因不断变换学校，老师换得过勤，思诗学习成绩摇摆不定，母亲为此没少操心。舅舅是云都市教育局长，建议思诗转学。为前途计，父母痛下决心将女儿送到舅舅身边。舅舅管得严，弄得她整天像老鼠见猫。谁知思诗天生叛逆，舅舅越管越拧巴。高三时，思诗与市公安局长儿子拍拖，经常夜不归宿。一气之下，舅舅动手打了思诗一巴掌。这巴掌，把思诗打出了门。舅舅只得向她赔礼道歉。受公安局长儿子的影响，她的人生观突变，经常与官宦子弟厮混。好在她脑瓜子灵活，高考顺利过关。大学毕业，她在市教育局下属单位干了1年，后被提升为副省长的父亲调到云江省科学院信息中心。舅舅老给她介绍男朋友，想借婚姻约束她的荒唐举止。父母也有这个意思。思诗知道舅舅这次不会放过她，于是请邵芳出主意。邵芳想都不想就给她支了个臭招。

要他假扮思诗男友骗她家人，蓝天一百个不情愿，叫道："罢了，罢了，你们杀了我吧。"

邵芳脸上不好看，本想讨好思诗，没承想弄巧成拙。她立即拉下脸："蓝天，请你演出戏，又没叫你上床，摆个样子，有这么难吗？谁说谈了恋爱就得结婚？接触两天，拜拜的多了去。见一次面，余副省长会记得你？今天是做给思诗舅舅看。思诗有了男朋友，舅舅就不会再烦她。告诉你，这个忙不帮也得帮，否则，我跟龙晨曦绝交。"

这一唬，蓝天不再吭声，茫然地望着思诗。恰在此时，思诗父母舅舅先后进来。3人赶紧站起来迎接。思诗介绍蓝天："小蓝，我新交的男朋友。"蓝天已无退路，只得硬着头皮骑上驴，叔叔阿姨舅舅地叫着。

看得出三位长辈对蓝天挺有兴趣。母亲的目光始终落在蓝天身上，问这问那。思诗烦道："妈，矜持点好不好。我们才认识，能不能给我留点面子？"父亲问蓝天哪个单位。思诗抢先回答："市科技局。"父亲又问起市科技局有关情况。思诗嗲声嗲气地责怪："爸，能不能绅士一点，查人家户口有意思吗？"见此，做父母的只得沉默。倒是舅舅懂思诗，切换话题，与蓝天聊起时政与经济形势。好在蓝天平时善于思考，与舅舅聊得甚欢。因父亲要赶飞机出差，三位长辈填饱肚子就提前告辞。

三位长辈一走，思诗高兴地跳起来："太好了，至少半年耳根清净。"随即搂搂蓝天，"谢谢！"又觉不过瘾，踮起脚跟，伸长脖子亲吻蓝天几下。吻罢，以玩世不恭的口吻对蓝天说，"我不会跟邵芳抢，否则，我要定了你。"

邵芳不恼，大大方方地说："好呀，我们同享。"

思诗笑笑，大嚷："喝酒，喝酒，今晚一醉方休。"叫服务员拿2瓶茅台来。

"算了吧，以后再喝。"蓝天打退堂鼓。

邵芳一把扯住他："走什么走？陪思诗喝几杯，好好庆祝一下。你一个大男人，好意思抛下我们小女子不管吗？"

"对，对，陪我喝几杯。"思诗手舞足蹈，"我还想看好戏呢？"

蓝天不懂思诗看好戏的意思，只当是看他烂醉如泥的丑态，于是想："哼，看我的好戏，酒桌上还未碰过对手呢！"欣然留下与她们打擂台。蓝天心无戒备，放开量与她们对喝。喝至半场，邵芳建议休息一下，叫服务员打开音响，要思诗与蓝天对唱情歌。两人越来越默契，思诗情绪越来越高涨，连续唱了十几首。期间，邵芳给蓝天端来一杯果汁。蓝天一口喝干。接着又喝酒，直至把2瓶茅台消灭光。散场时，蓝天忽然觉得头重脚轻，浑身躁热，似醉非醉。朦胧中，他对邵芳和思诗有一股强烈的占有欲，恨不能与她们翻江倒海。邵芳上前扶他，他一把搂住她，狂吻不止。只听得思诗说："快去房间。"邵芳说："帮我扶扶。"两人一左一右，将他扶到26楼早已准备好的房间。思诗离开时，给邵芳扮个鬼脸："好好享受。"思诗一走，蓝天倏地似猛虎下山，将邵芳抱了起来……

次日上午10时许，蓝天才苏醒，摸着自己和邵芳光溜溜的身子，脑子嗡地响了起来。他隐约记得自己与邵芳疯狂了一夜，心想不知哪来如此旺盛的战斗力。邵芳搂着他说："你真棒，我好喜欢。"蓝天揉揉有点麻胀的太阳穴，轻声道歉："对不起，我不是有意的。昨晚不知咋的控制不住自己。"邵芳咯咯一笑："你好可爱，有什么对不起？你情我愿，多么惬意！"蓝天盯着她看了半天，似乎明白了什么，轻轻推开她，慢慢起床，招呼也不打，径直走出房间。

过了半个月，又是龙晨曦出差的日子。邵芳不打招呼直接来到蓝天办公室。那天正好他一人在办公室整理材料。邵芳不请自坐，黑着脸责问："为什么不接我的电话？"蓝天头也不抬，瓮声瓮气地回道："这样不好，你是晨曦的发小，一旦让她知道，你我怎么做人？"邵芳嘟起嘴："我不管，只要你们不结婚，我就有机会。"蓝天说："我们已定好结婚的日子。"邵芳撇撇嘴："不可以给我一个机会？"蓝天摇摇头："不可能，我和晨曦早就是一家人。"邵芳霸道地说："不管这些，今晚跟我出去。"蓝天斩钉截铁地回道："不去。"邵芳一愣，咬咬牙："行，你若不去，我就把我们的事告诉龙晨曦。"蓝天深知她的性格，敢说敢做，倘若与她抬杠，后果不堪设想。他琢磨良久，无可奈何地点点头："好，最后一次。"

第二天清晨，蓝天仰身靠在床头，盯着还在沉睡的邵芳，心里五味杂陈。说实话，邵芳绝美的容貌和诱人的胴体无不令他着迷。如果比喻杜玉娇为兰花，邵芳则是樱花，一个纯白冷艳，一个热情似火。蓝天心想，放弃杜玉娇已让他尝到了后悔药的苦涩，再捧美丽无比昙花一现的樱花，无疑是饮鸩止渴。龙晨曦虽然是不得已的选择，毕竟给他带来了荣耀。生活本是一杯苦酒，改变其味道全在个人努力。而努力的路径又五花八门，选择对了，苦酒马上变成甜酿。现实已经给出答案，杜玉娇是苦酒，龙晨曦是甜酿。而面前的邵芳，到底是苦酒还是甜酿？他无法做出回答。

他索性起床，轻轻穿好衣服，给邵芳留张纸条，上写：拜托，别再打扰我。然后他蹑手蹑脚地离开。

在接下来的日子里，邵芳那头风平浪静，蓝天以为邵芳已经放手，松了口气，这次出差回来，谁知邵芳又电话约他去开房。离婚期只有一周，他铁了心不理她。见蓝天不理不答，邵芳发来短信，声称不出来就把两人做爱的照片发给龙晨曦。这下，蓝天吓坏了，急得像热锅上的蚂蚁。妥协，意味着又要跌入邵芳迷乱的陷阱；坚持，势必引发邵芳没完没了的纠缠。他苦苦思索对策，无奈黔驴技穷。最后，他决定来招险棋，向邵总求救。如果与邵芳不明不白的关系让邵总知晓，离身败名裂的日子就不远了。主动交代或许可以获得谅解，被动应对肯定麻烦缠身。

他给邵忠良打电话，简单说了与邵芳的关系，想当面详谈。邵忠良沉默半晌，叫他晚上8点到家里。

邵忠良一个人在家。蓝天简单打过招呼，诚惶诚恐地将邵芳约他的过程有选择地叙述。叙述毕，他不停地自责："邵总，是我不对，没把握好自己。"

邵忠良听罢恼羞成怒，不停地大骂邵芳胡闹，末了问："此事还有谁知情？"

"余思诗。"蓝天如实相告。

邵忠良哦了一声，安抚蓝天："不怪你，你能如实反应，说明忠心可鉴。"沉吟片刻，又骂邵芳，"太不像话，你和晨曦马上要结婚，她还胡搅蛮缠，昏了头。"骂罢，打通邵芳电话，要她马上回来。

蓝天小心翼翼地说："邵总，千万别生气。其实，邵芳是个十分讨人喜爱的女孩子，只是有点任性。要不，我先走。"

邵忠良摆摆手："等等，要她当面向你道歉。"

大约半小时，邵芳回来。见蓝天在座，她立即明白一切，狠瞪他几眼，嘴里嘟囔："懂不懂游戏规则？"

"什么狗屁游戏规则。"邵忠良厉声呵斥，"像话吗！做出这等事来，丢不丢人？"

"爸，不要乱上纲上线。"邵芳不服气地反驳，"都是成年人，自己做事自己负责，丢什么人？"

邵忠良气得浑身发抖："你还有理？他们马上要结婚，你插一杠子，要是让龙旺盛父女知道，我的老脸往哪搁？你不要脸，我和你妈也不要脸吗？"

蓝天吓得大气不敢出。邵芳紧闭双唇怒视蓝天，目光中除了失望就是愤懑。

邵忠良发完脾气，要邵芳向蓝天道歉。邵芳撅起嘴："道什么歉，以后不来往就是，大惊小怪。"

蓝天觉得目的达到，起身告辞。邵忠良叫邵芳送送。邵芳两眼一横："不送，他没长眼睛？"

出得电梯，蓝天长舒口气，像卸去一个巨大包袱。走了几步，他心情又沉重起来，心想："这下彻底得罪了邵芳。邵总那儿虽然暂时获得谅解，但不知会留下何种隐患。"想到此，一股冷气从脚底直往头顶冒。

第10章
天 降 大 任

　　蓝天与龙晨曦的婚礼如期举行，伴娘是邵芳。

　　邵芳的表现一如往常，无半点掩饰与造作，照样开开心心热热闹闹，恰到好处地跟蓝天及伴郎调情。晚上，朋友闹完新房，邵芳最后离开。临走时，邵芳拍拍蓝天："好好与晨曦过日子，否则，看我怎么收拾你。"

　　蓝天自是点头不止，生怕她说过头话。

　　新婚燕尔，两人无比欢愉地亲热了许久。很快，龙晨曦带着微笑进入梦乡。蓝天却了无睡意，脑电图一片混乱。近期连续发生的稀奇事让他无法平静，邵芳主动献身，思诗讨巧卖乖，无不令他迷离，直觉自己身价倍增。当时放弃杜玉娇，为的是鲤鱼跳龙门。当理想已成现实，邵芳与思诗的出现又给他打开了另一扇窗。如果不是有超强的控制力，他也许就成为邵芳或思诗的俘虏。如此，展现在面前的又是另一条金光大道。无论从哪方面讲，龙晨曦永远无法与她们相比。尤其蓝天想起美女同事庄诗文前几天说的一席话，更让他心乱如麻。

　　那天，办公室就他俩。庄诗文冷不防吐出一句惊天之语："蓝天，我发现你是超级情种。"蓝天吓了一大跳："瞎说什么呀！"昨天，他正好与邵芳度过浪漫良宵，以为庄诗文发现了蛛丝马迹，心虚得很。

　　"我敢瞎说？有凭有据。"庄诗文煞有介事地解释，"我有个好朋友，是邵芳和余思诗圈内人，说她们超级喜欢你，总有一天你会成为她们的共同情人。"

　　蓝天脸上顿时煞白，忙制止："庄诗文，胡说八道什么呀，传出去，会要了我的命。"

庄诗文嘻嘻一笑，郑重其事地说："其实，你选龙晨曦选错了。她有什么好，要脸蛋没脸蛋，要温柔没温柔，我都为你惋惜。看看邵芳和余思诗，多漂亮，一个是邵总的千金，一个是余副省长的公主，随便选哪个，你必定前途无量。"

蓝天一下陷入茫然，庄诗文确实切中了要害。可认真一想，自己与龙晨曦已生米做成熟饭，改弦易辙几无可能。

"怕什么，只要不领结婚证，推倒重来的多的是。人生路就这么几步，走错一步，招招皆输。我有个同学，在婚宴上翻脸，3个月后跟伴郎闪婚。人家现在不是过得好好的，要风有风，要雨有雨。"庄诗文絮絮叨叨。

"龙晨曦能给我温暖和希望，她们能给我什么？"蓝天实话实说。

庄诗文笑笑："算我白说，总有一天你会后悔。再说，邵芳和余思诗是什么人，是男人通往权力的金梯子。"

当时，他听了半天缓不过神来，一直难以释怀。

婚假结束上班，庄诗文又跟他调侃："我终于明白，你犯了美女疲劳症。"

一句没头没脑的话令他大惑不解，忙问："什么意思？"

庄诗文扮个鬼脸："前几天我才知道，你和杜玉娇在学校原是恋人，为了龙晨曦，生生丢掉一朵超级牡丹花。"

蓝天满脸不高兴，狠瞪她几眼，气得生闷气。学校那段往事，他百般掩饰，没想到被多事的庄诗文打探到。

"你真是，好好的一个大美人不要，找个姿色平平的龙晨曦，不知哪根神经搭错了。俗话说，冤家路窄，以后，你休想过太平日子，看她怎样整死你。女人的心，你不懂，一旦结下梁子，一辈子解不开。"庄诗文数落他。

"没想到她这么记仇。"蓝天心情一下沉重起来，脸上阴云密布。

"以后，你得防着点，经过几次接触，我发现杜玉娇不是善主，颇有心计。"庄诗文进一步提醒。

蓝天点点头，过去那段恩恩怨怨又在脑海里浮现。

过了几天，裴平安递给他一份材料，是投资开发部的检查报告，要他提出修改意见。

从行文风格看，检查报告显然是出自杜玉娇之手。前半部分罗列了旅游公司在风险防范方面的成绩，后半部分着重提出了存在的问题。蓝天数了数，存在的问题达12条之多。集团其他部室检查工作多是谈成绩，谈问题一笔带过。谁都清楚，现在的风气基本上是多插花，少栽刺。唯独投资开发部别出心裁，不留情面。蓝天发现，杜玉娇对度春山溶洞景区管理公司存在的问题着墨最多，几乎是杜玉娇那次不同凡响发言的归纳。蓝天无法理解，杜鹃怎么会让杜玉娇的意见成为检查材料的主要内容？杜玉娇能代表投资开发部？一个来集团不到一年的新手，竟然成为集团要害部室的代言人，令他百思不得其解。

蓝天对检查报告提出否决性意见，认为报告只见树木，不见森林，过分夸大问题，公然抹杀基层干部的成绩，否定基层干部的积极性，要求报告谈问题公正客观实事求是。

裘平安看了他的意见苦笑一声："要针对性地提出修改意见。刚才，我跟杜主任探讨过，她坚持自己的观点，说这是她出任投资开发部主任以来最好的一份检查报告，要我们正确对待，取得共识。"

蓝天气愤地说："过分，既然叫我们修改，又固执己见。"

裘平安摇摇头："没办法，钦差大臣，谁敢得罪？还是作些软性修改，别让领导看了刺眼。"

蓝天按照裘平安的意见对尖锐的词语作了修正。裘平安看后点点头："就这样吧，我马上交给皮书记。"

皮树德看后自然是牢骚满腹，要裘平安再次与杜鹃沟通。刚准备沟通，裘平安突然接到裴勇电话，告知冯辉副总后天上午9时与投资开发部有关人员到旅游公司进行座谈，要旅游公司做好准备。

旅游公司中型会议室里坐满了人，班子成员、基层公司一把手、各部室负责人悉数参加。会议由总经理卫星主持，冯辉作开场白："今天召开这个座谈会有两个目的，一是与投资开发部统一修改风控检查报告，以便呈报集团班子成员；二是就检查出来的问题统一认识，做出整改部署。"接下来，杜鹃宣读了检查报告。进入讨论阶段，基层公司一把手个个言辞激烈，大多指责检查报告过分渲染问题，掩盖成绩，使基层干部员工看不到希望。尤其是度春山溶洞景区管理公司总经理王三雄，恼羞成怒，满口粗话，谴责检查报告罔顾事实，夸大其词，乱下结论。末了他放出狠话："杜主任，我让贤，有本事你来干。"卫星脸上挂不住，呵斥道："三雄，别说了，这身匪气何时能改？叫你来是讨论问题，不是骂街。"

杜鹃早做好挨骂的心理准备，笑道："卫总，没关系，他们长期在基层，受尽委曲，发泄一下也好。"

讨论半天，无法统一认识。冯辉挥挥手，叫大家安静，然后有板有眼地谈了自己的看法："过去，我们听惯了好话，养成了夜郎自大的毛病。这次，投资开发部给大家揭开盖子，就一个个跳起来。我认为，检查报告写得很好，敢说真话，敢揭短处。这些问题，有的是长期存在，有的是刚出现，就像习惯虱子的人，对长期藏在头上的虱子无动于衷。你不捉虱子，有人帮你捉，难道不好吗？这份检查报告是杜玉娇同志整理的。听杜主任说，开始她也不同意大面积揭短，是杜玉娇说服了她。一个来集团不到一年的女大学生，敢直面现实，直面问题，需要多大的勇气啊！后来我与杜玉娇聊了聊，发现她看问题准确，有深度，有思想，有真知灼见。尤其是对度春山溶洞景区管理公司提的几点整改意见，我觉得很有参考价值。我跟卫星总经理商量过，过几天，准备到那儿住几天，好好调研一下，争取拿出一个切实可行的方案，彻底解决溶洞公司脏乱差的问题。旅游公司是国信集团的门面，人家在景点走一遭，就能猜度集团整体管理水平。今天，本想让大家统一认识，你们既然一时难以接受，就回去慢慢消化。"

卫星作了总结，从政治高度强调了几条纪律，要求大家在检查组提出整改建议的基础上进行梳理，拿出切实可行的整改方案。

一次例行检查，一份检查报告，引发集团领导高度重视，推动旅游公司进行全面改革，令投资开发部所有人员情绪高涨，大家纷纷向杜玉娇竖起大拇指。

晚上，杜玉娇将情况告诉魏焘。魏焘听后大加赞赏，认为她不同流俗特立独行，要她固守本色坚持原则，又要她灵活多变八面玲珑，接着讲了陈廷敬纵横捭阖官场的故事，建议她熟读李宗吾的《厚黑学》和官场职场教科书。杜玉娇听罢醍醐灌顶，不由惊叹："你像个老政客，思想深邃，精通官道。以后，你得好好指导。"

魏焘吻她一下，兴奋地说："当然，我的女人绝不能屈就他人之下，待条件成熟，把你推到高管位置。"

"好，说话算数。"杜玉娇把头靠在他肩上，眼里满是憧憬。

魏焘把她搂在怀里，认真分析："这次，你意外出了风头，但得罪了一批人。卫星、皮树德、裴平安、蓝天定不会给你好脸色，基层公司老总特别是王三雄更不会放过你。以后，你得注意点，不能让他们抓到把柄。"

杜玉娇想了想："卫星和裴平安心胸开阔，倒不至于。皮树德和蓝天有可能耿耿于怀。王三雄嘛，土匪一个。我估计，王三雄做了多年土霸王，屁股肯定不干净，迟早会自取灭亡。"

魏焘点点她的鼻子："哎，说话注意点，人家有没有问题，跟你无半毛钱关系。现在有几个人干净？王三雄能拿会贪是人家的本事。干好自己的工作，别惹是生非。"

"知道，只是说说而已。"杜玉娇娇滴滴地回道。

一星期后，冯辉兑现诺言，带领杜鹃、卫星、裴平安、杜玉娇、蓝天到度春山溶洞景区管理公司安营扎寨，开展深度调研。六人兵分两路，冯辉与卫星、杜玉娇一路；杜鹃与裴平安、蓝天一路。两路人马按照分工，就溶洞公司的改革发展、管理机制、环境整治、周边关系、效益提升、党的建设、群团工作等进行全方位的考察了解。在溶洞公司历史上，这种高规格大面积的把脉体检还是第一次，引起了全体员工、县领导与县有关部门的高度关注。冯辉这次下了决心，力争从源头上弄清溶洞公司存在的问题，以期从根本上整治顽症，让溶洞公司脱胎换骨焕发新春。

调研组向所有员工发放调查表、个别谈话、民主测评、征求当地领导与部门的意见、与游客交谈等，每个环节细致认真、抽丝剥茧，不放过丁点蛛丝马迹。起初，有不少员工顾虑重重，担心走过场，与调研组玩深沉。为打消顾虑，冯辉召开动员大会，大谈特谈这次调研的目的和重要意义，要求大家解放思想敞开胸怀，以主人翁精神积极参与改革，毫无保留地提出意见和建议。

动员大会后，全体员工逐渐放下思想包袱，在背对背谈话中提出了30多个问题和20多条建设性建议。问题最集中的有7点：一是班子不够团结，战斗力不强；二是一把手过于强势，听不进不同意见；三是人心不稳，人心不齐；四是裙带关系复杂，管理无序；五是缺乏激励机制，干多干少一个样；六是干部任用空走程序，主要领导说了算；七是村干部、村霸、县里头头脑脑与景区利益链关联密切，存在国有资产流失问题。一下暴露出这么多问题，令冯辉和卫星始料不及，平时检查工作，听到的都是莺歌燕舞形势大好。看来，形式主义和官僚主义害死人，蜻蜓点水、走马观花、听取汇报的工作方式不仅蒙蔽了眼睛，更掩盖了企业深层次问题。

调研组最后与王三雄谈话。王三雄始终是大话连篇，死不认可员工反映的情况，大发牢骚："我王三雄没日没夜地干，把企业当成家，有时累得快吐血，图的啥？还不是图为党多作点贡献。说实话，集团给的报酬不算高，凭我的能力，到哪都能谋个好职位。我是凭党性凭良心给集团、给冯总卫总卖命。没想到两头不讨好，意见一大堆。奶奶的，这些黑眼珠，王八蛋，简直是背后捅刀子，让人寒心。"

卫星听了不高兴："三雄，要正确对待员工的意见。不管员工出于何种目的，出发点都是一个，为企业兴旺发达。因为他们的命运与企业联系在一起，企业兴，他们稳；企业败，他们散。"

冯辉用手敲着桌子，接过卫星的话严厉批评："王三雄，不管你认不认可，员工的意见始终是正确的。过去，我们犯了官僚主义，到企业检查工作，听听汇报，走马观花，不深入基层、深入一线，得到的数据和评价很不真实。若不是投资开发部这次揭盖子，我们还蒙在鼓里。从现在起，你必须摆正位置，虚心听取员工意见，拿出一个切合实际的整改方案。"

受到两位领导严厉批评，王三雄不敢造次，只得点头同意。

针对投资开发部提出的轿夫野蛮拉客，餐馆和小商贩恶意欺诈游客等问题，冯辉带领调研组假扮游客实地感受。可能是王三雄做了工作，轿夫野蛮拉客，餐馆和小商贩恶意欺诈游客等现象似乎绝迹，景区秩序井然，轿夫对游客彬彬有礼服务周全；餐馆和小商贩保质保量价廉物美。看到这种景象，冯辉和卫星既欣慰又茫然。只有杜鹃、杜玉娇、裴平安、蓝天心中有数，但不敢点破，直觉得王三雄狡黠滑头善于应变。

冯辉沿着800米陡坡上下走了一个来回，累得气喘吁吁，汗流浃背，觉得有必要建条索道，以解决老年人和不愿爬坡者之苦。轿夫抬轿上山，虽有悠然与雅兴之趣，但毕竟无法解决众多人的诉求，尤其是费用过高，令许多人望而却步。

就新建索道问题，冯辉与王三雄交换意见。王三雄一改过去心直口快风格，慢悠悠地问："冯总，要我说真话还是说假话？"

冯辉说："当然是真话。"

王三雄吞吞口水，煞有介事地说："作为一个风景区，理念决定思路，如果为游客舒适考虑，建索道，有必要。如果为长远计，考虑生态，考虑沿途风景，考虑留住游客，考虑周边关系，建索道，没必要。尤其是当地老百姓的就业，你一建索道，意味100多号人失业，关联100多个家庭，一旦让他们丢掉饭碗，会跟你拼命。前几年，我们有过设想，结果遭到老百姓围攻。在人家地盘上，我们一举一动，与周边老百姓的利益和社会稳定息息相关。"

冯辉陷入沉思，过去的场景在脑海里回放。当时，他陪一位外省同行游览度春山溶洞。因对方人高马大身宽体胖，爬了一半就走不动，最后还是轿夫把他抬上去。在酒桌上，客人随便说了句："最好建条索道。"冯辉想起他的狼狈相，忙应道："对，对，是得好好考虑。"当即指示王三雄拿出优化方案。不知谁走漏风声，第二天上午，冯辉与客人坐车离开时突遭几十号村民围堵，声称不许建索道。冯辉觉得这些村民无理取闹，不去理会，责令王三雄将这些村民轰走。出了景区，客人连连摇头："这里的投资环境太差。"想到此，他无可奈何地叹声气，觉得王三雄这番担心并非空穴来风。然而，他又不敢苟同，倘若事事受当地环境掣肘，则寸步难行。他问杜玉娇："小杜，你怎么看？"

杜玉娇想都不想，成竹在胸地说："冯总，我不同意王总的意见。王总过分强调周边关系，过分偏重村民利益。不错，村民对这块既得利益肯定不愿舍去。大家想过没有，为什么村民敢如此放肆与国企对抗？里面肯定有隐情。要么是得到县里的支持，要么是我们步步退让，以至于他们肆无忌惮。要提升度春山溶洞景区的档次和形象，必须在硬件和软件上下功夫。硬件，就是要对整个景区的设施进行全方位的整改和提高，与国内一流景区对接。时代变了，我们的软件也应与时俱进，进一步提高管理水平，再也不能停留在过去那套传统的管理方式上。至于村民的既得利益，我们不妨另辟蹊径，给他们提供其他出路。比如：经过培训，将合格者吸收为溶洞内外各景点的管理员；对不合格者，给一些遣散费，毕竟景区与他们签订过协议。我始终认为，不上索道，景区的档次无法提升。"

冯辉点点头，向杜玉娇投去一束赞赏的目光。见王三雄想辩解，冯辉用手势予以制止，然后问蓝天："小蓝，谈谈你的看法。"

蓝天早已思考过这个问题，盯着冯辉侃侃而谈："冯总，我基本同意杜玉娇的意见。度春山溶洞景区的基础设施确实比较落后，到了该整治的时候，否则，档次提升不了。我的意见是到国内同类先进景区考察一下，吸收别人的长处，拿出一揽子整治计划。至于轿夫去留问题，我不同意杜玉娇的意见，凭什么大包大揽？跟他们虽有协议，这仅是一纸劳务合同，大不了有些市场化的项目在对外发包时给他们一些优惠而已。我们不是政府，没必要承担政府的责任。在内部管理上，是该脱胎换骨，全面引进质量第一和精细化的管理机制，绝不能延续过去那套粗放式的经营管理模式。"

冯辉同样向蓝天投去一束赞赏的目光，然后兴致勃勃地说："老王，你看，年轻人的思想多活跃。这些问题，我们早看到了，只是熟视无睹。这次，我和卫总下了决心抓整改提高。不管你有什么想法，思想通不通，必须与旅游公司党委保持高度一致。丑话说在前头，不换思想，则换人。"

王三雄张嘴想说什么，又咽了回去，无可奈何地表态："冯总，我一定与集团党委和旅游公司党委保持高度一致，按照您和卫总的指示进行全面整改提高。"

下午，调研组对了解到的情况进行梳理汇总。冯辉、卫星一边看一边窃窃私语。看得出，两人在统一思想和认识。晚饭后，冯辉同卫星散步，见杜玉娇蹲在路边打电话，逗了句："小杜，跟爱人汇报思想吗？"杜玉娇妩媚一笑："哪里，跟闺蜜聊天。"冯辉挥挥手："走，跟我们散步去。"

杜玉娇欣喜道："好嘞。"一步跳到冯辉身旁。

冯辉问："小杜，你认为度春山溶洞公司的整改该从哪下手？"

杜玉娇搓搓手，为难地说："冯总，这是你们领导的事，哪轮得到我这个小萝卜头说话？"

卫星鼓励道："小杜，冯总看好你，没什么担心的，大胆讲。"

杜玉娇跳到前面，跟他们面对面，走着倒步，笑嘻嘻地说："承蒙冯总看得起，那我就放肆一回，说错了，别打我板子。"

冯辉呵呵一笑："你这个丫头，鬼精。说吧，决不打板子。"

杜玉娇左右看看，打开话匣："冯总、卫总，我以为度春山溶洞公司最大的问题是班子战斗力不强，不解决班子问题，一切无从谈起。王三雄冲冲杀杀可以，要他领导和管理企业勉为其难。他在总经理任上前后多年，政绩乏善可陈。如果要他进行全面整改，估计会流产。我的看法是将他调离，换一个得力的总经理过来，方可全面启动整治。"

冯辉哦了一声，与卫星相视一笑。卫星说："小杜眼睛雪亮。但是，这里情况复杂，以前换了几任老总，都灰溜溜的，最后还得把他请回。"

杜玉娇摇摇头，坚持道："卫总，此一时彼一时，现在的环境与以前大不一样。我不信离开他地球就不转，换个有杀气的过来，必定镇得住。"

冯辉点点头："有道理。"随即开句玩笑，"要不，你来当这个总经理。"

杜玉娇吓得吐舌头："冯总，我不敢说了。"

冯辉笑道："别打退堂，我和卫总真有这个想法，但不是让你当总经理，而是任总经理助理，代表我们督促王三雄进行全面整改。"

杜玉娇不停地摆手："不行，不行，我一个女孩子，督促不了王三雄。要不，叫蓝天当总经理助理，相信他有这个能力。"

冯辉与卫星交换了一下目光："行，采纳你的意见。但你还得来，你代表集团，蓝天代表旅游公司。"

杜玉娇发现冯辉不是开玩笑，只得点头同意："行，领导非要我来，我听从指挥。到时干不好，别怪罪，我毕竟缺乏基层工作经验。"

第 11 章
寻找爱点

第二天上午，冯辉召开全体员工大会，宣布启动度春山溶洞公司全面整治的决定，同时宣布杜玉娇、蓝天出任总经理助理，督促班子抓好整治工作。卫星代表旅游公司做了一个十分强硬的讲话。卫星的讲话博得经久不息的掌声。看得出，绝大多数员工盼望这天到来。

嗣后，调研组又分两批前往国内同类先进企业考察。王三雄随冯辉前往。一路上，冯辉不断做王三雄的思想工作，卫星一边鼓劲一边施压，杜玉娇敲边鼓。王三雄情绪不高，只是茫然点头。杜玉娇感觉到王三雄的抵触情绪很大。

出差回来，褚南娇给杜玉娇接风。两人边吃边聊。当杜玉娇聊到推荐蓝天出任度春山溶洞公司总经理助理时，褚南娇大骂她傻逼，仇将恩报。

杜玉娇苦笑一声："本想金蝉脱壳，谁知把自己给卷进去了。度春山溶洞公司情况复杂，一旦陷入，要脱几层皮。至此，只得与他同舟共济了。"

褚南娇皱皱眉："看以后怎么跟他相处。"

杜玉娇吁口气："活人不会被尿憋死。"摆摆手，"算了，不说了，谈谈你怎么摆脱沈晓飞的纠缠。"

"他得手了。"褚南娇没头没脑地说了句。

杜玉娇懂她的意思，打趣道："我就知道有这么一天。快说，他怎么得手的，是两相情愿，还是霸王硬上弓？"

褚南娇狠瞪她一眼，啐道："没有一点同情心。"接着将沈晓飞强暴她的过程一股脑儿倒出来。

半月前，她陪同沈晓飞到燕华市谈生意，对方老总豪爽，能喝。为了揽下这单生意，褚南娇早做好准备，豁出去与老总拼个高低。一开桌，老总嚷着端大杯，要杯杯见底。褚南娇毫不示弱，一副刘胡兰视死如归的气概。老总想怎么喝她就怎么喝，结果两人都喝倒。散席时，老总竖起大拇指直夸褚南娇够意思，交代办公室主任明天把合同准备好。

怎样回到的宾馆，她一概不清。凌晨4点醒来，她发现自己赤身裸体躺在床上，身边还躺着鼾声如雷一丝不挂的沈晓飞，不由得打个激灵，直觉自己遭到强暴。夜深人静时分，她倒冷静，慢慢想着对策：闹，意味两败俱伤；息事宁人，他定会得寸进尺，自己沦为他泄欲的工具。思索半天，她终于想到万全之策，起身从旅行箱里拿出相机，支好三脚架，设定自拍，重新躺进他怀里。随着咔咔声，两人的床上照瞬间留在相机里。收拾妥当，她用脚把他踢醒，恶狠狠地骂道："沈晓飞，你这个王八蛋，恶不恶心，趁酒醉施暴，我告你去。"

沈晓飞跳起来把她搂住，嬉皮笑脸地哄劝："我的小心肝，你太迷人，让我销魂了一夜。"

褚南娇一巴掌打在他脸上，怒气冲冲地呵斥："沈晓飞，知不知道这是犯罪。你乐吧，到监狱里乐去。"

沈晓飞被打醒，摸着火辣辣的脸，不认识似的看着她，怯生生地问："南娇，你真的要告我？"

褚南娇命令道："穿好衣服，一起去公安局。要不，我自己去。"

褚南娇打开门，右脚迈出门外，沈晓飞一把将她扯回，扑通一声跪在她面前："南娇，放过我吧，我可以给你一笔钱。"

褚南娇呸道："谁要你的臭钱，谁知道以后你会不会故伎重演？"

沈晓飞抱住她的大腿，连声告饶："南娇，放心，我再不犯傻。我以人格担保，如果再犯，要告要剐，全由你。"

"哼，人格担保有屁用。"褚南娇冷语相讥。

"要什么担保就用什么担保。"沈晓飞几近崩溃。

褚南娇故作思考状："那好，就用你在天全智能电器公司20%的股权担保。下次再犯，20%的股权划到我名下。"

沈晓飞想都不想，脱口而出："行，就用股权担保。"说罢，找来笔纸，伏在桌子上唰唰写起来，写毕，恭恭敬敬地交给她。

褚南娇接过一看，上写：担保书，愿以天全智能电器公司20%的股权担保，以后若违背女方意愿，强行与褚南娇发生性关系，将全部股权划归褚南娇名下。沈晓飞，年月日。

沈晓飞小心翼翼地问："行吗？"褚南娇点点头，将担保书放进内衣口袋，打开门，回到自己房间。

听罢褚南娇的叙述，杜玉娇竖起大拇指："厉害，一招就把沈晓飞制得服服帖帖。要不，再来招狠的，干脆把他的股权收归囊中。等公司一上市，你就是亿万富婆。"

褚南娇笑而不答，陷入深思。这，确实是她追寻的目标。她心里清楚，沈晓飞异常迷恋她，这些天，他见了她总忍不住动手动脚。要不是她拿担保书吓唬，他早犯了戒。

杜玉娇端起酒杯轻呷一口："我见过沈晓飞，人长得不赖，配得上你。要不是已婚，倒是理想人选。"停顿一下，开玩笑，"既然他那么喜欢你，干脆从了，到时扶正，20%的股权名正言顺地拥有一半，真正成为富婆。"

褚南娇摇摇头："他不是我的菜，有点怂，不大气，不是干大事的料。"

杜玉娇说："你呀，要求太高，在这个物欲横流的社会，还是现实一点好。如果讲纯洁，讲感情，讲完美，势必碰得头破血流。以前，你那么起劲劝我，轮到你，怎么较起真来？我和蓝天，你和程序，都是前车之鉴！"

褚南娇放下筷子，幽幽地说："那是两码事。过去，我们无知，一味追求爱情，茫然在爱的云彩中追逐幸福，结果被爱的棍棒打晕。现实比爱情残酷许多，当爱的雾气散去，呈现在面前的是生存的沟壑。现在，我还处在选择跳出生存沟壑的阶段。这方面你比我强，魏焘已成为你的跳板。而沈晓飞不一样，仅把我当成泄欲的工具。你说，我能堕落成男人的附属物？"

这是关于爱的哲学命题，杜玉娇从未认真思考过。面对褚南娇的质疑，她一时无言以对。雨果说过：寄托有时便是断送。是呀，当一味沉湎在爱的幻想中，往往会把爱情当生活的全部。只有受过爱情捉弄与欺骗，才会幡然醒悟迷途知返。她选择魏焘，完全是出于茫然，抑或是对蓝天的报复。然而，这种选择是对是错？没有正确答案。若被雨果言中，她无颜见江东父老，更无法给自己一个完整的交代。她将脸扭向一边，喃喃地说："这条路，不知走得对不对？"随即叹声气，"也罢，走一步看一步吧。"

"好了，不谈这个沉重的话题。"褚南娇伸过手去，抓住她的双臂，"这是我们的命，也许我会重蹈你的覆辙。沈晓飞像魔鬼一样纠缠我，我担心自己扛不住。不过，我不会让他捡便宜，真到了那步，非要他付出代价。"

杜玉娇苦笑一声，劝道："别玩过头，注意保护自己。"

褚南娇握紧拳头抖了抖："放心，我不是吃素的，大不了与他同归于尽。"

吃完饭，杜玉娇跟褚南娇回到出租屋。洗漱毕，杜玉娇挤到褚南娇床上："今晚与你同床共枕。"褚南娇推她一把："我不是魏焘。"杜玉娇嬉戏："不识好歹，跟你同床，那是看得起你。"说罢，挠褚南娇的胳肢窝，两人嘻嘻哈哈打闹。

闹了一阵，杜玉娇侧转身，左手支头："南娇，要不，我把同事裴勇介绍给你。他人不错，就是有点老相。"

褚南娇摇摇头："得了吧，才30，就'地方支援中央'。再说，气质和潜能还比不上程序。"

杜玉娇撇撇嘴："你真不了解裴勇，表面看不够男子汉，实际蛮热情。关键是诚实可靠，没有追蜂逐蝶的坏毛病，嫁给他，亏不到哪里。"

褚南娇知道，裴勇对她有那么点意思。平时有空，她常到杜玉娇办公室串门，裴勇时不时给她暗送秋波。她思索片刻，慢慢应道："行，试试看，以后多跟他接触，看能不能找到感觉。不过，你不要寄太大希望。沈晓飞已令我头疼，再添个贾瑞，我可应付不了。"

杜玉娇扑哧一笑："裴勇与贾瑞能比吗？贾瑞垂涎王熙凤美色，裴勇喜欢你这个人。人家多次要我牵线搭桥，这就是诚意。"

褚南娇说："诚意不能代替感情。说实话，我对他一点感觉都没有，要不是你，我才不愿理他。"

"行，我不强求。"杜玉娇拍拍她，"我把人家的好意带到了，接不接招，那是你的事。"

周末下午，裴勇给褚南娇打来电话，约晚上出来坐坐。褚南娇心里咯噔一下，为了不驳杜玉娇的面子，爽快应允。

裴勇安排在繁华地段一个情侣餐厅，格调十分浪漫温馨。两人坐下不久，几盘精致菜肴端上，都是她喜欢的品种。看来，他通过杜玉娇做了功课。褚南娇心里一热，觉得是有心人。裴勇要了一瓶法国红酒，与她碰杯，慢慢介绍自己的身世。

裴勇出生在边远县的大山里，家有5兄弟，他排行老三。因兄弟多，父母根本顾不及，一日三餐，吃个半饱就算不错。5兄弟中就他爱读书，其他多在小学半途而废。初中毕业，父母无力继续供他上学。他打小立下鸿鹄志，不甘心一辈子羁绊在山沟里，于是瞒着父母到处借钱，结果处处碰壁。家徒四壁，谁敢借钱给他这个穷小子？好在他平时关注山外世界，知晓一些挣钱渠道。为了实现梦想，15岁的他背起行囊走出大山，在县城一个建筑工地边做小工边卖血。因营养不良和卖血过多，有天晕倒在工地。包工头知情后感慨万端，直觉得懂事明理和负有抱负的他日后必定发迹，主动提出帮他解决上学费用，条件是做他的干儿子。他大喜过望，倒头便拜，甜甜地叫起干爹。有干爹帮助，他顺利上了高中。高中三年，他刻苦攻读，年年被评为三好学生。高考一炮打响，进了上海交大。大学4年，在努力完成学业的前提下找了几份家教贴补学费。每年春节，同学都高高兴兴回家过年，他却为赚钱而在餐馆里端盘子。家里有4兄弟围在父母身边凑热闹，少他一个无所谓。他仅在年前寄封家书问候。干爹那边，亦是一封家书。大三那年春节，干爹来信要他回家过年，原因是干姐公公病重住院，干姐无法分身。干爹最怕寂寞，尤其是春节。未等他回信，干爹寄的路费已到。他不便回绝，加入了回乡的洪流。父母那边，他去报个到，春节便住到干爹家。干娘体弱多病，屋里屋外都是干爹的身影。他主动为干爹忙前忙后，填了干姐的缺。大年三十年夜饭，酒喝到一半，干爹提出要求，希望他大学毕业回老家工作。为了报答干爹的恩情，他满口应承。大学毕业前夕，云江国信集团到上海交大校园招聘，他搂着一叠奖状去报名，一经面试，被主考官也是集团人力资源部主任余兴相中。因他学的投资管理，被安排到投资开发部。参加工作后，每年的积蓄全被父母要了去，理由是哥哥弟弟成家需要钱。一家人把他当银行，稍有迟疑，父母左一个电话右一封来信催逼，仿佛不完成使命，他便罪孽深重，为不肖之徒。当他解了兄弟燃眉，干爹传来噩耗，肝癌晚期住院。干爹承包的工程一时成了烂尾，结果官司不断。干爹气急攻心，病情迅速加重，不久便撒手人寰。他休假料理后事，虽竭尽全力，亦是无法弥补干爹留下的窟窿。债主揪住他不放，在法律上他与干爹无任何关联，债主闹了一阵，便偃旗息鼓。体弱多病的干娘哭干眼泪后把余生寄托在他身上。干姐已是靠不住，自身难保。干姐夫丢下她及女儿，跟年轻漂亮的相好远走高飞。干姐扯着弱小的女儿踏上漫漫寻夫之路。干姐这一去，便是泥牛入海无消息。他清楚，干姐像干姐夫一样玩起了失踪。干姐夫玩她，她玩干娘。至此，他轻看了干姐，什么十月怀胎，什么心头肉，什么小棉袄，全是假的。到关键时刻，良心泯灭，树倒猢狲散，飞鸟各投林。他咬咬牙，把干娘接到云都，安排在一家高档养老院，每个星期天去看望和陪伴。

这是一个现代版的仁义孝故事。褚南娇不觉怦然心动，直感裴勇大爱无疆，有情有义，滴水之恩，泉涌相报。换了别人，也许觉得他傻得可爱，多年的积蓄全给兄弟做了嫁衣裳，还充当好汉背个大包袱。褚南娇在小镇长大，从小耳濡目染底层民众的艰辛，他们活下来已是不易，谈何道德良心，有多少人为了巴掌大的土地和一把柴火而兄弟阋墙拳脚相加，甚至血溅村庄。倘若他囊中丰盈，做点善事，讨点口碑，亦可让人理解。然而，他还是布衣俗子，为了义孝，倾其所有，这，不得不让她刮目相看由衷敬佩。褚南娇端起酒杯敬他，感慨道："你是好人！"

裴勇摇摇头："好人难做。父母兄弟不理解，个个发牢骚，什么难听的话都有。我内心也很困顿，无法走好平衡木。如果抛下干娘不管，想必九泉之下的干爹难以瞑目。为了良心，只有硬着头皮挨父母兄弟的骂。我清楚，父母的骂，是怪我不管他们。兄弟的骂，是为撂挑子做准备。以我现在的能力，承担不起三位老人的开支，只好走一步看一步。"

"你的兄弟，猪狗不如。"褚南娇愤愤不平。

裴勇扼腕长叹："没办法，他们就是这样子，自己的肚子难以填饱，何谈境界？卢梭说，当一个人还仅在关注生存问题时，很难指望他有什么高尚的想法。恩格斯也说，人们首先必须吃、喝、住、穿，然后才能从事政治、科学、艺术、宗教等等。他们穷得叮当响，自然把钱看得比命重。我不怪他们，甚至可怜他们。每次回去，一个个张大嘴巴盯着我，希望多给点施舍。不瞒你，我很怕回家，能躲则躲。"

褚南娇点点头："是呀，应该理解他们，猪狗也罢，常人也罢，都是一种生活状态。他们也想改变，可无能为力。你应该劝他们走出大山，加入南下打工的行列。"

裴勇说："我做过不少工作，做不通。他们老说，在家千日好，出门一日难。一句话，胆小怕事。"摆摆手，"算了，不说这些，够丢人的。"

褚南娇想了想，建议道："我有个表哥在顺德一家家具厂做人力资源总监，看他们那儿需不需要人。到时你带他们过去，只要敢走出第一步，以后就事顺。"说罢，拨通表哥电话。表哥马上表态没问题，工厂正缺人手。

裴勇连连表示感谢，不好意思地解释："我曾想过在我们系统的下属单位给他们找个粗活，可始终下不了决心，担心以后什么都依赖我。再说，我的性格是万事不求人，也张不了那个口。"

褚南娇笑笑："看得出，你是个十分谨慎和守规矩的人。"

一瓶红酒喝完，裴勇叫服务员再上一瓶。褚南娇说："算了，一瓶红酒可管你父母十几天，为你父母和干娘省点钱吧。"

裴勇的脸一下涨得通红："不好意思，让你见笑。听杜玉娇说，你与众不同，比较接地气，所以，我就实话实说了。虽是家丑，却是我的现状。毕业8年，我一直不敢谈对象，缺乏自信，又感自卑。近一两年，条件有所好转，才敢妄想。当时一见你，心里有股冲动，觉得你是我的未来。"

褚南娇赧然一笑："先交朋友吧，暂不往那方面想。彼此不了解，尤其是性格。不过，你的为人，我很欣赏。在当下，像你这种知恩图报有情有义的人不多。"

裴勇愣了一下，欣然道："好，先交朋友。在谈情说爱方面，我是空白，以后在交往过程中如有冒失，多多谅解。"

吃罢饭，裴勇打车把她送回家。到得楼下，裴勇盯着她犹犹豫豫。褚南娇懂他的意思，随口说："上楼坐坐吧。"裴勇果然满心欢喜，屁颠颠地跟着她爬上4楼。

见两个房间都摆了床，裴勇禁不住问："跟人合住吗？"

褚南娇点点头："对，跟杜玉娇。"

裴勇说："她不是住男朋友那儿吗？"

褚南娇说："房间还给她留着，她有时想我，过来住上一两晚。再说，我一个人孤零零的，也希望她过来和我说说话。"

裴勇问："房租怎么付，你一个人承担吗？"

褚南娇笑道："对，她要付，我不让。"

"好大方。"裴勇皱皱眉。

褚南娇的心往下一沉，觉得他过分小气。不就是几百块钱嘛，值得大惊小怪！转而又想，一个穷字，扭曲了多少人的灵魂，改变了多少人的生活观。几百块钱，在她这里不当一回事，在他那儿可是一笔不小的财富。看来，两人落差太大，只能做朋友不能做恋人。

褚南娇端起苹果去洗，裴勇赶紧抢过。削皮时，裴勇显得笨手笨脚，像刨土豆皮。褚南娇看了心里发笑，却不去纠正。一个苹果，裴勇费了九牛二虎之力才削好。"不好意思，平时削得少，功夫不到家。"他恭恭敬敬地把削好的苹果递给她。

吃完苹果，裴勇很快将垃圾打扫干净，接着，又似主人般地烧水沏茶。他越来越健谈，尽拣褚南娇喜欢的话题天花乱坠胡吹海聊，不时逗得她前仰后合。不知不觉，时针已指向深夜12点，裴勇还意犹未尽。褚南娇只得硬着头皮送客。

第 12 章
迎难而上

次日清晨，褚南娇还在梦乡，手机铃声固执地响个不停。褚南娇迷迷糊糊地接了。杜玉娇在电话里嬉闹："亲爱的，是不是还在爱河里梦游？"褚南娇没好气地骂道："梦你个头。"杜玉娇扑哧一笑："没把裴勇带回家？"褚南娇啐道："我又不是街头女，随随便便把陌生男子带回家。"杜玉娇逗道："人家可不是陌生男子，说不定是个猛男。孤男寡女，正好凑一对。"褚南娇流里流气地回敬："我也想呀，你咋不交代人家一下呢。"两人随即哈哈大笑。

褚南娇披衣靠在床头，懒懒地问："不给老魏准备早餐？"杜玉娇说："他一大早走了，赶第一趟航班。"褚南娇嗔怪："你睡不了懒觉，不让别人睡懒觉，缺不缺德。"杜玉娇呵呵一笑："人家不是关心你吗，想了解你们约会的情况。"褚南娇漫不经心地问："裴勇到底好在哪里？"杜玉娇回道："诚实，厚道，节俭，可靠。"褚南娇反问："这是优点吗？"杜玉娇毫不犹豫地说："当然，只有具备这4点，才算好男人。"褚南娇呵呵一笑，提出好男人的不同标准："我认为，好男人第一是担当，第二是胸怀，第三是责任，第四是情义。"停顿一下，问，"你知道他的身世？"杜玉娇说："不清楚，他从未跟我谈起。"

褚南娇哦了一声，觉得自己说漏了句。裴勇不跟她交底，肯定有难言之隐。但是，说出去的话又无法收回，她只好硬着头皮把裴勇的身世一股脑儿倒出。

杜玉娇听罢啧啧几声："这个老裴，同事一年，身世半个字不吐，跟你约个会，什么都说了。看来，你们关系不一般哟。"

"哎，别瞎嚷。"褚南娇叫道，"人家想拿苦难史打动我。"

杜玉娇赶紧问："打动了吗？"

褚南娇笑道："我俩不在一个频道上，找不到爱点，做朋友可以，做恋人不行。不过，这种朋友可以深交。"

"算我白操心。"杜玉娇叹道，"难怪人家老相，谢顶早，原来另有原因。以后，我们得帮帮他。"

褚南娇说："好呀，找个机会，一起去养老院看看他的干娘。"

杜玉娇拿腔拿调："得了，我不去，不做你们的电灯泡。到时，我买份礼物，帮我带去就行。"

晚上，杜玉娇去超市买了两大袋蛋白粉、液体钙、奶粉、核桃粉、蜂蜜等营养品，打车送到出租屋。褚南娇因陪董事长接待客户，九点半才回家。褚南娇喝得有点过量，跟杜玉娇没说几句便蜷在沙发上呼呼大睡。

星期天上午，褚南娇带上自己采购的礼物和杜玉娇的两大袋营养品，跟随裴勇到养老院。裴勇干娘单独住一小间，几大袋东西把小屋塞得满满的。干娘不停地唠叨："吃不完，会浪费，你们这些孩子不晓得心疼钱。"

褚南娇打量干娘，骨瘦如柴，头歪背驼，好在手脚还灵便。干娘用手擦拭凳子，招呼褚南娇坐。褚南娇刚坐下，干娘就夸她心地善良，是裴勇未来的好媳妇。褚南娇见老人家误解，想解释，被裴勇用眼神制止。褚南娇依了裴勇，迎着老人家欣慰的目光傻笑。应裴勇要求，褚南娇留下陪老人吃中饭。裴勇去食堂炒了几个好菜，给干娘改善伙食。干娘牙口还好，吃得津津有味，直夸裴勇有良心。这时，褚南娇越发对裴勇刮目相看，心里漾起敬佩的涟漪。

在回城的公交车上，褚南娇问裴勇："你打算一直照顾下去吗？"

裴勇说："干娘好可怜，干姐人间蒸发。我不管，她必饿死街头。"

褚南娇由衷地点头："你这样做是对的。"

"谢谢理解。"裴勇向她伸过手来。

褚南娇机械地把手伸过去。裴勇紧紧握住，半天不愿松开。褚南娇明显感到他的手在颤抖，为阻止他的非分之想无限放大，欲将手抽回。谁知他抓得更紧，令她无法挣脱。在大庭广众面前，因顾及他的面子，她只好顺其自然。到了站点，裴勇才依依不舍地松开手。分别时，裴勇提出晚上出来坐坐，或去看电影。褚南娇摇摇头，说晚上要修改一个材料，明天陪经理去南港市谈生意。裴勇又提出等她出差回来去看电影。褚南娇只好默认。

沈晓飞一大早开车来接她。褚南娇已在楼下等候。沈晓飞把褚南娇的行李箱放进后车厢，叫她坐到副驾驶上。她不理睬，径直坐进后座。沈晓飞埋怨："干什么，我又不会吃你。"

"开你的车。"褚南娇发号施令。

沈晓飞嘴里嘀嘀咕咕："没人性，这么远的路，不知道陪我说说话。"

褚南娇没好气地顶了句："你耳朵没长偏，在哪说话不一样？"

沈晓飞瞪她几眼，不再吱声，踩下油门，车子像箭一样向南港市驶去。

南港市的市场是褚南娇开发的。南港市分管城建的副市长肖舜天与魏焘是哥们。在褚南娇和杜玉娇的游说下，魏焘答应做肖舜天的工作。有天，肖舜天到云都出差，褚南娇请蒋锐出面宴请魏焘和肖舜天。杜玉娇、沈晓琪、沈晓飞作陪。酒桌上，褚南娇频频向肖舜天发起进攻。肖舜天好酒好色，有美女劝酒，自然是精神焕发斗志昂扬。魏焘、杜玉娇敲边鼓，推波助澜。蒋锐与沈氏姐弟适时举杯，添柴加油。喝酒浪潮一浪高过一浪，好不热闹。酒酣耳热，褚南娇向肖舜天提出开发南港智能电器市场的要求。肖舜天二话不说，向魏焘拍胸部，保证让天全智能电器进入南港市千家万户和各企业。散席时，褚南娇挽住肖舜天的手臂往外走，嗲声嗲气地提出过两天就去拜访。肖舜天摸摸褚南娇的脸，色迷迷地说："小褚，不急，等我跟供电公司和相关部门打好招呼再说。"魏焘叫褚南娇悠着点，给肖市长一点时间。褚南娇滴滴地连说好好好，告别时主动与肖舜天拥抱。

蒋锐对褚南娇越来越器重，许多难啃的骨头，只要她一出手，基本能迎刃而解。蒋锐履行诺言，任命她为市场开发部副经理，并许诺公司上市时送给她2%的股权。副经理任命一下来，沈晓飞对她的热度和迷恋不减反增，两人相处时，忍不住偷吻和拥抱。褚南娇拿股权承诺书唬他，谁知他根本不当一回事，还嬉皮笑脸地说："不就是股权嘛，行，只要答应做我情人，全给你。"褚南娇眯起双眼认真问："你名下的股权，全给我？"沈晓飞说："当然，只要你做我一辈子情人。"褚南娇呸一声："死远点，做你的黄粱美梦去吧！"沈晓飞搂住她，涎着脸说："若愿意，我就娶你。"褚南娇推开他："正经点，你是有妻儿的人，谁相信你的鬼话。"沈晓飞死乞白赖：

"你点个头，鬼话就成人话。"褚南娇根本不吃他那一套，拉下脸吼道："滚开。"见她动怒，沈晓飞就怏怏不乐离开。这样的场景，不知发生过多少次，扰得褚南娇心烦意乱。

前几天，肖舜天通过魏焘传来消息，已与市电力公司老总及相关部门打好招呼，让褚南娇过来接头。

褚南娇兴奋地将消息告诉蒋锐，蒋锐当着沈晓飞的面如此这般地交代一番。蒋锐本想亲自出马，考虑肖舜天只对褚南娇感兴趣，只叫沈晓飞陪同。蒋锐特别叮嘱："这次活动褚南娇挂帅，晓飞必须听从指挥。该打点的地方要打点，我叫财务给你们准备好了足够的活动经费。"

褚南娇一下转不过弯，慌忙摆手："蒋总，使不得，使不得。"蒋锐根本不听解释，非要她挂帅。

沈晓飞的车技一流，一路上开得稳稳当当。褚南娇索性闭目养神，琢磨蒋锐的心思。她心里清楚，蒋锐将她推到前台，无非是要她施展女性魅力，让肖舜天拜倒在她的石榴裙下。肖舜天那双色迷迷的眼睛已将他的心迹表露无遗。虽然她没有杜玉娇闭月羞花般的容貌，却有魔鬼般的惹火身材。她那傲然挺拔的山峰和滚圆翘凸的臀部，无不招惹花心男想入非非。每次她走在大街上，回头率极高。肖舜天可能被她的魔鬼身材迷倒。那天喝完交杯酒，肖舜天与她轻轻耳语："你好性感。"她妩媚一笑："谢谢领导夸奖。"正因为有肖舜天那句悄悄话，她才敢放肆与他调情逗笑和挽臂拥抱。

"唉，怎么啦，哑了。"沈晓飞把她从紊乱的思绪中拉回。

"你说呀，我洗耳恭听。"褚南娇睁开眼，盯着他的后脑勺。

沈晓飞说："这次见了肖市长，别再搂肩搭背，我受不了。"

褚南娇哼一声："关你屁事，我爱怎么着就怎么着。"

沈晓飞恨恨道："再跟他眉来眼去，我杀了他。"

褚南娇讥笑："有本事你去杀，料你没这个勇气。"

沈晓飞放慢速度，转头瞅她一眼："你是我的女人，决不许别人染指。"

褚南娇啐道："谁是你的女人，不要脸。"继而警告，"不得胡来，搞砸了你跟蒋总交代去。"

沈晓飞大骂肖舜天："妈的，王八蛋，仗势欺人。"

褚南娇觉得好笑，不再理会，又闭目养神。

中午十二点半，车子到达南港宾馆。沈晓飞登记房间时说："咱们开一间吧，为公司省点钱。"褚南娇白他一眼："开一间我就走。"沈晓飞嘟囔："真是的，没情趣。"办好手续，沈晓飞帮她把行李提进房间。一人一间豪华套间，按公司标准，明显超标，不知是蒋总的意思，还是沈晓飞个人主张。褚南娇懒得问，能享受就享受。

下午，他俩按约定时间来到肖舜天办公室。肖舜天正埋头阅读红头文件，旁边摆了《美国城市管理》《现代城市管理》两本精装书。褚南娇甜甜地叫声肖市长。肖舜天站起来，礼貌性地与他俩握手。秘书随即端上两杯热茶。肖舜天坐到沙发上，掏出两支烟，一支丢给沈晓飞，一支自己点燃。

褚南娇先与肖舜天套近乎，然后将整体开发南港市智能电器市场设想的材料递过去："肖市长，这是我的初步设想，请市长大人指正。"

肖舜天接过材料翻了翻，笑道："小褚，野心蛮大嘛。想全面更换智能电表。"

褚南娇靠近肖舜天，指着几组数据说："肖市长，南港市一旦全面用上我公司的智能电表，将节能5个点以上，关键还能堵塞偷漏电，为电力公司挽回不少经济损失。"

肖舜天哈哈大笑："小褚，不简单，电力公司总经理的活被你干了。行，要得。今晚我请电力公司老总、城建局长陪你。我有个要求，在酒桌上不许谈业务，只管喝酒。"

褚南娇头点得像拨浪鼓："行，唯肖市长令，今晚与市长一醉方休。"

褚南娇和沈晓飞回宾馆休息一会儿，提前到酒店做安排。肖舜天的两大金刚都是酒仙，轮番跟褚南娇碰杯，尤其是电力公司总经理胡光明，频频端杯，嗓门又大，成为酒桌上的活跃分子。

酒过三巡，肖舜天说："不能这么喝，明显是几个大男人欺负人家小女子，得一对一，讲个公平。"

胡光明大大咧咧地说："肖市长，就你怜香惜玉。小褚敢单刀赴会，肯定有杨子荣的胆。"嘴巴贴近褚南娇的耳朵，"你说呢，小褚，没错吧。"

褚南娇已准备豁出去，豪气干云地说："对，既然来了，就不打算站着出去。董存瑞敢舍身炸碉堡，褚南娇敢放胆驰疆场。"

肖舜天关心道："小褚，悠着点。"沈晓飞一直作壁上观，这时插话：

"南娇，听肖市长的。"褚南娇顺着沈晓飞的梯子下："对，听肖市长的，我单挑胡总，不准做孬种。"

胡光明瞅肖舜天一眼，爽朗应道："好，我应战。"肖舜天向服务员招手："拿两个大杯来。"

褚南娇与胡光明同时端杯，一口喝干。每干完一杯，掌声雷动。最后，两人都喝倒在沙发上。肖舜天吩咐城建局长将胡光明送回家，又吩咐服务员帮沈晓飞把褚南娇送回宾馆。

次日上午10点，褚南娇才醒来，睁开眼，发现自己赤身裸体躺在沈晓飞怀里。沈晓飞左手还紧紧握住她硕大的乳房，一脸淫笑地瞅着她："醒来了，好让我销魂。"褚南娇火冒三丈，一巴掌打过去："王八蛋，又趁我酒醉强暴，到底是人还是畜生？"沈晓飞搂紧她，嬉皮笑脸："小心肝，没办法，我太喜欢你，无法控制自己。打吧，死在你身上不冤。"褚南娇从他怀里挣脱出来，用内裤擦拭下身，边穿衣服边说："上次没告你，养虎遗患。这次，一定不放过你。"

沈晓飞起身穿衣，嘴里嘀嘀咕咕："告，告，老说告有意思吗？我是真心实意喜欢你。只要你点个头，我马上跟老婆离婚娶你。"

"鬼要你娶。"褚南娇打开手机，"我报110，告你强奸。"

沈晓飞一把抢过她的手机："你疯了，我进了监狱，你有什么好处？你不是要我的股权吗？给你，反正我要娶你，你的我的有什么区别？"

"谁要你的股权？"褚南娇反唇相讥，"上次要你立字据，是要阻止你的荒唐行径。既然有约在先，就按约定办。你面前只有两条路，一是进监狱；二是把名下的股权转让给我。"

沈晓飞想都不想："重新立字据，把股权让给你。我就不信，你敢要。"

褚南娇圆瞪杏眼："敢不敢是我的事，不来狠的，下次又故态复萌。"

"行，我写。"沈晓飞找来笔纸。写毕，将字据递给她。

褚南娇收好字据，又提要求："还要去公证。"

"公证。"沈晓飞跳起来，"你疯了，定要把我逼上绝路？"

褚南娇发出一声冷笑："不是我把你逼上绝路，是你把我逼上绝路。你一而再，再而三地强奸我，谁受得了。你不把法律放在眼里，就让你尝尝法律的滋味。"

沈晓飞蹲在地上，双手捂脸，思考半天，慢慢抬起头："行，我答应你，去公证。但你也得答应我，从今往后做我的情人，或嫁给我。"

褚南娇沉吟片刻，漫不经心地回道："公证以后再说。"

见褚南娇松了口，沈晓飞兴奋地一跃而起，抱住她猛吻。褚南娇烦躁地将他推开："别闹了，还得去拜访胡总和城建局长。"

下午两点半，褚南娇和沈晓飞敲开胡光明办公室的门。胡光明似乎还处在迷糊状态，醉眼蒙胧地望着褚南娇，有气无力地说："小褚，你真能，在南港，我从未败过阵，没承想倒在你脚下。"

"哪里，哪里。"褚南娇双手打恭，"我不懂事，多有得罪，多多谅解。胡总海量，我是有备而来，吃了解药，所以比胡总多撑一点。"

"哦，原来如此。"胡光明精神抖擞起来，"我说呢，怎么会败给一个丫头片子。下次喝酒，双倍罚你。刚才肖市长来电话，还嘲笑我是江湖女子手下败将，叫我好没面子。小褚，你说，怎么给我平反？"

"好说，好说。"褚南娇从包里掏出一张银行卡，放在胡光明手上，"今晚若有空，就给胡总平反。"

胡光明收了银行卡，哈哈大笑："好呀，一定得给我平反。"

褚南娇掏出一叠材料，放在胡光明面前："胡总，昨天我跟肖市长做了汇报，他很认同我的设想。肖市长说，主意还得您拿。"

胡光明请他们沙发上坐，用手揉揉太阳穴，戴起老花镜认真翻阅。过了许久，他抬起头，取下老花镜，对褚南娇说："小褚，不错嘛，正是我们的思路，没想到你提前帮我们做了。"

褚南娇坐到他办公桌前，柔声道："胡总，要把设想付诸实施，还需您助力。"

胡光明想了想："这样吧，明月小区章总找了几次，要尽快出设计方案。我这里人手紧，一时忙不过来，要不，这单业务交给你。其他的慢慢来。"说罢，将章总的名片递给她。

褚南娇双手接过名片，鞠一躬："谢谢胡总。章总那边，还请胡总打个电话。我们过会儿就去拜访。"

"行。我马上打。"胡光明站起来送客。

紧接着，褚南娇和沈晓飞去拜访城建局长。局长很客气，支了许多招。

褚南娇想着晚上的安排，迅速赶到肖舜天办公室。肖舜天听完褚南娇的叙述，盛赞胡光明雷厉风行，叫她抓紧行动。褚南娇掏出一张银行卡，塞到肖舜天手上。他两眼一瞪："小褚，啥意思，想害我吗？"将卡退回。

"肖市长，给我一点面子，否则，我不好向董事长交代。"褚南娇一脸苦相。

肖舜天说："小褚，不要这么俗气，以后接触多了，就知道我的性格。魏总和我是哥们。他交代的事我会认真办好。"

"您帮了这么大的忙，不表示一下，我心里不安。"褚南娇撒起娇来。

肖舜天眨巴几下眼，意味深长地说："表示方法多的是，非得送钱送物吗？"

"好，哪天有空，我专程陪市长去名胜古迹转几天。"褚南娇马上醒悟。

肖舜天点点头："到时再说吧。今晚我要陪几拨客人，明天又要出差，没时间陪你。来日方长，喝酒的机会多的是。"

告别肖舜天，两人驱车前往明月小区。沈晓飞问："你真的要陪肖舜天去名胜古迹？"褚南娇说："不陪咋办，这么大的项目，不搞定市长，门都没有。"沈晓飞痛苦地摇摇头："你单独跟他在一起，我心里难受。"褚南娇哼一声："与你何干？我是自由身，想干什么就干什么。你难受，要不，这个项目交给你。"沈晓飞不敢接招，闷声开自己的车。

明月小区是南港新城区一个高档楼盘，占地200多亩，3000多套商品房。一旦拿下强电业务，获利颇丰。章总是北方人，性格豪爽，与褚南娇、沈晓飞没谈多久就拍板敲定。而且还增加了弱电工程，这是一个意外收获。签完协议，章总解释："胡总派来的错不了，电表、电闸、变压器等又是当前最先进的智能电器。这些智能电器一用上，对房子销售也是一大利好。"

晚上，褚南娇宴请章总和工程部骨干。酒桌上，免不了又是觥筹交错。褚南娇汲取昨晚教训，控制酒量，把沈晓飞推到前面。

回到宾馆，沈晓飞烂醉如泥。褚南娇安顿他后回到自己房间，给蒋锐报告喜讯，要他明天派技术人员进场。蒋锐大喜过望，表示明天下午技术人员全部到位，交接后赶紧回，另有一单业务需她去洽谈。最后，蒋锐兴奋地赞扬一番，许诺奖励她五万元。

第三天上午，褚南娇和沈晓飞与技术人员交接完便打道回府。到了云都，褚南娇要沈晓飞直接开往公证处。到了公证处，沈晓飞磨蹭半天不下车。褚南娇厉声问："想变卦？"沈晓飞沉默不语。

　　"那好，这是你逼我报警。"褚南娇边拨电话边说。

　　沈晓飞赶紧抢过手机，大声说："你真的疯了。"然后垂头丧气地跟褚南娇走进公证处。

第13章
暗中调查

　　杜玉娇和蓝天走马上任后，按调查组提出的整改方案对规章制度进行全面修改。在讨论新条款时，班子成员进行了激烈的思想交锋。总经理兼总支书记王三雄和副总经理常德为一方；总支副书记兼纪委书记符文宗为一方；副总经理徐源中立。杜玉娇和蓝天持强硬态度。王三雄顾忌杜玉娇和蓝天钦差大臣的身份，最后勉强同意。

　　新规章制度将总经理的权力约束在制度框架范围内，财务支出，必须有分管财务的副总和审计科长审核，总经理的签字方可生效；工程和服务项目发包，必须在职工监督委员会监督下公开招投标，总经理只在事前提出书面意见，事中事后不得干预招投标；等等。

　　修建索道、整治停车场周边商铺是主要整改工作。两项工作准备启动时，周边老百姓蠢蠢欲动、酝酿闹事。在这关键时刻，王三雄住进了医院，病症是高血压引起头晕失眠。王三雄住院不久，周边老百姓隔三岔五围堵办公大楼和景区入口。符文宗组织人员疏导，效果不佳，就去找村主任。村主任说："我有啥办法？王总当年答应人家一直干下去。他是景区老总，说话咋不算数？人嘛，总得有条活路。"符文宗苦着脸说："去找政府嘛。"村主任往地上吐口痰："呸，政府，哪级政府？你带我找去。"符文宗碰了一鼻子灰，当起缩头乌龟，借口母亲病重，请了公休假。

　　符文宗一走，理应常德主持大局。谁知常德往后缩，将徐源往前推。徐源也不愿伸头。两人推来搡去，竟然闹起矛盾。卫星与皮树德同车赶过来，狠狠剋了常德一顿。常德只得硬着头皮上。周边老百姓得知旅游公司领导到场，将办公大楼围得水泄不通。卫星和皮树德出面做工作，周边老百姓众口一词，不准修建索道，不准拆建商铺。卫星和皮树德找到县委书记，才把老百姓劝走。

围堵事件暂时平息。卫星要求常德在王三雄住院期间开展索道修建前期论证和停车场周边商铺拆建摸底工作。

卫星和皮树德走后，周边老百姓改变策略，每天三三两两到公司转悠。常德不去理会，按照卫星、皮树德布置的任务小心翼翼地开展工作。

常德是本地人，和王三雄一样，与周边老百姓有着千丝万缕的关系。为避免发生冲突，常德耍小聪明，将两项工作交给杜玉娇和蓝天。杜玉娇负责索道修建前期的论证；蓝天负责停车场周边商铺拆建的摸底。

作为总助，杜玉娇和蓝天自是不敢造次，爽快将任务承担下来。尤其是杜玉娇，信心百倍，唯有取得实效，方能证明她的思路正确。

周边老百姓获知溶洞公司正在启动索道修建和商铺拆建，又卷土重来。闹事人员换成七老八十的老头老太。这些老头老太不喊不叫，搬张凳子坐在办公楼走廊、景区门口、景区公路两旁，既碍观瞻，又给游客造成不良印象。常德组织人员一对一地做劝说工作，还送水送饭。常德的绥靖工作不仅无效，反而激发了老头老太的斗志：搬张凳子坐一天，即可领取村里补贴，又可得到溶洞公司一餐饭，何乐不为？杜玉娇看不下去，劝常德："不能这样，管吃管喝，傻子也会来。"常德两眼一瞪："这些老头老太出了事谁负责，你敢吗？一瓶水，一餐饭，值多少钱？倘若死个把人，影响更坏。"

杜玉娇一下被噎住，跟蓝天商量。蓝天火冒三丈，大骂常德是草包，胳膊肘往外拐。

杜玉娇发泄不满："不知是拎不清，还是暗中使坏？"

蓝天压低声音说："我看是暗中使坏。不瞒你，对这个班子，我向来不看好。你看王三雄，土匪一个，吃里扒外。常德和王三雄穿一条裤子，不是好鸟。符文宗还算正派，但有把柄在人家手上，硬不起来。徐源呢，软骨头，树叶掉下怕砸破头。冯总卫总派我们来监督，够呛。"

杜玉娇愣了一下，没想到他对公司班子意见更大，不知是夸大其词，还是发现什么？故小声问："王三雄怎么吃里扒外？符文宗有什么把柄在人家手上？"

蓝天自觉说漏嘴，忙搪塞："听说而已。"

杜玉娇怂恿："你应该向冯总、卫总、皮书记反映。这么大的事，不报告，是失职。"

蓝天笑笑，径直离开。蓝天阴阳怪气的态度令杜玉娇如坠雾里云中，她突然想起打字员袁霞几次到她办公室门前徘徊，似乎想反映什么，于是晚上把她请到住处私聊。

袁霞本地人，4年前大学毕业进入溶洞公司。学经济管理的高才生做打字员，未免大材小用。高个子、大脸庞、黑皮肤的袁霞女人味少，男人味浓。女人一旦男性化，总是不受待见。已是初冬，她依然穿一件紧身紫色套裙，着力将女人的突出部位显示出来。

望着她过分补白的脸庞和呼之欲出的胸脯，杜玉娇忍不住想笑，指着铁观音、云南普洱、雀巢咖啡问："喝点什么？"袁霞要了云南普洱。泡好茶，杜玉娇担心袁霞着凉，打开暖气空调。袁霞说："杜总助，不冷。每年冬天，我都这么穿。"杜玉娇笑笑："是嘛，说明你身板结实。"

寒暄几句，杜玉娇以关心的口吻询问了她的家庭和个人情况。她父母做小本生意，勉强糊口。为了能进溶洞公司，父母借债疏通关系。个人问题不仅是她的心病，更是父母的心病，谈了十几个都无疾而终。杜玉娇安慰了几句，答应帮她物色。杜玉娇问疏通关系的钱花在哪？袁霞缄口不谈。杜玉娇知道她的难处，表示理解。杜玉娇的关心，一下拉近了两人的距离。杜玉娇问起溶洞公司班子情况。袁霞说："早就想跟你汇报，见你忙，只得作罢。"杜玉娇歉疚道："对不起，我没在意，以为你是瞎转悠。"

袁霞对公司班子一肚子意见，将所知一股脑儿托出："王三雄是几朝元老，又是当地人，盘根错节，常德及大部分中层干部都是王的小兄弟。为什么他极力阻止修建索道和拆建停车场周边的商铺呢？屁股有屎。靠抬轿子糊口的人，哪个不孝敬他？修建索道，轿夫失去生计，他少了灰色收入，心里能顺畅？停车场周边的商铺，都是早期在他手上乱建的。当时，只要他点个头，阿猫阿狗都可搭建，条件是必须服他管。这个管，里面名堂可多。有老板私下透露，每年三大节，都要提着大包小包往他家跑。有个叫郑州的未按规矩送礼，结果被王三雄找理由清走。郑州不服，到王三雄家里闹。半个月后的一天晚上，郑州在自家池塘边被不明真相的人打断腰。警察查了半天，毫无线索，最后不了了之。郑州怀疑元凶是王三雄，派老婆到县政府上访。因无凭无据，上访变成栽赃陷害，差点吃了官司。溶洞公司所有工程及服务项目，招投标不过做样子，王三雄早就暗中钦定。中层干部提拔不是任人唯贤，而是任人唯钱。常德是王三雄一手提拔起来的，像黑社会拜把兄弟。符文宗表面看是正人君子，实际是花心大萝卜，多年前就与食堂管理员郑丽丽有染。郑丽丽被称为后山郑村一枝花，高中毕业通过关系进入溶洞公司。郑丽丽原是食堂窗口服务员，在符文宗的照应下，很快当上食堂管理员。郑丽丽虽然年轻，却精明强干，将食堂的采购和财务牢牢把控在手，几年下来，家里盖了两栋楼。听说符文宗与郑丽丽还有私生子。徐源胆小怕事，软蛋一个。"

杜玉娇听罢大吃一惊，没想到溶洞公司藏污纳垢。难怪王三雄千方百计阻止改革，原来怕自己的利益链受损。倒是符文宗的行为令她百思不得其解。郑丽丽在食堂采购中大捞油水，符文宗还力挺修订食堂管理规章制度。袁霞一语道破："郑丽丽早已赚饱，符文宗怕夜长梦多。"杜玉娇恍然大悟，符文宗兼纪委书记，清楚其中的利害关系，金盆洗手，既保护自己，又重塑纪委书记敢抓敢管的形象。

"恨他们吗？"杜玉娇想探究她的真实态度。

"恨有什么用？"袁霞忿忿然，"有正义感的人敢怒不敢言，倘若上级不派你们来，不推进改革，大家看不到希望。"

杜玉娇笑道："背后说他们的坏话，不怕打击报复？"

袁霞愣了一下，随即拍胸部："怕什么，大不了一走了之。说实话，我已寒心。本科生，不如高中生。打字员一干4年，且无尽头，这不是明显欺负人嘛。我找过王三雄几十次，每次都搪塞。有人出主意，送点钱。我一个月就那么点工资，除了吃穿，都交给父母还债。学郑丽丽，没勇气，再说，人家不一定看得上。求符文宗，不理不答。求常德，一脸讥讽。求徐源，掉头就走。杜总助，我一个正牌大学生，难道一辈子做打字员？我跟父母发牢骚，想辞职，被骂得狗血淋头。我知道，父母心疼那些送出去的钱。在父母眼里，这是铁饭碗，有多少人在抢。溶洞公司的风气，被他们弄得乌烟瘴气。既然旅游公司党委和集团公司下决心进行整治，就应该大刀阔斧，而不是小脚女人。"

杜玉娇心头一热，觉得袁霞是股正义力量，问："你跟蓝天汇报过吗？"

袁霞点点头："早跟他汇报过。我感到，他正义感极强，一有空就约谈不同意见的人。真希望你们揭开溶洞公司的盖子，还大家一个风清气正的好环境。"

送走袁霞，杜玉娇陷入沉思。冯总和卫总派他俩来，希望同心协力，顺利完成整改。没想到整改受阻，王三雄撂挑子，符文宗当逃兵，常德阳奉阴违，徐源作壁上观。面对旷日持久的老头老太，她和蓝天一筹莫展。前天，蓝天代表班子去省人民医院看望王三雄。王三雄拿出肝脏肿瘤诊断书，不管良性恶性，准备开一刀。蓝天将王三雄的病情报告卫星、皮树德，两人赶到医院看望。医生对症状把握不准，建议去上海确诊。卫星、皮树德不便说什么，劝王三雄安心去上海治疗。蓝天带回卫总"稳定，安全，冷处理"三点指示。她心想，蓝天在这个时候瞒着她暗中调查王三雄、常德、符文宗，不知用意何在，是否握有尚方宝剑？

她给魏焘打电话，告诉袁霞透露的消息和自己的疑惑。魏焘听罢沉默半晌，然后劝告："玉娇，虽然袁霞私见颇深，不排除消息的真实性。看来，溶洞公司的水很深。学聪明点，尽量不去趟浑水。不管蓝天是不是握有尚方宝剑，让他去摆龙门阵。你呢，做糊涂虫，坐山观虎斗。蓝天赢了，有你一份功劳。蓝天败了，跟你没一毛钱关系。蓝天这样做，无非是立功心切。你在整改思路上出了风头，他想在反腐倡廉上博取功名。"

杜玉娇茅塞顿开，这种功劳不要也罢，弄不好留下恶名，甚至危及生命。人家的财路和仕途能那么容易让你毁掉？之前，她仅提了几点整改意见，王三雄就火冒三丈。蓝天真动了他们的奶酪或送人上审判台，定会惹火烧身。她跟褚南娇打电话，褚南娇对魏焘的看法举双手赞成，还叫她前期装聋作哑，后期同仇敌忾。杜玉娇觉得这是一招妙棋，即躲开暗箭明枪，又撷取胜利果实。杜玉娇猛然发现，褚南娇成熟许多，简直成了她的狗头军师。

符文宗休假回来，常德马上躲一边。卫星给符文宗下死命令，无论如何要在春节前将安营扎寨的老头老太轰走。卫星用"轰"字而不用"劝"字，说明态度强硬。符文宗无路可退，硬着头皮冲在前。他找到乡党委书记，亮出撒手锏，两天内不把老头老太弄走，切断进乡政府的公路。乡政府的公路从景区通过，是当年作为收购溶洞景区条件之一修建的。乡党委书记周游清楚符文宗的牛脾气，一旦弄毛，敢跟你拼命。第二天，老头老太的身影就在景区消失。

杜玉娇从符文宗发飙过程中摸到了周边村民闹事的脉络，表面看，幕后组织者是村主任，实际是乡党委书记周游。周游在乡里干了15年，从普通干部干到书记，是溶洞公司的座上宾。符文宗一发飙，周游就妥协，说明周游有软肋在符文宗手上。杜玉娇把这一重大发现告诉蓝天。蓝天觉得在理，表示重点关注。为探究竟，杜玉娇请袁霞帮助打探。袁霞不负所望，很快弄清缘由。郑丽丽的姐姐郑萍萍是周游的情妇，4人经常一起吃喝玩乐。郑萍萍一直未婚，死心塌地地跟定周游。杜玉娇觉得这两姐妹太奇葩，为讨相好欢心宁愿做单身狗，后又想，此等怪事不足为其，社会上这种女人多如牛毛。她叫袁霞将情况告诉蓝天，又鼓动蓝天向卫总汇报。

春节期间，魏焘陪财政厅领导出国考察，杜玉娇主动留下值班。褚南娇过来陪她。大年三十晚上，杜玉娇跟当班员工吃完年饭回到房间，刚打开电视，袁霞过来拜年。杜玉娇问她为何不在家陪父母？她说父母有妹妹陪，想过来陪领导。杜玉娇拉起褚南娇的手："我有闺蜜呀，不寂寞。"袁霞红着脸说："想跟领导聊天。"杜玉娇哦了一声，忙让座端茶。褚南娇摆好果品，请袁霞品尝。袁霞十分羡慕褚南娇丰满妖娆的身材，赞叹不已。褚南娇说："不要夸我，你领导更有魅力，称为帅哥毒药。"袁霞笑道："杜总助是艳美，你是形美，美的味道各有不同。男人，可能喜欢杜总捐助的艳美。我们女人，更喜欢你的形美。"两人相视一笑，夸袁霞很会讨人开心。

袁霞一坐下，就抛出一个爆炸新闻："蓝总助查到王三雄、常德不少受贿证据。"杜玉娇心里一惊："你咋知道？"袁霞说："崔峻告诉我的。"崔峻是几年前公开招聘的旅游管理专业的大学生，话不多，爱琢磨，挺精明。杜玉娇摇摇头："他的话，不可信，朋友没几个，哪来的消息？"袁霞解释："他跟蓝总助走得近。蓝总助到哪都带上他，他成了左膀右臂。"杜玉娇哦了一声，问起崔峻状况。袁霞说："崔峻和我一样受歧视，旅游开发部把他当杂工。他家里穷，没钱送礼。我俩惺惺相惜，除了情话，无所不谈。前天上午，崔峻要我帮他打个材料，全是周边村民的名字和数字。我问打这个干吗。他说是王三雄和常德收的礼单，叫我务必保密。我考虑了两天，觉得有必要告诉您。"杜玉娇表示了感谢，问："有多少？"袁霞说："没统计，估计有十几万。崔峻说只是冰山一角。"

送走袁霞，褚南娇讥笑："蓝天真行，为一己之功，敢在太岁头上动土。"杜玉娇说："这人就这德行，让他折腾。"褚南娇愤愤然："不地道，当年为了前程，把爱情当粪土。现在为了立功，把同事当垫脚石。"杜玉娇讪笑："这是人家的处世之道，你愤恨有意思吗？"褚南娇自我解嘲："是呀，我吃饱了撑的。巴不得他哪天挨黑枪。"杜玉娇推她一把："大过年的，别满嘴胡话。"

大年初二，蓝天跑来上班。崔峻也跟着上班。袁霞被蓝天叫了来。崔峻交给袁霞一大摞材料，要她秘密打印。袁霞随时将重要信息传递给杜玉娇。王三雄、常德和乡党委书记周游利用溶洞公司的平台捞了不少黑钱。蓝天和崔峻一天到晚到村民和小包工头家里串门。每天回来，崔峻交给袁霞一本笔记本，里面密密麻麻记录了许多线索。

褚南娇离开的当天，即初七晚上，发生了恐怖事件。蓝天与崔峻晚饭后在景区小道散步，走到灯光暗淡处，突然从树木背后蹿出两个人，不由分说，抢起棍棒朝蓝天和崔峻打来。崔峻听到动静本能地跳到一边，挥起手机朝其中一人砸了过去。手机不偏不倚正中一人头部，只听得哎哟一声，那人掉头便跑。另一人见状，也逃之夭夭。蓝天头上中了两棒，鲜血直流，当场昏厥。杜玉娇听到消息，马上派车将蓝天送到县医院。蓝天头上破了一道4寸长的口子，医生做了紧急处理。蓝天醒来问清缘由，陷入沉默。他心里清楚，这是暗中调查引发的反扑。

次日，节后正常上班。符文宗、常德、徐源闻知大吃一惊，纷纷到医院看望。

王三雄春节前出院回家休养，身体基本恢复。上午十点半，他来到办公室，听到消息迅速赶往医院，当着陆续来看望的员工的面痛斥这种野蛮行径，随之安排办公室主任护送蓝天去省人民医院做深入治疗。

杜玉娇当晚向派出所报了案，警察到现场取证。无奈灯光暗淡，加上歹徒戴了口罩，崔峻无法描述歹徒特征。询问蓝天，更叙述不清。警察四处寻找凶器，杳无踪迹。线索不清，自然成了悬案。

—◎ 第 14 章 ◎—

走上快车道

病愈上班的王三雄工作作风大变，大刀阔斧地进行整改。第一刀，强行关闭卫生条件差的餐馆和投诉较多的土特产店。第二刀，启动索道可行性论证。安排杜玉娇亲往设计院迎请专家，要求可行性论证和初可设计同步进行。第三刀，裁减机关工作人员。王三雄亲自主刀，显示出强悍风格和奇高效率。令杜玉娇始料不及的是袁霞和崔峻赫然在裁减名单之列。

不等袁霞、崔峻找上门，杜玉娇主动到王三雄办公室为两人求情。王三雄根本不买账，理由很简单，两人工作能力差，牢骚怪话多，拉帮结派，不务正业。

"两人都是名校高才生。据我所知，几年来，两人兢兢业业、任劳任怨。要说牢骚怪话多，是公司用人不当。"杜玉娇据理力争。

王三雄阴阳怪气地说："莫不是他们把你收买了。"

杜玉娇苦笑一声，坚持道："就算被他们收买，我也认。溶洞公司正是用人之际，需要这种事业心、责任心、正义感强的人。如果不收回成命，我马上向冯总、卫总、皮书记反映。"

王三雄狠瞪她一眼，压住怒火，埋头翻阅文件，不再理会。杜玉娇讨个没趣，退回自己办公室，给蓝天打电话。蓝天哼哈几声，叫她冷静。杜玉娇觉得他早已谋定在心，难怪袁霞、崔峻沉得住气，原来有蓝天给他们撑腰。

被裁减人员一律充实到洞内洞外各服务台。袁霞、崔峻毫不犹豫地走出机关，到服务台干解说、引导、捡垃圾等简单活。有天晚上，杜玉娇把袁霞约到房间，问起新岗位感受。袁霞皱皱眉："无所谓，我相信好人有好报，恶人有恶报。王三雄再怎么嚣张，也不过是秋后蚂蚱，蹦跶不了几天。"杜玉娇问："怎么这么有信心？"袁霞说："我相信直觉。蓝总助决不会坐视不管，这两棒不会白挨。"杜玉娇咧嘴笑笑："崔峻跟你透露过什么？"袁霞摇摇头："什么也没透露，只叫我等待。"杜玉娇哦了一声，心中已有数。蓝天虽然在家疗养，但与王三雄的斗争一刻也未消停。这两棒，不但未达到恐吓目的，反而激起了他的斗志。

蓝天伤愈上班。王三雄对他极其冷淡，既不布置工作，也不给脸色。王三雄大刀阔斧的第一刀，只关闭了部分餐馆和店铺，却没有进一步行动。蓝天给他提建议："王总，将关闭的餐馆和店铺拆除重建，然后对外发包，在同等条件下，原商户可优先。"王三雄斜他一眼："急什么，就你聪明。"蓝天碰个软钉子，改变策略："王总，我上班好几天了，整天闲着，无聊得很，最好派点活干。如果显得多余，我向卫总打报告，回去得了。"王三雄没好气地回敬："想回就回，腿长在你身上。"

晚上，蓝天敲开杜玉娇的房门。蓝天剃了个光头，在灯光下熠熠闪亮。这些天，杜玉娇一直未近距离观看他的伤疤，忍不住踮起脚尖细细看了几眼。蓝天低下头，摸着伤疤说："这人下手好狠，头盖骨被打裂，疗伤两个月，基本恢复。医生说，可能会留下阴雨天头痛的后遗症。"杜玉娇伸手想摸伤疤，快触到皮肤赶紧缩回。过去那份情感早已成仇。她给他沏杯茶，远远地坐到床沿边。

蓝天喝口茶，盯着她："玉娇……"杜玉娇赶紧纠正："杜玉娇。"蓝天愣了一下："对，我没资格这么叫了。今天，我来没别的目的，只想与你通个气。年前，我瞒着你收集了不少王三雄、常德的贪腐证据，已交给卫总和皮书记。皮书记要我认真查实，没想到他们会来这一手。那天晚上，还得感谢你，及时派车把我送到县医院。这几天，王三雄的态度更加恶劣，似乎要把我置之死地。下午，我给邵总和冯总打了电话，报告了王三雄的情况。邵总说已叮嘱旅游公司党委尽快查清，彻底解决溶洞公司历史遗留问题。我俩是上级党委派来督办整改的，以后可能要冲在第一线。你我应该同心同德，彻底把溶洞公司整顿好，否则，无法向领导交代。"

蓝天的口气显得有点居高临下，让她听了不爽，但还是颔首认同："这个班子已彻底变质，是该早点解决。若能将他们一锅端，我举双手赞成。我也听到不少传言，王三雄、常德与周游联手，挖走了不少国有资产。拿停车场周边的商铺来说，以极低的价格甚至无偿让渡给商户，他们以此作为摇钱树。这次，我还以为王三雄真会下决心整治商铺，没想到虎头蛇尾，雷声大，雨点小。"

蓝天说："这是缓兵之计。革别人的命易，革自己的命难。王三雄不可能主动吐出嘴里的肉。只有上级党委采取措施，才能掀开溶洞公司的盖子。"

"对，拭目以待。"杜玉娇起身给他杯里续水。

蓝天摆摆手："不了，我还要赶个材料。"起身离开。

专家组经过一个多月紧锣密鼓的工作，将项目可行性论证和初可设计方案送去。杜玉娇认真审阅一遍，觉得可行，送给王三雄过目，并提出近期召开评审会，尽快将方案定下来。王三雄翻了翻方案，不紧不慢地说："不急，让我先斟酌一下。"杜玉娇点点头："好，请王总早日定夺。"

方案在王三雄办公室放了两个星期，未见回音。杜玉娇坐不住，多次催问。王三雄说："我正在看，不急。这么大的事，需要万无一失。"杜玉娇无言以对，心里却期盼上级党委尽快采取措施，搬掉这块绊脚石。

蓝天更加坐不住，三番五次往旅游公司跑。皮树德给他透露信息，集团纪委没有"双规"权力，国资委纪委正在走程序。

在等待的日子里，蓝天整天无所事事，待在办公室看书或暗中观察王三雄、常德的动向。有天下午，庄诗文敲开他办公室的门。蓝天颇感惊讶："你不是休假嘛！"庄诗文满脸忧愁："休假就不能来看你？"蓝天赶紧端茶让座："哪里话，巴不得美女来送温暖。"庄诗文呷口茶，眼睛红红地望着他，却不言语。蓝天逗道："怎么啦，抽什么风。"庄诗文摇摇头："现在不想说，晚上到你房间倒苦水。"见她怪怪的，又如此神秘，蓝天不便多问，只陪她聊天。

上级部门来人，除了领导，王三雄一般不接待。晚餐，符文宗、徐源主动过来陪客。杜玉娇与庄诗文打过多次交道，印象不错，不请自到。一开桌，庄诗文嚷嚷上大杯，一醉方休。蓝天知道她酒量不咋地，劝她适可而止。庄诗文柳眉一挑："蓝天，怕我喝穷你。"符文宗起哄："蓝总助不让喝，我让喝。来，第一杯，我敬你，干了。"庄诗文端杯与他一碰，咕噜一声，一口喝干。大家一来二往，把庄诗文喝趴在桌子上。

杜玉娇和蓝天将庄诗文扶到房间。杜玉娇随即离开。庄诗文微睁醉眼，招呼蓝天坐到身边。蓝天给她泡杯茶："喝杯茶醒醒酒吧。"搬张椅子在她面前坐下。庄诗文端起茶杯猛喝几口，蓝天递张纸巾过去，庄诗文接过轻轻擦拭，泪水顿时在眼眶里打转。蓝天已猜出她内心的苦楚。去年底，庄诗文给他透露过，老公那时老在外面过夜。男人一旦回家少，背后定有狗血故事。当今社会诱惑遍地，倘若缺乏定力，难免中招。她与夫君大学同班，毕业即走进婚姻殿堂。夫君聪明能干，不久成为某银行分行副行长。男人风流倜傥，事业有成，极易成为花蝴蝶追逐的对象。庄诗文纵然貌美如花，却经不起岁月侵蚀，在含苞欲放的青葱少女面前，自然暗淡失色。蓝天不停地给她递纸巾。

许久，庄诗文才平静下来，酒也醒了不少，满脸怒容地说："这次休假，全是因为后院起火。他行里刚进来一位年轻漂亮的女大学生，没多久，两人勾搭成奸。起初，我疯了般地暗中跟踪，终于在酒店逮个正着。他不羞不恼，除了道歉，就是讲些怪理论。我要他做出决断，他口口声声说要家。我逼问女大学生，她说无意拆散我们的家庭，与他只是玩玩。我骂她恬不知耻，她嘻嘻一笑，说我老八股。这个社会，我真看不懂。"

蓝天马上想起邵芳，为图刺激，宁愿单身。他婚后半年，邵芳又找上门来，提出重续旧缘。他恼羞成怒地将她轰走。邵芳嬉皮笑脸地打趣："记住，你欠我一笔情债，到时要加倍奉还。"加倍奉还，如何还？他想破脑壳也想不通。庄诗文老公喜欢上的女孩，可能就是邵芳这种类型的人，让你欲罢不能。他望着庄诗文，关切地问："打算咋办呢？"

庄诗文痛楚地摇摇头："走不出十字路口，过来向你讨主意。"

自古以来，清官难断家务事。要他指路，等于把他送上道德拷问台。俗话说，宁拆十座庙，不毁一桩婚。他冥思苦想半天，毫无良策，只得沉默。

庄诗文问："从男人角度考虑，如何面对？"

蓝天苦笑一声："这是一道难题。不过，大多数男人一旦走进婚姻，会坚守责任。家里红旗不倒，外面彩旗飘飘，就是男人责任的现实写照。"

庄诗文一脸不屑："这样的责任，不要也罢。爱一个人，就要誓死相守，不得三心二意。"

蓝天笑笑："到外星球上去找这种男人吧。"

"这是你的心里话？"庄诗文眼睛逼视他。

"这是现实。"蓝天躲开她的视线。

庄诗文长叹一声:"看来世上真没有好男人。按你的逻辑,我得苟且偷安,继续过着以泪洗面的日子。"

蓝天点点头:"事实就是这样。倘若逃出婚姻城堡,纵然有片蓝天,不再属于你。鲜花般的女孩,已把你的大路挡死。"

是呵,这样的例子比比皆是。老天爷对女人不公,男人犯错,却要惩罚女人。庄诗文咬咬牙,恶狠狠地说:"我懂了,若离婚,倒成全他。行,我决心与他耗到底,他走过的路,我准备走一遍,决不让他占便宜。"

蓝天大吃一惊,轻声问:"怎么走?"

"他怎么走,我就怎么走。今晚你陪我,我要报复他。"庄诗文破釜沉舟。

蓝天吓得拼命摆手:"使不得,使不得。你醉了,早点休息。"赶紧逃出房间。

第二天清晨,庄诗文梳妆打扮毕,给蓝天打电话,要他陪同散散步。春天的山野,青翠欲滴,春色撩人,鸟语花香。蓝天与她并肩走在山间小道上,晨风吹来,神清气爽。庄诗文红着脸说:"昨晚,你走后,我想了很多。"蓝天瞅她一眼:"昨晚,你喝多了。"庄诗文赧(nǎn)然一笑:"对,是喝多了,不借酒胆,说不出口。说出来了,心里轻松许多。他做得初一,我做得十五。否则,我会疯掉。"蓝天摇头:"不行,我们是同事,俗话说,兔子不吃窝边草。"庄诗文嗔道:"我都不怕,你怕什么?咱们约定,不影响各自家庭。"蓝天站定,认真地问:"你真的打算走出这一步吗?"庄诗文斩钉截铁地说:"对,过去我们经常打情骂俏,现在来回真的。"蓝天不再分辩,望望四周,见无人影,将她拥入怀中。

庄诗文要求再住一晚,蓝天只好陪同她在洞内洞外游玩一天。晚上,蓝天叫上袁霞、崔峻陪同打了一晚牌。次日上午,庄诗文坐上蓝天安排的专车回云都,忧伤情绪已去大半。

集团公司纪委终于出手,将王三雄、常德"双规"。紧接着,新总经理兼总支部书记马海到位。马海原是虎狼山景区党委书记。虎狼山景区是全国著名佛教与道教旅游胜地。早在明初,虎山和狼山相继建起佛殿和道观。虎山海拔1500多米,坡度较缓,因峰峦远看像老虎,故名虎山。狼山海拔略低，坡陡峰峭，山顶像挺立的狼，故曰狼山。虎山与狼山之间横亘一条河。河水暴涨时，似狼嚎虎啸，声震百里。河两边，千岩竞秀，万壑争流，古树参天，竹林倒悬，花团锦簇，云蒸霞蔚。古时，因一河相隔，虎狼两山，两县所辖，竞相发展，成为奇观。新中国成立后，两县合并，虎狼冷落。改革开放后，景区合二为一，特别是被国信集团收购后，虎狼山景区得到迅猛发展。河上建起大桥，一改两山相隔之困境，景区硬件也得到巨大提升。由于管理有方，虎狼山景区成为旅游公司的标杆企业。马海是本地人，离开熟悉的岗位和远离家乡，一百个不情愿。终究胳膊扭不过大腿，他向旅游公司党委提条件，到溶洞公司干几年再回去。

马海到任半月，向旅游公司党委提出充实和加强领导班子要求。马海的要求与卫星、皮树德的想法一致。卫星报告冯辉同意后即启动干部提拔考查程序。在民主推荐、测评、考查等环节中，杜玉娇、蓝天均获高票。公示无异议，任命很快下来。令杜玉娇始料不及的是，蓝天列在符文宗、徐源之前，她列最后。后来她得知，这是皮树德和马海力争的结果。他们看好蓝天。

符文宗在集团公司纪委和旅游公司党委审查中躲过一劫。根据举报和蓝天提供的信息，审查组始终找不到有力的证据。俗话说，捉奸捉双。没有真凭实据，无法认定。询问当事人，一口否定。至于私生子，郑丽丽咬定是与前男友所生。找到前男友对质，前男友大包大揽。审查组只得诫勉谈话作结。

新官上任三把火。蓝天与杜玉娇烧的第一把火，即启动商铺拆建和索道专家论证。王三雄"双规"后，周边老百姓顿时夹起尾巴，不再肆无忌惮。不久，周游也被县纪委"双规"。随后，几个村支书相继做了周游的陪葬品。

蓝天召开商户商讨会，提出拆建补偿方案，以前与溶洞公司签过合同的，若接纳新条款，可续签。无合同的，根据情况作适当补偿。在高压态势下，这些略懂法律的村民，经过一番讨价还价，基本与溶洞公司达成调解。村干部随即提出拆建工程交给他们来做，以缓和村民的对立情绪。蓝天不敢做主，报告马海并经办公会同意，以较合理的价格与村干部签订了工程施工合同。蓝天成立拆建办公室，崔峻任办公室主任。

杜玉娇请来十多位专家。召开论证会那天，冯辉、卫星、皮树德、杜鹃、裴勇、裘平安等悉数到场。由于准备充分，论证会开得相当成功，可行性论证和初可设计一致通过。会议结束时，冯辉作了慷慨激昂的讲话，要求溶洞公司新班子打好索道修建和商铺拆建两个战役，通过整顿，全面提高企业管理水平。卫星、皮树德、杜鹃从各自角度提出了新要求。袁霞已成为杜玉娇的得力助手，既是会议秘书，又是索道工程协调员。

晚上，杜玉娇安顿好各位领导休息，回到房间，裴勇敲门进来。两人聊了会儿工作，杜玉娇问起他与褚南娇的进展情况。裴勇叹声气："她在躲我。"杜玉娇心里清楚，褚南娇对他不感兴趣。可裴勇就是不死心，多次央求她做褚南娇的工作。感情这东西，复杂得很，不是做工作能解决的。杜玉娇为裴勇悲哀，没办法，同事一场，该帮的还得帮，于是鼓励："不要灰心，火候不到。火候一到，褚南娇自会接受你。她的为人，没人比我清楚。"裴勇向她讨主意。她建议他多读泡妞教科书，或多看言情片。裴勇哭笑不得，那些说教和招数，如镜花水月，对他毫无用处。

送走裴勇，杜玉娇给褚南娇打电话，质问为什么不兑现诺言。褚南娇丈二和尚摸不着头脑，反问什么诺言。杜玉娇大声斥责："你怎么答应人家的。几个月了，有这么忙吗？"褚南娇一愣，哈哈大笑："不就是看场电影嘛。这个呆子，难道不懂人家的心思？"杜玉娇正色道："他就看好你，非你不娶。"褚南娇沉吟片刻，回道："好吧，等他出差回来，我约他。"杜玉娇呵呵一笑："那还差不多。"褚南娇说："你何时回来，我有要事找你。"杜玉娇问："什么要事？"褚南娇故弄玄虚："不告诉你，到时再说。"杜玉娇说："好吧，这个星期不回去，倘若事急，到度春山溶洞公司来。"

第15章

未 雨 绸 缪

褚南娇约好裴勇在情侣餐厅会面。她提前到场，自作主张点好菜。不一会，裴勇匆匆赶来："对不起，领导要我改个材料，耽误了。"褚南娇妩媚一笑："没关系。"裴勇招呼服务员点菜。褚南娇说："已点好。"裴勇搓搓双手，高兴地说："太好了！上瓶法国红酒吧。"褚南娇点点头。

很快，酒菜上来。褚南娇端起酒杯与他轻轻一碰，说："不是我失信，这段时间确实忙。"裴勇满脸堆笑："知道，知道。听杜玉娇说，你开辟了好几个市场，不简单，女中豪杰。"褚南娇敷衍道："哪里，为了生存，不得不拼。"裴勇趁机问起她公司近况。褚南娇拣好的简单述之，尔后问起他干娘。裴勇皱皱眉："不太好，春节期间大病一场。医生说，估计时日不多。"褚南娇唏嘘不已："好在有你这个干儿子，晚年过得不凄凉。"又问，"干姐有消息吗？"裴勇摇摇头："没有，我托了好多人，杳无音讯。干娘在瞑目之前，很想见她一面。每次见我，都要叨念。"褚南娇说："养儿防老，未必管用。辛辛苦苦把儿女拉扯大，最后落个无依无靠孤苦伶仃。什么时候，再去看看老人家。"裴勇摆摆手："算了，别去。干娘一病不起，现在靠输液维持生命。整个人瘦得脱了形，脸上皮包骨，眼睛凹陷，像具骷髅。你见了，怕做噩梦。"褚南娇确实怕见骷髅，有次，她陪杜玉娇去博物馆参观，看了一眼木乃伊，结果几天几夜做噩梦。她说："也罢，带个好。"裴勇表示一定带到。

酒足饭饱，裴勇重提看电影，褚南娇马上同意，到了电影院，一看片名，是熟悉的《罗马假日》。现在电影不景气，国产好片不多，电影院为了生存，只得靠世界经典名剧赚点可怜的票房。偌大的剧场，稀稀拉拉十几人。两人在中排选个位置坐下。见前排一对情侣头靠头地嗑瓜子，裴勇说："我去买包瓜子。"褚南娇扯住他："别去，公众场合，吃瓜子不雅。"裴勇只得听从，望着她憨笑。

不一会儿，电影开幕。当故事情节发展到美国新闻社记者乔·布莱德里将睡得特别沉的安妮公主带回家时，裴勇忍不住紧紧抓住她的手。褚南娇明显感觉到他的手在激烈地颤抖。她在等待他的下步行动，经过这么久的接触，发现他还是童男子，恋爱世界一片空白，有必要帮他开垦处女地，促其尽快成熟，大胆去寻找属于自己的爱。她敬仰他的人品，但不认可他的人生。她的情感世界比他大，他的生活容器盛不下她。直到电影结束，裴勇还没勇气跨出这一步。剧院灯光亮起，他迅速将手松开。两人的手掌湿漉漉的。在握手时，他心里必定进行过激烈的思想斗争，以至于紧张得冒汗。

裴勇打车送她回家。褚南娇打开门，向他发信号："进来坐坐吧。"裴勇抬腕看看手表："不了，快12点，早点休息吧。"褚南娇目送他下楼，无可奈何地摇头，心里说：真是个呆子。

第二天下午，褚南娇向蒋锐要了辆车子，直奔度春山溶洞公司。见老同学到来，蓝天作态冰释前嫌，主动提出以他的名义宴请。杜玉娇也不推辞，叫袁霞作陪。蓝天交代崔峻高规格安排宴席。山里高规格不外乎是山珍，果然，上的全是野味。崔峻、袁霞酒量大得惊人，不停地敬褚南娇和两位领导。褚南娇应付两轮，端杯与蓝天血拼。蓝天岂能输人，放胆与她对阵。

喝到七分醉，褚南娇向蓝天提要求："蓝天，我这次是带了任务来。不管以前发生什么，今后一笔勾销。"

蓝天借着酒兴拍胸部："好，什么任务？只要我能办的，一定办好。"

褚南娇说："度春山溶洞公司全面整治，商铺、索道、洞内洞外等强弱电新建和改造由我公司承办，我公司智能电器性能和质量一流，性价比高。一旦合作成功，将是双赢。"

蓝天酒醉脑不醉，一听是揽业务，马上改口："对不起，不属我管。"

褚南娇讥笑一声："刚才还拍胸部，怎么出尔反尔？"

蓝天一脸苦相："真不是我分管。杜玉娇清楚，那是徐源分管。"

褚南娇借机吹捧："你是常务副总，深得马总器重，只要你点个头，这事估计能成大半。"

蓝天端起酒杯，转移话题："喝酒，喝酒。崔峻、袁霞，你们的任务是什么，好好陪客人。"

崔峻、袁霞应声而起，端起酒杯上前敬褚南娇。杜玉娇劝住崔袁，站起来，两眼逼视蓝天："蓝天，褚南娇第一次求你，不要虚与委蛇。"

蓝天躲开杜玉娇的目光，问："你持何种态度？"

杜玉娇说："我能让褚南娇来，就表明了我的态度。"

蓝天愣了愣，随即表态："既然你同意，我没有不同意的理由。马总、符书记、徐总的工作你们去做。"

褚南娇双手抱拳："谢谢老同学！马总、符书记、徐总那边，我会做好工作。"

见事情办妥，杜玉娇提出散场。褚南娇跟杜玉娇回到房间，仰身倒在床上，大骂："奶奶的，这个蓝天，不是东西。"

杜玉娇说："人家不是答应了嘛。"

"答应个球，要不是你逼他，会同意吗？奶奶的，还记恨我吐的那口痰。"褚南娇忿忿然。

杜玉娇给她泡杯茶，责怪："你呀，有时好事给办坏。"

褚南娇猛然坐起："嗨，别不识相，人家还不是为你出气。"

"好，我识相，但不能出格。"杜玉娇搂搂她的肩。

"当时，我非常气愤，恨不能杀了这婊子。"褚南娇咬牙切齿。

杜玉娇笑笑："杀了她，能解决问题？凭蓝天的条件，不愁没女人飞蛾扑火。前些日子，他的同事庄诗文满脸愁容来，住了两晚，兴高采烈去。这说明什么，女为悦己者容。"

"发现了什么？"褚南娇来了兴趣。

杜玉娇摇摇头："人家没这么傻，只是热热身，以后，肯定有戏。"

"好，抓住这个证据，到时弄他一下，让他名声扫地。"褚南娇恨恨道。

杜玉娇摆摆手："好了，不说他。说说你和裴勇。"

"他呀，真是个呆子。"褚南娇脸上飞红，"按你的要求，我主动约会，饭也吃了，电影也看了，愣是没半点进展。"

杜玉娇扑哧一笑："你呀，恨不能马上上床。人家还是童子鸡，不像你，早就是熟女。人家老实巴交，得慢慢来，就像温水煮青蛙。"

"去你的。"褚南娇推她一下，"若不是你一而再，再而三地催促，我才不理会。说实话，他不是我的菜。"

杜玉娇扼腕长叹："是呀，我多次想给他泼冷水，就是不忍心。他那么迷恋你，总不停地催我促成这桩好事。他哪知道，男女之间的事，第三者是帮不上忙的。他的家境，他的现状，好让我为难。不过，话说回来，找这样的郎君，未必不好。"

褚南娇苦笑一声，问："倘若换位，你会嫁给他吗？"

杜玉娇想了想，摇摇头："可能不会。"

"这不结了。"褚南娇拍拍她的肩，"以后他再找你，一口推掉。"

"你不推，让我推，唱的那出戏？"杜玉娇感到为难。

褚南娇悠悠道："说实话，人是个好人。尤其是对干娘的孝道，令我感佩。这种人，当今社会不多。要我拒绝，真开不了口。我暗下决心，帮他开发童贞，促其成熟，或许能成全他。"

杜玉娇一愣，忙否定："使不得，他对你痴情得很，若尝到甜头，甩都甩不掉。"

褚南娇笑笑："也罢，权当备胎，顺其自然。倘若哪天我能接受，就跟他过日子。倘若接受不了，让他知难而退。"

杜玉娇表示赞同，祝愿有情人终成眷属。杜玉娇觉得她这趟急急忙忙，未必是为业务，可能是为了其他。杜玉娇刚想问，褚南娇从包里掏出一个信封，交到她手上："帮我保存好。这是沈晓飞的股权转让承诺书和公证书。"

"为何要我保存？"杜玉娇脸上露出一个大问号。

褚南娇叹道："没办法，沈晓飞这段时间疯了似的纠缠我。每次出差，要与我住一起，我依了。在云都，三天两头去开房，我也依了。最近，他老吵着到我住处过夜。我不干，一是担心被邻居发现；二是担心承诺书和公证书被他偷走。他一个大男人，发起蛮来，我不是对手。或半夜把我掐晕，将材料偷了去，我到哪说理去。这本身就见不得人，东西被他偷走，我不是白白被他糟蹋了？本想以此要挟或控制他，谁知他得寸进尺，弄得我毫无退路。"

杜玉娇一边收好信封，一边劝导："不是说你，烦他就远走高飞。非得吊死在这棵树上？以后，有得烦，说不定沈晓飞会要了你的命。"

褚南娇说："到哪去？蒋锐待我不薄，公司的发展前景不错。这次若将合同签下，蒋锐又会给我一笔奖金。至于沈晓飞，让他疯狂，只要不怀孕，他爱咋地就咋地。男女之间这点事，习惯了就不是事。待机会来了，定会收拾他。"

"你呀！"杜玉娇用手点点她的脑门："懒得说你，脚踏两只船，到头来害人害己。你与沈晓飞的事，千万别让裴勇知道，否则，会出人命。"

褚南娇点点头："知道，我没这么傻。我准备去城景花园买套二房二厅的商品房。给你留间，来了有个窝。"

杜玉娇高兴地说："好呀，下星期我回去，一来送送老魏；二来帮你去挑房。老魏在外省开发了一个大楼盘，估计近几年聚少离多，我就住到你那儿。"

"真羡慕你们，恩恩爱爱。"褚南娇由衷感慨。

"羡慕什么呀。"杜玉娇吁声长气，"我还羡慕你呢！至少有人死心塌地想娶你。老魏从来不提婚姻。我几次暗示，他故意揣着明白装糊涂。从此，我不再提及，顺其自然。好在他对我真心诚意，有情有义。"

"我看，给他生个孩子，逼他就范。"褚南娇出馊主意。

杜玉娇摇摇头："他不愿意，适得其反。"伸伸懒腰，"好了，不说了。早点休息吧。"

在杜玉娇引荐和帮助下，褚南娇分别做通了马海、符文宗、徐源的工作。不日，双方签订合同。

当褚南娇拿回合同，蒋锐的兴奋之情溢于言表，大笔一挥，奖励三万。蒋锐立即召集中层干部会议，当场给褚南娇颁发奖金，并大加赞扬其主动开拓市场的进取精神和披荆斩棘的英雄主义，要求大家向她学习，为推动公司早日上市做出积极贡献。同时他宣布，若褚南娇拿下南港市整个市场，奖励3%的股权。

蒋锐大张旗鼓地奖励褚南娇，其实是树她敢于啃硬骨头、勇于拼搏的大无畏精神。要将公司做到上市，非得要有一批像她那样勇于探索、敢于献身的骨干力量。他信奉蒙牛乳业创始人牛根生的格言：财聚人散，财散人聚。管理大师德鲁克说过：笼络和稳住骨干人才的有效手段——股权。现金奖励的激励作用不能持久，而股权激励的作用却是永恒。近年来，褚南娇签下的合同占了公司三分之一。如果人人像她那样敬业拼搏，公司做大做强指日可待。

褚南娇对股权的奖励异常兴奋，若有了这3%的股权，就是公司的真正股东。倘若公司上市成功，3%股权的市值相当可观，一举成为富豪。当今社会，衡量一个人成功的砝码是什么？财富。对，只有财富才能显示一个人的高贵身份。你看比尔盖茨，其影响力远超过一国总统。想到此，她忍不住给杜玉娇打电话报告喜讯。

杜玉娇听了自然高兴，先表示祝贺，后泼冷水："不要高兴太早，蒋锐这是给你画大饼。昨天说2%，今天说3%，要吃到嘴里才算数。南港市整个市场，天呐，拿下整个市场，简直是开国际玩笑。"

"应该没问题。肖舜天副市长答应过，会帮我拿下南港市整个市场。"褚南娇信心百倍。

"你傻呀！亲爱的。"杜玉娇数落她，"怎么一下变得天真起来？当官的有几个靠谱，多是骗子。你跟他非亲非故，凭什么帮你？那天酒桌上，我看他那双贼眼，直勾勾地盯着你的胸部。他看上了你的色，投你所好，故意设局。我郑重警告你，别偷鸡不成蚀把米。"

褚南娇嘻嘻一笑："我相信能成，自信来自两方面：第一，肖舜天和你家老魏是哥们，你叫老魏使把劲，肖舜天肯定会给面子。这里，我先说好，成功了，奖你10万……"

杜玉娇赶紧打岔："喂，别把我扯进去，这钱我是不会要的。"

"你敢。否则我掐死你。"褚南娇坏笑道，"第二，上次到南港市办事，发现他确实对我的胸感兴趣。这个社会，都是你利用我，我利用你。既然他有这个喜好，我就投其所好。沈晓飞没给我带来什么，却教我认清了社会中的丑恶。我早想好了对策，到时，由不得他不匍匐在我的脚下。"

杜玉娇打个激灵，提醒道："别玩火自焚，要珍重自己。"

"亲爱的，你想过没有，我们都在玩火，不过玩的方式不一样。"褚南娇以玩世不恭的口吻回道。

杜玉娇一时无语。是啊，她从未想过这个问题。现在细想，她与魏焘的交往确实也隐含这层意思。表面看，两人是恋人，实际貌合神离。这份爱，始终不明不白，魏焘裹在贝壳里，爱得不深沉。

见杜玉娇没反应，褚南娇"喂"个不停。这时，电话颤动几下，液屏上显示肖舜天的电话号码。褚南娇大声说："说曹操，曹操到，肖舜天来电话。我挂了。"

褚南娇电话拨过去，娇滴滴地说："肖市长，我以为您把我忘了？这么久未听到您亲切的声音。"肖舜天呵呵一笑，告诉她后天去北京参加城市建设研讨会，会后自由行动，想去广西北海参观城市建设。褚南娇问："几个人？"肖舜天答："就我一人。"褚南娇心领神会，爽快应道："好，我马上安排，大后天在北京汇合，然后陪您去北海。"

褚南娇向蒋锐报告。蒋锐大喜过望，交代财务给她准备盘缠，要她不惜一切搞定肖舜天。褚南娇问："开销有上限吗？"蒋锐说："尽管花，别显得小气。"褚南娇一拍胸部："放心，一定拿下。我还等着蒋总兑现3%的股权呢。"蒋锐爽朗一笑："没问题，君子一言，驷马难追。"

当沈晓飞得知褚南娇单独去陪肖舜天，一脸不悦，责问她为什么这样做？褚南娇戏谑道："怎么，吃醋了。"沈晓飞狠瞪她一眼："不能一人去，我同你去。"褚南娇讥笑一声："干吗，当搅屎棍。"沈晓飞气急败坏地吼叫："你是我的女人，不准别人染指，否则，我杀了他。"褚南娇冷冷地说："这么在乎我，好啊，把我娶回去。"沈晓飞发声狠："当我不敢娶？我早说过，非把你娶回家。"褚南娇激将道："行，你现在就离婚。看你有没有这个本事。"沈晓飞一把抱住她，涎着脸说："求求你，给我一些时间。我一定娶你。这次，让我陪你去，行吗？"褚南娇不想跟他置气，推脱说："你去找董事长。"沈晓飞双脚一跳："好，我去。"

过了一刻钟，沈晓飞回来，满脸沮丧。褚南娇明知故问："董事长同意了？"沈晓飞随手抓起一本杂志甩在地上："姐夫骂我蠢猪。"褚南娇哈哈大笑："你本来就是蠢猪。"沈晓飞愤愤然："这两晚，你都得陪我。"褚南娇怒道："你当我是什么？"

快到下班时间，裴勇打来电话，告诉干娘早晨去世。褚南娇心里一沉，问："需要我做什么？"裴勇说："不用，养老院已联系明天上午火化。明天下午，我把骨灰送回县里，与干爹葬在一起。"褚南姣好一阵感动："好，尽好最后孝道。待我出差回来，一起坐坐。"

第 16 章
脚踩跷跷板

肖舜天在《城市管理》杂志上发表过两篇文章，作为嘉宾参加"城市建设研讨会"。那个年代，报纸杂志、协会学会召开的各种会议多如牛毛，只要交上一笔费用，谁都可以参加。正因有权威杂志的会议通知，书记、市长批给他一个星期的假。会议安排2天学习讨论，4天参观。肖舜天选择自主参观。

头等舱里，褚南娇和肖舜天并排而坐。肖舜天显得格外兴奋，大谈特谈他的城市管理理念。比如谈到城市功能，他说："现代城市功能定位有个怪圈，有城市提打造宜居城市，一窝蜂都提打造宜居城市；有城市提打造旅游城市，又是一窝蜂。殊不知，这种同质化的城市功能定位，偏离了城市所在地域与环境的适宜和可行性。宜居是个相对概念，当地人和外来人的认同感大相径庭。本地人有乡土情结，外来人只看环境和综合因素。因此，城市功能定位必须从环境、地域、资源、历史、文化、前景等综合考虑，绝不能造概念做噱头，否则贻误战机。拿我市来说，城市功能定位就违背这一规律。我的前任，提出打造现代宜居与旅游城市，市人大也通过。南港市无资源、不靠山、不靠江，缺历史文化积淀，建城时间又短。为扭转这一被动局面，花巨资造假山，挖水渠，建寺庙，扩大城市面积，成片开发商品房，其结果是赔了夫人又折兵。我接任以后，为此头痛不已。推翻重来，困难重重，不仅有违人大决议，得罪前决策者，更毁政府形象。继续推行，错上加错。我小心翼翼地修正城市功能定位，在铁路运输、高速公路发达的基础上着重打造小商品加工基地。沿路两旁成片建造厂房，以极低的租金广招天下小商品加工企业。同时，把南港市的大街小巷环境整治好，以崭新的面貌笑迎天下客……"

褚南娇插话："工业发展，电力先行。全面改造老电网，提供优质电力服务，为加工企业节能降耗提供技术支撑。"

"对。"肖舜天用力点头，"今后，城市功能发展，要全面围绕小商品加工基地这一目标展开。顺德区是我们学习的榜样。当时，顺德只是一个小镇，大力发展电子工业后，一跃成为岭南工业重镇，城市面积和人口扩大十几倍。"

褚南娇说："同时，还要在行业指导、商品流通、城市管理、公共服务、社区建设、环境卫生、市场秩序等方面发挥政府积极作用，像温州一样，以市场手段管理城市、服务企业、藏富于民，彻底革除政府与民争利的弊端。"

肖舜天颇为吃惊，她的观点与他的想法高度吻合，不由赞叹："小褚，不简单，懂这么多，学过城市管理吗？"

褚南娇赧然道："不好意思，才学的。上次去您办公室，看到您桌上摆了《美国城市管理》《现代城市管理》两本书，回来我就买了几套。"她伸手指了指头上的货仓，"这不，包里还带了本《城市管理理论与实践》，路上有空就看看。刚才，您一番宏论，让我受益匪浅，大开眼界。我只不过在您的思路上发点感慨而已。"

肖舜天握住她白皙滑润的手，一双火辣辣的眼睛落在她胸部上："小褚思想敏锐，可惜未从政，否则是个将才。城市管理方面的书，你最喜欢哪部？"

"《美国城市管理》。"褚南娇脱口而出。

"为何喜欢这部？"肖舜天目光移开她的胸部，与她相视。

褚南娇想了想，慢条斯理地说："《美国城市管理》以美国亚利桑那州首府凤凰城的城市管理实践为基础，比较系统地介绍了美国城市的市政管理模式，城市经济与科技发展策略，城市社区建设、服务与管理，城市公共服务与管理，城市电子政务应用与管理等。对于解决我国当前城市化进程中面临的各种问题具有重要参考价值。"

肖舜天双手一击："太对了。看来，你是我的知音。当然，我更希望你成为红颜知己。晚上，我们来个煮酒论英雄，执手抒豪情，一唱天下白。"

褚南娇妩媚一笑，羞涩地低下头。

飞机准时到达北海。简单吃过晚饭，两人到海滩散步。银色沙滩在晚霞映照下波光粼粼，无数少男少女在如毯的沙滩上忘我追逐，更有恋人相拥在太阳伞下窃窃私语，间或两三对老年夫妻手牵手悠然自得地闲庭漫步。远处，帆船点点，海鸥成行，晚霞似锦。当最后一道晚霞被夜幕抹去，周遭照明灯彩灯齐亮。不远处，号称亚洲第一钢塑《潮》傲然屹立，随音乐响起，水池里5200个喷头从不同方位不同角度喷射出一条条银色水柱，宛若仙女起舞，婀娜多姿。

不久，游人渐稀，两人找僻静处坐下。褚南娇到流动商贩那儿买了6支啤酒和几包小吃。听着涛声，闻着海腥味，两人边喝边聊，聊到兴致处，畅怀大笑，煞是浪漫。不知不觉，6支啤酒喝完。肖舜天招呼褚南娇靠近，手搂其腰，激情满怀地说："小褚，第一次见面，我就喜欢你，知道为什么？"褚南娇满脸通红，轻轻摇头："不清楚。"肖舜天猛然伸手插入她的内衣，抓住她的巨乳，情不自禁地表白："你这里太迷人，让我欲罢不能。"褚南娇早有心理准备，顺势倒在他怀里……

北海住了3晚，肖舜天疯狂了3晚。褚南娇一直不明，肖舜天对她的乳房何以如此痴迷？又是揉，又是吻，又是咬，折腾得她娇羞百态气喘吁吁。

有次完事，褚南娇提出全面改造南港市的城市电网，尽情描绘提升智能电网电器的优越性，最后归纳："想想看，当老城区蜘蛛网般的线路改造成井然有序的线路，或将电线埋入地下，城区的面貌是不是有很大改观？再配上智能电器，提高运行效率，节能降耗，一举多得，何乐不为呢？"

肖舜天应声叫好，要她拿出方案，力争做成此事，为自己的政绩添光增彩。

褚南娇喜欢摄影，凡到过的景点都要留下倩影，连床上功夫也摄入镜头。第3天晚上，激情过后，褚南娇打开相机，与肖舜天一帧一帧地欣赏。当看到床上那些疯狂动作，两人哈哈大笑。肖舜天担心不雅照流出，要她删除。褚南娇当着他的面一帧一帧地删除，并有意留下一张。褚南娇说："回去后，把风景照全洗出来，给你一套。"肖舜天摇摇头："我就算了。"褚南娇滴滴地："不，还说做红颜知己，合影照都不留，多没情趣。"肖舜天拗不过，点头同意，问她到哪洗。褚南娇说："我有套简易设备，自己洗。"肖舜天哦了一声，交代不要让外人看见。褚南娇向天发誓，叫他把心放进肚子里。

一回到云都，褚南娇马上向蒋锐报告结果。蒋锐高兴得忘乎所以，在她肩膀上擂一拳："太棒了，马上奖励八万。"褚南娇疼得哇哇大叫。蒋锐一下醒悟，错把她当男儿，赶紧抚摸她的痛处："对不起，对不起，我太激动了。"她苦笑一声："没关系。"蒋锐向她保证，一星期内将专家组织起来。

晚上，褚南娇约好杜玉娇为魏焘饯行。魏焘在福海省弄了个90多亿的大项目，要去那儿干几年。酒过三巡，魏焘对褚南娇说："我这一去，放心不下玉娇，你帮我照看好她。"

褚南娇咧嘴笑笑："不用交代，我自会两肋插刀。您一个大老总，不会派别人去，非得自己去？"

魏焘解释："没办法，这是我弄来的项目。福海省的官员不是那么好打交道的，换个人，也许会泡汤。"

杜玉娇关切道："别做拼命三郎，世上的钱赚不完。酒少喝点，大鱼大肉少吃点。否则，三高又要上去。"

魏焘握住杜玉娇的手，深情款款地说："我知道保护自己。倒是你，让我操心不少。以后，多几个心眼，官场职场水很深，弄不好身败名裂。这个蓝天，敢把王三雄送入监狱，说明心狠手辣。你远不是他的对手，遇到棘手的事，第一时间告诉我，不得胡来。"

杜玉娇莞尔一笑："放心，再不济还有南娇。她现在大有出息，有本事把肖市长玩得团团转。"

"是嘛！"魏焘向褚南娇投去赞许一瞥，"需我出面，尽管说。玉娇对你的事很上心，经常把我的耳朵吵聋。"

"谢谢魏总！"褚南娇端杯敬他，"我和玉娇是生死姐妹，我的事就是她的事。这次北海之行，肖舜天基本答应我的请求。以后，还有大量工作要做，请魏总再给肖市长打个招呼。"

"没问题。"魏焘笑笑，"他跟我说过，对你很感兴趣。你得好好把握机遇。这个人不太贪，但有特殊爱好，估计你已领略，千万急不得，得顺着他。"

"谢谢魏总指教！" 褚南娇连连点头。

次日上午，送魏焘上了飞机，褚南娇拉着杜玉娇直奔城景花园。城景花园是云都新开盘的一个高档楼盘，南面临江，风景优美，品质上乘。褚南娇来看过两次，已有目标，在销售小姐陪同下径直来到临江1栋2单元26楼。杜玉娇推开窗户一望，对岸的高楼大厦鳞次栉比，尽收眼底；江中的客船货轮逆流而上，浪花翻腾；观光的画舫彩旗飘舞，悠闲自在；岸边的杨柳迎风招展，将车流人影掩在绿荫之中。好一副自然美景人间天堂，杜玉娇不由得念出两句诗："春色满江关不住，奇景入庭当枕眠。"这是她的癖好，遇到特别喜欢的景致，忍不住借用或改编古人的诗句抒发胸臆。褚南娇觉得她巧用叶绍翁的诗句十分贴切，赞道："经你这么一比，这里真成了观春色枕奇景的好地方。"杜玉娇指着窗外美景，反问："你不觉得吗？"褚南娇脸上露出得意之色，对销售小姐说："就定这套。马上办手续。"销售小姐眉开眼笑，连声叫好。

褚南娇一次交了三分之二的房款，只办了三分之一的按揭。杜玉娇甚为惊讶："这几年，积攒了不少钱嘛！"褚南娇得意扬扬："这就是民企的好处，有成绩，马上兑现奖励。我还留了装修的钱。当然，这里面有你一份功劳。以后，我会加倍奉还。"杜玉娇连连摆手："去，去，我才不用你还。"

办完手续，褚南娇拿到钥匙。下午，找了家装修公司，经过设计沟通和讨价还价，很快签订合同。走出装修公司，褚南娇的电话响了，沈晓飞约她晚上吃饭。褚南娇一口拒绝，告诉他和杜玉娇在一起。她不愿从肖舜天的床尾走下，又走上他的床头。如此，真成了交际花。过了会儿，电话又响起，是裴勇打来的，问她在不在云都，想晚上见个面。褚南娇不便拒绝，一脸难色。杜玉娇劝道："去吧，裴勇不容易，送别干娘，想与心爱的人倾诉一下。"褚南娇啐道："谁是他的心爱之人？我的爱点都没找到。"杜玉娇骂道："你这人好没良心，他那么在乎你，别身在福中不知福。"

待褚南娇赶到情侣餐厅，裴勇已将酒菜点好。多日不见，裴勇瘦了许多，一脸疲惫，额头出现细微皱纹。裴勇歉疚道："不好意思，我今天状态不好，几天几夜没睡好。"

"累了，好好休息，本不该今天见面。" 褚南娇心里有一丝不安。

"没事，不知咋的，在回来的路上特别想见你。好像有许多话想跟你说。"裴勇一脸兴奋。

褚南娇端起酒杯与他轻轻一碰："干娘的后事处理顺利吧。"

裴勇放下酒杯，点点头："还好。不知是感应，还是上天有约，干姐竟然赶了回来。这些年，她吃尽了苦头，带着女儿沿途乞讨，跨越多个省份，仍未找到干姐夫。最后只得返回老家。由于有亲人披麻戴孝，邻里纷纷伸出援助之手，妥善将干娘安葬。干姐举目无亲无依无靠，我托关系帮她在县城找了份厨工，总算有个安身立命之处。"

"你真是大好人！"褚南娇感慨万端，"以后，还会帮助干姐吗？"

裴勇沉吟半晌，苦笑一声："如果她活得艰难，我仍会一如既往。"

褚南娇说："希望你永远有副菩萨心肠。"

裴勇问起她出差情况。褚南娇不好回答，转换话题："过几天，我要带队去南港市做项目前期开发论证方案。"

"去多久呢？"裴勇问。

褚南娇老实回道："估计一个月左右。"

"中途回来？"裴勇望着她，眼里充满期待。

褚南娇点点头："回来。我买了套商品房，马上启动装修，得盯着。"

"是嘛。"裴勇眼睛瞪得大大的，以前从未听她说过，怎么没几天，房都买上了。对他而言，购房遥不可及，在人生规划中，至少10年之后。看来，两人相去甚远。他痛楚地闭起双眼，默默骂自己无能。

褚南娇读懂了他的内心，安慰道："依你的能力，购房是迟早的事。"

"我很无奈，父母兄弟都盯着我。或许我一辈子苟且在沉重的十字架下，没勇气也没能力谈情说爱。莫不是遇上你，我真不敢走出这一步。"裴勇一声长叹。

褚南娇把手伸过去，让他握住，输点力量和勇气。他紧紧抓住，激动地吻起来。倏地，他泪流满面，颤抖着声音说："南娇，谢谢你，谢谢你看得起，我愿一辈子陪伴你。"

"别这样，好吗。"褚南娇使劲抽回手。

裴勇擦干泪水，瓮声瓮气地说："南娇，我知道自己配不上你，杜玉娇也暗示过，你的态度也让我怯场。可我就是不死心，自成年以来，没哪个女孩子正眼瞧过我。是你把我当人看，不断为我点赞，还专程去看望干娘。我是认死理的人，一旦认准，就死心塌地。"

褚南姣好一阵感动，想过去拥抱他。然而，理智又叫她冷静。由于他的性无知，根本领略不到她的成熟。一旦知道她的过去，或许不会如此痴迷。向他坦承一切吧，又下不了决心。这种事，除了杜玉娇，只有烂在肚子里。她端起酒杯，岔开话题："好了，不说这些，喝酒吧。"

几杯酒下去，裴勇的情绪平稳些，提出建议："你一去一个多月，要不，把装修的任务交给我。我好好给你盯着，保证完成任务。"

褚南娇觉得可行，爽快答应："好，明天叫上设计师，带你去熟悉场地。"

出了餐馆，裴勇又提议去看电影。褚南娇觉得可笑，除了吃饭看电影，他就没别的招数。难怪他不招女孩喜欢，外貌平常，情趣又少，如果给他的情商打分，充其量只给20分。她马上表示反对："算了吧，你累了，早点回去休息。"裴勇愣了一下，憨笑道："好，我送你回去。"褚南娇说："杜玉娇男朋友出长差，我今晚去陪她。"裴勇伸手招了辆的士："我送你去杜玉娇那儿。"见他如此热情，褚南娇只得依从。

到得杜玉娇住处楼下，裴勇帮她打开车门，一副殷勤的样子。褚南娇觉得他有点长进，怦然心动一下。待的士走远，她才上楼。

褚南娇敲开门。杜玉娇问："裴勇呢？"

褚南娇说："这不是我的家，敢随便带人来吗？"

杜玉娇做个怪相："我们是同事，有什么不敢，倒是你心里有鬼。"

褚南娇嚷道："我有什么鬼？要不，我打电话，把他叫回来。"

杜玉娇抢过她的手机："算了，算了。怎么样，找到感觉了吗？"

褚南娇往沙发上一躺，长叹一声："真是一块鸡肋。不过，今天让我感动了一把，差点想拥抱他。"

"是嘛！"杜玉娇推推她，"为什么不拥抱呢？"

褚南娇感慨："我越来越发现，这个人太有情有义，值得女人拥有，可就是没档次，没品位，没情趣。要不然，我立马同他结婚。"

杜玉娇呵呵一笑："终于看到人家的好处了。我说过，你与他过日子，不冤。"

"是呀，路遥知马力，日久见人心。"褚南娇望着天花板，生出许多联想。

"现在周旋在3个男人之间，看你怎么平衡？"杜玉娇为她担忧。

褚南娇苦笑一声："在我眼里，沈晓飞、肖舜天不过是两枚棋子。倒是裴勇的真情和憨厚令我纠结。"

"我都为你发愁，"杜玉娇的眉头拧成一个结。

褚南娇摇摇头："唉，管他呢，车到山前必有路，还是那句话，走一步看一步。好了，睡觉吧，明天同我一起带裴勇去装修公司对接，后天你又要回度春山溶洞公司上班。"

‱ 第 17 章 ‱
初 次 过 招

马海将杜玉娇放在索道工程建设总指挥的位置上，自己只做索道工程建设和商铺拆建领导小组组长。领导小组组长实际是个虚名，如此放权的领导在一线企业非常罕见。倘若是王三雄，除了亲信，谁也休想染指。杜玉娇缺乏工程建设经验，压力挺大，三番五次给魏焘打电话讨教。魏焘叫她不用担心，工程建设有固定的程序，严格按要求实行工程招投标，监督工程质量即可。只要一有空，他就给她提建议，出主意，使她心里踏实许多。

进入招投标程序，杜玉娇的电话多了起来，要么是打听招投标情况，要么是请她吃饭。对此，她一概拒绝。她清楚，在这个时候，尤其要保持清醒头脑，决不能人云亦云、授人以柄。

烦人的电话转而骚扰马海。马海公事公办，一律推给杜玉娇。当下，谁都不信一把手不管工程，各类人员如蝇逐臭般地围住马海。马海一怒之下，把她叫来训斥一通："你不会帮我挡挡，全推到我这里来。"杜玉娇一肚子冤屈，不敢顶撞，只得含泪认错。

杜玉娇改变策略，凡询问招投标情况的，耐心解释；凡请客吃饭的，爽快应约，最后都是这句话："欢迎参加招投标，期望成为合作对象。"有请她到已竣工索道项目参观的，她欣然前往。参观完索道工程，投标单位安排游山玩水，她极力推脱，推脱不了的，走马观花几个点就打道回府。一路上，她交代袁霞，决不接受投标单位任何钱物，并做好记录。

就在招投标倒计时时，魏焘给她打来电话，要她好好接待一家实力雄厚的投标单位，项目经理叫赵威，力争让他中标。杜玉娇顿感为难，一阵诉苦："你要我严格按制度实行招投标，又要我违规，叫我如何是好？"魏焘解释："没办法。赵威是福海省常务副省长的侄子，其中的曲直你应该明白。另外，我会跟邵总打招呼。遇到麻烦，有人帮你顶着。"

这是个关系网甚嚣尘上的时代，谁掌握了关系，谁就掌握了市场主动权。为了魏焘，杜玉娇不得不改变初衷，答应相机行事。魏焘还给她传授了一套串标与围标的绝招。

第三天上午，杜玉娇办公室来了一位不速之客，年龄比她大几岁，皮肤白净，浓眉大眼，气宇轩昂。接过名片一看，正是赵威，她赶紧端茶让座。

赵威先做了一番自我介绍，吹嘘所在公司实力如何强大，质量如何确保，然后套起近乎："我叔叔很欣赏魏总的才能，经常在一起持螯把酒、纵古论今。后来，我认识了魏总，有相见恨晚之感，不久便和他成为好朋友。这次慕名而来，请杜总着力斡（wò）旋，赵威不胜感激，到时定衔环相报。"

赵威咬文嚼字，杜玉娇颇感好奇，问他大学是否学中文？他点点头。杜玉娇笑道："学中文的做工程，实在稀奇。"赵威满脸堆笑："专业大抵是块砖，敲了门，尽可弃之。冯惟敏有诗云：满腹经纶须大展，休负了苍生之愿。当今社会，唐诗宋词难饱肚，故纸堆里不见金。腹藏万卷，难敌一黍。"这是大实话，满朝文人墨客纷纷扑向市场经济大海，陶渊明的'采菊东篱下，悠然见南山'之境界已荡然无存。

聊得正酣时，魏焘打来电话，问："赵威到了吗？"她笑答："我们谈得正酣。"魏焘说："我在赵省长办公室。赵省长问起赵威的事，你务必确保他中标。"魏焘当着赵省长的面叫她务必确保，说明这桩买卖对他极其重要，抑或是交易。她不敢怠慢，赶紧应道："好，力争确保。"

放了电话，她按魏焘传授的机宜，将标底和评标专家名单透露给赵威，千叮嘱万叮咛务必小心谨慎。赵威自是把胸部拍得山响。

开标那天，杜玉娇严格按程序走，表面极其公平公证，无半点纰漏。结果出来，赵威名列第一。经过复核，确信无疑，会议主持者当庭宣布赵威中标。

由于赵威标书中的标的与标底相差无几，引起排在第二第三名投标者的强烈抗议，当场向主持者发难，要求废标，待查清事实再次发标。主持者请示马海。马海一锤定音："别管他，确保招投标结果的权威性。"

第二名是龙晨曦的堂哥龙少华，不愿善罢甘休，大闹会场。主持者大声说："有意见可按程序申诉。"继而宣布散会。

次日，举报信很快到了旅游公司和集团公司党委、纪委。举报信里列举一个细节，赵威到杜玉娇办公室坐了两个多小时，估计泄露了标底。空口无凭，妄加推论，自然是缺乏说服力。龙少华死死缠住蓝天不放，要他帮助查找泄密证据。龙晨曦一直记恨杜玉娇，恨不能借此机会置之死地而后快。她与堂哥联手，给蓝天施压。蓝天迫于压力，硬着头皮暗中查找杜玉娇的泄密证据。查来查去，无半点蛛丝马迹。蓝天只好做龙少华的安抚工作。龙少华哪听得进？非得查个水落石出。过了两天，集团纪委给杜玉娇打来电话，叫她到集团接受询问。

集团纪委副书记涂珊是个年过半百的女同志，满口马列，一见面就气势汹汹："你要说清楚，为何在招投标时间段跟投标人密谈两个多小时？"杜玉娇被她的架势吓懵，吞吞吐吐，说不出一句完整话。但意思很明确，未泄露半点信息，在一起只是聊天。涂珊逼问："聊什么？"杜玉娇说："他叔叔是福海省常务副省长，无非是聊些官场见闻，若不信，你问赵威。现在就打电话，省得事后怀疑我们串通。"涂珊的态度顿时和缓许多，和颜悦色解释："没办法，我也是公事公办。监察厅举报中心要我们尽快上报调查结果。"杜玉娇小声补充："听说赵省长通过熟人跟邵总打过招呼。不过，邵总没跟我打招呼。赵威是凭实力中标。"涂珊蓦地一愣，立即打退堂鼓，连连向她道歉。

出得集团纪委办公室，杜玉娇舒口长气，眼泪不争气地流了出来，背后胸前早已湿漉漉。到了无人处，她给魏焘打电话。一接通，她就吸溜鼻子嘤嘤哭泣，将刚才一幕细细道出。魏焘听罢尽力劝解，叫她不必担心，倘若有人再问起，干脆搬出邵总。杜玉娇边抽泣边埋怨："以后，别叫我干这种事。否则，跟你没完。"魏焘连称好好好，耐着性子安慰一番。

龙少华闹了一圈，终未闹出结果，只得作罢。但龙晨曦对杜玉娇添了一份新仇，要龙少华盯紧赵威，查出两人接触过程中的蛛丝马迹。

举报事件虽然在监察厅、集团公司、旅游公司得以平息，但在度春山溶洞公司依旧谣言四起。谣言的源头在蓝天，他恨杜玉娇不给面子。前不久，褚南娇要与溶洞公司签订强弱电项目合同，他是看杜玉娇的面子才应承。谁知她过河拆桥，全然不顾同学情面，竟为一个陌生人两肋插刀。那天，赵威找杜玉娇敲错了门，是他告诉了房号。一个连房门都找不着的人，咋会对龙少华形成威胁？可恰恰就是这个陌生人将龙少华打败。有天去集团公司开会，他到邵忠良办公室告状。谁知邵忠良听罢脸一沉，叫他不要管闲事。他顿感迷糊，杜玉娇怎么一下子把邵总的工作做通了？为此，他郁闷了好几天，觉得杜玉娇已成为自己仕途的威胁和强劲对手。

蓝天到邵总办公室告状的消息传到杜玉娇耳内，她释然一笑，觉得蓝天纯属小人。慢慢地，告状的消息在溶洞公司传得越来越离谱。有人为杜玉娇打抱不平，有人为蓝天大做文章。

打抱不平的有徐源、袁霞等。徐源打抱不平是看不惯蓝天的恃宠而骄，凭什么一跃排在他前面？且不论资历，论能力也在他之下。他之所以事事不愿出头，是自己的人生哲学使然。不尊重也罢，大不该在背后说三道四，仿佛他是一尊泥菩萨，在这里混日子。袁霞则仇恨蓝天在背后议论她的长相，尤其是"脱光了放在床上都不愿看一眼"这句话伤透了她的心。她就这么讨人嫌？又没要他娶。在杜玉娇面前谈起此事，她就忍不住泪流满面。

大做文章的是符文宗。自从蓝天暗中收集他的黑材料，他就与蓝天结下梁子。一天上午，符文宗敲开杜玉娇办公室的门，先抨击蓝天告状的行径极其恶劣，然后愤愤不平地掏心里话："这个蓝天，太不地道，为个人升迁，什么都干得出，心狠手辣。王三雄确实过分，不该吃拿卡要、损公肥私、败坏风气。作为同事，有意见可以当面提，促其改进，犯不着往死里整。我当了多年纪委书记，深知其中的利害关系，如果拉他一把，自我纠正，就能逃过一劫。他这样做，野心家的欲望达到了，殊不知给溶洞公司带来多大伤害？踩着别人尸骨往上爬的人，最终要遭报应。本来，总助排位你在前，副总任命下来，一下跳到我们前面。这世界，黑白颠倒，整份黑材料，就能火速提拔，像当年打砸抢的红卫兵，谁舍得一身剐，谁就当上总司令。挡道的王三雄被搬掉了，现在又在你身上做文章。我清楚得很，这次招投标非常公平公正，他却鸡蛋里挑骨头，其目的是想把你挤走。对此，你不能坐以待毙，必须反击。"

符文宗的愤愤不平引起了杜玉娇的深思。新班子组建以来，公司上下人心涣散，暗流涌动。王三雄经营了多年，根基牢固，人脉甚广，多数员工唯他是瞻，尤其是中层干部，不少是他一手栽培的。这些人的主心骨突然出事，难免引发地震。上级党委重用蓝天，更加重了这些人的恐惧。符文宗本不属王三雄一伙，蓝天却要将他一起扫地出门，结果多树了一个强劲敌手。对她而言，蓝天的死对头越多越好。问题是两人同在一条船上，溶洞公司又处在非常时期，倘若窝里斗，到头来是搬起石头砸自己的脚。符文宗的意图很明显，欲挑起她与蓝天火并，以期坐山观虎斗，即可泄私愤，又可火中取栗。杜玉娇不想成为别人的棋子，也不愿与蓝天撕破脸皮。当下，她与蓝天是一条绳上的蚂蚱，一荣俱荣，一损俱损。拒符文宗千里之外，也不是她的选项。对她而言，符文宗和蓝天都应成为她手上的牌，打好了，可给自己加分。想到此，她平心静气地问："怎样反击？"

符文宗脱口而出："他整别人的黑材料，告黑状，你同样可以以牙还牙。我就不信，他屁股没有屎。"说罢，意味深长地盯着她。

杜玉娇感觉他发现了什么，于是微笑问："有线索吗？"

符文宗从上衣口袋掏出一张照片，递给她："看看便知。"

杜玉娇接过一看，是蓝天与庄诗文的拥抱照，地点是后山石径道。显然是上次庄诗文来时留下的影像。杜玉娇抖抖照片："这能说明什么呢？同事之间拥抱一下，很正常嘛。闹酒的时候，喝交杯酒，比这更邪门，谁会当回事？"

符文宗说："你再仔细看看，两人表情很投入，不像逗乐。"

杜玉娇睁大眼睛仔细观看，果然发现庄诗文的表情很陶醉，于是问："这张照片哪来的？"

符文宗左右看看，压低声音说："有个摄影爱好者，那天早晨去采风，正好撞上。"

"是公司的，还是周边村民？"杜玉娇觉得人证比照片重要。

符文宗避而不答，只道："这正常吗？那天，庄诗文专程过来，显然事先有约。据说庄诗文在闹离婚，不排除与蓝天有关。"

杜玉娇笑笑，不知如何回答为好。时下，若要毁人形象，男女之事风传最快。但是，光凭一张暧昧照片无法说明问题。"还有其他证据吗？"杜玉娇想了解彻底一点。

符文宗摇摇头："暂时没有。不过，迟早会有铁证如山的证据。我就不信他是无缝的鸡蛋。"

"我看，不急于把这张照片抛出，等找到有说服力的证据再说，否则打草惊蛇。"杜玉娇忍不住出谋划策。

符文宗点点头："对，打蛇打七寸，到时叫他永世不得翻身。"杜玉娇把照片退还。符文宗用手一挡："放你这里，我还有。"杜玉娇收好照片，起身送客。符文宗走到门口，回头强调："杜总，我没别的意图，都是为你好。这种泯灭人性、张狂骄横的人必须得到报应。我就不信他能一手遮天。过去，你吃尽了他的苦头。这种人禽兽不如，你得找准机会出手，我一定帮你。"杜玉娇笑笑，表示感谢。

符文宗走后，杜玉娇陷入莫名的烦恼中。她的过去，看来路人皆知。也罢，雁过留声，丑事传千里。只是符文宗不该在这个时候提及，让她觉得有要挟之嫌。

平静会儿，杜玉娇给魏焘打电话。魏焘称赞她做得对，并分析："符文宗本可以自己反击，为了避嫌，将你推在前。成功了，报了一箭之仇。失败了，毫发未损。作为沙场老将，符文宗击败蓝天的胜算还是有，只因蓝天有马海撑腰，他自己又曾留下劣迹，硬不起来。依我看，符文宗和蓝天底下早已过过招，双方不分胜负。所以，符文宗就想借助你的力量，以期置他于死地。但你们还没有击败蓝天的重磅炸弹，估计是一场旷日持久的搏斗。建议你打好这两张牌，不断积累口碑和形象。另外，自己万事小心，不可让人抓到把柄。"

杜玉娇哦哦几声，责怪："这次给我出的大难题，差点马失前蹄。"

魏焘又极力安慰："没事的，我铺排周密，对你毫无影响。找机会给蓝天透透底。若他再胡说八道，我叫邵总修理他。"

杜玉娇沉吟片刻，提出要求："你跟赵威说说，一定要确保工程质量，别给我添乱。"

魏焘呵呵一笑："放心，早交代好。他在赵省长面前拍过胸脯，真出了问题，赵省长那儿也过不了关。再说，赵威这人干事认真负责，要相信他。"

中午，在职工食堂，蓝天端着饭菜坐到杜玉娇身旁。杜玉娇故作愤然："听说龙少华还不死心，暗地里到处散布流言。"蓝天假装惊讶："不会吧，他前几天还跟我说认命。"杜玉娇眼睛瞪得大大的："为何公司流言不止？"蓝天做否定状："反正我没听到。"杜玉娇用筷子敲敲菜盘："听说你意见最大。"蓝天压低声音："不可能，肯定有人挑拨离间。上午，我看到符文宗从你办公室出来，估计跟你说了什么。我们是冯总派来的，要团结一致，决不能轻信谣言。"杜玉娇左右看看，也压低声音："给你透个底，赵威是福海省常务副省长赵承运的侄子。赵省长给邵总打过招呼。"蓝天大吃一惊："咋不透个信？"杜玉娇说："我敢吗？邵总交代过。"蓝天垂下头，半天吱声不得。杜玉娇趁机卖乖："倘若不是半路杀出程咬金，中标者可能就是你家龙少华。"蓝天拼命摇头："别说了，是我有眼无珠。"

度春山溶洞公司的谣言终于烟消云散。

很快，赵威的队伍进场。魏焘说得没错，赵威表面看像个白脸书生，干起活来干脆利落认真负责。监理公司紧接着也进场。这家监理公司在云江省监理过好几个索道项目，老总还是皮树德的大学同学。

马海全面掌握溶洞公司基本情况后，举起了机构改革和中层干部调整的大刀。原来9个部室改为6个，机关人员缩减三分之一，缩减人员统统充实到一线。中层干部调整了三分之二，新晋主任均是通过公开竞聘上岗。崔峻、袁霞分别竞聘到旅游开发部和办公室副主任岗位。多数人清楚，这次机构改革与干部调整是蓝天"改革经"的付诸实施。当然，也采纳了杜玉娇的管理理念。

杜玉娇发现，马海有意识地将蓝天往前推，给他压担子。公司上下议论纷纷，马海在培养接班人，准备干3年开溜。这是她的预料，也是她的心痛。如此，蓝天很快就将她甩出老远。过去，她惨遭欺凌，以后，又要受欺压。世道轮回，难道他永远是强者吗？她不服，又无奈。当今社会，女性在仕途上的腾挪空间远没有男性大。看看主席台上的官员，多是清一色的西装革履。绕不过弯时，她就给魏焘打电话诉苦。

魏焘听罢哈哈大笑，嘲笑她官瘾十足，叫她向勾践学习，卧薪尝胆，等强大了，一举把蓝天打败。杜玉娇骂他好没良心，不晓得安慰几句。魏焘一板一眼地调侃："傻瓜，当官得有机会，不是想争就能争来的。天时，地利，人和，一样都少不了。蓝天敢于用生命跟既得利益团伙搏斗，赢得了各级领导青睐。这，就是他的天时地利人和。俗话说，高处不胜寒。跳得高，未必是好事。所以呀，要沉得住气，耐得住寂寞，经得起磨砺。"

　　杜玉娇听罢陷入深思，觉得自己过于浮躁。成大事者，无一不是韬光养晦。

　　马海这几刀下去，一扫王三雄留下的阴霾，上下风气大变，精神面貌焕然一新。那些重新安置的员工和免职的干部虽牢骚满腹，但在大势下纷纷夹起了尾巴。不少有背景的人选择调离或辞职，兴风作浪的力量渐渐减弱。

第18章
守住底线

待各项工作步入正轨，马海当起甩手掌柜，日常工作全交给蓝天打理。蓝天不负厚望，将日常工作打理得井井有条。动作最大的是加大了宣传力度，在全国旅游媒体上连篇累牍地展示度春山溶洞公司的美丽景象，游客数量陡增。

两个工程按部就班、井然有序地进行着。蓝天虽然承担了大量日常工作，但商铺拆建施工现场依然时时出现他的身影。倘若发现质量问题，立即责令返工。他的威望在敢说敢当说一不二的严管中逐渐上升。

杜玉娇将主要精力放在索道建设工程上，有事没事都在工地转悠。赵威看她亲力亲为，不敢懈怠，严格控制工程进度和质量。

索道工程避开了原上山路线，因而不影响游客上山进洞游玩。随着游客增多，轿夫渐次活跃，欺诈游客的现象时有发生。马海接到投诉，立即交给杜玉娇处理。起初，杜玉娇采纳蓝天的建议，对欺诈者痛下杀手，要么重罚，要么取消轿夫资格。然而，这种过激行为不但未起到作用，反而带来更大范围的冲突，闹事者干脆破罐子破摔，在沿途人为设置障碍，即有碍观瞻，又影响通行。杜玉娇组织纠察队清障赶人，闹事者玩起捉迷藏。蓝天恼羞成怒，不与杜玉娇商量，直接向县公安局报案。县公安局一出警，闹事者作鸟兽散。警力撤走，闹事者又卷土重来。几个回合，警察疲惫不堪，干脆充耳不闻。杜玉娇求助县长和有关部门，效果全无。当今中国，地方官员最怕那些无理取闹的刁民，只要不出人命，能躲多远躲多远。

杜玉娇汲取以往经验教训，改变策略，带上袁霞没日没夜地到那些轿夫家里做思想工作。轿夫答应不闹事，但得恢复生计。杜玉娇为求稳定，满口应承，并提出新的要求。轿夫却也知趣，二话没说，马上在新的要求上签字。杜玉娇问他们为何这样做？他们毫不讳言地回道："反正干不了多久，不宰白不宰。"杜玉娇又问，难道不想长期干吗？他们异口同声地说："蓝总放风，索道一建好，轿夫都得滚蛋。"

杜玉娇听罢大吃一惊，整改方案中明文规定，索道建成后，留下部分轿夫以备自愿登山者选用。蓝天这样做的用意何在？是为突出其权威，还是故意给她难堪？马海要她统管这块，责任当然由她承担。她跟轿夫耐心解释："以前发的通告仍然有效，不是哪个人可以随便改变。请你们相信，索道建成投产，定要留下部分轿夫。如果想继续留下，得拿出真功夫，留下好印象。"

那些轿夫重回岗位，老实规矩许多，再未发生欺诈行为。毕竟他们有了一线希望，都想成为留任者。一场纠纷，被杜玉娇绕指之间化干戈为玉帛。

杜玉娇的做法深得马海欣赏，他在总经理办公会上盛赞一番，要求班子成员向她学习，多动脑筋，多想办法，用最简单最有效的手段解决最棘手的难题。

蓝天清楚，马海是以表扬杜玉娇的耐心细致来批评他的简单粗暴，不觉生出一股怨气。

符文宗幸灾乐祸地说："是呀，有人急于表功，不惜成本，不计后果，胡子眉毛一把抓，弄得鸡飞狗跳。我们是得好好向杜玉娇同志学习，学习她处事不惊，学习她与人为善，学习她精诚团结。"

徐源跟着发牢骚："溶洞公司改革发展到了爬坡阶段，在这关键时刻，马总不应放权，要全心全意地领着我们往前冲。否则，出了问题，谁都脱不了干系。"

总经理办公会突然开成对蓝天的批评会，让马海下不了台。他调整一下情绪，不紧不慢地打圆场："不是我放权，这是我的工作方法，想充分调动大家的积极性。既然大家有这个要求，我就统管起来。不过，我的统管是形式上的，实际上还是由你们分管的把关，出了问题，由我负责。至于蓝天，他是第一副总，多干点，很正常，希望各位多支持。他年轻，工作经验不足，难免出现这样那样的错误，请大家多多理解。"

见马海一心为蓝天撑腰，符文宗和徐源不再赘言，只是不服气地狠瞪马海几眼。

会后，蓝天到马海办公室负荆请罪。马海轻轻摆手："没关系，工作中出现纰漏很正常，希望以后引以为戒。"然后问起他与杜玉娇过去的关系。蓝天不敢隐瞒，如实相告。马海听罢捻须沉思默想，觉得两人关系甚为微妙，处理不当，影响工作。他心想，待索道工程完毕，向上级党委请求将杜玉娇调离。

蓝天自我澄清："马总，我和杜玉娇过去虽有不快，但未将个人恩怨带入工作中。有时候，可能是因工作方法不同引起误会。比如这次少数轿夫闹事事件……"

马海打断他的话："是呀，我正想了解，你为何散布索道建成后轿夫一律滚蛋的谣言？"

蓝天矢口否认："马总，我没散布，有次轿夫围住我无理取闹，无意中吼了一句而已。"

马海斥道："你说无意，轿夫却当真。你堂堂溶洞公司的副总，以后说话要过脑子，老百姓哪会考虑你的情绪？"停顿片刻，放缓语气，"符文宗跟我讲过多次，说你故意散布流言，给杜玉娇制造障碍。我知道，符文宗恨你揭发过他，心存芥蒂。但我一直在观察你和杜玉娇在处理这件事上的态度。现在的老百姓聪明得很，不是吼几句就能吓倒，得和风细雨，找准开锁技巧。孔子说，三人行，必有吾师。在某些方面，你真得好好向杜玉娇学习，关键时刻，要沉得住气。我早跟你亮明态度，过几年，将溶洞公司的班子交给你，这些日子也在有意识地锻炼你。我发现，溶洞公司班子复杂得很，符文宗、杜玉娇与你不同心，老实巴交的徐源对你也颇多微词。徐源与世无争，为何有不少牢骚？关键在于你对他不够尊重。你呀，一定要克服骄娇二气，待人接物诚恳点，与人为善，精诚团结，多与他们沟通，最大限度地获得他们的认同。"

蓝天千恩万谢，表示一定痛改前非，决不辜负领导的期望。

晚上，蓝天敲开杜玉娇的房门，道歉并解释："杜玉娇，没想到一句气话给你的工作带来诸多不便，要不是你机警应对，溶洞公司与少数轿夫可能还处在对峙中。有人造谣我故意给你使绊子，天地良心，我蓝某绝不是这类人。马总今天狠狠批评了我，我虚心接受，以后定与大家精诚团结，同心同德应对各种困难，不辜负冯总、卫总对我们的期望。"

杜玉娇给他倒了杯茶，若无其事地说："没什么，好在困境已过。有人造谣，说明雁过留声，大家以后言行谨慎点就是。"

蓝天尴尬地笑笑，解释这天如何跟轿夫发生冲突，怎样吓唬轿夫。

杜玉娇不冷不热地说："我知道事出有因，只是没想到有人阳奉阴违。"

蓝天一时无语，觉得这样聊下去毫无意义，故闷闷不乐地离开。他出得门外，在过道里徘徊半天，又慢慢踅回，轻轻叩门。杜玉娇打开门，瞅他一眼，不吱声。蓝天径直坐回原来的椅子。茶杯里的热气依旧，他端起猛喝几口，惴惴不安地说："杜玉娇，我想了半天，咱们不该这样打肚皮官司。过去是我不对，伤你太深，可是，世上没有后悔药吃。你气也罢，恨也罢，我都认了，但不能把这种情绪带到工作中。马总要我主持日常工作，我有责任帮你，没承想帮出矛盾，好心办了糟事。不管怎样，我们的目标一致，都是为了尽早解决突发事件。作为老同学，在班子里闹矛盾，不知有多少人在看笑话，对你对我都没有好处。"

杜玉娇当然知道其中的利害关系，表面也是尽力维护班子团结，但心中的"结"始终解不开，"气"总是不顺。这次突发事件，倘若不是他插手过深，也许不会发生。见他态度诚恳，觉得不应纠缠，就笑道："但愿如此，希望你不要出尔反尔。"

蓝天站起来，伸出手："咱们握握手吧，以后互相支持，互相帮助。"

杜玉娇伸出手，又缩回："手就别握了，各自珍重。"

蓝天尴尬地将手收回，苦笑一声："何必那么较真呢？抬头不见低头见，时时拘谨，累不累？"

杜玉娇呛他一句："既然已成路人，握什么手？"

"好吧，顺其自然。"蓝天无可奈何地摇摇头，悻悻而去。

杜玉娇将门关紧，把蓝天用过的茶杯丢进垃圾篓，恶狠狠地骂了句："去死吧！"平静一会儿，她给魏焘打电话。

魏焘听罢沉吟半晌，不紧不慢地劝道："玉娇，蓝天说得对，不要老纠缠过去，否则，大家都累。工作上出点问题，正常得很，别得理不饶人……"

杜玉娇打断他的话："我特看不惯那副小人得志的嘴脸。有马海撑腰，仿佛自己真成了儿皇帝，对什么人都指手画脚。"

"好了，不说他了。"魏焘岔开话题，"我后天回，赵威知道我的行程，非得请我吃饭，指名要你参加。"

杜玉娇愣了一下，喃喃道："我就不去吧，让人发现，不知会引发什么逸事风波。"

"一定得去。"魏焘坚持道，"天塌下来，我帮你顶着。"

"好吧。"杜玉娇娇滴滴地回道。

饭局安排在云都大酒店。偌大的包厢，只坐了4人。赵威身旁坐着他的办公室主任肖莎。肖莎年轻漂亮，有如沉鱼落雁，闭月羞花。魏焘悄悄问杜玉娇："你知道肖莎是赵威什么人？"杜玉娇脱口而出："办公室主任呗！"魏焘暧昧一笑："赵威的小蜜。"杜玉娇吐吐舌头，狠瞪他一眼："怎么，羡慕啦！"魏焘摇摇头："有你足矣！"肖莎见他俩窃窃私语，高声问："魏总，说我什么坏话？"魏焘笑道："说你们是天生一对。"肖莎脸倏地通红，不好意思地向杜玉娇解释："杜总，我俩只是好朋友而已。"

不一会儿，菜陆续上来，均是酒店的招牌菜。酒一喝开，赵威、肖莎轮番向魏焘、杜玉娇敬酒。魏焘也不谦让，杯杯喝干，接着回敬。杜玉娇象征性地喝几口。她始终认为，任何时候都应与赵威保持距离。否则，拿人手短，吃人嘴软。肖莎嗲声嗲气地说："杜总，现在是下班时间，别那么严肃，好不好？"赵威趁机发牢骚："魏总，杜总什么都好，就是有点不近人情。"魏焘笑道："这是她的性格。没关系，只要你保证质量，她一定会给你开绿灯。"赵威头点得像啄米的鸡："那是，那是，只要按杜总的要求施工，工程款到得非常及时。"魏焘拍拍赵威的肩："赵老弟，钱，要赚，关键要树好形象。多几个优质工程，形象起来了，还怕揽不到工程吗？"赵威连说对对对，豪气干云地拍胸脯。

散席时，赵威支走服务员，从口袋里掏出一张银行卡，放在杜玉娇面前，诚恳地说："杜总，十分感谢您的鼎力相助，这是我的一点心意，万望收下。密码是您的生日。本该早点感谢您，只是找不到机会。"

杜玉娇脸一下拉得老长："赵总，什么意思？想害我吗。"

赵威笑吟吟地奉承："我知道杜总廉洁自律，不贪不拿。不过，现在大家都这么干，没必要独善其身。"说罢，拿眼向魏焘求救。

魏焘搂搂她："玉娇，赵老弟的，尽管拿。别人可能害你，赵老弟绝不会害你。"将卡塞进她的包里。

杜玉娇拿过包，掏出卡，退给赵威："赵总，谢谢你看得起。钱，我绝对不要。若要谢我，到时交出一个优质工程来。说实话，这是我参加工作以来负责的第一个工程，我把工程质量看得比生命重要。"

见她如此决然，魏焘只得劝赵威按杜玉娇的意见办。

晚上，杜玉娇头枕在魏焘胸脯上，娇羞地问："一个人在外，想我吗？"魏焘将她搂进怀里，深情地说："当然，做梦都想。"杜玉娇在他怀里拱了拱："我也是，梦里老是你。"说罢，抬起头，眼睛逼视他，"我问你，是不是好羡慕赵威金屋藏娇？"魏焘点点她的鼻子："怎么呐，怕我学赵威？"杜玉娇一脸不悦："你们男人，都是这个德行。"魏焘呵呵一笑："男人分好多类，我是让你放心的那类。要是不放心，辞职陪在我身边。"杜玉娇嘟起小嘴："我才不跟你去。倘若你心野，跟在身边有何用？"魏焘深吻她几下，动情地说："信任，是我们厮守的基础。唯独这点，令我特别感动。"杜玉娇叹息一声："好了，不说这些。两情若是久长时，又岂在朝朝暮暮？"沉吟片刻，细声问，"你早知道赵威要送我钱，是吗？"魏焘点点头："他一中标，就要我转送。我不让，要他亲自送。这是你的功劳，价值要体现充分。"杜玉娇幽幽地说："难道世风真的如此低下吗？"魏焘轻轻抚摸她的脸，吁声长气："没办法，现在都是这个样子。"杜玉娇问："你在那儿，也送赵省长吗？"魏焘说："当然。"杜玉娇瞪大双眼："他敢接吗？"魏焘笑笑："咋不敢接？只要敢送，他就敢接。"杜玉娇裹衣坐起，眼睛望着天花板，喃喃地说："不可思议。这么大的官，敢违反党纪国法？"魏焘说："别大惊小怪，你不敢贪，自有人敢贪。不过要做得隐蔽些，别让人抄了后路。"杜玉娇想起王三雄的遭遇，不觉感叹："据说王三雄、常德的案子快结案，检察院已进入起诉阶段，有传闻判8年和5年。两人奋斗一辈子，最终进了监狱。人呐，欲望的口子不能开，一开，堤坝就会决口，到头来身败名裂，不值。"魏焘觉得她好天真好单纯，内心泛起阵阵暖意，激动地把她拉进被子，压在她身上，狂吻不止。不久，两人翻江倒海起来。

次日，两人到上午9时才醒来。杜玉娇打开设置静音的手机，有十几个来电，其中褚南娇打了七八个。杜玉娇拨回去。褚南娇一接通就大呼小叫："玉娇，还以为你失踪了呢？在干吗，电话也不接。是不是老魏回来了？"杜玉娇回头望望魏焘，吐吐舌头，嬉戏道："对呀，你赶走了我们的美梦。"褚南娇哦了一声："难怪呢？好，今晚请你们客。"杜玉娇清楚她请客的含义，忙问："肖市长今天过来？"褚南娇快人快语："是呀，给我突然袭击。老魏回来了就好，谢天谢地。"杜玉娇拿腔拿调："我得问问，人家今晚有没有空。"褚南娇大叫："玉娇，不管老魏有没有空，务必把他请来。否则，事情黄了，跟你没完。"杜玉娇忙说："放心，一定把老魏逮去。"褚南娇兴奋地说："谢谢！以后少不了你的好处。"

◈ 第19章 ◈
成 为 股 东

　　为避人耳目，褚南娇选择远离市区的一个高档会所，包下一栋别墅。她与杜玉娇先去安排。此栋别墅独门独户，隐在绿树丛中。两人进得别墅，富丽堂皇，香味扑鼻。一楼会客室、餐厅、桌球室俱全。二楼4间卧室，特别温馨敞亮。杜玉娇慨然："想不到云都有此等好去处。四郭青山处处同，客怀无计答秋风。数家茅屋清溪上，千树蝉声落日中。戴叔伦描写的意境不过如此。"褚南娇呵呵一笑："你呀，乱发感慨。哪有蝉声？"杜玉娇轻嘘一声，指指窗外："你听，这不是蝉声吗？"果然，一声清脆悦耳的蝉鸣随秋风飘进别墅。褚南娇逗道："恰是你们温柔之夜的催眠曲。"杜玉娇反驳："好意思说我，你找这个幽静处，还不是为了寻欢求道。"褚南娇骂了句："去你的。"两人哈哈大笑。

　　之前，褚南娇在南港市呆了2个月，带着专家组串街走巷，摸底调查，积累了大量翔实资料，拿出了市区线路和变压器改造方案。褚南娇第一时间将方案呈交肖舜天。肖舜天翻了翻，不紧不慢地说："先放这里，我仔细研究一下。"褚南娇低声问："今晚有空吗？"肖舜天轻轻摇头："不行。"褚南娇撒娇："不，今晚一定得给个机会。"肖舜天回头望望门口，见没动静，上前搂搂她："听话。这是南港。"在这2个月里，肖舜天只陪她吃过一顿饭。南港市委书记调走，由此推磨，肖舜天有可能进常委，接任常务副市长。在这关键时刻，他不敢轻举妄动，诸事小心谨慎。褚南娇求他尽快审阅方案，以防生变。肖舜天要她将方案分送胡光明和城建局。褚南娇一一照办，并约好到云都见面。

　　过了一个时辰，魏焘与肖舜天同车来到。肖舜天下车左右看了看，惊叹不已，慢慢与魏焘步入别墅。杜玉娇伸出兰花指与肖舜天握了握："感谢市长光临！"肖舜天呵呵一笑："让你费心！"褚南娇问了魏焘好，接过肖舜天手上的公文包，将两人引至楼上房间，边走边电话通知上菜。

不一会，菜上齐。杜玉娇在楼下喊："两位老爷，下来用餐。"褚南娇先下楼，将大门锁死，打开音响，低沉舒缓的轻音乐顿时响起。

4人坐好，杜玉娇抢着斟酒："今晚没外人，怎么喝都行，只是别喝得找不到北。酒后还有节目，打麻将，到时别把钱包输光。"魏焘首先响应："好，今晚我和肖市长定把你们打得落花流水。"肖舜天逗道："对，叫你们输得光腚回家。"褚南娇笑吟吟地说："别说大话，等会牌桌上见高低。魏总，你先举杯。"

魏焘瞅她一眼，端起杯，望着肖舜天："肖市长，我们是兄弟，说话不打弯。褚南娇的事，你一定要上心。玉娇每次跟我通电话，嚷着要我做工作。你呢，务必给我这个面子。"

肖舜天举杯在三人面前晃了晃，盯着魏焘说："魏总，你交代的，我肖某从来不打折。南娇的事，也是我的事。请放心，只要有可能，百分之百地落实。"

魏焘与肖舜天的杯子一碰："好，君子一言，驷马难追。"

因没外人，4个喝得轻松自在，一边逗乐，一边胡吹海聊，不知不觉喝掉两瓶茅台。褚南娇准备再开一瓶，被魏焘制止："别开了，吃完就开打。牌后你还有重要任务，陪好肖市长。"说罢做个鬼脸。褚南娇脸倏地通红，忙点头称是。

用完餐，4人围麻将桌而坐。褚杜两人早已私下商定，大放水。"水资"全由褚南娇提供。前面十几局，褚杜两人装模作样地固守阵地。到得后面，有意打乱牌，输得一败涂地。两个大男人面前的"百元票"堆了不少，尤其是肖舜天，堆成一座小山。魏焘指着褚杜两人得意忘形地说："看看，打的什么臭牌。还说掏光我们的钱包。看你们还能坚持多久？"肖舜天幸灾乐祸地开玩笑："光腚回家嗦。"打到最后，褚南娇身上的钱全部输光。杜玉娇提议收摊。两个大男人意犹未尽。杜玉娇用脚踢魏焘。魏焘马上醒悟："好，收摊。以后找机会再打。"肖舜天只得随大流，伸伸懒腰："过瘾，手气从来没这么顺。"

收拾牌桌，魏焘拥着杜玉娇上楼。褚南娇从后面抱住肖舜天。肖舜天把她搂过来，将火辣辣的嘴唇贴上去。许久，肖舜天才慢慢松开，激动地拥着她上楼。北海回来，两人未曾亲密过，久别胜新婚，免不了一场欢战。

平静后，褚南娇情意绵绵地聊城网改造方案。肖舜天耐心解释："不急，让胡光明慢慢盘算。毕竟涉及千家万户，弄不好适得其反。再说，需要一大笔资金。钱从何来？电力公司得好好谋划。"

褚南娇等不起，怕节外生枝。如果肖舜天改任常务副市长，不分管城建，城网改造方案极有可能搁浅。据传接任他的是分管农业副市长彭珂。彭珂性子慢，典型的传统派，脑子里除了大农业，工业化、信息化、城市化等都往后移。她胸有成竹地出主意："钱不是问题，可采取多种途径筹措。电力公司和政府信誉都是金字招牌，只要是好项目，各大银行会抢着贷款。另外，可发企业债。再不济，变压器等设备还可采取租赁。"

肖舜天眼睛一亮，使劲搂住她："不简单，都给我筹划好了。前几天，胡光明谈起此事还愁眉苦脸。"

褚南娇继续出主意："倘若资金有困难，我公司还可垫资。市政府拿块熟地做担保，以后慢慢还就是。"

"你公司有这个实力？"肖舜天脸上写满怀疑。

褚南娇莞尔一笑："办法多着呢，可让施工单位垫资；可用政府担保的土地质押；可引进投资方或合作方，等等。但前提是必须把城网改造项目给我。有了项目，不愁搞不到钱。"

肖舜天沉吟半晌，点点头："好吧，只要能解决资金问题，我尽力促成此事。但得给我一点时间。"

"都在传彭市长接替您，我怕此事黄了。"褚南娇忧心忡忡。

肖舜天叹道，"又有传闻，书记可能空降。"

"是嘛！"褚南娇一阵暗喜，从内心讲，希望他继续分管城建。停顿片刻，又温情脉脉地劝慰，"没关系，凭您的才能，迟早会出人头地飞黄腾达。"

肖舜天苦笑一声："听天由命。好了，不说了。早点休息吧。"

第二天，4人起得较晚。吃过早饭，仍是分两批走。上了车，肖舜天摇下车窗，对褚南娇说："等南港市新书记到任，再启动城网改造项目吧，定会给你一个满意的答复。"褚南娇连声道谢，送给他几个飞吻。

城景花园的房子早已装修好。裴勇不辱使命，短期内督促装修公司按质按量完工。褚南娇带杜玉娇去参观。杜玉娇赞叹不已："不简单，工作5年就住上自己购买的商品房。要是我，还得等几年。"褚南娇说："我挺羡慕你，早就住上豪宅。"杜玉娇苦笑道："我是嗟来之食。不像你，全凭一己之力。"褚南娇慨叹："要不是你，我不可能有这番成就。"杜玉娇摆摆手，问："何时搬家？"褚南娇想了想："就这两天吧。"指着次卧说，"这间房留给你。"杜玉娇在房间转了几个圈："好呀，高兴时到这里凑热闹。"

褚南娇要搬家，沈晓飞、裴勇争先恐后提出帮忙。为了避免麻烦，褚南娇一概拒绝。她极不情愿两人打照面。沈晓飞像只蚂蟥，怎么甩都甩不掉，做爱时老嚷嚷与她结婚，嚷过之后又悄无声息。裴勇对她一腔热血，痴情万分，只是一直到不了那个点。因沈晓飞的纠缠，她不敢频繁与裴勇约会。装修期间，两人多是电话交流。为此，她深感愧疚，觉得对不起他，又恐伤害他。裴勇很识趣，褚南娇不让帮忙，他便不再纠缠，丢下一句话：有事尽管吩咐。沈晓飞却不管这些，褚南娇不让帮忙，他偏要大包大揽。搬家那天，沈晓飞请了搬家公司，还叫来一伙同事，半天工夫，将新家收拾得妥妥当当。然后，又是燃鞭炮，又是摆酒席，众人高高兴兴地庆贺一番。

庆贺毕，沈晓飞不管褚南娇同不同意，强行送她回家。在酒桌上，因同事起哄，她多喝了几杯，有点微醺。到得家里，沈晓飞抱住她亲吻。她烦躁地推开他："沈晓飞，烦不烦？"沈晓飞动手脱她的衣服，厚颜无耻地说："这是我们的新家，我要第一时间在新家做爱。"褚南娇怒骂："无耻之尤，你有什么资格称新家？"沈晓飞不在乎她责骂，嬉皮笑脸地搂紧她："亲爱的，今后，这里就是我们的爱巢。"褚南娇雨点般的拳头落在他身上，咬牙切齿地喝道："沈晓飞，死了那个心吧。告诉你，在这里，休想碰我一根毫毛。"见她动了怒，沈晓飞只得放开她，哭丧着脸说："南娇，到底要我怎样？什么都给了你，咋就得不到你的心呢？"褚南娇叫他老老实实坐在沙发上，斥责："你有家有小，纠缠我有意思吗？我说过无数遍，真喜欢，就堂堂正正地娶我，干吗这样偷鸡摸狗？"沈晓飞一愣，随即拍胸脯："定会娶你，总得给时间。"褚南娇揶揄道："屁话，你敢离婚？"沈晓飞脱口而出："敢，明天就离。"褚南娇讪笑一声："明天，说了多少个明天，鬼相信。"

沈晓飞垂头丧气，双手捧住脑袋，嗫嚅道："真拿你没办法，怎么一点都不理解我？"褚南娇不愿回答，只告诉他杜玉娇有房子的钥匙，保不定等会就过来。沈晓飞一听傻了眼，问她为何给杜玉娇而不给他？褚南娇说："没理由，杜玉娇是闺蜜，喜欢她来这儿住。"沈晓飞哀怨地盯着她："这辈子休想离开我，既是我死了，也会拉你垫背。"褚南娇哼一声："不可能，咱们走着瞧。"沈晓飞不想闹僵，只得闷闷不乐地离开。

周末晚上，裴勇约褚南娇参加一个老乡小型聚会，要她以女朋友的身份出席。褚南娇犹豫了许久，但经不住裴勇的磨缠，精心打扮一番应约前往。老乡见褚南娇美丽性感、气质高雅，用夸张之词大加赞扬。她的虚荣心得到极大满足。有位房地产公司的副总，叫姜波，特别活跃，用古诗来赞美她的美貌，"皎若太阳升朝霞，灼若芙渠出鸿波。""沉鱼落雁鸟惊喧，羞花闭月花愁颤。"引得一片叫好。裴勇更是喜上眉梢，觉得挺有面子。褚南娇清楚自己的底细，身材一流，容颜尚可。也许是精心打扮的缘故，给人以艳丽之感。在一片赞美声中，她顾盼有情，谢声不断。老乡聚在一起，无拘无束，喝酒高潮迭起。褚南娇深受感染，来来往往喝了不少。酒酣耳热之际，褚南娇把姜波拉到一旁，详细询问新楼盘强电弱电工程。姜波透露一个信息，有个新楼盘正在洽谈强电事宜，但决定权在一把手娄总那儿。褚南娇与姜波交换了名片，约好过几天请娄总出来坐坐。为了留下好印象，褚南娇频频与他举杯。姜波好酒，有人单挑，求之不得，嚷着换大杯，几个回合就把褚南娇喝倒。

裴勇把晕晕乎乎的褚南娇弄回家，帮她洗脸洗脚，然后扶上床。在床边，裴勇伫立良久，盯着她红彤彤的脸庞一动不动，内心却波涛汹涌。在迷糊中，褚南娇隐约听到他急促的呼吸声，又感觉他吻了她一下。她以为他会有进一步的大胆行动，没承想他熄灯后轻轻走开。半夜酒醒，她上洗手间，发现裴勇和衣躺在沙发上，发出轻微的鼾声。她感慨万端，觉得他是正人君子，坐怀不乱，不由得生出许多好感。早晨起来，裴勇已离去，留下一张纸条：南娇，早餐准备好了，有事打电话。吃着可口的早餐，褚南娇被阵阵温暖裹挟，心想，这样的男人值得拥有。

为了将这单业务拿下，褚南娇多次给姜波打电话，帮她请出娄总。酒桌上夸的海口，很少有人当回事，姜波自然是敷衍一番。见此无效，褚南娇要裴勇请出姜波。姜波磨不开老乡的面子，应约前来。酒桌上，褚南娇放开酒量跟姜波拼，虽然不是对手，却也把他喝得找不到北。连喝几次酒，总不见反应，褚南娇要裴勇找原因。裴勇曲里拐弯地找人摸底，才知姜波贪财。褚南娇向董事长报告，获得一笔活动经费。她找个合适机会，给姜波送上一个红包。过了几天，姜波传来消息，娄总答应赴宴。

娄总西北人，喝酒豪爽，谈到业务，却三缄其口。褚南娇灵机一动，打魏焘的牌。一谈到魏焘，娄总兴趣大增，滔滔不绝地吹嘘两人的"辉煌历史"。褚南娇借上洗手间机会跟杜玉娇打电话，要魏焘立马给娄总打招呼。杜玉娇骂了几句，答应照办。席至尾声，娄总接到魏焘电话。两人电话胡侃一阵，末了，只听得娄总大声应诺："好的，魏总的朋友就是我的朋友，放心，一定办好。"收了电话，娄总笑眯眯地对褚南娇说："小褚，明天到我办公室来一趟。"

次日上午，褚南娇早早地来到娄总办公室门口等候。过了两个时辰，娄总才姗姗来迟。两人聊了一会，甚为投缘。趁热乎劲上来，褚南娇送给娄总一个大红包。娄总不推迟，瞅她几眼，用无声表示笑纳。沉默片刻，娄总认真地说："看魏总面子，我把强电弱电工程给你。但我有个要求，必须确保质量。"褚南娇信誓旦旦地说："请娄总放心，我百分之百地保证质量。我还可承诺，先垫资安装，工程完工，验收通过后再付款。"娄总点点头，打电话叫工程部经理过来。不一会儿，工程部经理敲门进来，娄总当着褚南娇的面如此交代一番。告别时，娄总握住褚南娇的手说："小褚，我发现，你是个不可多得的人才，敬业，敢闯，有黏劲。等这单业务做完，到我这里做市场开发部经理。"褚南娇莞尔一笑："愿为娄总粉身碎骨。"娄总哈哈大笑，将她送至电梯口。

合同一签订，蒋锐立马给了褚南娇一笔奖金。褚南娇将奖金一分为三，一份给杜玉娇，一份留给自己，一份给裴勇。裴勇死活不要。褚南娇解释："这是你该得的，合同能拿下来，有你一份功劳。以后，多几个心眼，帮我收集信息，以便提升业务量。"不管褚南娇如何解释，裴勇自是不肯收。褚南娇只得作罢，表示暂存她那儿，待他缺钱时到这里取。为此，褚南娇对裴勇高看一眼，觉得人穷志不短，即便家庭困难经济拮据也不贪图钱财，自始至终保持清心寡欲廉洁自律的气节，其形象一下在她心里饱满起来。

时光荏苒，南港市委书记迟迟未到任，各种消息满天飞。肖舜天越来越谨小慎微，只按部就班处理积案，将所有新项目新工程束之高阁。褚南娇去过南港数趟，表面上，肖舜天公事公办地做出恰如其分的回应；私底下，安排胡光明与她反复研究城市电网改造相关事宜。

新年钟声敲响。新书记空降。市委市政府一下归于平静。肖舜天适时召开城市电网改造研讨和评估会。在肖舜天巧妙运作下，天全智能电器公司与南港市电力公司签订了城市电网改造总承包合同。

蒋锐兑现诺言，奖给褚南娇3%的股权。经过短短几年奋斗，她一下成为天全智能电器公司第四大股东，激动得几天几夜睡不着觉。当走完股权登记法律程序，褚南娇请杜玉娇在云都大酒店庆贺一番。

当晚，两人喝得烂醉如泥。次日醒来，发现和衣躺在宾馆房间里，两人面面相觑。床头柜上留有一条纸条，上写：无论是喜是悲，切莫借酒浇愁。杜玉娇一看是裴勇的笔迹，羞得满脸通红，连呼："出大丑了，出大丑了。"褚南娇却不以为然，斥她大惊小怪。杜玉娇说："你们处对象，干什么都可以。我们是同事，传出去多丢人。"褚南娇哈哈大笑："难得高兴一回，他又没怎么着你！"杜玉娇摸摸皱巴巴的衣服："他怎么将我们弄到这里来的呢？"褚南娇也甚觉奇怪，给裴勇打电话。原来，她们烂醉时，裴勇一直打褚南娇的电话，是服务员接通电话报告了情况。裴勇立马赶了过来，在服务员帮助下将两人弄到宾馆。

杜玉娇这才松了口气，趁机问起她与裴勇的进展。褚南娇沉吟片刻，喃喃道："慢慢来吧，人是个好人，感觉比原来好些。"杜玉娇逗道："看来，捡了个宝。"褚南娇苦笑道："兴奋点总是找不到。"杜玉娇拍拍她："你呀，心太大太野。过些日子，他陪杜主任到我们那儿检查工作，我给他鼓把劲，叫他加大火力。"褚南娇摇摇头："任其自然吧！"

第 20 章

多事之秋

　　杜鹃和裴勇如期莅临度春山溶洞公司检查工作，重点检查两个项目的进展及规章制度的执行情况。

　　索道工程完成一半，比预期慢个把月。杜鹃问及原因。赵威代杜玉娇解释："杜总要求确保质量，工程进度自然受影响。再说，越往上走，施工难度越来越大，质量要求越来越高。我不会为了进度而放弃质量。"赵威的解释令杜鹃十分满意，由衷地表扬一番。随后，杜玉娇陪同杜鹃、裴勇参观施工现场。两条传送带不停地往上运送混凝土、钢筋、构件等，工人们顶着烈日，一丝不苟、兢兢业业地忙活，一派热火朝天的景象。杜鹃万分高兴，着重对安全讲了几点意见。

　　商铺拆建工程基本完工。蓝天费尽心机妥善解决了老租户的承租问题，在同等条件下老租户优先，剩余的实行竞拍。由于公开公正，未留下任何隐患。不少商家正在紧锣密鼓地按设计进行内装修，估计1个月左右就可营业。一个全新的带有现代化色彩的景区商埠即将展现在游人面前。杜鹃忍不住盛赞蓝天一番。

　　新规章制度推行以来，溶洞公司面貌一新。以制度管事管人已成共识，过去那种家长制作风和朝令夕改的现象荡然无存。然而，新的弊端也渐渐显现，如小圈子、小帮派悄然抬头，管理层的裂痕越来越明显。马海过分偏袒蓝天，加深了符文宗和徐源的积怨，好在对工作影响不大。杜鹃认为这是中国官场文化的使然，换谁都无法改变这种恶习。最主要的是现班子比前班子工作效率和执行力强许多，仅从两项工程的进展就可窥其堂奥。

　　在与班子交换意见会上，杜鹃一口气总结了六大成绩，当然也指出了存在的问题。当谈到团结时，她侃侃而谈："懂团结，乃本事；会团结，乃智慧；真团结，乃境界。大家在一起是缘分，也是命运。拉康说：人和人的关系，其实是人和镜子的关系。做一个领导者要有两个特点：一是谦卑而执着，低调而无畏；二是遇到问题看镜子，遇到成就看窗外……"

得到杜鹃的充分肯定，马海异常欣慰，表示决不辜负上级领导的期望，并请她转告冯总，一定不辱使命，带领班子同心同德，将溶洞公司的发展推上新台阶。最后，马海沿着杜鹃团结的话题，讲了和尚挑水的故事。暗喻符文宗和徐源要做个好和尚，不要与蓝天较劲。杜鹃听了暗暗摇头，心想，原来班子有杂音，完全是马海一手造成的。她不便点破，只得听之任之。再说，她也没有责任去纠正，弄不好反惹一身骚。

晚上在食堂小酌，免不了推杯换盏。杜鹃酒量不咋地，喝一轮就缴械投降。裴勇亦不敢硬撑，跟着杜鹃告饶。杜玉娇为两人求情，害得引火烧身，反正是同事，能赖则赖。马海和蓝天大呼扫兴。

酒席散场，杜鹃头晕，回房间休息。杜玉娇约裴勇出去走走。初冬的夜晚，繁星闪烁，寒风吹过，飘来阵阵含有腐叶味的草木清香。月光如水银一般洒向旷野，两人迎着月光并排漫步山径小道。

杜玉娇问起他与褚南娇的进展。裴勇黯然神伤，沉默不语。杜玉娇鼓励："你应该大胆出击，女人往往因为面子和矜持瞻前顾后。只要你大胆走出这一步，这桩好事就成功一半。"

裴勇喟叹一声："我看未必，她对我一直不冷不热。"

杜玉娇呵呵一笑："据我所知，南娇还是认可你，关键是你缺乏勇气。"

裴勇沮丧地说："随时间推移，我越来越没有信心，因两人的差距越来越大。我身无长物，哪来勇气？"

杜玉娇心里咯噔一下，觉得裴勇的思虑不无道理，褚南娇这几年顺风顺水，攒足了钱，置办了房，有公司股权，马上要当部门一把手。这些，都是他望尘莫及的。毕业到现在，他依然是一般员工。多数男人还是忌讳女人比自己强，不愿生活在女人的阴影之下。依裴勇的性格，更是难以跨越这一定律。她欲从女人的角度帮他消弭这一顾虑，故小心翼翼地解释："其实，你不懂女人的心，多数女人还是向往稳定的家庭生活，至于谁强谁弱，不是那么重要。女人更重视男人在不在意她，是否以她为中心，是否全心全意地为她付出。说句难听的话，女人骨子里天生就贱，只要认可这个男人，巴不得早日占有。有些时候，当女人犹豫不决时，男人大胆走出这一步，就能提前俘获女人的心。"

裴勇惊诧不已，停住脚步，傻乎乎地望着她，不相信这是真的。起风了，落叶在空中地上翻滚，月亮也躲进云层，远处传来几声鹧鸪声，周遭的虫鸣此起彼伏。半天，他才缓过神来，喃喃地问："她真的认可我吗？"

杜玉娇笑笑，不直接回答，把球踢回去："你接触这么久，应该有感觉。"

"我感觉不到。"裴勇摇摇头，"在一起时，她目光漂移，心神不定，仿佛心事重重。"

杜玉娇倒吸口冷气，心里咒骂褚南娇不善伪装，嘴上却百般辩护："她事多，压力大，难免分神。有时，梦中都叨唠工作上的事。"

"哦。"裴勇舒口长气，"还以为她在敷衍我，或把我当备胎呢？"

杜玉娇边打马虎眼边鼓劲："没有的事，倘若不认可，不会把装修房子的事交给你。这足以表明，她把你当作最可靠最可信的人。所以呀，你要拿出男子汉的勇气，一鼓作气把她拿下。至于距离，是暂时的，也许哪天蝶变，你一飞冲天，两人就扯平了。别笑，这样的例子比比皆是。"

这是大实话，人的命运充满变数。说不定哪天好运从天而降，丑小鸭就变成白天鹅。裴勇陡增信心，脸上有了喜色，表示不辜负期望。

杜玉娇继续鼓劲："我是女人，自然清楚女人的心理。横亘在你们之间的是你的自卑和胆怯。身为男人，不应恐惧女人，更不应躲避。"

"我从来没躲避呀！"裴勇忍不住撇清自己。

杜玉娇笑笑："当然，你说的是概念，我说的是事实。你知道褚南娇怎么评价你？"

裴勇不自然地摇摇头，心里掠过一丝恐慌。

杜玉娇说："她说你是书呆子。想想看，当一个女人视交往中的男人为书呆子，其品味和形象就大打折扣。反过来说，只要女人不反感，就是对男人一种期待。而这种期待，你应该不会不懂。"

裴勇陷入沉思，是呀，有多次机会，竟然熟视无睹。然而，他的期待与她的期待相去甚远。他要的是心，而不是身，或许是在封闭的大山里长大的原因，价值观和行为能力一直固定在僵化的格式内。若要突破，至少现在没这个勇气。

见他沉默，杜玉娇问："你喜欢她的维度到底有多大？"

裴勇用手比画："无边。"

"我懂了。"杜玉娇瞅他一眼，认真地说，"褚南娇在你心里是座仰慕的冰山，想慢慢融化，最后全部拥有。"

裴勇点点头："这是我的终极目标。"

回到房间，杜玉娇给褚南娇打电话，报告情况。褚南娇听罢哈哈大笑，说她狗拿耗子，多管闲事。杜玉娇啐道："人家为你鞍前马后，你却嘲讽，啥意思？"褚南娇嬉戏："这人是榆木疙瘩，没趣。好啊，他想融化我，可以，我等得起。"杜玉娇说："你就不可以主动点儿？"褚南娇反唇相讥："有没有搞错，我有这么贱吗？钥匙在他手上，怎么开我这把锁，是他的事，我总不能代他开吧。"杜玉娇觉得有理，只道："懒得管你！"褚南娇又是一阵哈哈大笑。

次日上午，杜鹃和裴勇打道回府。

杜鹃的肯定和鼓励仿佛给马海打了一针强心剂。借此，马海对到任后的工作进行全面梳理。通过梳理，他发现不少隐性问题，督促蓝天加大整改力度。

有天，符文宗给杜玉娇透露一个惊人消息，又有人向集团纪委举报她暗中帮助赵威中标，并附有她和魏焘、赵威在高档酒店推杯换盏的照片。杜玉娇听后出了一身冷汗，表明有人暗中跟踪。她不动声色地问："消息从哪来的？"

符文宗诡秘一笑："哪来的无关紧要，关键是蓝天紧盯你不放。我还是那句话，你应该正面应战，与他一决高低。我就不信他能一手遮天。最近，有人看到他和庄诗文双双出入和平大酒店。孤男寡女去酒店干什么？谁都不是傻子。"

杜玉娇不由警觉起来，倘若符文宗谈举报话题，她会倾听，老与蓝天较劲，就让她扫兴。蓝天确实不是好鸟，私欲过重，与仕途不利的因素必欲除之。这种人，永远是小人。然而，小人有小人的特点，顺其自然，无碍大局。与其较劲，两败俱伤。至少在目前，她不愿与他为敌。

符文宗自然不清楚她的心里活动，按惯性思维滔滔不绝："我早就说过，这两人必有故事，想不到故事来得这么快。作为男人，尤其是他这种荷尔蒙正强的年轻男人，偶尔在外打点野食情有可原。问题是不应吃窝边草……"

杜玉娇皱起眉，忍不住打断他的话："野食和窝边草有区别吗？"

符文宗愣了一下，继续口无遮拦："当然没区别。但问题是破坏了庄诗文的家庭。他靠什么发达？断人后路，落井下石。他若出淤泥而不染也罢，恰恰相反，一边做婊子，一边立牌坊，狐假虎威，不可一世，实在可恶。"

杜玉娇觉得他俩已到水火不容之地步。符文宗想报一箭之仇，却不敢正面交锋，一心唆使别人冲锋陷阵。她再怎么傻，也不会傻到成为他的马前卒。不过，他提供的信息倒是让她感兴趣，于是问："有开房证据吗？"

"有。"符文宗从上衣口袋掏出一张照片，递给她。

杜玉娇接过一看，蓝天与庄诗文一前一后从房间出来。蓝天昂首挺胸，春风满面。庄诗文左手拎包，身子前倾。乍一看，是一张极普通的照片。细琢磨，却又暗藏玄机。或许走得匆忙，庄诗文额前头发有些凌乱。假若拜访客人，女人断是整整齐齐。她想，不管真假如何，照片景象却能给人提供无限想象的空间。她把照片夹在笔记本里，盯着他轻描淡写地说："说明不了什么，只是提供一种猜测而已。"

符文宗愣了一下，坚持道："这是客观事实，经常成双成对出入酒店，正常吗？不用脑袋，屁股都能猜到他们在干龌龊事。"

杜玉娇笑笑，不便与他深入探讨，让别人知道，仿佛成了同谋。一想到同谋二字，她心里猛然一震，与这种发泄私愤的人成为同谋，是走向沉沦的开始。她干脆三缄其口，一任符文宗大放厥词。

送走符文宗，她在房间里慢慢踱步。招投标事件过去一年，仍有人揪住不放，说明此人除了泄愤，更大的阴谋是想置她于死地。符文宗一口咬定是蓝天所为，她无法认定。此时非彼时，当中标结果出来，未满足其要求，蓝天耿耿于怀情有可原。真相大白后，蓝天已然释怀。一年来，两人未曾出现龃龉，他没必要背后捅刀。到底是谁与她过不去？想了半天，愣是理不出头绪。她仔细过滤那天晚上喝酒的情景，除了两个女服务员伺候，没任何人进来。莫非有人买通了服务员暗中做手脚？如果推测成立，此人可能一直在跟踪她和赵威。想到此，她不寒而栗，忍不住给魏焘打电话。魏焘听罢半天不吱声。杜玉娇催问："喂，咋不说话？"魏焘呵呵一笑，叫她别紧张，一张喝酒照片说明不了什么。杜玉娇恨恨道："这人十分可恶，无端坏我的名声。"魏焘说："如果集团纪委问起，全推在我身上。看来，你周围环境十分恶劣，以后诸事小心为妙。"杜玉娇说："你帮我分析一下，是谁跟我过不去？"魏焘沉吟片刻："有可能还是蓝天这条线上的人。"杜玉娇哦了一声："蓝天当时跟我表过态，以后不再提招投标之事。"魏焘说："他不提，他老婆和龙少华未必不提。"杜玉娇觉得在理，除此之外，没有人对她耿耿于怀。尤其是龙少华，快到嘴的肥肉被赵威夺去，难免不怀恨在心伺机报复。

为了进一步弄清举报情况，杜玉娇托裴勇暗中打听。几天后，裴勇传来消息，举报内容多是以前的翻版，只多了一张与赵威喝酒的照片。杜玉娇松了口气，觉得早被集团纪委尤其是被邵总否决过的举报已无任何意义。事件越发明朗，举报者定是龙少华，除此没有第二人。然而，她的心情却坏透了，龙少华像搅屎棍，搅得她心绪不宁。

杜玉娇将举报情况告知赵威。赵威一听火冒三丈，发誓要狠狠教训龙少华。杜玉娇劝他冷静，不得胡来。赵威咬牙切齿："我咽不下这口气。"杜玉娇说："你有什么气？好好干你的活。"赵威说："我不能让朋友受累。"杜玉娇讪笑一声："没什么，只当碰上一只疯狗。"

年少气盛的赵威无法忍受龙少华没完没了地挑衅，暗中找人痛揍龙少华一顿。龙少华住进了医院，诊断为中度脑震荡，断了4根肋骨。龙晨曦第一时间到公安局报了案，直指杜玉娇买凶报复。同时，又亲自到集团纪委举报，有意将不良事态扩散。一桩匿名举报，引发成暴力事件，一下在集团内外引起轰动。人的想象力极其丰富，工程腐败、分赃不均、暗中勾结、利益交换、黑吃黑等各种故事版本不胫而走。杜玉娇顿时深陷流言蜚语的漩涡中心。

赵威自知闯下大祸，连忙向杜玉娇赔不是。杜玉娇大发雷霆，骂他是猪脑子，要他收拾残局。赵威向魏焘求救，魏焘丢下手头的工作连夜赶回。为了解脱杜玉娇，赵威提出去自首。魏焘坚决不同意，到了此时，只有沉着应战，奋力自保。魏焘分析："龙少华不断举报，不外乎是发泄不满。一顿暴打，本来无理的他一下占了上风。一自首，反把你们置于火药桶上。"赵威拍拍脑袋："有道理，我急糊涂了。"杜玉娇说："查不到证据，到头来只会演绎成一场闹剧。我们还是沉默，难堪的不是我，而是邵总。因为他开始就认同这件事，决不容忍龙晨曦胡作非为。"

公安局查了半天，无任何线索，龙少华遭打事件成为悬案。龙少华和龙晨曦不罢休，要公安局继续追查。公安局不是他们自家的，自然不去理会。集团纪委在公安局调查结论未出来之前按兵不动。龙晨曦去了几次，均吃了闭门羹。

魏焘四处活动，通过公安局朋友了解到了龙少华一些劣迹。龙少华爱赌好嫖，一年前曾为舞厅漂亮女歌手与人大打出手。对手当时惨败，曾扬言找机会抽掉龙少华的脚筋。魏焘觉得大有文章可做，引导公安局朋友往情仇争斗方向分析。同时，魏焘带赵威拜访邵忠良，一是转达赵省长的问候；二是汇报索道工程的进展；三是表达龙晨曦诬告杜玉娇买凶报复的忧虑。

邵忠良心情极好，谈笑风生，对赵威在施工过程中以质量优先的理念和做法赞不绝口，劝他们别计较匿名举报和龙晨曦的诬告。之前，纪委书记向他汇报过。他听后很生气，交代纪委慎重对待，等公安局结论出来再说。当时，他欲打电话训斥龙晨曦，还是纪委书记制止了他。他根本不相信杜玉娇会干这种事。

魏焘向邵忠良解释照片事件："邵总，那天晚上，赵威宴请我，我把玉娇带去，跟她无一毛钱关系。朋友喝酒，犯了哪家王法？竟然有人张冠李戴栽赃陷害，可恶可恨。"

邵忠良说："对不起，是我们没做好工作，等公安局结论出来，一定为杜玉娇消除负面影响。我一直认为，杜玉娇是位素质很高、业务精通、公道正派的好同志。像她这样年轻有为的业务尖子在国信集团为数不多。"

魏焘表示感谢，趁机将公安局朋友的分析和盘托出。邵忠良听罢愤然而起："这个龙晨曦，犯什么傻，竟然为这种低素质的人赤膊上阵。我从小看她长大，蛮精明的，现在做了母亲，变得钻牛角尖，无理取闹，不像话，太不像话。"

"怪我抢了她堂兄的饭碗。"赵威火上浇油。

邵忠良摆摆手："跟你没关系。公开招投标，不存在抢不抢。事实证明，你的能力和实力让我放心。如果让龙少华这种人中标，我还睡不着觉呢？"

魏焘说："赵省长当着我的面交代赵威一定要保质保量，不要给他丢脸。赵威呢，确实没辜负赵省长的期望。只是想不到平白无故地冒出许多小插曲，叫我不好向赵省长交代。"

邵忠良苦笑一声："是啊，传到赵省长耳内，不知怎样看待我省的投资环境。一个小小的索道工程，竟然为招投标闹得满城风雨。我这个做老总的，好没面子，惭愧！"

走出邵忠良办公室，魏焘舒了一口气。在车上，他训导赵威："你呀，做事不过脑子，弄得下不了台。好在邵总顾及你叔叔的面子不去追究。龙少华是云江港口集团公司总经理龙旺盛的侄子。邵总与龙旺盛关系密切，倘若依了龙晨曦，你必定麻烦缠身。想在云江混，要懂得长袖善舞，不要动不动用黑社会那套，这样行不通，最终会把自己送进监狱。生意场上，举报、诬告、做局等下三烂无处不在，要学会容忍。你叔叔为了避嫌，安排你到云江发展，用心良苦。度春山溶洞景区索道工程是你进驻云江的第一个项目，不仅要起好步，更要树立信誉和形象。只要你站稳脚跟，光国信集团的工程就有得做。青山水泥厂正在酝酿整体搬迁，你叔叔有意要你拿下这个项目，叫我帮你做点铺垫。倘若这次因小失大、阴沟翻船，如何向你叔叔交代呢？"

赵威忙把头点得如啄米的鸡："是，是，谢谢魏总！谢谢魏总！我一定牢记您的谆谆教诲。"

不日，公安局传出消息，龙少华遭打可能是情仇争斗引发。龙晨曦不服，跑到公安局质问办案人员："凭什么认定是情仇争斗？"办案人员没好气地堵她一句："你有线索？"龙晨曦发了一通牢骚，气呼呼地离开。

龙少华伤好出院，三天两头赖在公安局和国信集团纪委不走，执意讨个说法。案情扑朔迷离，谁也给不出说法。邵忠良得知，把蓝天叫到办公室训斥一通，要他制止龙少华和龙晨曦的无理取闹。

挨了骂的蓝天自然把气撒在龙晨曦身上，叫她带上龙少华向杜玉娇道歉。向杜玉娇道歉，龙晨曦一百个不情愿。这次举报，本来就是她的主张，堂兄受伤住院，已是过意不去，还要低三下四向情敌道歉，不是拿刀子捅她的心？杜玉娇永远是她心中的块垒，当年褚南娇的吐痰之恨，令她耿耿于怀。当时虽然"教训"了两人，但自己未捡到便宜。后来，杜玉娇进了国信集团，她心里更是五味杂陈。再后来，杜玉娇与蓝天在一个班子里，她开始恐慌，担心两人旧情复发。当发现两人形同陌路，她悬着的心才安然落地。她与龙少华一直走得近，比亲兄妹还亲。索道工程招投标，龙少华本来十拿九稳，谁知被赵威搅黄，让她在堂兄面前好没面子。为此，她恨死了赵威，多次与堂兄暗中活动，意欲整垮杜玉娇。

龙晨曦不去道歉，蓝天只好亲自向杜玉娇赔罪。杜玉娇也不计较，提出应由龙少华和龙晨曦消除负面影响。蓝天满口应承，逼迫龙少华以书面形式向公安局和集团纪委承认错误。一场风波，得以平息。

～ 第21章 ～
巧 妙 应 对

遭此风波，杜玉娇顿感身心交瘁，想去外地放松一下。

褚南娇闻知，力邀杜玉娇到南港霞湖度假山庄休息几天，并要魏焘作陪，同时约上肖舜天。如此安排，有她的如意算盘。

霞湖度假山庄距南港市区50公里，坐落在霞湖水库上游一块平缓坡地上。

霞湖水库建于改革开放初期，集防洪、灌溉、发电、养殖为一体，改革开放后，逐步开发了旅游业。水库四周先后建了若干家度假村、度假山庄、休闲阁、休闲城等。最近几年，随着旅游设施改善、服务提高和宣传力度加大，霞湖水库声名鹊起，引得各方游客趋之若鹜。霞湖度假山庄是蒋锐大学同学5年前投资兴建的，豪华、高中档设施一应俱全。蒋锐跟同学打了招呼，将一幢别墅包下。

蒋锐和褚南娇早早地来到高速路口迎接。蒋锐对褚南娇越来越倚重，近期将她提为市场开发部经理，并授予她比较大的权力。为了腾出市场开发部经理的位置，蒋锐将沈晓飞提为副总经理，分管销售。

对天全智能电器公司来说，南港市城市电网改造项目成功与否，是决定其能否顺利上市的关键。在魏焘帮助下，蒋锐上个月将拟上市材料报送到省政府金融办公室上市工作处。许处长对材料提出了两点意见：一是企业缺乏核心竞争力；二是未承接过大型项目，凸显不了企业的实力。核心竞争力确实是公司的短板，多个产品均是购买别人的专利。蒋锐为了克服这一短板，决定充实研发力量，加大投资预算，由沈晓琪主抓。至于大型项目，南港市城市电网改造项目完成，就能填补这一空白。为了打好这一仗，蒋锐亲自出任项目总指挥，褚南娇出任项目副总指挥。

　　工程启动后，进展并不顺利，城建、城管、路政、社区、包括电力公司配合不太默契，常出现扯皮推诿现象。褚南娇要肖舜天帮助协调。肖舜天口头应承，实际不上心。为此，蒋锐心急如焚，要褚南娇想方设法请肖舜天开次协调会，以红头文件明确各单位的责任。褚南娇呢，比蒋锐还急，这个项目是她争取来的，倘若失败，无颜在公司立足。肖舜天为了避嫌，刻意与她保持一定距离，很少与她单独相处。电话联系，均以工作忙而推脱。到办公室找他，应付几句，就打发她走。褚南娇忍不住发牢骚，他小声劝她不要急，慢慢来。肖舜天可以慢，蒋锐不能慢，耗一天，财务费用和人工成本损失不少。

　　魏焘的车一出匝道，蒋锐和褚南娇就迎了上去。魏焘摇下车窗，微笑着挥挥手，叫他们带路。两辆车一前一后向霞湖度假山庄急驶。车子过后，扬起一道长长的灰尘。

　　杜玉娇皱起眉头："南港市的市容市貌真差，南娇要在这里待上一年，够呛。"

　　魏焘笑道："肖舜天准备大打城市翻身仗，估计很快就会旧貌换新颜。"

　　杜玉娇摇了摇头："鬼才相信。南娇说，城市电网改造还未起步就遇到阻力。南港人的市场意识和市场观念十分落后。"

　　魏焘说："也许肖舜天遇到麻烦，或另有想法。现在的官员难以捉摸，灵魂深处与我们商人别无二致。"

　　杜玉娇苦笑一声："南娇做了他的情人，按常理，肖舜天就该为南娇着想。"

　　魏焘左手握紧方向盘，右手抓住她的手，深情地说："男人和男人不一样，像我这样为你赴汤蹈火的男人不多。"

　　杜玉娇莞尔一笑："谢谢！但是……"

　　"别但是。"魏焘打断她的话，"我懂你的心思，我们这样不是挺好嘛！"

　　杜玉娇轻轻摇头："我不希望这样不明不白地交往下去，哪个女人不憧憬和向往婚姻？"

　　魏焘瞥她一眼："婚姻是什么？钱钟书说是城堡，我说是纸糊的保险箱。男女交往的关键在于眼缘和感觉。合，则天长地久；不合，则各奔东西。我爱你，愿为你肝脑涂地，在于这份珍贵的爱和不一样的感觉。人，一旦进了所谓的保险箱，往往变得无所顾忌。而无所顾忌是婚姻的大敌。"

杜玉娇望着他："我知道，你肯定有过不堪回首的过去。女人与女人不一样。我能接受你，定能容忍你的一切。婚姻，是一种保障，家、孩子、责任，都是以婚姻为前提。"

魏焘笑笑："以偏概全，责任并不是以婚姻为前提，责任绝对是建立在感情和信任的基础上。"

杜玉娇想了想："也许你是对的，但道理不能当饭吃。我问你，我想要孩子，你同意吗？"

"可以呀！"魏焘拍拍她的肩，"只要你想生，就生。我很乐意做父亲。"

杜玉娇叹道："谈何容易，没有婚姻，孩子出生得了吗？"

魏焘说："今天不谈这个，好吗？我还开着车呢。"

杜玉娇坐正身子，把头倚在靠枕上，闭目遐思。她一直找不到答案，魏焘深爱她，却又不给她婚姻。多次问及此事，他都像今天一样搪塞。他的过去，始终是个谜。

车子在一幢两层楼的别墅前停下。初夏的落日通红通红，余晖斜斜地倾泻在别墅屋顶和周边的树冠上，像给它们涂了一层薄薄的金粉。微风吹过，树枝摇曳，将余晖洒落在地。数只野鸽栖息在屋顶上，惬意地啄着羽毛。此起彼伏的蝉鸣划破天空，给静寂的山庄添了一份喧闹。魏焘、杜玉娇下得车来，俯瞰霞湖，碧绿碧绿的湖水在落日映照下熠熠生辉。水鸟张开翅膀沿水面掠过，泛起一层细微波澜。湖中坐落一座小岛，岛上花团锦簇、古树参天，像块巨型绿宝石镶嵌在碧湖上。一艘游船慢悠悠地向山庄归来，背后留下一条长长的碎浪。

褚南娇走到杜玉娇身旁，感慨："想不到南港还有这么美的去处！"

杜玉娇嫣然一笑："是呀，一道残阳铺水中，半江瑟瑟半江红。"

褚南娇笑道："应改成半湖瑟瑟半湖红。"

杜玉娇摇摇头："古人的诗能随便改嘛。"

魏焘逗道："能改，白居易到了这里，兴许会写成半湖瑟瑟半湖情。"

杜玉娇回头嗔道："就你嘴贫。"

魏焘哈哈大笑，拥着她跟随褚南娇步入别墅。

蒋锐已将他们的行李搬进别墅。别墅装潢别致高雅，全部以翠竹柳树水鸟画栋雕梁，给人以屋里屋外景色浑然一体之感。一楼一间大客厅，一间大套房。二楼一间大套房，一间大单间。蒋锐说："魏总、肖市长、杜总、南娇住这里。我和肖市长的司机去住客房。"

魏焘觉得蒋锐这番交代别有用心，笑道："感谢蒋总安排。"他清楚，肖舜天在南港分外小心谨慎，本来有晋级的机会，没想到书记空降打乱了阵脚。肖舜天向他倒过苦水，想挪动地方，借此往前靠一步。做副市长，不进常委，永远赶不上趟。前些日子，肖舜天在电话里说，青山市常务副市长升任市委副书记，对他来说是次机会。言外之意要他帮忙。为长远计，他准备帮肖舜天一把，巩固自己的官场资源。

不一会儿，肖舜天赶到。肖舜天一下车，魏焘就将双手伸过去，两人激情地拥抱在一起。随后，大家先后进了别墅。寒暄会儿，肖舜天将魏焘叫到楼上套间，关上门说："刚听到消息，青山市副书记还得兼任常务副市长一年半载。"魏焘说："正好给你留下运作的时间和空间。"肖舜天点点头："跟你舅舅说说，安排时间接见我一下。"魏焘爽快应允："行，我来安排。"肖舜天双手一击："太好了，我的事全靠你了！"魏焘欣然道："应该的，我们是兄弟！"

"肖市长，魏总，吃饭喽。"楼下传来褚南娇的喊声。

两人先后下楼。魏焘玩笑道："南娇，饭要吃，酒要喝，牌要打，事要干。今晚，我和肖市长全交给你了。"

"行。"褚南娇诡秘一笑，大大咧咧地应诺，"今晚我全包。"

蒋锐和肖舜天的司机先去餐厅安排。褚南娇领着他们慢慢往餐厅走去。魏焘对杜玉娇说："以后不顺心，叫南娇安排到这里住上几天，也可给肖市长和南娇创造机会。"肖舜天呵呵一笑："魏总善解人意。"褚南娇白肖舜天一眼："白眼狼。"魏焘哈哈大笑："肖市长，这就是不给南娇面子的后果，今晚跪搓衣板吧。"肖舜天露出一副苦相："没办法，在官场，身不由己。"

到得餐厅，蒋锐的同学迎了上来，向肖舜天伸出双手，讨好道："肖市长，欢迎您来视察工作。"肖舜天愣了一下，很不情愿地伸出右手，跟对方轻轻握了握。褚南娇跟蒋锐耳语："不该让他露面。"蒋锐双手一摊："没办法，听说肖市长来了，他非要来。"褚南娇："赶紧叫他走。"蒋锐点点头，上前把同学拉到一边，嘀咕几句。同学知趣地向大家摆摆手，闷闷不乐地离开。

蒋锐将大家带到包厢。包厢装修特别，四面墙都是波浪翻滚的湖水，水鸟、鹧鸪、雨燕展翅高飞。大家按规矩坐好，杜玉娇问蒋锐："蒋总，肖市长司机呢？"蒋锐答道："已单独安排，估计早吃好了。"说罢，忙招呼服务员上茶。很快，菜陆续上来，都是湖里的珍贵鱼种，如鲢鱼、甲鱼、娃娃鱼、银鱼等，做法各异，蒸、煮、炒、煎、烩、炸、烧，样样齐全，称得上满鱼全席。褚南娇给每个杯子斟满酒，叫服务员离开，然后请蒋锐举杯。

蒋锐举起杯子，毕恭毕敬地说："能请到魏总、肖市长、杜总到霞湖山庄小聚，是我蒋某人的莫大荣幸。我敬大家，第一杯，我和南娇喝干，魏总、肖市长、杜总自便。"话音一落，一仰脖子，杯子见底。褚南娇随即一口入喉。魏焘说："蒋总、南娇见底，我们不当孬种。"说罢，将杯中酒喝干。肖舜天、杜玉娇先后干杯。酒一喝开，大家就热闹起来。

喝到五分醉，魏焘开玩笑："蒋总，天全智能电器公司能有今天这般成绩，褚南娇功不可没，应该重奖。我和肖市长也是功臣，在奖南娇的同时，不该忘掉我们。"

蒋锐忙站起来，点头哈腰："那是，那是，我正在考虑。倘若没有魏总和肖市长的鼎力相助，我真没能力将公司做到现在这个程度。"

魏焘继续开玩笑："公司马上列入拟上市名单，多好啊，我们都羡慕着哩！要不，也给我和肖市长1到2个点的股权，到时跟着蒋总喝汤。"

蒋锐赶紧表态："要得，要得，各给魏总、肖市长2%的股权。下个月就办股权登记。"

魏焘哈哈大笑："蒋总，开个玩笑而已，别当真。"

蒋锐态度诚恳："魏总，这是我的真心话。做公司，尤其是做上市公司，没朋友帮忙，千难万难。我相信那句话，财聚人散，财散人聚。你们帮了那么大的忙，给2%的股权，应该。只是，别嫌少，如果拒绝，就见外，不把我当朋友。"

魏焘本是酒后开玩笑，没承想弄假成真。他想了想，笑道："既然蒋总如此心诚，我们笑纳。"转头问肖舜天，"肖市长，你的意见？"

肖舜天双手抱胸，环视大家一眼，没有吱声。

魏焘说："肖市长不反对就是同意。这样吧，我代肖市长做主，蒋总送的股权收下。但是，股权不能放我们名下，因我们都在体制内。这道理大家都懂。我们和南娇定个口头协议，都放在她的名下。"

"好啊，我乐意为魏总、肖市长效劳。"褚南娇举双手赞成。

魏焘又问肖舜天："肖市长，你看呢？"

肖舜天看看魏焘，望望褚南娇，依然不吱声。

魏焘会意一笑："就这样定了。到时公司上市，估计南娇不敢私吞。"

褚南娇哈哈大笑，逗道："上市后，我全套现，卷款逃到美国过富婆生活。"

肖舜天跟着开玩笑："逃到美国，也得带上我呀！"

肖舜天一句不经意的玩笑，在蒋锐看来算是认可，于是兴奋地说："这样最好，南娇是你们最信得过的人，操作起来方便。"

魏焘举杯："感谢蒋总，一不小心，我们也成为天全电器公司的股东。"用手臂顶顶肖舜天，"肖市长，天全智能电器公司是我们自己的公司了，南港业务的发展全靠你了。"

肖舜天爽朗大笑，端起杯子，与魏焘一碰："魏总向来仗义，这番交代，我肖某坚决照办。"两人同时喝干。肖舜天放下酒杯，对蒋锐说："蒋总，本来是顺理成章的事，到了胡光明他们那儿，总有那么多理由。要不，你们再做做工作。"

褚南娇嗔道："做了，费了老鼻子劲，孝敬也不少。他们众口一词，看肖市长的。这一看，看了2个多月。您老人家呢，架子那么大，老躲着我。"

肖舜天苦笑一声，拍拍她的肩："没办法，有多少双眼睛盯着我，得防着点。"眼睛望向蒋锐，"要不，你们再加点码。现在的社会风气就这个样子。"

蒋锐把头点得像啄米的鸡："要得，要得，我再加点码。"

肖舜天说，"你们准备好相关资料，过些天，我召开协调会，力争这个月全面启动，一年内完成。"

魏焘带头鼓掌，端起酒杯，大声说："来，为我们的项目顺利推进干杯！"

见难题得到解决，蒋锐十分高兴，不停地跟魏焘、肖舜天举杯，直至把自己放倒。肖舜天打司机电话。一会儿，司机过来。肖舜天吩咐司机将蒋锐扶到房间。蒋锐一走，大家散场。

魏焘和肖舜天已有七分醉，杜褚两人也有六分醉。回到别墅，褚南娇问："还打不打牌？"肖舜天晃晃脑袋："打，咋不打呢？"杜玉娇逗道："今晚让肖市长输得只剩裤衩。"肖舜天呵呵一笑："看谁输得剩裤衩。"

褚南娇摆好麻将桌，四边放好钞票。杜玉娇泡茶。肖舜天坐好，摸摸厚厚一沓钞票，说："今晚水资自己出吧。"

褚南娇娇滴滴地说："我的还不是你的。"

魏焘说："应该让南娇放血，大事谈好，蒋锐少不了重奖她。"

褚南娇兴致勃勃地说："那是，蒋总就这点好，大方，奖惩分明，有干头。"

魏焘赞许道："蒋锐是个人物，说实话，我挺愿意跟他打交道，也愿意帮他，不像玉娇原东家江明，小家子气，不是干大事的料。"

自从离开云江人医疗器械公司，杜玉娇一直未与江明联系，也不知该公司现状。魏焘一提起，倒勾起她许多回忆，忙问："江总还好吗？"

"不咋地。"魏焘摇摇头，"虎头蛇尾，公司越做越死。想想看，当今社会，铁公鸡能成事吗？李嘉诚说，眼睛仅盯在自己小口袋的是小商人，眼光放在世界大市场的是大商人。同样是商人，眼光不同，境界不同，结果也不同。江明就是李嘉诚归纳的那种小商人。"

杜玉娇扼腕长叹："多么精明的一个人，咋就缺乏长远目光？"

"是呀，聪明反被聪明误。"魏焘在肖舜天对面坐好，招呼杜褚两人入座，一边码牌一边说，"玉娇，好在你离开了他，否则，喝西北风去。"

"唉，正应了那句老话，三十年河东，三十年河西。什么时候我去看看他。"杜玉娇心里不是味，江明那儿毕竟是她步入社会的第一站。他对她不仅有知遇之恩，更有栽培之情。不知不觉，她的思绪飘向那年那月。精力一分散，面前的牌全乱了套，常给别人点炮。不到一小时，她水资快没了。

"看看，我说得没错吧，玉娇快输掉裤衩了。"肖舜天瞥杜玉娇一眼，幸灾乐祸起来。

褚南娇踢杜玉娇一脚："想什么呢，好好打牌。"

杜玉娇赶紧将思绪拉回牌桌，坐直身子，瞟肖舜天一眼："看谁笑到最后。输裤衩的不一定是我。"

杜玉娇一认真，牌风巨变，不一会儿，连续几个大和牌。肖舜天手气渐臭，小胡的机会都没有，还老给杜玉娇点炮。形势顿时大逆转，肖舜天的水资越来越少。杜玉娇得意扬扬地说："怎么样，肖市长，牛皮吹不得，等着南娇给您买裤衩吧！"

褚南娇又用脚踢她，还给她使眼色。杜玉娇懂她的意思，却不理会，专注打自己的牌。很快，肖舜天的水资只剩一张。褚南娇拿出自己的一半，放在肖舜天面前。

"南娇，不准徇私舞弊。"杜玉娇提抗议。

"对，都得真刀真枪。"魏焘跟着起哄。

"放心，我早备好子弹。剩裤衩的是谁还得两说。"肖舜天从裤袋里掏出鼓鼓囊囊的钱包，放在牌桌上，望着杜玉娇恣意一笑。

趁洗牌空档，杜玉娇去卫生间。褚南娇跟了去。净手完，褚南娇斥责杜玉娇："你发哪门子神经，非得跟我作对。"

杜玉娇一本正经地说："我为你打抱不平。他什么人哪？你什么都给了他，还拿腔拿调。要不是老魏弄出股权之事，估计他还作壁上观。"

褚南娇压低声音说："股权之事，蒋总早就有这个意思，没想到你家老魏一句玩笑，让蒋总把事给办了。"

杜玉娇不解地摇头："那你给我一个合理解释，不提股权，他无动于衷。一提股权，立马承诺开协调会，啥意思呢？"

褚南娇说："我也解释不了。兴许是你家老魏给他施了压，或他跟老魏有什么交易。在这件事上，我的作用微乎其微。我清楚内情，蒋总也看得明白。"

"这我就不懂。"杜玉娇眯起双眼望着她，"既然微乎其微，你还那么上劲投怀送抱，你贱哪！"

褚南娇长叹一声："我不是没办法嘛，不这样，他会理我吗？再说，这人不坏，成为他的女人，对我没有坏处。"

杜玉娇狠瞪她一眼："懒得说你。不管这些，今晚必须依我，让他输个明白，我们不是那么好欺负的。"

"玉娇……"褚南娇哀怨一声。

"别婆婆妈妈。"杜玉娇推着她往外走。

坐上牌桌。肖舜天戏谑道："还不出来，我正准备报案呢。"

"好呀。"杜玉娇迎着他戏谑的目光，咄咄逼人地说，"巴不得您报案，至少让人知道你和南娇的关系。"

肖舜天愣了片刻，吓得忙向魏焘翻眼皮吐舌头。

至凌晨1点，两个大男人输得精光。褚南娇打个平手。杜玉娇独赢。肖舜天做个怪脸，逗道："不公平，玉娇和南娇去了一趟卫生间，定是做了交易。"

杜玉娇含沙射影地调侃："当然，就要你输个明白，我们不是那么好欺负的。"

魏焘赶紧岔开，开句黄色玩笑："输了裤衩正好，省得我们脱裤子。"

"对，对，省了脱裤子的程序。"肖舜天哈哈大笑，拥着褚南娇往楼上走。

进了套间，褚南娇将所有窗帘拉严。洗浴毕，两人迫不及待地做功课。激情过后，褚南娇搂着他刨根问底："既然那么贪恋我的身子，何必总躲我？"

肖舜天实话实说："对我来说，这是玩火。再怎么贪恋，不能冒险。我知道，你一直在埋怨，甚至责怪。其实，我比你还急，毕竟跟你和魏焘拍过胸脯。下面那些人，一个个鬼精。说多了，催急了，怕他们有想法。几年前，有位分管林业的副市长，经不住情妇纠缠，力排众议将一林场低价租给情妇哥哥。结果被人盯梢，不雅之事立即风传南港。副市长无颜在官场混，辞职下海，最后落得妻离子散。为了你我的安全，不得不这样做。"

褚南娇抱紧他，喃喃道："应该早告诉我，让人家白白心生怨气。"

肖舜天拍拍她："你是聪明人，无须解释。凡事得讲个机缘定数，急时该急，缓时该缓。倘若不顾一切，往往适得其反。旧城网改造，本是利国利民，有些人未必这么看。鸡蛋里有骨头吗？我讲没有，偏偏有些人讲有。百口难辩呐！我不是诸葛亮，舌战不了群儒。即使能舌战，也会落个伤痕累累的下场。"

褚南娇嗲声嗲气地说："我懂了，不该埋怨你。"

肖舜天笑笑："这就对了，什么时候心灵相通，你就成了大师。我贪恋你的身子，只是生理微小渴求，主要还是崇尚你的智慧。蒋锐为什么看好你？因你有股独特的潜质和不可替代的作用。天全智能电器公司不能没有蒋锐，更不能没有你。你们是黄金搭档。同理，我也需要黄金搭档。而这黄金搭档隐含两重因素，相信你已悟到。"

褚南娇点点头："放心，我不会让你失望。"

肖舜天说："任何商机，都需要时间锻造。经过上下认可的城网改造，千呼万唤不出来，着急的不仅是我们，还有书记市长。毕竟这是一项政绩工程。等时机成熟，我会尽快启动。"

本是一件极普通的事，被肖舜天弄得高深莫测，叫她理不出头绪。她平躺着，眼睛望着天花板，脑海里过电影般地闪现那些没日没夜和高度紧张的日子。不一会儿，肖舜天响起鼾声。她却无法入眠，披衣坐起，盯着酣睡的他思绪万千。正是倚仗身边这个男人，她才敢在南港弄潮。而南港，已成为她飞黄腾达的福地。肖舜天这张牌，注定要打下去。这样的路，不知要走多远？想着，想着，漫无边际的思绪不知不觉又飞到沈晓飞和裴勇那儿。

第22章
情浪微澜

　　自褚南娇当上市场开发部经理，沈晓飞对她的态度发生了逆转。

　　起因是一次醉酒。那天，南都有个小区的强弱电工程签约，对方老总是个酒鬼，非要与她喝个高低。她百般耍赖，谁知对方死死缠住不放，甚至放言，不喝就中止合同。沈晓飞傻帽，不知是计，怂恿她大胆对阵。在一片起哄声中，褚南娇只得舍命相搏，结果酩酊大醉。

　　沈晓飞把她送回家。她一倒在床上便呼呼大睡。沈晓飞拼命摇她，毫无反应。两人世界，又喝了点酒，沈晓飞生理反应十分强烈，脱掉她的衣服尽情发泄。褚南娇几次被弄醒，翻翻白眼，又昏睡过去。

　　沈晓飞发泄完，独自坐的沙发上喝咖啡。喝着，喝着，他倏地想起股权转让协议书。以前，只是为摆脱困境而委曲求全。现在，已是另番景象，担心她假戏真做。如此，他的股权将鸡飞蛋打，沦为穷光蛋。想到此，他不寒而栗，忙起身翻箱倒柜，欲找出股权转让协议书一烧了之。翻了半天，无任何片纸只字。他把书架上的书全拿下来，一本一本地翻。翻着翻着，在《世界经济史》中蓦然发现一张褚南娇与肖舜天的裸体床照。这下，他吃惊不了，怒不可遏地推她："褚南娇，起来，给我说清楚。"褚南娇翻翻身，嘴里嘟囔两句，又沉睡过去。

　　看来，今晚讨个说法已无可能。一下子，他像泄了气的皮球，把自己丢在沙发上，一支接一支地抽烟，直至把自己抽得干咳。整个屋子烟雾弥漫，睡梦中的褚南娇也咳嗽起来。褚南娇一咳嗽，他倒冷静下来，赶紧将床照放进提包。这是一份极其重要的证据，到时逼她就范，让她乖乖地交出股权转让协议书。

盯着满地的书，他又不死心，想早点弄个水落石出，于是接着找。直到把所有书翻完，仍未发现。他又泡杯咖啡，坐在沙发上慢慢喝。喝完咖啡，把书放回原处。他知道，褚南娇不容他人乱翻东西，一旦发现，非闹个鸡犬不宁。当下，他不想与她撕破面皮，还想利用她，继续与她缠绵悱恻。

时针指向凌晨2点。他哈欠不断，困意裹挟全身。假若不是床照影响心情，他今晚笃定睡在这里，借此打破不准他在房子里过夜的禁令。正准备离开时，褚南娇醒了，撑起身子问："几点了？"他没好气地回道："2点。"她摸摸光溜溜的身子，狠盯他一眼："你又胡来。"他顶她一句："胡来又怎样？"她发现他情绪不对，下逐客令："还不走？"沈晓飞起身开门，气冲冲地说："这就走。"出了门外，使劲一关，"砰"的一声巨响，把她吓一大跳。

满屋的烟雾让人窒息。她赶紧穿衣下床，将所有窗户打开通风，接着去冲澡。洗浴出来，她一边擦拭湿头发，一边审视屋内的摆设。从满缸烟灰烟蒂和几个速溶咖啡袋看，沈晓飞刚才苦闷彷徨过。至于什么苦闷，她无从猜起。因为，她根本没往床照方面想，以为他还在为市场开发部经理的事恼气。

市场开发部经理的权力相对较大，资金支配权与副总相当，甚至比副总还更灵活。比如取现，业务员填单，经理画押，蒋锐签字即可。之前，沈晓飞利用这一特权捞了不少好处。因是家族企业，所有业务员包括褚南娇都是睁一只闭一只眼。离开这一职位，意味特权消失。沈晓飞想保住肥差，多次找蒋锐理论，无奈胳膊扭不过大腿。因而，他把气撒在褚南娇身上。

褚南娇为了自身利益，好生劝慰："你是副总，分管销售，权力更大，何必与我争高低？"沈晓飞气呼呼地说："谁要这个副总。不知你怎样把董事长迷惑了。"褚南娇哈哈大笑，假惺惺地说："放心，以前怎样，以后还怎样。"沈晓飞鼻子哼一声："算了吧，我还不清楚你的德行，自视清高，好像公司是你的，捞点好处，似割你的肉。"一个多月里，沈晓飞一直生闷气，对她不理不答。

褚南娇心想，让他气吧，自己乐得清静，正好大刀阔斧地干自己的事。后来她发现，自这次醉酒，沈晓飞真的生气了，而且是生恶气。她哪知道，沈晓飞生的是另一种气，他能容忍她的怒骂、羞辱、嘲讽，甚至折磨，但无法容忍她的背叛。他真的很在乎她，动过跟老婆离婚的念头，只是她的冷若冰霜让他却步。床照使他起了憎恨之心，越发恐惧她会利用股权转让协议书大做文章。

沈晓飞跟她摊牌，要她交出股权转让协议书。褚南娇假装没听见，顾左右而言他。沈晓飞怒吼："别装蒜。限你三天之内交出，否则，我将你的丑事抖搂出来。"褚南娇用鄙夷的口吻反驳："有本事你就抖。我能有什么丑事？"她自以为行得正，根本不在乎他的要挟与恐吓。沈晓飞恼羞成怒，噔噔走开，丢下一句狠话："等着瞧。"这一等，也没见他闹腾什么，倒是不再纠缠。

没了沈晓飞的纠缠，褚南娇开始想念裴勇。在恋爱上，裴勇是个扶不起的阿斗，一壶烧不开的水。杜玉娇要他积极主动，点燃他的雄性之火。她曾动过念头，但无法走出这一步，原因是中间横亘沈晓飞与肖舜天。对于还保持童贞的男人，她存有一份敬畏。倘若违背他的初心，未必能获得真情。骨子里，她还是渴望真爱。裴勇虽然不是她的最佳选择，亦可当作人生旅途中的重要客栈。他的诸多可敬，是这个社会少有的闪光点。为了这些闪光点，值得褚南娇卸去铠甲，放下身段。

她约裴勇在家里见面，准备几个大菜，希望能喝得稀里糊涂，续写新的篇章。

裴勇兴致勃勃地应约前往，破天荒到花店买了一捧鲜花。

褚南娇打开门，见状目瞪口呆，惊喜交集，高兴地接过鲜花，在花蕊上吻一下，激动地说："谢谢！"

裴勇脱鞋进屋，望着餐桌上的酒菜惊叹："哇，这么丰盛，好香啊！"

褚南娇将鲜花插在花瓶里，边插边说："好久未见，听说你要调任信托公司资产经营部经理。下星期起，我又要长期扎在南港。今晚咱们好好聚聚，提前给你祝贺一下！"

裴勇憨厚一笑："八字还没一撇呢，杜玉娇就这么火急火燎地告诉你。不确定的事，我不敢透露。目前还在走程序，只有到手的东西，才实打实。"

"你该早点告诉我，非得让杜玉娇传话？"褚南娇白他一眼，扭身去厨房端鸡汤。

褚南娇这一扭，扭出了风情万种。裴勇第一次发现她特别美，美得让他产生幻觉。她穿一件白色低胸性感蕾丝连衣裙，时尚大方，曲线突出，将女人特有的艳丽气质营造出来。恰当部位的镂空，更添一种神秘感，让人幻出无限遐想。他突然有股拥抱她的冲动，但理智很快占了上风，只呆呆地瞅着她。褚南娇双手端着热气腾腾的汤碗，嘴里不停地"嘘"气。一放到餐桌上，赶紧松手，双手扯着耳朵跳了跳，活脱脱一个小女子的淘气可爱相。更让裴勇辣眼的是，褚南娇在跳动时，双乳上下颠得快要挣脱出来。褚南娇见他待着不动，忙招呼："坐呀，今晚咱们喝个一醉方休。"

裴勇回过神来，木然地坐在椅子上。褚南娇在他对面坐下，眼里满是柔情蜜意，过去那份居高临下与若即若离的态度已荡然无存，声音也变得柔和温婉。裴勇的热情被激起，迎着她温情脉脉的目光频频举杯。

"菜的味道怎样？"褚南娇边吃边问。

裴勇点头夸赞："挺好，红烧肉、红烧甲鱼、米酒焖鲫鱼，是我吃过的最好的菜。尤其是米酒焖鲫鱼，味道独特，堪称一绝。"

"是吗？得到你的夸奖，我挺高兴。"褚南娇妩媚一笑，"如果喜欢，以后常做给你吃。"

裴勇满脸堆笑，举起杯子："要得，这是我的福分。为这份福分，我敬你！"

褚南娇举杯与他一碰，一口喝干，平心静气地说："谈谈你的打算。"

"指哪方面的打算？"裴勇眯起双眼，心里扑扑乱跳。

"当然是个人生活。"褚南娇直截了当地说。

裴勇脸一红，期期艾艾地说："当然希望早点确定关系。但是，我与你的差距越来越大，总担心配不上你。"

褚南娇扑哧一笑："你呀，不像男子汉，缺乏血气。"

裴勇哀叹一声："没办法，家庭背景和社会地位决定一个人的勇气和信心。杜玉娇多次鼓励，可我就是无法克服这一障碍。尤其是你居高临下的态度令我自卑。我老问自己，褚南娇看得上我吗？能容忍我的贫穷与懦弱吗？问多了，自己都无法说服自己。"

褚南娇眉头紧锁，觉得他患了轻度自闭症，不仅怀疑别人，更轻视自己。难怪他那么优柔寡断踌躇不前。不过，这样的男人也有好处，不轻易出轨。但事物都有两面性，一辈子守着这样的男人注定是死水一潭。然而，于她而言，倒愿意接受这潭死水，因为她有自己的另一番世界。想到此，她舒展眉头，温婉一笑，问："到底爱不爱我？"

裴勇脱口而出："誓言苍白无力。我的态度，早有定论。"

"我相信。"褚南娇大胆表白，"有多少次，我在等待你的行动。可是，一直等不到。作为渴望爱的女人，不是默默无闻的等待，而是盼望热烈和狂野的爱。男人的表白多种多样，但更直接的说服力是激情与占有。今天晚上，我准备把自己交给你。"说罢，一双火辣辣的眼睛盯着他。

这么直接和大胆的表白令裴勇惊讶不已与无所适从。他崇尚的是花前月下、卿卿我我、瓜熟蒂落、水到渠成。这层纸一捅破，就没有回旋余地，他避开她火辣辣的目光，低下头，沉默不语，心里却在翻江倒海。

"看来，我的想法越界了。当然，我不会强迫你。男女之事，应是你情我愿。"褚南娇突感窘迫，又极失望。

裴勇抬起头，红着脸说："不是这个意思。我觉得未到那一步。爱情是杯醇酒，不是烈酒。醇酒绵长久远，烈酒稍纵即逝。"

褚南娇自我解窘："行，我有耐心。既然不想发生点什么，那就放开喝酒。我的心已完全向你敞开，不要有什么顾虑。"

到了这步，裴勇不再压抑自己，走过去将她拥在怀里，把火辣辣的嘴唇贴上去。褚南娇极力迎合，让他尽情发泄。她能感觉到，他的心在狂跳，血液在奔腾。两只手也不老实，抓住她的乳房一阵乱揉。褚南娇被他弄得娇喘吁吁，热盼他有进一步行动。可是，他只沉浸在自己的陶醉中，许久才松开，坐回原位，喘着粗气，激动地说："南娇，感谢你看得起我。真的，我好想得到你，只是把这道程序看得极为神圣，希望这美妙一刻发生在新婚之夜。"

褚南娇心里暗暗叫苦，他企盼的是婚姻，与她的愿望大相径庭。她不愿过早被婚姻所累，愿意献身于他，完全是基于一种好感与敬意。她的初衷是婚前同居，合则婚，不合则散。想不到他那么传统，那么老旧，完全与时代脱节。沉吟片刻，她给出一个模棱两可的答案："有缘则圆。"

两人的心情逐渐平静，慢斟细饮，话题转到各自的工作。裴勇说："这次是杜鹃主任帮的忙。杜玉娇比我晚来几年，早就正科，而我还是科员。杜主任找了人力资源部多次，才有了这次机会。"

褚南娇慨叹："人生当中，总会碰上贵人。要永远记住贵人的恩情。比如我，倘若不是蒋总器重，哪有今天？"

"是啊！尤其是我们这些平民百姓，拼搏与运气同等重要。不过，我还是相信命运，该有的会有，不该有的，抢也抢不来。"裴勇端起酒杯慢慢摇晃，眼睛一眨不眨地盯着她。

褚南娇摇了摇头，一字一顿地说："我不这么看，运气，是一种虚幻。要出人头地，还得靠自己拼搏。但凡成功人士，都是经过磕磕碰碰或头破血流。没哪个靠运气成就事业。如果哪天你成功了，记住，是你的努力。如果哪天我发达了，我会感谢自己和帮助过我的人，而不是感谢运气。"顿了顿，给他打预防针，"尤其是我们女人，成功的艰辛比男人多许多。这时，要学会正确看待与分析事物，决不能人云亦云。"

裴勇根本未领悟她话中含义，只迎合："是呵，女人更是不易。但我特别崇尚有理想、有追求、有毅力的女性。比如杜鹃主任、杜玉娇和你。"

"谢谢！"褚南娇莞尔一笑，举杯与他的杯子一碰。

裴勇给她碗里搛菜，叮嘱道："要在南港待上一年，注意劳逸结合。听说阻力很大，别为了业绩，什么都搭进去，如此不值。"

褚南娇点点头："我会记住。有空时，我会回来。你有机会，多到南港走走。你到了新岗位，要找准定位。起步很重要，希望把握机会。"

一瓶酒喝完，褚南娇准备开瓶新的，被裴勇劝止。褚南娇说："难得有好心情，喝醉了，留个念想。"

裴勇说："算了，真酩酊大醉，怕越界。"

褚南娇哈哈大笑："别想那么多，今晚，就想与你同醉。"

见她如此执意，裴勇不再劝阻，打趣道："你的醉态，我见过。我的醉态，你没见过，到时别把你吓得尿裤子。"

"行啊，干脆尿到一起。"褚南娇跟着逗趣。

裴勇的酒量不及褚南娇，不久醉倒。他的醉态不似她迷迷糊糊地沉睡，而是吐，不停地吐，把胃里的东西吐得一干二净。折腾一个多小时，他才安静下来，恰似大病一场。褚南娇不让他回去，安排他在次卧睡。

肖舜天兑现诺言，适时召开协调会。蒋锐和褚南娇提前做了加码工作，胡光明等单位领导口径高度一致，纷纷立下军令状。障碍扫除，城市电网改造工作全面启动。蒋锐和褚南娇一天到晚扎在工地。肖舜天高度关注，隔三岔五到施工现场检查指导，及时解决拆迁与施工过程中的纠纷。

时光如梭，一晃半年过去。一天下午，肖舜天约蒋锐、褚南娇到办公室商量工作。肖舜天一见面就说："昨天，市长问我明年5月能否完工。我没把握，不敢乱表态。请你们来商量一下，能否调整工作思路，加快工程进度？"

褚南娇快人快语："好啊，晚上约大家出来开个协调会，您做几点指示。有尚方宝剑，我们好借势推动。"

肖舜天瞅蒋锐一眼，问："蒋总有何看法？"

"一切听肖市长的。"蒋锐当然希望工程尽快完工。

肖舜天点点头："好，我来安排。"打开门，叫秘书进来，仔细交代一番。

谈完工作，蒋锐悄悄问肖舜天："肖市长，都在传闻您将调任青山市常务副市长，是否当真？"如果传闻属实，对蒋锐来说不啻（chì）为晴天霹雳，这么大的工程，没肖舜天撑腰，担心工程进度和质量受影响。

肖舜天笑而不答。其实，他早将消息告诉了褚南娇，只是不让她外传而已。

两个月前，褚南娇接到肖舜天电话，告知下午去云都，要她赶过去。在路上，她又接到杜玉娇电话，问她回不回，放了电话，她直觉事情蹊跷，忍不住拨回去，问杜玉娇咋回事？杜玉娇说："老魏约好晚上陪肖舜天去舅舅家里。至于何事，不得而知。"

晚上，4人在宾馆小包间简单用餐。餐后不久，魏焘与肖舜天走了。到晚上9点半，魏焘和肖舜天才返回宾馆。魏焘对褚南娇诡秘一笑："你们单独聊会儿，我和玉娇在三楼咖啡馆等。"魏焘的用意很明显，让他们享受一下两人世界的快乐。事毕，她问肖舜天："你们去省长家干吗？"肖舜天压低声音说："想挪动一下，青山市有个常务副市长的位置。"她马上联想到南港的工程："你走了，我们的工程咋办？"肖舜天笑笑："早着呢，涂省长肯不肯帮忙，难说。"后又强调，"千万别外传。"她点点头："知道，我没这么傻。"

两人先后下到三楼。杜玉娇给他们端上咖啡。4人边喝边聊。到晚上12点，肖舜天回房间，他们3人离开。次日清晨，肖舜天回南港。下午，褚南娇也赶回南港。

最近突然流出传闻，说明此事有谱。为了让蒋锐安心，褚南娇代肖舜天解释："蒋总，即使肖市长调走，其影响力还在。况且市长亲自过问，谁还敢摸老虎屁股？"

蒋锐愣了愣，只得点头："也是，相信肖市长不会做甩手掌柜。"

肖舜天在南港宾馆安排了工作餐。蒋锐和褚南娇先去宾馆等候。不一会儿，电力公司、城建、城管、路政等部门主要领导和施工单位的头头脑脑陆续到来。肖舜天最后到。

肖舜天一坐下就说："今晚把大家请来，只一个主题。昨天上午，市长问我城网改造工程明年5月能否完工？我当即立下军令状。城网改造项目去年底立项，磕磕碰碰过来，已成为市民和领导的共识。在座的都是项目策划者、监督者、建设者，务必要高度重视，力争明年5月收官。各位必须立下军令状，不得有误。尤其是电力公司，还承担筹资任务。工程能否顺利推进，胡光明同志责任重大。大家都说说，有没有信心？"

市长亲自过问，主管副市长大力协调，大家纷纷表决心听从市长指挥，确保如期完成任务。胡光明虽有困难，还是表示努力克服，决不拖后腿。接着，褚南娇就工程施工中存在的问题提出了不少整改意见。大家谈完，肖舜天做了总结发言，要求大家听从业主指挥，给南港市民交上一份满意的答卷。

协调会开完，肖舜天举杯敬大家。酒一喝开，大家热闹起来，掀起一波又一波的喝酒浪潮。

蒋锐觉得褚南娇有能力独掌整个工程的管理，就放手把南港市的事务全部交给她打理。

∽ 第23章 ∾
陪 同 考 察

杜玉娇接到一个特别任务，陪邵忠良去福海省考察。

杜玉娇将消息告诉褚南娇。褚南娇兴奋地叫起来："好啊，玉娇，基层干部陪集团一把手出差是天大的美差。我看到仕途的大门徐徐向你打开。一定要把握机遇，争取获得邵总的好感与青睐。"

杜玉娇笑道："你呀，市侩，跟一把手出趟差，能有多大效果？"其实，她心里更是美滋滋。与邵总泡上几天，感情的确能升温，还可加深了解。以前，她能在邵总那儿留下印象，完全是靠魏焘周旋。这次出差机会，也是魏焘争取来的。倘若成为邵总船上的常客，就可获得更多青睐。她心想，以后得创造条件，多与邵总接触。

邵忠良这次到福海省考察是魏焘特意安排的，目的是为赵威力争拿到国信集团青山水泥公司异地搬迁项目工程提前做准备。这是一个大项目，赵威若能拿下主体工程，笃定赚得盆满钵满。赵承运要魏焘帮他操作好，于是就有了邵忠良福海省考察之行。

邵忠良此次考察只带了杜玉娇。魏焘和赵威陪同。这种阵容，除了魏焘和赵威，无人看得懂。对邵忠良的到来，赵承运高度重视，不仅高规格接待，还亲自陪同到大企业走访。另外，赵承运还不断向邵忠良示好，表示愿意为邵忠良上台阶助力，并鼓动："机会是争取来的。你看我省去年新晋的政协副主席，就是从国有大企业总经理位置上提拔上来的。有几个省的副省长，也是从大型企业董事长或总经理任上走马上任的。我和你们省委书记是中央党校同学。有机会，我给刘书记吹吹风。"

赵承运的鼓动把邵忠良长期蛰伏在心底的那份权力欲激活了。他在正厅位置上呆了18年，有些比他提拔晚的早进入副省级。早年，他的仕途一帆风顺，大学毕业即进入省政府办公厅，因四平八稳精明强干，从科员到办公厅副主任只用了10年时间，后陷入派系之争，在副厅级位置上呆了6年才被提为省政府发展研究中心主任。发展研究中心属省长智库。他博采众长，给省长提出了不少好的治省方略，多次获得省长省委书记的表扬。那时，他雄心勃勃欲望膨胀，瞄准副省长的位置冲刺。谁知马失前蹄，他力主推进的大兴矿产战略实施方略遭到环保部点名批评。战略只考虑效益，未考虑环境，大量植被遭破坏。作为始作俑者的他自然成了众矢之的。从此，他一蹶不振。后因国信集团总经理因连续几个项目投资失误被免职，他被派来收拾烂摊子，上任之初，国信集团负债累累，人心涣散。待摸清情况，他大刀阔斧进行改革，不到5年，就让国信集团重整旗鼓焕然一新，一跃成为省属国有企业的佼佼者。在那些拼搏的岁月里，他名利双收，渐渐寡淡了升官的欲望。在靠近退休的时光里，有人帮助运作上台阶，何乐不为？即便是一枕黄粱，也值得一试。他紧紧握住赵承运的手，感奋道："谢谢赵省长指点，我定当努力。否则，辜负赵省长一片好心。"

赵承运呵呵一笑："凭邵总的聪明才智，绝对有能力跨越这一步。"

邵忠良马上表忠心："以后有什么需要我办的，赵省长尽管吩咐，只要能办到，一定落实。"

"谢谢！"赵承运拍拍他的肩，"我把赵威交给你，有机会，给他找个活干。"

"没问题。"邵忠良爽朗应道。

接下来，魏焘、杜玉娇、赵威陪同邵忠良到福海省名胜古迹游玩了几天。在云龙山景区，4人坐进缓慢滑动的索道。赵威指着索道说："邵总，这是我负责建的，运行了3年，未出现任何质量问题，已成为全国索道样板工程。"

杜玉娇一旁帮腔："邵总，赵总说得不错。前年，我到这里学习考察，特意查阅了资料，云龙山景区索道被建设部评为鲁班奖。我们度春山溶洞景区索道基本是以云龙山景区索道为技术参数进行施工。由于赵总严格把关，加上设备先进，估计质量会更好。"

邵忠良会心一笑："好啊，希望再拿一个鲁班奖。让这些告状者无话可说。"

"谢谢邵总，我一定不给您丢脸。度春山溶洞景区索道工程是我花的时间和精力最多的一个项目。为了确保质量，为了不让告状者挑刺，我把质量系数放到最大。项目完工，估计赚不到什么钱，至多打个平手。"赵威急着表功。

"邵总，不瞒您说，起初我还怀疑这小子的能力。后来工程动工，他那些施工步骤、质量措施、安全意识、规章制度，让我眼睛一亮，是个做大事的人。以后，您有什么好工程，可大胆放心地交给他做。"魏焘给赵威抬轿子。

邵忠良点点头："只要能做出优质工程，不怕没工程做。"

魏焘趁机进言："邵总，青山水泥公司搬迁，主体工程可考虑给小赵做。"

"是啊，邵总，我保证百分之百地给您交上一份满意的答卷。"赵威信誓旦旦地表白。

邵忠良笑笑："以后再说吧。"

到得山顶，只见山峦起伏，云遮雾绕。目光所极，均是奇峰怪石，古树参天，涛声阵阵。4人沿着双奇峰栈道边走边欣赏美景。赵威对云龙山的人文故事、民间传说、历史沿革烂熟于心，似一个称职的导游，娓娓道来，让邵忠良、杜玉娇听得津津有味，眼界大开。邵忠良忍不住称赞："小赵真是个人才，见多识广。"赵威抿嘴笑了笑："现学现卖。"杜玉娇跟着夸奖："据说赵总琴棋书画，样样精通。"赵威不好意思地抓耳挠腮："杜总谬赞。"他确实是个好学之人，有空就捧起书本或拿起画笔。

栈道2公里长，高低不平，时而爬坡，时而下道。邵忠良毕竟年龄偏大，身材臃肿，走完栈道已是气喘吁吁。到了一个平台，魏焘说："邵总，休息一下吧。"邵忠良瞥眼源源不断的人流，摇摇头："走吧，检验一下自己的耐力。"

走过一段崎岖坡道，邵忠良放慢脚步。杜玉娇上前挽住他的手臂："邵总，走慢点。"

邵忠良抬头望望前头的魏焘，笑着说："魏焘会有意见的。"

杜玉娇柔声柔气地回道："他没这么小气，还交代我要好好照顾您。"

邵忠良意味深长地笑笑："魏焘够大气。"

杜玉娇趁机套近乎："邵总，我越来越发现，您魅力无限。"

邵忠良呵呵一笑："人都老了，谈何魅力？不像魏焘，正当年华。"

"您也正当年华。尤其是您的人格魅力，让集团所有年轻人倾慕。我们都拿您当榜样当楷模。"杜玉娇莞尔一笑。

"你这个小杜，真会说话。"邵忠良哈哈大笑，"怎么样，在基层呆得惯吗？"

杜玉娇说："还好，挺能锻炼人。感谢邵总的厚爱，让我有进步的机会。"

"这就对了。"邵忠良满意地点点头，"年轻人必须有苦其心志、劳其筋骨、饿其体肤、空乏其身的准备，方能茁壮成长，担当大任。"

"邵总，我就是这么想的，也是这么做的。"杜玉娇脱口而出。

邵忠良说："听冯辉、卫星说，你在度春山溶洞公司干得不错，很有发展潜力。"拍拍她的手臂，问，"想不想挪挪地方？"

"听邵总的。邵总要我向东，我就向东；邵总要我朝西，我就朝西。"杜玉娇毫不犹豫地回道。

"公司未来是年轻人的。我呢，在有限的权力范围内，将你扶上马，送一程。到时，别忘记我这位伯乐就谢天谢地了！"邵忠良心情大悦，忍不住将心里话和盘托出。

杜玉娇娇滴滴地说："邵总的大恩大德，我永远不会忘记。"

太阳渐渐西斜，4人下山。他们驱车来到景区五星级酒店，赵威给邵忠良安排总统套间。邵忠良说："换个普通套间吧，太奢侈了。"魏焘说："邵总，小赵难得表现一下，让他破费应该。"邵忠良想了想，不再吱声。晚餐，酒菜挑最高档的上。3人轮流向邵忠良敬酒。邵忠良难得这么放松，放开酒量与大家豪饮。饭后休息片刻，赵威安排打麻将。魏焘3人放水，邵忠良自然赢个盆满钵满。

邵忠良不主张打疲劳战，到晚上12点就提议收场。赵威送邵忠良回房间，掏出一张银行卡塞到他手里："邵总，这是我的一点心意。"

邵忠良推辞："小赵，这就不对。倘若我收了，如何向赵省长交代？"

赵威说："这是我叔叔的意思，要我给您准备一点活动经费。以后，需要用钱，吱一声。我知道，邵总两袖清风，一尘不染，手头肯定不宽裕。这年头，钱不是万能，但没有钱，万万不能。"

"小赵，真的不行。感谢你的好意！"邵忠良再次推辞。

"邵总，我知道，您一辈子小心谨慎。现在多数商人确实是唯利是图，必须高度警惕，敬而远之。而我，邵总大可放一万个心，我叔叔反复交代，要为邵总负责，绝不能发生意外。这张卡是我的名字，密码是您的生日。我这人做事不张扬，像您一样小心谨慎，百分之百地安全。" 赵威一脸至诚，执意将卡放进邵忠良的上衣口袋。

邵忠良进行了激烈的思想斗争，最后妥协。因为背后是赵承运，是省委书记刘常用的党校同学。拒绝赵威，意味拒绝赵承运。拒绝赵承运，意味拒绝刘常用。为了圆梦，不妨冒一次险。邵忠良以无可奈何的口吻说："小赵，话说到这个份上，恭敬不如从命。告诉赵省长，我邵某决不会忘恩负义。"

赵威双手作揖："谢谢邵总！从今往后，邵总完全可以把我当您的亲侄子，有什么事，尽管吩咐，我一定唯命是从，肝脑涂地。"

邵忠良亲热地拍拍赵威的肩："小赵不错！"

福海之行结束，每个人都收获满满。

杜玉娇回到公司，班子成员都清楚她专程陪邵总去福海考察一周，且受到福海省常务副省长高规格接待。各人态度不一，有高兴的，有妒忌的。高兴的自然是符文宗；妒忌的则是蓝天。

符文宗自知自己进步无望，一门心思助杜玉娇除掉蓝天取而代之，借以报一箭之仇。尽管杜玉娇不买他的账，他还是乐此不疲。下午快下班的时候，符文宗敲门进来，寒暄几句，就喜形于色地告诉她："又逮到了蓝天与女人鬼混的证据。"说罢，掏出两张照片。

杜玉娇接过一看，一张是蓝天与两个衣着暴露的美女先后进入房间。一张是蓝天与一美女从房间出来。很明显，又是两张普通的照片，根本无法说明什么。符文宗老是捕捉一些似是而非的事拿来炒作，令她有点烦。这次出差，邵忠良暗示要重用她，因而她对班子里尔虞我诈明争暗斗的现象已经不在乎。

符文宗根本不考虑她的情绪，依然兴味盎然地嚼舌根："杜总，据可靠消息，蓝天这次玩大了，听说里面有邵总的女儿。"

"哦！有这种事？"杜玉娇吓了一大跳，拿起照片仔细观看。与蓝天从房间出来的果然是邵芳。

"你看看，蓝天胆子也忒大，敢玩邵总的女儿。"符文宗有点得意忘形。

不错，蓝天这次确实玩大了。杜玉娇陪邵忠良出差的第二天，蓝天接到邵芳的电话，要他赶回云都见个面。自从将两人的暧昧关系向邵忠良坦承后，邵芳就与他断了联系。不知何因，少了邵芳的纠缠，他心里反而不平静。她的温情，她的香艳，她的床上功夫，无不令他回味无穷。他小心翼翼地问："见面干吗？"

"想干吗就干吗。"邵芳嘻嘻一笑。

蓝天"哦"了一声，没有下文，在进行激烈的思想斗争。

"怎么哪，做缩头乌龟了。"邵芳嬉戏道，"告诉你，不仅我想你，思诗也想你。给个痛快话，见不见？"

蓝天的脑子在快速旋转。杜玉娇专程陪同邵总出差，无疑是个信号，说明邵总开始偏爱她。一想到杜玉娇在不久的将来先于他出人头地，他的心就隐隐作痛。他可以败给任何人，决不能败给杜玉娇。假如与邵芳旧情复萌，得到邵芳大力支持，不失为一招活棋。再说，与余思诗套上近乎，接近余副省长，还可为以后鹏程万里作铺垫。想到此，他爽快回应："行，把地址发给我。"

3人在云都大酒店三楼包房里见了面。许久未见，两位美女越发楚楚动人，风骚无比。尤其是思诗，比以前更显丰腴，胸部和臀部更加滚圆，浑身透射出妩媚女人的无限魅力。3人免不了互相吹捧一番。蓝天发现，邵芳比原来更大胆，毫无顾忌，什么话都敢讲。思诗亦不例外，语言极具进攻性，已成调情大师。逗闹一阵，3人开始喝酒，上的是限量版拉菲。

"太奢侈了吧！"蓝天颇感惊讶。

"放心，不用你放血。"思诗用挑衅性的目光盯着他。

邵芳说："蓝天还真得放次血。否则，饶不了你。"

蓝天爽快应道："好啊，全凭你们发落。"

打情骂俏间，不知不觉喝掉两瓶限量版拉菲。蓝天情绪高涨，建议再来一瓶。邵芳说："别了，下面还有更精彩的节目。"思诗签了单。3人上到28楼，进入一间大套间。蓝天立即猜到精彩节目的含义。有次，邵芳不经意地说3人行游戏挺好玩。当时，他只当是玩笑，没想到这种荒诞的游戏真会在自己身上发生。想到未来，他咬咬牙，豁出去与她们玩个天昏地暗心惊肉跳。

这些内幕，杜玉娇根本无从知晓，符文宗也仅是窥见一点皮毛而已。

杜玉娇不愿做符文宗的陪葬品，装成若无其事："符书记，我对这种事不感兴趣。"

符文宗愣了片刻，继续絮叨："杜总，我知道你不感兴趣，但不能让这种人无法无天，祸害人类。"

杜玉娇笑笑："有这么严重吗？"

"有。"符文宗咬牙切齿，"不可一世，目中无人，私欲膨胀，倘若这种人手握重权，你我的日子肯定难过。"

杜玉娇皱皱眉："要么，你把这两张照片交给集团纪委，或寄给他老婆，至少可乱他的阵脚。"

符文宗双手击掌："对，我就是这么想的。不过……"

"不过什么？"杜玉娇故意装憨。

符文宗说："最好由你出面。"

杜玉娇摇摇头："算了吧，我不愿做这种恶人。"

符文宗给她打气："难道你咽得下这口恶气？"

为了摆脱符文宗的纠缠，杜玉娇只得敷衍："好吧，照片放这里，让我好好想想。"

符文宗走后，杜玉娇收拾办公桌上的文件，准备下班。这时，蓝天进来说："杜玉娇，马总要我们一起去陪客。"杜玉娇抬头问："谁来了。"蓝天说："集团企管部何毅主任。"她对何毅印象不佳，油嘴滑舌，大话连篇，开玩笑没底线，不想参加，故借口要收拾东西。蓝天催道："有什么收拾？走，一起走。马总何主任已去了餐厅。"见推辞不掉，杜玉娇只得提起手袋与他并肩走出办公室。

蓝天对她这次出差特别感兴趣，问这问那。杜玉娇只选无关紧要的回答。蓝天发感慨："杜玉娇，还是你行，一下搞定了邵总。"

"什么搞定，一趟出差而已。不过，邵总对我还是蛮认可的。"杜玉娇故意拿腔拿调地激将他。

蓝天一下陷入沉默，心里五味杂陈。

到得餐厅，何毅与他俩握手，然后开玩笑："马总，你真有福，手下有这么一对金童玉女，多养眼呐！"

"越养越馋，不能再养。"马海跟着开玩笑。

"俗话说，秀色可餐，杜玉娇可是一盘大餐。"何毅玩笑开得更离谱。

马海呵呵一笑："这盘大餐不是哪个能随便吃的。"

杜玉娇早做好心里准备，任凭他们逗乐，只是抿嘴笑。蓝天呢，脸上渐渐挂不住。随时间推移，杜玉娇越来越出众，越来越迷人，至此他才知当初舍弃的是一块无与伦比的稀世珍宝。

见蓝天闷闷不乐，何毅转而开他的玩笑："蓝天，当初你到哪里去了？真做了当代柳下惠吗？"

蓝天苦笑一声，招呼服务员上菜，借以转变话题。

几杯酒下肚，何毅问马海："你真的不想在这里干下去？"

马海点点头："是呀，我早跟冯总提过要求，到这里只是过渡。等工作走上正轨，我就打报告。"指指蓝天，"接班人都选好了。蓝天不错，这段时间，我让他抓全面，效果显著，是块好料，前途不可限量。"

蓝天一扫刚才不悦的阴霾，顿时满面春风，端起酒杯敬马海："谢谢马总厚爱！不管以后怎样，我永远是马总手下的兵。"

马海呵呵一笑："长江后浪推前浪，这是历史潮流。"

杜玉娇不甘示弱，端起酒杯敬马海："马总，希望您在这里干到退休。您的为人，您的睿智，您的品德，永远是我学习的榜样。说心里话，像您这样开明的好领导真是凤毛麟角。"

马海又是呵呵一笑："小杜也不错，与蓝天不分伯仲，索道建设出了大力，功劳不小。虽连遭举报，但丝毫未影响工作，难能可贵。"转头望着蓝天，"蓝天，好好管住你老婆和那位堂哥，别再给我添乱。招投标是我拍的板，要说有错，错在我，而不是杜玉娇。"

杜玉娇听罢十分感动，赶紧将酒喝干，向马海深鞠一躬："谢谢马总！有马总您这句话，我受多大委屈都不算啥。"

蓝天突感尴尬，脸红一阵白一阵，慌忙解释："马总，我劝过龙少华多次，也骂过龙晨曦，没想到他们还是乱来，真对不起，给马总添了乱。这里，我给马总赔不是。"向马海鞠躬，接着表态，"我保证，以后再也不会发生此事。"

马海挥挥手："算了，不提这些。以后你们必须高度团结，至少在我任期内不得窝里斗。我看好你们，未来一定会挑大梁。"

蓝天与杜玉娇对视一下，心领神会地点点头，异口同声地说："谢谢马总，决不辜负马总的期望。"

饭局结束，杜玉娇回到房间，刚洗了把脸，蓝天打来电话："杜玉娇，我们出去走走，行吗？"

杜玉娇沉吟片刻，回道："算了吧，我有点累，想早点休息。"她才不愿与他单独散步，即没心情，也没必要。她把自己丢到床上，盯着天花板发呆，往事像喷泉一样涌出。不知过了多久，屋外已阒然无声，远处麂子的哀鸣声断断续续传来，拨动了她那根敏感的神经。人生如此无常，该忘却的忘却不了，不该见面的却相伴左右。

在胡思乱想之际，手机尖锐地响了起来。她漫不经心地接了。褚南娇在电话里气急败坏地说："喂，玉娇，出大事了。明天能回趟云都吗？"

"什么大事？"杜玉娇大吃一惊。

褚南娇说："电话里一下说不清，见面细说。"

"好吧，明后天正好是双休日，我明天上午赶回来。"杜玉娇急急应道。

第 24 章

床 照 风 波

"怎么回事？"一进褚南娇的家门，杜玉娇就迫不及待地问。

"完了，我与肖舜天的床照不见了。"褚南娇头发凌乱，疲惫不堪。很显然，她通宵未眠。

"什么床照，乌七八糟的。"杜玉娇一头雾水。

褚南娇只得把床照来龙去脉和盘托出。杜玉娇哭笑不得，那么谨慎的一个人，还留什么不雅照，真是荒诞无稽。她气得大骂："你找死呀，留这么个炸药包，一旦泄漏出去，会把你们炸得粉身碎骨。你遗臭万年，活该。害死了肖舜天，我和老魏都不会放过你。"

褚南娇双手捧头，喃喃自语："当时，我也不知哪根神经搭错了，留下一张不雅照，以备在穷途末路时要挟他。想不到，把照片弄丢了。"

"照片搁在哪？"杜玉娇眼睛四处搜寻。

褚南娇指指书架："夹在书里。"

杜玉娇走到书架前，问："都找了吗？"

"翻了几遍，始终不见踪影。"褚南娇跟了过来，拿出《世界经济史》，"就夹在里面。"

杜玉娇接过《世界经济史》抖了抖，从头翻到尾："是否记错了？其他地方找了吗？"

褚南娇唉声叹气："昨晚角角落落找了个遍。"

杜玉娇想了想，问："谁到过这里？"

"沈晓飞，裴勇都来过。"褚南娇垂头丧气。

杜玉娇紧锁眉头，思忖一会儿，忧心忡忡地说："有可能被沈晓飞拿走了。"

"对。"褚南娇猛然醒悟，"难怪这几个月对我不理不搭。那天晚上，我喝多了，他送我回来，趁我醉时还做了那事。待我酒醒，发现他喝了好几杯咖啡，烟灰缸里满是烟蒂。当时，我还以为他是为丢了市场开发部经理的职位而苦恼。看来，他定是趁我酒醉翻了东西。"

杜玉娇沉吟片刻，进一步分析："他有可能找股权转让协议书，意外发现了不雅照，等条件成熟时跟你交换。"

"糟了，要是那样，我可惨了。"褚南娇脸色惨白，"这个人什么都干得出，到头来我赔了夫人又折兵。"

杜玉娇与褚南娇坐到沙发上，四目以对，直觉问题严重。过了许久，杜玉娇说："我看，找机会旁敲侧击一下，弄清楚照片到底在不在他那儿。若在，一定得想办法要回来，这张照片绝不能流传出去。这是攸关肖舜天的前途命运，也攸关你的名誉。到时，该放弃的还得放弃，不能因小失大。"

褚南娇拼命摇头："不行，决不能便宜他。大不了与他同归于尽。"

"同归于尽？一旦连累肖舜天，你能心安理得？告诉你，南娇，做人不能这样自私。"杜玉娇坚决反对。

褚南娇长叹一声："那咋办？我不能前功尽弃。"

杜玉娇沉思良久，出主意："要不这样，我去彩印一份，到时拿去交差。"

褚南娇扑在杜玉娇身上，兴奋地说："玉娇，真聪明！你是我的救命恩人。"

杜玉娇推开她："别高兴太早，如果床照不在沈晓飞那儿，得想方设法找到。否则，永远是颗定时炸弹。"

褚南娇说："进这个屋子，只有你与他俩。裴勇绝对不会乱翻东西。只有沈晓飞干得出来。我断定，照片绝对在他那儿。以后，我假装不知道，让他自己提要求。"

杜玉娇想想在理，舒口气："但愿如此。不过，事情不会那么简单，你要有充分的思想准备。沈晓飞玩弄你那么久，不会轻易罢手。我有预感，以后你与他会有一场恶战。"

褚南娇咧嘴笑笑："有这么可怕吗？"

杜玉娇摆摆手："好了，不说他了。说说裴勇吧，你脚踩三只船，如何给人家一个交代？他那么老实巴交，我不忍心被你糟蹋。"

褚南娇嘻嘻一笑："我们临门一脚突破了。"

"是嘛！怎样突破的？说来听听。"杜玉娇倍感好奇。

20多天前，裴勇到南港出差。这是他上任信托公司资产经营部经理后的第一次出差，带队到贷款企业讨债。信托公司早年为拓展业务，投资了不少实业，历经风风雨雨，有的成了呆账，有的成为股权，继续还本付息的企业为数不多。南港有一家还本付息的企业，他第一次出击，效果出奇的好，利息全部收回，打了个漂亮仗。下午，裴勇早早地来到她的住所，帮她打下手。已近晚秋，高温迟迟不肯离去。褚南娇只穿三点式，在他面前晃来晃去。裴勇无法自控，不停地摸她的胸。褚南娇羞喘："喝完酒让你痛快一下。"裴勇今天不知咋的，那个念头特别强烈，忍不住将她抱进浴室，一起冲凉，一起滚床单。

事毕，裴勇傻乎乎地检查她的下身，未发现应该有的处女红，脸色一下惨白，口里念念有词："怎么会是这样呢？怎么会是这样呢？"

褚南娇不便与他解释，只道："你呀，真是个呆子。我在学校谈过恋爱，早该想到这一层。"

裴勇闷闷不乐，起身去浴室冲洗。褚南娇跟了进去，心平气和地说："如果在乎这个，我们从此做朋友。如果不在乎这个，我们可继续交往。主动权交给你。"

裴勇不吱声，脸上阴云密布。冲洗毕，裴勇躺在沙发上发呆。褚南娇继续做饭。饭好了，她开了两瓶红酒，上前推他："别想那么多，饭还得吃。"裴勇闷声上桌，端起酒杯，一杯接一杯地喝。褚南娇盯着他，不言语，不劝阻。因空腹喝酒，裴勇很快醉倒，接着拼命吐。待裴勇吐干净，褚南娇把他扶上床。她坐回桌上独斟独饮，结果把自己灌得大醉。

待她醒来，已是次日早上7点。裴勇靠在床头，默默地注视她。她问："什么时候醒来的？"裴勇说："清晨5点。"褚南娇坐起，问道："醒来就这样一直坐着吗？"裴勇点点头。褚南娇说："过不了那道坎就算了，世界上好女孩很多，到时帮你物色一个。"裴勇茫然摇头。褚南娇莞尔一笑："想通了？"裴勇平静地说："也罢，既然认定了你，就不该计较这个。"褚南娇将头靠他的肩上，动情地说："谢谢！"裴勇把她拥入怀里，嗳嗳道："希望以后只对我好。"褚南娇一愣，轻拍一下他的胸："当然，我的心只放在你这儿。"

裴勇让几个随员先回，留下陪她，与她过了几天几夜的甜蜜生活。

杜玉娇听罢哈哈大笑，祝贺她走出了实质性的一步。

褚南娇苦着脸说："有什么祝贺。裴勇未必过得了那道坎。我呢，顺其自然。"

"你呀！"杜玉娇点点她的脑门，"花心大萝卜。裴勇诚心待你，还那么死相。告诉你，这样老实的人到哪里找？别身在福中不知福。以后，与沈晓飞、肖舜天少接触点，多给裴勇一点时间。"

褚南娇说："知道。不过，你要为我担待点，该给我圆场时圆好场。"

杜玉娇干笑一声："你干坏事，还要我吆喝，已成你的同谋犯了。"

褚南娇为难道："没办法，这就是我的命。不这样，又能怎样？我知道这样不好，可就是刹不住车。甩掉沈晓飞，甩得掉吗？他像只蚂蟥。至于肖舜天，不这样做，能拿到南港这块大蛋糕？裴勇确实是个老实巴交的大好人，与他缘分如何，仍然是个未知数。"

杜玉娇想了想，劝道："别想那么多，车到山前必有路。相信你有出人头地的那一天。"

这时，沈晓飞打来电话，约褚南娇晚上出去吃饭。褚南娇不敢推脱，叫他定好地点。沈晓飞找了一个农家乐，提前过来接她。与往常一样，褚南娇依然坐在后排。许久未见，沈晓飞仿佛变了个人，一路无话。见沈晓飞沉默，褚南娇也沉默不语，靠在后座微闭双目养神。

车子开了一个多小时才到达目的地。褚南娇下得车来，只见农家乐果树成林，鱼跃池塘，雕梁画栋，人声鼎沸，好一派热闹景象。沈晓飞去开房。褚南娇劝阻："别开了。"沈晓飞不理会，执意开了间套房。两人进得房间，沈晓飞说："今晚住这里。"褚南娇扫视一眼房间，装修还别致，但了无兴趣："不住，我得回去。"沈晓飞霸蛮道："不住也得住，几个月没在一起，你不想，我想。"褚南娇想起床照，只得默认，心里盘算如何套出真相。

吃过晚饭，沈晓飞拉她去散步。微风吹来，秋菊、夹竹桃、夜来香、柑橘散发出阵阵清香。到得一株柑橘树下，沈晓飞摘下几个黄澄澄的橘子。两人坐到石凳上，边吃边聊。褚南娇发现，几个月不见，他理智许多，也静得下来。褚南娇只是赔着小心，胡乱应付，脑子里尽是床照。当他谈兴正浓时，她突然问："那天晚上，你在我房间为何抽那么多烟？"

沈晓飞一愣，随即敷衍："没什么，睡不着。"

褚南娇眼睛直视他："不对吧，又是喝咖啡，又是抽烟，肯定有心事，是否发现了什么？"

沈晓飞又是一愣，目光躲闪："没有，那天晚上喝了不少酒，与你做了爱，睡意全无。"

从他躲闪的目光中，褚南娇知道了大概，只是不便点破。以前，他心里总是藏不住事，如今却变得高深莫测，判若两人，叫她无法捉摸。也罢，不急于点破，跟他玩猫捉老鼠，反正还不到摊牌的时候。

两人回到房间，先后去浴室洗澡。一躺到床上，沈晓飞便趴在她身上做活塞运动。然而，他已没了过去那份激情，高潮时更没了爱啊、喜欢啊、娶你啊等那些甜言蜜语。这反倒令褚南娇有点不适应，仿佛身上躺着的是个陌生人。

事毕，沈晓飞搂着她说："南娇，跟你商量个事。"

褚南娇警惕地问："什么事？"

沈晓飞说："那份股权转让协议书还给我，留在你那儿也没用。"

褚南娇猛然推开他："休想。那是你的罪证。"

沈晓飞脸一沉，不客气地说："别敬酒不吃吃罚酒。"

褚南娇跳下床，穿好衣服，没好气地说："送我回去。"

沈晓飞马上改变语气，下床搂住她："好，不提这事，行吧。你这烈性子，何时能改？"

褚南娇重新躺到床上，拿话激他："你以前口口声声说要娶我，怎么哪，现在不娶？"

沈晓飞长叹一声："即便我有心，你未必有意，娶得了吗？再说……"

"再说什么？"褚南娇紧追不放。

沈晓飞摇摇头，把头埋进她的双乳间。过了许久，他才喃喃自语："我知道，你一直瞧不起我。说实话，我跟陈玉闹过，她不肯离，还跟踪我。后来，她知道我俩的情况，盯得更紧。"

她不相信他的话，为防范陈玉，早做好应对准备，何来跟踪紧盯之说？她故意挑衅："既然不娶，休想拿走协议书。"

沈晓飞压低声音："你留着有何用？"

褚南娇轻哼一声："有用没用，是我的事，至少可约束你。"

沈晓飞说："约束什么呀，我跟你闹过吗？"

褚南娇讪笑道："你的情绪像潮水，时涨时落。"

沈晓飞嘟囔道："我们都这样了，没必要搞得那么紧张。"

"笑话，谁搞得那么紧张？"褚南娇一跃而起，斥责，"当时，是我投怀送抱？还是你酒后强奸？以后，别再花花肠子，我随时可告你。"

沈晓飞不再吱声，双手枕头，眼睛望着天花板，脑子飞速旋转，思索半天，仍是一团乱麻。他欲将床照之事抛出，又担心弄巧成拙。沉默半晌，他和声和气地说："好了，不说了，睡觉吧。"

第二天早晨，两人起得较早，未吃早餐就离开农家乐。

随时间推移，沈晓飞的思想负担越来越重，压力越来越大。他现在才醒悟，过去一时冲动埋下了巨大隐患。有天晚上，他在梦中颠三倒四地念叨股权转让协议书。陈玉把他摇醒，问他什么股权转让协议书。他猛然打个冷战，故意装憨。陈玉揪住不放，嚷着要他解释清楚。他被吵得心烦，大吼一声："神经病。"

一句神经病，把陈玉激怒了，非要他说清股权转让协议书。争来争去，沈晓飞几近崩溃，不得不将股权转让协议书的来龙去脉全盘托出。陈玉听罢，肺都气炸了，与他大吵。吵毕，陈玉逼他近期无论如何要拿回这份东西。否则，她亲自出马找褚南娇算账。

沈晓飞惧怕两个女人直接交锋，一旦闹开，颜面尽失。他好说歹说才把陈玉稳住，并要她给点时间。次日，沈晓飞给褚南娇打电话，低三下四地求她将股权转让协议书还给他。褚南娇叫他死了那个心。沈晓飞带着哭腔说："南娇，陈玉已经知道，你不给，她会逼死我。"

褚南娇鼻子哼一声："死了干净，她不收尸，我给你收尸。"

见她如此绝情，沈晓飞发声狠："南娇，我再说一遍，不要敬酒不吃吃罚酒。"

褚南娇冷笑一声："好呀，等着吃你的罚酒。"

沈晓飞又软下来："南娇，别逼我，好吗。"

褚南娇说："谁逼你，除非赔偿损失。"

沈晓飞脱口而出："行，赔多少？"

褚南娇随口道："一个亿，你有吗？"

沈晓飞一愣，骂道："不要脸。"

褚南娇懒得搭理，把手机丢一边，任他吼叫。尔后，沈晓飞发条短信过来："你不仁，别怪我不义。给你三天时间，否则，把你与肖舜天的床照发到网上，让你死无葬身之地。"

他终于出牌了，褚南娇相信他干得出，按照事先与杜玉娇商定的方案应对。她给他回电话，一接通就大骂："你无耻，偷人家的东西，是人嘛，简直是无赖。"

沈晓飞回骂："你才无耻，背着我跟肖舜天鬼混。看了你的床照，恶心得想吐。"

褚南娇针尖对麦芒："你干龌龊事，才恶心。"两人互骂一阵，褚南娇假装妥协："你想怎样？"

沈晓飞说："互相交换，从此一笔勾销。"

"好吧，后天我回云都。"褚南娇假装无可奈何。

沈晓飞按照约定的时间来到褚南娇家里。褚南娇问："照片呢？"沈晓飞掏出照片，在她面前晃了晃，问："协议书呢？"褚南娇走进房间，叫沈晓飞抬起床垫。倏地，一个信封赫然在目。沈晓飞心里骂自己："妈的，怎么就没想到放在这儿？"两人做了交换。褚南娇接过照片就撕碎，丢入马桶放水冲掉。沈晓飞打开信封看了看，将协议书放进包里，拍拍手："好了，我们互不相欠，但是……"

褚南娇知道他后面的意思，斩钉截铁地打断："休想，从此一刀两断。走吧，别再烦我。"

沈晓飞厚着脸皮说："别这样绝情嘛，做不了夫妻，做情人总可以吧。"

褚南娇往外推他："走，走，我不想见到你了。"

沈晓飞搂住她："只要你愿意，我还是会娶你的。"

褚南娇一巴掌打过去，恶狠狠地说："去死吧，世界上男的死绝，我也不会嫁给你这种无耻之徒。"

沈晓飞摸着火辣辣的脸，狠瞪她一眼，狼狈不堪地离开。

⊸ఴ 第 25 章 ఴ⊶
互不相让

　　冬天来了，大雪也来了，到处白雪皑皑。为了确保工程质量，褚南娇跟蒋锐和肖舜天商量暂停工期，待大雪融化，增加力量，把失去的时间抢回来。肖舜天同意她的建议，要她合理安排好工期，不要影响工程进度。

　　褚南娇打算大雪期间回趟老家，陪父母住几天，尽份孝心。车子刚开出南港市区，裴勇打来电话，说他母亲在省人民医院住院，准备开刀。开刀前，母亲想见她一面。褚南娇大吃一惊，从未听他说过母亲病重，忙答应赶过来，调转车头往云都疾驶。

　　裴勇也是前几天才知道母亲犯重病。一年来，母亲胸部一直隐隐作痛，靠止痛片缓解病痛。母亲卧床不起，父亲才打电话告诉病情。裴勇一听急得像热锅上的蚂蚁，要父亲和弟媳连夜将母亲送来。到医院一检查，已是肺癌中期。母亲担心上了手术台下不来，非得见见褚南娇。

　　褚南娇第一次与裴勇家人见面。父亲白发银须，满脸沟壑，一副饱经沧桑的样子。母亲瘦骨嶙峋，目光呆滞，了无生气，仿佛灯油熬尽。弟媳干瘦如柴，脸色蜡黄，身手却十分敏捷。褚南娇分别与他们打过招呼，然后将一个大红包放在裴勇母亲手上。母亲抓住红包艰难地说：“裴勇遇到你是福气。”褚南娇不答话，只给她一个尴尬的微笑。

　　裴勇母亲手术比较顺利。褚南娇问他钱够不够，他不正面回答，只说没关系。她知道，手术下来，没有十万过不了关，以后的化疗及用药是个无底洞。褚南娇说：“都这个时候了，还死要面子。缺多少，言语一声。”没等他回答，又自作主张，“这样吧，我给你准备二十万。”裴勇眼眶潮湿，激动地说：“谢谢！”

医院有父亲和弟媳值班，褚南娇下午将裴勇带回家休息。饭后，褚南娇掏出一张银行卡递给他："上午办的，密码是你的生日。"

裴勇接过卡，上前搂搂她，哽咽道："南娇，我母亲说得对，遇到你是我的福。这辈子，我只有用生命来报答你。"

褚南娇拍拍他的手，娇柔地说："别这样，之所以愿意与你交往，是你的人品打动我。我们之间，不存在报答。相遇是缘，相知是缘，相守是缘，全凭一个缘字。这个缘字，我们要好好珍惜。"

裴勇深情地说："南娇，你说是缘，我说是命。缘，是因果；命，是注定。因果会报应，注定难抗拒。当初见到你，感到你身上有股无法抗拒的吸引力。于是，我就认定，我的命，从此不再是我一个人的了。"

褚南娇莞尔一笑："谢谢！"她相信他说的是大实话。因为，他的眼睛和行为不会说谎。这是一个诚实可靠的人，一个有情有义的人，一个值得托付的人。

裴勇说："南娇，我妈希望我们早点完婚。不知能否满足老人家的心愿？"

褚南娇一时语塞，内心矛盾重重。她何尝不想早点步入婚姻殿堂？可她的现状，一时难以承受。

见她犹豫不决，裴勇赶紧改口："不急，慢慢来，好事多磨嘛！"

褚南娇苦笑一声，歉疚道："对不起，我还没做好结婚的准备。再说，你对我还不够了解，等哪天完全认可和接受，再走进婚姻殿堂不迟。"她的过去，她的一切，他一概不清。如果走进婚姻殿堂又悔过，她宁愿不凑这个热闹。婚姻，对任何女孩子来说都是神圣的，倘若没有百分之百的把握，干脆不要也罢。她清楚，真正的障碍是自己，即使他能接受她的一切，可她接受不了自己，尤其是心理这道关过不去。等哪天她说服了自己，再与他携手婚姻。

"好吧，我等，我有这个耐心。"裴勇无可奈何地表白。

褚南娇诚恳地说："裴勇，谢谢！其实，我并没有你想象的那么好，你有耐心，我更有耐心，等哪天我们完全认清对方，完全接受对方，就可堂而皇之地走进婚姻殿堂。"

两人躺在床上，先做那事。裴勇越来越娴熟勇猛，一次次将她推向高潮。褚南娇逗道："看不出，你很精通此道。"裴勇憨厚地笑笑："后来居上嘛！"褚南娇不敢接话，闭起眼睛尽情享受快乐。

休息一会儿，褚南娇拥着他问："现在还给家里寄钱？"

裴勇叹声气："自哥哥弟弟出去打工，寄得少了。但父母的生活还得我管。母亲这次住院，哥哥弟弟都往后躲。弟媳能来照顾，是我允诺给误工费。没办法，我就这么一个家庭。"

褚南娇劝道："家家都有一本难念的经。父母有你这样的好儿子，不枉辛劳一辈子。"

裴勇摇摇头，感慨道："人穷志短，倘若不是遇到你，说实话，我不敢恋爱。现在的女孩子，谁看好这点？唯独你不嫌弃，让我倍感欣慰。"

褚南娇温情脉脉地说："这是你的长处，难能可贵。"

裴勇说："这次若不是你援手，我得举债。母亲反复叮嘱，不要忘记你的大恩大德。"

褚南娇笑笑："一家人不说两家话，这是我应该做的。"

雪后初霁，阳光灿烂。未等裴勇母亲出院，褚南娇就赶回南港，投入紧张的工作中。她督促各施工单位加班加点，短期内将大雪损失的工期赶了回来。

新年钟声敲响，元旦本该放假，褚南娇建议继续奋战。施工单位为了本身的经济效益，积极配合。蒋锐也赶过来督战。

假期最后一天晚上，褚南娇应酬回来，刚打开电视，清脆的门铃声响起。褚南娇凑近猫眼一看，是沈晓飞。"他来干什么？"褚南娇内心一紧，坐回沙发上，兀自发愣。自上次做了交换，她就不愿与他打照面，一是心虚，二是怕纠缠。作为分管副总，若是工作上的事，会提前打招呼，晚上突然袭击，肯定没好事。门铃固执地响个不停。褚南娇吵得心烦，只好硬着头皮去开门。

"干什么，半天不开门。"沈晓飞前脚进来，后脚就埋怨。

"南港项目没你的事，来这里干吗！"褚南娇堵他一句。

沈晓飞黑着脸说："没事就不能来？你好歹还是我的部属，检查一下工作总可以吧。"说罢，不请自坐，拿眼四处搜寻。

"看什么看，又动什么邪念？"褚南娇给他倒上一杯热开水，在他对面坐下，眼睛一眨不眨地盯着他。

沈晓飞喝口热水，慢吞吞地说："来找你两件事，一是商量一下今年的销售工作；二是谈谈我俩的事。"

　　褚南娇鼻子轻哼一声："我们已一刀两断，没什么好谈的。"

　　"没这么简单。"沈晓飞冷笑一声，继而一本正经地说，"先谈今年的工作。"然后煞有介事地将工作思路一一道出。这些思路多数是她提出来的，比如青山水泥公司将要整体搬迁，可列为今年强弱电工程布局的主攻方向。

　　谈完工作，沈晓飞转入第二个话题："南娇，以前我对你不薄，也投入了不少感情。说实话，我真动过娶你的念头，可你总不给机会。但万万没想到你这次瞒天过海以假乱真，真看不出你是这种人。"

　　"不懂你的意思。"褚南娇故意装糊涂。

　　沈晓飞眼睛直视她："你可以骗过陈玉，但骗不过我。我真不明白，你拿着这份东西究竟有何用？"

　　褚南娇避开他的目光，顾左右而言他："你这次来，蒋总知道吗？"

　　沈晓飞嘟囔："当然知道。"然后加重语气问，"你为何骗我？"

　　"吃过了吗？要不要给你煮点吃的。"褚南娇没话找话。

　　"别打岔。"沈晓飞忍不住大喝一声，"回答我，拿着这份东西究竟想干啥，难道真的想打我股权的主意吗？"

　　褚南娇圆瞪杏眼，叫道："故意找我吵架，是吧。东西给了你，还要怎样？"

　　"你以为我是傻子？"沈晓飞呼地站起来，"告诉你，褚南娇，别玩火，逼急了，我什么都干得出来。"

　　褚南娇也站起来，双手叉腰，毫不示弱地大声说："吓唬谁，你以为我还是几年前那个弱女子？老娘没招你，是你惹我，得了便宜还卖乖，休想。对，东西还在我那儿。这是你的罪证，我不会轻而易举地交给你。"

　　"你无耻。"沈晓飞指着她吼叫，"用假东西骗走我的真东西，骗子，十足的骗子。告诉你，东西虽然被你毁了，但真相还在，你敢做昧良心的事，我就把你们的丑事捅出去。"

　　褚南娇对吼："你才无耻，偷人家的东西，典型的小偷。你敢捅，我就把你送进监狱。看谁斗得过谁。"

　　沈晓飞被激怒，上前猛推褚南娇一把："你送呀，现在就把我送进去。"

褚南娇一个趔趄，仰身倒在地上，头碰到沙发角，疼得火冒金星。她挣扎着爬起来，恶狠狠地大骂："王八蛋，竟敢打人！我跟你拼了。"扑上去又撕又咬。

沈晓飞又是一个猛推，褚南娇晃了几晃，攥紧拳头往他的胸部狠砸过去。沈晓飞往右一闪，捉住她的手，使劲往后扭，痛得她哇哇大叫。沈晓飞稍一松手，她反身咬住他的手。这下，轮到沈晓飞哇哇大叫。两人完全失去理智，你一拳，我一脚，厮打在一起。最后，还是沈晓飞占上风，骑在她身上，双手掐住她的脖子，弄得她上气不接下气。褚南娇想起教科书中女人与男人搏斗的狠招，伸手使劲抓住他的命根子。沈晓飞疼得狂叫一声，松开手。褚南娇一个鲤鱼翻身，抓起手机欲报警。好在她的方寸未乱，觉得警察出面会惹来更大麻烦，就迅速拨通蒋锐的电话："蒋总，沈晓飞在我住处耍流氓。"未等蒋锐回话，她把手机丢在沙发上，气呼呼地盯着他。

蒋锐与她同住一个小区，不到一刻钟赶到。

蒋锐问沈晓飞："你怎么来了？"

沈晓飞把头扭一边，不答话。

蒋锐问褚南娇："怎么回事？"

褚南娇指着沈晓飞："问他。刚才，差点把我掐死。你不来，我准备报警。"

蒋锐对沈晓飞喝道："你说呀，怎么到南港来了？还对褚南娇动手动脚，你疯了。"

沈晓飞满脸通红，不服气地回道："她先挑起事端，怪不得我。"

蒋锐一下弄糊涂，一双眼睛在两人之间转来转去，最后落在褚南娇身上："到底怎么回事？"

褚南娇干脆将此事挑明，让蒋锐心中有数。于是将沈晓飞如何趁她酒醉强奸和逼他以股权担保之事一股脑儿倒出。

蒋锐听罢火冒三丈，用力扇了沈晓飞两巴掌，厉声呵斥："你昏了头，干出这种荒唐事来。褚南娇是我的骨干，好在她不计较，倘若因你的荒唐离开我公司，我剥你的皮。"

沈晓飞捂着火辣辣的脸低下头，不敢吱声。他深知，姐夫离不开她，公司离不开她，他也离不开她。要不是陈玉发难，要不是担心股权转让协议书引起麻烦，他才不愿与她闹翻。

"对不起，晓飞伤害了你，我向你赔不是。"蒋锐向褚南娇深鞠一躬。

褚南娇气鼓鼓地说："本来这事过去也就过去了。没想到他近期老找我的麻烦。今天，又故意寻衅滋事。"她伸长脖子，露出沈晓飞留下的红手印，"你看看，这又是他的罪证。"

蒋锐气得飞起一脚，将沈晓飞踢翻在地。沈晓飞怒瞪褚南娇一眼，爬了起来，嘴里嘀咕："不是这样。"

"不是这样，是哪样？"蒋锐怒骂，"你这畜生，一而再，再而三地伤害人家，还有脸活在世上。让你父母姐姐知道，还不气死。"

沈晓飞低头垂立，努力争辩："我和她的关系不一般，不存在伤害。"

蒋锐用手指着他的鼻子，大声斥责："违背她的意愿，不是伤害是什么？真该把你送进监狱。"

沈晓飞斜视褚南娇，理直气壮地辩解："前一两次算违背你的意愿，后面多次开房，不算心甘情愿，也算半推半就吧。"

这下，轮到褚南娇无言以对，一脸怒气顿时变成满脸委屈。她跌坐在沙发上，双手捂脸，失声痛哭起来。

蒋锐明白了其中的曲直，觉得这是一笔剪不断理还乱的情债。以前，隐约听说沈晓飞在追求褚南娇，还郑重警告过他，不要闹婚外恋，以致影响家庭。当时沈晓飞信誓旦旦地表白不可能。他相信妻弟的话，根本不把传闻当回事。想不到他们早已越界，成为生死冤家，而且还牵涉沈晓飞的股权。他给自己倒杯开水，喝了几口，在餐桌旁坐下，看了几眼抽泣的褚南娇，示意沈晓飞坐在餐桌另一边。

"老实将实情告诉我。"蒋锐眼睛逼视他。

沈晓飞吞吞口水，低下头，喃喃地说："我也不知咋地，对她特别迷恋。有次去燕华市出差，晚上，她喝多了，我强行与她那个了。她醒来，要告我强奸，我吓坏了，求她手下留情。好说歹说，她要我用天全智能电器公司20%的股权作担保。为了求得谅解，我答应了她。后来到南港谈业务，趁她酩酊大醉，我又忍不住与她那个了。这次，她又逼我写下股权转让协议书，并要公证。没办法，我依了她。去年，公司进入上市辅导期，我担心股权转让协议书惹麻烦，就想要回，她不给。有次应酬，她醉了，我送她回家，趁她熟睡，翻箱倒柜，结果找到她与肖舜天的裸体床照。当时，我肺都气炸了，我那么喜欢她，还动过娶她的念头，可她却给我戴绿帽子。这段时间，我一直缓不过劲，见她名下股权增至7%，更担心那份股权转让协议书出事。从此，我经常失眠。后来被陈玉知道，跟我大吵。在陈玉威逼下，我低三下四地求她，并提出拿照片交换。结果，她用复印件糊弄我，虽然骗过了陈玉，但始终是个隐患。今天，我借商量工作之机又提出要回协议书，她不但不给，还恶语相加。我堂堂男子汉，哪受得了这般羞辱。"

"于是，你就大打出手。想过没有，极端行为，必将造成极端后果。真出了人命，我们都得跟着遭殃。"蒋锐怒不可遏。

沈晓飞抬起头，一脸惶恐："我没考虑那么多，一时气得乱了方寸。"沉吟片刻，起身走到褚南娇身旁，扯扯她的袖子，"对不起，我错了。"

褚南娇甩开他的手："别来这一套。"

蒋锐说："南娇，晓飞知错，你就原谅他吧。他第一次做出格事，你就该告诉我。你一忍再忍，以致酿成不可收拾的后果。不管怎么说，我还是要感谢你，感谢你没有将此事扩大，让晓飞躲过了牢狱之灾。至于用股权转让协议书约束他，从女性角度考虑，没有什么不对的地方。只是请你以后千万别用此事做文章。如此，会对公司上市产生巨大冲击。关键时刻，公司股权之争是公司走向死亡的开始。这样的例子比比皆是。"说到此，他长呼一口气，背起双手在房间慢慢踱步。沈晓飞坐回原位，眼睛跟着他的身影转。褚南娇微闭双眼，陷入沉思。过了许久，蒋锐道出另一个担心的话题，"南娇，在这里，我不得不批评你。你冰雪聪明，胆识过人，怎么会犯如此低级的错误？为了公司发展，你牺牲自己，对我来说，求之不得。但千不该万不该留下不雅照。一旦传出去，给自己，给肖市长，给公司会造成不利影响，甚至是毁灭性的打击。尤其是肖市长，上升的风头正甚，倘若让政敌获悉，顷刻之间就会身败名裂。如此，你一辈子背负骂名，在社会上也无法立足。"

褚南娇被吓出一身冷汗。当时，她仅想留下把柄，迫不得已时胁迫对方，使事件办得顺畅些。后来，见肖舜天配合默契，把照片之事忘得一干二净。好在沈晓飞未将照片之事声张出去，否则，她成了肖舜天仕途滑铁卢的罪人。她向沈晓飞投去一束谅解的目光，继而小心翼翼地跟蒋锐解释："照片是我自己洗的，若不是被沈晓飞发现，鬼都不知。"

蒋锐郑重交代沈晓飞："记住，照片之事烂在肚子里。如果外界有半点风声，我拿你是问。肖市长这张牌，过去打了，以后还得打。至于南娇跟肖市长干了什么，都是公司的事，跟你没一毛钱关系。你若掺和进去，我打断你的腿。"

沈晓飞大气不敢出，自是点头不已。

蒋锐心平气和地对褚南娇说："南娇，至于你们过去发生什么，我不追究，希望你们握手言和。公司进入上市辅导期，内部千万不能出现动荡。这份股权转让协议书，我提两条意见：一是交给我，由我亲自销毁；二是还放在你那儿，但不得节外生枝。究竟选哪条，由你决定。"

褚南娇一愣，随即表态："还放我这里。假若沈晓飞不为难我，决不给蒋总添乱。"

"好。"蒋锐双手一拍，"这是咱们的君子协定。以后，谁也不要提这件事。晓飞，你要做好陈玉的工作，决不能无事生非。"

蒋锐和沈晓飞走后，褚南娇给杜玉娇打电话，告诉刚才发生的一切。杜玉娇问："你真的这样算了吗？"褚南娇呵呵一笑："权宜之计，到时再说。我才不会便宜他。"杜玉娇逗道："算你心狠。"又提醒，"得注意方法，别把命搭进去。"褚南娇说："拉倒吧，我才不会败在他手下。"接着，两人聊了会儿天。最后，杜玉娇报告一个好消息："我有可能荣升青山水泥公司副总经理。"褚南娇高声叫好："在那儿舞台更大。"杜玉娇嘘了一声："别大呼小叫，中国的事，不到手的东西不算数。"褚南娇兴奋地说："管他呢，我就为好消息高兴。等任命下来，我们得好好庆贺一番。"杜玉娇也抑制不住内心的喜悦，压低声音说："好呀，到时再去霞湖度假山庄住上一晚。"

◌◦ 第 26 章 ◦◌

顺 风 顺 水

　　春节过后，杜玉娇提任青山水泥公司副总经理进入了议事日程。不久，集团人力资源部主任余兴带队来度春山溶洞景区管理公司进行考察。由于杜玉娇工作认真负责、兢兢业业、政绩突出，为人平和友善、团结同志，深得上下信任，一片赞扬之声，得票率超过90%。

　　余兴在与马海交换意见时说："没想到杜玉娇口碑如此好，已成为集团年轻人的表率。"

　　马海却有不同看法："有多种因素，一般来说，只要不得罪人，都会获得高票。我以为，主要因素还是集团领导的偏爱。从工作能力和魄力看，蓝天远在杜玉娇之上。当然，我也看好她，个人素质比较高，人品比较好，为人处事比较低调。这次异地提拔，必定在集团上下引起轰动。我建议，集团在提拔年轻干部方面应加大步伐。"

　　余兴笑笑："我知道，你一直在培养蓝天，只要不出意外，接班是迟早的事。"

　　"蓝天经过历练，早具备挑大梁的能力和水平。溶洞公司交给他，我放一万个心。"马海脸上露出满意的笑容。

　　余兴说："据说他俩暗中较劲。俗话说，一山不容二虎。杜玉娇异地提拔，对蓝天接班也是好事。"

　　马海一愣，极力辩驳："没有的事，纯属误传。他俩是大学同学，彼此了解，配合默契。要说有罅隙，仅是工作上的认识和理解不同而已。"

　　余兴不便深谈，打起哈哈："马总一碗水端平。"

　　晚上便餐，免不了上酒，大家纷纷敬杜玉娇。杜玉娇诚惶诚恐，一副毕恭毕敬的样子。蓝天为了证明两人关系正常，极其亲热地与杜玉娇套近乎，喝酒时怜香惜玉，自己喝干，只让她轻抿一口。马海趁机凑热闹，笑称蓝天不得徇私情。于是大家起哄，逼杜玉娇喝干。杜玉娇刚举杯，蓝天一把抢过，将她杯中酒喝干。考察组另外两个小伙子是闹酒高手，逮住蓝天不放，一杯接一杯地喝。虽说带有惩罚性质，却掀起了一波又一波的喝酒浪潮。

符文宗的情绪一落千丈，杜玉娇异地升迁，对他来说极其不利，共同扳倒蓝天的计划将成泡影。最近，他又拍到蓝天与邵芳、余思诗去开房的照片。但他没有勇气再交给杜玉娇，因为这些似是而非的照片不被她看好。为此，他只有等待时机，深挖细找，待拿到实据，让杜玉娇一出手就将蓝天置于死地。杜玉娇回敬符文宗酒时说了句意味深长的话："符书记，我看好你。"符文宗一愣，频频点头。

散席前，马海提出跟杜玉娇喝一杯特别酒。大家不懂特别酒的意思，都拿眼睛望着他。马海自己把杯子倒满，又给杜玉娇倒满，然后举起杯子："小杜，牙齿都有打架的时候，工作中难免磕碰，请多理解。索道工程抓得不错，我潇洒地做了回甩手掌柜。工程已近尾声，我这杯特别酒的意思是，无论你何时离开，希望自始至终将这项工程完成好，尤其是竣工决算。"

杜玉娇爽快地与马海碰杯，响亮应道："领导交代的任务一定完成。以后，无论我到哪里，都是马总的兵。"两人同时举杯喝干。余兴带头鼓掌，玩笑道："以后帮马总干活得拿奖金，我们好蹭杯酒喝。"马海呵呵一笑："行呀，反正是邵总口袋里的钱，多发给小杜，兴许还会受到表扬。"虽然话不经意，却让杜玉娇听着不舒服。

回到房间，杜玉娇有点头重脚轻，倒在床上胡思乱想，直觉马海厚此薄彼，为蓝天鸣不平拿她开涮。转念一想，由他去吧，倘若事事计较，无端平添烦恼。自己与邵总的关系正常得很，让他们嚼舌根去。

杜玉娇挣扎爬起来，泡浓茶醒酒。刚喝一口，门被敲响。"谁？"她大声问。

"杜总，是我。"袁霞的声音。

杜玉娇摇晃身子打开门。袁霞高大的身躯跨了进来，无比激动地说："杜总，听说考察相当顺利，为您高兴！"

袁霞在她手下干得风生水起，已然成为她的干将。对她的祝贺，杜玉娇欣然接受，并表示感谢，拿起茶杯给她倒水。袁霞抢过茶杯，自己倒了杯开水。

"杜总，真舍不得您走。您是我的大恩人，不知怎样感谢您。"袁霞与杜玉娇并排坐在沙发上，声音有点颤抖。

杜玉娇拍拍她的肩："应该感谢你的大力支持。"

袁霞说："您异地提拔，我挺高兴。马总明摆着要蓝总接班。蓝总名堂多，比较跋扈。他一旦接了班，您的日子肯定不好过。"

杜玉娇笑笑："有这么严重吗？看来，你对他成见很深。"

袁霞苦笑一声："不是我成见深，是他瞧不起我。杜总，我有个不情之请。等您到了新单位，稳定下来，把我调过去。古人云，士为知己者死。我这辈子愿做您的马前卒，愿为您赴汤蹈火。"

杜玉娇相信她的话，这段时间，袁霞对她唯命是从，不讲条件，不打折扣，用起来得心应手。这样好的帮手到哪里去找？可谓是可遇不可求。她想都不想就满口应承。接着，两人就索道项目后续工作聊了许久。袁霞给她支了不少招，毕竟是经济专业高才生，又懂得工程造价。

赵威格外关注杜玉娇，袁霞走后不久便打来电话询问考察结果。赵威听了高兴得连连叫好。杜玉娇要他明天上午到办公室商量工程验收和竣工决算之事。

次日上午，杜玉娇刚打开办公室的门，赵威就跟了进来。杜玉娇瞅他一眼，发现他眼里布满血丝，关切地问："昨晚忙了一夜？"赵威点点头："杜总吩咐的事，哪敢懈怠？十几个人，忙了一个通宵，基本理出了一个眉目。"说罢，将一份工程验收和决算计划书放在她面前。

杜玉娇翻了翻，主项、子项、步骤、方法，列得详详细细。看来，赵威熟门熟路，了然于胸，不愧是行家里手。杜玉娇拍拍计划书，兴奋地说："太好了，就照这个做准备，力争工程验收一通过就进入竣工决算程序。"

商讨完具体细节，赵威建议杜玉娇去拜访一下邵总，一是感谢；二是摸底。他进一步解释："越在关键时刻，越要高度重视。按照干部任用条例，你科级任职时间不够。如果有人为此做文章，肯定充满变数。因此，必须把工作做在前头。"

她清楚，在考察过程中，有人质疑她的任职资格。余兴当场解释：企业干部任职资格可放宽。事实上，不少国企为招揽人才早就突破这一界线。倘若反对者拿来说事，上纲上线，次要问题有可能成为主要问题。她想了想，说："是得去拜访。让我好好琢磨一下带什么礼物去。"

赵威掏出一个大信封，递过去："我早为您准备好了购物卡。"

杜玉娇赶紧挡回："不行，不行，使不得。"

赵威说："要不这样，到时我陪你去。"

杜玉娇点点头："行。"串门送礼，她从未干过，有人陪同，心里踏实许多。她当着赵威的面给魏焘打电话，告诉他准备去拜访邵总。魏焘听罢大加赞赏，叮嘱她带上礼物。她说赵威陪同去，魏焘连说好好好。

邵忠良一直在出差。杜玉娇打听到邵忠良星期六下午回，就约好赵威上午同去云都。肖莎开车，在杜玉娇面前，赵威从不避讳两人的关系。他坐在副驾驶上，扭过头来，不厌其烦地吹嘘自己施工质量如何好，管理如何精细，后续维护如何到位，最后自诩："今后若有新工程，选择我，就是选择优质，选择安全，选择放心。"

杜玉娇只负责过一个工程，无法比较。但从起步到合作到竣工，赵威确实让她省心不少。赵威身上文人气息较浓，孤傲清高，注重名节，倾向完美，与这些利己主义熏天的包工头相比，高尚与精致许多。他有个非常好的理念，做工程，要做品牌，做口碑。工程交给他，大可放一万个心，他会老老实实认真负责地按照设计要求一丝不苟精益求精地完成任务。正是这种极其可贵的品质，让她刮目相看与推崇备至。杜玉娇逗道："别牛皮哄哄，一个项目不能说明问题。"

赵威笑道："我还真没学会吹牛皮，只知埋头苦干。以后，我跟着杜总混，杜总走到哪，我跟到哪。"

"别，别，我可没这能量。"杜玉娇不停地摆手，"不过，需要我敲敲边鼓，还是挺乐意的。否则，老魏这关过不了。"

赵威双手一击，高兴地说："我要的就是这句话，跟杜总干，绝对没错。"

一路上，两人说说笑笑，气氛甚为友好融洽。到了云都，赵威将杜玉娇送到小区门口，帮她打开车门，说："下午好好休息。晚上我来接你，一起吃个便餐。"

杜玉娇摇摇头："算了，不要让人盯上，又弄照片事件来。晚上8点过来接我就行。"

赵威轻声应道："好嘞，对不住了。"坐进车内，摇下车窗，挥挥手，"我准时来接你。"

初春时节，寒风凛冽。晚上，大街小巷冷冷清清，偶尔有人，均是风帽裹头，急匆匆走过。杜玉娇提前到小区门口等候。她精心打扮了一下，身穿貂皮大衣，颈围苏绣丝巾，显得清纯脱俗、雍容华贵。寒风吹来，她浑身打起冷战。赵威车子一到，她急急打开车门坐进去。赵威歉疚道："不好意思，让杜总久等了。"杜玉娇摆摆手："不怪你，是我提前下来。"肖莎回头瞅一眼，惊叫："哇，杜总，惊为天人。"杜玉娇伸手打她一下："瞎嚷什么，再怎么也没法跟你相比。"肖莎做个鬼脸："杜总平时老是一身正装，多可惜这么曼妙迷人的身材。"赵威瞪她一眼："你懂什么，这叫清水出芙蓉，天然去雕饰。杜总美就美在自然，美在淡雅。李白有诗云：云想衣裳花想容，春风拂槛露华浓。若非群玉山头见，会向瑶台月下逢。写的就是我们杜总。"杜玉娇哈哈大笑："好一张厉害的嘴。再怎么也无法跟人家杨玉环比。"肖莎嘻嘻一笑："杨玉环算什么，那么肥，跟我们杜总比，差几条街。"杜玉娇又打她一下："少啰唆，开你的车。"

车进省府大院，七拐八拐，到得邵忠良楼下。赵威把装有购物卡的信封塞到杜玉娇手里，说："杜总，我就不上去了。"杜玉娇一愣："怎么，不上去了？"赵威解释："我不能陪您去，否则，邵总会有想法。这种事，只能一对一。"杜玉娇想想在理，不便勉强，只得硬着头皮将信封放进包里。

到了4楼，杜玉娇的心咚咚乱跳，深吸几口长气，才按响门铃。不一会，防盗门打开一条缝，露出一张风韵犹存的脸，问："找谁？"

杜玉娇细声细语地回道："王阿姨，邵总在吗？"

"是小杜吗？"只听得邵忠良的声音从里屋传来，"进来吧。"

王阿姨将门打开，递一双棉拖鞋过来。杜玉娇接过："谢谢王阿姨。"刚换好鞋，邵总走过来打招呼："小杜第一次来吧。"杜玉娇不好意思地说："是的，邵总，总担心打搅领导。"邵忠良呵呵一笑："你来还是欢迎的。"

见邵忠良如此亲切随和，杜玉娇乱跳的心顿时平静下来。邵忠良招呼她在沙发上坐，王阿姨端杯热茶上来。杜玉娇双手接过，连声谢谢。王阿姨温和地说："不客气，你们聊。"说罢，转身走进房间，轻轻关上门。

邵忠良指指茶杯："喝口热茶，暖暖身子。"

杜玉娇莞尔一笑，端起茶杯轻呷几口，咂咂嘴："好茶。"

邵忠良微笑道："听说考察很顺利。"

倏地，一股暖流涌遍杜玉娇全身，她禁不住颤声道谢："谢谢邵总！全是托邵总的福。"

邵忠良说："别那么拘谨。你自身条件过硬，我只不过顺水推舟而已。"

杜玉娇眼眶湿润，迅速表忠心："感谢邵总器重，到了新岗位，我一定听从邵总的召唤，一定按邵总的要求办，一定不辜负邵总的期望，做一个让邵总信得过和放心的管理者。"

听了这番话，邵忠良心里很受用，摆摆手："别这样说，我们都是为党工作，要做一个让党放心的好干部。"顿了顿，掏出烟，点燃吸几口，夸赞起来，"你在工程建设和管理方面有不一般的天赋，调到青山水泥公司就是用你所长。希望你放开手脚，大刀阔斧地干。听余兴说，马海要你帮他做完竣工决算，我觉得可行，因为竣工决算一换人，得从头来，费时费力费工夫。"

杜玉娇赶紧汇报："邵总，我已开始着手这方面的工作。等索道工程验收完，就进入竣工决算程序，估计用时不多。"

邵忠良满意地点点头："那好，任命还有程序走。注意，千万不要出差错。"

杜玉娇拍拍胸脯："邵总，您放心，绝对不会出差错。赵威工作认真细致，有板有眼，相关资料准备就绪。与这种守规矩讲信用的施工单位合作，省去不少麻烦，亦是幸事。"

邵忠良意味深长地笑笑，"如此就好，以后有新项目，多考虑他。你要给我把好关。"

杜玉娇本想问问她的任职资格问题，话到嘴边又缩回去。因为邵忠良这番交代已暗示她走马上任毫无悬念。她干脆顺着邵忠良的话题谈下去，极其夸张地将赵威如何确保质量，如何加强管理，如何密切配合等渲染一番。邵忠良听得认真，不时提问。她一一解答。时间过得飞快，一看手表，已是9点半。她赶紧站起来，不安地说："对不起，耽误领导太多时间。"掏出信封放在茶几上，"一点心意，领导千万不要见外。"邵忠良拿起信封塞回她手上："小杜，我跟魏总是好朋友，没必要这样。"杜玉娇拼命挡住，带着哭腔说："邵总，这是他的意思。您若推辞，他会骂我的。"邵忠良见她态度谦恭，只得勉强收下："好吧，下不为例。"杜玉娇脸上立即云开日出，向邵忠良深鞠一躬："谢谢邵总！"

这时，防盗门打开，邵芳神采奕奕地回来。见到杜玉娇，邵芳愣了一下。邵忠良介绍一番。杜玉娇握住邵芳的手摇了摇："我们见过面。邵芳是我们女人中的精品，既漂亮迷人，又聪明伶俐。"邵芳敷衍道："见笑。早闻杜总大名，今日一见，果然名不虚传。"随手将包包丢在沙发上，假意问，"不再坐坐？"杜玉娇友好地笑笑："不了，不敢耽误领导过多时间。"

邵忠良送到门口，向她挥挥手："小杜慢走，有空过来坐。"杜玉娇道了谢，飞也似的跑下楼。

一坐进车内，杜玉娇抑制不住内心的激动，对准肖莎的肩膀猛击一拳："太好了。"肖莎痛得惨叫一声，苦着脸祝贺。没等赵威问起，杜玉娇忍不住将谈话情况一股脑儿倒出。赵威听罢，心花怒放，双手狂舞，高声尖叫。若不是受车内空间限制，他可能会拉起杜玉娇的手转几圈。

"今晚到歌舞厅狂欢一夜。"肖莎兴奋地提议。

"对，去歌舞厅，我要好好敬杜总一杯。"赵威双手握拳，高声叫好。

"好嘞。"肖莎发动车子，向云上云歌舞厅驶去。

车至中途，杜玉娇清醒过来，冷冷地说："还是别去吧。"

赵威拍拍脑袋，长叹一声："是呵，不能去。"

肖莎一下泄了气，嘟囔道："真扫兴，那些天杀的，为什么老盯住我们杜总不放？恨不能叫他们死光死绝。"

邵忠良家里。杜玉娇一走，邵芳问父亲："她找你干吗？"邵忠良淡淡地说："汇报工作呗。"邵芳鼻子哼一声，不屑地说："她有什么资格向你汇报？"邵忠良不满地瞪她一眼："少管闲事，多管管自己。老大不小了，还一天到晚疯疯癫癫。看人家晨曦，孩子都上幼儿园了。再这样下去，逼死你妈，你就遂愿了是不是？"母亲发牢骚："相了这么多亲，难道没一个满意的？你到底要什么？"

邵芳被父母左夹右击，气得双手捂耳，躲进自己的房间。她不是不想成家，只是未碰上满意的。她的理想人选是高大帅气、才华出众、善解人意、互不干涉，尤其要包容一切。现在的男人一结婚，把老婆当成私有财产，清规戒律，三纲五常，女训节操，什么都来了。仿佛女人一辈子只能围绕这个男人转，否则就是不守妇道。而男人呢，可以寻花问柳、声色犬马、彩旗飘飘。如此不平等的社会，令她打抱不平愤世嫉俗。她极不情愿过早进入蚕茧世界，要自由自在地任意飞翔，任意主宰，任意放纵，活出色彩。余思诗是她不拘一格人生的坚强支持者与同行者，更增添了她的自信。

邵芳想起蓝天的交代，给他打电话，告诉杜玉娇刚从家里离开。蓝天问："邵总说了什么？"邵芳说："我回来她就走，老爷子叫她常来坐坐。"蓝天哦了一声，说："在邵总面前，多帮我美言几句。"邵芳发牢骚："我跟老爷子没共同语言，一开口，不是埋怨，就是责怪。好像我不嫁人，丢尽了他的脸。"蓝天为邵忠良辩护："多理解邵总，做父母的都是这种心态。不是说你，快三十的人，还游魂一般，女人的青春本来就短，等你色衰，没人娶你，后悔都来不及。"邵芳呵呵一笑，放肆道："你娶我呀。"蓝天说："别咒我。"邵芳更加放肆："不娶，我就赖在你床上。"蓝天低声哀求："别开玩笑，我的姑奶奶。"顿了顿，又叮嘱，"帮我多做做工作。事成了，要我怎样都行。"邵芳打个响指："好嘞。我帮不了，还有思诗呢。"说罢挂了电话。

一句话提醒蓝天，是呀，怎么不在思诗身上下功夫？她父亲是分管省国资委的副省长，几年前假扮思诗男朋友见过一次面。关键时刻请余副省长说句话，就可改写命运。对，通过思诗，攀上余副省长这棵大树。想到此，他拨通余思诗的电话。

思诗一接通就哈哈大笑，语言极具挑逗："蓝天，咱们可真有灵犀。刚想给你打电话，你就来了。说，是不是想我们了。"

蓝天跟着逗闹："对呀，想死你们了，尤其想你。"

"这就对了。"思诗更加露骨，"邵芳说，你名堂多，叫不动。看来，我真的比她更有魅力。说，哪天有空，我们再玩三人行。"

蓝天一愣，压低声音："就我们两人。过几天，我给你电话。"

思诗犹豫了一下，回道："不行，让邵芳知道，会骂死我。"

蓝天说："你不说，她有千里眼吗？就这样定了，我单独约你。"

思诗想了想，懒懒地应道："好吧，等你电话。"

次日，在食堂吃早餐，蓝天端上盘子跟马海坐在一起。马海问："双休日没回去？"蓝天边吃边说："手头有件急事需处理。"马海点点头："不错，处处以事业为重。不像杜玉娇，一到双休日，要么结伴出去玩，要么回云都。"蓝天左右看看，轻声说："昨晚，杜玉娇又去邵总家串门了。"他故意把"又"字说得很重，让马海感觉杜玉娇这个新职位是跑来的。

果然，马海听了义愤填膺："世风日下，党风不正。跑官要官竟然成为一道风景线，多少人为此趋之若鹜。再这么下去，谁愿意踏踏实实工作？都去跑官要官，悲哀啊！"

蓝天跟着发牢骚："是呀，像马总您，踏踏实实干了一辈子，到头来还是副处级。她杜玉娇没几年工夫，就跟您平起平坐。不公平，太不公平！"

马海摆了摆手："我就别提了，反正快退休。在同学当中，比上不足，比下有余。现在，我最大的心愿是尽快回到虎狼山景区党委书记位置上。再干两年退休，过含饴弄孙的快乐生活。"拍拍蓝天，加重语气说，"不是说你，也应去跑跑。跟我一样天天泡在公司，谁想得起你？昨晚，我跟冯总打了电话，请他做做工作，让你尽快接班。冯总说，邵总没这个意思。言下之意，要我正常退休后才让你接班。我是一百个不情愿。你呢，要利用优势去做做邵总的工作，争取跟杜玉娇一块解决。"

蓝天咬着筷子，望着马海，忐忑不安地问："来得赢？"

马海说："事在人为。过去，集团不是没有先例。权且死马当活马医。你去跑，我再给你添把火。"

蓝天连声道谢，答应马上回去做工作。第二天下午，他自己开车回云都。

一路上，他在思考方案。直接找邵总，觉得过于唐突，毕竟有跑官要官之嫌。他心里清楚，杜玉娇这次异地提拔，不是跑来的，而是有综合因素，包括魏焘的影响，但关键还是获得邵总的青睐。他跟邵总打过多次交道，不是那么好沟通，觉得还是请岳父老子出面做工作。

晚上，他叫龙晨曦安排家宴，好好陪老爷子喝几杯。趁着浓浓的亲情，蓝天吐出心中块垒。龙晨曦帮忙敲边鼓，岳母跟着做工作。龙旺盛呢，没有理由不赞成。马海这张王牌，是他做工作的挡箭牌。龙旺盛二话不说，拿起手机就打邵忠良的电话。两人在电话里说了半天，结果不欢而散。邵忠良反复强调没职数，等马海退休了再说，不差这一二年。龙旺盛碰了一鼻子灰，心情很不舒畅，反过来做蓝天两口子的思想工作，大道理一套一套的，弄得蓝天和龙晨曦也没好心情。

饭后，蓝天以心闷为由出去走走。到得僻静处，他给思诗打电话，请她出来坐坐。思诗感到突然，显得有点不高兴。蓝天编排道："我有急事回来，下星期可能没空。"思诗想了想，答应老地方见。

蓝天提前到云都宾馆恭候，没承想思诗把邵芳叫来。她才不愿与他单独约会。本来是逢场作戏，没必要神神秘秘地躲开闺蜜。思诗不解释原因，只说喜欢3人在一起的感觉。蓝天虽有不悦，不敢表露，佯装高高兴兴地与她们玩疯狂。趁邵芳上卫生间之际，蓝天向思诗提要求。思诗听罢打哈哈，除了玩乐，她压根儿就不愿帮他办什么事。

❧ 第 27 章 ❧
大 显 身 手

　　春天，开花的季节，当漫山遍野百花争艳时，杜玉娇的任命下来了。

　　青山水泥公司归冯辉分管。冯辉在余兴陪同下带杜玉娇去青山水泥公司上任。青山水泥公司领导班子包括杜玉娇7人。总经理陆可喜和党委书记张勇军是水泥公司的老人，从车间技术员一步步走上来。纪委书记方平、副总经理步子航、纪铁、费城是多年前从其他公司交流过来的。除了步子航，他们的年龄都在55岁左右，是个典型的老人班子。这次空降杜玉娇，一下子改变了班子年龄结构，也给班子带来了活力。

　　在公司中层干部大会上，余兴宣读集团党委对杜玉娇的任命。陆可喜代表水泥公司致欢迎词。冯辉作了重要讲话。冯辉的讲话对杜玉娇作了比较高的评价，充分肯定了她在溶洞公司索道工程建设中的突出政绩。杜玉娇作了表态性发言。她的讲话情真意切、态度诚恳，获得大家好感。

　　中午，免不了觥筹交错，以示欢迎和祝贺。在冯辉面前，杜玉娇不敢懈怠，频频敬酒表示感谢。冯辉每喝一杯，都要讲句："小杜不错，前途不可限量。"余兴一旁帮腔："比较全面，是公司年轻人的榜样。"杜玉娇听了心花怒放、乐不可支，敬酒的劲头更大。

　　杜玉娇给陆可喜敬完酒，请示道："陆总，溶洞公司索道工程竣工决算已经启动，我得请半个月假。"陆可喜一本正经地说："那不行，得马海亲自来请。"杜玉娇不清楚他的用意，颇感为难，用眼神向冯辉求救。冯辉会心一笑，逗道："同意老陆的意见。"杜玉娇被闹懵，急得眼泪都快出来。张勇军见状哈哈大笑。杜玉娇这才发现，陆可喜是在开玩笑。顿时，一股暖流涌遍全身，觉得陆可喜对她格外怜爱。午饭后，她跟冯辉一起离开青山水泥公司，然后半路改道去度春山溶洞公司。

　　见杜玉娇履行诺言，马海不由得竖起大拇指，连声称赞："小杜是我见过的最讲信用、最守规矩的年轻人，是个好同志，我没看错。"

　　蓝天对她冷淡许多，见面时要么点点头，要么绕道而行。她心里清楚，他在嫉妒，在生闷气。心想，管他呢，要的就是这个结果，巴不得他乱了方寸。

　　符文宗的态度不卑不亢，见面说句，祝贺，祝贺，再也不谈扳倒蓝天的事。或许他已看清形势，马海为蓝天两肋插刀，倘若一根筋拧着来，可能会成为过街老鼠。

　　杜玉娇却有点失落，觉得这么一走，这口恶气无法出。符文宗跟蓝天暗斗的手段虽然拙劣，却为她准备了有用的子弹，或许哪天打出去，真能置他于死地。

　　这次竣工决算，杜玉娇请了审计厅下属一家审计机构来做。由于赵威准备充分，审计极其顺利。决算出来，工程费用降了8个点，这在国内同行业中属佼佼者。

　　竣工决算结束，马海设宴欢送，开了3桌，中层以上干部悉数到场。开席前，马海作了一番感人肺腑的讲话，先讲了自己危难受命的感受；再讲了班子齐心协力渡过难关；最后讲了杜玉娇对他的工作如何支持，高度评价了她的品德品行能力水平，并预祝她在新岗位上取得更大成绩。杜玉娇没做准备，只简单讲了几句感谢的话，诚恳请大家到青山水泥公司做客。一开席，大家纷纷给她敬酒。袁霞始终陪伴在侧，要么帮她阻挡，要么代她喝酒。热热闹闹下来，反把袁霞灌醉。在4年时间里，袁霞与她走得近，已成为杜玉娇无话不谈的心腹。她离开溶洞公司，要说不舍的就是袁霞。她想好了，到青山水泥公司一稳定，就想方设法把她调去。

　　正式赴任前，杜玉娇要褚南娇安排到霞湖度假山庄休息一天。魏焘特意赶回。蒋锐获悉亲自安排，还是订的那栋别墅。杜玉娇到家简单收拾一下，与魏焘开车前往。在车上，魏焘絮絮叨叨地教她在新单位如何打开局面，如何与新同事搞好关系。杜玉娇诺诺点头，末后讥笑他像个老妈子。魏焘骂她狼心狗肺，不识好歹。杜玉娇开心大笑，心里倍感温馨。

　　当车子驶进霞湖度假山庄，太阳已经西斜。蒋锐、褚南娇已在别墅前等候。车子一停，蒋褚两人笑容满面地迎上来。两个女人自是亲热地搂抱在一起。蒋锐与魏焘握过手，将他们的行李提进房间。魏焘问褚南娇："肖市长何时到？"褚南娇回道："他有个会，估计7点左右到。"魏焘看看手表，说："还有两个多小时。我们到湖边走走吧。"

春天的夕阳金灿灿，把漫山遍野的树木翠竹花丛涂抹得熠熠生辉。归途的游艇在湖中荡漾，晶莹的水波向四周扩散。湖鸥掠过水面，迎着夕阳上下盘旋。4人沿着湖边的栈道慢悠悠地徜徉。蒋锐边走边介绍南港城市电网改造工程情况。整个工程基本完成，比原定计划晚了1个月。主因是工程款迟迟到不了位，有些工程全靠施工单位垫资。魏焘发牢骚："这个肖舜天，怎么搞的，这不是他的风格呀！"褚南娇帮肖舜天解释："全坏在胡光明身上，平时牛皮哄哄，到关键时刻老掉链子。"蒋锐也帮肖舜天说好话："肖市长尽了力，今天这个会，就是专门协调融资问题。"

聊完工程，话题自然转到杜玉娇身上。蒋锐衷心表示祝贺。褚南娇提出下一步准备跟踪青山水泥公司搬迁项目，要杜玉娇帮助运筹帷幄，提前布局。杜玉娇心中无底，不敢盲目应承。魏焘却为褚南娇叫好，要杜玉娇未雨绸缪。看来，魏焘做了天全智能电器公司的小股东，屁股自然坐正。蒋锐看在眼里，喜在心里。

肖舜天7点赶到，一坐上餐桌，就牢骚满腹："这个老胡，名符其实的老狐狸。融资一遇到困难，全往我这里推。妈的，要不看他讲义气，早把他撸了。"

褚南娇揶揄道："肖市长，你说了几百遍，撸掉了吗？"

肖舜天鼻子哼一声，嘴里嘀咕："迟早会有人收拾他。"

魏焘笑笑："林子大了，什么鸟都有。"又问，"融资问题解决了吗？"

肖舜天点点头："解决了。好不容易做通城投公司的工作，让他们反担保。蒋总、南娇，你们盯紧胡光明，赶紧办。"

蒋锐、褚南娇异口同声地说："谢谢肖市长，明天就蹲在电力公司。"两人同时端杯敬他。

肖舜天抹着嘴巴："有没有搞错，说好庆贺杜玉娇高升，怎么跟我喝起来？"

大家笑着，于是转而举杯敬杜玉娇，祝贺、期待、赞扬的话此起彼落。

热闹一阵，肖舜天告诉大家一个好消息，省委组织部已确定他为青山市常务副市长人选，估计不久起动考察程序。这无疑是个爆炸性的超好消息。大家欢呼雀跃，纷纷给他敬酒祝贺。

杜玉娇激动地说："肖市长，这消息对我来说是定心丸。邵总的意思要我主抓水泥厂搬迁工程。据说难度极大，肖市长来了，我就有了靠山，这座堡垒不愁攻克不了。"

肖舜天双手击掌："好呀，能与杜总合作，荣幸之至。"

席散，4人又玩牌。肖舜天因明天上午有个会，不敢熬夜，说好12点收场。褚南娇、杜玉娇不再放水，肖舜天输得一败涂地。肖舜天心中有数，并不计较，乐呵呵地说下次扳回。

褚南娇与肖舜天进了房间，一起洗浴。浴毕，褚南娇躺在肖舜天怀里，娇滴滴地说："这段时间，你要帮我把工程款搞定。若你一走，担心胡光明撂挑子，我就死定了。"肖舜天拍拍她："放心，我会加大力度。你们呢，也得抓紧，照我说的办。"褚南娇说："那当然。等你去了青山市，我跟过去。水泥厂是个大工程，一旦拿下强电弱电项目，收益比南港城网改造工程强许多。不瞒你，这个项目我们赚得不多，只赚了名声。也好，填补了空白。我已与玉娇说好，等这里的事一完，就扎到青山市。"肖舜天点点她的鼻子，称赞道："是个干大事的人。我喜欢。"随即，两人嘻嘻哈哈地滚在一起。

杜玉娇呢，与魏焘做完那事后一直无法入眠。魏焘鼾声如雷，吵得她心里有点烦。明天早饭后，她从这里直接去青山水泥公司。本来，她不愿魏焘同去，担心影响不好。魏焘才不管这些，觉得这是他的责任，想趁此机会了解一下水泥公司，好为她出谋划策。在赵承运的帮助下，魏焘在福海又搞到一宗地，估计在那儿又得呆上好几年。长期两地分居，她心里老大不高兴。魏焘说："这算什么，即使我在云都，你在青山，还不是两地分居？"她心里清楚，他在福海干得挺欢，与赵承运成了哥们。在云江，他因顾忌舅舅，反而缩手缩脚。也好，距离产生美，等哪天他想通了，把这张"纸"领了，就可踏踏实实地过正常人的生活。她就这样胡思乱想，直到凌晨3点才迷迷糊糊地进入梦乡。

次日清晨，用过早餐，大家各奔东西。肖舜天握住杜玉娇的手说：

"以后到了青山市，这样的安排不能少。"杜玉娇望着褚南娇开玩笑："听见没有，市长与你的春梦还没做完。"褚南娇笑骂："去你的。反正今后赖上你。"

送走肖舜天，魏焘、杜玉娇准备上车。蒋锐将一张银行卡塞到魏焘手上，毕恭毕敬地说："魏总，一点小心意，一是感谢您的大恩大德；二是请您再跟许处长说声，争取早日列入上市名单；三是以后到福海您的项目上拿点工程。"魏焘收下银行卡，笑道："蒋总的事就是我的事，没问题。到福海发展，我举双手赞成。等新项目开工，你派南娇过来。"蒋锐双手打拱："谢谢！"褚南娇也双手合十："谢谢魏总。以后少不了骚扰您。"魏焘打个响指："再见！"踩下油门，车子像箭一样向青山市驶去。

陆可喜早闻魏焘大名，又知他是杜玉娇的男朋友，故盛情接待，并亲自陪同到车间码头参观。杜玉娇也是第一次走进车间码头，耸立的烟筒和高大的回转窑、立磨机等在林立的商品房包围中显得特别突兀，与高速发展的城市建设及不协调，因噪音和污染问题，年年遭到周边老百姓的投诉。

青山水泥厂始建于1982年，是当地的支柱企业。后因政策因素与经营不善濒临倒闭。为了挽救该企业，青山市政府请债权人国信集团兼并重组。重组后的青山水泥厂进行全面升级改造，是全国较早采用国产新型干法水泥工艺线的厂家。经多年发展，公司拥有平华、相城、图江、贡水等4个熟料生产基地，5家粉磨企业，年熟料产能780万吨、水泥产能1600万吨。公司生产的"青山"牌系列硅酸盐水泥广泛用于机场、高楼、桥梁、隧道、高等级公路等国家大型重点工程建设，在周边地区拥有较高的品牌知名度及客户认知度，受到了业主、工程设计和建设者的广泛好评。水泥产销量以及市场占有率在云江省名列前茅。

魏焘住了一晚便离开，走时交代杜玉娇，青山水泥厂异地搬迁任务重，工程项目大，除了赵威，与其他投标单位接触须十分小心，万万不可头脑发热。杜玉娇要他放一万个心，决不会跌倒在贪腐上。

青山水泥公司班子进行了分工，杜玉娇只负责搬迁工程。按照邵忠良的意见，成立青山水泥厂异地搬迁指挥部，冯辉任总指挥，陆可喜任常务副总指挥，杜玉娇任副总指挥兼搬迁办公室主任。

新厂址离老厂6公里，占地500亩，南临青河，北近国道，交通便利。看来，陆可喜选址费了一番功夫。他跟杜玉娇介绍，选址两年来，土地价格、搬迁补偿等一直谈不拢。他有个原则，谈不拢就不搬迁。他认为是黄卫在捣鬼，要杜玉娇先熟悉情况，等新的常务副市长来了再说。

黄卫是本地人，当上副书记还兼任常务副市长，与当地老百姓一个鼻孔出气，跟着漫天要价。书记市长过问过多次，都被黄卫以老百姓的工作做不通为由搪塞。杜玉娇按陆可喜的指示先做铺垫工作，拜访市发改委、市工信委、郊区政府等部门领导，进行沟通。

不久，肖舜天的梦想成真，走马上任青山市常务副市长的当天就与黄卫进行了交接。黄卫特别提到水泥厂异地搬迁问题，建议他要以老百姓的利益为重。肖舜天装模作样地认真记下。

第二天下午，杜玉娇就去市政府拜访肖舜天。肖舜天正在听取市发改委主要领导的汇报。见杜玉娇进来，肖舜天赶紧把她叫到一边，轻声埋怨："你来凑什么热闹？这是我最忙的时候。"杜玉娇笑道："来看看您。要不，您忙，晚上我请您吃饭。"肖舜天想了想："行，边吃边聊。"杜玉娇瞄了瞄会客室，那儿还等着几个人，就说："我晚点来接您。"

下午下班前，她早早地来到市政府大院等候，大楼里的人走得差不多，才看到肖舜天腋下夹着包精神抖擞地出来。看得出，到了新岗位，他像打了鸡血，不知道疲倦。杜玉娇赶紧迎上去，接过他的包，帮他打开车门。肖舜天一坐进车内就问："怎么样，这里的工作环境还好吧？"杜玉娇回头笑笑："挺好，就等您来帮我解难题。"肖舜天爽朗一笑："听魏总说过，你急得像热锅上的蚂蚁。你呀，就是不经事，中国上上下下都是这个现状。俗话说，心急吃不了热豆腐。慢慢来，等我熟悉了情况再说。到时，你不急我都会急。毕竟这是青山市几百万老百姓瞩目的大事。"说说笑笑，很快到了青山大酒店。

青山大酒店是青山水泥公司的控股企业，3年前兼并重组过来的。陆可喜带领班子成员在大堂恭候。杜玉娇一一向肖舜天作了介绍。握手毕，肖舜天玩笑道："今晚这餐饭，明天会有各种传闻。到时出了问题，你们得帮我灭火。"陆可喜恰到好处地恭维："肖市长，这表明您是善于与企业打交道的好领导。涂省长说过，企业和企业家是促进我省经济发展的原动力，各级领导要善于与企业和企业家打交道，帮助他们攻坚克难。您是我们的父母官，到企业吃顿饭，不仅是对我们的鞭策，更是对我们的鼓舞。"肖舜天哈哈大笑："到你们这儿吃顿饭，有这么大的效应吗？如果有，我宁可天天到企业吃饭去。"

搞企业的，哪个不是酒场高手？纷纷向肖舜天敬酒。第一杯，肖舜天来者不拒，显得十分豪放。见肖舜天不讲派头，陆可喜、张勇军等来了劲，都想在新常务副市长那儿留下好印象，轮流把盏。杜玉娇清楚肖舜天的酒量，照这样喝下去，必定把他喝倒。她端杯站起来，劝道："各位领导，肖市长酒量不大。如果今晚把市长喝倒，我就是罪人。我建议，我们一起敬市长，后面就随意。"陆可喜带头响应。

几杯酒下去，大家纷纷发牢骚，一致谴责黄卫。张勇军还骂起娘："妈的，这个黄卫，不知哪根神经搭错，屁股老坐在田水镇村民那儿。我估计，他断是拿了人家的好处。这哪像个领导，似井底之蛙，根本不顾大局。省里的政策明摆在那儿，他硬要另起炉灶。若不是考虑企业与地方的利益关系，我真想参他一本。让他吃不了兜着走。"陆可喜说："他把我的激情给浇灭了。只要不影响生产，我给他拖，大不了挨几句骂。肖市长来了，给我们带来了希望。"大家就这样你一言我一语地叨唠不停。肖舜天呢，早作好思想准备，今天只带耳朵。在大家没完没了的谴责声中，他只是微笑，目光在他们之间溜来溜去。

现场有一人除了敬酒始终缄默，那就是步子航。他不是没牢骚，而是心思跑到另一面。他在琢磨杜玉娇与肖舜天之间的关系。一个沉鱼落雁，一个风度翩翩，关系如此密切定有缘由。按常理，新来乍到的市领导决不会第二天晚上跑到企业喝酒。除非有特殊原因。而这特殊原因却是杜玉娇这个人。之前，水泥厂请市领导吃饭需提前预约，有时还临阵爽约，让你好生尴尬。肖舜天却不同，杜玉娇去趟市政府就把他请了来，而且还兴致勃勃。如果是一般关系，说明杜玉娇面子够大。如果是特殊关系，以后就有好戏看。他对杜玉娇的到来十分抵触与反感。陆可喜之前承诺过，异地搬迁这块工作让他负责。这是一块肥肉，谁都想抓在手里。想不到半路杀出一个程咬金。陆可喜只好给他道歉，解释是邵总钦点的，请他理解。但他理解不了，奔50的人，提拔无望，只想捞点好处。想不到，这么简单的奢望却被杜玉娇半路打了劫。有了这个心思，他的眼睛只在两人的脸上滴溜转，以期找到答案。

当然，步子航是找不到答案的。杜玉娇自始至终言谈举止得体大方，待人接物彬彬有礼。席终，杜玉娇力邀陆可喜一起送肖舜天回住处，无意切断了步子航的联想。

次日上午，陆可喜召开总经理办公会。先是总结前段时间的工作，然后提出下步工作思路，最后强调："异地搬迁工作可以起步，大家按各自分工认真抓紧抓好工作，确保完成集团党委核定的目标任务。"

会后，陆可喜把杜玉娇叫到办公室，推心置腹地说："小杜，邵总把你安排过来非常正确。有肖市长这层关系，不愁办不好事。过几天，我们专程向肖市长汇报，然后去见见钟诚市长。以前，黄卫不准我们越过他找钟市长。钟市长还怪我躲他呢。相信肖市长会支持我们直接与钟市长打交道。你到任几个月，情况业务已熟悉，有什么想法提出来。以后，我们就全力以赴投入异地搬迁工作中去，圆满完成集团党委和邵总交给我们的重任。"

杜玉娇想了想，提要求："陆总，搬迁办公室事务繁杂，副主任配备非常重要。我的意见是增加一名副主任，人选从度春山溶洞公司选调。"

陆可喜愣怔道："有这个必要？这里的人才很多，你瞪大眼睛去选，一直选到满意为止。"

杜玉娇坚持道："陆总，我有个坏毛病，喜欢用自己喜欢的人。这跟搞小团体小圈子无关，完全是为了工作。曲凯副主任的确优秀，但在配合上不够默契。" 曲凯名牌大学毕业、经验丰富、头脑灵光，根本不把她放在眼里。最让她接受不了的是他当面一套，背后一套，爱耍小聪明。

"哦……"陆可喜拖声长音，"行，你把人选简历拿来，我跟张书记打个招呼，再跟各位通个气。"

杜玉娇双手打恭："谢谢陆总。我一定全力以赴配合您，把这块硬骨头啃下来。"

回到办公室，她给马海打电话提要求。马海逗道："好你个小杜，自己跑了不算，还到我这里挖墙脚。行，再搭几块槽头肉，否则，休想挖走袁霞。"

杜玉娇咯咯笑起来，开心地说："好呀，马总，您敢搭槽头肉，我就敢要。反正国企多几个算不了什么。"

马海又逗了几句，爽快地说："你小杜要办的事，我一路开绿灯。你叫袁霞打个报告，我马上画押。"

杜玉娇连声道谢。接着，她跟袁霞打电话。袁霞高兴得双脚跳起来，大声说："杜总，爱死您了。昨晚我还做梦跟您在一起呢。好，我马上写调动报告，巴不得明天就调到您身边。"

集团内部调动简单得很，不到一星期，袁霞就办妥了调动手续。不久，任命袁霞为搬迁办公室副主任的红头文件下来。

在一个多月的时间里，杜玉娇不停地与肖舜天联系，要他安排时间专门听取陆可喜的汇报。肖舜天忙得脚后跟打架，市直部门、区县等都要转一圈，到了月底才挤出时间接见陆可喜和杜玉娇。

那天，秋高气爽，万里无云。陆可喜和杜玉娇早早地来到肖舜天办公室等候。直到上午十点半，肖舜天才从会议室出来。杜玉娇逗道："肖市长，我们可是千年等一回呐。"肖舜天双手一摊，无可奈何地说："身不由己呀！好，咱们开门见山吧。"

陆可喜按照汇报思路详细谈了一个多小时。肖舜天看看表，快到12点。杜玉娇说："肖市长，中餐我们已安排好了，不必担心时间。"肖舜天摇摇头："对不起，中餐我有个接待任务，省建设厅来了领导。陆总谈得很详细，思路挺好。我归纳，重点有3个，一是要市政府全力以赴支持；二是力争3年内完成搬迁；三是拆迁补偿严格按政策办。我刚来，情况还不熟悉，只能给你们一个原则性的意见：一、我会全力以赴支持；二、力促3年内搬迁完；三、拆迁补偿尽量按政策办，但要给我一个缓兵之计，好向前任交代。"

能有这个结果，已让陆可喜十分满意，禁不住千恩万谢。第二天，陆可喜和杜玉娇专程去拜访钟诚市长。陆可喜向钟诚介绍杜玉娇后专门加一句："涂省长外甥魏焘的女朋友。"钟诚赶紧跟她握手："你好！早闻魏焘大名，只是无缘相识，下次来了，非得让我尽地主之谊。"杜玉娇诚惶诚恐地说："谢谢钟市长，魏焘来了，我一定陪他来拜访。"钟诚客气地给他们让座。秘书端上两杯茶。钟诚指着茶对陆可喜说："这茶还是你托人送来的。怎么回事，近年来为啥老躲着我？"陆可喜摸摸脑袋，苦笑道："不好意思，黄书记不让我单独见您。"钟诚骂了句："妈的，这个老黄，搞啥名堂嘛！"杜玉娇趁机发牢骚："想暗箱操作呗。"陆可喜瞪她一眼："不可在背后说黄书记的坏话。"钟诚摆摆手："算了，过去的就过去了。以后多向肖市长汇报。他解决不了的，放心来找我。"陆可喜向钟诚作了几个揖：
"谢谢钟市长，以后少不了打搅您。"随即简明扼要地做了汇报。钟诚听后
说："好啊，希望你们尽快启动，力争做到双赢。今年两会，还有代表提交
尽快启动水泥厂异地搬迁的议案，希望你们给代表交上一份满意的答卷。"
陆可喜赶紧表决心："钟市长，放心，只要市政府全力支持，我们一定会交
上满意的答卷。"

杜玉娇却拣难听的话说："钟市长，我以为，企业发展最大的障碍是政
府。水泥厂异地搬迁唱了两年，一直徘徊不前，关键是个别人从中作梗。温
州为什么发展迅速？政府想为企业所想，急为企业所急。如果青山市政府有
温州市政府的宽阔胸怀和服务意识，那么，企业的生存和发展环境就会有很
大改观。"

钟诚一愣，随即笑道："杜玉娇同志一针见血，直揭市政府短处。是
呀，我们有些人包括市政府领导思想观念落后，只看眼前不看长远。古人
云，欲取之必先予之。这么浅显的道理，有些人就是理解不了，永远是井底
之蛙。我虚心接受你的意见，从现在起，我把水泥厂异地搬迁作为市政府的
重点工作来抓。"

走出钟诚办公室，陆可喜禁不住称赞杜玉娇敢讲真话，敢挑战权威，为
企业伸张了正义，末了感慨万端地说："之前，我们谁都不敢得罪市政府，
像孙子一般小心翼翼，生怕他们设置障碍，鸡蛋里挑骨头。想不到你初生牛
犊不怕虎，把我们多年淤积在心里的话直通通地表达出来，痛快。"

杜玉娇呵呵一笑："我初来乍到，没有思想负担，更没有心理压力，加
上年轻，又是女性，即便说错，相信这些大老爷们不会跟我计较。"

第28章
惨遭凌辱

回到公司，杜玉娇掏出钥匙准备开办公室的门。这时，门突然打开，露出褚南娇一张嬉笑的脸，把她吓一跳。"你这该死的，来也不打声招呼。"杜玉娇挥起右拳打过去。褚南娇一个闪身，躲开拳头，趁势把她搂在怀里，哈哈大笑。

褚南娇来过两次，每次都是急匆匆。杜玉娇问："这次是看他还是看我？"褚南娇嘻嘻一笑："当然是看你喏。"杜玉娇不相信："拉倒吧，这次肯定是看他，不料吃了闭门羹，跑到我这边来。"褚南娇哀叹一声："什么都瞒不过你。他说晚上应酬完后请我们吃夜宵。"杜玉娇幸灾乐祸地说："活该，谁叫你不挑时间？"褚南娇一脸委屈："电话里说得好好的，谁知来后找理由把我支走。"杜玉娇拍拍她，安慰道："肖市长真的好忙。也许过了这阵子，你来了就有充裕时间陪你。"

袁霞进来给褚南娇的茶杯续水。褚南娇对杜玉娇说："你真行，把原来的得力干将调来，以后找你办事方便多了。"袁霞莞尔一笑："褚总有事吱一声，我一定代杜总帮您办好。"褚南娇欣喜道："看看，贴心人就是不一样。玉娇有你这样的好帮手是福分。"

袁霞倒完茶水就离开。杜玉娇问起她的近况。褚南娇又是摇头，又是感叹，又是骂娘。南港城网改造工程虽然验收完毕，但工程尾款迟迟结不清。肖舜天一离开南港，胡光明态度立马大变，要么躲她，要么叫苦连天。其实，融资问题早已解决，胡光明就是拖着不办。褚南娇无法理喻，菩萨不停地拜，礼物不断地送，然而效果全无。蒋锐要她找原因，她想破脑壳也找不到。工程尾款收不上，工程就算未完。至今，她还待在南港，追在胡光明屁股后面讨款。这次，来找肖舜天就是讨主意。

到了饭点，袁霞请她们去食堂用餐。袁霞要了一个小包厢，炒了几个家常菜，上了一瓶红酒。杜玉娇对袁霞说："我和南娇一人一杯，剩下的全是你的。"袁霞说："那怎么行？应陪褚总喝好。"杜玉娇摇摇头："晚上我们还有事。"袁霞点点头，不再吱声。虽说一人一杯，却喝得极慢，三人漫无边际海阔天空地聊着。到晚上9点，肖舜天才给褚南娇来电话，约好在青山大酒店咖啡厅云彩包间。

当她们赶到青山大酒店云彩包间，肖舜天已坐在那儿。杜玉娇柔声责怪："肖市长，这就是您的不对，到我的地盘上，应由我来安排。"说罢，打了酒店经理电话。不一会儿，酒店经理跑来。杜玉娇交代："孙经理，给我上最好的咖啡，再上几样时鲜水果点心。对了，再来一瓶拉菲，记在我账上。"孙经理唯唯诺诺而去。很快，咖啡、水果、点心、红酒悉数上来。孙经理亲自倒酒。杜玉娇对孙经理挥挥手："你去吧。这里有我。"孙经理满脸堆笑地往后退："好的，杜总，有事打电话。"

肖舜天端起咖啡喝口，咂咂嘴："这咖啡不错嘛，特纯。"褚南娇也端杯喝口，舔舔舌头，仔细品味："好像是圣赫勒拿咖啡。"杜玉娇赞道："挺懂嘛，快赶上咖啡品尝专家了。上次接待一位客户，专门指定要这款咖啡。谁知没货。我叫孙经理想方设法弄来。我一喝，果然非同凡响。"肖舜天笑道："你们的小资生活越来越有品位了。"褚南娇说："没办法，我们整天泡在市场，十八般武艺都得懂点，否则闹笑话。"

闲扯一阵，褚南娇向肖舜天大倒苦水，要他想办法做通胡光明的工作。肖舜天一下来了气，骂起了娘。在南港那些年，胡光明一直是他的铁杆哥们。谁知人一走，茶就凉。而这茶，凉得也太快。骂完娘，他端起酒杯一口喝干，擦擦嘴，倒吸几口气，让怒气渐消。冷静后，他拨通胡光明的电话。响了半天，胡光明才不紧不慢地接了，语气依然是毕恭毕敬："肖市长，不好意思，刚洗完澡。我认真听着，请指示。"肖舜天慢悠悠地问："光明，城网改造工程扫尾工作完成了吗？"胡光明朗声道："按您的指示一步一个脚印做完了。肖市长，不是吹的，由于您亲自指挥和把关，这项工程无论是质量还是效益均是一流。"肖舜天故作谦虚，将功劳往胡光明身上堆："哪里话，我是作为市领导做了应该做的，倒是你胡总亲力亲为，夙夜在公，倾注了大量心血。南港城市亮化、美化你是功不可没。"胡光明忙辩解："哪里，哪里，是领导夙夜在公，倾注了大量心血。我只是个配角而已。"肖舜天内心发笑，觉得他还有自知之明，于是和声和气地说："光明呐，要说我有点成绩，都是在你的协助下取得的。作为一项世纪性的工程，不应留下后遗症。我当时定的那些原则，可不能随便改喽。"胡光明愣了片刻，随即大声回道："肖市长，放心，我一直按您的指示办。"肖舜天呵呵一笑，问："工程款结清了吗？"胡光明又是一愣，吞吞吐吐地说："快了，快了。请肖市长放心。"肖舜天语气变得有点生硬："什么快了，据说你推三阻四。这可不好，有损政府形象，也有损你胡大老总的形象哪。"胡光明打起哈哈："肖市长，确实有点情况。不过，请您放心，事一定会办好。"肖舜天说："那好，请你尽快将尾款结清。蒋总褚总追款追到我这里来了。我当时是拍了胸脯的，别让我失信，背黑锅。一个星期后，如果他们还找上门来，我就厚着脸皮上你那儿办公去。"胡光明吓得赶紧表态："行，肖市长，一星期内，我一定把此事办妥。"肖舜天爽朗一笑："这就对了，我们毕竟是好朋友嘛。白纸黑字上的画押受法律约束，没必要让人抓住把柄说三道四。有空到我这里走走，好好喝上两杯。"胡光明连忙道谢，表示过些日子专程到青山拜访。

"这个老胡，敬酒不吃，吃罚酒。"关了电话，肖舜天愤愤不平。

杜玉娇摇摇头："没办法，这就是当代官场的生态。就拿我厂异地搬迁来说，市政府工作报告中写得明明白白，硬是让黄卫给顶住。有人私下说，陆总不懂眼，若换成聪明人，早就启动了。我就纳闷，经过专家论证，经过市政府常务会议通过的项目，个别人竟然有这么大的权力左右。"

肖舜天端起酒杯跟杜玉娇的杯子一碰，轻呷一口，慢条斯理地说："这不奇怪，决议是靠人执行。执行者往往会根据自身利益作适当调整。只要观点站得住，谁也不会打破平衡。黄卫的选择，有其客观因素，也有主观原因。客观因素是群体力量起哄，主观原因是个人欲望没有得到满足。而其中的客观因素掩盖了主观原因，一般人辨别不了真伪。说实话，官场火眼金睛的人不多，因为他们的注意力不在民生，而在个人利益。"

杜玉娇点点头，意味深长地说："看来，跟什么官员打交道，工作效率大不一样。但是，与政府官员打交道不同于菜市场买菜，没有选择的余地。

这就看你的运气，假如我面对的还是黄卫，要么妥协，要么躲开。妥协，意味要使用许多潜规则。躲开，则让邵总大失所望。好在您来了，让我走出困境，有施展才能的机会。"

肖舜天哈哈大笑："所以，你就为所欲为，敢在钟市长面前痛陈市政府弊端。在当下，也就是你这种天不怕地不怕的愣头青才敢冒天下之大不韪。好在钟市长心胸开阔，不与你计较。否则，你这位主管搬迁的副总经理得靠边站。今天下午，钟市长特意给我电话，要我注意听取你的意见，配合水泥厂尽快启动异地搬迁。也好，有了这柄尚方宝剑，我就没什么顾忌了。"

杜玉娇眉飞色舞："谢谢肖市长，您没了顾忌，我们就没了负担。请您尽快召开相关部门和郊区政府联系工作会议，将调子定下来。大政方针一定，我们就全面启动。"

"太好了。"褚南娇跟着叫好，"一启动，我们也跟着进来，帮你们在强弱电设计方面把好关。"

肖舜天瞪褚南娇一眼："凑什么热闹，还早呢。你们当务之急是尽快做好南港电网改造工程的扫尾工作。记住，决不能留下隐患，账户来往必须干干净净，后续维护必须万无一失。不要以为工程一完，钱一收，就可以拍屁股走人。要知道，这可是终身负责制，万万不可麻痹大意。"

褚南娇回瞪他一眼："这话说了多少遍？放心，决不会给你丢脸。既然要做到上市，必须要有过硬业绩。出了问题，等于砸公司的牌子，我们不会那么傻。"

肖舜天对杜玉娇说："你看看，什么人呐，随时随地蹬鼻子上脸。"

杜玉娇嘻嘻一笑："这是你们两口子的事，我听不懂。"

褚南娇擂她一拳："谁跟他两口子，人家是有家室的人，我只不过是他的甜点。"

杜玉娇坏笑道："既然来了，今晚就给肖市长送送温暖吧。"

肖舜天赶紧摆手："不行，不行，在众人眼皮底下，有这个心，没这个胆。"

杜玉娇做个鬼脸，轻嘘一声："没事的，早给你们安排好了。我给南娇开了间套房。我陪你们上去，我在起居室看电视，你们去卧室……不说了，走吧，还有时间。"

肖舜天暧昧一笑，点点头，向她投去一束感激的目光。褚南娇使劲掐她的手："没想到你这么坏。"

杜玉娇搂着她讥笑："别装蒜，你这点小九九我还不清楚，心里早痒痒的。"

一个半小时后，三人鱼贯从房间出来。杜玉娇和褚南娇一直把肖舜天送上车。踅回房间，褚南娇说："你别走，住这里，一起说说话。"杜玉娇想想也是，回到家也是冷冷清清，就高高兴兴地住下。两人躺在床上没完没了地胡吹海侃。杜玉娇问起沈晓飞，褚南娇轻松地说："没事了，大半年没来纠缠。"

杜玉娇沉吟片刻，担心道："我总有个感觉，沈晓飞不是盏省油的灯。他不断纠缠，反倒平安无事。他没动静，可能更糟，因为风暴来临之前总是风平浪静。要知道，股权转让协议书还搁在我那儿。他，或他老婆，绝不会善罢甘休。毕竟这是涉及几千万甚至几个亿的大事啊！"

褚南娇恨恨地说："来吧，我等着，决不妥协。人活着，为了什么？古人云，人为财死，鸟为食亡。这是亘古不变的真理。他不仁，我就不义。反正，我跟他死磕到底，叫他认清，出来混，迟早是要还的。"

杜玉娇左手支着头，盯着她发感慨："每个人心中都有一条塞纳河，把我们的一颗心分作两边，左岸柔软，右岸冷硬；左岸感性，右岸理性；左岸是梦境，右岸是生活。梦境是我们的欲望、期望、希望，生活是我们的追求、挣扎、爱恨、嗔怒。左岸是主宰梦想、期望的世界。右岸是主宰挣扎、仇恨的世界。佛陀说，人生譬如烧香，随着情和欲，竭力追求名声、财富、显赫，遗憾的是终究逃不出香尽名灭。如海滩上沙子堆积的建筑，轰然倒塌，枉功劳形。欢喜也罢，懊恼也罢，大限来临那天，回首望去，天地之间唯余一缕白烟。我在想，如此挣扎拼搏，到底为了哪般？"

褚南娇苦笑一声，回道："你呀，总喜欢沉湎于虚妄之中，人活着就是为了争口气。只要为梦想挣扎拼搏过，无论是成功还是失败，都不枉此一生。我宁愿死得轰轰烈烈，也不愿如蝼蚁般地苟活。财富，是成功的象征。我的目标，就是要成为巨额财富的拥有者，成为万人景仰的成功者。其实，你的梦想与我殊途同归。你追求为官，我追求财富。只要按现在的路途走下去，我们都能顺利到达彼岸。至于我在行进中发生的种种不测，你大可放一万个心，我相信自己的判断，相信自己的运气。"

杜玉娇搂搂她："好了，不说了，睡吧，明天你还要赶路，但愿梦想成真。"

次日早晨，还是闹钟把她们吵醒。杜玉娇陪褚南娇去吃早餐。在自助餐厅，碰到陆可喜。他也是来陪客，与褚南娇打过招呼后轻声问："昨晚和肖市长一起喝咖啡？"杜玉娇点点头。陆可喜又问："谈了搬迁的事？"杜玉娇说："谈了，钟市长还给肖市长打了电话。肖市长说，有了尚方宝剑，就没了顾忌。我建议他尽快召开有关部门和郊区政府联席会议，将原则定下来。他答应了，估计有戏。"陆可喜眉开眼笑："太好了，你再盯紧点。"杜玉娇微微颔首："好的，过两天，我去趟肖市长办公室。"

两人端着盘子找位置坐下。褚南娇向陆可喜方向张望："看来，陆总蛮器重你嘛！"杜玉娇说："还不是拜邵总、肖市长所赐。"褚南娇点点头："那是，这年头，若没背景，再有才华也是枉然。"杜玉娇咬着面包说："不谈这个。我提醒你，注意沈晓飞的动向。有什么情况及时告诉我。"褚南娇不高兴地回道："别这么敏感好不好。我就不信他敢撒野。"杜玉娇皱皱眉："你呀，不听老人言，吃苦在眼前。"褚南娇伸手打她一下："去你的，在我面前卖老。以后不谈他了。你得加快搬迁进度，我到南港把事件处理完，就扎到这里来。"

吃罢早餐，褚南娇驱车前往南港。一到南港，褚南娇直奔胡光明办公室。胡光明满脸不高兴，嘟囔道："你们太过分。"褚南娇小心翼翼地赔笑脸："胡总，工程完工那么久，总不能老吊着。我的性格您也清楚，工程不收尾，一天到晚寝食不安。"胡光明夹起公文包往外走："我有个会，明天再说吧。"褚南娇跟在他身后，讨好地说："我们好久没在一起喝酒，要不今晚一起坐坐。蒋总下午到，要我务必请您出来。"胡光明回头望她一眼，问："昨晚你们在肖市长那儿吗？"褚南娇点点头："是呀，他当着我们的面给您打电话。"胡光明瓮声瓮气地说："好吧，你定好地方。我可能晚点到，要赶个场子。"褚南娇连声谢谢，表示再晚都没关系。

褚南娇选择一家偏僻但档次较高的酒店，晚上7点陪蒋锐过去。蒋锐手提一个鼓鼓囊囊的包，里面装了二十万现钞。他要在肖舜天做工作的基础上用重金砸晕胡光明。两千多万的工程尾款，晚一天到账，损失不小。至晚上8

点半，胡光明才红着脸摇摇晃晃地进来。褚南娇招呼上菜倒酒。胡光明捂住酒杯说："不能再喝了。"褚南娇假意撒娇："胡总，那不行，好歹给我们一个面子。要不，定量，就喝3杯。"胡光明晃晃脑袋，松开手，让服务员倒酒。3杯酒喝完，蒋锐支走服务员，把包搁在胡光明面前："胡总，这个工程，多亏您帮忙。这是我的一点心意。肖市长给你打过电话。我呢，不多说，胡总您看着办。"胡光明只有七分醉，头脑挺清醒："不行，这东西我万万拿不得。"褚南娇娇滴滴地说："胡总，放心，我们是朋友，蒋总的人品您很清楚。以后，我们还得打交道呢。"胡光明疑惑的目光在他们之间漂移了许久，最后咬咬牙："好吧，恭敬不如从命。我跟肖市长表了态，这个星期把事办妥。"

三天后，褚南娇顺利把尾款结清。至此，工程历时一年又五个月，总算尘埃落定。

南港城网改造工程圆满完工，标志天全智能电器有限责任公司的业绩水平、技术力量、技术指标、管理能力上了一个新台阶，公司在省内同类企业中一下处于领先地位。

为奖赏褚南娇的卓越贡献，借以激励后者，蒋锐一口气奖给褚南娇二十万元和1%的股权。她激动地给杜玉娇报喜。杜玉娇为她点赞，期盼她早日加入富婆行列。

一个月后的星期天早晨，太阳从窗帘缝隙挤进房间，床上洒下几缕金光。昨晚，褚南娇与裴勇及其同事到歌厅潇洒了一回，一来放松心情，二来为裴勇出国饯行。裴勇争取到了一个到美国短期培训的机会。在唱歌跳舞的间歇中，她喝了不少酒。走出歌厅，她有点晕，风一吹，浑身打冷战。回到家，裴勇安排她睡下。朦朦胧胧中，她直觉他好威武。裴勇在亢奋中常会念叨："南娇，我们结婚吧，结婚吧。"每当这时，她就沉默不语。然而昨晚她却在醉意中应允了他的要求。正是她的应允，才使得裴勇神勇无比。两人折腾累了，很快进入梦乡。闹钟响过，裴勇起来，收拾妥当，吻吻她，匆匆离去。他要回去整理行装，赶中午的飞机。裴勇走后，她又迷迷糊糊地睡了个回笼觉。

她起来用过早餐，刚收拾碗筷，门铃响起。她打开门，是沈晓飞的妻子陈玉。她打个激灵，试图把门关上，却被对方一手顶住。"怎么呐，不欢迎我？"陈玉脸色阴沉，侧身挤了进来。随她进来的还有她弟弟陈奇。她头脑嗡地一响，直觉不妙，掏出手机拨沈晓飞的电话。陈奇一把抢过手机，扔到沙发上。陈玉反身将门扣紧，皮笑肉不笑地说："怎么呐，怕了，你不是胆大包天？"褚南娇厉声喝道："你们想干什么？"陈奇嘿嘿一笑："不想干什么，识相的话，赶紧把股权转让协议书交出来。"褚南娇气冲冲地说："早给了沈晓飞。"陈玉咬牙切齿地说："就我傻逼，差点被你蒙混过关。今天，不把协议书交出来，休想出这个屋。"褚南娇立即镇静下来，装成若无其事："好吧，我奉陪。"一屁股坐在沙发上，悄悄伸手拿手机。陈奇又一把抢走，将手机扔进房间的床上。

陈玉杵在她前面，恶狠狠地说："天下都知道，你和沈晓飞一天到晚鬼混。真是杀人不见血的女魔鬼。抢了我的男人，还要抢我的股权。"

褚南娇顿时来了气，怒不可遏地说："谁跟他鬼混？谁杀人不见血？沈晓飞是什么人，你清楚吗？他是披着人皮的狼。都怪我软弱，三番五次地遭强奸而不去告发。不错，股权协议书还在我这里，但休想从我这里拿走。如果非要的话，法庭上见。"

陈玉歇斯底里地吼叫："好啊，你上法庭去呀。这叫要挟、设陷、欺诈、暗抢。天下哪有这种天天去开房的强奸？你这个不要脸的臭婊子。"吼罢，一巴掌打过去。

褚南娇脸上立即现出五个红手印，一阵钻心的疼。她一跃而起，扑上去与陈玉厮打在一起。褚南娇个头比陈玉高，很快占了上风。陈玉大喊："陈奇，你死人哪。"陈奇这才想到帮忙，三下五除二把褚南娇摁倒在地。陈玉气鼓鼓地用脚去踢："去死吧，去死吧。叫你再去勾引我老公。今天，不打死你我就不姓陈。"褚南娇一边扭动身子躲陈玉的脚，一边欲从陈奇手里挣脱开来，嘴里不停地喊救命。陈奇怕吵闹声引来左邻右舍，赶紧用手捂她的嘴。褚南娇趁他不备，狠狠咬他一口。陈奇痛得哇哇大叫："姐，拿毛巾来。"陈玉跑到卫生间拿条毛巾塞进她嘴里："你叫，你叫。"又飞起脚乱踢。见陈玉发了疯，褚南娇不再挣扎，哀怨地闭起双眼。陈玉踢累了，兀自坐在沙发上喘粗气。陈奇松开手，掏出毛巾，将她提起来。褚南娇摸着受伤的腰说："你们这是犯罪。"陈玉怒气冲冲地说："犯罪就犯罪，大不了一起下地狱。你敢抢我的男人，我就敢打残你。今天，只要你把股权协议书交出来，以后，咱们就井水不犯河水。"褚南娇故作妥协："不是不给你，确实不在这里。"陈玉气急败坏地问："在哪里？"褚南娇编排说："放在我堂哥那儿。"陈玉又问："你堂哥在哪？"褚南娇说："江水县公安局。"姐弟俩沉吟片刻，交换了一下目光。陈奇说："不可能，拿我们当小孩。"褚南娇冷笑一声："要不，你们找去。"陈玉对弟弟说："去找找，任何旮旯儿都不放过。"陈奇应声去房间翻箱倒柜。陈玉则坐在沙发上盯住褚南娇。褚南娇拿张凳子在她面前坐下，目光跟随陈奇。时间一分一秒地过去，到中午十二点半，陈奇翻了个底朝天，一无所获。褚南娇说："这下死心了吧。"陈玉恼羞成怒，给褚南娇下通牒："限你一个星期把协议书交来。否则，我整死你。"姐弟俩愤愤地甩袖而去。

望着满屋的狼藉，回想刚才受的羞辱，褚南娇后悔没听杜玉娇的规劝。如果早作防范，今天这一劫就可避免或躲过。她拨通沈晓飞的电话，未等对方接听又被摁掉。褚南娇心想，跟他骂阵有何用呢？还不是撞在枪口上。看陈玉的架势，沈晓飞已经把控不住。随即，她拨通杜玉娇的电话，刚说了两句就被杜玉娇打断："我在回云都的路上，一个半小时后到你家。"

褚南娇慢慢收拾东西。刚整理毕，杜玉娇开门进来。褚南娇扑在杜玉娇身上呜咽不止。杜玉娇拍拍她的肩："什么事让你这么伤心？"褚南娇擦擦泪水，愤然道："刚才，陈玉和她弟弟在我这里耍蛮使横。"然后细述发生的一切。杜玉娇盯着她凌乱的头发说："你该报警。"褚南娇摇摇头："我想过，不敢，牵涉面广，弄不好身败名裂。"杜玉娇担心地说："不报警，她再来耍横咋办？"褚南娇理理凌乱的头发，咬咬牙："到了这步，我豁出去了，决不妥协。"杜玉娇叹口气："别闹出人命。"褚南娇鼻子哼一声："她敢，除非她吃了豹子胆。"

杜玉娇不再劝解，静下心与褚南娇一起商讨对策。她说："已经到了这步，干脆跟沈晓飞撕破面皮，打一场惊天动地的官司，力争把股权弄到手。"褚南娇斩钉截铁地说："对，你和我想到一块去了。陈玉这一闹，把我逼上梁山。不打出这拳，估计他们会没完没了地折磨我。陈玉已经放言，不把股权协议书交出来，整死我。与其让他们整死，还不如及早出击，争取主动，逼他们就范。"杜玉娇点点头："既然你已经铁了心与他们斗，就豁出去吧。至于人言，权当耳边风。不过，你要考虑好如何过裴勇这一关。否则，你会失去他。"褚南娇沉吟片刻，狠心道："该是我的，赶也赶不跑。不是我的，留也留不住。如果他在意我的过去，留下又有何用？"杜玉娇用手点点她的脑门，啐道："你呀，为了股权，什么都不在乎，无情无义。"褚南娇呵呵一笑："情为何物？在财富面前，情一文不值。等有了财富，爱情婚姻自然紧随而来。缺乏财富基础的爱情，焉能百分之百地保证修成正果？即便修成正果，又焉能恒久？看看身边的男男女女，吵吵闹闹、磕磕碰碰地过日子，有多少值得你向往和追寻？结论是，财富是常青树，爱情是昙花一现。"杜玉娇一脸不屑："市侩。"褚南娇嬉皮笑脸地说："我们走的路不一样，但殊途同归。"杜玉娇无可奈何地摇摇头："无可救药。"褚南娇搂搂她，做个鬼脸："不说了，以后不管发生什么，我们始终是最好的朋友。因为有了你，我才活得有意义，活得洒脱，活得自信。"杜玉娇问："你准备何时出手？"褚南娇想了想："等沈晓飞陈玉做绝了再出手。如此，才能面对蒋总。"

∽❧ 第29章 ❧∽
讨 计 谋 策

次日一上班，褚南娇直接冲进沈晓飞办公室，质问："非得逼我走绝路？"沈晓飞双手一摊："我也没办法，陈玉什么都知道，家里已经闹翻天。"褚南娇气愤地说："她私闯民宅，动手打人，这是犯罪。你转告她，如果再犯，我就报警。"沈晓飞破罐子破摔："你报吧，我管不了她。"褚南娇愣了片刻，发声狠："行，你不仁，我就不义，等着瞧。"愤然摔门而去。

过了一会儿，沈晓飞阴着脸走进她的办公室。褚南娇瞅他一眼，不理不睬，埋头做自己的事。沈晓飞在她对面坐下，瓮声瓮气地说："南娇，我现在是两面受气，已经走投无路。到了这步，只有求你高抬贵手，把股权转让协议书还给我。条件尽管提，只要我能做到的，一定满足你。"褚南娇抬起头，咄咄逼人地说："你能满足我什么？笑话。告诉你，我不会这么傻了。"沈晓飞低三下四地求道："南娇，求你放我一条生路。陈玉一天到晚闹个不停，我都快疯了。"褚南娇怒道："放你一条生路，谁放我一条生路？早知今日，何必当初？做多了坏事，迟早要遭报应。"沈晓飞叹道："只怪我鬼迷心窍，不该喜欢上你。"褚南娇斥责："这不是喜欢，强人所难。"沈晓飞吞吞口水，哭丧着脸说："南娇，求求你了，我真的走投无路了。"见他一副可怜相，褚南娇干脆微闭双目，靠在椅背上想自己的心事。沈晓飞见状，只得悻悻然离开。

下午快下班的时候，蒋锐把她叫到办公室。褚南娇一落座，蒋锐就切入正题："陈玉找过我，想不到此事闹得这么大。"褚南娇生硬地回道："蒋总，这是我和沈晓飞的个人恩怨，您最好不要管。"蒋锐苦笑一声："不管不行呀，一个是我的内弟，一个是我的左膀右臂。公司做到现在这个程度很不容易！如果两员大将反目成仇，我哪有好日子过？"顿了顿，征询道，"要不，安排个时间，我们一家和你好好聊聊。再大的事，大不过公司上市，大不过一个钱字。"褚南娇摇摇头："不必了蒋总，您掺和进来，不但无益，反会把事闹大。"蒋锐说："这不是小看我的智慧嘛。"褚南娇说："这跟智慧无关。我们已经成仇。凡跟仇有关的事，智慧是解决不了的。"蒋锐沉吟片刻，耐心解释："你们的仇，并非你死我活。说到底是利益之争。相互退一步，或许能找到解决问题的钥匙。"褚南娇顿了顿，愤然道："蒋总，沈晓飞先强奸，后骚扰，为顾及公司影响，我忍辱负重，到头来却看成是利益之争。换位思考一下，有这样的利益之争？沈晓飞是您的内弟，自然偏袒。如果我是您的妹妹，您何以面对？"蒋锐无言以对，背起手踱起方步。

蒋锐踱了足足有一刻钟，然后在褚南娇面前站定，望着她诚恳地说："南娇，最近我读了一部伦理学书，叫《罗马书》，其哲理让我难以忘怀。一个人必须明确意识到人的心灵秩序中有两个律同时存在，一个是'上帝之律'；一个是'欲望之律'。基督教者，一生所有努力就是抑制和战胜心灵秩序中的欲望之律。而非基督教者，却是把'上帝之律'放在'欲望之律'之下，从而导致人性的彻底败坏。实际上，我们每个人都在为生存中的平衡苦苦挣扎，也就是善与恶的较量。圣保罗认为，因两个律在内心时时交战，形成一种悲苦状态。而人永远不可能做到绝对正义，不可能做到完全纯洁，唯一的选择就是在持续不断的纠错过程中，把美德和正义的命题无条件地交给上帝。虽然这是被动的做法，却能抵御内心欲望之律泛滥。但在伦理学问题上，任何人无原则的自信与自恋都有可能把人带向毁灭。由此看来，凡在非道德框架下构建起来的所谓正义与伦理秩序，都是傲慢、无知与荒唐的，也必然是失败的。然而，在现代人文环境中，对与错已失去标准，唯一能让人接受的是财富的多寡和权力的轻重。我无意贬损这种环境，甚至是推波助澜中的一员，但我们不能因此失去方向。如此，你在社会上就会少一些指斥，心灵就会少一些不安。"

褚南娇是现实主义者，要的是牛奶面包，而不是空泛的理论与先贤先哲。大道理谁都会讲。那些当权者整天坐在台上夸夸其谈，其学识与境界无与伦比，可在台下还不是鸡鸣狗盗？她反驳："蒋总，您这番感慨离我太远，甚至有点风马牛不相及。我说过，我与沈晓飞不是利益或道德之争，而是仇恨。如果您的妹妹或女儿遭到凌辱，您就不会是这种心态。不错，我们每个人心中都有两个律，而我绝不会混淆两个律的界限。我在您身边工作这么多年，你应该了解我的品德品行和为人处事的风格。"

蒋锐摆摆手："你理解错了。我说的是普世道理，无意指责，只是想让你多一些思考与领悟。欲望是多方面的，过了界线，欲望就会变成野火，烧毁一切。我认为能用钱解决的问题，就尽量用钱解决，没必要闹得鸡犬不宁。"

褚南娇说："蒋总，这不是钱的问题，是尊严。沈晓飞一而再再而三地骚扰我。陈玉私闯民宅、动手打人，已经触犯了法律。私了，不是我的选项。请蒋总一碗水端平。"

蒋锐无可奈何地长叹一声："也罢，该说的我都说了。你自己选择的路，自己走好。只是别做得过分，影响公司上市。"

褚南娇向蒋锐深鞠一躬："谢谢蒋总理解，我也是被逼无奈。如果因我影响公司上市，我会想方设法弥补。"

走出蒋锐办公室，褚南娇的心情格外沉重，两条腿像灌满了铅。她把自己关在办公室，认真梳理这些年的业务量和人际关系，分析评估打响股权争夺战的可行性和有效性。不算不知道，一算吓一跳。原来，她开拓的业务量占了公司三分之一。也就是说，天全智能电器公司三分之一的业绩是她做出来的。随着她的能力提升与不懈努力，业务量比重会越来越大，业绩会越来越突出。如果论功行赏，她应该得到远远大于现在的报酬。可是，理论与实际远不是一回事。因为，这是资本说话的年代，谁拥有资本，谁就掌握了主动权和话语权。她充其量是资本的奴隶或打工皇后。倘若在短期内进入资本权贵的行列，走捷径是唯一的选择。而这条捷径就是沈晓飞名下20%的股权。一旦将沈晓飞20%的股权收归囊中，加上名下的8%，一下增加到28%。公司上市成功，她的财富将呈几何级增长，一下跨入富豪俱乐部。想到此，她握紧拳头跳起来，激动地吼了两声，暗下决心干。决心一下，她又犹豫不决。如何面对蒋锐，是她无法跨越的障碍。说实话，如果没有蒋锐的慧眼、认同、激励、宽容，她不可能迅速成长和达到现在的高度。蒋锐刚才那番话像一个紧箍咒一样让她挣脱不开。如果冒险走出这步，跟蒋锐翻脸，她以后的日子未必好过。这样一想，她心里就有两个人在打架。倏地，她耳朵里响起陈玉的警告和辱骂声。同时，被陈玉踢过的腰部隐隐作痛。她用力抚摸痛处，咬咬牙，下狠心干，不成功便成仁。她忽然想找人说说话，倾诉衷肠，想了半天，想起老乡陶岚。陶岚大学低她一级，学法律。在学校，两人经常来往。毕业后，各奔东西，极少联系。

"嘿，褚南娇，今天太阳从西边出来。"陶岚一接通电话就大嚷，"我以为你失踪了呢。还在那个什么电器公司干吗？"

褚南娇自嘲道："我没有你翻手为云覆手为雨的本事，只有赖在民营企业讨饭吃哟。"

"有事吗？"陶岚快人快语，"我正在下班的路上，哦，公交车来了，我得赶车。"电话里顿时传来喘气声。显然，她在跑步。

褚南娇说："别赶了，今晚我请你吃饭。打个车，到云都酒店来。我马上过去，在大堂等你。"

陶岚停止奔跑，喘着气说："要请我，不早说，害得我火急火燎的。行，好久没见面，也怪想你的。"

陶岚大学毕业去了一家律师事务所，打了多起有影响力的经济官司，在圈内小有名气。她还是那么瘦弱，永远一副营养不良的面孔。褚南娇在大厅接到她直奔3楼。到达餐厅，两人选了靠窗的雅座坐下。立即有服务员过来服务。褚南娇把菜谱递给陶岚："尽管点，别为我省。"陶岚接过菜谱，嬉笑道："听说你发了大财，此时不宰，岂不亏大。"褚南娇呵呵一笑："对，往死里点，最好一餐把你吃胖。"陶岚边翻菜谱边说："别激我，吃上了瘾，今后就赖上你。"褚南娇说："这段时间，还真得让你赖上我。"陶岚抬头看看她，做个鬼脸："难怪那么热情，原来是鸿门宴呀！"褚南娇笑笑："什么鸿门宴，那叫业务，让你发笔小财。"陶岚立即来了兴趣："快说，什么业务？"褚南娇说："先把肚子填饱再说。"陶岚果然拣最高档的菜点，鲍鱼、鱼翅、法国鹅肝、燕窝、鲟子酱等，几乎把大菜囊尽。点罢，逗道："我要一餐把你吃穷。"褚南娇要过菜谱，扫一眼，皱着眉："你有多大的胃？"陶岚说："咋啦，心疼了。"褚南娇摇摇头："吃得完？"陶岚呵呵一笑："吃不完打包，管我几天伙食。"褚南娇把菜谱交给服务员："快上吧。"然后啐道，"你真狠，谁娶了你谁倒霉。"陶岚收起笑容："问题是到现在没人愿意娶我。"褚南娇说："谁叫你挑三拣四。"陶岚满脸忧伤："凭我的姿色，有资格挑三拣四吗？不像你，要身材有身材，要波段有波段。我相了5次亲，都是无疾而终。"褚南娇长叹一声："家家有本难念的经。好了，不说了。难得相聚，说点愉快的。来瓶红酒，好吧。"陶岚点点头："好啊，这么好的菜，不喝点酒，太对不起我的胃。"

不一会儿，菜陆续上来。服务员打开酒瓶盖。褚南娇要过酒瓶，亲自斟酒。就着山珍海味，两人慢斟细饮，边吃边聊，聊着聊着，又聊到个人生活。陶岚问："怎么样，有目标吗？"褚南娇苦笑道："怎么说呢，要说有也有，要说没有也没有。"陶岚瞪大双眼："什么意思？"褚南娇说："就像鸡肋，留之无味，弃之可惜。"陶岚扯张纸巾擦擦嘴，埋怨道："你呀，错过了一个多好的人。程序已是江水县城投公司副总经理了，孩子能打酱油了。"褚南娇痛苦地摇摇头："该是自己的，赶都赶不走；不是自己的，凑都凑不来。我俩价值观不同，即便结合，未必过得下去。"陶岚扼腕长叹："人呀，为什么差距那么大？为什么上苍对我如此不公平？"不等褚南娇回应，她自顾自地痛说悲惨恋爱史。

因她相貌平平，身边的追求者寥寥无几。她好不容易交往一个，又因没女人味而告吹。其实，那些男人嘴里的没女人味都是嫌她没胸。她也为自己的缺憾而苦恼，几次想去隆胸，终被网上的失败案例吓倒。她担心躺在手术台上下不来，又担心弄成残废。看看周遭离婚女与大龄女的现状，她决定放宽视野降低条件。结果，她疯狂地爱上了一个有妇之夫，还是同事。至今她都不明白自己为什么会爱上他。是他风度翩翩怜香惜玉善解人意，还是才华出众口若悬河前途无量？现在想来，这些都不是。让她投怀送抱牺牲一切的动力可能是他不经意的关心与照顾。别看她是农家子弟，家务活能力却似城里大小姐。家里凌乱不堪，有的地方简直下不了脚。

她爱上的男人叫李典，她的顶头上司。一天，所里接了一个经济纠纷大案。所长权衡轻重，交给了能征惯战的李典。李典接案不久，提出案件涉及面宽，调查战线长，要求增加一名责任心强脑子灵活的助手。所长要李典自己挑选，结果，他挑了陶岚。李典之所以挑选陶岚，是因为她的性格和工作作风与他极其相似。从此，两人经常北上广深及各大城市奔波。有时，为弄清一个案情细节，两人不分白昼马不停蹄地走访查资料。不知不觉，她渐渐爱上了他，更直接的原因是他能让她心定神安。有次出差，她患上重感冒，李典只得提前结束调查。送她到家，看到遍地狼藉的屋子，他惊呆了。这哪里是一个女孩子的闺房？他二话不说，帮她清扫整理，整理毕，又帮她清洗床上用品，足足耗了半天时间，才将凌乱的房间收拾妥当。接着，他去菜市场买米买菜，帮她熬了一锅粥，吃完饭，又陪她到医院打吊针。打完吊针，已是晚上10点。他交待一番，准备回家。谁知她那天特别脆弱，眼泪哗哗地流下来。他问她咋回事？她不说，他只好温存地安慰，答应明早过来。她憋了许久，突然说出一句让他大吃一惊的话："不要走，晚上陪陪我。"他说："我是结了婚的人，不能陪你过夜。"她哽咽道："我不管。我要你陪我。"过了片刻，又问，"她知道你今天回来？"他摇摇头："没告诉她。"她更大胆地说："既然她不知道，你就放心地陪陪我吧。"说罢，一双渴望的眼睛盯着他。李典一下心软了，答应了她的要求。他烧好热水，帮她洗脸洗脚，把她放进被子里，然后坐在床边，望着她傻笑。她伸出右手，他紧紧握住。两双眼睛无声地凝视着，什么也不说，只是深情地专注地传递相互欣赏与爱恋的波光。渐渐地，疲惫像浓云笼罩过来，她慢慢进入梦乡。他躺在沙发上，心里万马奔腾翻江倒海。他清楚，她爱上了他。他呢，对她亦有好感，心想，越界迟早要发生，只是不想在她患病期间犯事。

一星期后，他们继续出差。当天晚上，他俩控制不住激动的心情，滚在一张床上。幸福之门终于打开，她沉浸在久旱逢甘雨的甜蜜梦境中。然而，这幸福之门初始就是残缺不全，无论如何努力也无法弥补。为此，她深深苦恼过。因为有爱，因为有激情，他俩联手打了一个非常漂亮的胜诉仗。正是这个影响深远的案子，他俩一时在圈内名声大振。

最终，纸包不住火，结果引发了女人的战争。闹腾一阵后，他妻子找她谈条件，自然是互不相让。决定权回到李典那儿。李典两头不舍，迟疑不决。陶岚逼问他："到底爱不爱我，是不是嫌我胸小？"李典抱住她发誓："胸小胸大无所谓，我爱的是你这个人。"陶岚听后万分感动，表示愿意为他打一场旷日持久的争夺战。他妻子亦不示弱，以失去的青春和孩子要挟。在这场旷日持久的争夺战中，陶岚最终成为失败者。那天晚上，他来到她家，跪在她面前请求原谅，并拿出一包钞票作为补偿。她恼羞成怒，拿起成捆的钞票狠砸在他身上："谁要你的臭钱，你这个没良心的。去死吧，我再也不想见到你。"李典第一次见她动怒，吓得大气不敢出，一边收拾成捆的钞票，一边唯唯诺诺地退出。过了半个月，李典交给所里一份辞职信，带着妻儿人间蒸发，据说去了妻子的老家。经此一役，陶岚已是身心交瘁，再也不愿谈情说爱了。

听罢陶岚的悲情故事，褚南娇嘲笑她用情太深，大言不惭地开黄色玩笑："这个世界男人多的是，女人只要敢张开双腿，多情的色迷的男子会排着队涌来。李典算啥玩意，只当是别人啃过的一块骨头而已。去了就去了，别呼天抢地神不守舍。到时，我给你介绍一个猛男，叫你乐不思蜀。"陶岚伸手打她："去你的，把我当成什么人。我不像你，没这个魅力，再遇上李典这样不计较的男人几乎不可能了。"

是呀，作为女人，褚南娇非常清楚陶岚的短处，没姿色、没身段、没风度、没女人味，换成她，也不会对这种女人感兴趣。她只好安慰："别急，缘分没来。缘分一来，挡都挡不住。"虽然这种安慰苍白无力，陶岚听了心里还是很受用，真情地表示了感谢。

接着，两人又聊了会儿老乡的花边新闻。酒足饭饱，陶岚拍拍鼓鼓囊囊的肚皮："好了，吃也吃了，喝也喝了，你说，找我有啥事？"

褚南娇把面前的杯盏推开，从手袋里掏出股权转让协议书和公证书复印件，双手递给陶岚："我准备打场官司，你先看看，如可行，请你做我的律师。收费嘛，以你所里最高标准计。赢了，还有额外奖励。"

"是嘛！"陶岚赶紧接过，乐不可支地说，"有这等好事，我一定赤膊上阵，再说，还有让人垂涎欲滴的山珍海味。就为能常常吃到鲍鱼海参鱼翅，我也乐意为褚总鞍前马后肝脑涂地。"

褚南娇满脸堆笑地打趣："好，咱一言为定，以后，每周周末请你吃大餐，不把你吃肥，我褚字倒着写。"

陶岚认真看了数遍，思考了一会，郑重地说："这份东西本身没问题，关键是签协议书的过程是否存在瑕疵。还是谈谈这份东西的来龙去脉吧。听好，必须是原汁原味，来不得半点假。"

褚南娇点点头，压低声音把前因后果及种种遭遇详详细细地倾诉出来。

陶岚听罢，眉头皱得老高："胜算的机率不是百分之百。强奸所致，谁能证明？时隔多年，后来又经常开房，强奸一词自然缺乏说服力。如果沈晓飞一口咬定是上当受骗，法庭自然会启动新的调查。到时，你能自证清白，自证沈晓飞是自愿签订股权转让协议书？"

这些问题，她从未想过，以为白纸黑字，又有公证，当是铁证如山。沉默良久，她幽幽地问："你说，胜算有多少？"

陶岚想了想，给她一个定心丸："胜算过半。"

"那好。"褚南娇双手一击，"有过半的胜算，我就不惜一切，打。"

陶岚担心道："你想过没有，官司一开打，等于把你的所有隐私公之于世。赢了，只赢得股权，却输了声誉。输了，则是一败涂地。这官司，值不值得打，你好好掂量一下。"

褚南娇毫不犹豫地说："打，声誉值几个钱？等我赢了官司，成为富豪，不良声誉自然烟消云散。"

陶岚伸手与她击掌："好，帮你打，而且一定打赢。我最讨厌那些有妇之夫，拈花惹草，金屋藏娇。"停了停，又恨恨地说，"他们这样干吗呢，明明知道不能给你全部，非要扮成什么拯救大师。结果叫我们这些弱女子溺毙情海死相难看。为了给你出口恶气，我豁出去了，叫这种无耻之徒也死相难看。"

褚南娇发现陶岚思路有误，忙纠正："我与你的遭遇迥然有异。你是因爱生恨，我是因辱怨恨。"

陶岚呵呵一笑："管他什么恨，一句话，我们都受了这些王八蛋的欺负。找到出气口，就要把恶气出尽，绝不留情面。好了，不说这些。打算什么时候起诉呢？"

褚南娇说："等等吧，我还没找到有利时机。"

陶岚点点头："好吧，我随时随地听候吩咐。"

褚南娇买单，剩下的打包，送陶岚下楼。到得大厅，褚南娇掏出一张卡，塞到陶岚手上："这是酒店消费卡，想吃海鲜就过来。"

陶岚接过卡，高兴地搂搂她："谢谢！"随即开句玩笑，"看来，我过上好日子了。"

褚南娇与她手挽着手，并排走出酒店。她伸手叫了一辆的士，帮陶岚打开车门，塞给她几张大钞。陶岚心领神会地笑笑，兴奋地坐进车内，打开车窗，向她挥挥手："再见，等你消息。"

回到家里，褚南娇忍不住给杜玉娇打电话，还未说完，杜玉娇就急不可耐地打断："喂，你有没有搞错，敢和'借米还糠'套近乎？她处处爱占便宜，到时不把你的皮扒光就算万幸。"

"借米还糠"是陶岚的外号。可能因自卑心过重，陶岚平时总是绷着个脸，难得见上笑容，班里男同学就给她取了个外号——借米还糠。经过多次接触，杜玉娇发现陶岚特爱占小便宜，留下不好印象。也许是老乡的缘由，褚南娇对此却熟视无睹，只是保持一种若即若离的状态。褚南娇哈哈大笑："你呀，还记得那些疙疙瘩瘩。她爱占小便宜就让她占呗，再怎么占，也占不了多少。俗话说，舍不得孩子套不到狼。不过，她的业务水平在圈内还是没得说的。"

杜玉娇无可奈何地叹声气："行呀，我只是给你提个醒。倘若能帮你赢官司，我无话可说，对她竖大拇指。"

褚南娇想起她的工作进展，就问："搬迁工作有眉目了吗？"

杜玉娇高兴地应道："还好，已经启动。后天市政府召开市长办公会，钟市长亲自参加，肖舜天主持会议。对了，肖舜天还问起你的近况。你怎么不给他打个电话呢？"

褚南娇解释："我不是怕影响他嘛，尽量不去骚扰。再说，我最近焦头烂额，心情不好，担心将坏心情带给他。等他忙完这阵，我抽空过去一趟。你安排我们私下见个面。估计他是想跟我那个了。"说罢，捂嘴嘻嘻一笑。

杜玉娇嗔道："去，把我当什么了。"又感叹一声，"也罢，既然上了贼船，就成人之美吧。"

第30章
出奇制胜

    陆可喜、杜玉娇作为列席代表参加了市长办公会。会议只有一个议题，研究讨论青山水泥厂异地搬迁事宜。因钟诚市长莅临，参会人员较多，副市长除了肖舜天，还来了分管工业的杨副市长和分管国土的翁副市长。发改委、工信委、财政局、国土局、规划局、交通局、环保局、城建局、安监局、田山区等部门主要领导悉数到场。

    肖舜天作了简单开场白，发改委晏主任作异地搬迁工作说明；陆可喜作异地搬迁工作计划；田山区区长谷名胜作异地搬迁工作对接安排；其他部门领导就对应的工作做解释和表态。程序走完，肖舜天问："还有其他补充意见吗？"谷名胜举手："我还想谈点看法。"肖舜天点点头："好，简单点。"谷名胜说："还是那句老话，拆迁补偿标准应该提高。"肖舜天脸上掠过一丝不快，私下已沟通，怎么说变就变呢。

    肖舜天当然不会知道，昨天下午，黄卫打电话把谷名胜叫去，先劈头盖脸地骂一通，然后指示他必须坚持原来提出的补偿标准。黄卫始终认为，青山水泥厂是省属国有骨干企业，效益年年增长，突破省定标准多给点拆迁补偿合情合理。市里大企业好企业不多，如果青山水泥厂能在这方面带个头，所在地政府和老百姓就能从中获益。黄卫的口头禅是："我们老百姓容易吗，把祖祖辈辈的土地贡献出来，你不让他们活好，他们就有资格让你活不好。"正是他这种理念，膨胀了当地老百姓的胃口。

    会场一下陷入沉寂，谷名胜把会议引向死胡同。与会者包括钟市长心里清楚，谷名胜敢老调重弹，肯定是黄卫背后施压。这时，所有目光一起聚集在肖舜天身上。肖舜天尴尬地笑笑，调侃道："六月天，孩儿脸。"谷名胜没理解肖舜天的调侃，不识相地继续说："田鸡村村民代表听说今天上午开协调会，昨天下午聚集到我办公室，吵了半天。若按省政府的政策补偿，担心引发群体事件。"肖舜天气不打一处来，反问："不按省政府的政策办，就不会引发群体事件吗？"会场立即引起一阵骚动。谷名胜脸一下涨得通红，额头上冒出细密密的汗珠。他赶紧用纸巾擦拭，咧嘴自嘲地笑笑，慌忙否定："不是这个意思。"肖舜天眼睛逼视他："不是这个意思，是什么意思？"谷名胜躲开肖舜天的目光，眼睛向杨副市长求救。黄卫给他交了底，杨副市长会站在他一边。谁知杨副市长不买他的账，瞥他一眼，讲了句客观话："作为下级政府，上级政府的政策必须执行，这是原则问题。"谷名胜一下子像泄了气的皮球，头耷拉下来，不敢吱声。如此一来，大家的目光转向钟诚，看他如何表态。大家心知肚明，以前之所以一拖再拖，主因是他犹豫不决瞻前顾后。

迎着大家期待的目光，钟诚优雅地笑笑："令行禁止是我们的工作准则。不过，大家不必拘谨，畅所欲言。"

杜玉娇早就跃跃欲试，想一吐为快。钟诚话音一落，她迅速举手。钟诚望着她点点头："请讲。"杜玉娇坐直身子，扫视大家一眼，目光落在谷名胜身上，温婉地说："刚才，谷区长旧话重提，我完全理解他的良苦用心。"谷名胜以为她是在附和，立即向她投来一束感激的目光。谁知她的画风一转，换成铿锵有力的声音，"一个地方的经济发展，要靠良好的投资环境来支撑。雁过拔毛杀鸡取卵的做法绝对短视，贻害无穷。省政府为何制定统一的拆迁补偿标准？其中道理大家比我清楚。如果青山市政府标新立异，最终受损的不是企业，而是地方政府和老百姓。青山水泥厂建厂以来，与当地政府共谋发展，一直是名列前茅的纳税大户。前几年，有人大代表提出异地搬迁方案，引发舆论一边倒，很快被列入市政府工作报告。我集团主动应对，提出异地搬迁一揽子方案。这么一桩利市利民的好事，为什么迟迟得不到解决？我初来乍到，有话藏不住，说出来可能得罪人。但没关系，大不了被人唾骂，再不济拍屁股走人。很明显，个别人打着维护老百姓利益的幌子兜售其奸，为一己私欲沽名钓誉。试问，是个人虚名重要，还是投资环境重要呢？我们看到，各级政府到处张贴亲商、爱商、护商、安商的大幅标语，气氛可谓热烈热情。可有人却私下干着驱商、害商的勾当。你今天在A企业杀一刀，明天在B企业抽一管血，有谁敢来这里投资谋发展？衡量一个地方的投资环境好坏，不是看所谓的政务环境。比如办证一条龙，办事效率高等，这些固然重要。但更重要的是看几个经济指标：一是投资利用率。有的地区投资利用率在90%以上，有的地区投资利用率在80%以下。前期费用一下耗去20%多，对投资人来说是笔巨大的损失。二是投资回报率。A地投资回报率20%以上，B地投资回报率10%以下，甚至为零。不用脑袋思考脚趾头都清楚哪方资本利得高。三是上缴费税率。有的地方三减两免，有的地方正常收取，有的地方层层加码。最后一种无疑是杀鸡取卵。用这三个指标衡量，立马就能看出一个地方投资环境的优劣。我真诚地希望，青山市各级政府不应只在改善政务环境上下功夫，更应该在三个指标上为企业着想，真正做到想为企业所想，急为企业所急。"

杜玉娇话音一落，肖舜天马上表态："我完全同意杜玉娇同志的意见。她给我们提出了一个令人深思的问题，爱商、护商、亲商、安商的核心是什么？就是要让企业有钱赚，愿意与我们共谋发展。我们放着现有大企业不去爱好护好亲好安好，遑论其他？"

钟诚接过话说："对，现有企业的发展都解决不了，谈何扶持新企业？我跟杜玉娇同志算第二次见面，上次是在我的办公室。她一开口就对我提出了批评，说青山市政府如果有温州市政府的宽阔胸怀和服务意识，企业的生存发展环境就会有很大改观。当时我就表态，虚心接受她的意见，把水泥厂异地搬迁作为市政府重点工作来抓。这几年，政府工作报告年年讲，结果是雷声大雨点小。在这里，我向国信集团和青山水泥厂全体职工深表歉意。杜玉娇同志提出的三个衡量指标，我认为很有道理。肖舜天同志刚才说，要让企业有钱赚，这是基本规律。企业赚钱，老百姓就业，就是双赢。新企业来，老企业搬迁，你张开血盆大口，谁敢跟你玩？过去，我耳边尽是利益不平等、老百姓吃亏、民众不满、社会不稳定等等，听不到批评的声音和尖锐的意见。今天，杜玉娇同志的批评让我出了一身汗，用这三个经济指标衡量一下我市的投资环境，确实存在不少问题，甚至是触目惊心。"停了停，目光投在谷名胜身上，"至于谷名胜同志提出的问题，也不必大惊小怪。他的用意是想为田鸡村老百姓多争取一点补偿。既然无法达成协议，就不必再纠缠。区政府想做好事，就在其他方面开动脑筋。俗话说，活人不会被尿憋死。以后，大家想问题要多从营造良好的投资环境考虑，不要顾此失彼，否则，会贻误发展机会。"

钟诚一锤定音，谁也不敢发表不同意见。会议确定了一些原则问题就结束了。陆可喜、杜玉娇起身准备离开，被肖舜天招手留下。待大家陆续散去，肖舜天把他俩叫到办公室。秘书给他俩倒好茶水，将门轻轻关上。肖舜天请他俩坐下，自己却背手踱方步，用欣赏的口吻说："好你个杜玉娇，敢当这么多人的面给钟市长下猛药。钟市长听到你的三个衡量指标，脸红一阵白一阵，当时真为你捏把汗。好在钟市长听进去了。第一关总算顺利过去，但并不意味畅行无阻。黄卫已经把老百姓的胃口吊起来了，想要熄灭这把野火并非易事。以后定有许多硬仗恶仗要打，你们要做好充分的思想准备或最坏的打算。"

陆可喜胸有成竹地说："肖市长，请放心，只要市政府领导意见一致，基层工作相对好做。中国的事，难就难在上面。老人家早就说过，没有落后的群众，只有落后的干部。别看群众气势汹汹，实际是盘散沙。我有个堂弟在乡政府当副乡长，长年累月跟群众打交道，早跟我传经送宝面授机宜。只要没人挑头，这些闹事的一唬就散。我估计，他们到时可能会在基础工程上讨价还价。现在哪个项目的基础工程不是被当地有背景的人控制住？我有预感，这个背景可能就是黄卫。否则，他不会在拆迁问题上不遗余力地为田鸡村老百姓站队。"

杜玉娇接过话说："肖市长，大问题解决了，小问题相对容易。我们既然领了军令状，就不怵打硬仗恶仗。有肖市长撑腰，这些沟壑算不了什么。"

肖舜天呵呵一笑，欣喜道："既然你们有这个思想准备，那就甩开膀子大胆干。"

凭会议纪要，杜玉娇到各部门办事一路通。唯独拆迁补偿协议迟迟签不下来。田鸡村的村民依然故我，三天两头到镇政府、区政府闹事。镇党委书记潘凤玲与杜玉娇同岁，人高马大，与袁霞有得一比。这些天，杜玉娇和袁霞一直待在田水镇，一边给潘凤玲打气，一边给潘凤玲出谋划策。谷名胜两头受气，干脆当起甩手掌柜，将千斤重担甩给潘凤玲。好在潘凤玲年轻气盛，初生牛犊不怕虎，发誓啃下这块硬骨头。潘凤玲天生是干基层工作的料，既有风风火火、大胆泼辣、坚韧不拔、敢做敢当的坚强性格，又有能屈能伸、忍辱负重、认真细致、和风细雨的工作作风。她天天周旋在闹事的人群中，一会儿跟这个讲大道理，一会儿跟那个婆婆妈妈，但收效甚微。杜玉娇忍不住发牢骚："干脆强拆得了，还怕他们反了。"潘凤玲头摇得像拨浪鼓："我何尝不想来快的，但不行啊。几十台挖掘机开进去，一天一夜就拆完了。群众不服，三天两头闹事，这屁股谁擦得干净？倘若闹出人命，你我吃不了兜着走。"杜玉娇想了想，建议道："要不，我们找黄卫书记去。"潘凤玲急忙摆手："不行，不行，我算老几，越级找市领导，这不找死吗？"杜玉娇说："我们总不能这样耗下去吧。你跟谷区长签了责任状，工作推进不了，钟市长肖市长问责起来，这才叫吃不了兜着走。你不相信黄卫书记是幕后，咱们总得试试呀。试了不行，再来想其他办法。"潘凤玲一脸为难："我与黄书记差了好几级，冒失找他，属官场大忌。"杜玉娇给她打气："你是代表谷区长行使拆迁权，又有钟市长的尚方宝剑，完全是正常工作。假如你把这块硬骨头啃了，获得钟市长肖市长的青睐，说不定一下进入官场快车道呢。"杜玉娇一席话说到她心坎里，黄卫过几年退休，而钟市长肖市长却正当盛年，前程不可限量。假如能得到两位市长的认可，对她来说是求之不得的好事。潘凤玲很快答应下来，说好明天上午就去找黄卫。

次日上午，两人约好在市委办公楼门前会面。或许是为了在黄书记面前留下好印象，潘凤玲特意吹了头发，人显得精神许多，也多了一份女人味。杜玉娇握住她的手夸赞："今天好漂亮呵！"潘凤玲不好意思地笑笑："没办法，在大美人面前，不打扮一下，落差太大。"杜玉娇恰到好处地吹捧："你是'惠外秀中'。"潘凤玲很受用地搂搂她，领着她畅通无阻地走进黄卫办公室。

黄卫推开文件夹站起来，绕过办公桌与潘凤玲握手，嘴里嘀咕："好你个小潘，直接来就是，没必要让谷名胜事先打招呼。"潘凤玲抿嘴一笑："黄书记，我不敢越级晋见。"然后介绍杜玉娇。黄卫握住杜玉娇的手说："早有耳闻。听说你多次批评我们钟市长，还提出衡量投资环境优劣的三个经济指标，搞得市政府很被动。"杜玉娇满脸通红，赶紧解释："黄书记，我绝对不是批评钟市长，只不过谈点想法而已。我年轻，缺乏经验，炮筒子，说错了，请领导谅解。"黄卫眼睛一眨不眨地盯着她："哇，还是位绝色美女。"杜玉娇被盯得不好意思，忙低头，自嘲道："已是明日黄花。"

黄卫哈哈大笑："有意思，果真不一般。"随即让座沏茶。

寒暄几句，潘凤玲切入正题："黄书记，您也知道，市政府已正式启动水泥厂异地搬迁。前期工作基本完成，唯独拆迁协议迟迟签不下来。谷区长把担子撂给我，还签订了责任状，等于把我逼上梁山。我这次来，就是请黄书记帮一把……"

未等潘凤玲说完，黄卫拼命摆手："小潘，这你就找错人了。我已离开市政府，不管那边的事了。现在，老百姓的眼睛毒得很啦，不在其位，不谋其政呐。"

杜玉娇笑着帮腔："黄书记，您是青山市政府老领导，又是从田水镇走出来的俊杰，田水镇及田鸡村都为您感到骄傲。在当地，您可是威风八面、一言九鼎、一呼百应，只要您黄书记出面说句话，事件就有转圜的余地。"

黄卫哈哈大笑："过奖了，我哪有那么大的影响？话说回来，青山水泥厂多给点补偿，不过是九牛一毛。老百姓的日子不好过，收入下降，老祖宗留下来的土地是他们的依靠。当然，既然市政府定了，我举双手赞成。"

潘凤玲说："黄书记，站在田鸡村角度考虑，我也希望多给点补偿。但是，我们没有权力增加补偿标准。假如政出多门，就会乱套。相互攀比，更会增加工作难度。"

黄卫很不高兴地瞪她一眼，打起哈哈："那是，那是。我只不过是随便说说而已。"抬碗看看手表，"我后面约了人，以后再说吧。"

没谈几句就陷入僵局，杜玉娇觉得问题出在她们身上。潘凤玲过分强调政策，有暗指他是后台老板之嫌。黄卫则把自己择得干干净净。真应了那句话：话不投机半句多。杜玉娇马上改变策略，转而用讨好和请教的口吻："黄书记，我知道您挺忙，请再给我们十几分钟时间。刚才您这番话，体现了一个爱民恤民的父母官形象，我为青山市有您这么好的父母官感到高兴。之前，您一直是青山水泥厂异地搬迁策划与领导者，方方面面熟悉。我有个不成熟的想法，想听听黄书记的意见。"她停顿下来，观察黄卫的反应。黄卫果然有兴趣，竖起耳朵听她的下文。杜玉娇慢条斯理地说："田鸡村老百姓与市政府、水泥厂大方向基本一致，目前仅为补偿标准产生冲突。说实话，水泥厂多拿点补偿费拿得出，问题在于影响面，如果突破省政府的政策，不好向省领导和其他重点工程交代。换言之，也会对青山市投资环境产生不利影响。我建议，双方都退一步，补偿标准严格按省政府政策办，水泥厂在项目建设中的土方和沙石交给田鸡村做，这样可给他们增加不少收益。"

黄卫不置可否，笑道："你们应该直接与田鸡村书记村主任商谈呀。我不好也不宜评判。"

杜玉娇心想，有这句话就够了，忙表示感谢。潘凤玲也听出了眉目，觉得这是一着好棋，高兴地应道："好，我马上跟村委会商量。"

两人站起来与黄卫握手道别。出了大楼，上了车，潘凤玲吩咐司机去田鸡村。杜玉娇马上制止："别急，等黄书记与他们通了气再说。"潘凤玲想了想："对，估计黄书记马上会跟田鸡村书记刘伯彦通气。刘伯彦是他的外甥，什么都听他的。"

杜玉娇"哦"了一声，心想以后在建设过程中肯定有扯不完的皮，顿觉黄卫不是个善茬，私底下不知干了多少肮脏的勾当。

回到公司，杜玉娇跟陆可喜汇报。陆可喜听后叹声气："也罢，就这样吧，舍不得孩子套不到狼。为避免留下后遗症，你跟谷名胜打声招呼，叫田山区出具一份当地村民承包工程土方与沙石的报告，请谷区长和肖市长在上面画个押。"

过了三天，潘凤玲给杜玉娇打来电话，告知田鸡村书记村主任都在镇里，想跟她见个面。杜玉娇带上袁霞赶过去。田鸡村书记刘伯彦比她大不了几岁，四方脸，小平头，略带几分匪气。村主任老实巴交，沉默寡言，与刘伯彦形成巨大反差。潘凤玲相互介绍后问刘伯彦："跟杜总单独谈，还是跟我们一起谈？"刘伯彦摸摸脑袋，左右看看，半晌才说："还是一起谈吧。"潘凤玲把大家带到会议室，安排刘伯彦和村主任坐一边，她与杜玉娇袁霞坐一边。潘凤玲先做开场白，然后对刘伯彦说："先谈谈你的想法。"刘伯彦摸出一支烟，点燃猛吸几口，直截了当地说："土方和沙石给我们做没问题，但价格不能低。"

杜玉娇早做好心理准备与他们打一场硬仗，毫不迟疑地问："你要什么价？"刘伯彦脱口而出："一方起码得高于市场20块钱。"杜玉娇哼一声："别得寸进尺。告诉你，土方沙石承包给你们，是我们做出的最大让步。如果提高价格，我收回承诺。我不能给集团抹黑，不能给水泥厂丢脸。青山市市场价是多少就多少。记住，这是我们的底线。"刘伯彦愣了片刻，倏地站起来，黑着脸对潘凤玲说："潘书记，不是我不守信用，是她不讲道理。"潘凤玲喝道："刘伯彦，给我坐下。"刘伯彦嘟嘟囔囔地坐下，脸扭到一边。潘凤玲态度强硬道："刘伯彦，杜总主动提出将土方沙石承包给你们，已经给够面子，千万别狮子大张口。丑话说在前头，你再添乱，我就采取组织措施。"刘伯彦狠瞪潘凤玲一眼，气呼呼地起身离去。镇长跟着走了几步，又折回："潘书记，容我们再考虑一下。"

望着他们远去的背影，杜玉娇摇摇头："潘书记，难为你了。"潘凤玲歉疚道："不好意思，让你失望。不过请放心，我会做通他们的工作。"

晚上，杜玉娇参加完应酬回到家，刚在沙发上坐下，电话响了。她拿起手机一看，是陌生电话，丢在一边。最近，老有些陌生电话跟她套近乎，有说是领导介绍来的，有说是慕名而来的。她清楚，这些电话不外乎是盯上她手中的权力。为免徒添烦恼，她干脆不接或少接这些陌生电话。谁知电话执拗地响个不停，她只得不情愿地接了。"杜总，您好！我是刘伯彦，在您楼下，有空接见一下吗？"电话里的声音极其谦恭。杜玉娇心里咯噔一下，不知刘伯彦葫芦里卖的什么药。不管怎么说，他能主动找上门，说明事件有了转机。她心里忽然雀跃起来，赶紧应道："可以，可以。我马上下来。"刘伯彦说："如不见外，能否让我上来，行吗？"杜玉娇想想也没什么，谅他不敢做出格事，就说："行，上来吧。"到门边按了防盗门开锁电钮。

一会儿，响起敲门声。杜玉娇打开门。刘伯彦礼貌地向她鞠一躬："杜总好，不好意思，打搅了。"杜玉娇简直不敢相信自己的眼睛，半天工夫，人变得如此彬彬有礼。杜玉娇热情地将他迎进来，让座沏茶。刘伯彦把一个纸袋放在沙发旁，特意交代："杜总，前些日子我到井冈山玩，买了几斤狗牯脑茶，送一斤您喝。这茶真是好得不得了，一定得自己喝。"杜玉娇在他对面坐下，客气地回道："谢谢，这茶确实好。"

刘伯彦端起茶杯喝了几口，咂咂嘴，谦和地说："杜总，你们走后，潘书记把我叫回去狠狠地臭骂了一通，黄书记也打电话教训我半天。今晚特意向您道歉，请您大人不计小人过。"

杜玉娇欣然道："没关系，不打不成交嘛！"

刘伯彦欠欠身子，讨好地说："杜总，您主管搬迁工程，我有想法不拐弯。都说屁股指挥脑袋，各人有各人的难处。如果在土方沙石价格上没得商量，那么在其他工程上多考虑一下我们。"

杜玉娇收回笑容，板着面孔说："刘书记，这是青山市政府和我们集团公司关注的工程，不是谁能随便表态的。现在有严格要求，所有工程都得招投标，如果你们有资质和技术力量，可正大光明地参加招投标嘛。"停顿片刻，又着重强调，"这些以后再说吧，目前主要是尽快将拆迁协议签下来。"

"以后再说"这句话给了刘伯彦很大希望，他兴奋地表态："好，明天我就挨家挨户做工作，力争在短期内将拆迁协议签完。"

接着，两人聊了会儿天。杜玉娇这才发现，刘伯彦年纪轻轻，经历可不一般，当过兵，干过私人保镖，做过项目经理和包工头，大前年回村当村书记。为了带领村民脱贫致富，他组建了多家公司，自任董事长和总经理。如此说来，他是田鸡村的能人。杜玉娇不由得对他多了几分敬意。

送走刘伯彦，杜玉娇打开茶叶盒，发现里面装满10捆百元大钞。她赶紧打电话过去，叫他无论如何得回头把钱拿走。刘伯彦在电话里大叫："杜总，别把我当外人。以后我就是您的门下客，随时随地听候调遣。如果您硬逼我拿回，不如拿刀把我杀了痛快。"

杜玉娇气急败坏地说："你不拿走，我就交给纪委。"

刘伯彦哈哈大笑："杜总，别说笑话。当然，这东西属于您，怎样处理是您的事，跟我无关。"说罢挂了电话。

杜玉娇发现遇上一个无赖和心机男，对此一筹莫展。冷静一会儿，她给魏焘打电话讨主意。魏焘思考半天，回道："依刘伯彦的性格，拿回去绝对不可能。交纪委，不是上策，传出去，你会得罪一大批，也会给青山水泥厂抹黑。要不，你暂时收下，到时再说。"

杜玉娇最忌讳收取别人的钱财，毫不犹豫地说："不行，这是炸药包。"

魏焘呵呵一笑："那我没辙，你自己想办法吧。"

放了电话，杜玉娇望着10捆钞票发呆，恨刘伯彦给她出了难题。忽然，她灵机一动，拨通袁霞电话，叫她过来一趟。袁霞一进屋，杜玉娇指着10捆钞票吩咐："这是刘伯彦送来的，帮我收好。以后找机会再处置。"袁霞懂她的心思，忙点头："放心，保证万无一失。"

第31章

佳 讯 频 传

刘伯彦说到做到，短期内将拆迁协议签完。障碍一清除，杜玉娇就与陆可喜商量全面启动土建工程和设备采购招投标。两人早有分工，陆可喜负责设备采购招投标，杜玉娇负责土建工程招投标。

土建工程招投标消息还未发布，赵威就捷足先登，成为杜玉娇的座上宾。赵威的胃口好大，意欲拿下厂房窑炉和宿舍区的标。整个土建工程分为厂房窑炉、宿舍区、办公区、附属工程4个标。而厂房窑炉和宿舍区是土建工程的大头。杜玉娇不敢擅自做主，电话请示邵忠良。邵忠良不直接回答，只含蓄地表示："这是你的权力。但有一条，必须严格把关。你多次夸赵威统筹能力强，质量第一，认真负责，想必已有成熟的想法。"魏焘在电话里则反复强调要确保赵威中标。邵忠良的含蓄，魏焘的叮嘱，给她形成巨大压力。为了做到确保，杜玉娇多次与赵威商讨对策。

在杜玉娇忙得焦头烂额的时候，褚南娇又来添乱。杜玉娇兑现承诺，陪她去见肖舜天，晚上如法炮制安排他们私会。杜玉娇觉得肖舜天太过谨慎，待他们从里屋出来，毫无顾忌地开玩笑："肖市长，你们仿佛成了地下工作者，何必把自己弄得紧张兮兮，只要不张扬，悄悄约会一下又何妨？"肖舜天摇摇头："不行呐，周围的目光盯得紧，我哪愿意躲躲闪闪呢？"褚南娇笑骂杜玉娇狼心狗肺，帮点小忙还说三道四，接着细数自己当年为她解恨大打出手的英雄壮举。当着肖舜天的面揭短，让杜玉娇好没面子，她忍不住用脚踢褚南娇。两人闹毕，杜玉娇向肖舜天吐吐舌头："不好意思，让您见笑。"肖舜天说："完全理解，我的经历和你如出一辙。"随后讲述他在大学期间的恋爱悲剧。

　　大二期间，肖舜天爱上了同班同学苗芳。苗芳小小的个子，细细的声音，始终是一副温顺的面孔，人称乖乖女。正是这副温顺的面孔令他着迷。苗芳家境较差，省吃俭用，生活窘迫。肖舜天从固定的生活费中挤出一半给她，帮她摆脱困境。原本朴素的她一经打扮，整个人似脱胎换骨，变得青春靓丽，婀娜多姿，引得无数情种竞折腰。或许是自卑心得到释放，苗芳一改乖乖女的形象，周旋在众多情种之间。肖舜天看在眼里，急在心上，多次委婉劝阻。谁知苗芳根本不当回事，还嘲笑他小家子气。肖舜天萌发打退堂鼓的念头，但迟迟下不了决心，一是在她身上投入太多；二是对她用情太深。苗芳发现他的情绪变化，赶紧掉头，斩断与其他追求者的来往，一心扑在他身上。浪子回头，肖舜天冰释前嫌，对她钟爱如初。到了大四，苗芳旧病复发，又与新的追求者眉来眼去打情骂俏，害得肖舜天寝食不安失魂落魄。肖舜天要她做出选择，好和好散。苗芳毫不迟疑地表示定会与他比翼双飞白头到老。肖舜天又相信了她的誓言，原谅了她的朝三暮四。毕业前夕，在毫无征兆的情况下，苗芳投入一个权贵后代的怀抱。肖舜天质问她为何如此绝情？她满不在乎地回道："谁能给我稳定的生活，我就跟谁。"肖舜天讥笑她无知，问她如何知晓对方能给你稳定的生活？她理直气壮地说："他答应给我找好单位，给我买房。这些，你能做到吗？"到这时，肖舜天才认清乖乖女的本来面目，不由得仰天长叹，叹自己眼瞎，叹自己痴情，叹自己轻信，叹自己荒诞。毕业后，肖舜天断然离开这座伤心的城市，回到老家，从乡干部一步一步干到副市长。

　　听罢肖舜天的恋爱悲剧，褚南娇无比感叹："这是一个典型的物质女，去了也罢，否则，贻害无穷。"

　　"是啊，这种人终究要遭报应。"杜玉娇表示赞同，接着问，"她的结局如何？"

　　肖舜天淡淡地说："还能有好结局吗？婚后一年就被踹了。她知道我还在处对象，跑过来跟我哭天抹地，想破镜重圆。结果被我的对象痛揍一顿。为了摆脱苗芳的纠缠，在没有充分了解对方性格的情况下，我草草地结了婚。其结局不用解释，你们应该猜中，她敢对苗芳动手，敢草草结婚，性格自是大胆泼辣不顾一切。这种婚姻，开始就埋下隐患。为了个人前程，我只得忍气吞声。然而，这种中国特色的婚姻比比皆是，我也无可奈何。"

褚南娇将头靠在他的肩膀上，亲昵地说："如有可能，我会永远陪伴在你的身边。"

肖舜天轻轻拍拍她的头，动情地说："谢谢你这份情。"

杜玉娇把头扭一边，调侃道："别这样目空一切好不好，如此肆无忌惮，叫我情何以堪，再也不做你们的电灯泡了。"

肖舜天呵呵一笑："少见多怪。你不做电灯泡，我们就没约会的机会。"

杜玉娇做个鬼脸："在我面前，你们能不能斯文一点。"说罢，三人哈哈大笑。

次日中午，杜玉娇宴请褚南娇和肖舜天，请陆可喜作陪。杜玉娇如实介绍褚南娇。陆可喜握住褚南娇的手摇了摇："好啊，杜玉娇的闺蜜，肖市长的朋友，欢迎常来。"褚南娇一语双关地说："只要陆总关照，我一定常来。"

酒过三巡，褚南娇滔滔不绝地介绍天全智能电器公司的辉煌业绩和获奖情况，末了话锋一转："陆总，新厂区的强电弱电工程交给我们做，保您质量第一、服务一流。"肖舜天趁机帮腔："是呀，陆总，小褚的话一点不假。南港市城网改造就是她公司干的，被省电力公司评为优质工程。据说该公司已进入上市辅导期。一旦上市，连带提高青山水泥公司的知名度。"

两人一唱一和，陆可喜听出了大概，忙表态："没问题，肖市长关照的公司肯定是信誉度与美誉度极高，我信得过。"转身交待杜玉娇，"小杜，这事你来办，务必保证小褚中标。"杜玉娇连连点头："好，听陆总的，听陆总的。"褚南娇说了一通感谢话，端起酒杯跟陆可喜连碰三杯。杜玉娇也为她感到高兴，诚恳地敬了陆可喜一杯。

回到酒店房间，褚南娇给蒋锐报告喜讯。蒋锐在电话笑得合不拢嘴，连夸她立了大功，待合同签订，给予重奖。褚南娇更是乐不可支，兴奋得跳起双脚，表示全力以赴做好后续工作。褚南娇叫杜玉娇拷贝了一份设计图，连夜赶回云都，邀请专家尽快拿出标书。

不日，厂房窑炉土建工程招投标消息在云江日报发布。一时间，陆可喜、杜玉娇办公室门庭若市。陆可喜应付几句就将人员打发到杜玉娇这边来。杜玉娇学不了陆可喜，也没退路，只得耐心接待与解释。搬迁办两位副主任曲凯和袁霞也忙得团团转。有些人为了走捷径，晚上提着大包小包往杜玉娇住处跑。这些大包小包里往往夹带一个鼓鼓囊囊的钱包。她十分清楚，这些不义之财绝对是炸药包，一概拒收，常弄得送礼者灰头土脸。为了减少麻烦，杜玉娇干脆住到袁霞那儿。袁霞租住的是一室一厅，她搬到厅堂，将房间让给杜玉娇。杜玉娇说："不好意思，鸠占鹊巢。"袁霞满脸兴奋："求之不得。"

在她忙得焦头烂额时，蓝天也来凑热闹。蓝天现在已是度春山溶洞公司总经理。能走上总经理的位置，他费了不少周折。从杜玉娇异地升迁经历中，他悟出一个道理，仕途关键点在一把手那儿，外围工作做得再多终难奏效。他转而主攻邵忠良。那段时间，只要有机会，他就往邵忠良办公室和家里跑。每次去都带上古玩字画。这些古玩字画有些是从岳父那儿讨来的，有些是从古玩市场淘来的。渐渐地，邵忠良不再坚持原来的观点，转而采纳马海和皮树德的建议。在跑官过程中，龙少华出了大力，经费上给予蓝天慷慨资助。为此，两人结成统一战线，凡国信集团所属企业有新建工程，他都会不遗余力地为龙少华摇旗呐喊。这次，就是应龙少华之邀特意跑来找杜玉娇疏通关节。

杜玉娇本想躲他，但禁不住袁霞的规劝。袁霞说："杜总，一个对同学和同事都不愿接触的人，背后定会落下许多骂名。中国是人情社会，一旦贴上六亲不认的标签，其形象立马坍塌。"袁霞这番话再浅显不过，让杜玉娇不得不重新做出思考。她约好蓝天下午下班前见面。

一年多不见，蓝天精神许多。看来，权力是神奇的润滑剂和强心针。两人寒暄一会儿，直接进入正题。蓝天说："这次专程找你，就是想请你帮忙。过去，我们之间有过许多误会，希望以后不再发生。"杜玉娇点点头："对，冤家宜解不宜结。但是，这忙肯定帮不了。现在招投标过程极其透明，谁都不敢暗箱操作。"龙少华用谦卑的口吻说："杜总，这我清楚。但招投标过程中的奥妙和技巧五花八门。我不敢奢望杜总大开方便之门，只请杜总提供点内幕消息。"杜玉娇讪笑道："提供内幕消息，属违规。想必你们不会不知道其中的利害关系。"蓝天压低声音说："我知道，只想请你关照一下而已。"杜玉娇对龙少华说："先报名吧，能不能入围，看你的本事。"蓝天连说谢谢，然后表示："不指望这次中标，这次算练兵。我们意欲拿下附属区的标，请你力促一把。"杜玉娇皱皱眉："以后再说吧。"

这时，步子航敲门进来，笑盈盈地说："杜总，今晚我宴请蓝总，请你作陪。"杜玉娇望着他欲找借口推脱。不料步子航紧追一句："不准推脱，老同学来了，得给我给蓝天一个面子。"袁霞一旁给她递眼色。杜玉娇恣意一笑，回道："好吧，陪陪老同学。"

宴席安排在青山大酒店一个中型包厢里。杜玉娇带上袁霞，步子航把曲凯叫来。6人坐在中型包厢里显得有些空旷。步子航说："大家可以坐松点，不影响喝酒。"酒一喝开，蓝天、步子航、曲凯、龙少华掀起一波一波的喝酒高潮。看来，他们关系不一般，几人显得亲密无间。杜玉娇没心思与他们闹酒，只与袁霞说悄悄话。4人闹了一阵，端起酒杯向她俩进攻。杜玉娇强调身体不适，应付一下就冷眼旁观。袁霞为给杜玉娇争面子，吆喝着单挑。蓝天清楚袁霞的酒量，喝了几杯就告饶，唆使步子航与袁霞对决。步子航不知底细，一杯接一杯地与袁霞干，结果，没把袁霞喝倒，却将自己喝倒。步子航大着舌头说："杜玉娇，难怪你把袁霞挖来，原来是酒仙呀。今日倒在女流脚下，脸面尽失，惭愧，惭愧！"说罢，摇晃身子躺在沙发上醒酒。蓝天问曲凯："步总不清楚袁霞的酒量吗？"曲凯摇摇头："杜总不给机会，从未在一起喝过酒。"蓝天笑道："袁霞一直是杜总的重磅炸弹。"曲凯向袁霞吐吐舌头："厉害。"继而念起段子，"喝酒最怕三种人，吃药片的；扎小辫的；红脸蛋的。"蓝天哈哈大笑，笑毕，叫上龙少华一起敬杜玉娇。

回到袁霞住处，杜玉娇大骂蓝天、龙少华是无赖刺头。过去，他们在度春山溶洞公司索道招投标问题上老找麻烦已给她留下无法挥去的阴影和永远记恨的伤痛。要不是魏焘帮她周旋，要不是邵总坚持自己的判断，她的仕途或许早已终止。对这种人，她恨不能剥皮抽筋。袁霞劝道："成大事者，必须要有韩信受胯下之辱的器量与勇气。您与蓝天是同学，倘若水火不相容，背后肯定议论纷纷。"冷静下来，杜玉娇吁口气，拍拍她的肩，"谢谢你！以后碰到这种事，还得及时提醒我。"

离开标的时间越来越近，来找杜玉娇做工作说情的人越来越多，电话经常被打爆。杜玉娇始终微笑地耐心解释，不给对方落下任何口实。开标前一天，邵忠良在冯辉陪同下来到青山水泥公司，名为检查工作，实为坐镇指挥。杜玉娇对邵忠良到来的目的心知肚明。赵威跟她说过，赵承运给邵忠良打过电话，邵忠良表示一定落实好。之前，杜玉娇将运作过程详详细细地给邵忠良做过汇报。赵威有内幕消息，投标方案做得极好，拔头筹应是水到渠成。再者，杜玉娇跟几个可靠的评标专家暗中打过招呼。所以，邵忠良才敢在赵副省长面前拍胸脯。为了避嫌，赵威在开标前反而与杜玉娇保持距离，有事则在电话里交流。

开标结果出来，以赵威为项目经理的福海省建筑集团公司名列第一。名列第二第三名的是云江省建筑集团公司和外省一家特级建筑企业。他们对赵威如此贴近标底的标书大加质疑，直指标底泄密，必须彻查，以正视听。作为招投标会议主持者杜玉娇担心他们的发难引起连锁反应，草草地宣布会议结束，并郑重表示："有意见，可通过正当途径向招投标主管部门和纪委反映。今天的招投标结果完全符合法律程序。倘若你们想在第二第三标中有所作为，则应集中精力做好后期工作。"这番话，既是暗示，也是警告。他们立即三缄其口，默认评标结果。

晚上，陆可喜设宴庆祝土建工程第一标招投标成功。邵忠良几杯酒下肚，兴致勃勃，不断赞扬青山水泥公司班子战斗力强，高度评价这次招投标组织得力、公正公平、合规合法，充分肯定杜玉娇在处理突发事件时做到了冷静应对把握准确。得到表扬的杜玉娇自是喜上眉梢心花怒放，禁不住频频向邵忠良敬酒。邵忠良当着大家的面夸奖她："小杜，好好干，凭你的实力，前途无量。"说罢，还重重地拍了一下她的肩膀。邵忠良这番言语和肢体动作，无疑给大家传递了一个欣赏与器重的明确信号。

酒足饭饱，邵忠良约杜玉娇散步。在青山大酒店的林荫道上，冯辉、陆可喜等远远地跟在后面。邵忠良轻声问："招投标过程经得起审查？"杜玉娇细声细语地回道："邵总，请放一万个心。我敢在大会上叫他们去纪委反映，足以说明我所做的一切十分隐秘可靠。"邵忠良点点头："干得不错。赵威中了标，我好向赵省长交代。不过，以后要千方百计抓好质量，绝不能出丁点差错。"杜玉娇信誓旦旦地表白："邵总，一定确保。我会时时刻刻盯紧赵威。"邵忠良进一步交代："下步要认真做好开工典礼准备工作，具体时间待我请示余副省长再定。"杜玉娇斩钉截铁地说："好，决不辜负领导的期望。"

开工典礼那天，万里无云，阳光明媚，旌旗猎猎，30辆工程车披红挂彩并然有序排成五列，显得十分壮观。200名施工人员和水泥厂200名职工身着工作服整齐划一地列成24排纵队，雄赳赳气昂昂地站成两大方阵。当地村民亦有上百人围观。一下子，这里成了人的海洋。主席台上坐着主管工业的副省长余为，省国资委主任，青山市委书记，市长钟诚，常务副市长肖舜天，邵忠良，冯辉等领导。冯辉主持典礼。邵忠良介绍工程建设情况。肖舜天代表市政府表态。赵威代表施工单位表决心。潘凤玲代表田水镇政府和田鸡村村民作承诺。最后，余为副省长宣布："青山水泥厂搬迁工程正式开工。"余为洪亮的话音一落，锣鼓声和几十万响的鞭炮声瞬间响彻云霄……

杜玉娇第一次参加重点工程开工典礼仪式，顿感热血沸腾心潮澎湃。待人潮散去，她还沉浸在激动之中。赵威走过来向她竖起大拇指："杜总，开工仪式相当成功，组织得相当好！"杜玉娇扭头望着猎猎飘扬的旌旗，不免感慨万端。在这些日子里，为落实邵忠良认真办好开工典礼的指示，她不知度过多少个不眠之夜。如何站队，如何布阵等，她与施工方赵威和刘伯彦演练了无数次，直到陆可喜点头通过为止。

第二天，三十辆平整土地的工程车轰轰隆隆地响了起来，昔日平静的村庄山野被喧闹取代……

不久，魏焘来青山探望杜玉娇。赵威在一家高档会所设宴接风。魏焘邀请肖舜天参加。褚南娇也应邀赶了过来。当肖舜天获知赵威是福海省常务副省长赵承运的侄子时不免另眼相看。他握住赵威的手夸赞："小赵年轻有为，必成富商。"赵威则显得诚惶诚恐："谢谢肖市长厚爱，以后，小弟免不了常到府上打扰。"肖舜天谦和地说："欢迎，欢迎。"

赵威把他的办公室主任兼情人肖莎带来陪酒。酒一喝开，捉对厮杀。赵威每次与魏焘杜玉娇碰杯都要表示感谢。杜玉娇反复强调一句："必须确保工期质量。"赵威自然是信誓旦旦。肖莎凑过来嗲声嗲气地说："杜总，赵总把您的话当圣旨，整天在我们耳边念叨。我们做属下的不敢怠慢，一定将工程做成一流。"魏焘拍拍赵威的肩："相信你不会给赵省长丢脸。"赵威把头点得像啄米的鸡："那是，那是，决不会给我叔叔、给邵总、给您、给杜总、给肖市长丢脸。"

在大家喝得兴致勃勃时，褚南娇将杜玉娇拉到一边，悄声说："我怀孕了，咋办？"杜玉娇一惊，压低声音问："谁的？"褚南娇瞥眼肖舜天。杜玉娇心领神会："他知道吗？"褚南娇摇摇头。杜玉娇说："应该告诉他。"褚南娇一脸难色。杜玉娇把她拉进洗手间,劈头盖脸地骂起来:"你傻呀,想生下来吗?怎么面对裴勇?"褚南娇不安地说:"我正苦恼,已经堕过一次胎,怕引发后遗症。裴勇提出结婚,应了他,就可名正言顺地将孩子生下来。"杜玉娇反驳:"假若生下来像肖舜天,裴勇会饶过你吗?"褚南娇叹口气:"就怕这种结局。"杜玉娇说:"决不能冒险。你也清楚,肖舜天不可能离婚娶你。倘若你执意生下来,肖舜天不会给好脸色,甚至恩断情绝。"褚南娇想了想:"对,把难题交给他,由他决定。"杜玉娇点点头:"这样最好。"后又否定,"不行。假若他像其他人一样想家外有家,是害你一辈子。你甘心情愿做二奶吗?"褚南娇苦笑一声,摇摇头。杜玉娇说:"要不先堕胎,再告诉他,让他欠你一份情。"褚南娇觉得在理,紧紧拥抱她:"好,就这样,谢谢你!"

两人从洗手间出来,肖舜天望着她们:"干什么,嘀咕这么久?"杜玉娇微微一笑,呛句:"多管闲事。"褚南娇赶紧打圆场:"我们谈点私事。"随即端起酒杯,"来,喝酒,喝酒。"

酒席快结束的时候,杜玉娇在赵威耳边耳语一阵。赵威连连点头:"行,我一定安排好。"肖舜天懂她的意思,不停地摆手:"不行,不行。"杜玉娇说:"肖市长,您得相信我们。赵威的身份您已清楚,他做事十分稳健。若有半点闪失,我把头割下来给您当球踢。"肖舜天呵呵一笑:"得了,听你安排吧。"赵威说:"我租了三幢别墅当住所和接待站,今晚就到那儿将就一下。请各位放心,绝对隐秘与安全。"

两辆车先后驶入一座深宅大院。下得车来,肖舜天等4人惊诧不已。3幢2层楼的青砖红瓦别墅成品字矗立在院中,足有3米高的围墙隔开了一个洞天世界。在如水的月光映照下,人字屋顶上熠熠生辉。几盏微亮的地灯在摇曳的桂花树丛中忽明忽暗,颇有几分神秘色彩。赵威说:"这个院子是当地一个郑姓富翁十几年前建的。他做贸易起家,发财后建成这座院子。后来,他迷上炒股,将赚的钱全部砸入股市。在做贸易过程中,他与朋友发生经济纠纷,遭人暗算,陷入囹圄8年。1年前他出狱,也是天助时济,他的股票市值翻了十几倍,他将其悉数卖掉,净赚1亿多。遭此一劫,他对国内生存环境徒增恐惧,在加拿大姨妹帮助下,一家三口办了移民。出国前,他将院子和别墅整修一遍,准备卖掉。谁知无人问津。我趁机租了下来。他看我诚实,还优惠了几个点，唯一条件是要我保护原貌，帮他慢慢物色买家。一来二往，我们成了好朋友。"肖舜天啧啧称奇："小赵厉害，我到青山一年多，咋没听说这档事呢？"魏焘说："小人物的故事遍地都是，哪会引起你们这些官场要员的重视？"褚南娇表示认同，还嘲讽："你们这些当官的眼睛只看上面，根本不把老百姓的死活放在眼里。"杜玉娇接过话说："要是我遭此大难，也会逃之夭夭。"

大家说着话，跟着赵威进了各自的别墅。房间收拾得干干净净，吃喝用一应俱全。看来，赵威早已做好准备。肖舜天好久没过牌瘾，提出打几圈。魏焘首先响应，搂着杜玉娇走进肖舜天住的别墅。4人围桌坐定，赵威随即在每个人面前放一叠牌资。褚南娇假意客气一番，代表大家表示感谢。肖莎忙前忙后，端茶倒水，切瓜递果。这一晚，大家玩得尽兴。

◢ᚱᚢ 第 32 章 ᚱᚢ◣

风 暴 来 临

次日下午，杜玉娇陪褚南娇去做人流。医生做完手术说："你的子宫壁很薄，以后不能再做了。"褚南娇默不作声，黯然神伤。在休息期间，杜玉娇劝导："各人的体质不一样。以后注意就是。"褚南娇叹息一声："哪顾得过来。也罢，若中招，生下来就是。"杜玉娇问："不管是谁的都生？"褚南娇点点头："对，管不了那么多。到时应了裴勇，有一纸婚书，就名正言顺。"杜玉娇说："一旦被裴勇识破，你有得苦吃。"褚南娇苦笑道："到时自有办法。"

杜玉娇安排她住在赵威的别墅里，安心养好身子。赵威叫肖莎照顾褚南娇，其待遇自是上等。

魏焘闲不下来，在肖舜天引荐下，一天到晚与市政府相关部门的头头脑脑吃吃喝喝。杜玉娇心里清楚，他是在广铺关系网，为以后开展业务埋下伏笔。

一天晚上，刘伯彦敲开杜玉娇的家门，请她帮忙做赵威的工作，将厂房和炉窑的沙石业务全部给他。杜玉娇说："已帮你落实了。"刘伯彦脸呈难色："他不干，只给部分。"杜玉娇问："是不是价格问题？"刘伯彦点点头。杜玉娇满脸不高兴："为什么老想占便宜？现在市面上的沙石价格透明得很，瞒得了谁？"刘伯彦说："当初动员老百姓签拆迁协议，我按您的指示向老百姓表过态，以赵总出的价，我没法跟大家交代。"当时为了做通他的工作，她顺便说了句土方沙石价格可以优惠。想不到他以此来要挟，令她气不打一处来。但一想，他是地头蛇，又是黄卫副书记的亲信，万万得罪不得，她只得妥协："好吧，我再跟赵总打个招呼。但有个条件，你必须做点让步。有道是，和气生财，有钱大家赚。没必要钻牛角尖。"刘伯彦把头点得像啄米的鸡："好的，好的，一定按杜总指示办。"说罢，走到门口，打开门，叫了句："黄狗。"随即有人递进两个茶叶袋。刘伯彦接过，放在餐桌旁，谦恭地说："杜总，刚买的茶叶，一点小意思。"杜玉娇上次领教过，觉得他是故伎重演，忙提起茶叶袋退给他。谁知他两脚抹油，一路小跑下楼。杜玉娇深知他的禀性，礼品断是退不回，只得暂时收下。她打开一看，果然与上次一样，茶叶盒里装满了百元大钞。

杜玉娇立马打袁霞电话，要她速来一趟。袁霞一进屋，她就说："刘伯彦刚才来过，又送钱来，你帮我收好，做好登记。"袁霞说："杜总，上次收的都没办法处理，要不，我明天退给他。"杜玉娇皱眉道："他背后有黄书记这尊大菩萨，退回去，等于打黄书记的脸。要不这样，市纪委有个廉政账户，分若干次打过去。记住，必须收好收据。"袁霞颔首道："放心，我一定办好。"

袁霞刚走，魏焘醉醺醺回来。杜玉娇将刚才发生的事告之。魏焘听后直感遗憾，嘀咕道："现在都是这个行情，没必要这样做。无名英雄，值几个钱？以后若再有这等事，跟我商量一下。"杜玉娇似不认识地望着他，心想，他可能是醉意引起思维混乱。于是他应付一句："好，下次跟你商量。"

可能是赵威走漏了风声，肖舜天获知褚南娇还在青山，打电话责怪杜玉娇隐情不报。杜玉娇笑呵呵地说："怪不得我，是南娇不让我说。"肖舜天在电话里发牢骚："什么意思嘛，不听电话。我哪得罪了她？"杜玉娇帮褚南娇打掩护："可能人家没听到。要不，今晚我请客，代她向您赔不是。"肖舜天想了想："行，我得赶个场子，定了地方发短信。"杜玉娇说："就赵威那儿，到时叫他过来接您。"肖舜天说："好，等会见。"

肖舜天这场子赶得比较快，不到晚上8点就过来了。看到褚南娇笑眯眯地迎接，他气不打一处来，大声嚷嚷："留下来也不说一声。"褚南娇做个鬼脸，嘻嘻一笑："人家不是怕影响你嘛！"上前挽起他的手，贴在他耳边轻声解释原因。肖舜天大惊失色："咋不早告诉我呢？"褚南娇嗲声嗲气地说："现在告诉也不迟呀。"继而摸摸肚子，"包袱卸下一身轻，给你也有个交待。"肖舜天搂搂她："谢谢！让你受罪了。"褚南娇娇滴滴地说："你得补偿我。"肖舜天又搂搂她，亲昵地说："来日方长，要什么补偿都给。"

这时，在另一栋别墅里响起了魏焘的喊声："吃饭喽。"肖舜天与褚南娇并排走过去。餐桌上早已摆满家常菜。赵威说："今天的大厨是肖莎，大家品品她的手艺。"杜玉娇已是饥肠辘辘，迫不及待地夹起一块啤酒烧鸭塞进嘴里，咬了几口，连称："好吃，好吃。"待大家坐定，赵威端起酒杯敬各位。随后，大家热闹起来。魏焘因明天要回云都转乘飞机去福海，放开肚量与大家对喝，不断把喝酒气氛推向高潮。

次日早饭后，褚南娇与魏焘一同离开青山市。

在回云都的路上，褚南娇得知一个惊天消息，沈晓飞在出差途中出了车祸。这一消息，对褚南娇来说无疑是晴天霹雳。不管沈晓飞是死是活，她都得做出响应。之前，在蒋锐干预下，陈玉暂时偃旗息鼓。沈晓飞车祸事故，可能又会触动陈玉蠢蠢欲动的神经。通过魏焘做工作，省政府金融办已将天全智能电器公司正式列入拟上市公司名单，蒋锐正在筛选中介机构进场做方案。她琢磨，在中介机构未进场之前必须打响股权争夺战，正式确定自己的股东地位。她把意图告诉魏焘。魏焘听罢斟酌再三，问她官司胜算多大。她认为有七成把握。魏焘虽然反感此种行为，但看在杜玉娇的面子上，还是站在褚南娇一边，支持她打这场官司。他说："如果你成为二股东，对我对肖舜天都有好处。当然，玉娇更希望你掌握主动权。你俩现在好得像一个人似的。"褚南娇得意地说："我们永远是好姐妹。我能有现在的成就，一半归功于她。当然，也有你一份功劳。"魏焘哈哈一笑，逗道："以后官司赢了，别忘了我的好处。"逗罢，又给她出主意，"你应该找个好律师。官司输赢，律师的水平起关键作用。另外，在这个时候，无论发生什么，都要做到一个忍字。对方越是寻衅滋事，对你越有利。注意，任何证据都得保留。"褚南娇连连点头称是。

沈晓飞伤得挺重，住进了ICU，经过数小时抢救，暂时保住了生命。医生说，如果不发生意外，沈晓飞最好的结局是后半生在轮椅上度过。

褚南娇当晚把陶岚约出来。她相信陶岚是好律师，完全有把握帮她打赢官司。加上陶岚已介入很深，对案情了然于胸。前不久，陶岚告知，失联的李典突然降临，两人忍不住旧情复燃。李典帮她认真研究了案情，觉得胜算百分之百，还支了不少妙招。有名律师指点，更增添了褚南娇的信心。

陶岚津津有味地吃完海味，抹抹嘴，兴致勃勃地说："说吧，何时递诉状。"拍拍材料袋，"早给你弄好了，全在这里。你过过目。李典花了一天时间帮我修改，保你一炮打响。"又呵呵一笑，"我买房正缺资金，正等你的奖励呢。"

褚南娇将材料推回，笑道："百分之百相信你。至于奖励，官司赢了马上兑现。"

"那就递诉状喽，还等什么呢？"陶岚摩拳擦掌跃跃欲试，像战士一样恨不能立马投入战斗。

褚南娇摆摆手："再等等。"她不想贸然行动，欲在陈玉的逼迫之下奋起抗争，让蒋锐知道她的起诉是迫于无奈。以陈玉的性格，近期定会对她采取极端行动。如此，她就可借机反戈一击。

送走陶岚，她回到家。刚坐下，裴勇敲门进来。见她精神恍惚，裴勇问："不舒服？"她摇摇头："有点疲惫。"

他俩有半个多月未见面，前一个星期，他出差。这个星期，她在青山。裴勇见她迟不应婚，追求的劲头慢慢减弱。他打算等，慢慢等，给她一个缓冲时间。他也不清楚自己为什么那么死心眼，若换成别人，早逃之夭夭。是呀，他对她的爱已深入骨髓，难以摆脱。另外，他更感到这段姻缘来之不易，以她的条件，他本高攀不上，可她偏偏认可他，令他好不感动。

裴勇说："洗个热水澡吧，去去乏。我给你放热水搓搓身子。"放好热水，他又帮她脱衣服。躺在浴缸里，她尽情享受他的抚摸与搓洗，脑海里却是与沈晓飞恩恩怨怨的片断回放。洗完澡，她穿好衣服，叫他也去洗澡，今晚住这里。

裴勇忙完，看她还在那儿发呆，就在她身边坐下，问："到底发生什么？"她摇摇头："没什么，想业务上的事。"裴勇劝道："休息就休息，别想那些烦心事。"她冲他笑笑，头靠在他肩膀上："好，听你的。"与沈晓飞的纠葛，在他面前不能透露半点，必须捂得严严实实。裴勇说："我公司在省外有个债权项目要重组，后天起，我可能得在那儿呆上半年。有事电话联系。"她听了暗喜，忙应道："放心，我知道爱护自己。"有半年时间，她与沈晓飞的官司可能了断。即便他听到什么，也好搪塞与解释。裴勇又问她公司上市进展情况，她一一作答。见时间不早，她说："睡吧。"裴勇点点头，拥着她进房间。或许是顾及她的疲惫，裴勇今晚床上动作特别温柔。她紧紧搂抱他，尽情享受他的激情，心想，不管以后发生什么，决不能亏待这个男人。

经过多次手术的沈晓飞还是站不起来，轮椅成为他的终生依靠。

有天，蒋锐把褚南娇叫到办公室，凝重地说："南娇，晓飞已经这样了，一大摊工作需要人管。我考虑再三，准备提你为副总经理。但任命暂时不下，个中原因你应清楚。你先行使副总经理权力，把晓飞这摊管起来。"沉吟片刻，又特别强调，"我有个条件，就是把晓飞的恩恩怨怨一笔勾销。晓飞已是半死不活的人了，锱铢必较已没必要。公司上市到了关键时刻，内部必须团结、平稳、和谐，否则，会影响公司上市进程。"

褚南娇低下头，进行激烈的思想斗争。倘若是平常事，她会毫不犹豫地满口应承，可这是20%的股权，一上市，动辄几千万或几亿。蒋锐的担心可以理解，一旦闹开，必定影响公司上市进程。放弃，意味放弃巨额财富。坚持，意味迈进富豪圈子。想到此，她决心不妥协，即便影响上市进程也值。她抬起头，斩钉截铁地回道："蒋总，对不起，恕难从命。我的名声已被陈玉败坏。我这样做也是迫于无奈，迫于自卫，迫于洗刷污名。假若蒋总非要我这样做，我只有逃离公司，逃离云都。"

蒋锐从未想过这层，对于女人，名声即生命。他心里骂陈玉蠢猪，假若不是她大闹天宫，兴许此事可以大事化小。他顿感无奈，长叹一声："也罢，听天由命吧。"

褚南娇的猜测没错，沈晓飞出院后，陈玉又卷土重来。那天晚上，她洗完澡，身着低胸内衣，外套一件宽松睡衣，坐在沙发上读阿来的《尘埃落定》。正当她读得如痴如醉时，门被敲响。她从猫眼往外一看，是陈玉两姐弟，心想，风暴即将来临。好在她早已装好摄像头，只等她来留痕。她想去换件衣服，后一想，管他呢，若她敢做荒唐事，正好留下证据。她毫不犹豫地打开门，让姐弟俩进来。

陈玉把门关紧，气冲冲地说："给了你这么长时间，原件拿回来了吗？"

褚南娇明知故问："什么原件？"

陈奇一屁股坐在沙发上，架起二郎腿，阴阳怪气地说："今天不交出原件，我们就在你这里安营扎寨，直到你交出为止。"

陈玉围着她打转,眼睛死死地盯着她傲人的胸部,恶狠狠地说:"难怪呢,沈晓飞自从与你勾搭上,老嘲讽我的胸小。原来你是靠这个来迷惑他。今天,老娘就让你付出代价。"说罢,一把扯破她的内衣,两只长满指甲的手使劲掐入她的乳房。顿时,鲜血顺着陈玉的指甲流下来。褚南娇疼得哇哇大叫,用双拳击打陈玉的脸。陈玉一边躲闪,一边叫:"陈奇,拿烟头来,烫掉她的大奶。"陈奇点燃烟,站在旁边不敢下手:"姐,这样做过头了吧。"陈玉吼叫:"怕什么,出了事我负责。"陈奇头脑还清醒,把烟头掐灭,上前拉开陈玉:"姐,毁掉她的大奶有何用?姐夫还能再上她吗?"陈玉气呼呼地说:"你姐夫不行,她会去祸害别人。"陈奇说:"姐,她祸害别人,跟你何关?"陈玉呸一声:"我见不得骚货这坨肉。否则,你姐夫哪会做这等蠢事?"

褚南娇面对隐蔽摄像头,让摄像机摄下血淋淋的乳房,然后慢慢扯起撕破的内衣,进房间找创可贴。陈玉跟了进来,气急败坏地说:"要不是陈奇劝阻,我今天非废掉你。"褚南娇不理她,埋头贴创可贴。有几处皮肤裂开口子,还在往外渗血,她一边贴,一边吁气,痛苦难忍,泪水涟涟。陈玉哼一声:"还知道哭呀,当初勾引沈晓飞,咋就不想想后果?话搁在这里,今天不交出原件,定整死你。"

褚南娇贴完创可贴,换了件内衣,穿上正装,拿起手机给杜玉娇打电话。陈玉一把抢过手机:"休想跟人联系。"褚南娇抢回手机:"给蒋总说句总可以吧。"陈玉又抢走:"不行,不准跟任何人联系。除非把原件交出。"陈奇进来,接过陈玉手上的手机,盯着褚南娇说,"没必要再动干戈吧,主动权在你手上,何时交出原件,何时把手机还你。"褚南娇不想跟他们理论,双手抱胸坐在厅堂沙发上。她要让他们的一言一行置于摄像头下。

陈奇站在她身边,慢吞吞地说:"褚南娇,你留着这份协议书有何用?不错,我姐夫动了你,可那是双方自愿。都是成年人,没必要为这点事闹得满城风雨。现在,我姐夫只有半条命,你就不能放过他吗?你们开房无数次,难道你就没一丁点感情?不瞒你,我也有过此事,之间也闹矛盾,可关系一直不错,她还跟我姐成了好朋友。我姐夫可能处理不当,伤害了你,没关系,我们会补偿,讲个数,决不亏待你。"

褚南娇露出一声讥笑:"双方自愿,仅是你的猜测。沈晓飞先是强奸,后是强暴。我当时畏他权势，不敢声张。你去问问他，有哪次是我主动应允，都是他施暴。我一个弱女子，哪拼得过一个大男人。再说，蒋总反复交代要精诚团结，为了公司的发展，我只有忍气吞声。"

陈玉咄咄逼人地说："就算沈晓飞当时强暴，你为何不告发，非得逼他写股权转让协议书？我看，这是预谋，你早就盯上他的股权。再说，你又不是什么好货，装什么清纯。我早了解过，你在大学期间就与老乡上过床，还做过人流。你与沈晓飞鬼混的同时，又与肖舜天销魂。现在，还装模作样地与裴勇谈情说爱。你这种人，与婊子何异？"

褚南娇听罢大吃一惊，她的过去和现在被陈玉摸得清清楚楚。事已至此，她只有三缄其口，任凭陈玉折腾。

陈玉继续放言："如你不仁，我就不义，到时将你的丑事公布出去，看裴勇怎样收拾你？看你怎样在社会上立足？"

褚南娇才不怕陈玉威胁，早已做好破釜沉舟你死我活的准备。她与沈晓飞的纠葛，公司上下无人不知。至于裴勇，顺其自然，若他能正确面对，到时可以给他一个归宿。她最担心的是肖舜天，流言蜚语一旦蔓延，对他可能是致命一击。如此就害了他。好在床照已经销毁，料想沈晓飞不会事先复印。一张消失的床照，口说无凭，其他未显蛛丝马迹，到时狡辩几句，估计能搪塞过去。想到此，她面不改色心不跳地露出坚毅的微笑。

"你真无耻。"陈玉见她还在笑，怒斥，"为了股权，什么都不顾。你是人还是畜生？告诉你，如果非打股权的主意，叫你死无葬身之地，大不了陪你一起下地狱。"

陈奇说："褚南娇，跟我们斗，没什么好果子吃。想霸占股权，痴人说梦。到头来定是竹篮子打水一场空，不仅臭了名声，还影响公司上市。到时，公司所有员工都会扒你的皮。因此，我劝你尽早放弃荒诞不经的想法和打算。"

褚南娇干脆微闭双目，思索如何启动诉讼。陈玉的施暴更激发了她的斗志，不管胜负如何，这仗必须打。刚才的录像，又添了一份证据。为了这20%的股权，受点委屈和凌辱算不了什么。即便他们失去理智，再做出格事，她亦奉陪到底。

见她不理不搭，陈玉又撒起野来："好呀，敬酒不吃吃罚酒，看老娘怎样整死你。"话音一落，一巴掌打过去。褚南娇的脸上立即现出5个红手印，火辣辣地痛，怒不可遏地瞪着她。

陈玉撕扯她的衣服："不把原件拿出来，叫你死得难看。"

褚南娇双手护衣，跳到一边。陈玉扑上去，褚南娇一个闪身，把她推倒在地。陈玉爬起来，气急败坏地说："你打我。陈奇，把她的衣服剥光，将她的裸照发到网上去，叫她没脸见人。"陈奇上来抓住她的手。陈玉扯掉她的上衣纽扣，扒她的内衣。褚南娇不再挣扎，任其施淫威。陈玉扒掉她的内衣，又扒她的裤子。好在陈奇未失去理智，提醒道："姐，不能再扒了，再扒我们就没理了。"陈玉愣了一下，收了手，喝道："到底拿不拿？"褚南娇将头扭一边，鼻子哼一声："做梦。"陈奇松开她的手。褚南娇迅速将衣服裹住胸部。

陈玉顿感黔驴技穷，一屁股坐在沙发上："算你狠，哪就耗吧。"

时间一分一秒地过去。到凌晨3点，陈玉首先熬不住，呵欠不断。陈奇掐灭烟头说："姐，走吧，我们再想办法治她。"陈玉站起来，揉揉有点酸痛的腰，警告褚南娇："你敢把事做绝，我就叫你名声扫地。"

他们一走，褚南娇给陶岚发短信，叫她上午10点到家里来趟，然后钻进被子补觉。

꧁ 第33章 ꧂

官 司 获 胜

9点刚过，门铃响起。褚南娇揉着惺忪睡眼开门，一边示意陶岚不用换鞋，一边嘀咕："咋提前来了？"

一片狼藉和满屋的烟味令陶岚吃惊，她伫立门口问："咋回事，遭劫？"

褚南娇将她拉进来，关上门说："陈玉姐弟俩折腾我一晚。这次，我不犹豫了，准备上诉。"

陶岚点点头，打开所有窗户通风。她一边用手扇烟味一边问："证据在哪？"

褚南娇取下隐蔽摄像机，打开电脑，调出录像。陶岚看到凌辱画面，愤然而起："太不像话，这是犯罪。"

褚南娇摸摸隐隐作痛的胸，心有余悸地说："简直是土匪。好在陈奇还理智，否则，我会被这个巫婆整死。"

"走，去医院验伤。"陶岚拉起她往外走。

褚南娇说："我得整理一下。"

陶岚这才发现她衣冠不整，叫她赶紧收拾。褚南娇收拾完毕，冲了杯牛奶，吃了几块饼干，跟着陶岚上医院……

下午4时，陶岚陪同褚南娇到保里区法院递交起诉书。从此，陶岚三天两头往保里区法院跑，不断提供和补充新证据。

肖舜天得知褚南娇准备打一桩官司，打电话询问情况。褚南娇如实相告。肖舜天听罢扼腕长叹："这样做，不仅暴露你的隐私，还影响我的声誉。难道股权比名誉重要？"褚南娇毫不犹豫地回道："对我来说，名誉算不了什么。股权才是真金白银，资本才是人生支柱。于你而言，他们手头没任何证据。为了避嫌，这段时间我们最好不接触。请放心，我一定会赢。"

　　见她决心已下，肖舜天只得作罢，准备暗中助力。他有个高中同学在保里区法院任常务副院长，于是打电话过去，要老同学帮忙。老同学满口应承，表示定在法律范围内两肋插刀。

　　一天，蒋锐把她叫到办公室。未等蒋锐开口，褚南娇先发制人，掏出U盘说："蒋总，先看看录像再说。"蒋锐接过U盘，插进电脑。陈玉长指甲抠进褚南娇乳房鲜血淋淋等画面映入眼帘。他心里骂道："蠢猪，都什么年代了，还这么无知。"看完录像，他气得浑身发抖，拔出U盘还给她，并用手示意她坐。

　　褚南娇一落座就滔滔不绝："蒋总，我知道您难过心理关。同理，我也难过心理关。您是担心影响公司上市，我是担心影响名声。一个弱女子，将自己的隐私公布于众，其滋味谁都清楚。您的良苦用心，我完全理解。可您想过我的难处？起初，我本想以股权转让协议书约束沈晓飞的犯罪行为。他觉得我软弱可欺，一而再，再而三地骚扰我。陈玉几次私闯民宅施暴，叫嚣要置我于死地。到了这种地步，我能妥协吗？如果因我的起诉影响公司上市进程，请蒋总谅解。不过，我会尽力处理好不利因素，让负面影响降至最低。"

　　蒋锐摇摇头，凝视她，认真地问："你要什么结果？"

　　褚南娇苦笑一声："到时自有分晓。"她不愿透露底线，更不想节外生枝。毕竟他是站在沈晓飞一边。

　　蒋锐张了张口，想说什么又打住。褚南娇见状向他深鞠一躬："对不起，蒋总。走到这步，是沈晓飞两口子逼的。"说罢，赶紧退了出来，把自己反锁在办公室。

　　临近下班，响起敲门声。褚南娇打开门，是沈晓琪。她做了个请的动作。沈晓琪沉着脸进来，不请自坐。褚南娇清楚她来的目的，静静地坐回椅子，等待她的训斥。

　　沈晓琪酝酿了一下情绪，脸上露出一丝不易捉摸的微笑，慢悠悠地说："南娇，我们都是女人。今天，就说说我们女人间的事。你与晓飞的事，以我的了解，其实挺自然，年轻男女长期在一起，难免擦出火花。起初，晓飞有可能违背你的意志，但不排除你对他不反感。不管怎么说，晓飞错在先。

我们女人哪，在男女之事上总是扭扭捏捏，等接受了，巴不得天长地久。听晓飞说，你们后来常开房，还在你家里过了夜。女人一旦愿意留男人在家里过夜，就意味完全接受了他。晓飞有段时间为你发疯，想离婚娶你。不瞒你，是我极力劝阻，才打消了他的念头。请别误解，我没有瞧不起你的意思，主要是考虑孩子。另外，陈玉是我介绍的，从小在一个院子里一起长大，知根知底，不忍心她家破人散。假如晓飞不跟你撕破脸皮，假如陈玉不凌辱你，也许这事无声无息。当然，这是我的一厢情愿。因为陈玉知情后不会让此事无声无息。现在回过头来看，全是陈玉醋意引发的。"沉吟片刻，晃晃手，"算了，说这些已无意义，事已至此，只有正确面对。我知道，此事一旦诉诸法律，晓飞必败无疑。我想，你们有过那么一段难忘的情感经历，没必要对簿公堂。再说，晓飞已是半条命的人，不看僧面看佛面，放他一条生路。我和蒋锐十分欣赏你，准备让你接晓飞的班。以后，我们长期共事，一口锅里吃饭，没必要闹得不愉快。你为了出这口气，我没意见，可让晓飞补偿，股权或现金，都行，咱们私下解决，行吗？"

褚南娇长叹一声："沈总，不是不给您面子，而是陈玉把我逼上了绝路。您想看看她怎样凌辱我的吗？"从抽屉里掏出U盘，递过去。

沈晓琪摇了摇头："不看了，蒋锐跟我说了。我狠狠骂了陈玉，她已知错。过两天，我陪她向你道歉。咱们三个女人坐下来找个最佳解决方案。"

"沈总，对不起，我不接受私下调解。法院已经在走程序，到时，有话到法庭上说。"褚南娇态度坚决，没半点妥协的意思。

沈晓琪要了杯水，喝了几口，抹抹嘴，诚恳地求道："南娇，算我求你了。不管怎样，蒋锐是你的大恩人，你得为他着想呀！他那么赏识你，器重你，让我都有点吃醋。不错，你是天全智能电器公司的大功臣，台柱子，我们不想得罪和失去你。如果因官司影响公司上市，挥泪斩马谡的可能性不是没有。再说，即便你赢了，坏了名声，又有何意义？你与晓飞的事，目前只有公司的人知道。一旦开庭，你这些隐私都会流入社会。你与肖舜天的隐情，是我公司的秘密，到时就是重磅炸弹。对你，对肖舜天，对公司都不利。你还在谈对象，让男朋友知情，又有什么好处？女人的名声比任何东西都重要。"

褚南娇淡淡一笑，这些早就想过，何需她来提醒？

见褚南娇毫无反应，沈晓琪不解地问："难道你真的不在乎流言蜚语？"

褚南娇用《海燕》里的名句作答："让暴风雨来得更猛烈些吧。"

沈晓琪站起来，拍拍屁股，愤然道："你这人真是不可理喻。好吧，既然希望暴风雨来得更猛烈，我们奉陪。"说罢，摔门而去。

三天后的晚上，魏焘打来电话，告知蒋锐专程到福海向他求情。褚南娇问："您怎样回答的？"

魏焘笑笑："我能说什么？只从上市角度给他释疑，股东之间打官司是常事，影响不大。蒋锐又拿肖舜天说事，要你考虑其中的利弊。说实话，其他的我不担心，唯一担心肖舜天与你的关系成为人们关注的焦点，这样就害了他。要知道，他前途无量，决不能因此事毁了他的前程。如此就对不起朋友。所以，我要你认真评估其中的风险，谨慎行事。"

褚南娇从容回道："魏总，干什么都有风险。我与肖舜天通过电话，他完全理解。我们之间接触十分隐秘，除了你们、赵威和蒋锐，没任何人知晓。沈晓飞单凭一张不存在的床照掀不起风浪。想想看，他若揪住无凭无据的事来说事，有何意义？对案情也起不了作用。即使他咬出来，我不承认就是，法庭调查也无从下手。现在当官的，沾点风闻算什么。只要他过得硬，还怕跟对手过招？如果这点风险都不敢扛，以后还能成大事吗？为了成就我，他应该这样做。一旦将这部分股权拿到手，对我对您对他都有好处。"

魏焘哈哈大笑："行啊，南娇，士别三日，刮目相看。既然肖舜天理解，我无话可说，祝你旗开得胜。开庭那天，我一定到场旁听，借以助威。"

褚南娇发自内心地表示了感谢，并要他在公司上市环节上帮她化解风险，别给蒋锐出难题。魏焘满口应承，叫她放开手脚打好这一仗。

刚与魏焘通完电话，杜玉娇的电话打了过来。她快人快语地问："南娇，刚才是不是在跟老魏通电话？"

褚南娇大吃一惊："对呀，你有三只眼？"

杜玉娇嘻嘻一笑："他给你通电话之前跟我说了。这个蒋锐，看来真是走投无路，磨了老魏又来磨我。我只得虚与委蛇。既然拉开架势，就干漂亮点。我问你，这个陶岚靠得住吗，别弄砸。告诉她，如果打赢了，我请她吃饭，还请她做我的法律顾问。"

褚南娇信心十足地说："没问题，她真的有两把刷子。你若请她做顾问，她会笑死。一个偌大工程，顾问费肯定不少，估计她会给你烧高香。"

杜玉娇说："但愿如此。我与老魏商量好了，开庭那天，都会到场。"

不日，保里区法院下达了开庭通知书。陈玉一接到通知书慌作一团，除了埋怨沈晓飞做下蠢事，就是莫名地发脾气。车祸已让沈晓飞心灰意懒，根本不考虑其他。陈奇也是黔驴技穷一筹莫展，跟在姐姐屁股后面埋怨姐夫。他找几个哥们商量对策，有说做掉褚南娇，有说制造车祸。一谈到具体，一个个往后缩，谁都不敢以身试法。夜深人静时，陈玉思前想后，恨自己过于冲动，激怒了褚南娇。为了股权，她采纳沈晓琪的意见，委曲求全向褚南娇赔罪，力争庭外调解。至于赔偿，她准备满足褚南娇的任何要求。

在沈晓琪的安排下，陈玉与褚南娇在一家咖啡馆见了面。任陈玉如何赔礼道歉，褚南娇自是不动声色、三缄其口。沈晓琪实在看不下去，愤然道："褚南娇，陈玉已赔礼道歉，我多次求情，你就不能通融一下吗？"褚南娇冷冷地说："有什么好通融的，都这样了。"陈玉泪流满面，苦苦哀求："褚南娇，求求你，放过我们吧。"褚南娇将头扭向一边，不理不搭。见此，沈晓琪和陈玉只得作罢，提起手袋子气呼呼地离去。

开庭那天，魏焘和杜玉娇按时赶到。与褚南娇关系密切的女同事叶娜也来旁听。沈晓飞家庭成员悉数到场。沈晓飞坐在轮椅上，无精打采，垂头丧气。

双方律师陈述后，开始法庭调查。当问到强奸细节，沈晓飞一口否定，认为是两相情愿。审判长问："既然是两相情愿，为什么选择对方酒醉时？"沈晓飞吞吞口水，厚着脸皮说："当时，我就喜欢她的醉态。"审判长摇摇头，不紧不慢地问："既然是两相情愿，为何签订股权转让协议书作担保？"沈晓飞翻翻白眼，低声回答："她逼我。"审判长讪笑道："当时签订股权转让协议书，你意识清醒吗？"沈晓飞满脸通红，讷讷地说："清醒。"审判长叫工作人员将股权转让协议书和公证书呈示沈晓飞确认是否亲笔签字。沈晓飞看后点点头。

这时，沈晓飞律师举手发言："审判长，当男人迷恋心仪的女人时，难免情绪失控，意识迷乱，做出与事实不符的事情来。这样的案例比比皆是。有科学家做过实验，受情感控制的脑部内啡肽水平非常高，很容易精神错乱。可以说，我的当事人签股权转让书时正是意识不清醒时刻。请审判长酌情考虑这一客观因素。"陶岚举手发言："审判长，我反对。法律重事实，重依据，岂能以情感因素推论？"审判长大声说："原告辩护有效。"

沈晓飞律师为了证实两相情愿，不断提供两人开房的地点次数以及在褚南娇家里过夜的情况。对床照事件，律师绘声绘色地描述："那天晚上，我的当事人与褚南娇做完事之后坐在沙发上休息，待对方睡着后翻箱倒柜，试图找到股权转让协议书。结果找到褚南娇与肖舜天的床照。我的当事人如遭五雷轰顶，觉得心仪的女人背叛了他，痛苦地抽完一包烟才愤然离开。后来，我的当事人想到以床照换股权转让协议书。由于粗心，我的当事人未发现褚南娇给的是复印件。受骗后，我的当事人到南港市找褚南娇理论，结果发生肢体碰撞。直到蒋锐赶来才平息争吵。"审判长要被告提供床照。律师说："床照被褚南娇当场撕碎。"

陶岚举手申辩："审判长，被告所述细节不实。床照是我的当事人与前男友浴后合影。不错，当时确实当着沈晓飞的面撕碎了床照。应我的要求，我的当事人重新冲洗了一张。"说罢，从材料里抽出一张照片。

工作人员接过递给审判长。这是一张上身全裸的亲热照，褚南娇从背后搂着程序，胸部被程序遮挡，只露出半侧乳峰。审判长瞥了一眼，叫工作人员交给沈晓飞确认。沈晓飞说："不是这张。"

沈晓飞律师自以为抓到把柄："审判长，原告视法律为儿戏，作伪证。"观众席上一片嘘声。审判长跟法官耳语一阵，提出："鉴于此细节跟案情关联度不高，不予采纳。"沈晓飞律师提出抗议。审判长一锤定音："抗议无效。"沈晓飞律师无奈地摇摇头，又从褚南娇要求签订股权转让协议书的合法性提出质疑，认为褚南娇是趁沈晓飞迷恋之机故意设置陷阱，达到霸占股权之目的。尤其是公证这一环，如果没有缜密的思维，绝对不可能留下无隙可乘的法律文书。

褚南娇举手申辩："审判长，被告律师主观臆断，肆意捏造。我一个弱女子，何来缜密思维，未雨绸缪。作为直接上司的沈晓飞趁我酒醉实施强奸，其性质何等恶劣！为顾及自己与公司名声，我忍气吞声，要他以股权担保以后不再重犯。过了不久，他又趁我酒醉实施强奸。我迫不得已以公证书的形式约束他。之后，他故伎重演，找各种理由进行骚扰。我由于慑于他的淫威，顾忌众多，累遭他的凌辱。沈晓飞担心我日后在股权问题上做文章，以各种理由要回协议书和公证书。为了自保，我自然不会答应。到后来，连续发生争吵，更有甚者，沈晓飞妻子陈玉两次带着弟弟到我家里施暴。最近一次，我对他们的施暴行为进行了录像。请审判长允许将录像进行播放，借以证实沈晓飞家人的残暴。"

看完录像，观众席上出现骚动，魏焘、杜玉娇、叶娜愤愤不平。沈晓飞痛楚地闭起双眼，心里骂陈玉昏庸透顶，无故添乱。沈晓飞律师气得满脸通红，羞愧难当地低下头，因他对这一细节一无所知。

陶岚借此反击："审判长，种种事实证明，我的当事人一直受到沈晓飞及其家人的凌辱。如果不是顾全大局及顾及名声，早把沈晓飞夫妻俩送进监狱。他们罪证昭昭，还有脸面装成无辜。以股权抵罪，已经给了他们最大面子。如果不服，我们保留刑事诉讼的权利。"

见大势已去，陈玉与沈晓琪和蒋锐细声商量，统一意见后举手申诉："审判长，我们放弃申辩。但我们有个请求，请法庭酌情考虑沈晓飞的实际，留下一半股权作为他后半生的生活来源。"

审判长沉吟片刻，问："原告对这一主张有何看法？"

大家的目光一起投向褚南娇。尤其是沈晓飞，投向她的目光泪花闪闪。她不觉动了恻隐之心。陶岚向褚南娇使眼色，表示不要轻易让步。褚南娇张了张嘴，又摇了摇头，陷入深度矛盾之中。陶岚见她犹豫不决，举手建议休庭。审判长采纳陶岚的建议，宣布休庭。

褚南娇把魏焘、杜玉娇、陶岚叫到一边，征求他们的意见。魏焘说："既然撕破面皮，绝不让步。"陶岚同意魏焘的意见。杜玉娇说："为了消除隐患，我想还是给沈晓飞留点股权为好。"褚南娇心里一直想着床照之事，总担心沈晓飞和陈玉以后纠缠不休，于是采纳杜玉娇的建议，给沈晓飞留下2%的股权。陶岚和魏焘见她意决，只得附和。这时，蒋锐迈着沉重的步子走过来，请褚南娇高抬贵手。褚南娇说："蒋总，我采纳你们的意见，但只能留2%。请您理解。"蒋锐心里不悦，嘴上还是表示感谢。有2%的股权，上市后，完全能够解决沈晓飞一家人的生活之虞。

法庭最后做出判决，沈晓飞名下20%的股权18%归褚南娇所有，2%归陈玉所有。蒋锐和沈晓琪把2%股权放在陈玉名下的用意很明显，以后除了照顾沈晓飞，还准备让她进入董事会。

晚上，褚南娇摆盛宴庆祝官司获胜。在杯盏交错中，褚南娇不忘给陶岚兑现承诺。陶岚自是高兴，回敬几杯，抹抹嘴，对褚南娇让出股权2%的做法甚为不满："你这样做等于养虎遗患。陈玉名下有了这份股权，自然取代沈晓飞进入董事会，甚至担任公司高管。以陈玉的性格，与你定是水火不容。以后，你的路途充满变数和凶险。"

褚南娇说："蒋总已承诺我出任公司副总，相信他不会出尔反尔。"

陶岚撇撇嘴："你呀，死脑筋，蒋锐为了调动你的积极性，当然不会出尔反尔。增加一个副总位置，还不是他一句话的事。陈玉这次败下阵来，不等于束手待毙。以后，她绝对会伺机反扑。而这隐患，是你埋下的。"

魏焘同意陶岚的判断，分析道："家族企业，一般都会维护家族荣誉。你一个外人插在中间，自然会成为众矢之的，而且你二股东的地位又是来路不正。"

褚南娇觉得在理，怪自己一时软弱铸成大错。但事已至此，只有走一步看一步。"如果欺人太甚，我就跟他们鱼死网破。"她恨恨地说。

杜玉娇安慰道："别想那么多，要向好的方面看。蒋锐是个通情达理的人。至于陈玉，估计翻不了大浪。"

魏焘嘱咐道："南娇，要多考虑不利因素，做到未雨绸缪。走到这步不容易，希望你走得更远。"

褚南娇不停地点头，表示决不辜负大家的期望。

第 34 章

初心不改

在回家的路上，魏焘一直沉默寡言。杜玉娇甚觉奇怪，刚才在酒桌上还谈笑风生，怎么一下就心事重重？近期，听说他要去趟美国。去美国干啥，他一直不明说。他不说，她也懒得问。她以为是去美国遇到麻烦，于是问："怎么啦，没批下来，还是有其他原因？"魏焘不理她，依然沉默。杜玉娇心想，也许是褚南娇的官司拨动了他埋藏在心底里哪根心弦，自己在整理情绪。

回到家，她给他放好热水，催他去洗澡。洗完澡，魏焘把她拉到身边，煞有其事地说："每个人的生活各有各的不同，成功也罢，失败也罢，都没有特定标准。今天，褚南娇赢了官司，并不代表她取得成功，恰恰是走上了一条充满变数的荆棘之路。"杜玉娇觉得他话中有话，问："想表达什么？"魏焘拍拍她的手，深情地说："你不是想知道我的过去吗？在去美国之前，我将我的过去全部告诉你。再说，这次去美国也是跟她们有关。"

大学期间，魏焘疯狂地爱上了班花齐嫣。齐嫣美丽动人、亭亭玉立、生性活跃，根本瞧不起他这个长相一般身无长物的穷小子。然而，他人穷志不短，不管齐嫣愿不愿意，他像一块牛皮糖紧紧地粘在人家身上。无论齐嫣如何斥责甚至怒骂，他始终是笑脸相迎寸步不离。由于魏焘死缠烂打，吓退了不少倾慕者。有位胆大的欲与魏焘竞争，结果被他打跑。大学毕业，齐嫣为了躲避他的追求，回到老家。魏焘痴迷不悟，放弃舅舅安排的省城工作单位，追到法正市。齐嫣父母是市直机关普通干部，难以帮她落实理想的工作单位。魏焘请舅舅出面，将两人一起安排到市建设局。当时，他舅舅刚升任云江省副省长。到了此时，齐嫣才懂得他的价值，欣然投入他的怀抱。不久，两人走进婚姻殿堂。1年后，女儿出生。随着女儿长大，齐嫣的心渐变。原因是一家房地产公司的老总迷恋上了她。那位老总高大帅气，很快俘获她的芳心。从此以后，她经常在外过夜。魏焘哪受得了这般羞辱，对她大打出手。男人一旦动粗，女人的心就碎了。从此，齐嫣越发破罐子破摔。魏焘为了面子和女儿，不甘心离婚，两人过起了同床异梦的畸形生活。为报复齐嫣，魏焘不断在外寻花问柳，甚至将女人带回家。齐嫣呢，时不时玩失踪。齐嫣父母知道女儿错在先，对女婿好生安抚，并将外孙女接走。女儿一走，两人毫无顾忌，各自过着荒诞不经的糜烂生活。魏焘的耐心有限，终于提出离婚。一旦动真格，齐嫣却不干。因为情人这时厌倦了她，已拂袖而去。此时此刻，她才幡然醒悟，觉得丈夫是块宝，欲死死攥在手里。协议不成，两人对簿公堂。谁知齐嫣是个颇有心计的女人，早把魏焘寻花问柳的证据收集在手，而魏焘的指责却是一面之词。于是，法庭一边倒，纷纷指责魏焘的不对。魏焘自然败诉。齐嫣把女儿接回来，以此要挟，还让父母做他的工作。然而，魏焘的心彻底凉透，已无回旋余地。一年后，魏焘再次起诉离婚。齐嫣知道无法挽回，只得妥协，提出苛刻条件：女儿、房产、存款全部归她。为了摆脱这段耻辱的婚姻，魏焘二话不说，满口应承。婚离了，净身出户了，他的形象也由此毁了。那些寻花问柳的照片被齐嫣流传出去，他成了彻头彻尾的浪荡公子。当时，他已当上市建设局副局长，再往上走已无可能，离婚丑闻成为他仕途最大障碍。他觉得无颜在法正市待下去，恳求舅舅帮助调到云都。舅舅问清缘由，很快将他调到云江省财政厅所属副厅级单位云江房地产开发公司。不久，齐嫣应姨妈邀请带着女儿去了美国。这段失败的婚姻，在他心里留下恐婚阴影。认识杜玉娇之前，他正与省歌舞团一位名媛闹别扭。这位名媛与他好上后不停地索要钱财，不停地逼婚，令他头疼不已。杜玉娇的出现，使他眼前彩虹乍现，断然与名媛斩断情丝。为了在杜玉娇面前保持良好形象，他对自己的过去守口如瓶。

听罢他的糟糕婚姻故事，杜玉娇唏嘘不已。想不到一个铮铮铁骨而又有背景的男子汉，也会有不堪回首的过去。她首先想到的是他的前妻齐嫣和14岁女儿芸芸的现状，因为这关乎未来，于是问："你跟她们常联系？你去美国就是去看她们？"

魏焘点点头，如实回答："对，因为女儿芸芸，常联系。半个月前，女儿来电话说齐嫣右肾坏死需开刀，急需一笔钱。芸芸在电话里哭哭啼啼，要我去趟美国，帮她们渡过难关。"

"去了会回来吗？"杜玉娇心里不是滋味。

魏焘搂住她："这次去完全是为了芸芸，看看就回来。放心，我和齐嫣不可能破镜重圆，我的心全在你身上。"

"相信你。"杜玉娇双手吊在他的颈项上，"钱准备好了吗？要不要帮你筹措一部分。"

魏焘摇摇头："都准备好了。"顿了顿，叮嘱道，"青山水泥厂马上启动第二标招投标，得想办法确保赵威中标。"

杜玉娇觉得这个时候谈工作特别扫兴，不由得沉下脸，问："何时动身？"

魏焘说："在办出国手续，估计一个月后动身。"摇摇她，"听到了吗？第二标得想办法确保赵威中标。"

杜玉娇不接话，继续自己的话题："在美国要待多久？假请好了吗？"

魏焘这才发现她情绪不对，只得附和："待多久无法确定，得看齐嫣病情。"

"她要是病情严重，你就一直待在美国吗？"杜玉娇满脸不悦。

魏焘呵呵一笑，搂紧她，亲热地说："还会吃醋呀，第一次看到这副酸样，让我好感动。放心，我不可能一直待在美国。事情处理妥当就回来。再说，我也没有这么长的假呀。我跟齐嫣妹妹联系过，她答应过去照顾姐姐。"

杜玉娇脸上露出笑容，娇滴滴地说："人家担心你嘛！"

魏焘拍拍她的脸："好了，不说了，早点睡吧。"

躺下不久，杜玉娇这才回答魏焘刚才叮嘱的话题："赵威想中第二标估计挺难。前几天，肖舜天跟我打招呼，书记市长有交代，务必保证省建工集团中标。听说省国资委主任也给邵总打过招呼。都是国资委监管的企业，邵总哪敢违抗？我想，过几天邵总就会来电话。省建工集团在第一标失手后，上蹿下跳，费了不少功夫。唉，现在招投标哪有公正可言，拼的都是关系。"

魏焘哦了一声，坚持道："还是想想办法吧。"

杜玉娇侧身问："你是不是收了赵威的好处？一而再，再而三地为他说情。"

魏焘一口否定:"哪有的事?赵省长把赵威交给我,就要为他两肋插刀。"

她相信他的话,他是那么聪明能干、游刃有余、四平八稳,况且还有舅舅罩着,没必要贪念钱财。她始终认为,贪欲是万恶之首,正如韩非子所说,贪似火,无制则燎原;欲如水,不遏必滔天。她不仅自律,也希望心爱的人自律,如此就能平安无事。看看那些因贪赃落马的权贵高官,在监狱里苟延残喘猪狗不如,活得有何意义?她推推魏焘:"还是劝劝赵威,要知足,别老想一人包打天下,弄成众矢之的,不会有好结果。"

魏焘想了想:"好,我劝劝他。不过,第三标还是为他争取一下。"

杜玉娇应付道:"以后再说吧。"

青山水泥公司第二标招投标公告一发布,杜玉娇办公室门庭若市。省建工集团派出几路人马做工作。杜玉娇自然成为他们的主攻目标,说情电话接踵而至。一天晚上,肖舜天约陆可喜和杜玉娇吃饭。主请者却是省建工集团老总。为一个项目,集团老总亲自出马,足以说明建筑市场竞争的残酷性。陆可喜和杜玉娇已经接到邵忠良的指令,心照不宣地与他们畅饮畅谈,气氛甚是热烈。

招投标结果出来,省建工集团名列榜首。当天晚上,省建工集团项目经理敲开杜玉娇的家门,说是汇报工作,实际是来感谢。汇报毕,项目经理起身告辞,故意落下文件袋。杜玉娇指着文件袋说:"刘经理,你的东西。"刘经理满脸堆笑:"杜总,给您的,一点心意。"说罢,撒腿就跑。杜玉娇一把抓住他,硬是把文件袋退回。

按照工作进度,杜玉娇适时启动了第三和第四标招投标工作。蓝天闻讯,陪同龙少华造访杜玉娇。

杜玉娇吸取以往教训,言谈举止,滴水不漏,不给他们留下任何把柄。蓝天说已做通陆可喜的工作,只待她操作即可。杜玉娇心里清楚,陆可喜是只老狐狸,不会当面拒绝同事的请求,常把难题当皮球踢给她。为此,她只好打哈哈。说实话,她不看好龙少华,他虽然名为浙江一家大型建筑企业代理商,但作为项目经理,既缺乏经验,又不擅长管理。如果让他中标,工期进度与质量无法确保。

蓝天做东请客,步子航和曲凯作陪。杜玉娇自然带上袁霞。这种饭局,本应推掉，但奈何不了蓝天的软磨硬泡和步子航的推波助澜。尤其是步子航的说情，令她左右为难。都是班子成员，抬头不见低头见，给对方难堪无疑是自树政敌。况且步子航对她已有微词，害得她唯有小心谨慎应对。

步子航今晚特别兴奋，不断地掀起喝酒浪潮。他本来酒量不大，闹过一阵就晕晕乎乎，借助酒力大话狠话一大堆，且语无伦次："杜玉娇，蓝天是你大学同学。对，那个同桌的你。他的事，就是你的事。这标，非得让龙少华中。对，非得中。若不中，我拿你是问。蓝天又是我的铁哥们儿。国信集团，能成铁哥们儿的就他一人。我大他一轮多，算忘年交。对，我们还是拜把兄弟。他的事，也是我的事。帮蓝天，就是帮我。帮了我，不会让你吃亏。我们是同僚，虽成事不足，但败事有余。你是聪明人，不会树我为敌吧。"端起酒杯，摇晃身子，"来，喝了这杯，就算把事搞定。"

袁霞上前扶住步子航，抢过他的酒杯："步总，您醉了。这酒，我代您喝。"

步子航晃晃脑袋，望着袁霞："什么？我醉了，扯淡。我会醉吗，才喝几杯？"

袁霞说："步总，您喝了十几杯。"

步子航两眼朦胧，提高声音说："什么，我喝了十几杯，扯淡。这酒，不能让你代。这样，我成什么了。对，你把我看成什么了。"

袁霞只好把酒杯还给他。步子航使劲与杜玉娇碰杯："干，千言万语尽在酒中。"

杜玉娇不敢怠慢，端杯喝干。步子航大着舌头说："这就对了。我就说嘛，杜玉娇同志不会不卖我的面子。"

曲凯也一个劲地为龙少华说好话，与步子航一唱一和。看来，这两人已成为蓝天的代言人，甚至是利益链中的一环。龙少华话不多，偶尔说两句请多关照，接着就默默地注视杜玉娇。而这注视的目光里，隐含多种复杂因素，但更多的是悔恨，悔恨过去与杜玉娇闹翻。令他无法预料的是好运总是跟着杜玉娇，她在度春山溶洞公司管工程，到了青山水泥公司依然管工程。为了能拿下青山水泥公司的工程，他早就利用蓝天的影响力布局，甚至请叔叔龙旺盛疏通关节，志在必得第三或第四标，无论下多大血本也在所不惜。

蓝天不断吹捧杜玉娇，将她吹上了天。杜玉娇第一次听他如此露骨的吹捧，不免毛骨悚然。她知道，这不是他的性格，如此露骨地讨好无非是要她为龙少华中标网开一面。饭局结束，蓝天单独约杜玉娇去喝咖啡。

杜玉娇正要拒绝，袁霞却嚷嚷："去，去。老同学聊聊心里话。"还跟她眨眼睛。待大家不留意，袁霞悄悄耳语："杜总，蓝总现在是旅游公司的红人，势头正盛，您权且当回听众。"杜玉娇会意，点点头。

龙少华把他俩送到咖啡馆，安排妥当就离开。典雅别致的小包厢显得特别温馨，慢慢旋转的五色射灯将《清明上河图》的帧帧画面透射出来，仿佛让你置身于宋朝的繁华之都。身着宋朝服装的漂亮小姐送上麝香猫屎咖啡，立即有股清香溢满厢房。这是她的最爱，不知蓝天何以清楚，莫不是他做了功课？这是她与魏焘的保留节目，几年里，其他口味换来换去，唯独这款不变。

蓝天说："听说你特别喜欢喝这款咖啡，我叫龙少华为你准备了些，已交给袁霞。青山市太闭塞，连世界名流追逐的顶级咖啡都没有。以后，你在青山喝的咖啡，我全包了。"

杜玉娇莞尔一笑："谢谢，我消受不起。"

蓝天端起杯子轻轻摇晃，浓浓咖啡沫在杯口慢慢堆积，清香味也随之飘散。他舒了口气，悠然道："说实话，起初，我一听这名字浑身起鸡皮疙瘩。喝了两次，才找到感觉，味道确实与众不同。既然你喜欢喝，作为老同学，略表心意，有何消受不起呢？"

杜玉娇说："喝这种咖啡，需要心情，需要好友，一人独饮，味同嚼蜡。"

蓝天呵呵一笑："若不嫌弃，我随叫随到。"

杜玉娇揶揄道："云散梦逝，何必多情？再说，我也没这么大的面子。"

蓝天皱了皱眉，歉疚道："我知道，过去伤你太深，走出这步，也是迫于无奈。从小县城走出来的人，想留省城，比登天还难。不曲线救国，只有同你回到令人窒息的小县城。说实话，龙晨曦才貌不如你，但鱼和熊掌不可兼得。这辈子，我欠你太多，总想找机会弥补，可你总是敬而远之。为此，我自责过，痛苦过，但为时已晚，只有面对现实。"顿了顿，叹声气，"我们毕竟有过美好的过去，不应心生怨恨，应重构友情。对你来说，也许需要时间过滤。我衷心期待这天到来，因为你有这个雅量。"

她不可能有这个雅量，一想到他的绝情，就恨不能生吃了他。她心里恨，表面却笑容可掬地虚与委蛇："过去的就过去了，也不存在谁欠谁的。爱情和婚姻毕竟是两回事。爱情是用来丰富人生的，婚姻是用来过日子的。既然无法过日子，各走各的路不失为明智之举。"

"谢谢理解。"蓝天双手合十，"只要你愿意，我会加倍补偿。现代社会越来越讲究关系，以后，你帮我助，相互扶持，凭我们的能力，定能成气候。"

"但愿如此。"杜玉娇喝口咖啡，轻描淡写地回了句。

蓝天盯着她恳求道："往后，别这样苦大仇深和爱理不理的。既然已迈过这道坎，就一切向前看。人都会犯错，尤其年轻时容易犯情感错误，有学者统计，百分之七十的年轻人因盲目会犯方向性错误。而错误一旦犯下就无法回头，即便痛心疾首，亦是枉然。我曾想过若干个补救方案，但没有一个行得通。好在我们已成为同事，一个战壕里的战友，我会尽最大努力帮助你、爱护你、拥戴你。当然，更乐见我们比翼齐飞，直达人生顶峰。"

在她看来，蓝天这番言语表面诚恳，骨子里却隐含轻视。她才不稀罕他的帮助、爱护、拥戴，凭自己的能力完全有可能赶上或超越他。不错，他现在风头正盛，是旅游公司的政治新星，或许卫星的位置不久将让位于他。再往后，有可能冲刺集团副总的位置，渐次达到人生顶峰。她感叹道："我是不敢与你比翼齐飞，因为我们不在一个频道上。"

蓝天一愣，自嘲道："对，我的频道没你宽。"

杜玉娇讥笑一声："谁都知道你蓝天手眼通天，不仅有手握重权的岳父，还有摇旗呐喊的皮书记，更有正在攀付的余副省长。再者，到邵总家里串门就像走亲戚。我的频道若有你一半宽就不错了。"

蓝天听罢一愣，她怎么清楚自己跟余副省长有接触？莫非知晓他跟余思诗的关系？近期，他与余思诗正在闹别扭，原因是她从不提帮忙之事。再者，他越来越厌倦三人行的游戏，因而有意识地减少了约会次数。另外，还有一个重要原因是受到庄诗文的严密监控。他不由心想，或许是她听到什么风声，抑或从某个细节揣摩出蛛丝马迹，若如此就有把柄在她手上，想到此不寒而栗，后又想，这种隐秘之事不可能泄露，邵芳和余思诗不会傻到自曝己丑。庄诗文之所以严控他，是因为耳闻邵芳和余思诗对他感兴趣而生发种种猜测而已。这样翻来覆去地琢磨半天，他终于释然，讪笑道："别嘲笑我，谁不知道你是涂省长外甥的女朋友，凭这金字招牌，一路绿灯。"

"不管是金字还是银字招牌，我照样被人瞧不起。"杜玉娇呛他一句。

蓝天一脸惨白，不知说什么好。杜玉娇老拿过去说事，就让他喘不过气来。这样聊下去，终是死胡同。为缓和气氛，他转变话题，聊大学同学的现状。果然，她有了兴趣，不断问这问那。大学毕业以后，她与同学断了来往。原因是同学老打探她的个人问题，让她极为尴尬。蓝天在同学圈内算是混得比较好的，个人生活稳定，事业有成，年纪轻轻就当上单位一把手，走到哪都要找同学喝上几杯，天南海北胡吹一通。正因此，他的消息和趣闻特别多。聊到开心处，她忍不住哈哈大笑。

见杜玉娇开怀，蓝天的心情也明媚起来，从口袋里掏出一张银行卡，放在她面前，小声说："龙少华给的，密码是你的生日。"

"什么意思？"杜玉娇脸色突变，圆瞪杏眼。

蓝天拿过她的手袋，打开拉链，将银行卡塞进包里："一点小意思，别嫌弃，权当是我的赔礼。"

杜玉娇拿回手袋，掏出银行卡，丢了过去，气鼓鼓地说："过去害我不浅，现在还来害我？"

蓝天诚惶诚恐地说："绝没有害你的意思，只是表达一点心意而已。"

杜玉娇正色道："要中标，凭本事，别走歪门邪道。龙少华若有这个能力，就严格走程序。"说罢，气呼呼地扭身而去。

望着杜玉娇消失的背影，蓝天愣在那儿半天回不过神来。

— 第35章 —
难 以 捉 摸

　　过了不久，青山水泥厂搬迁工程第三标招投标公告在媒体上登出。像前两次一样，杜玉娇家里和办公室门庭若市，电话打爆。她又躲到袁霞家里，避开晚上的骚扰。她本想第三与第四标招投标消息一起公布，然后分两次操作。方案报到邵忠良那儿被否决，理由是担心打乱仗，影响招投标质量和效果。她心里清楚，邵忠良是要留出腾挪空间。魏焘跟她交了底，邵总的意思是第三或第四标必须让赵威再中一个，要她私下运作好。公告出来第三天，肖舜天给她来电话，也为赵威说情。这下，她压力更大，倘若运作不好，两头得罪。若再透露信息，又不是她的选项。这种违规事情尽量少做或不做。俗话说，举头三尺有神明，走多夜路碰到鬼。一旦祸起萧墙，连带坐罪，如此就毁掉一生。她可不愿把赌注压在赵威身上，虽然邵忠良会为她撑腰，但到关键时刻，都会选择自保。这样的例子比比皆是。

　　杜玉娇以检查工程进度为名到赵威办公室商讨对策。赵威信心满满，表示有能力做好第三标工程，一定为邵总争气，像第一标一样打造省优工程。

　　杜玉娇希望他退出，劝道："第一标是整个项目的重头戏，你纵有三头六臂，也管不过来。"

　　赵威握紧拳头，信誓旦旦地说："杜总，请放心，我已从集团要来几个精明强干和技术一流的项目经理，再增加几倍工作量也无所谓。"

　　杜玉娇苦笑一声，为难地说："邵总、肖市长和老魏要我确保你中标。我问你，怎样确保？难不成又要给你透露信息？这可是犯罪！上次给你透露，已让我睡不着觉。这次，我可不敢干，请你谅解！"

　　赵威满脸通红，用手挠挠后脑勺，小心解释："我请邵总、肖市长、魏总帮忙，不是让你违规，而是请你透露点技术数据。"

"透露技术数据不属违规？笑话。"杜玉娇没好气地呛他一句。

赵威一脸尴尬，不知如何回答，沉吟片刻，嗫嚅道："要么，我再跟魏总商量一下。"

杜玉娇断然道："不必了，他跟你穿一条裤子。我说过多遍，人，不要欲望过大，过了，容易出问题。这么大的工程，你占了一半，够可以了。现在有无数双眼睛盯着，你若插手，会成众矢之的。当然，你非要参加招投标，我也无权干涉。前提是你必须要经得起检验，别让人说三道四。"

赵威点点头："我知道，一定不给您添麻烦。第三或第四标我是不会放弃的，邵总、肖市长、魏总都支持我。我相信，您也会支持我。"

杜玉娇想了想，不再坚持个人意见："行，但得靠自己，别指望我什么。以后，招投标会越来越规范，从现在起，你应该踏踏实实按我们提供的资料做好标书，不断积累经验，真正成为本领过硬、技术精湛的工程建设领域的精英。"

赵威说："谢谢，标书我正在做，按您的要求再做仔细点。若错过第三标，还有第四标。我相信，杜总一定会帮我。"

杜玉娇无可奈何地说："一起努力吧！"

最令杜玉娇头痛的是龙少华，有事没事总到她办公室打转，要么套近乎，要么打探相关情况。她吸取以往教训，表面上客客气气，实际上虚与委蛇。步子航每次跟她见面，都要叨唠几句，要她务必帮帮龙少华。她则一副公事公办的样子："没问题，叫他做好标书，力争第一名。"

步子航除喋喋不休地做工作，还经常约她出去吃饭。她总是找理由推脱。有天下午下班，步子航把她堵在办公室，磨缠半天，弄得她一点办法也没有，只得叫上袁霞陪同去。饭局自然是龙少华做东，曲凯陪同，上的全是高档酒水菜肴。吃完饭，步子航嚷着去歌厅放松一下。碍于面子，她又是硬着头皮前往。步子航唱歌水平一流，音色纯正，唱腔浑厚，与杜玉娇伴唱严丝无缝、行云流水。步子航的舞技也极好，舞姿优美，倘若不是舞池小，杜玉娇定会与他跳出一流水平。跳舞时，步子航不停地给她示好，并恰到好处地为龙少华做工作。本来是身心放松的时刻，步子航一谈工作，杜玉娇顿觉扫兴，舞步大乱，以身体不适为由早早离场。从此，她再也不参加步子航的宴请，心里不旦抵触亦十分反感这种鸿门宴。

约不上杜玉娇，步子航和曲凯晚上的活动照样进行。龙少华带他们到不同的酒店喝酒，接着到固定的舞厅唱歌跳舞。都是大老爷们，这种场合多是冲着美女去的。龙少华给他们分别找了能歌善舞如花似玉的美女。步子航的女伴叫顾悦，一双会说话的眼睛频频放电，没几个回合就把他放倒，弄得他魂不守舍有求必应。曲凯的女伴叫叶子，面容姣好，身材丰满，女人味特足，让他着魔。从此，饭桌上、歌厅里、旅游胜地等常出现三对打情骂俏的男女。

世界上没有不透风的墙，有人将此事反映到党委书记张勇军那儿。张勇军找步子航谈话，要他注意影响。步子航心里不服气，嘴上还是唯唯诺诺，把气撒在杜玉娇身上，骂她多管闲事。他电话里跟蓝天发牢骚。蓝天听后劝他别激动，一起分析事因，认为举报者另有其人。

曲凯是杜玉娇的副手，张勇军要她亲自跟曲凯谈话，并交代："严厉点，要他彻底改过。"杜玉娇不敢懈怠，将曲凯叫到办公室。曲凯早从步子航那儿得到消息，已有心理准备，先作解释："这段时间压力太大，晚上去歌舞厅释放一下而已。"杜玉娇说："去歌舞厅我不反对，问题是不该叫小姐。"曲凯争辩："不是小姐，是歌伴舞伴。"杜玉娇沉下脸："不管什么伴，与年轻异性交往总是不好，给人留下许多想象空间。"接着将张勇军的原话一股脑儿托出。曲凯听罢一脸惨白，不再争辩，双手捧头，等着挨骂。杜玉娇严厉批评："你是工程招投标办公室副主任，应带头遵守招投标规章制度和组织纪律，这样做属明知故犯。倘若龙少华中标，肯定有人拿来做文章，到时看你怎样应对。"曲凯想辩解。杜玉娇用手压压，"不用解释，我知道，你肯定会拿步总做挡箭牌。步总是步总，别混为一谈。他不管工程，不管招投标，出了问题，责任还是你。我再强调一句，以后一定要百分之百地遵守招投标管理规章制度，不得跟任何投标单位的人来往。这次应在办公会上做出深刻检查，彻底改过。"

在办公会上做检查，曲凯一百个不情愿，跟小姐吃喝玩乐，传出去多丢人。他低三下四地求道："杜总，张书记只叫您严厉批评，没说上会。刚才，您已严厉批评过，我虚心接受，坚决改正。倘若上会，我的脸面就没地方搁，步总的面子也会丢尽。另外，还得罪蓝天。蓝天的岳父和邵总关系不一般，保不准邵总也不高兴。"

杜玉娇想想在理，这种事只能避重就轻，若大张旗鼓地开展批评，会把曲凯和步子航推向对立，甚至引发一连串不良反响。当下，她不敢跟步子航对抗，只要自己做到出淤泥而不染即可。她笑笑，自己下台阶："其实，我是转达张书记的意见。你真出了问题，我这个当领导的也没面子。既然你答应改过，我就不追究。以后，该怎么干还怎么干，不要有思想负担。"

曲凯大松一口气，双手抱拳作揖："谢谢杜总！"回到办公室，关上门，恼怒地朝杜玉娇办公室方向吐口痰，恶狠狠地骂了句："婊子养的，神气什么！"平静会儿，他跟步子航打电话，通报谈话情况，继而发牢骚，"妈的，只准州官放火，不准百姓点灯。她经常跟赵威来来往往，却不许我们跟龙少华接触，步总，我咽不下这口恶气。"

步子航这下倒理智，平静劝道："曲凯，还是忍忍吧。以后，我们聚会隐蔽点。目前暂时不要出去，待招投标结束，再找机会活动。关键是你要确保龙少华中标，否则，不好向蓝天和龙少华交代。"

曲凯信誓旦旦地表态："步总，放心，我一定按您的要求办好。"

步子航兴奋地打个响指："那就好，到时我们狠狠宰龙少华一顿。"

开标前三天，杜玉娇干脆关掉手机，在青山宾馆开间房躲起来，有急事让袁霞转达。

开标那天，杜玉娇与搬迁办公室所有人早早地来到会场做准备，不料陆可喜随后赶到。杜玉娇一脸惊讶："陆总，怎么来这么早？"

陆可喜把杜玉娇拉到一边，轻声问："没受到干扰吧。"

杜玉娇丈二和尚摸不着头脑，不知什么干扰，一脸茫然地望着他。

陆可喜意味深长地笑笑："没受到干扰就好，希望不要出乱子。"

杜玉娇觉得他话中有话，又不便问，故坦然道："陆总，大可放心，我们都是严格按您的要求操作的，若出了幺蛾子，我一定在第一时间解决好。"

陆可喜呵呵一笑："好的，好的，有这个信心就好。"

走完程序，公布结果，以龙少华为项目经理的浙江远程建筑公司名列第一；当地一家有实力的建筑企业——明方建筑实业公司名列第二；赵威的福海省建筑集团公司名列第三。

由于龙少华的标书与标底高度接近，引起一片嘘声与质疑。明方建筑实业公司的全权代表首先发难，直指标底泄密，内外串通，有失公平，强烈要求相关部门调查，给出一个令人信服的调查报告。第四名及后面的投标单位也跟着起哄，欲将水搅浑，以期火中取栗。赵威早知蓝天与龙少华的所作所为，故坐山观虎斗。

作为招投标会议主持者的杜玉娇已是沙场老将，对此波澜不惊，显得十分淡定。待争吵平息下来，她从容不迫地说："大家的心情可以理解，尤其是明方建筑实业公司全权代表的心情更可以理解。大家参加招投标都是冲着中标来的。第二名离中标只差一步之遥，失之交臂肯定痛心疾首。这跟体育比赛一个道理，冠军只有一个。如果大家对冠军心存质疑，争吵不休，比赛就失去意义。同理，大家动不动对招投标结果存疑，没完没了地争吵，国家工程建设还搞得下去吗？标书与标底高度接近就是泄密，这种带有情绪化的思维方式本身就背离科学精神。技术精、计算准、方案细就是科学水平。再者，还有巧合。既然大家有疑虑，作为省属大型国有企业决不文过饰非，会后，我们报请集团公司纪委和青山市监察局组成调查组，一定给大家一个合理的交代。"随后宣布散会。

会虽然散了，但杜玉娇身边却围得水泄不通。袁霞挤了进来，扯着她的衣角往外走。杜玉娇叫大家有意见向曲凯反应。大家就向曲凯围拢去。出了重围，杜玉娇看到陆可喜在大门口等她。她三步并作两步奔过去。陆可喜脸色凝重，招呼上他的车。

"怎么搞的？"陆可喜一进车内就埋怨。

杜玉娇满脸通红，吞吞吐吐地说："听说明方建筑实业公司董事长徐明空跟张勇军书记私交甚笃。龙少华与步子航曲凯来往密切，估计徐明空从张书记那儿得到什么消息。"

"这个老张，不知唱的哪出。"陆可喜半嗔半怒。

杜玉娇内心一震，发现自己说漏嘴，若传到张书记耳内，定责怪她挑拨离间。她赶紧纠正："陆总，这仅是我的猜测。张书记耿直正派，从不打招呼说情。"

陆可喜沉思半天，指示道："跟徐明空好好谈谈，别捕风捉影胡搅蛮缠。"

杜玉娇跟徐明空接触过几次，学历不高，智商挺高。她用力点头："好的。"马上掏出手机拨徐明空的电话。

徐明空一接通就大发牢骚，指责此次招投标不公正、猫腻大，要求青山水泥公司给所有投标人一个公正的解释。杜玉娇连连称是，表示马上组织调查，请他下午到办公室来一趟。徐明空说在深圳出差，三天后回。收了电话，杜玉娇嘀咕："是不是故意躲我，等调查结果出来找事？"

陆可喜骂了句："妈的，给他点颜色看看。"

陆可喜步步紧逼的态度令杜玉娇惶恐不安，心想，这不是他的风格，前两次招投标完全放权，唯独此次盯得紧。其用意很明显，不得推翻此次开标结果。看来，蓝天和龙少华在陆可喜身上下了不少功夫。她只得含糊其词地附和，答应做好徐明空的工作。

晚上，杜玉娇给邵忠良打电话报告此次招投标情况，检讨自己未帮上赵威。哪知邵忠良不责怪，反而表扬她做得对。她心里一下没了底，不知邵总的天平倾向谁。邵忠良安慰几句就发指示："必须做好明方建筑实业公司的安抚工作，确保招投标的严肃性。检查组由集团纪委和青山水泥公司纪委组成，不必请青山市监察局介入。整个检查工作由你掌控，在不推翻此次开标结果的基调上给出一个有说服力的检查报告。"

由不得多想，她只好表示坚决照办。

～ 第 36 章 ～

息事宁人

　　杜玉娇洗漱完，魏焘打来电话狠狠责怪一通。等他冷静下来，她跟他解释其中的利害关系。魏焘最终理解了她的苦衷，叫她第四标务必给赵威创造条件中标。她不敢瞎表态，推脱以后再说。

　　这下，她睡意全无，躺在床上胡思乱想。至此，她深感自己陷入各种利益链博弈的漩涡中。相爱的人为了自身利益，步步逼她为利益链上的赵威铤而走险。她深知，这是一步险棋，随了魏焘和赵威的愿，可能给自己以后的人生埋下一颗定时炸弹。有多少人就是在某个链条出事后进了监狱。她不敢再为赵威冒险，如果他凭本事再次中标，她举双手赞成。假如邵总有明确指示，她则不折不扣地执行，留下记录以备洗刷自己。尤其是陆可喜的态度令她措手不及。她心里清楚，标底肯定被曲凯泄露。标底只有陆可喜、她、曲凯和袁霞清楚。蓝天和步子航将曲凯拉下水，用意十分明显，加上曲凯本身爱贪小便宜。他们干点违规事也罢，但不要授人以柄，可偏偏我行我素，最终落下口实。为了贯彻邵总和陆总的指示，只有不惜一切代价做通徐明空的工作。整个晚上，她就这样辗转反侧，直到天麻麻亮才合上眼。

　　"嘭嘭"的敲门声把她吵醒。她一看时间，已是上午9点，赶紧起床穿衣，从猫眼看到是袁霞，打开门。

　　袁霞一进门就急急地说："褚总说肖市长打了您好多电话，要我找到您，尽快给肖市长回话。"

　　杜玉娇回房拿起手机，显示十几个未接电话，最多的是肖舜天的。为免干扰，昨晚设了静音。袁霞走后，她赶紧回过去。肖舜天接通就大吼："还以为你失踪了呢。这次招投标咋回事？"杜玉娇拣主要的述之。肖舜天不客气地指出："有人反映，这次招投标泄密。钟市长昨晚给我打电话，要我干预一下。如果真的泄密，第一名就得废掉。明方建筑实业公司是我市明星企业，实力雄厚。国有企业应该守规矩有担当，让有实力的建筑企业挑大梁。"

杜玉娇不敢应诺，通报集团公司的安排。肖舜天不便多说，反过来责怪她没帮赵威的忙。杜玉娇哭笑不得，觉得他左右摇摆两头讨好，只得如实解释。肖舜天哦了几声，不再争辩，要她在第四标上多为赵威助力。她像应付魏焘一样搪塞几句。

下午，调查组进场。杜玉娇做了详细汇报，接着查阅所有招投标资料。晚上，调查组不休息，分别找人谈话。杜玉娇与调查组长涂珊进行了一次密谈，委婉透露了邵忠良的意图。涂珊心知肚明，请她放一万个心。

经过两天认真细致的调查，报告初稿出来。涂珊请杜玉娇提出修改意见。杜玉娇纠正几处过激提法。次日上午，调查组撤离。

徐明空出差回来赶到杜玉娇办公室，寻问调查结果。杜玉娇不便直说，只说调查报告还未出来。徐明空憋着一股气，根本不考虑杜玉娇的情绪，猛烈抨击此次招投标不公正、暗箱操作、内外勾结。杜玉娇问他有何证据？徐明空重复张勇军的说辞，并添加不少猜测。

杜玉娇耐心解释："徐总，步总和曲凯跟龙少华喝喝酒、唱唱歌，跟歌厅小姐游山玩水，就以泄密论断，未免太武断了吧。在各种场合，我反复强调工作人员要遵守纪律，每人都写了保证书。我相信他们不敢踩地雷。再说，曲凯也跟你的副总喝过酒，如果你中了标，人家也这样诬告，你会咋想？人要换位思考，不要动不动就上纲上线，这样对人对己都不好。"

徐明空软了下来："不泄密，标书和标底哪能这么贴近？"

杜玉娇笑笑："巧合。世上巧合的事太多。如果要说巧合的故事，几天几夜说不完。"

徐明空叹声气，问道："调查报告也是这个结论？"

杜玉娇轻轻摇头："不清楚。过几天就知道。"

徐明空说："钟市长和肖市长都很关心这件事。"

杜玉娇点点头："我知道，肖市长给我打过电话，你公司是青山市明星企业，得过鲁班奖。但是，标签再好，不能代替游戏规则。如果每个投标单位都这样捕风捉影，游戏就做不下去。我跟肖市长作了解释，他完全理解。你本来给我的印象挺好，心胸开阔，目光宏远。倘若纠缠似是而非的事，就让我低看了。你应将目光放在未来，我公司后续工程不少，合作机会多着呢。"

徐明空琢磨良久，轻声说："让我再想想。"

送走徐明空，杜玉娇拨通涂珊电话，询问调查报告定稿情况。涂珊兴奋地告诉她，邵总看后挺满意，写了一段肯定性的眉批。杜玉娇松了口气，提出马上派人到集团取。

杜玉娇拿到调查报告，刚翻完，就接到陆可喜电话，要她去办公室来一趟。她敲开陆可喜办公室的门，双手将报告递过去。陆可喜接过报告，粗略地翻了几页，丢在桌上，然后用手示意她坐到沙发上。他从烟盒里抽支烟，点燃后在她对面的沙发上坐下，边吸边说："这个调查报告公不公布也无所谓。刚才分别接到邵总和钟市长的电话，余为副省长过问了此次招投标，要我们维护招投标的严肃性。钟市长给徐明空打了招呼。徐明空表示不再提出异议，遵从开标结果。"

"想不到一个正常的招投标，引起这么多领导关注。"杜玉娇感慨万端。

陆可喜掐灭烟头，语调凝重："所以说，我们的工作无小事。以后，要多观察，多思考，多总结，多帮领导排忧解难。"

杜玉娇茫然地点头，思绪却飘向别处。她万万没想到，蓝天有如此大的本领做通了余副省长的工作。通过此事，至少说明蓝天手眼通天能量巨大，是她无法比拟的。自己深耕这么多年，除了邵忠良，她无牌可打。而这张王牌还是靠魏焘争取来的。如此下去，她极有可能被蓝天甩出几条街。想到此，她心里阵阵绞痛。

见杜玉娇心绪不宁，陆可喜以为她遇到什么难处，就问："怎么啦，有问题吗？"

杜玉娇忙摇头："没有，没有，我在思考如何吸取教训。"

"没有就好。"陆可喜站起来跟她握手，"你再找徐明空好好谈谈，以后的工程可以关照他。"

杜玉娇回到办公室，通知曲凯正式公布开标结果。曲凯暗喜，反问："做通了徐明空的工作？"杜玉娇认真看了他几眼，意味深长地说："但愿没人添乱。"

下午下班前，蓝天突然造访。杜玉娇暗自吃惊，不知他这个一把手何以有如此多的精力管闲事？蓝天首先表示感谢，然后大谈特谈同学情和同事情。

杜玉娇没帮丁点忙，却受到千恩万谢，心里不免别扭。其实，她心里明镜似的，假如她严格按规定阻止曲凯私下与投标人接触，或不让曲凯掌握标底，第一名绝对不是龙少华。再者，她没认真追查泄密事件，也给了步子航、曲凯和蓝天一个天大的面子。她无心绪跟他胡侃海聊，心不在焉地东一句西一搭地应付。

蓝天不在乎她的情绪变化，只管自己盎然，一直聊到夜幕低垂才打住。杜玉娇看了看窗外，准备收拾东西回家。蓝天力邀她晚上共进晚餐。她清楚，这是要她与他们弹冠相庆，故找借口婉拒。蓝天不便勉强，兴冲冲与她握手告别，奔向预定的酒店。

在车上，蓝天的思绪飞向余思诗那儿。这次，她无疑帮了大忙，否则没这么顺利。前几天，当获悉钟市长关心此事，他直感遇到麻烦，不免心惊肉跳。如果真的纠缠下去，他的努力不仅白费，还会影响邵总、陆可喜、步子航和曲凯。他打电话大骂龙少华办事不力，要其花工夫摆平徐明空。龙少华叫苦连天，忙请龙晨曦去求情。龙晨曦不跟蓝天讲道理，劈头盖脸地责怪一番，好似娄子是他捅的。他懒得跟她较劲，答应想办法解决。蓝天首先想到余思诗，余副省长若能给钟市长打个电话，事态定会反转。他电话约余思诗下午4点在老树咖啡馆见面，又叫龙少华准备一张银行卡。布置妥当，他自己开车赶回云都。

余思诗如约而至。在包间里，两人调了会儿情，蓝天就直奔主题。余思诗讨厌为人求父亲办事，一句话封死："这种事别找我。"

蓝天笑眯眯地说："事办成，少不了你的好处。"

余思诗柳眉一挑："不稀罕你的好处。"

蓝天从口袋里掏出银行卡，放在她面前："不会不稀罕人民币吧"

余思诗眼睛一亮，拿起银行卡，问："多少？"

蓝天竖起一根指头。余思诗晃晃卡："一万？"蓝天笑而不答。余思诗把卡丢回去："你自己找去。"蓝天重新将卡放在她面前，慢悠悠地说："余副省长的公主出场费再怎么也不会少于10万。事成后，再加这个数。"

余思诗顿时喜笑颜开，乐不可支地将银行卡放进皮夹："行，我试试。但不保证百分之百成功。"

蓝天央求道："我没退路，务必成功。"

余思诗脸露难色："每次找老爸办事，张口就埋怨我不务正业，没共同语言。"

蓝天清楚，余思诗终日不落家，过了而立之年还不收心，做父母的能不急吗？只要一谈找对象的话题，父女俩就脸红脖子粗。他劝过多次，每次都被她喷一脸口水。为达到目的，他耐着性子做工作："不是说你，老大不小了，还跟邵芳没节制地鬼混。女人的归宿是家，早点找个男人好好过日子。再过几年，青春没了，看你咋办？"

余思诗对他"呸"一声："别咒我，否则跟你没完。"说罢，举起拳头砸过去。

蓝天赶紧捉住她的手，嬉皮笑脸地说："我没分身术，否则我来做你的男朋友。"

"滚一边去。"余思诗抽回手，"跟你玩玩可以，谁稀罕你这种臭男人？"

蓝天不想斗嘴，给她支着："这次，你改变方法，顺着余副省长的心思，同意安排相亲。同时提条件，帮你办事。你妥协，你父母定会妥协。这样，相得益彰，一顺百顺。"

"去。我没这么差劲。"余思诗狠盯他一眼，嘴巴撅得老高。

蓝天走过去搂住她，温情地说："这不是窝囊，是智慧。你想过没有，现在你年轻，有资本花别人的钱。到了年纪的时候，就没资本花别人的钱了。所以得从长计议赚钱。趁老爸在位，利用优势，把自己的钱包装满。这次，我们是第一次合作，以后，还有第二次，第三次，如此，你的钱包就能迅速装满。"

余思诗终于心动，答应努力办成，笑称为人民币而战。

蓝天这招还真管用，第二天，余思诗就做通了父亲的工作。蓝天和龙少华的难题自然迎刃而解。

蓝天赶到酒店时，步子航、曲凯与龙少华聊得正酣。步子航问："杜玉娇没来吗？"蓝天摆摆手："算了，不是一路人。"曲凯说："不来正好，否则碍手碍脚。"步子航对曲凯说："以后，你得跟杜玉娇搞好关系。通过这次招投标，我越发感到她与众不同，沉稳大度，协调有方。如换了别人，你的日子未必好过。我做官算到了头，你还年轻，这种能量大的女人千万别得罪。"曲凯听罢半天不吭声,心里想着小九九。

次日,蓝天到办公室跟杜玉娇告别。蓝天走后不久,杜玉娇接到符文宗电话,告知他带队到石峰景区学习廉政建设经验,完后想过来叙叙旧。石峰景区是旅游公司旗下的控股公司,离青山市50公里。石峰景区石峰林立,有的像擎天柱一样直插云天;有的似猿猴拜月一样憨态可掬;有的如竹笋一样簇拥相连;有的同少妇搔首弄姿般地昂首傲胸。这种喀斯特地貌在当地处处可见,唯独石峰景区集中了奇形怪状风格迥异的石柱石笋石峰,风光美景令人目不暇接流连忘返。杜玉娇上午正好有空,欢迎他过来一晤。

两年多不见,符文宗苍老许多,两鬓轻染白霜。符文宗握住杜玉娇的手,左右看了看,感叹道:"你还好,美貌依然。看看我,白发爬上了头。"

杜玉娇让座倒茶,好奇地问这问那。寒暄完,符文宗唉声叹气:"今非昔比了,蓝天一手遮天,大权独揽。我和徐源基本成了摆设。为排挤我俩,最近他提拔亲信崔峻为副总,将大部分工作交给崔峻分管。徐源只分管安全。我副书记的职权基本被剥夺,党务工作他一竿子插到底。纪委书记工作难做,他则不沾边,大会小会讲廉政出了问题由我负责。没办法,人在矮檐下,不得不低头。"

杜玉娇惊讶不已,想不到蓝天竟有这种本事将手中的权力玩转,一下成为溶洞公司的土皇帝。想当年王三雄成为土皇帝还是经过多年摸爬滚打和凭借周边的裙带关系。按照符文宗的描述,蓝天今日土皇帝的威风比当年王三雄的威风还强几倍。如此看来,若在乱世,蓝天必定成为枭雄。对这类人,以后不得不防。杜玉娇不便妄评,只是不痛不痒地劝慰:"看开点,他不可能在溶洞公司干一辈子。他爱折腾就让他折腾,大不了做闲散和尚。"

符文宗点点头:"对,我也是这么想,心烦了,到各地走走,权且散散心。"

杜玉娇又安慰几句,问起溶洞公司的经营和财务状况。符文宗愣了愣,很不情愿地讲了实话。杜玉娇更是吃惊不小,觉得蓝天真是个人才,短时间内把溶洞公司治理得井然有序,效益翻番,不由得赞不绝口。符文宗不屑地叽咕:"这有什么,还不是撞上好运。"

杜玉娇笑笑:"牢骚归牢骚,成绩归成绩。溶洞公司这番巨变,说明我们当年的努力没有白费。"

"对。"符文宗马上奉承,"要不是你当年提出切合实际的改革思路,哪有他的作为？这份成绩，应该归功于你。"

杜玉娇摆摆手："别这样说，我当年只做了应该做的。话说回来，他在管理上还是有一套的。"

符文宗哼一声，斥道："伪君子，所谓的标新立异全是为自己贴金。俗话说，是蛇一身冷，是狼一身腥。他的本性除了冷就是腥，哪里容得下别人？溶洞公司效益上去了，但员工的收益却在下降。他以考核为名，左扣右减，有的员工到手的钱只有原来的三分之二。大家敢怒不敢言，上告无门，只得忍气吞声。而他自己依然我行我素，跟庄诗文、邵芳、余思诗来往密切，完全丧失一个党员应有的品德。"停顿一下，从公文包里掏出一沓照片，放在杜玉娇面前，"你看看，这是他这两年跟庄诗文、邵芳、余思诗吃喝玩乐的见证。"

杜玉娇拿起照片，一张张地细看。照片没有新内容，还是蓝天分别与庄诗文和邵芳余思诗一起吃喝或一前一后进不同的宾馆房间。杜玉娇心想，这个符文宗真是没长进，跟踪几年，依然是老一套。看完，她将照片递过去。符文宗说："放你那儿，我还有一套。"

杜玉娇笑笑，将照片装进信封，丢进抽屉，漫不经心地说："这种照片作用有限。"

符文宗愣了愣，强调说："每张照片的时间不同，说明他们经常来往。"

"作风问题属道德范畴。"杜玉娇暗示道。当下，捕风捉影的生活作风问题难以将人推上审判台，唯有经济问题方可一剑封喉。

符文宗说："我懂你的意思，以后会在受贿方面找线索。听说他在帮老婆的堂哥拿工程，狐狸尾巴迟早会露出来。"

杜玉娇呵呵一笑，沉默不语。心想，蓝天这么卖力地为龙少华奔波，其中必有猫腻，久而久之，不露狐狸尾巴才怪呢。但她不愿与符文宗搅在一起，让人怀疑在拉帮结派或背后整人。而这恰恰是官场大忌。

符文宗见她不吭声，继续絮叨："上帝要他灭亡，首先让他疯狂。到了那天，就是他自掘坟墓的时刻，我们也可出这口恶气。"

杜玉娇又是呵呵一笑，假意劝说他要以大局为重，目光放远点，与蓝天搞好团结。符文宗愣了愣，只得顺着她的思路胡聊一通。

中餐，杜玉娇与袁霞陪符文宗喝酒，气氛甚是热烈。送走符文宗，杜玉娇接到褚南娇的电话，说明天过来，有要事商量。

❧ 第37章 ❧
情路茫然

在杜玉娇办公室，褚南娇摆开整个项目强弱电设计图，滔滔不绝地讲解设计理念、布局和功能。应该说，这是一个比较科学和先进的设计方案。杜玉娇不免赞扬一番，叫袁霞送给专家审查并提出修改意见。一旦获专家和搬迁领导小组认可，就可依此进行招投标。

谈完工作，杜玉娇把褚南娇拉到沙发上："说说你的事，到底咋回事？"

褚南娇长叹一声，低下头，伤心地抹起眼泪，将发生的一切娓娓道出。

自打赢官司，她沉浸在成功的喜悦中，免不了给裴勇报喜。裴勇当时正窝着一股火，当即给她浇一瓢冷水："高兴什么，不义之财是祸水。"她内心一颤，哆嗦了好一阵，直感事件败露，否则他不会如此愤慨。几天后，裴勇从外地赶回，气冲冲地质问她为何隐瞒那些丑事。到了此时，她只得如实相告。听罢，裴勇用拳头猛砸沙发扶手，歇斯底里地吼叫："怎么能这样？怎么能这样？"她上前搂住他："不这样，我能怎样？"裴勇一把推开她，眼里冒火："告他，把他送进监狱。"她耐心解释："告他，能解决问题？把他送进监狱，能得到什么？出气，解恨，报仇？这样做，看似维护了正义，但我的权益得到了保障吗？在当下，名誉是一堆粪土，唯有资本才能彰显尊严。名誉和财富，孰重孰轻，一目了然。"裴勇大声责骂："寡廉鲜耻，满身铜臭味。"她哀怨地望着他："行，我寡廉鲜耻，你道德高尚。也罢，从此你走你的阳关道，我走我的独木桥。"说罢走进房间。过了许久，裴勇跟了进来，厉声问："和肖舜天又是咋回事？"她一口否定："我们正常得很，纯粹是工作关系。"裴勇满脸怒容，吼叫："骗鬼去吧。"冲出房间，摔门而去。

她被裴勇彻底击溃，想不到用屈辱和名誉换来的胜利在他眼里粪土不如。这是他的价值观使然，还是挑战了他的底线？她清楚，他崇尚和追求纯洁与完美，将传统观念装潢得极其华丽，甚至连她大学期间的初恋都无法容忍，这是不是所谓的恋爱洁癖？不错，她与沈晓飞的恩恩怨怨确实不耻，不仅有违道德规范，也与法理相去甚远。但任何一个有梦想有野心的女人都不甘心被人欺凌，都会选择自救自立自强。她打破常理这样做了，而且成功了。这种胜利不是一般意义的胜利，是改变命运的胜利。

她打开衣柜，里面挂了不少裴勇的衣裤，有几件还是名牌。她摸了摸阿玛尼夹克，叹声气，当时为选购这套服装还发生了争执。裴勇被咋舌的价格吓退，她却为精美的做工叫好。最后还是裴勇作了妥协。后来发现，她的坚持错了，裴勇穿了两次这件夹克就成为摆设品。问他为何不穿？他说太贵重，舍不得。她哭笑不得，告诉他再贵重的衣服只要一出柜台就不值钱，但裴勇仍然置之不理。看来，改变一个人的生活观念并非易事。时间久了，她渐渐适应了他这种艰苦朴素锱铢必较的观念。一个男人，保持初心难能可贵，尤其是他这种有孝心有节操有责任的男人更是稀少。她把夹克取下，在床上摆平，低头嗅了嗅上面的气味，一股热流顿时涌动全身。这种异样的感觉在与程序恋爱时发生过，而这次比上次更强烈。她突然感到，这种异样感觉昭示她对裴勇的爱已深入骨髓，否则不会心潮澎湃。她双手捧起夹克，紧紧捂住脸，忍不住号啕大哭。

哭累了，她擦干泪水，将夹克抚平，然后挂回衣柜，望着其他几件发呆。这些都是她送给他的，要么是生日礼物，要么是情人节信物。突破界线后，他已把这里当成家，经常到这里过夜。她已经习惯了与他做爱和相拥而眠，之所以迟迟不给他一个结果，主要是未解决与沈晓飞的争端。当争端解决，她就做好了与他步入婚姻殿堂的准备。谁知将喜讯告知，迎来的却是一顿斥责和愤怒。她这些内幕极其隐秘，法庭上的陈述也囿于有限范围，如果没人透露，他是不知情的。她又想，彻底捅破这层纸也好，省得一天到晚在他面前演戏。如果他能越过这道坎，接受现实，以后一定得好好待他。如果他选择分手，则尊重他的意愿。然而，她又特别希望他能理解和体谅她的苦衷。她这样做的目的不是有意伤害他，而是为地位为尊严而战，也是为他为后代积累财富。等公司一上市，她名下的财富呈几何级增长，到了那时，也许他能理解她的苦衷。

次日，她主动约裴勇出来谈谈。他不表态，不声不响地将电话挂掉。过了几天，裴勇给她发来短信，只三个字：我走了。她知道，他那边的事还没完。不管怎样，还是应与他和好，毕竟错在自己。电话打过去，他不接。她不停地打，最后接了。她喂了几声，没有回音。她低声求道："裴勇，咱们好好谈谈，行吗？"他瓮声瓮气地说："现在不想谈。"说罢，关了手机。

这段时间，她特别忙。公司股权和工商注册变更，上市材料的修改和重报，青山水泥公司新厂区强弱电工程设计等全由她负责。股权和工商注册变更不久，适时召开了股东会和董事会。她成为名副其实的二股东。在股东会上，她据理力争，当上了副董事长。董事会开得比较顺利，蒋锐主动提议她为第一副总经理。让她意想不到的是陈玉也被提为副总经理。排位之事可能是蒋锐临时起意，沈晓琪不服，当场吵了起来。陈玉站在沈晓琪一边，数落蒋锐偏袒褚南娇。蒋锐不解释，一味强压她们。褚南娇当仁不让地辩解："我是副董事长，当第一副总经理名正言顺。再说，蒋总也是从工作出发，这些年，天全智能电器公司的业务有近一半是我做的。若论贡献，除了蒋总，没谁能与我相比。假如沈总和陈玉以后的业绩超过我，我主动让贤，决不争位。"这番言之凿凿得解释一下把沈晓琪、陈玉震慑住，两人双双垂下眼睑。会上进行了分工，她分管销售、工程、设备、技术；沈晓琪分管财务；陈玉分管企业管理。

走马上任后，她根据工作需要，建议蒋锐调整个别部门的头儿。她的好朋友叶娜出任市场开发部经理。

有天，肖舜天到云都开会，与她秘密约会，并告知一个好消息，胡光明来看望他时答应帮她开拓南港新业务，说最近有多个大楼盘开建，要她过去洽谈。

次日，她带上叶娜直奔南港。胡光明大变样，对她热情有加，一口一声地褚总叫得热乎。当晚，她请客，胡光明叫来几个楼盘老总。酒酣耳热之际，几个楼盘强弱电工程项目很快谈妥。送走客人，她与胡光明谈好收益返点。胡光明兴致勃勃，表示通力与她合作好，确保南港有做不完的工程。她相信，凭胡光明的能量，定能让她次次满载而归。

她与叶娜回到房间，泡壶茶，边喝边聊天。聊到个人生活，叶娜直截了当地点破："你那些事，我早知道。陈玉四处散布，公司人尽皆知。她说要搞臭你，搅黄你和裴勇的事，以后见一个拆一个，让你不得善终。她现在像恶魔，两只毒眼似扫描仪，一天到晚扫描你。真希望你们平安无事恩恩爱爱，早日把婚事办了，省得节外生枝。"

她叹息一声："顺其自然吧。这种事，勉强不得。"

叶娜觉得裴勇是个好男人，要她不惜一切留住，并以自己的经历予以佐证："我大你5岁，有过两次婚姻。第一任丈夫是大学同学。因第三者侵入，儿子两岁时我终结了婚姻，儿子判给了他。离婚后，我离开伤心之地来到云都，应聘在天全智能电器公司。后来，经人介绍认识了现在的丈夫。他的家境比裴勇还差。老家在贵州边远穷山区，家徒四壁。他能考上大学，全靠自己勤工俭学。参加工作后，除了基本生活费，全部寄给家里供弟妹上学。起初，我为他的家境却步。因耐不住介绍人的反复劝说，答应慢慢接触。久而久之，发现他木讷老实的外表下藏有一颗善良的心，加上他不嫌弃我的过去，心里逐渐接受。经过两年磨合，我们走到了一起。现在，我们有了一个可爱的女儿。至此，我才发现，我的婚姻不应轰轰烈烈；我的命运不应拴在男人的裤腰带上。女人只有自强自立，才能找准自己的人生定位。什么是好男人？没有绝对标准，只有与自己合得来、互相理解、互相欣赏、互相迁就、互相付出的才是好男人。浪漫是小姑娘的事。经过风雨，方能看清美丽和梦幻的向往与追求是那么不切实际。有人说，找一个忠厚侠义，跟你合得来的人做夫妻，他喜欢你做的一切，你喜欢他做的一切，这就是好夫妻。否则，花无法为悦己者容。我认为这是大实话。裴勇虽然不是你的菜，但至少能认同。有这个认同，说明你已接受。而他的善良、忠厚、孝道、俭朴是现代男人最可贵的东西，那些白马王子和大款精英，在我看来，都是海市蜃楼。我看好裴勇，等这边的事忙完，你立马过去重修旧好。"

这番推心置腹，令她茅塞顿开，倍感裴勇是自己生命中的另一半。作为有理想有目标的女性，追求的不应是门当户对、男才女貌，只有愿意相守、容忍长短、互敬互爱的人，才是自己的真爱。裴勇身上就具有这些特质。她搂搂叶娜，激动地说："你的经历是面镜子，通过对照，我找到了自己的人生定位。"

次日，她直奔裴勇所在地。晚饭后，两人沿着河边散步。深秋的晚风裹着凉意，吹得路人紧扣衣领。两人喝了点酒，浑身散发热气，根本感觉不到凉意，裴勇还把外套扣子解开，让晚风入怀。流动的水面在河岸路灯及高楼大厦闪烁的霓虹灯映照下波光粼粼熠熠生辉，偶尔有夜莺从波光粼粼的水面掠过，留下一串滑动的光影。河边花径休息凳上，一双双相拥而坐的年轻男女窃窃私语。两人走到一张空休息凳旁，她建议坐下赏景聊天。裴勇愣怔片刻，很不情愿地采纳她的建议。两人坐下，她伸过手，欲与他相握。裴勇无动于衷。褚南娇不管他乐不乐意，强行抓住他的手，温柔地说："心里不痛快，说出来吧！否则会憋出病。"

裴勇瞥她一眼，长叹一声，微闭双目，陷入痛苦的自责中。他自责未仔细了解她的过去，自责与她发生肉体关系，自责过于相信情感呼应，自责接受了她的帮助。他受传统观念影响至深，认为与女人发生了关系就要一辈子厮守，接受了女人的帮助就要用忠贞予以回报，承诺了做男朋友就要兑现诺言。在左右不决时，他无法做出正确选择，舍弃，痛苦；继续，亦痛苦。他始终不明白，一个女人为了所谓的财富敢冒天下之大不韪牺牲名誉，视忠贞和操守为儿戏。

见他不吱声，她给他掏心掏肺："我知道，你鄙视我这种行为。同样，我也羞耻这种行为。但是，在目前这种尔虞我诈弱肉强食的社会环境中，坚守所谓的忠贞和操守必然失去许多。看看这些权贵们，他们有廉耻吗？没有。为了个人利益，巧取豪夺，中饱私囊，贪得无厌，甚至杀人越货。正所谓，强者愈强，弱者逾弱。要改变个人命运，凭一己之力谈何容易？我这样做，并不是有意为之，而是迫于无奈，或叫逼上梁山。卢梭说得好，当一个人还仅在关注生存问题时，很难指望他有什么高尚的想法。我是俗人，干了俗人之事，干了不平常之事。但与这些权贵相比，算不了什么。你理解也好，不理解也好，毕竟已经发生。但必须告诉你，我的心是纯洁的，我的爱是纯洁的。这场官司一结束，我就打算与你成婚。现在，主动权交给你，我会耐心等待你的回音。"

裴勇睁开眼，望着她，张开嘴，却未说出什么。此时此刻，他心乱如麻，不知说什么好。拒绝，下不了决心；呼应，过不了这道坎。挣扎了一阵，他双手捧头，陷入沉默。她从他口袋里掏出烟，点燃，塞进他嘴里。他慢慢吸着，心里像注满千吨河水，既沉重，又澎湃。

她不想冷场，有一搭没一搭地找话说。后来，她干脆将话题集中在过往的美好回忆上。有几次，裴勇盯着她痴痴地发呆。很显然，他被打动。她趁机环抱他的腰，将嘴唇送过去。裴勇视而不见，将头扭向一边。褚南娇发觉他今晚情绪特差，就提议回房休息。裴勇送她回宾馆，门也不进就闷声闷气地离开。望着他摇晃和疲惫的身影，她忍不住失声痛哭⋯⋯

听罢这些，杜玉娇深为褚南娇的境遇担忧，两人磕磕碰碰走到现在实属不易。一个心比天高，一个老实巴交；一个欲壑难填，一个知足常乐。不同追求的人要磨合多久才能找到平衡点？找到了，皆大欢喜；找不到，各奔东西。她真心希望他俩找到平衡点，不由得安慰："别急，慢慢来，裴勇这人我了解，理智多于情感。只要他仍在犹豫，就有可能起死回生。等哪天有空，我约他好好谈谈。"

褚南娇用力搂住杜玉娇，感慨道："老话说得对，失去的东西，才觉珍贵。我有了资本，以为一顺百顺，谁知裴勇不吃那套。在即将到来的财富面前，越发感到拥有一个真男人胜过一切。"

杜玉娇点点她的脑门："才知道钱不是万能的啊！我以为，凡是钱能搞定的，必定是交易；凡是钱搞不定的，必定是真情。路遥知马力，日久见人心。经过这么长时间的检验，才真正意识到裴勇是块宝。以后，不要再弄丢。"

褚南娇苦笑一声："不会的。找回来了，一定攥得紧紧的。"

杜玉娇问："这次还见肖舜天？"

褚南娇沉吟片刻，怯怯地说："见。与肖舜天的接触纯粹是游戏。只不过这游戏以后得格外小心，绝对不能让裴勇知晓。"

杜玉娇斥道："贱。"接着提醒，"玩火的游戏最终会烧死自己。你已经够本了，再在刀尖上跳舞，弄不好身败名裂。"

"肖舜天现在势头正猛，是棵好靠的大树。"褚南娇嬉皮笑脸地说。

杜玉娇推开她："小心自己栽跟头。"

褚南娇重新搂住她："好了，不争了，反正你得帮我做掩护。"

杜玉娇无可奈何地说："行，到时别把我拖下水。"

⟋ 第38章 ⟍
嘉言懿行

　　晚上，杜玉娇还是把褚南娇与肖舜天的会面安排在赵威租住的别墅里。推杯换盏结束，杜玉娇叫上赵威、肖莎去打乒乓球。

　　褚南娇和肖舜天去了房间。亲热完，褚南娇从手袋里掏出一个大信封，交给肖舜天："蒋总给你的奖励。"肖舜天瞥眼鼓鼓囊囊的信封，问："安全吗？"褚南娇说："放心。蒋总做事很周密。蒋总还说，以后南港每做单业务，都会给你奖励。"肖舜天摇摇头："你这一闹，天全智能电器公司以后没有安宁日子。凡是跟我有关的事，都屏蔽掉。这些钱，放你那儿，待我急需时再找你。"褚南娇将信封放回手袋："行，我帮你保管。"肖舜天提醒："此时非彼时，陈玉与你是死对头，以后做什么事都得多几个心眼，别叫她抓住把柄。"褚南娇不以为然地说："量她不敢把个人恩怨带到工作中。蒋总已经警告过她，任何时候不准提你，否则扫地出门。"肖舜天皱了皱眉，提醒道："你枉为女人。自古以来，女人失去理智时像疯狗。"褚南娇不再争辩，双手吊在他的脖子上，娇滴滴地说："好，听你的。以后，还得帮我开拓青山市的业务。"肖舜天吻吻她的额头，亲昵地说："好歹我也是小股东，为了你，为了公司的发展，我会鼎力相助。"

　　褚南娇和肖舜天来到乒乓球室，杜玉娇与赵威打得正酣。赵威叫声："肖市长。"忙将乒乓球拍递过去。肖舜天笑笑，接过球拍，吹吹上面的灰尘，说："好久没打。"杜玉娇笑道："肖市长，手下留情。"肖舜天用左手拍了几下球，向上抛起，用力发个旋球过去。杜玉娇一下接飞。赵威、肖莎、褚南娇一起鼓掌叫好。杜玉娇吐吐舌头，眼睛死死盯住肖舜天的球拍。连续几个，杜玉娇都接飞。褚南娇看不过去，埋怨肖舜天耍花招。肖舜天说："不服气，上来试试。"褚南娇上前抢过球拍，招招制胜，把肖舜天的锋芒压了下去。杜玉娇一边喊："三局两胜，看谁是败将。"褚南娇大学期间是校运会女子乒乓球单打亚军，不把肖舜天放在眼里。肖舜天也不示弱，表示非把褚南娇打趴下。结果是，褚南娇连胜三局。肖舜天不服气，嘴里叨叨："好久没打，手生。"赵威帮肖舜天找台阶下："肖市长公务繁忙，没时间锻炼。以后，我给肖市长找个教练，非把褚总打趴下。"肖舜天觉得是个好主意，建议赵威将乒乓球室装修一下，作为乒乓球锻炼场地。杜玉娇连声叫好，有了打乒乓球的借口，大家见面就有正当理由，再也不必为褚南娇与肖舜天约会做掩护。

为了稳妥拿下青山水泥厂强弱电工程项目和尽早开拓青山市智能电器业务，褚南娇报告蒋锐同意，在青山市设立办事处。她自任主任，叶娜任副主任。次日，叶娜带上小高和小常赶到青山，租了一幢别墅作办公和居住用房。有肖舜天铺路，褚南娇很快打开局面，不久就签了几个单。这种高效的工作进度，连褚南娇自己都感到吃惊。照此下去，青山市智能电器市场的半壁江山短期内就可揽入怀中。在打乒乓球掩护下，褚南娇与肖舜天的接触渐渐多了起来。肖舜天的乒乓球水平直线上升，能与褚南娇一比高低。

裴勇完成了外地项目的资产重组回到云都，杜玉娇利用双休日特意赶回云都约他喝咖啡。裴勇懂喝咖啡的意思，故意迟到半小时来到咖啡馆。杜玉娇不责怪，反称裴勇给了面子，没忘同事情谊。两人一见面就切入正题。

"她太过分，把我当什么？这种事也做得出来，最起码的廉耻之心都没有，谁受得了？"裴勇忿忿然。

杜玉娇为褚南娇辩解："她也是迫于无奈，上司威逼利诱酒后强奸，不得不慎重对待。如果报案，将沈晓飞绳之以法，仇是报了，但她的名声随之也毁了。她用这种独特方式保护自己，应是棋高一着。谁知事态的发展完全出乎意料，最后对簿公堂。从某种意义上说，南娇最终还是赢回了面子，维护了自己的权益。假如她为贪恋钱财刻意为之，你大可痛斥辱骂，甚至远离。她之所以隐瞒，实际上是很在乎你，不愿给你增加思想负担。这段日子，她过得很苦，在我面前哭了几次。以她的个性和脾气，能为一个男人痛哭流涕，说明她不愿意失去你。不瞒你，凭她现在的条件，随便找个达官显贵容易得很。经过这么长时间的接触，她十分欣赏你的纯真、诚实和非势利。我们是闺蜜，我对她的为人与品质了如指掌，你与她长期厮守，绝对亏不了。"

裴勇双手捧头，痛苦地说："我知道，在她面前，我永远是只丑小鸭。能得到她的心，是我的荣耀。可是，我接受不了她唯利是图的价值取向。穷，穷得要有骨气。同样，富，富得要有正气。如果混淆是非，再多的财富又有何意义？"

杜玉娇笑笑，推心置腹地说："我很欣赏你这种品德，人，不可以志穷气短。有则寓言挺有意思：有一天，狗问狼：你有房子车子？狼说没有。狗又问：你有一日三餐和水果？狼说没有。狗再问：有人哄你玩和带你逛街？狼说没有。狗鄙视地说：你真无能，怎么什么都没有？狼笑了：我有不吃屎的个性，我有我追逐的目标；我有你没有的自由；我是孤寂的狼，而你只是一条自以为幸福的狗。这则寓言说明，财富多寡，幸福标签，不是取决于表象，而是取决于心态。平时，我和南娇也是争执不断，最终还是能找到平衡点。因为，生活不是一种模式，形形色色的生活类别需要多种模式容纳。在现实生活中，要求对方与自己的观念和习性高度一致极其荒谬，唯有容忍差异方可和衷共济。"

裴勇觉得在理，点头同意，过了会儿又反驳："在一个有主导价值观的社会里，容许存在差异，但不能违背常理。以牺牲名誉及不顾屈辱获取财富的行为极其卑鄙，即便我能容忍，也无法容忍她的背叛。"

杜玉娇一时语塞，不知说什么好。对一个血气方刚的男人来说，最难容忍女人红杏出墙。而褚南娇的出墙，离谱得让她也难以接受。因是闺蜜，她不接受也得接受，而且还要为其做掩护甚至助纣为虐。她思索片刻，劝导："从某种意义上说，这不是背叛，是受害。主动与对方私通，称背叛。反之亦然。作为受害一方，有选择维护自身利益的权利。我以为，南娇这种选择更具长远性。在愤怒充塞的情绪中，你可以视金钱如粪土。一旦回归现实，贫穷与富有就迥然不同。贫穷，限制你的想象；富有，开阔你的视野。这些道理，不用解释你当自明。再说，南娇受害在前，与你恋爱在后，而她的心，一直在你那儿。"

裴勇垂下头，心乱如麻，在进行激烈的思想斗争。是啊，褚南娇就是这么个人，接受她，就得接受这些现实。不错，纯朴和规矩的女人很多，可又有谁能接受他？而他也不愿降低标准随便凑合。他长叹一声："也罢。"随即问，"肖舜天的事怎么解释？"

杜玉娇愣了一下，坚决否认："纯粹是捕风捉影。南娇是通过魏焘认识肖舜天的。正是有肖舜天的帮助，南娇才开拓了南港智能电器市场。在开拓市场过程中，两人免不了经常接触。久而久之，流言蜚语风传开来。不管怎样，我相信她是爱你的，否则，不会在乎你。"

裴勇猛喝几口咖啡，站起来，在包厢里沉重踱步。杜玉娇的目光随着他的身影移动。她清楚，他思想动摇了。但要他马上表态也不现实，毕竟受伤不轻。果然，只见他停下脚步，慢吞吞地说："给我一些时间，让我好好考虑一下。"

送走裴勇，杜玉娇给褚南娇打电话通报交谈结果。褚南娇表示感谢后说："让他考虑吧，我等他。"

杜玉娇挂掉褚南娇的电话，又接到邵忠良的电话，问她在哪里。她说在云都。邵忠良叫她晚上到家里来趟。

杜玉娇按约定时间按响邵忠良家的门铃。赵威开的门。杜玉娇叫声邵总，眼睛盯着赵威。赵威对她笑笑。邵忠良夫人闻声从房间出来，给杜玉娇泡杯茶，然后趆回房间。

邵忠良从沙发上站起来，对杜玉娇说："把你叫来，商量一件事。"指指赵威，"他叔叔前天来电话，要我在青山水泥厂第四标招投标中予以关照。你家魏总也来电话。这下，我压力山大。按理说，一个公司不宜在同一项目做两个工程。当然，也有例外。你是项目负责人，招投标主持者，有什么好主意？"

杜玉娇不敢僭越，忙回道："听邵总的。"心想，这个时候千万不能出馊主意，如果邵总鼎力相助，一个电话就可解决，何必当着赵威的面装模作样？她隐约听说，有几家实力雄厚的公司通过上层给邵总施压，想拿下第四标。

"有办法，就没必要把你叫来。"邵忠良一脸为难。

杜玉娇顿感纠结，不知邵总的真实意图，想问点情况，还没张口，邵忠良的手机响了起来。

邵忠良赶紧接了，是省政协何副主席的电话。邵忠良应付几句就挂掉，发牢骚："三天两头来电话，吵得心烦。"

从牢骚中，杜玉娇揣摩到了邵忠良的心思，立马出主意："邵总，推不掉的关系户应允下来，叫他们找我。该得罪的，我来得罪。"

邵忠良脸上有了笑容，乐呵呵地说："要得，你来帮我解围。"然后望着赵威，"你的事，交给小杜。能不能中标，就看你的造化。"

赵威向邵忠良深鞠一躬："谢谢邵总！有您这句话，我的事就十拿九稳了。两个工程一起做，质量更有保证。"

两人同时下楼，赵威要杜玉娇上他的车。坐进车内，肖莎甜甜叫句："杜总！"杜玉娇伸手与她握了握。赵威说："去喝杯咖啡吧。"

杜玉娇摇了摇头，"还嫌麻烦不够大？"

赵威愣了一下，慨叹："这些人呐，不知抽哪门子风。"

杜玉娇说："狼多肉少，你想吃独食，当然惹众怒。"

赵威小声辩解："人在江湖，身不由己。其中滋味，杜总应心知肚明。"

杜玉娇当然心知肚明，只是担心魏焘和自己深陷其中，所以百般阻挠。然而，邵总的意图不得不落实。她强调："别指望走捷径，还得靠实力中标。"

赵威点了点头："我懂，不会为难杜总，有些地方还请指点迷津。"

杜玉娇想了想，把球踢回去："相信你有办法。"

赵威一下蒙了，不清楚她指的是哪种办法。围标，串标，围猎评标专家，打探标底等都是有效办法，若这些办法得不到业主配合是万万行不通。杜玉娇见他无反应，就直接点破："到时找袁霞。"赵威喜笑颜开，连声谢谢！

第四标招投标消息发布后，杜玉娇的住处和办公室又热闹起来。这次，她不再躲藏，坦然应对各路诸侯。邵忠良果然把几拨关系户推给她。她热情有加地接待，谈到实质问题，一律公事公办。各种礼物和饭局一概推掉，决不给任何人留下想象空间。这段时间，赵威与袁霞秘密接触了几次，最后选择围标方式，花大价钱拿到了两家特级资质建筑企业的介绍信。

评标结果出来，赵威顺利中标。因是外省一家有实力的建筑企业，未引起任何争议。几天后，赵威在住处摆庆功宴，力邀肖舜天、杜玉娇、袁霞、褚南娇参加。席间，赵威话不多，只是一味地敬酒，直到把自己放倒。

肖莎说："这次中标不容易，赵总特别高兴。"肖舜天拍拍赵威的肩，赞道："小赵，这次干得漂亮，回避了不少矛盾。"赵威大着舌头说："全仗杜总。"杜玉娇推脱说："是邵总、肖市长看好你。"赵威虽然大醉，但头脑清醒，连忙纠正："对，全仗邵总、肖市长。"肖舜天担心赵威往后酒后失言，提醒道："小赵，以后在公开场合，类似这种话别说了。"赵威连连称是。

主要工程招投标完毕，杜玉娇马上转入强弱电、绿化等一些附属设施招投标。由于强弱电工程是褚南娇优化设计的，招投标过程自然没有悬念，天全智能电器公司顺利中标。

绿化工程招投标就没那么简单，参加竞争的企业个个神通广大。田鸡村书记刘伯彦志在必得。这段时间，刘伯彦天天围在杜玉娇身旁，反复唠叨土石方工程没赚到钱，无法跟村民交代，嚷着一定要把绿化工程交给他做。杜玉娇哪敢随意答应？叫他按要求做好标书，参加正常的招投标。刘伯彦自知不是其他人的对手，非得近水楼台先得月。对这种无理要求，杜玉娇非常反感，但又不得不虚与委蛇。

做不通杜玉娇的工作，刘伯彦就去搬田水镇党委书记潘凤玲和田山区区长谷名胜。先是潘凤玲帮刘伯彦求情，杜玉娇碍于面子，答应在公开招投标过程有限度地通融一下。接着谷名胜屈尊到杜玉娇办公室，大谈特谈田鸡村如何为水泥厂搬迁工程做出了巨大贡献，如何舍小家为大家，如何为区政府分忧解难等等，最后提出水泥厂绿化工程一定要交给刘伯彦做，借以弥补村民拆迁的损失。这通说辞虽然牵强附会，还是让她动了恻隐之心。当时，如若田鸡村村民不配合拆迁，就没有现在热火朝天的局面。她答应好好考虑，在不违反招投标规定的范围内妥善解决这个问题。谷名胜告别时握住她的手说："市委黄书记也关心此事。"

果不其然，次日上午刚上班，杜玉娇就接到黄卫的电话，邀请她晚上出来坐坐。市委副书记设宴，她不敢不去。下午下班，她带上曲凯和袁霞按时赴约。到得酒店包厢，早来的谷名胜、潘凤玲、刘伯彦一一跟他们握手。大家寒暄几句，刘伯彦跟杜玉娇解释："黄书记下午有个会，晚点到。"杜玉娇应道："大领导忙，不急。"

不一会儿，黄卫挺着啤酒肚进来。一干人忙站起来恭迎。黄卫握住杜玉娇的手说："杜总越来越靓丽，看来权力能美容。"

杜玉娇赧然一笑："书记高看了。"

黄卫在主位坐好，拉杜玉娇坐右手边，其他按顺序依次坐下。酒过三巡，黄卫嚷着跟杜玉娇单挑。杜玉娇不敢接招，拿眼望袁霞。袁霞站起来："黄书记，杜总酒量有限，我代喝。"黄卫一脸不悦，指着袁霞大声说："你坐下，没你的事。"杜玉娇见状，只得硬着头皮上阵。黄卫让服务员撤掉小杯，上大杯。杜玉娇清楚，黄卫要给她下马威，心里骂他王八蛋，表面却强颜欢笑。几轮下来，杜玉娇扛不住了，心里火辣辣的烧得难受，跑进厕所吐了几次。黄卫摇头："这样喝不算数，得重来。"杜玉娇举手投降，求道："黄书记，再喝下去，我这条小命没了，饶了我吧。"黄卫说："饶你可以，但必须答应一个条件。"杜玉娇大着舌头说："行，只要能做到，多少条件我都答应。"黄卫右手一拍桌子："好，君子一言，驷马难追。你一定得想办法将新厂区的绿化工程交给刘伯彦做。否则，村民会剥了他的皮。"杜玉娇早想好了对策，坦然应道："黄书记的指示我一定执行。待我请示了陆总、冯总、邵总再向您报告。"黄卫颇为得意地点点头："我说嘛，杜总是不会不给黄某面子的。"大声交代刘伯彦，"伯言，听到没有，杜总已表了态，给我盯紧一点。倘若绿化工程项目弄丢了，村民闹事，你负全责。"刘伯彦唯唯诺诺地哈腰不止，端起酒杯，走到杜玉娇身旁，讨好地说："杜总，这杯酒，我单喝，您随意，千言万语尽在酒中。"说罢，一仰头，将杯中酒喝干。

第二天一上班，刘伯彦就坐到杜玉娇办公室。杜玉娇满脸不悦："你得让我喘喘气，哪有这样办事的？"刘伯彦不恼不语，只望着她笑，然后嘀咕："黄书记叫我到这里上班。不落实绿化工程项目，不准离开。"杜玉娇哭笑不得，只得由他。

连着几天，杜玉娇分别向陆可喜、冯辉、邵忠良汇报。鉴于黄卫强势干预和区镇两级政府领导出面做工作，四位商量：程序还得走，可改为议标，但必须由区政府出具一份报告，以备应付检查。

以区政府名义为村级企业拿工程背书显然违反规定，但在黄卫支持下，刘伯彦在短时间内顺利办成，这不能不说是个奇迹。

绿化工程合同签订后，刘伯彦兴高采烈地到杜玉娇办公室致谢，信誓旦旦地保证做成市优工程，决不辜负黄书记、区镇两级政府领导和杜总的关怀支持。刘伯彦离开时掏出一张银行卡，夹在办公桌上一本书里，轻声说："杜总，一点小意思。"

杜玉娇拿起银行卡丢过去："刘伯彦，这钱我是不会要的，必须拿走。若要谢我，就拿出优质工程来。"

"杜总，您不收，我没法向黄书记交待。"刘伯彦重新将钱塞进书里，"我把您当朋友，请您也把我当朋友。"说罢，拔腿就跑。

望着刘伯彦远去的背景，杜玉娇无可奈何地摇了摇头，只得把袁霞叫来，将银行卡交给她，交代照以前的方法处理。

袁霞刚离开，褚南娇兴冲冲地闯进来，欣喜若狂地说："玉娇，裴勇来电话，要我回云都好好谈谈。我说，是好消息就谈，若是坏消息就免谈。他说当然是好消息。这家伙，终于想通了。"

杜玉娇与褚南娇拥抱一下，高兴地说："祝贺，希望早日喝上你们的喜酒。"

修 成 正 果

褚南娇向叶娜交代了工作，火急火燎地往云都赶。回到家，她简单打扫一下，就去菜市场买了食材，精心做了糖醋里脊、红烧狮子头、香菇炖鸡、清蒸鲈鱼、香辣虾、葱爆羊肉等菜肴。当天空最后一抹晚霞隐去，裴勇敲响了门。褚南娇打开门，做了一个请的动作。裴勇换了鞋进来，望着香喷喷的菜说："好一桌佳肴。"

褚南娇笑眯眯地说："专为你准备的。"

裴勇道了谢，两眼一动不动地盯在褚南娇脸上。褚南娇被盯得不好意思，笑问："怎么哪，不认识了？"

裴勇摸摸褚南娇的脸："半年多不见，消瘦了。"

褚南娇双手搂住裴勇的腰，娇嗔道："想你想的呗。"

裴勇内疚道："对不起，我不该这样对你。"

褚南娇双肩抖动一下，颤声说："是我不好，做了不该做的事。不过，请你放心，以后我一定好好待你。"

裴勇没有应答，只叹息一声。

褚南娇松开手："咱们边吃边聊，好吗？"

裴勇点点头，在饭桌旁坐下。褚南娇斟上两杯红酒。两人端杯碰了碰。裴勇大喝一口，感叹道："世事纷扰，人生艰辛，半醉半醒，方能看透。"

褚南娇也跟着大喝一口，擦擦嘴，盯着他问："如何看透？"

裴勇吃了几筷子菜，慢条斯理地说："我从小接受的都是传统及刻板的教育，满脑子纯朴的向往。在山里，女人与多个男人交往被视为不规矩，一辈子要背负沉重的十字架。谁要是与这种女人成婚，会逐出族门。为此，我痛苦，我挣扎。然而，我又放不下，毕竟你是我的初恋，身心交融过。在这半年里，我反复咀嚼杜玉娇说过的话：生活不是一种模式，形形色色的生活类别需要多种模式容纳。在现实生活中，要求对方与自己的观念和习性高度一致极其荒谬，唯有容忍差异方可和衷共济。是啊，人人都有自己的生活方式，倘若寻找生活方式相同的人，犹如大海捞针。求同存异，容人之短，是最现实的人生哲学。况且，你做的这一切，带有自救和自赎性质。当今社会，强者愈强，弱者愈弱。我的经历就是现实生活的再现。既然你已走上强者之路，我用弱者的目光去审视去评判，显然有落差。经过这么长时间的磨合，我们彼此认可，又何必毁于一旦？抛开传统观念，用积极向上的心态面对一切，再大再难的坎都可越过。"

听罢，褚南娇已是泪流满面，想不到他如此通情达理，换上别人，早跑得远远的。她也知道这样大逆不道，但身陷其中，无法自拔。倘若回归自然，失去的将是巨大利益和辉煌人生。俗话说，鱼和熊掌不可兼得。可她偏要兼得。裴勇这番表白，说明她的坚持是对的。她伸过手去，抓住他的手，激动地说："谢谢你的理解。我的所作所为，都是为了我们的未来。生活中的小舟，尽管颠簸不断，只要我们同舟共济，一定会顺风顺水。"

"我相信。"裴勇使劲点头，"你要强，总想把自己的生活安排得与众不同，这没什么不好。但是，有些做法我不敢苟同。从今往后，希望你做事多考虑一下我的感受，因为人都有自尊，人都有面子。过去的就过去了，翻过一页，该是崭新的画面。"

褚南娇嘴上说："放心，不会让你失望。"心里却翻江倒海、五味杂陈。生活翻篇，有些无法越过，尤其是与肖舜天的交往难以翻篇。她的事业与人生已和肖舜天紧密相连，这不仅是权力与资本的结合，也是情感寄托的另一高地。当然，她会尽量做到呈现在他面前的是崭新的画面。

裴勇端杯与褚南娇碰杯，喝干杯中酒后，给褚南娇杯中添满，再给自己斟上，边吃边说："我对生活要求不高，以后，在这方面上免不了磕磕碰碰，但愿能相互体谅与宽容。"

"会的。"褚南娇嚼着香辣虾说，"以自己的喜好约束对方是不理智和愚蠢的。当然，我希望你提高生活品位，以我们的经济能力，生活水平应该升级。比如房子，我想以我俩的名义购买一套别墅。"

裴勇一时语塞，购买别墅，压根儿没想过，对年轻人来说，这是一个跨世纪的话题。

褚南娇清楚他的内心活动，补充道："钱不是问题，只需你的态度。"

裴勇忍不住问："哪来这么多钱？"

褚南娇说："先付首付，剩下的贷款。我想提前置办婚房。"

裴勇环视屋子："这里当新房不是挺好嘛。"

褚南娇妩媚一笑："我不想苦自己。人生苦短，有条件享受就得享受。放心，以后还贷任务交给我。你的工资全由你自己支配，不能因为成家影响你孝敬父母和帮衬兄弟姐妹。"

裴勇内心好一阵感动，这是她的可贵之处。有多少家庭无不为财产走向而闹得鸡犬不宁。他哽咽道："谢谢你的理解！"

"行，就这么定，明天我们就去选别墅。"褚南娇一锤定音。

因心情好，一瓶红酒很快喝完。褚南娇问："要不要再上瓶红酒？"裴勇摇摇头："算了吧。"褚南娇懂他的意思，不停地往他碗里夹菜："多吃点。"

吃完饭，两人坐在沙发上边看电视边聊天。聊天的内容多是彼此的工作。当褚南娇聊到以后的工作重心在青山市时，裴勇一脸凝重，郑重其事地提醒："往后，离肖舜天远点。"

褚南娇想都不想，一口否定："不可能，青山市的智能电器市场必须靠肖市长方能开拓。你应该正确对待我和肖市长之间的交往，杜玉娇也跟你解释过，我们仅仅是工作关系。"

"可是，你们公司有不少流言蜚语。"裴勇眼睛逼视她，等待回答。

褚南娇迎着他的犀利目光，不紧不慢地解释："沈晓飞败了官司，他老婆陈玉耿耿于怀，变着法子毁我。之前，我通过魏焘认识了肖舜天，在肖舜天帮助下打开了南港市的智能电器市场，为公司创造了可观的经济效益。同时，我也获得丰厚回报。蒋总为了感谢肖舜天，给了他2%的股权，并让我代持。为此，我们接触多了起来。青山市除了水泥厂，其他项目多是肖市长帮助联系的。假若远离肖市长，你能帮我搞定新项目？显然不行。我先给你打预防针，随时间推移和业务量增大，以后这种流言蜚语还会更多更玄。"

裴勇低垂眼睑，陷入沉思，心想：当时那个神秘电话或许是陈玉打的，意在离间或扰乱褚南娇的阵脚，但愿这些是子虚乌有，倘若她与肖舜天情投意合，何必在意自己？经此风波，看得出她对他很在乎。"好吧，相信你。"他终于妥协。

久别胜新婚。裴勇今晚特别雄壮，几次把她弄得娇喘吁吁欲仙欲死。事毕，褚南娇搂着他说："我们结婚吧。"裴勇没有应答，只用力搂搂她。褚南娇轻轻问："还有想法？"裴勇摇摇头："你这转变，让我既喜且惊。"褚南娇意识到自己犯了常规错误，马上改口："不结也行，这样挺好。"裴勇怕她误会，认真解释："我们先准备，等双方家长认可再说。"褚南娇在他怀里拱了拱，娇羞道："好，听你的。"

第二天上午，褚南娇和裴勇开车在云都各大楼盘穿梭，最后在"世纪城"别墅区选定了一套280平方米的双拼别墅。世纪城坐落在云都新区云锦湖畔，别墅群刚建成，还未绿化，但规模和架势却显磅礴。站在选定的别墅旁，裴勇倍感茫然，觉得这一切来得太突然。这需要多少年奋斗才能得到的东西，转眼间触手可及。若换了别人，不知有多兴奋，可他却感慨万千，自己无能为力，却要靠女人改变，传出去定会引发各种议论。褚南娇用肩膀顶顶他："喜欢吗？"裴勇不自然地笑笑："喜欢，但有压力。"褚南娇瞥他一眼，温情脉脉地说："喜欢就好。至于压力，不是你考虑的。"裴勇使劲晃晃脑袋，把自卑心晃掉，然后亲热地搂搂她："谢谢！"

褚南娇交了购房首付，带上裴勇去公司开工资收入证明，以作贷款之用。她要裴勇到公司亮相的目的是堵住陈玉之流的嘴。在蒋锐压制下，陈玉表面上风平浪静，暗地里却蠢蠢欲动。沈晓琪对褚南娇亦牢骚满腹，经常不给好脸色。高层不和，基层自然是山头主义。大战前夕，最忌讳将相不和，蒋锐为此没少做沈晓琪、陈玉和褚南娇的工作。俗话说，三个女人一台戏。这三个女人，正在演绎一场热闹大戏。而作为主帅的蒋锐，尽量让这场看不见的战争偃旗息鼓。

在蒋锐办公室，褚南娇这样介绍裴勇："裴勇，我的未婚夫。国信集团信托公司资产部经理。今天特来拜会蒋总，请多关照！"

蒋锐握住裴勇的手说："早有耳闻，什么时候喝喜酒？"

裴勇愣了愣，应道："快了，快了。"

蒋锐呵呵一笑："喝喜酒那天，我把公司员工全叫去，让大家沾沾喜气。南娇不仅是我公司大股东，更是我公司的大功臣，值得庆贺！"

"谢谢！"褚南娇向蒋锐深鞠躬，"我有今天，完全倚仗蒋总的栽培。"

蒋锐又是呵呵一笑，招呼两人沙发上坐。两人刚坐定，陈玉敲门进来。陈玉跟褚南娇打过招呼，向蒋锐递上季度经营形势分析报告。蒋锐接过报告说："来得正好，见过南娇的未婚夫。"

裴勇赶紧站起来，向陈玉伸出手，道了句你好。陈玉仿佛没看见裴勇伸过来的手，只上下左右打量，然后啧啧几声："不错。不过，跟我想象的大不一样。"

裴勇讨个没趣，尴尬地收回手，眼睛望着褚南娇。褚南娇用眼神安抚他一下，迎着陈玉嘲讽的目光问："陈总，你的想象是什么？"

陈玉用手比画，夸张地说："我的想象应该是高大威猛，风流倜傥。因为褚总的眼光和身份与众不同嘛！"

这明显是在羞辱裴勇，褚南娇没好气地反驳："你想多了，我的眼光就是裴勇这种人。他的人品，他的爱心，他的责任，在我眼里，无人能比。"

陈玉做个怪相，打起哈哈："是嘛，看来我不了解褚总。你们谈，再见！"

望着陈玉的背影，蒋锐叹声气："这个陈玉，什么时候都是夹枪带棒的。"然后目光停在裴勇身上，"裴经理，对不起，都是我管教不到位。"

裴勇释然地笑笑："没关系。她说得对，以南娇的条件，我确实配不上。好在南娇不嫌弃，让我有了归宿。"

蒋锐双手抱拳："祝你们白头到老，幸福美满！"

褚南娇表示感谢，然后简单汇报青山市近期市场开拓情况。蒋锐对这块业务相当满意，鼓励她一如既往地做好每项工作，为公司上市创造佳绩。接着，蒋锐也给褚南娇通报了上市进展情况。看来，上市之路十分崎岖，障碍接踵而至，如果没有信心和耐力，常人绝对不敢问津。

从蒋锐办公室出来，褚南娇带裴勇到自己办公室。与褚南娇关系好的同事闻讯而至，都来认识二老板的未婚夫。裴勇一一与大家握手致意。大家起哄，盼早日喝上喜酒。对大家的祝福，褚南娇除了感谢还是感谢。

过了一个月，褚南娇的月事迟迟不来。她赶紧买来怀孕测试纸测试，显示阳性。这下，她慌张了，不知怀上谁的，与裴勇同房的前一天，正好与肖舜天上过床。她将此事告诉杜玉娇。杜玉娇责怪她疏忽大意。她解释："我一直没停避孕药。"杜玉娇说："可能用了过期或假药。"褚南娇觉得在理，狠狠骂道:"妈的，假药害死人！"骂归骂，问题来了还得想办法解决，马上讨主意。杜玉娇想都不想，脱口而出："做掉。"褚南娇心里一沉："拜托，一条生命呐。"杜玉娇没好气地说："不明不白的，能生吗？"褚南娇深吸一口气，慢吞吞地说："让我想想，现在形势不一样，或许能生。"杜玉娇提醒道："得仔细思量，一旦生下来，不管何种结果，都得面对。"褚南娇思索片刻，轻声说："我探探裴勇的态度再定。"

裴勇的心思可没女人那么多，当得知褚南娇怀有自己的骨肉，高兴得手舞足蹈："太好了，太好了，我们有孩子了。"

等裴勇平静下来，褚南娇怯怯问："没合法条件，孩子能生吗？"

裴勇用毋庸置疑的口气说："结婚，我们马上结婚。"

褚南娇悬着的心终于落地，遗憾地说："只是婚房来不及装修和布置。"

"你说别墅吗？"裴勇摇摇头，"城景花园的房子当新房挺好。至于别墅，给孩子当两岁或三岁生日礼物吧！"

褚南娇万分欣喜："好，开始筹备结婚吧。过几天，一起去拜见双方父母。"

在改变人生命运的前夕，褚南娇觉得有必要把怀孕和结婚的消息告诉肖舜天。肖舜天现在不仅仅是她利益链上的重要一环，更是情感中的另一至爱。她也不清楚自己何时爱上了肖舜天。不可否认，肖舜天比裴勇更有魅力，无论是相貌还是内涵，两人不在一个量级上。如果用段位衡量，肖舜天至少高于裴勇4至5个段位。

褚南娇连夜赶到青山，将肖舜天请到办事处，告知怀孕情况。肖舜天听后沉默不语。褚南娇推推他："你说，咋办？"只见肖舜天脸上的肌肉抖动几下，然后斩钉截铁地说："做掉，绝对不能留。"褚南娇摇摇头，痛苦地说："做掉不可能，早年跟程序做过一次，前不久跟你又做过一次。医生说，再做，我就失去做母亲的资格了。"

肖舜天愣了愣："不可能吧。"

"你是真健忘，还是假健忘？当时我就把医生的话告诉过你。"褚南娇噘嘴埋怨。

肖舜天恣意一笑，反问："难道生下来不成？"

褚南娇说："没办法，只有生下来。"

肖舜天皱了皱眉："这种情况，能生？"

褚南娇淡淡地说："我准备结婚。"

"跟谁结婚。跟裴勇吗？你不是瞧不上他嘛。"肖舜天一脸讶然。

"有啥法子？你又不离。"褚南娇双手捂脸。

肖舜天搂搂她，瓮声瓮气地说："不是不离，而是离不了。假如我提出离婚，她一闹，我的仕途算到了头。你应理解我的苦衷。"

褚南娇苦笑一声，不高兴地说："理解你的苦衷，谁来理解我的苦衷？"

肖舜天背起双手，慢慢踱步，冷静思考对策。褚南娇的目光随着他的身影移动，心里泛起阵阵涟漪，人不能两全，倘若这个男人能娶她是再好不过，雕琢成型的玉器价值体现充分，而正在雕琢的玉器还是未知数。肖舜天踱了一阵步，停下来，望着她说："能否给我一些时间？我必须要找到离的理由。"

褚南娇摸摸肚子，轻轻摇头："我能等，肚子里的孩子不能等。再说，给多久时间？一年，两年，还是十年？假若等十年，我成老太婆了，到时你会娶我？"

肖舜天仰头长叹，是啊，无法给定准确时间。沉默会儿，他怅然若失地问："你若结婚，我们还能继续？"

"可以，但次数肯定要减少。"褚南娇给了他一颗定心丸。

肖舜天无可奈何地说："好吧，祝你新婚快乐！"

—∽ 第 40 章 ∽—
喜 事 临 门

褚南娇先去拜见裴勇父母，早晨7点出发，一路换乘三次车，到晚上7点才到达裴勇老家。

这是一个四面环山的山坳村，前年才修通进村公路。村里田土不多，田，都是冷水田，一年只种一季稻；土，均是鸡窝土，多与石块混合，很难见到成片的庄稼。山上荆棘杂木丛生，参天大树寥寥无几。用穷山恶水来形容一点也不为过。在这样封闭的山村里长大，难免不养成纯朴的性格和自卑的心理。新中国成立以来，村里只出了裴勇这么一个大学生。他不仅是家庭的骄傲，更是全村的骄傲。村民看他带回漂亮媳妇，争先恐后看热闹，一边津津有味地抽着裴勇散的烟或吃着褚南娇发的点心，一边对褚南娇品头论足。褚南娇见多了这种场面，大大方方地跟村民逗趣取乐，常引得哄堂大笑。

裴勇父母憨厚老实，话语不多，问什么答什么，仿佛成了小媳妇。裴勇母亲病后恢复不错，当时医生说活不过半年，想不到现在她活得活蹦乱跳，身体还越来越结实。褚南娇为获好印象，只拣贴心话讲，令老人倍感温馨。晚餐，老人穷尽所能做了一桌家乡菜，虽成色不好，味道倒是不错。裴勇开了一瓶带回的五粮液，先给两老斟满，然后给褚南娇和自己斟上。

"爸，妈，这次带南娇回来，就是告诉你们，我们马上要结婚，想听听你们的意见。"裴勇端起酒杯说。

"要得，要得，我们完全同意。"裴勇父母一起端杯，望着褚南娇连连点头。

"谢谢叔叔阿姨！"褚南娇举杯敬酒，眼里溢满泪水。

吃完饭，褚南娇帮着收拾碗筷。裴勇母亲连忙阻止："使不得，歇着吧，你细皮嫩肉的，怕伤着。"

裴勇把她拉到一边："听妈的，否则她心里不好受。"

褚南娇清楚，这是老人认可和喜爱的一种表现，令她心里好不感动。两老忙完，褚南娇招呼他们休息。两老刚坐好，褚南娇望着斑驳的墙壁说："叔叔阿姨，房子太破旧，该修整一下。"说罢，递一张银行卡过去，"里面有10万，如果不够，我再转些过来。"

裴勇父亲慌忙摆手："不用，不用，还能住。这些年，我们逼着裴勇寄了不少钱回家支助4兄弟娶亲，害得他到现在才谈婚。好在困难已经过去，但我们手头还是不宽裕，你们结婚，拿不出彩礼钱，这钱留着结婚用。再说，孩子妈住院也花了你不少钱。"

褚南娇把卡塞进裴勇父亲手上："叔叔，放心，我们结婚的钱早已准备好了。这钱，算我的见面礼。房子修不修，你们看着办。"

裴勇父亲左右不是，拿眼向裴勇求救。裴勇说："爸，收下吧，这是南娇的心意。我看房子迟早要修，就按南娇的意见办。"

"好，我收下，难得南娇一片孝心。我们不知哪辈子修来的福，摊到这么个好儿媳。"裴勇父亲脸上露出憨厚和满足的笑。

两人在裴家村住了4晚，裴勇带褚南娇走遍了所有亲戚。每到一家，褚南娇都送上一个大红包。女方倒贴钱，在当地属奇闻。于是，褚南娇在周边获得善女、奇女、富婆等称号。

告别裴家村，褚南娇带裴勇拜见自己父母。褚南娇父母见过裴勇后大失所望，首先是外貌，跟想象的相去甚远；其次是家庭，兄弟一大堆，都靠裴勇支撑，担心成无底洞。母亲把褚南娇拉进房间，低声埋怨："你咋这么糊涂？放着有貌有才的程序不要，找这么个乡巴佬，叫我哪有脸面见人？"

褚南娇不高兴地反驳："妈，我又不是找花瓶。不错，裴勇外在条件确实不如程序，但他有孝心，有责任心。以我现在的条件，完全可以找个高富帅。然而，你女儿不傻，清楚高富帅不靠谱。程序在我眼里是池中鱼，胸无大志。"

母亲说："别瞧不起，人家现在已是城投公司的总经理了，年纪轻轻，就官至正科，成为县里的政治明星，也许过不了几年，就当上副县长，前途不可限量。"

褚南娇满脸不屑："哼，这算什么？若论官位，裴勇现在也是正科级，保不准还比程序早跨入副县级。说实话，我根本不在意男人当不当官，而是在意人品德行。就人品德行来说，程序远不如裴勇。"

"程序人品德行真没得挑，现在碰到我，还一口一声地阿姨。就前天，他还问起你，听说你要回来，建议见个面，好好聊聊。"母亲极力为程序辩护。

褚南娇摇摇头："有什么聊的，还不是想摆谱、炫耀。告诉他，这次不见。如果想见，以后有的是机会。"

"你真的打算跟裴勇结婚？"母亲心有不甘，希望女儿放弃。

褚南娇坚定地说："对，决心已下。"顿了顿，警告母亲，"千万别打横炮，这次带他来，不是征求你们的意见，而是让你们认亲。再说，我肚子里已经怀了他的孩子。"

"我怎么生了个这么不讲理的女儿呢？"母亲无可奈何地长叹一声，"也罢，这日子是你过的，高兴时，去看看外孙；不高兴时，跟你爸满世界跑。"

褚南娇搂搂母亲："妈，要相信女儿的眼光。以后别提程序，人家的孩子都打酱油了，难不成叫我去当第三者？"

母亲扑哧一笑："看你说的，我是拿他打比方。依你的条件，应该选择更好的。"

褚南娇说："鞋合不合脚，只有自己清楚。外在条件固然重要，但内在条件更重要。你的儿子也就是我的哥是靠不住的，爸和你的后半生就靠裴勇了。现在，不管你喜不喜欢，都得给我面子，对裴勇客气点，别给他添堵。"

"行啦。"母亲用手点点褚南娇的脑门，"再不喜欢，也得给你面子。我这辈子不知哪里作了孽，现世报应来了。"

好在父亲通情达理，对裴勇客客气气。母亲不善演戏，时不时把不满挂在脸上。裴勇看出名堂，问褚南娇："你妈不同意我们的婚事？"

褚南娇打掩护："没有呀，她高兴得很，只是怪我不该在结婚前怀孩子。她老思想，总拿过去那套陈旧理念比照。"

裴勇责怪道："你不该把怀孕的事告诉她。假如我父母知道你婚前怀孕，也会不高兴。"

褚南娇讪笑道："这就是我们前辈的可爱之处。好了，不要多想，住两晚就走，省得闹出不快。"

第三天早饭后，两人离开江水。在长途汽车上，褚南娇微闭双目，头靠在裴勇肩膀上遐思。时隔多年，想不到胸无大志的程序出息了，在边远县城，年纪轻轻就进入正科级行列，确实会招来无数艳羡的目光。母亲对程序念念不忘情有可原，女人只要依附前途不可限量的男人，一辈子就稳稳当当。可母亲永远理解不了或捉摸不透，女人独立于男人之上才是最安全最可靠的万全之道。假如当时嫁给程序，或许成为母亲的乖乖女，成为众人羡慕的家庭主妇。但这种稳固的小家庭生活不是她的所求，程序理解不了她的志向，裴勇却能接受她的拼搏，单凭这点，裴勇就比程序强许多。

"在想什么？"裴勇推推她。

褚南娇笑笑，编排道："在想怀孕之事如何向你父母交代。"

裴勇说："没事，只要结了婚，孩子早生，他们更高兴。"

回到云都的当天下午，两人去民政部门登记结婚。一拿到结婚证，褚南娇就迫不及待地向杜玉娇报喜。杜玉娇祝贺一番后压低声音提醒："从今往后，你得为裴勇着想，少跟肖舜天接触了。"

褚南娇嘻嘻一笑："有什么不一样？我还是我。既然玩上了游戏，为了工作，该怎么样还怎么样。"

杜玉娇斥道："刀尖上跳舞，极易伤人伤己。这种游戏不是我们这类人玩的，到最后，收尸的人都没有。"

褚南娇又是嘻嘻一笑："管他呢，真出了问题，你不会不管，反正这辈子赖上了你。不过，我会把握好分寸，跟肖舜天是玩利益游戏，该啥时候中止就中止。跟裴勇是玩家庭游戏，一辈子的事。"

杜玉娇叹声气："真拿你没办法，好像我前生欠了你的，为你操碎了心。也罢，你自己看着办，好自为之。"

褚南娇和裴勇找人算好日子，婚期定在一个月后。本来想整修房子，因时间仓促，只得免了。房子不整修，家具得换新。两人到家具市场选了一套高档原木家具，到货需3个月，褚南娇当即要了样品，定好第二天送货。家具换新后，两人又去购买装饰画、床上用品等，忙了一个月，才把一应事项办妥。

婚礼那天，来了很多人。天全智能电器公司除沈晓琪陈玉及她们几个死党外悉数到场。褚南娇在云都的同学和裴勇的同学同事能来的都来了。应杜玉娇要求，魏焘专程赶来。婚庆公司的主持很会煽情，不时将婚礼推向高潮。杜玉娇作为证婚人作了精彩讲话，把两人的相识及优点描绘得绘声绘色和尽善尽美，博得阵阵掌声。轮到新郎讲话，裴勇刚开头，因紧张一下忘了词。褚南娇轻声建议："别背稿子，随便讲。"裴勇擦擦汗，采纳褚南娇的建议，干脆讲心里话。这番心里话多是夸赞褚南娇的善心和美德，最后感谢杜玉娇成全了他俩。看得出，裴勇完全是用心在讲，让一些多愁善感者流下了感动的热泪。

其中热泪最多的是杜玉娇，因触景生情，想到自己的婚事遥遥无期，心里免不了波澜起伏。婚礼结束，在回家的路上，杜玉娇郁郁寡欢。魏焘拍拍方向盘，说："怎么呐，闺蜜大喜之日，该高兴才是。"杜玉娇斜他一眼，没有应答。回到家里，杜玉娇一屁股坐在沙发上，望着天花板发呆。

魏焘泡杯茶，放在茶几上，亲昵地说："喝口茶吧！你的心思我全懂。"

杜玉娇吁声长气，幽幽地说："既然懂，为什么还不给一个准确答案？"

魏焘坐在她身旁："我想给你一个准确答案，但现实不允。"

"什么现实不允？"杜玉娇不理解他话中含义。

魏焘意味深长地说："不到尘埃落定，一切充满变数。"

"难道你有什么瞒着我？"杜玉娇惶恐不安地盯着他。

"没，没有。"魏焘不停地摇头。

"不可能，看你话中有话。"杜玉娇紧追不放。

"真的没有。"魏焘握住她的双手，诚恳地说，"遇到你之前，我的生活没有方向。有了你之后，我才明确目标。你的爱、你的纯洁感染了我，我开始约束自己。但是，鞋子一旦湿了，烘干有个过程。而这个过程是渐进和螺旋式的。为了你的未来，留下一个缓冲地带更妥。"

"什么意思？"杜玉娇越发糊涂。

魏焘微微一笑："到时就清楚我的用心。"

杜玉娇嘟起嘴："什么用心我不管，我只要婚姻。"

魏焘用力搂搂她："要相信我，结婚与同居意义一样，别在乎这张纸。我会对你负责到底。"

杜玉娇沉默半晌，轻声问："假如怀了孩子？"

"就生下来呗。"魏焘脱口而出。

杜玉娇摇摇头："没有名分，如何生？"

魏焘说："真到了那步，马上满足你的心愿。为了孩子，什么风险都得冒。"

杜玉娇眼睛一亮："好，说话算数。"然后忧心忡忡地说，"我总感到你有什么瞒着我。结个婚，有什么风险？自上次从美国回来，你常心不在焉，时不时发呆。难道你还要与病快快的齐嫣复婚吗？"

魏焘苦笑一声："说什么呢，跟她没一点关系。有时发呆，是在考虑芸芸的未来。倘若齐嫣一走，芸芸就没了监护人。齐嫣姨妈毕竟隔了一层。把芸芸接回来，又不好跟你交代。"

杜玉娇一时无语，之前，她多次透露过不愿做后妈的想法，魏焘也反复解释过齐嫣和芸芸不会回国。倘若出现变数，这种局面就将打破，如此，就让她难以接受。杜玉娇小心翼翼地问："你如何考虑？"

魏焘说："现在考虑尚早，到时再说。"

杜玉娇理解他的苦衷，不再催婚，等那边的事平稳后再提不迟。

褚南娇休完婚假就赶到青山市办事处上班，许多事情需她处理。

待褚南娇忙完，杜玉娇把褚南娇叫到住处。一进房间，杜玉娇摸摸她有点隆起的肚子问："是男孩还是女孩？"褚南娇自豪地说："男孩。"杜玉娇说："何以见得？"褚南娇笑笑："问过我妈，跟她怀男孩子的症状一模一样。"杜玉娇搂搂她："祝贺你，同时羡慕你。"

两人寒暄一会，褚南娇气鼓鼓地骂魏焘："什么人呐，玩你吗？下次别让我见到，看怎么收拾他。"

杜玉娇摆摆手："算了，总不能给他下跪吧。人家有想法也正常，估计前妻活不久，女儿得有个着落。他考虑我的情绪，从不提把女儿带到身边。我想了很多，这样做是不是不讲情理？你给我出出主意。"

褚南娇双手支脑袋，慢悠悠地说："说实话，谁也不愿做后妈。但是，既成事实无法改变。既然改变不了既成事实，就得改变自己。否则，心结永远打不开。"

杜玉娇慨叹:"是啊,我心里老是藏着这个心结。看来,爱一个男人,就得忽略其他。也罢,依了他,别给他出难题了。"

"这就对了。"褚南娇拍拍杜玉娇的肩,"万事想开,别累着自己。还是想办法怀上孩子,完成人生大事。"

杜玉娇皱皱眉头:"不知何因,总是怀不上。有些人堕胎四五次都没事,难道我堕两次就惹上麻烦?"

褚南娇问:"你们去医院检查过吗?"

杜玉娇摇摇头:"没有,我们都很正常。"

褚南娇用肩膀顶顶她:"要不,你请长假,在他那儿住上十天八天的,再买点补品,兴许能怀上。看你们现在,来去匆匆,估计做那事都不上劲。"

杜玉娇长叹一声:"都忙,谁都请不了长假。尤其是他,一天到晚忙得焦头烂额,弄得房事越来越寡淡。"

"要不找帅哥试试。"褚南娇做个鬼脸,开句玩笑。

杜玉娇捶她一拳:"去你的,我才不学你那样。"随即,两人哈哈大笑。笑毕,褚南娇摸着肚子说:"以后,别动不动捶我,动了胎气,弄个早产,看我怎样收拾你。"杜玉娇轻轻抚摸一下她的肚子,笑吟吟地说:"早产好呀,让宝宝早日来到人世。对了,孩子出生,必须让我认干儿子或干女儿。"褚南娇与杜玉娇击下掌:"必须的。"

产期一到,褚南娇顺利产下一个白白胖胖的男孩,取名裴安。裴安长得挺像褚南娇,这正中她的下怀。到现在,她都弄不清裴安是裴勇的还是肖舜天的。这个天大秘密,除了杜玉娇,她是不会让人知道的。

第41章
审 时 度 势

　　光阴荏苒，岁月如梭，一晃3年过去。

　　这3年里，天全智能电器公司发生了翻天覆地的变化。当然，最大的变化莫过于公司正式上市。上市当月，蒋锐给自己放了半个月假，带着秘书到欧洲游玩一圈。运作8年才上市，对蒋锐来说仿佛经历了一场战争。要不是魏焘、肖舜天锲而不舍地鼓劲和助力，上市计划或许就半途而废。起初的理由是缺乏核心竞争力，等有了核心竞争力，说收益不稳定，等收益稳定了，又说市场应变能力不强。挑刺的人总是没完没了，后来还是涂省长出面干预才过了关。到了证券会，又是六堂会审，反复拉锯，最后终于感动了上帝。公司上市后，市场反应活跃，股票不断拉升。股东的账面资产涨了上百倍，除陈玉等几个骨干，个个成了亿万富翁。

　　褚南娇自然是财大气粗，花高于房价两倍的钱精装了别墅，还给保姆配了车。裴勇老家的房子虽然整修好了，褚南娇嫌档次低，扒掉重建，成了远近闻名的豪宅。褚南娇还在县城给父母买了一幢别墅，按老人的要求进行了装修。别墅装修后，父母却不愿意搬进去，嫌房子大。褚南娇理解老人的心思，不是嫌房子大，而是不习惯。于是提议两老先到她这儿住上一段时间，愿住多久就住多久。两老果然欢天喜地住到她这儿。两老住一阵却没有走的意思，裴勇的热情和孝心像一块巨大的磁铁将他们吸住。母亲这时才发现女儿的眼光独到，不时夸赞裴勇。父母长住后，哥哥褚南平把她这里作为基地，常来常往，多次提出想在妹妹手下讨碗饭吃。

　　兄妹俩性格迥异，褚南平表面懦弱，骨子里极爱占小便宜。从小到大，当哥的总是锱铢必较，从不礼让。她则争强好胜，毫不避让，结果是常闹得鸡飞狗跳。褚南平连续考了三年才考进一所师范学校，中专毕业去了镇小学当语文老师，不久便与同校女老师朱璐结婚，育有一男一女。镇小学老师的薪水低得可怜，除去养家糊口，一年下来所剩无几。见妹妹腰缠万贯富甲一方，褚南平免不了垂涎欲滴蠢蠢欲动。父母也在一旁敲边鼓。看在父母和亲情份上，褚南娇做通蒋锐的工作，将哥哥安排到南港市分公司副经理位置上。

杜玉娇这边哩，更是日新月异，新厂区提前竣工投产。投产当季，产量和效益同比翻了一番。待所有搬迁工作完成，班子重新进行了分工，杜玉娇分管物资采购和企业管理。在杜玉娇力荐下，袁霞提任物资采购中心经理。原经理马全改任企业管理部经理。

杜玉娇一接手物资采购工作就忙得不亦乐乎，煤炭、石灰石、铁矿石、铝矾土等原材料供货商接踵而至。这些供货商个个笑容可掬、出手阔绰。杜玉娇不愿落下话柄，一概拒绝，同时，要求袁霞做到不吃请、不收礼，与供货商保持一定距离。在深入了解采购内幕后，杜玉娇颇感震惊，所有原材料采购基本是固定关系户，只有个别采取了议标，好在采购价格与当时的市场价基本相当，否则无法解释其中缘由。这种采购制度和采购程序能够长期存在，必定是得到陆可喜的认可与支持。为了弄清事由，她找马全询问。

马全解释："这是实践检验的结果。之前，我们搞过招投标，效果并不理想，价格上去不说，质量还过不了关。经过多次比较，确定了十几家价格合理、质量过硬的供货商。他们也争气，在确保质量的提前下，价格比市场价还低那么一点点。企业的最终目标是什么？赚钱。采购中每降低一分钱，就多一分钱利润。这样的算术题小学生都会做，可是，有些人非得摆谱搞什么招投标。中了标的供货商为了自身利益完全不顾质量，害得我们赔了夫人又折兵。"

杜玉娇听了半天吱声不得，直感这是一摊浑水。物资采购是肥缺，谁都想染指。接任时，陆可喜跟她说："之所以换你分管，是想让你熟悉全面。除了你和步子航，我们几个陆续到点，水泥厂未来是你们年轻人的。"当时，她着实感动了一把，觉得陆总处处为年轻人着想。现在看来，陆可喜可能是把她放在火山口上。维护现状，就是维护平衡。打破现状，就是打破平衡。一旦做搅局者，意味成为众矢之的。在这敏感时期，她不想树敌。一年后，陆可喜退休，她和步子航都是总经理人选。张勇军已表态不愿干总经理。邵忠良早放过风，陆可喜的接班人在内部产生。围绕谁接班的话题一时成了青山水泥公司私下议论的热点。

支走马全，杜玉娇将袁霞叫来，交代暂停修订物资采购制度，一切照旧。袁霞不便多问，表示坚决照办。在企业管理方面，杜玉娇也沿袭旧制，在任何场合，开口闭口盛赞前任的政绩。几个月下来，班子里除步子航都给她竖大拇指。

不久，蓝天当上旅游公司总经理，在系统内引起轩然大波。卫星退休，本应由皮树德顶上，或由旅游公司其他经验丰富的副总接任，可邵忠良偏偏选择蓝天。据说蓝天上位是冯辉力荐的结果。这些年，度春山溶洞景区管理公司在蓝天管理下脱胎换骨焕然一新，效益年年增长，成为旅游公司的明星企业。表面上看，蓝天是靠政绩脱颖而出，实际上是私底下运作的结果。不管人们如何议论，蓝天能稳稳当当地坐上旅游公司头把交椅就让人刮目相看，这不得不叫杜玉娇眼热心跳顿生炉忌。

有天，褚南娇在她办公室嚷嚷："玉娇，这个王八蛋一下子上了天，你不能败在他手下，努把力，力争在年内赶上他，直至超过他。以后，你去跑动，需要多少钱，我解决。"在褚南娇的鼓捣下，杜玉娇按捺不住蠢蠢欲动的心，准备为追赶蓝天奋力一搏。

蓝天空出的位置由符文宗接任，这完全出乎杜玉娇的意料。在集团年度工作会期间，杜玉娇单独宴请符文宗。几杯酒下肚，杜玉娇问起他和蓝天近期的关系。符文宗诡秘一笑，不与置评。

"还收集他的情报吗？"杜玉娇特别关注这一动向。

符文宗张张嘴，想说什么又将话咽了回去。

杜玉娇笑笑："不好说，还是不便说？我挺纳闷，他那么挤兑你，竟然容你接任。这不是他的风格。不过，对你来说，这是好事。由于好奇，我想知道究竟发生了什么。"

符文宗眨巴几下眼，感慨道："蓝天这人真不简单，心胸比我想象的开阔。我俩水火不容，路人皆知，可他偏偏选择我接任。那段时间，他在各种场合帮我造势，一下子改变了大家的看法，给他加分不少。尤其是冯总对他评价很高，说他宽宏大量，善于团结不同意见的人，是不可多得的将才。起初，我不信，以为他是耍奸溜滑，拿这当诱饵堵我的嘴，为自己上台阶扫除异己。待任命下来，才理解他的苦心，不得不佩服他的雅量。"

杜玉娇哦了一声："看来，蓝天收买人心挺有一套。"

符文宗狡黠地说："我现在不那么恨他了，也不想与他为敌，既然他拿心换心，我也得拿心换心。再说，人家年纪轻轻当上旅游公司一把手，前程不可限量，我又何必拿鸡蛋碰石头呢？"

杜玉娇问："以前给我的照片及材料如何处理？"

符文宗想了想："毁掉吧，就当我过去办了傻事。"

杜玉娇嘴上应诺，心里却一千个不愿意，那些照片和材料说不定什么时能派上用途，对付这种小人必须要留一手。

符文宗端杯与杜玉娇碰了碰，说："杜总，有个疑问我一直解不开，蓝天与你结仇那么深，为什么你还能与他相安无事，不揭穿他的假面具？"

杜玉娇用纸巾擦擦嘴，莞尔一笑，反问："你怎么不揭穿他？"

符文宗苦笑一声，无可奈何地说："他是邵总冯总的红人，我无依无靠，又是他的死对头，谁会信我？你不一样，也是邵总的红人，只要你肯出面，把这些炸弹抛出去，准会把他炸翻。他一旦落马，旅游公司头把交椅可能就是你的了。他虽然成全了我，我未必感谢。倘若你当上旅游公司的老总，我会很高兴，你的人品和德行比他强百倍。说实话，我坐在溶洞公司总经理的位置上还是忐忑不安，等哪天他坐稳了江山，找理由把我一脚踢开不是不可能。不瞒你，给你的那些照片和材料我还留有一份，如果哪天他真的向我发难，我就跟他鱼死网破。当然，但愿他能与我相安无事。"

杜玉娇哈哈大笑，举起杯说："喝酒，不说他了，希望你如愿以偿。"

陆可喜离退休的日子越来越近，接班人的传闻沸沸扬扬，地下组织部长们多数看好步为航，理由是他资历深、经验丰富。袁霞将听到的消息一股脑儿告诉杜玉娇。杜玉娇也有耳闻，急与魏焘商讨对策。

然而，此时的魏焘却诸事缠身，自身难保，三言两语予以打发。他的房地产项目近期遭遇法律纠纷，有3栋楼封顶后倾斜，定责任时施工方与设计方大打出手，最后诉诸法院。官司无论谁输谁赢，倒霉的是投资方，加固或扒掉重建，不仅错过销售时间，更影响形象和信誉。最让魏焘闹心的是传闻赵承运将提任云江省省长，他舅舅调外省任省委书记。赵承运一走，他的靠山失去，未完工程必会受到影响。

为了讨对策，杜玉娇利用双休日飞往福海。魏焘态度老样，相反，还劝她别去竞争青山水泥公司总经理，待他渡过难关帮她运作调回集团投资开发部，过两年接替杜鹃，待在机关舒舒服服地过日子。杜玉娇愕然，这不是他的风格，或许是什么左右了他的思维。讨不到对策，她闷闷不乐地飞回云都。

在机场出口处，杜玉娇遇见赵威。杜玉娇问："接客人？"赵威乐呵呵地伸手接过她的行李箱："专程接您。"杜玉娇笑问："你咋知道我坐这班飞机？"赵威说："魏总给我打了电话。"杜玉娇哦了一声，表示感谢。

青山水泥厂工程完工后，赵威在邵忠良关照下又承接了安城电厂扩建工程2台70万燃煤机组的主体厂房。赵威现在已是邵忠良的座上宾，关系很不一般。

"你用什么法子搞定了邵总？"杜玉娇在车上问。

赵威诡秘一笑："托您的福，没您引荐，邵总不可能在这么短的时间里信任我。邵总说过，相信您的眼力。"

杜玉娇笑笑："你编，邵总不可能说这种话。"

赵威伸出小指头："骗你是小狗，邵总对您印象特好。"

"如果邵总真这么看，我就有希望了。"杜玉娇深吸口气。

赵威兴奋地说："不只是希望，而且必须成功。今天我与魏总通电话，才知他的想法。我不客气地骂了他，什么狗屁理论，女人非得相夫教子？像您这种冰雪聪明鹤立鸡群的慧女子，就得在仕途上大展拳脚。我真希望您一路高歌，直至坐上国信集团老总的宝座。如此，我就有做不完的工程。"

杜玉娇问："你真的想帮我吗？"

赵威瞥她一眼，斩钉截铁地说："对，您和魏总对我那么好，没你们，就没我的今天。吃水不忘挖井人。豁出我这160斤，为您赴汤蹈火。"

杜玉娇笑笑："我何德何能值得你赴汤蹈火？"

赵威真诚答道："值得。跟您交朋友，放一万个心。"

杜玉娇想起省里高层即将变动，便开玩笑："你叔叔马上接替魏焘舅舅，到时求你的人排长队，还记得我这个小萝卜头？"

赵威长叹一声："听我婶婶说，有人告黑状，我叔叔的梦想成泡影。好在中央有人说话，省长当不成，当政协主席。"

杜玉娇愣了一下，感叹道："世道无常。也罢，都是正省级。做官做到这个份上，已是相当可以。天下之大，官至正省级的凤毛麟角。不管怎样，政协主席的影响力依然很大。"

"差远了。"赵威摇摇头，"什么叫隔靴搔痒？政协主席想办事就是这么个意思。"

杜玉娇瞪他一眼："别胡说。官场的水深得很，不是你我这种人摸得清。有能耐的人，永远有能耐。况且你叔叔手眼通天，能量巨大，云江的池子未必装得下这条巨龙。"

赵威呵呵一笑："但愿如此。不过，我还是看好您，只要您顺风顺水，我就有盼头。"

杜玉娇伸手与赵威的手一击："好，托你吉言，希望我这辈子顺风顺水。"

晚上，赵威陪杜玉娇拜访邵忠良。邵忠良热情有加地给他们让座沏茶。寒暄几句，杜玉娇问起邵芳。邵忠良挥挥手："管不了，早搬出去了。"

赵威说："邵芳置了一套新居，开始谈婚论嫁了。男朋友是建设厅的副处长，也是我的朋友，仪表堂堂，与邵芳挺般配。"

杜玉娇击掌叫好，问："什么时候办婚礼？我一定要讨杯喜酒喝。"

邵忠良脸上掠过一丝不快，没有应答。赵威向杜玉娇挤挤眼："还没定。"

看来邵忠良对这桩婚事不太满意，杜玉娇不便多问，转而汇报自己和魏焘的近况。当得知魏焘深陷官司，邵忠良敏感地问："魏总没事吧？"

杜玉娇笑道："没有，但牵扯他太多精力。听说舅舅要调走，想回来看看都抽不出时间。他要我代他向您问好，待忙完这阵子，他专程回来拜访您。"

邵忠良说："不客气，忙他的。代我向他问好。魏总不错，敬业，低调，义气，是信得过的好兄弟。"

杜玉娇清楚，魏焘私底下没少给邵忠良活动，在舅舅面前赞美不说，还在赵承运那儿吹风。赵承运到云江任省政协主席，对他来说是天大的福音。邵忠良是那种遇事沉稳不慌不乱的人，无论是大喜大悲，都像没事似的。他能把魏焘比作好兄弟，对她来说是大好事，不由得喜上眉梢："谢谢邵总！我一定把您的问好带给他。"

赵威趁机进言："邵总，杜总在水泥公司干得风生水起，政绩卓著，是一个顶呱呱的将才，您应该把她放到更重要的位置上，发挥更大作用。陆总的位置应该让杜总接替，这样，您方可放一万个心。"

邵忠良微微一笑，转而眉目紧锁。最近，冯辉老在他面前聒噪青山水泥公司接班人的问题，认为步子航比较合适，担心杜玉娇肩膀嫩，挑不起这副重担。他问冯辉，选卫星接班人时咋不提蓝天的肩膀嫩？冯辉毫不犹豫地解释："蓝天不一样，有魄力，有闯劲，敢说敢干，大刀阔斧，整饬纪律，六亲不认。杜玉娇呢，四平八稳，一团和气。一把手不能讲和气，要讲霸气。杜玉娇身上缺的正是霸气。"他觉得冯辉的看法不无道理，答应再考虑一下。此刻，他不回应赵威，却拿眼睛望着杜玉娇。

杜玉娇迎着他的目光妩媚一笑，坚定地说："如果邵总信得过，我一定为您争光。"

赵威是急性子，见邵忠良没回应，快人快语地将步子航在第3标招投标过程中如何与龙少华暗通款曲沆瀣一气的事透露出来，还添油加醋地描述步子航如何与歌厅小姐鬼混。赵威不愧是学中文的，将这些故事描述得生灵活现。

邵忠良听罢嘴巴张得大大，反复问："这是真的吗？"

杜玉娇肯定道："一点不假。当时张勇军书记还约谈过他。"

邵忠良沉思半晌，然后说："你去找找冯总，好好谈谈。"

告别时，赵威从挎包里掏出一款梵克雅宝黄K金钻石项链，轻轻放在茶几上："邵总，这是我和杜总送给邵芳的一点心意，愿她早日走入婚姻殿堂。"

邵忠良扫一眼钻石项链，推脱道："这么贵重的东西，她消受不起。"

赵威诚恳地说："邵芳高贵漂亮，人中凤凰。我和杜总选了多次才看中，不知她喜不喜欢。"说罢，拉起杜玉娇飞也似的跑了出来。

车子驶出省府大院，杜玉娇夸赞道："赵威，你越来越精明了，士别三日，刮目相看，是干大事的料。"又问，"这款项链价格不菲吧。"赵威呵呵一笑，轻飘飘地说，"还好，只要邵总满意，我们就没白来。"

杜玉娇笑道："想不到你挺会编故事，好像我真的跟你去选过项链。"

赵威哈哈大笑："怎么呐，怕我拖您下水？"

杜玉娇忍不住伸手打他一下："当然，本姑娘从不做这种事，以后出了事别赖上我。"然后问，"你怎么知道步子航这些烂事？"

赵威诡秘一笑："自有渠道。"

杜玉娇问："你调查过？"

赵威不置可否，转换话题："您想知道邵芳的事？"杜玉娇点点头。赵威将车停在路边，扭过头来，一五一十地将所知一股脑儿托出："出入邵总家多了，自然跟邵芳熟悉。后来，邵芳老叫我去买单。那位副处长陈伟是她的常客。一来二往，我跟陈伟就成了朋友。陈伟属官二代，父亲是卫生厅长。我不太喜欢陈伟，他过于张扬，比较跋扈，但有一个优点，讲义气，肯帮忙，所以，他的朋友也多，三教九流，什么都有。陈伟喜欢邵芳，死缠烂打，终于将她攻下，半年前两人确立了关系。邵总夫妇不喜欢陈伟，理由是花心，不靠谱。邵芳逆反心理特强，跟父母拧着来，干脆搬出去跟陈伟同居。邵总夫妇没办法，只好默认这桩婚事。"说到此，停顿下来，四处张望，见窗外没人，压低声音，"我发现一个天大秘密，邵芳、余思诗和蓝天经常去开房，据说玩三人行。余思诗是谁，你知道吗，是余副省长的女儿。天啊，这三人太辣眼，敢在父母眼皮底下玩西方式的超级游戏。"

杜玉娇早知这些，只是不敢声张，悄声问："现在还玩？"

赵威摇了摇头："自邵芳跟陈伟确立关系，三人就散了伙。据说余思诗也找了男朋友。"

"这事千万别传出去，否则，会要了邵总的命。"杜玉娇特别叮嘱。

"知道，知道。"赵威拼命点头，"只是我特别纳闷，蓝天在邵总手下讨官做，竟敢如此大胆，一旦让邵总知晓，还不剥了他的皮！"

"可怜天下父母心！"杜玉娇扼腕长叹，"我们能做的，就是为邵总保密。"

赵威点点头："算了，不提这些，好好打好接班这一仗。"

"谢谢！"杜玉娇用力握握赵威的手。

～· 第 42 章 ·～
愿望实现

拜见冯辉，带什么礼物呢？杜玉娇想了半天也想不出眉目。她把褚南娇叫来讨主意。褚南娇在这方面轻车熟路，思索片刻便说："给钱，太露骨；给购物卡，见得多；要不送名贵表，既庄重，又不扎眼，还有收藏价值。"

杜玉娇一拍大腿："对，就这么办，明天我就去买。"

褚南娇眼睛一瞪："去，别逞能，你到哪里买？在云都各大商场能买到真货吗？告诉你，全是水货。我想好了，把我年前托蒋总在瑞士买的那块18K玫瑰金劳力士手表贡献出来。冯总见了，绝对醉眼。"

"这是你给肖舜天准备的礼物啊！"杜玉娇一脸讶然。

褚南娇摇摇头："黄了，一不小心被裴勇发现，只好说是给他买的。瞧这个土老帽怎么说的，作贱钱财，要我退掉。我就随口说句，要么送给魏焘，以表多年来对我的关心。这下，他不吱声了。"

杜玉娇问："裴勇是否听到什么风声？"

褚南娇说："不会吧，估计他还是心疼那些钱。"

杜玉娇鼻子哼一声："不是说你，孩子都3岁了，还玩婚外恋，变态！"

褚南娇上前搂住她，嗲声嗲气地说，"我现在还离不开他嘛！"

杜玉娇轻轻推开她："好了，好了，以后不提了。"

"这就对了。"褚南娇不让她推开，搂得更紧，"去冯辉那儿，我得陪你，不能落后赵威。"

杜玉娇点点头："是得陪我去，我还不习惯送这样重的礼。"

褚南娇拍拍胸脯，笑眯眯地说："以后这种事包在我身上。"

当天晚上，杜玉娇和褚南娇敲开了冯辉的家门。冯辉家里装潢豪华，雕花镶金的高背沙发显得雍容奢华，华丽四射的枝型水晶吊灯光色璀璨，让人置身于高贵典雅与浪漫温馨的欧式氛围中。杜玉娇向冯辉夫妇打过招呼后介绍褚南娇。冯辉连忙伸出双手与褚南娇紧紧相握，笑容可掬地说："哦，你就是褚南娇，幸会，云都晚报经常见到你的芳名，我省财富榜上的新贵。不简单，这么年轻就坐拥过亿资产，年轻人的偶像。"

褚南娇红着脸说："冯总谬赞，实不敢当。冯总才是我们年轻人的偶像！"

冯辉谦虚地摆摆手，拉褚南娇到沙发上坐，继而招呼杜玉娇坐。冯辉夫人端过茶，招呼两句就进了房间。

寒暄几句，杜玉娇就切入正题："冯总，不好意思，我是无事不登三宝殿。陆总马上退休，外面传得沸沸扬扬，接班人在步子航和我之间选拔。对我来说，这是次机会，很想争取一下。到青山水泥公司5年，在冯总领导下，在陆总和张书记指导下，我夙夜在公、兢兢业业、一丝不苟、任劳任怨，高质量高速度地完成了新厂区搬迁中的土建工程。面对复杂的人文环境和不可预测的各种风险，我的应变、沟通、协调等能力得到了巨大提升，我自信有这个能力领导和管好这个企业。不错，步子航资历、经验等优于我。但我的优点如信守诺言、平衡关系、严格自律、团队协作等恰恰是他的所缺。一个企业，尤其是优秀企业，与强势、独裁、自以为是、拉帮结派的领导风格格格不入。管理大师德鲁克说：'领导者的工作是定方向、整合相关者、激励和鼓舞员工，其目的是产生变革。'当今企业管理思路日新月异，如果仅限于魄力、资历、经验，不懂得或不注重整合各种关系、激励和鼓舞员工，势必将企业这艘船开得摇摇晃晃乃至触礁。"

冯辉沉吟片刻，微笑道："你这个观点与众不同，作为企业主要领导是该具备这些特质，如一味强调资历和经验会导致单边主义。"

褚南娇插话："冯总，杜玉娇善于学习，善于吸取书本和前人的经验。我的管理思路完全是向她学的。这些年，在工作之余她还写了不少管理文章到报纸杂志发表。德鲁克讲的管理者6个特征：品格、沟通、聚焦、决策、目标、贡献，她都具备。"

冯辉点点头，表示认同，问杜玉娇："找过邵总？"

杜玉娇老实回道："找过。"

"邵总什么意见？"冯辉想知道邵忠良的想法。

杜玉娇实话实说："邵总要我跟您汇报。"

冯辉哦了一声，意味深长地笑笑，又问："倘若这次落选，如何面对？"

杜玉娇垂下头，想了想，自信道："我相信自己不会落选，因为群众的眼睛是雪亮的，他们需要一个与企业同呼吸共命运的领导者，一个尊重他们人格并能与他们平等对话的朋友，一个能让企业不断壮大平稳航行的舵手。只要我努力过，即便失败，也无怨无悔，会一如既往地当好副手。"

冯辉笑道："有这个态度就好，要相信集团的干部选拔政策。我会把你的想法带给邵总，今天就到这里。"

这明显是下逐客令，杜玉娇只好起身，毕恭毕敬地向冯辉鞠一躬："谢谢冯总关怀，您的大恩大德我没齿不忘。"

褚南娇从手袋里掏出金表，小心翼翼地放在茶几上："冯总，这是我的一点心意，想跟领导交朋友。当然，我的心意也是杜玉娇的心意。看领导能不能赏光，到我公司指导工作。"

冯辉瞥眼金表，爽朗道："好呀，到时小杜作陪，去贵公司考察学习，同时讨杯酒喝。"

两人跟冯辉握手告别。在楼道里，她们与手里拎着大包小包的步子航不期而遇。杜玉娇尴尬地向步子航点点头。步子航却大大方方地打起招呼："杜总也来看望冯总，就走呀，不多坐会。"

杜玉娇不自然地笑笑，拉起褚南娇飞也似的跑下楼。坐进车内，杜玉娇慨叹："看来跑官成了常态。"褚南娇边开车边说："既然走上这条道，就得学会潜规则，否则，永远是替补。"杜玉娇说："我发现，你入错行，我们该换换。"褚南娇讪笑一声："拉倒吧，你敢不择手段吗？连我跟肖舜天玩婚外恋都看不惯，还谈什么换？"杜玉娇啐道："去，就你行。"叹声气，又说，"难怪冯总看好步子航，原来他早就是冯总家的常客。"褚南娇瞟她一眼："平常不烧香，临时抱佛脚，门都没有。步子航老奸巨猾，早就铺好路，否则，冯总也不会为他鼓与呼。这下，我们碰上了强劲对手。"杜玉娇毫不气馁地说："不管对手如何强劲，这仗一定要打胜。我约下赵威，明天晚上碰个头。"

碰头地点定在杜玉娇家里。杜玉娇早磨好麝香猫屎咖啡，等两人一到，细心调制好端在他们面前。赵威端起杯子喝一口，咂咂嘴，夸张地说："妙，妙极了，香到骨髓里去了，难怪杜总不离不弃。"褚南娇打趣道："当初，一听名称差点晕倒，喝上一口，才知猫屎不臭反香。我这个人呐，也是猫屎咖啡，听着臭，闻着香。"杜玉娇笑弯了腰，指着褚南娇羞道："我见多了不要脸的，没见过你这么不要脸的。"

逗闹毕，杜玉娇言归正传，望着赵威说："昨晚，我与南娇去了趟冯总家里，出来时碰到步子航，手里提着大包小包，看来，他们关系不一般。人情一旦固化，要击破难上加难。"赵威不屑一顾地说："他们固化没用，在人事上，向来是一把手说了算。搞定了邵总，犹如探囊取物。"杜玉娇分析道："这次不一样，邵总为避嫌，早发话青山水泥公司新任总经理选拔走民主路线。我与步子航相比，资历、经验、人脉等有很大差距，没有新招，估计胜算不大。"褚南娇皱皱眉，一字一顿地说："假如正常选拔，你肯定会丢失不少选票。唯一的办法只有搞臭步子航，让他成为过街老鼠。"杜玉娇摇摇头："我与步子航无冤无仇，如此太不地道。"杜玉娇反驳："这个时候别东郭先生。你呀，天生软骨头。"赵威赞成道："对，官场向来是你死我活，刺刀见红，不踩别人尸体，何以爬到顶峰？"褚南娇叹声气："这样一来，难免不被人背后戳脊梁骨。"褚南娇说："戳就戳呗，历史上从来是胜者为王，败者为寇。首尾两端，瞻前顾后，错过大好时机，你会后悔一辈子。步子航屁股上那么多屎，我们趁机扒出来给大家看看。就像你跟冯总说的，群众的眼睛是雪亮的。到时，总经理的位置非你莫属。"杜玉娇沉默不语，想当初蓝天为出人头地，不计后果将王三雄送进监狱。看来，要成为王者，必须要具备虎狼之心，否则，永远受制于人。她咬咬牙："行。"

褚南娇和赵威夜以继日地收集步子航的黑材料。袁霞成为同谋，不断提供新情况。赵威发挥学中文的优势，用极其煽情的语言将步子航见不得人的勾当详尽描绘出来，尤其是与歌女顾悦的暧昧关系叙述得十分到位。袁霞还提供一张两人在酒桌上的亲昵照。赵威甚觉惊奇，问她怎么来的。袁霞说是步子航一死对头悄悄塞给她的。赵威闻之大喜，觉得还有一股力量在与他们共同战斗，要了对方的电话号码。夜深人静时，赵威电话打过去。对方弄清赵威的用意后絮絮叨叨地倒了一个小时的苦水。步子航原是他的直接领导，因两人工作方法相左，步子航视他为眼中钉，经常给他穿小鞋。为此，他暗中收集步子航的违规违法证据，待有机会反戈一击。现在，他觉得机会来了，到处散布步子航的斑斑劣迹。

材料整理出来，赵威交给杜玉娇过目。杜玉娇说："不看了，权当不知，省得心里留疙瘩。"

一时间，国信集团所有班子成员、人力资源部、监审部、党办，青山水泥公司班子成员、所有部门和子公司都收到一份厚厚的举报材料。步子航受贿、玩女人等消息不胫而走，消息就像病毒一样迅速扩散开来。

步子航打听到是赵威和对立面所为，气得怒火中烧，组织力量反击，匿名举报杜玉娇在招投标中为赵威开闸放水，私相授受，多次收取好处费。

这下事情闹大了，邵忠良派出调查组到水泥公司调查，弄清事实，平息争端，让选拔工作步入正轨。调查组由集团纪委副书记、监审部主任涂珊和人力资源部主任余兴等组成。经过几天深入细致地调查，双方受贿之事查无实据。倒是步子航玩女人的桥段浮出水面。歌女顾悦在调查组面前闪烁其词遮遮掩掩，待见了两人在酒桌上的亲昵照就垂下头。涂珊将顾悦叫到一边，好生安抚逼问，终于掏出实情。然而，步子航坚决否认，只承认是一般的男女朋友，仅限于吃饭喝酒唱歌。也是，捉奸捉双，凭捕风捉影，确实难以定性。这时，曲凯又出来力证，玩女人之说不了了之。

虽未查出实情，但步子航的形象已大损，特别是对立面的兴风作浪，形势已然倒向杜玉娇一边。民主推荐结果，杜玉娇的选票遥遥领先。按照规定，杜玉娇顺利进入考察阶段。由于杜玉娇温婉待人、宽厚大度、严于律己、秉公办事、政绩卓著，考察时好评如潮。公示期间，步子航不甘于失败，暗中组织力量反击了一次，但举报材料均是老调重弹，未引起重视。

走马上任后，杜玉娇做了两件要事，一是开了场小型庆祝陆可喜荣退座谈会。会上，杜玉娇饱含深情地盛赞陆可喜在位期间的丰功伟绩和对自己成长的关怀与帮助，表示坚决沿着陆总的既定方针及战略踏踏实实地发展壮大青山水泥公司，向集团党委和陆总交上一份满意的答卷。陆可喜听罢热泪盈眶，觉得自己投的一票值得，多年辛苦开创的事业后继有人，免不了动情地从政治、品德、能力、水平、团结、自律、作风等方面高度评价了杜玉娇一番，坚信青山水泥公司在杜玉娇带领下会走向更大的辉煌。座谈会一箭双雕，既欢送了陆可喜，又树立了杜玉娇的权威。特别是张勇军发自内心做好保驾护航的表态更巩固了她的地位。张勇军过几年也得退,看到杜玉娇对陆可喜毕恭毕敬、感恩戴德、温婉有礼、程门立雪的态度,就竭诚相待地讲了一番肺腑之言。二是杜玉娇找步子航认认真真地谈了次心。起初,步子航以为她是黄鼠狼给鸡拜年,心里很是抵触。待杜玉娇推心置腹地赔礼道歉,发出摈弃前嫌精诚团结合作共事的感召后,步子航才一扫阴霾,表示不计前嫌努力襄助。

新官上任三把火。杜玉娇烧的第一把火是完善规章制度,提高执行力。之前,各分管领导对自己的一亩三分地把控很严,形成诸侯割据的局面。总经理办公会和党委会形成的决议往往很难执行到位。原因是各部门和子公司负责人多以分管领导的态度予以选择执行,进而造成互相扯皮效率低下等现象。为了解决这一顽疾,杜玉娇从制度上强化职能部门的权力,明确总经理办公会和党委会的决议必须在一周内执行到位,并将执行情况及时报送总经办、党委办和职能部门。职能部门若发现执行不到位,有权纠偏和提出整改意见,并在年度考核中将其作为重要参数。第二把火是规范大宗物品采购程序,煤炭、石灰石、铁矿石、铝矾土等所有原材料一律实行招投标。此规范一出,立即引起轰动,那些被排挤在外的供货商盛赞这一壮举公平公正。那些固定的供货商则纷纷到杜玉娇办公室陈情诉苦。杜玉娇只听不说,叫他们将意见交给袁霞。有少数供货商晚上死皮赖脸地敲开杜玉娇的家门,纠缠半天后送上贵重礼品、银行卡或大量现金。杜玉娇推脱不了照单全收,然后交给袁霞登记造册,第二天登门全部退还,并立存字据。如此一来,再也没有供货商上门送礼送钱了。第三把火是调整领导分工,部门和子公司主要负责人轮岗。调整领导分工时,她先与张勇军书记商量一个大概,然后分别征求各副职意见。这一做法各得其所,基本满足了各副职的心愿。如步子航要求重新分管物资采购,并提议曲凯出任物资采购中心经理,杜玉娇一一照办。表面上看,杜玉娇是对副职妥协,实际上是给副职一个无形的压力,同时还笼络了副职的心。这一举多得的好处在以后的工作中得到了充分体现。部门和子公司负责人轮岗先拿出制度,然后党委扩大会充分酝酿讨论。经多次磋商,绝大多数进行了轮岗。袁霞轮岗到总经办主任位置上。

当一切工作步入正轨,青山水泥公司的生产和销售遇到历史以来最严重的挑战。一是台商企业年产1000万吨的水泥厂投产,冲击了省内和周边省份的销售市场；二是国内房地产市场出现短暂低迷，客户原定水泥量锐减。为了保持和拓展水泥市场销售份额，杜玉娇全力以赴带领销售人员走南闯北挨家挨户求爷爷告奶奶地推销水泥，并与省重点项目办公室保持热线联系，一有重点项目上马，第一时间赶到现场磨嘴皮，力争签订供货合同。在杜玉娇举全公司之力拓展市场的努力下，基本保持了年度水泥销售量。

　　杜玉娇这边松了口气，魏泰那边的烦心事却接踵而至。

∽ 第 43 章 ∾

见 机 行 事

　　魏焘的官司一直没有走出困境。隐患不解决，政府安检与质检部门迟迟不准复工。房地产项目基本是靠银行贷款建设的，看到账本上的利息一天天累加，魏焘急得像热锅上的蚂蚁。赵承运已到云江省走马上任。赵承运一走，相关部门的头头脑脑开始躲猫猫，表面上客客气气，实际上虚与委蛇。魏焘气得骂娘，杜玉娇每次跟他通电话他都是唉声叹气，害得她寝食不安。

　　更让杜玉娇烦恼的还是魏焘的女儿芸芸近期不断向魏焘要钱。齐嫣前不久左肾也出了问题，靠透析维持生命。芸芸在电话里哭诉："妈妈快支撑不住了，爸爸，赶快来趟美国。"

　　魏焘跟杜玉娇商量。她斟酌再三，建议他去，一个生命垂危的人构成不了威胁，如果阻止，势必引起矛盾。魏焘向总部告假，带上一笔钱飞抵美国。齐嫣终因病情过重撒手人寰。齐嫣临终遗言，希望女儿跟爸爸回国。齐嫣通过多个渠道了解了杜玉娇的为人，觉得这个后妈可靠。但齐嫣姨妈不愿芸芸离开美国，一是觉得自己年纪大了，需要人照顾；二是认为芸芸在美国发展更好。魏焘征求芸芸的意见。芸芸思前想后，同意老人的意见。加上齐嫣妹妹的怂恿，也坚定了芸芸的决心。后事安排妥当，魏焘安心回国。

　　不久，云江房地产开发公司一把手转任省财政厅副厅长。魏焘作为云江房地产开发公司总经理唯一人选列入省委组织部的考查。魏焘丢下福海项目回来赶考。好在魏焘政绩、口碑和人缘关系极佳，顺利通过考查与公示，成为云江房地产开发公司第二任总经理。

　　走马上任后，魏焘委派一位副总接手福海房地产项目。一理顺全面工作，他就开始按自己的思路布局房地产开发战略。鉴于福海房地产项目的经验，他觉得还是在本省开发项目为好，出了问题，比较容易疏通解决。于是，他将战略重点定在地市。第一个布点选在青山市。肖舜天已是青山市市长了，对魏焘的到来举双手赞成。

涂省长调离云江，对魏焘来说未必是坏事。以前有舅舅管着，他不敢张扬。现在他没人唠叨，地位变了，在公司一言九鼎，不再夹尾巴做人。在官场圈内，他和赵承运、邵忠良成为铁三角，经常在一起喝酒打牌。赵承运不同凡响，在省政协主席位置上干得风生水起，把提案和监督权运用到极致，隔三岔五带着相关人员到厅局和地市挑事，动不动发个整改通知书，并在媒体上大肆宣传，害得厅局和地市领导"闻赵丧胆"。赵承运将云江房地产开发公司作为工作联系点，一有空就到公司指导检查，不断发布新指示。魏焘将赵承运的指示挂在嘴上，到哪办事都是一路绿灯。

有赵承运照应，肖舜天将青山市高新技术开发区一宗500亩商业用地转让给了云江房地产开发公司。魏焘组织精兵强将一头扎进新项目——青山新城的开发中。不久，云江房地产开发公司划归省国资委管理。省国资委接管后，机制更加灵活，给了魏焘大展宏图的莫大空间。

由于魏焘的工作重心下移，杜玉娇干脆将家安在青山市，在一高档小区购置了一套三居精装房。搬家那天，肖舜天、褚南娇、赵威、肖莎都来帮忙，实际上是以此为借口聚会。好久没在一起喝酒，大家的情绪特别高涨。尤其是赵威，要多兴奋有多兴奋，青山新城的工程让他眼馋，他恨不得全部收归囊中。聚会地点设在杜玉娇家里，菜是赵威从餐馆订来的。等菜全部送齐，才发现餐桌小了。赵威不无遗憾地说："真不该将市区的别墅退掉。"褚南娇将他一军："重新租回来呗。"赵威借题发挥："魏总，我想讨些青山新城的工程做。凭您一句话，我明天就把别墅租回来。那儿作为我们的聚会地点再好不过。"褚南娇还惦记那儿的幽静，兴味盎然，鼓动道："魏总，那么大的工程，赵威的活是不能少的。"赵威反过来帮褚南娇说话："还有，强弱电工程只能给褚总，肥水不流外人田。"两人一唱一和，引得肖舜天兴趣大发，也做起好人，用胳膊推推魏焘："要得，要得，都答应下来。"魏焘自然是满口应承。

大家按座次坐好，肖莎当起临时服务员，忙前忙后。一切安排妥当，魏焘叫肖莎就坐。待肖莎坐定，魏焘端起酒杯说："感谢大家，尤其要感谢肖市长前来捧场。我们因友情、事业走到一起，挺不容易。过去和现在，我们在肖市长的地盘上讨生活，得到了肖市长的鼎力相助，今后，还有诸多事要麻烦肖市长。来，第一杯，敬我们爱戴和尊敬的肖市长。"大家纷纷与肖舜天碰杯。

酒一喝开，热闹起来，杜玉娇、赵威、褚南娇、肖莎争先恐后给肖舜天敬酒。褚南娇敬酒时，肖莎高喊："喝交杯酒。"肖舜天也不避讳，大大方方地挽起褚南娇的臂膀，喝了交杯酒。

待大家平静下来，肖舜天举杯说："我敬大家。首先，我得纠正一下，爱戴和尊敬在这里不适用，因为我们是朋友。其次，我得感谢大家，让我体验到了工作之余的另样快乐，尤其是南娇，为我付出和牺牲许多，我为有这样的知己感到自豪！以后，大家有什么事尽管说，在政策范围内，我能帮的尽力帮。"说罢，一饮而尽。

大家齐举杯，异口同声地说："谢谢肖市长！"

因是家宴，无外界干扰，大家喝得尽欢，直把每个人喝醉才收场。杜玉娇肖莎摇晃着身子收拾残局，给每个人泡上一杯浓茶。赵威咋呼："打牌，打牌。"魏焘、褚南娇积极响应，一起把肖舜天拉上麻将桌。肖莎从手袋里掏出4叠百元大钞，放在四角。杜玉娇坐在魏焘身旁观战。肖莎一会儿给大家续水，一会儿依在赵威身旁支着。一个小时下来，魏焘、赵威面前的钞票所剩无几。肖莎赶紧补上一叠。至深夜十二点半，肖舜天面前的钞票堆成一座小山。肖舜天抬腕看看表："不能再打了，明天上午还有个会。"褚南娇就说："好，休息，休息。"起身帮肖舜天收好钞票。魏焘指着主卧与次卧说："太晚了，都住这里。肖市长和南娇住主卧，赵威和肖莎住次卧。"赵威摆摆手："不，我回宾馆。"杜玉娇瞪他一眼："不知道帮肖市长打下掩护？"赵威一下明白过来，忙应诺："好，我就住书房。"褚南娇也不谦让，推着肖舜天进了主卧。

就寝后，杜玉娇翻来覆去睡不着。魏焘问："有什么心事？"杜玉娇说："这个月的月事迟迟不来，是不是怀上了。"魏焘摸着她的肚子问："你真的希望怀上？"杜玉娇嗯了一声，翻过来压在他身上，反问一句："你不希望？"魏焘想了想："顺其自然。"杜玉娇从他身上滑下来，幽幽地说："我就知道你只顾自己。"魏焘亲亲她，迎合道："你的希望，也是我的希望。"杜玉娇扑哧一笑："那还差不多。"魏焘说："既然怀上了，为何今晚还喝那么多？"杜玉娇娇滴滴地说："人家只是怀疑嘛，过几天去医院检查一下。"

天刚亮，肖舜天就起来，叫醒赵威送他回家。待魏焘杜玉娇起床，褚南娇和肖莎已做好丰盛的早餐。不一会儿，赵威踅回。

吃罢早餐，送走褚南娇、赵威、肖莎。杜玉娇对魏焘说："昨晚没睡好，想了许多。如果真怀上了，我们是不是把结婚证办了？"魏焘笑笑："不急，等孩子出生再办不迟。"杜玉娇一脸不高兴："真不懂你心里咋想的，结个婚有这么难吗？"魏焘吻吻她："别想那么多，总之为你好。"杜玉娇霸蛮道："不管你怎么想，这结婚证一定得办。同居那么多年，总得有个交代。不然，外界怎么看？你受得了，我受不了。"见她动怒，魏焘赶紧应承："好，好，忙完这阵，我们就去办。"杜玉娇说："再怎么忙，也得分个轻重呀。"魏焘嬉皮笑脸："现在项目是关键时期，有许多手续得抓紧办。错过了，怕政策多变。打结婚证是好事大事，得有好心情呀！"杜玉娇想想在理，不再纠缠，要他答应忙完这阵兑现诺言。魏焘向天发誓，作了保证。

上班时间晚了些，办公室门口已聚集好几拨人，杜玉娇打开门，招呼站在前面的进来。刚处理完工作，曲凯火急火燎地敲门进来，上气不接下气地说："杜总，不好了，有人陷害步总，昨晚他被市检察院传唤。"

杜玉娇大吃一惊，忙问："咋回事？"

"据说是荣兴燃料公司的老板陈荣兴因未中标泄愤，实名举报了步总。检察院为核实情况，将步总传唤进去十几个小时。步总老婆急得团团转，要我向您报告。"曲凯不清楚具体情况，只说出一个大概。

杜玉娇问："跟张书记汇报了吗？"

曲凯摇摇头："没有，张书记对步总有成见，步总老婆不让我告诉他。请您百忙之中去趟检察院，先把步总保释出来，若真有事，再抓不迟。"

杜玉娇沉吟半晌，站起来，又坐下，双手摁了摁太阳穴，然后说："待我与张书记商量了再说。"曲凯张嘴想辩解，被杜玉娇用手压下去，"别说了，这么大的事，不能隐瞒书记。"曲凯不敢吱声，闷闷不乐地离开。

杜玉娇到张勇军办公室把事说了，张勇军拍案而起："活该，我早说过，这个人迟早会出事。你看，说来就来了。"杜玉娇比较冷静："张书记，现在情况不明，不该下结论。我看，是不是派纪委书记方平去趟检察院，一来探听虚实；二来做点解释工作。"张勇军没好气地说："有什么好解释的，检察院难道会逮错人吗？"杜玉娇笑笑，温和地说："我上任不久，出了这么大的事，对我对你对公司都不利，如果是因我的改革引发误解或错案，则说明我的工作方法有问题。"张勇军斜杜玉娇一眼，吸口气，慢腾腾地说："好吧，你通知方平去趟检察院。这事确实关乎青山水泥公司的形象和班子的声誉。"然后问杜玉娇，"你知道陆可喜当时为何调整你俩的分工？"杜玉娇瞪大眼睛望着他。张勇军说："步子航分管物资采购时间过长，形成一种无形的利益链。我不断接到举报，无奈找不到实据，只得委婉敲打，要求陆可喜调整分工。谁知步子航倒打一把，诬陷我整他。你上任后，又让他重新分管物资采购，我本想劝阻，但想想快退休，就把话放进肚子里。你搞一团和气，结果把他给害了。"

想不到班子里有那么多是是非非，杜玉娇不由得感慨："张书记，你早该给我说实话呀！"张勇军长叹一声："有什么好说的，你俩斗来斗去，已经有不少闲言闲语，再给你添烦恼，于心不忍。再说，你是聪明人，迟早会领悟和发现。我呢，也想在退休前留点好口德。"杜玉娇苦笑一声："谢谢书记信任！以后，我一定多向书记学习，力争把班子建设好。"

方平去了大半天，回来跟两个一把手报告。原来，荣兴燃料公司跟青山水泥厂做过几单煤炭生意，因陈荣兴性格古怪，一直融入不了步子航的圈子。这次物资采购改革，给陈荣兴重新进入青山水泥厂提供了机会，于是他组织精干团队参加所有物资采购的招投标。结果事与愿违，青山水泥厂公开招投标不是他想象的那么公正公平，步子航设置了有限条款，等于将荣兴燃料公司排挤在外。陈荣兴为了获取入场券，围猎步子航。只因步子航戒备心过重，初次围猎不成功。陈荣兴于是改变策略，请老乡也是步子航大学同学的同学搭桥。一次酒宴后，陈荣兴送步子航回家。在车上，陈荣兴塞给步子航一张20万元的银行卡。步子航推脱几下接受了。陈荣兴拿到入场券，兴冲冲地参加了几次物资采购招投标，结果一个未中。他找步子航理论，步子航不客气地予以反驳。这下惹恼了陈荣兴，他一气之下跑到检察院实名举报。步子航进去后，承认收过银行卡，但没拿走，放在后座椅上，当时下车时还跟陈荣兴提醒过。陈荣兴则死咬步子航拿走了银行卡，因为此卡一直不见。陈荣兴的司机也出来作证。检察院由此认定步子航抵赖，逼其就范。方平认为找到银行卡是关键，建议检察院将车后座拆开看看。检察院采纳方平的建议，叫陈荣兴司机将车开到检察院，当众拆开后座，结果一无所获。最后，方平无可奈何地说："看来，步子航一时半刻出不来，我们只有等结果。"

张勇军用中指敲敲桌子，气愤地说："见钱眼开啊！这种钱他步子航竟然敢碰，这不找死吗？"

杜玉娇一时没了主张，望望张勇军，又望望方平，自言自语地说："他到底有没有拿？"

"这不明摆着嘛。"张勇军站起身，背起手在室内乱转。

方平对杜玉娇说："杜总，别着急，关键在步子航本人。他扛住了，就没事；扛不住，就有事。当然，前提是他到底有没有拿。"

杜玉娇点点头，对张勇军说："书记，我们等吧。检察院有独立办案的权力，相信他们会秉公执法。"又对方平说，"方书记辛苦点，多联系检察院。"

张勇军和方平领首认可。张勇军还交代方平向员工做好解释工作。

第二天，曲凯带着步子航家属敲开了杜玉娇办公室的门。步子航家属两眼红肿，焦灼不安，一边拭目，一边哀求："杜总，求求您了，我家老步不是这种人，是这个天杀的陈荣兴栽赃陷害。听说您跟肖市长关系好，请肖市长给检察院打个招呼，先把老步放出来。待查实了银行卡再说不迟。"说罢，一个滚身，拼命向杜玉娇磕头。杜玉娇没经过这种阵势，吓得不轻，赶紧将步子航家属扶起来，嘴里不停地安抚："好吧，我试试，我试试。"

待步子航家属平静下来，杜玉娇问曲凯："今天去过检察院吗，情况如何？"

曲凯点头说："去过，检察院还一直在逼步总，非得他招供。我通过朋友找过检察长，人家不表态。如果上头有人打招呼，估计检察长会买账。"

杜玉娇哦了一声，心里责怪他这个时候不该出馊主意。果然，步子航家属又哀求："杜总，我也是无路可走，只有求您了。老步平安了，我们会一辈子感谢您。都说您是观音现世，菩萨心肠。只要肖市长打个电话，老步就有救了。"

"好的，好的，下午我就去趟市政府。"杜玉娇只得应承下来。

步子航家属又是千恩万谢，絮絮叨叨地讲了许多好话。

送走两人，杜玉娇双手插在头发里，苦思冥想许久，仍是理不出头绪。想帮他，又不想帮他，毕竟是政敌，有过那么一段不愉快的争斗，连张勇军这样正义感极强的人都冷眼旁观，自己又何必做东郭先生？这时，座机响了，杜玉娇一接，是魏焘的声音。待魏焘说完事，她将内心的挣扎告之。魏焘毫不犹豫地说："躲远点，这种人就该死，留着还会坏事。"魏焘三言两语就把她的纠结解了，她闷声应道："好，听你的。"

晚上，曲凯打来电话询问是否找了肖市长？她胡乱搪塞："出差了，等他回来再说。这种事电话里不好说。"曲凯哦了几声，接着嘀咕："担心屈打成招。"杜玉娇假装抚慰："不会吧，相信步总有这个定力。"

曲凯还真是个人物，见组织上不出面营救，单枪匹马四处奔波。他有个老乡的亲戚在市公安局当科长，梳理案情后认定陈荣兴的司机可疑。科长假公济私帮曲凯找突破口，通过银行查出这张卡里的钱被分10次从ATM机上取走。调取录像发现取钱者是一个身材面貌极像步子航的中年男子，且每次从不同的营业网点取钱时都戴口罩。科长分析，若是步子航本人，没必要掩饰，必定是司机同伙干的。科长把司机请到办公室，动之以情晓之以理做了半天工作，并把录像拿出来，最后唬道："假如你不主动坦白，一旦立案，至少判个五六年。"司机不经吓，当场坦白。原来，当时步子航下车后陈荣兴去后座看了看，没发现银行卡，骂了句："这种人要当婊子又要立牌坊，假正经。"司机第二天清理车子时发现了座位缝隙里的卡，一时起了歪心，觉得这种见不得人的事任何时候都说不清，于是请外貌极像步子航的好友将钱取走。市检察院在铁的事实面前只得服软，无条件释放步子航。

杜玉娇装模作样地给步子航接风压惊，当着班子成员的面大谈特谈廉政的重要性，提出作为廉政案例在公司大张旗鼓地予以宣传，借以推动公司廉政建设上新台阶。步子航表示感谢后讲了一句耐人寻味的话："只有面对险恶，才能认清世界。"同时，对杜玉娇阳奉阴违的做法恨之入骨，心里重新埋下仇恨的种子。

第44章
城门失火

褚南娇过了一段充实和忙碌的日子，不料城门失火，打破了平静。

天全智能电器有限责任公司上市后，发展势头迅猛，产品销售与工程安装攻城拔寨，市场占有率不断攀升；新产品开发形势喜人，尤其是高低压成套设备的质量和效能在同类产品中遥遥领先。随着公司的快速发展和市值走高，沈晓琪和陈玉越视褚南娇为眼中钉肉中刺，恨不能将其置之死地，重新夺回沈晓飞的股权。这几年，她们一直在收集褚南娇的黑材料，试图找机会扳倒或干掉她。

企管部副经理卓民一直觊觎经理的位置，时常送些小礼物讨好陈玉。久而久之，陈玉对他渐有好感。卓民获知她的苦闷，发誓跟褚南娇血拼到底。不久，两人成为情人，卓民也顺理成章地当上企管部经理。卓民利用企管部的管理权经常对褚南娇分管的部门进行地毯式检查，问题查了一堆又一堆。不日，卓民查到了褚南娇哥哥褚南平索要回扣和好处费20万元的线索。陈玉闻之大喜，多次与沈晓琪密谋，故意不向蒋锐报告，令卓民以公司的名义到南港市检察院举报。

褚南平一羁押，嫂嫂朱璐就跑到褚南娇家里哭哭啼啼。褚南娇第一时间赶往南港市，找胡光明帮忙。胡光明一听是受贿被抓，吓得面如土色，找理由推脱，借口出差关闭了手机。褚南娇气得心里骂娘，平时振振有词说两肋插刀，急需时却脚底抹油。她只得向肖舜天求救。肖舜天抵不住她的哀求，给检察长打了电话。

检察长客客气气地接待了她，有限度地透露了案情始末。褚南娇一下泄了气，公司举报，谁也插不上手，解铃还须系铃人，只得闷闷不乐地回公司向陈玉、沈晓琪和蒋锐求助。

陈玉从未见她如此低声下气苦苦哀求，不由得趾高气扬："好呀，帮忙可以，先把沈晓飞的股权退回来。否则，没门。"

褚南娇牙齿咬得格格响，恨不能将她撕成碎片，跺跺脚："算你狠，看你能张狂几时？"转身去找沈晓琪。沈晓琪自然不给脸色，阴阳怪气地说："人啊，不能做绝，上天迟早会算账。"停顿片刻又说，"这事还得找陈玉，她若同意，我自有办法将褚南平捞出来。"

碰了一鼻子灰的褚南娇气呼呼地去找蒋锐。蒋锐大发牢骚："气死我了，这两人哪，背着我干的啥事，把副董事长的哥哥给送进去了。假若股民知道内幕，股票不跌才怪呢。我多次强调，股东之间一定要精诚团结互相配合，她们倒好，挑起事端。经验告诉我，再好的企业，高层一旦出现裂痕和内讧，离倒闭就不远。当然，事物有两面性，多问几个为什么，总能找到内因和外因的内在联系。"

这牢骚表面是谴责沈晓琪和陈玉，实际是指责她。褚南娇也不辩解，耐心求道："蒋总，求求您给陈玉和沈晓琪说说，等我哥哥出来，再谈其他，好不好？"

蒋锐讥笑一声，慢悠悠地说："能谈什么呢，沈晓飞的股权吗？除此，陈玉什么都不想谈。自从沈晓飞输了官司，沈晓琪就跟我打起冷战。你这一闹，我们家从此不得安宁。说实话，手心手背都是肉，真不愿你们这样僵持下去。公司的发展，需要一个稳定的局面。你们都是公司柱石，柱石出了问题，大厦能稳？"

褚南娇一时语塞，不知如何应答是好，只得悄无声息离开。她给杜玉娇打电话求援，杜玉娇亦六神无主。上市公司，监管力度堪比国企，谁要是触犯法律，其下场不言自明。不管怎样，杜玉娇还是抽空连夜赶往褚南娇家里。杜玉娇一进屋，褚南娇父母嫂子就围住她七嘴八舌。她劝解半天，才把他们劝开。褚南娇儿子裴安瞅空扑到杜玉娇怀里，甜甜地叫声干妈。杜玉娇乐呵呵抱起小家伙，在红扑扑的小脸蛋上亲个不停。两人逗乐好一阵，保姆过来把裴安带走。裴勇递上一杯热茶，杜玉娇接过跟随褚南娇进了房间。

"她们开始反击了。"褚南娇咬牙切齿。

杜玉娇趁机埋怨："早就跟你说过，亲属是公司管理大敌，管重了，牢骚满腹；管轻了，对牛弹琴。当时劝你把哥哥放到我这里，你不听，非得放在身边。"

褚南娇哀叹："没办法，哥哥不愿去，非得到我这里，这下全完了。"

杜玉娇苦笑一声："算了，现在埋怨与责怪已无意义。伯父伯母嫂子快急疯，我叫魏焘带我们再去找找南港市检察长，看有什么希望。"

褚南娇摇摇头："我看别去了，这种事谁都不敢上心。"

杜玉娇说："这是做给伯父伯母嫂子看的，你努力了，天塌下来，怪不到你头上。"

"行，再去碰碰，辛苦你和魏总了。"褚南娇抹起眼泪。

杜玉娇递张纸巾过去："辛苦什么，这事没着落，我也睡不着。我叫老魏联系好，明天一早就出发。"

次日上午10点，他们赶到南港市检察院。检察长与魏焘有过一面之交，还算热情，寒暄几句就切入正题。检察长双手一摊："这事相当难办，褚南平不仅承认了20万元的受贿数，还交代了其他受贿事项，初步统计达37万，随着审查深入，不排除还有其他线索。"

褚南娇根本不相信哥哥有本事弄这么多钱，急切辩护："不可能，分公司副经理的权力不大，谁会平白无故地给他送钱？是不是你们上了手段，把他吓到了，乱说一通？"

"你说我们逼供？"检察长不满地瞪她一眼，"现在办案从头至尾都有录像。我们讲事实，摆道理，决不会动用高压手段。"

杜玉娇发现气氛不对，赶紧把褚南娇拉到一边。魏焘慌忙道歉："对不起，她这几天从未合过眼，急糊涂了。"

检察长舒口气，平心静气地说："可以理解，但事情到了这步，谁也无能为力。除非天全智能电器公司出具保函，证明这些钱属业务提成。"

这基本是条死路，褚南娇不可能放弃到手的股权去换取保函。

告别时，检察长握住魏焘的手说："魏总，放心，我会尽力而为。"魏焘千恩万谢："拜托了！"车子开动，褚南娇望着检察院大楼自言自语："哥哥本不该到这种地方来。"杜玉娇搂住她，劝导："事已至此，就看哥哥的造化了。还是做好伯父伯母嫂子的工作吧。"

上了高速公路不久，杜玉娇突然感到下身隐隐作痛，并伴有下坠和排便感。魏焘叫司机加快车速。到了服务区，褚南娇挽起杜玉娇快步往厕所跑。杜玉娇一蹲下，一团血块滑了下来。"不好。"杜玉娇吓得大叫。褚南娇推门进去一看，心里明白八九分。

回到车上，杜玉娇瘫在后座泪流满面。此次怀孕，她不知有多高兴，既憧憬做母亲，更憧憬披上婚纱。一流产，梦想随之破灭。一路上，魏焘不停地劝慰。魏焘越劝越加重她的伤感。

当着司机的面，褚南娇不便说什么，只一味责怪自己害了她，不该叫她跑这趟长途。

杜玉娇请了病假。褚南娇干脆休假，一天到晚陪伴在侧，任由父母嫂子哭哭啼啼数长论短。三天三夜过去，杜玉娇重新振作起来，像没发生什么样从从容容地去上班。

南港市检察院内查外调，挖地三尺，未找到褚南平的新线索。陈玉不相信结果，三天两头到检察院纠缠，甚至暗指检察院与褚南娇同流合污，查案不力。办案人员要陈玉提供新线索，陈玉奚落："你们就这点本事？"遭到奚落的办案人员怒怼："有本事你来。"陈玉被噎得冒火，直接闯进检察长办公室。检察长认真听完她的诉求，反问："你以为褚南平贪了多少？"陈玉信口雌黄："至少一百万以上。"检察长正色道："诬告是要负法律责任的。"陈玉讨个没趣，只得灰溜溜地离开。检察长倍感蹊跷，找办案人员问情况。办案人员埋怨举报者提供假线索，浪费了不少时间和物力。检察长随即指示办案人员暂停调查，等待时机将案件移送法院。

这段时间，魏焘一直与检察长保持联系，得知情况后鼓动褚南娇组织反击，不能坐以待毙。受到鼓动的褚南娇暗中调兵遣将，搜查陈玉及其死党违法乱纪的线索。叶娜既是高参也是反击实施者，从财务部经理那儿获知卓民提任企管部经理前后开支成倍增长，有时数额大得惊人，且多是餐饮和礼品发票。叶娜请财务部经理将卓民经手的发票复印出来，然后一张一张查实消费情况。不查不知道，一查吓一跳。不少餐饮发票没有消费，都是交税点取走的。至于礼品发票，消费内容全是高档服装，大多是女装。褚南娇如获至宝，觉得可报一箭之仇，甚至扒出陈玉不少丑事。因为早有传闻，陈玉眼花缭乱的高档时装都是卓民的贡品。

褚南娇将这些情况整理出来交给蒋锐。蒋锐阅后大惊失色，问："哪来的？"褚南娇说："哪来的无关紧要，关键是公司出现这种套取现金的现象如何处置？"蒋锐异常愤慨："整肃。如果属实，立即开除。"

褚南娇轻轻摇头："没这么简单，开除一个人容易，消除利用职权损公肥私的影响却不易。难道说公司的财经纪律在经管者手里形同儿戏？我以为，更多的要正本清源，从源头查找漏洞，不管涉及谁，都要一查到底。"

蒋锐警觉起来，发现褚南娇的用意是借刀杀人，倘若陈玉和沈晓琪不给卓民开闸放水或狼狈为奸，卓民不可能敢如此胆大妄为。一个是妻子，一个是妻子弟媳，查她们，等于查自己。这种事只有内部解决，否则影响公司形象。他态度软下来，笑眯眯地请褚南娇沙发上坐，给她端茶泡水。

褚南娇要的就是这个效果，正襟危坐在沙发上。她的设想是想让蒋锐出面捞哥哥，或由公司出具公函，证明哥哥收取的好处费属业务提成。

蒋锐先对沈晓琪和陈玉的过激做法表示道歉，然后解释对褚南平的案件爱莫能助："我派人打听过，褚南平受贿行为和数额已经坐实，任何人无法改变。你要求开证明，我不是不愿开，而是不能开。公司的规章制度不能因一纸证明而废。不错，褚南平受贿数额中有不少模棱两可，但作为公司中层干部，心思应花在工作上，而不是花在挖墙脚上，如果助长这种歪风邪气，你我就是严重失职。平时，我们老抨击说国有企业的管理者既是制度的制定者，又是制度的破坏者。难道我们也要蹈国有企业的覆辙？"停了停，对卓民虚报发票一事进行痛斥，"卓民十分可恶，竟敢在我眼皮底下肆无忌惮，要不是你及时揭露出来，定会被他套取不少资金。查，肯定要查，但怎样查？却要掌握分寸。我以为，这账只能算在卓民一个人头上，沈晓琪和陈玉只承担把关和监管不力的责任。"

"这不公平。"褚南娇坚决反对，"您平时大会小会讲王子犯法与庶民同罪，执行起来却走样，何以服众？"

蒋锐苦笑一声，耐心解释："制度，大道理，肯定得讲，上上下下的风气不都是这样嘛！有些事不能较真，一较真，你我都得进班房。现在网上报纸上大谈民营企业的原罪，我们也逃不出这个魔咒。在开拓市场的过程中，你我干的那些事，见得了光吗？见不得。没办法，这是国情所致，我们要容忍这种不公平。"

褚南娇极力辩解："那是两码事，你我送钱送物是为了开展业务，属正当开支。而卓民是为一己私利套取公司资金，属侵占……"

蒋锐打断她的话，着力强调："所以要严惩卓民，绝不能让这种害群之马逍遥法外。你放心，我决不会轻饶他，要把他作为反面教材在公司开展一场轰轰烈烈的反腐教育活动。至于沈晓琪和陈玉，也应承担相应的责任，要她们吸取教训，不再犯糊涂。"

褚南娇据理力争："蒋总，沈晓琪和陈玉不是糊涂，而是怂恿或同谋。卓民频繁地报销大额发票，沈总为何不按财务制度提出质疑？陈玉为何理所当然地在发票上签字？企管部面对的是子公司和控股企业，根本没有业务费开支，是谁给了卓民大额支出的权力？假若其他部门也这样胡作非为，您能容忍？若能容忍，那好，今后我也睁一只眼闭一只眼……"

蒋锐摆摆手："好了，这事交给我来管。感谢你为公司查出了隐患。现在回想，这事怪我，如果我不签字，这些钱也出不去。要追责的话，就追我吧。"

蒋锐将责任揽下来，等于宣告卓民虚报发票合法化。她不甘罢休，毫不退让地辩驳："蒋总，这与您无关，公司上下谁都清楚，您最后画押是财务制度的需要，真正审核权在我们副总手上。卓民虚报发票，责任全在陈玉身上。您不能混淆是非，应严格按规章制度办，是谁的责任就是谁的责任。如果您坐视不管，我有责任向证监局反映。"

蒋锐长叹一声，掏出烟点燃猛吸几口，然后语重心长地说："小褚，我知道，你暗查卓民虚报发票是出于另一种动机，当然，我无法谴责你这种动机，也理解你这种行为。但不希望你没完没了地纠缠下去，你的时间和精力应集中在项目管理和市场开拓上。你我的时间十分宝贵，如果用金钱计算，损失的比卓民虚报的数额多几十倍。至于你哥哥褚南平，我不会不管，后天，不，明天我就专门去趟南港市，找检察长说明情况，看有没有转圜的可能。你放心，我一定严惩卓民，这种事以后再也不能发生。"

话说到这步，褚南娇不便再争辩，只好悻悻然离开。

第二天下午，蒋锐在回程的路上给褚南娇打电话："小褚，对不起，我尽力了，无法扭转。检察长说检察院这边已经终结，准备移送法院，即便我们出具证明，亦无法改变你哥哥受贿的事实。"接着安慰，"小褚，别难过，要正确面对。到时，我们做做法院的工作，力争少判。希望你尽快回到工作岗位上，许多工作耽误不起，拜托了！"

褚南娇表示感谢后陷入深思，不知蒋锐这番做作是真心还是托词，如果是真心，不必等到火烧眉毛才出头露面，极有可能是缓兵之计。她把想法告诉杜玉娇。杜玉娇叫她听听陶岚的意见。

陶岚听了案情，认为无法改变，一纸证明，或做解释，缺乏说服力。法院更多的是注重原始证据，而原始证据恰恰对褚南平不利。陶岚劝导："放弃努力，接受现实，要做的就是多关心你哥哥的家庭。"褚南娇难过地说："好吧，接受你的建议。我有个请求，以后，我恐怕麻烦不断，要面临许多法律问题，请你做我的私人法律顾问。"陶岚笑道："好呀，给多少报酬？"褚南娇骂道："去，掉钱眼了，朋友重要，还是钱重要？"陶岚逗道："同样重要，你一个大富婆，指尖缝隙漏点给我不就得了。"褚南娇想了想："行，你提个数。"陶岚乐呵呵地说："爽快，我就喜欢你这种性格。放心，我是友情赞助，只收最低数。但有个条件，只能以个人身份而不是以律师事务所的身份出现，而且得签免责协议，假若律师事务所追究下来，你要兜底。"褚南娇伸手与陶岚一握："好，就这么定。"对卓民虚报发票一事，陶岚建议高抬贵手，纠缠下去只会添乱。褚南娇一口恶气出不了，决心要打出这一拳，让陈玉吃点苦头。陶岚建议："你执意要打，我代你到检察院走一遭，把材料递过去。一旦打起来，你面对的形势是三比一，必须要有长期抗战的思想准备。"褚南娇斩钉截铁地说："打主动战总比打被动战强，我要与他们斗到底。"

～第 45 章 ～

又 起 风 浪

　　不日，卓民被云都市检察院"请"了进去。这下，陈玉慌了神，急得上蹿下跳。蒋锐问褚南娇："是不是你干的？"褚南娇不置可否，不客气地回敬："我这刀不能白挨。"蒋总狠狠地白褚南娇一眼："你这是捅我刀子。"褚南娇见蒋锐生了气，忙道歉："对不起，蒋总，陈玉把我逼上梁山，我不能成为刀下肉。"蒋锐扼腕长叹："一个好好的上市公司，内耗下去，何时是个头啊！一旦毁掉大好局面，叫我如何向股民交代？"褚南娇向蒋锐保证："蒋总，请放心，我这块业务决不受影响。"蒋锐双手向褚南娇拱拱："但愿如此。我还是那句话，放弃内斗吧，将心思放在工作上。拜托了！"褚南娇说："蒋总，不是我跟她们过不去，是她们想置我于死地。"蒋锐又是一声长叹："女人呐，到底是人还是角斗兽？"

　　整个上午，蒋锐把自己关在办公室，靠在沙发上一支接一支地抽烟，弄得满屋烟雾弥漫。陈玉气冲冲地推门进去，尖声吼叫："姐夫，这个婊子明显是冲着我们来，你管不管？"蒋锐喝道："叫什么叫，叫你忍耐，为何挑起事端？"陈玉一屁股坐在沙发上："我挑起事端？是他褚南平贪污受贿，对这种人，谁都有权揭露。我揭露了，就算挑起事端？我不服。"蒋锐起身把门关紧，从抽屉里拿出褚南娇整理的材料，丢在陈玉面前："你看看，卓民干的好事。"陈玉拿起材料迅速翻阅，脸上气得红一阵白一阵，翻阅毕，将材料摔在地上，恶狠狠地大叫："褚南娇，老娘跟你势不两立，跟你拼到底了。"蒋锐训斥："你还有理吗，我正准备开除卓民，想不到褚南娇先下手。这下可好，你们一斗，将两个中层干部送进监狱。你们斗得痛快，手下跟着遭殃，公司形象跟着受损，我这个董事长被人指鼻子。"陈玉低声求道："姐夫，你一定要想办法把卓民捞出来。"蒋锐瞪她一眼："捞什么捞，他自作自受。你要好自为之，不希望外面的传闻是真的。如果让晓飞知道，看你怎么解释？"陈玉嘟起双嘴："他干得初一，我就干得十五。不错，我是喜欢卓民。喜欢有错吗？他当年干的好事，把股权都赔掉了，他还有脸说我？"蒋锐叹息："造孽哪，沈家祖上在哪得罪了上苍？尽出败类。"陈玉气得跺脚："姐夫，不跟你说，我找姐去。"

沈晓琪已经看过褚南娇整理的材料，心里早窝着一肚子火，对找上门的陈玉一通劈头盖脸。陈玉被骂得抬不起头，自顾自地玩指甲。待沈晓琪骂声停止，陈玉一脸委屈地哭诉："姐，你骂得对，我是不该做背叛沈晓飞的事，向你道歉。卓民一旦出事，会牵涉我们，以前我送你的时装，都是卓民弄来的。你一定要想办法把卓民捞出来。"沈晓琪鼻子哼一声："早就跟你说过，离卓民远一点，你倒好，联手与他虚报列支，当时我就提过疑问，你一个劲地解释是业务支出。唉，早知今日，何必当初？千不该万不该相信你。"陈玉一把鼻涕一把泪地求情："姐，事已至此，你一定得帮我，这件事，我俩都脱不了干系。如果卓民扛不住，把那些事兜出来，我们也会受影响。"沈晓琪无可奈何地说："也罢，我去找你姐夫商量一下，看有没有什么好办法。"

夫妻俩商量半天也没商量出什么结果。蒋锐双手一摊；"只有听天由命了，卓民干的那些事，如果早发现，内部好解决。现在被褚南娇捅到检察院，谁也没办法挽回。我最担心的是证监局会以此作为管理不力的理由进行通报谴责。褚南平贪污受贿属个人行为。卓民不一样，属管理范畴，是制度失衡的结果。"

沈晓琪走后，蒋锐陷入深思，联想卓民事件的前前后后，心里不由得升起一股怒火。过去，与沈晓飞的股权之争，也未令他对褚南娇如此反感。因为在法律层面上，沈晓飞已成败局。这次不一样，褚南娇根本不把他放在眼里，公然与他对抗。为了平息两派之争，他放下身段帮她跑前跑后，结果被她玩了一把。现在回想，这一恶果是他一手种下的，以前过分相信和依仗她，以致让她坐大。然而，目前这种格局已无法改变。褚南娇不仅是二股东，更是公司发展的主要基石，与她决裂根本不可能。看来，他以后得在摩擦中前行。

卓民还真是条汉子，把所有责任大包大揽下来，完全解脱了陈玉的责任。检察院将公司财务账本调去查了几天，又查出不少虚报发票案情，很快将卓民的案件移交法院。不知是有意安排还是巧合，南港市检察院也在同日将褚南平的案件移交法院。更巧的是法院又是在同一天开庭，判决结果也都是6年。这一仗，褚南娇与陈玉打了个平手，所不同的是，一个是哥哥，一个是情人。受两个经济案件的影响，股价连续5个交易日下跌。

褚南娇家里终于平静下来。嫂子朱璐带着怨恨上班去了。父母不再絮叨，但一天到晚阴沉着脸。褚南娇清楚，父母心里还在责怪她未保护好哥哥。

有天下午，杜玉娇提着大包小包来看望裴安和两老。寒暄中，两老话里话外全是责怪褚南娇。杜玉娇只得耐心劝导，像法律讲解员一样详细解读上市公司工作人员的廉政要求和违法乱纪处置条款。这下，两老终于清楚儿子牢狱之灾是咎由自取。但两老还是一口咬定事因是褚南娇与沈晓琪、陈玉不和引发的。对此，杜玉娇感同身受，觉得褚南娇过于要强和不近人情。正如希腊哲人赫拉克利特所说，人不可能两次同时踏进同一条河流。可褚南娇在赢得沈晓飞的股权后，还盲目地踏进沈晓琪和陈玉这条充满仇恨的河流中。如果聪明一点，处处在她们面前示弱或与她们同流合污，如此就可减少对抗。然而，褚南娇却反其道而行之。

晚饭后，杜玉娇与褚南娇去湖边散步。湖边小道绿树婆娑，灯火通明，凉风习习。湖面在微风吹拂下银光闪烁，成双成对的水鸭扑闪翅膀尽情嬉戏，漾起层层涟漪。

杜玉娇指着湖面的水鸭感慨万端："看来，我们的生活质量永远达不到这种水准，什么时候也能这样无忧无虑就好。人啊，欲望无穷止境。有时我想，赚这么多钱干吗？官瘾为何越来越大？就说你，身价上十亿，进入中国富豪行列，已是功德圆满，为何还要争来斗去？想当初，我们为饭碗东奔西跑，经常碰得头破血流。现在已挤进上层社会，心里仍然空虚，这到底是为什么？"

褚南娇晃晃脑袋，也一阵感慨："是啊，我亦有同感，不知为什么，成功了，反而活得心累心烦。正应了那句老话，高处不胜寒。我以为，人的欲望是随着成功指数和财富指标叠加或倍增。不瞒你，我现在浮躁心理越来越大，总想让名下的财产数额火箭般地急升，如果往下掉，几天几夜睡不着。前几天，我的财产缩水2个亿，半夜常惊醒。我也想过激流勇退，但退到哪里？最终还是青春荷尔蒙占了上风。你多次劝我在她们面前示弱，或与她们同流合污，我努力过，做不到，争强好胜的心理驱使我不能妥协，不能退缩，必须打败她们。"

杜玉娇说："争来斗去，得到什么？最终把哥哥送进了监狱。"

褚南娇摇摇头："不能怪我，只怪哥哥贪心。如果不留下把柄，谁奈他何？"

杜玉娇叹道："是啊，你哥哥走到这步，全是邪念害的。话说回来，如果你不与她们斗，兴许不会暴露。"

褚南娇依然摇头："这是侥幸心理。"然后挥挥手，"算了，不谈哥哥了。这一仗，虽然打趴了陈玉，但彻底得罪了蒋总，以后，我的日子会更糟。近段时间，想得更多的是如何应对蒋总，得有招数，或大谋略。"

杜玉娇停下脚步，望着她问："什么大谋略？"

褚南娇说："天全智能电器公司能够上市，我付出最多，功劳最大。当然，你、魏总、肖市长也是大功臣。蒋总在不同场合也表达了这个观点。上市前后，公司许多大思路、大动作都是我出谋划策和运作的。比如开发新产品、布局新能源等等。最近，我提出在光伏产业方面发力，被蒋总否决。我以为，蒋总观念落后了，意志衰退了，有严重的小富即安思想。管理大师德鲁克怎么说的，在一个结构快速变迁的时期，唯一能存活的只有领导变革的人。蒋总已经不能领导变革了，其引领作用已经失去。如果企业总在原地踏步，离死亡就不远了。德鲁克早就告诫，没有人能够左右变化，唯有走在变化之前。现在，我担心蒋总会把公司带入死亡区。"

杜玉娇一脸惊讶："怎么，你想取而代之？"

褚南娇嘴角微微一翘："为公司长远，不是不可能。"

杜玉娇使劲推她一把，提醒道："别动歪思，人家是公司创始人，容不得后进者取而代之。"

褚南娇反驳："你什么观念，纵观国内外，有多少企业不都是代代更迭？百年企业怎么存下来的？都是靠职业经理人，靠创新者。你也在管理岗位上，不想再上个台阶，不想有更大作为？"

杜玉娇自嘲地笑笑："说的也是，人的心里都住着一个魔鬼，欲望的魔鬼。自打战胜步子航当上总经理，我欲望的魔鬼就在心里疯长，想抑制都抑制不了，接踵而来的又是新的烦恼。人啊，是个可怕的怪物，自古以来，有多少志士都被欲望焚毁。"

褚南娇说："有什么可怕，这就是人性。假如哪天人没了欲望，才是最可怕的。当你尝到权力的甜头，就像吸毒一样欲罢不能。有多少人为此奋不顾身左冲右杀，以致跌入万丈深渊。即便这样，也没哪个能停下脚步。想必你也不甘于停止在一个位置上，集团副总乃至总经理的位置不向往吗？"

杜玉娇慨叹："是啊，当时老魏叫我别去争青山水泥公司总经理的位置，谋个集团本部主任的位置悠闲终生，可我恁是没答应，要争这口气，想与蓝天比高低。看来，人的命运是被欲望掌握。"

褚南娇搂搂杜玉娇："所以呀，别瞻前顾后，既然阻止不了内心的欲望，就顺其自然，在男人堆里杀出一条血路来。你这么年纪轻轻就掌管一个60多亿的大型国企，足以证明你的能力能够平天下。"

杜玉娇茫然地点点头："本想理理头绪，理了半天，又回到老路上了。也罢，这就是命，争强好胜的命。"

褚南娇叹息一声："为了少受干扰，我准备将父母送回县里，省得他们一天到晚唠叨。"

杜玉娇问："裴勇支持吗？"

褚南娇说："我俩倒了个，自儿子出生，他一门心思全在裴安身上，对我的事不闻不问。我呢，也懒得管他的事，不指望他给我带来什么。"

杜玉娇笑笑："看来，你是找对了人，否则，家里定是硝烟弥漫。"

褚南娇哈哈大笑："那是，那是，得感谢你这位大红娘呵！"

在往回走的路上，肖舜天给杜玉娇打来电话，得知她与褚南娇在一起就急急地说："明天一早赶回来。"杜玉娇问："发生了什么事？"肖舜天说："有人向市检察院匿名举报了你，电话里不好说。"杜玉娇收了电话，气愤地说："你这里平静了，我那儿却起大浪了，估计又是步子航捣的鬼。"褚南娇安慰道："没事，你那么谨慎，谁都扳不倒你。明天我同你去，刚好兼顾两头。"

次日一早，褚南娇开车接上杜玉娇快速往青山市奔。

在车上，杜玉娇深为与步子航发生冲突而懊恼。

自打步子航从检察院出来，张勇军三番五次建议她调整他的分工。张勇军的意见十分明确，步子航的政治素质不高，廉洁自律意识不强，虽然没拿荣兴燃料公司陈老板的钱，不排除他以后不拿什么李老板张老板的钱。人一旦喜好灯红酒绿，离堕落就不远了。党委书记多次提建议，她不得不采纳，未征求步子航的意见，在总经理办公会上宣布调整分工。

会后，步子航气冲冲地跑到她办公室质问："我到底做错什么？我讲过多遍，陈荣兴是借机报复。要说有问题，只能说明你的改革出了问题。陆总当政时期，有这种情况？没有，大家好好的。到你主政，鸡犬不宁，再这样下去，谁有心思干工作？不让我分管采购，没一句恰当解释，说调整就调整，正好给谣言增添话料。这是故意跟我过不去，如果因你的武断造成不良影响，跟你没完。"说罢，摔门而去。

步子航走后，杜玉娇思考了很久，觉得有必要跟他解释调整原因。但思前想后，直感矛盾重重，出卖张勇军，更增添他们之间的仇怨。第二天，她还是迈进步子航的办公室，以工作原因做解释。他哪听得进，一会儿暴跳如雷，一会儿指桑骂槐。最难听的一段话是："杜玉娇，别把人当傻子，有本事再来一次竞争。如果你不使阴招，告黑状，这个总经理未必是你的。不错，我是你手下败将，也认命，但活路总得给条吧。这个时候调整分工，什么意思？是黑我，还是整我？这样做，还不如拿刀杀了我。"

杜玉娇确实未考虑那么多，怪自己做事欠周全，于是放下身段向他赔礼道歉，承诺以后遇事多商量，多通融，并自责一番。然而，她的自责却引起他的反感，发誓跟她势不两立。

褚南娇得知她的懊恼劝导："你没做错，况且是张书记的主意，对步子航这种人就得下狠招。"

杜玉娇感叹："好人难做，我处处退让，他却恩将仇报。"

褚南娇愤然道："找机会收拾他，留着只会坏事。"

杜玉娇苦笑一声："斗来斗去，弄不好两败俱伤，真不希望发生内讧。"

褚南娇拍拍她的腿："别做东郭先生，毒蛇永远是毒蛇。这事交给我和赵威，我们帮你割掉这个毒瘤。"

杜玉娇沉吟半晌："等见过肖市长再说。"

赶到市政府，肖舜天刚开完会回到办公室，见她们来了，忙将门关上，开门见山地对杜玉娇说："昨晚，我和刘检接待省检察长，送走客人，刘检悄悄告诉我，有人匿名举报了你，反映田水镇田鸡村书记刘伯彦酒后失言，说给你送过3次钱，总计达三十万。刘检觉得事关重大，向钟书记做了汇报。钟书记让刘检听听我的意见。我的第一反应是，你绝对不会干这种事，立即予以驳斥，要市检慎重对待，认真查清，给出一个合理的解释。刘检采纳我的意见，同意抽调信得过的检察官做深入调查。对此，我心里七上八下，不知你的真实情况，能否经得起检查？"

杜玉娇拍拍胸脯，信誓旦旦地说："肖市长，完全经得起检查。匿名举报属实，不过，我当时就作了处理，叫袁霞打入了市纪委廉政账户，凭证我已保留。"

肖舜天一下懵了，两眼瞪得大大的，不认识似的看了杜玉娇半天。

褚南娇见肖舜天没反应，忙解释："这就是玉娇的性格，不义之财，分文不取。"

肖舜天哦了几声，讷讷地问："为何不直接退回？"

杜玉娇说："退了，他不接，还说这是打他的脸。交到镇里或区里，又不敢。倘若我交了，不知会得罪多少人，甚至会引发负面效应。匿名打入廉政账户，既保护自己又不得罪人。"

肖舜天点点头，扑哧一笑："这倒好，查下去，会查出一个廉政模范。行，你把凭证交给刘检，有什么话，让他去说。"

杜玉娇想了想："让检察官去找刘伯彦。若他坦白，检察院找上门，我就交。被动交与主动交的说法不一样。"

肖舜天觉得在理，不由得盛赞杜玉娇考虑周全，在目前这股风气下，不失为一招妙棋。

检察院找刘伯彦问话，问了半天，刘伯彦始终不承认，反复强调有人栽赃陷害。已退休的黄卫副书记出面给刘伯彦作证："刘伯彦为什么要给杜玉娇送钱？当时是我出面找杜玉娇要的工程。你们去查查，来往都有区政府镇政府的报告，工程确定也是经过青山水泥厂搬迁领导小组集体讨论通过的。你们再去问问陆可喜，当时杜玉娇有这个决策权吗？要送，也是送陆可喜呀，无理取闹。"

检察院查了半天，最后不了了之。

举报者见市检察院毫无动静，不停地给省检察院、省纪律检查委员会寄举报信。这些举报信转了一圈，又陆续转到市检察院和国信集团纪委。国信集团纪委已知市检察院查过，每次收到转来的举报信做个登记就搁在柜子里。举报者发现此路不通，就在水泥厂广散流言，拉开与杜玉娇决一死战的架势。

第46章
较量胜出

不可否认，举报者的能量巨大，没多久，水泥厂的角角落落都在流传杜玉娇受贿三十万的谣言，甚至还有杜玉娇与肖舜天关系不正常的流言蜚语。

对杜玉娇来说，受贿三十万的谣言倒不在乎，与肖舜天关系不正常的流言蜚语却令她异常愤慨。杜玉娇要袁霞帮助查清流言源头。上千人的大厂，这犹如大海捞针，袁霞自是无功而返。杜玉娇到张勇军办公室发牢骚。张勇军劝道："不必在意，谣言止于智者。"接着帮她分析缘由，最后怀疑是步子航捣的鬼。杜玉娇向他讨主意，他想了想，还是重复那句话："不必在意，谣言止于智者。"杜玉娇哭笑不得，直感张勇军这人窝囊，难怪在书记的位置上一直无所作为。

杜玉娇把纪委书记方平请到办公室，问他对流言蜚语的看法。方平愤然而起："一派胡言，有人借机闹事。这股歪风邪气必须压下去。"杜玉娇又问："怎样压？"方平想了想："我派人去查，有消息马上向你报告。"杜玉娇握握他的手："谢谢，希望你尽快查出源头。"

半个月后，方平给她报告，有迹象表明，谣言来自4个渠道，一是步子航，二是曲凯，三是马全，四是老经销商。杜玉娇心想，老经销商牢骚满腹情有可原，因她的改革动摇了他们的利益。步子航和曲凯亦在她的猜想之中。马全却完全出乎意料，到水泥厂这么多年，从未与他没发生过冲突。方平解释："当时你分管物资采购，让袁霞替换他，心里就落下怨气。谁都知道，物资采购是块肥肉。到了企管部，他一天到晚唉声叹气，每次酒后就大发你的牢骚。"她还是第一次听说调整岗位会遭人记恨，于是告诫自己，以后做任何事情要三思而行。

杜玉娇决定亲自找曲凯和马全谈话，一来了解实情，二来消消他们的怨气。曲凯嘴硬，打死都不承认发过牢骚和散布谣言，甚至还甜言蜜语地表忠心，谈起在招投标办公室那段日子，更是喋喋不休地盛赞她的为人如此之好，责任心如此之强，工作和生活作风如此之朴实，廉洁自律如此之严格，并对她崇拜得五体投地。这招真行，一下封住了杜玉娇的嘴。马全大不一样，老老实实地承认自己发过牢骚，骂过娘，也散布过一些是是非非的谣言，但不是什么受贿和与人关系不正常的谣言。

通过这次谈话，让杜玉娇认清了两人的真实面目。马全敢做敢当，说明其心胸坦荡，不饰非，不诿过，属正人君子。曲凯却不一样，油腔滑调，巧舌如簧，虚与委蛇，杜玉娇直觉得他是双面人。

杜玉娇想约步子航谈心，不料被婉拒。

褚南娇知情后骂她骨头软，不该对步子航存有幻想，接着支招："场面上，你得表明态度，而且态度越强硬越好。私底下，我和赵威寻找突破口，一旦逮到七寸，立马将他置于死地。"

杜玉娇觉得没必要与步子航发生直接冲突，最好请邵总将他调走。若此路不通，再想其他办法。

一天晚上，杜玉娇带着魏泰淘的名画拜见邵忠良。寒暄一阵，杜玉娇大倒苦水。邵忠良劝道："浊者自浊，清者自清。那些流言蜚语确实让人心烦，关键是你以什么样的心态面对。浊者心态，肯定是烦恼无比。清者心态，总是看到乌云背后的阳光。越是在这种时候越能检验一个人的忍耐力和意志力。"

杜玉娇说："邵总，我也想这样，可是难以做到，每天看到不同的人背后窃窃私语，总觉得有无数把利箭射向心窝，疼痛难忍。"

邵忠良哈哈大笑："你呀你，碰到一点点挫折就鸣冤叫屈，那些风云人物，都是碰得鼻青脸肿伤痕累累才到达彼岸。就说我，干到现在这个位置容易吗？不容易，也是经过无数次磕磕碰碰和你死我活的争斗才达到。"

杜玉娇低下头，喃喃自语："道理我懂，就是一时难以接受。"顿了顿，抬头恳求，"邵总，最好把步子航调离，他在这里老跟我作对，多次想和解，无奈他油盐不进。再说，张书记也十分讨厌他。国有企业最忌讳班子不团结，现在水泥市场竞争激烈，哪有时间和精力去应付内耗？"

邵忠良一边点头一边说："可是可以，你想过没有，他在水泥厂兴风作浪，不排除到其他单位造谣生非。这样，你的负面影响反而越来越大。听赵威说，步子航有不少问题，你给我找出来，到时叫集团纪委出面解决。"

有邵忠良支持，杜玉娇放下思想包袱，理直气壮地大造声势，以此来抵消流言蜚语带来的负面影响。她利用年中工作会的机会，在做总结报告时放开稿子讲了一段震撼人心的话："同志们，青山水泥公司上半年的良好成绩来之不易，完全靠大家群策群力和努力拼搏。在这里，我诚挚地向大家表示衷心感谢。但是，在大家奋力拼搏的同时也存在一股不协调的音符，有居心不良者四处散布我的谣言，其用意就是破坏青山水泥公司蓬勃发展蒸蒸日上的大好形势。如果我个人确有问题，欢迎大家揭发检举，甚至轰下台。问题是居心不良者捏造事实编造谎言，大有炸平庐山之势。对这股歪风邪气，我们必须擦亮眼睛明辨是非，认清他们的险恶用心，与他们划清界限，不当他们的传声筒。为了严明纪律、整顿作风、加强廉政建设、纯洁干部队伍、提高战斗力，经党委研究，从今日起，公司设置举报箱，欢迎大家对班子成员和中层干部廉政方面的情况进行举报，尤其欢迎实名举报，并给予重奖。俗话说，千里之堤，溃于蚁穴。要及早发现青山水泥公司的蚁穴，只有动用大家的千里眼来探测，在群众的显微镜下，各种腐败蚁穴就无藏身之地。再说，党章和体制也赋予党员和职工监督的权利，我们必须要用好用足这份权利，让党员和职工真正成为企业的主人。居心不良者已经开了举报的头，尽管是不好的头，但仍要感谢他打开了我思想的闸门，觉得动用群众的力量打一场反腐倡廉的人民战争实在有必要。我首先表态，欢迎大家实名举报我的违法乱纪行为，如果证实了，不用纪委检察院出面，我自己走进监狱。同时，相信班子成员和我一样敢接受大家的实名举报。"瞥眼身边的步子航，发现他脸色铁青，不由得加重语气，"也相信班子成员和我一样不怕实名举报。我跟张书记向邵总做过保证，所有举报材料交给集团纪委处理，一旦发现报复行为，立即严惩。在开展举报的同时，进行企业管理和集体决策改革，用制度约束权力。孟德斯鸠早就说过，一切有权力的人都容易滥用权力。滥用职权的结果就是腐败，这种例子比比皆是。除了用制度约束权力以外，还必须让权力在阳光下运行。事实证明，阳光是最好的防腐剂。我相信，通过轰轰烈烈的举报活动，查处违法乱纪行为，一定能够纯洁干部队伍，提高战斗力。"

会后，方平在本部和所属企业设置了10多个举报箱。没几天时间，所有举报箱都塞满了，方平及时将举报信送至集团纪委。

有天，冯辉到青山水泥公司检查工作，单独跟杜玉娇进行了长谈。冯辉先赞扬她主政以来取得的成绩，然后话锋转到举报问题上："小杜，大规模地开展举报活动，主观上是好的，对反腐倡廉有促进作用。但也有不同声音，认为以运动的方式号召大家举报，容易偏离正常轨道。倘若有人挟私泄愤、浑水摸鱼、扰乱视听，举报的意义就走样。"文化大革命"的初衷是反修防修，结果走向另一面，这是历史留给我们的惨痛教训。我的老祖宗冯梦龙说，'审大小而图之，乌用贪？横彼己而施之，务用忿？酌缓急而布之，乌用急？'三个连问，形象地告诫我们办任何事不必贪大，不必意气用事，不必急于求成。倘若局面能掌控好也罢，局面一旦失控，带来的负面影响无法评估。一个企业，经不起折腾，经不起内耗。不可否认，前不久匿名举报和谣言事件给你压力很大，也影响你的形象。作为企业一把手，要经得起风雨，如果受点委屈就跳起来，说明修养还没到家。希望你注意方法，不要意气用事。"

杜玉娇一时无法接受，觉得是步子航在冯辉那儿捣鬼的结果。她思考许久，忍不住反驳："冯总，动员大家举报违法乱纪行为是青山水泥公司党委反腐倡廉一大举措，绝不是我个人意气用事，也不是急于求成。既然有人喜好匿名举报，还不如动员大家一起举报，成为轰轰烈烈的阳光行动，借此整饬纪律，纯洁队伍，营造风清气正的良好环境。再说，这次举报活动不是针对某个人，而是针对所有中层以上干部。如果谁有意见，说明心中有鬼。我相信，青山水泥公司绝大多数干部是经得起举报的考验，经得起群众的过滤的。假如因举报引起混乱，我愿承担全部责任。"

冯辉被噎得满脸通红，抽出烟慢慢点燃，一字一顿地说："小杜，你完全误解了我的意思，以举报来促进反腐倡廉我举双手赞成。营造风清气正的良好环境，是加强党的建设的重要组成部分，也是公司党委一项主要政治工作。我不过是提醒你在开展举报活动时注意工作方法而已，任何事情并非我们想象的那么简单。"接着从发展和稳定的大局讲了一通大道理。

杜玉娇只得表决心："请冯总放心，我一定贯彻好您的指示，圆满完成集团党委交给的各项任务，以发展促稳定，以稳定保发展，将青山水泥公司推上一个新台阶。"

冯辉走后，杜玉娇郁闷了好几天，觉得与步子航过招阻力巨大困难重重，好在事先已征得邵总同意，否则引火烧身。难怪步子航敢如此放肆，原来是冯辉在背后撑腰。看来，这场短兵相接的战斗胜负难测，即便赢了，也彻底得罪冯辉。

杜玉娇借出差机会到邵忠良办公室汇报工作。邵忠良做了几点指示，然后问："赵威在中标过程中跟你有没有利益瓜葛？"

杜玉娇一愣，随即斩钉截铁地说："没有，绝对没有。赵威完全是凭实力中的标。在招投标过程，我从未接受他的任何安排。"

邵忠良眉头舒展开来："那就好。"接着又问，"褚南娇是怎样中的强弱电工程？"

杜玉娇毫不避讳地说："主要是看好天全智能电器公司的实力，作为上市公司，人家把信誉和质量放在第一，市场占有率不说，奖牌一个接一个地拿。我们做过调查，天全智能电器公司做的工程全是优质工程，这样好的公司不中标简直说不过去。另外，还有一个重要原因是肖舜天市长打过招呼。在整个搬迁过程中，如果没有肖市长的大力支持和帮助，项目进展肯定受阻。一个这么大的工程，肖市长就打了这个招呼。我和陆总商量过，无论如何要卖肖市长这个面子。事实证明，强弱电工程无论是质量还是价格都是最优。外面早就传说我与褚南娇是闺蜜，在强弱电招投标过程私相授受。邵总，请放心，我完全经得起检查，从未与褚南娇发生过经济往来。"

邵忠良放心地点点头："举报箱里有多封举报你的材料，除了这两件，还举报你拉帮结派、任人唯亲、以势压人、打击报复、作风不正，这种说辞，似是而非，完全可以不予理睬。关键是有不少举报你接受了田鸡村书记刘伯彦的贿赂。虽然检察院已经作结，但举报仍然不断。我也听到几个版本，刘伯彦确实酒后失言过。我问你，到底有没有这回事？"

杜玉娇苦笑一声，想直接回答，又忍住，毕竟他与肖舜天不同。为了打消邵忠良的疑虑，杜玉娇只得硬着头皮说："没有，都是不实之词。"

邵忠良若有所思地哦了几声，然后笑笑："相信你。"

杜玉娇道了谢，轻声问："步子航的举报多不多？"

邵忠良欲言又止，起身握握她的手："好吧，今天就到这里。冯辉跟我谈过他的想法，我觉得冯梦龙的'审大小而图之，乌用贪？横彼己而施之，务用忿？酌缓急而布之，乌用急？'三句话挺有道理。以后，还是和为贵，步子航虽然莽撞，但罪不至死。我打算找他谈谈，还是调离为好。国信集团需要和谐稳定的局面。"

其实，步子航的举报信占大头，多是他的对立面所为。当然，褚南娇和赵威也贡献了几封。

邵忠良本想找步子航谈谈，但没谈成，被冯辉阻止。

步子航在冯辉面前发过誓，除了与杜玉娇有过节，其他方面过得硬。他不想灰溜溜地调走，要与杜玉娇一比高低。他始终认为，刘伯彦的行贿是杜玉娇的软肋，只要刘伯彦证实，杜玉娇的政治生命就到了头。为了逼刘伯彦就范，步子航试图通过外围施压。

螳螂捕蝉，黄雀在后。步子航这头还未查到线索，青山市检察院就收到多封匿名举报信。检察院根据举报信提供的线索，先后将几个煤炭、石灰石等供应商"请"进去。不日，步子航也被"请"了进去。

杜玉娇通过肖舜天了解到，步子航进去抵抗了一阵，最终在事实面前低了头。在他分管物资采购那些年里，先后收取供应商的好处费150多万。杜玉娇借此机会大做文章，以步子航为反面教材，在公司开展一场声势浩大的反腐倡廉教育活动。一来彻底搞臭步子航；二来证实自己清正廉洁光明磊落。在反腐倡廉教育活动中，她带头讲廉政教育党课，带头签订廉政建设保证书，带头公开公务活动，带头执行公务接待申报，一个刚正不阿、嫉恶如仇、原则性强的领导干部形象很快树立起来，同时，权威也迅速增强。

杜玉娇选择一个休息日在云都的家里摆了一桌家宴庆功，邀请肖舜天、褚南娇、赵威、肖莎参加。虽是家常菜，但意义不同，都是杜玉娇亲手烹饪的，且色香味俱佳。开席后，杜玉娇逐个敬酒，感谢话不断。

酒过三巡，肖舜天发感慨："通过这件事，我发现杜玉娇不简单，做到了出淤泥而不染，濯清涟而不妖。现代社会，淡泊名利，独善其身者少之又少。杜玉娇就像是这个社会的一面镜子。我想起网上几句名言，女人：大美为心净，中美为修寂，小美为貌体。杜玉娇自觉心净，是真正的大美。"

赵威也跟着发感慨："杜总是我见过的最廉洁、最冰清的领导。宋代张孝祥感念自己：孤光自照，肝胆皆冰雪。我看杜总就是这种肝胆皆冰雪的人，可以用两句话概括：表里俱澄澈，心迹喜双清。"

魏焘颇感自豪，也忍不住赞美："自爱上玉娇，我的爱也变得纯洁起来，以前的狐朋狗友都说我是妻管严。老话说，遇魔成魔，遇佛成佛，不瞒你们，我已成佛了。在廉洁方面，我同意赵威的概括。"

杜玉娇被夸得不好意思，忙岔开："别损了，我哪有那么高尚，只不过是谨慎一点而已。"

褚南娇啧啧几声，笑着调侃："别给她戴高帽子了，有道是：峣峣者易折，皎皎者易污，真成了佛，就不是人了。表里俱澄澈，心迹喜双清，那是碧玉，人做不到。我以为玉娇过于谨慎，古人云，水至清则无鱼，人至察则无徒。过于脱俗，容易成孤家寡人。"

杜玉娇呵呵一笑："还是南娇了解我。"

褚南娇说："当然，这就是闺蜜。"然后劝告，"通过这次较量，你应该好好总结经验，官场与职场险象环生，千万别当东郭先生。其实，这就是短兵相接的无硝烟的战争，狭路相逢勇者胜，妥协退缩，意味当炮灰。以后，你这种较量会越来越多。我们能帮上忙的，会当仁不让。帮不上忙的，只有靠自己。"

这番劝告，让肖舜天、魏焘感慨万端，情不自禁地向褚南娇竖起大拇指。

❧ 第 47 章 ❧
敢作敢为

　　转眼，裴安6岁了，裴勇也当上了信托公司的副总经理，一下成了大忙人，经常出差。褚南娇的父母早回老家，偌大的别墅，时常只有裴安和保姆白玲两人。近期半夜常有猫叫，白玲惊醒，吓得瑟瑟发抖。白玲意欲辞职，褚南娇极力挽留，并给她加工资。过了些日子，白玲又提出辞职，理由还是晚上吓得睡不着觉。褚南娇只有把裴勇父母接来，谁知老人不习惯城市闲静生活，住了几个月吵着要走。褚南娇只得求助父母，父母犹豫再三，提出条件，要把孙子褚言带在身边，并在云都上学。褚南娇一一照办，因为哥哥还在监狱，伸出援手也在情理之中。

　　家里恢复平静，褚南娇悬着的心终于落地，既而全身心地投入到工作中。近期，她在忙于收购一家变压器公司。

　　青山变压器有限责任公司是青山市国资委所属企业，成立于改革开放初期，曾有过辉煌的过去，主打产品是箱式变电站系列、高低压开关柜系列、电缆分接箱系列，尤其是箱式变电站系列曾在周边省份成为城市电网改造、住宅小区、高层建筑、工矿、宾馆、商场、机场、铁路、码头、高速公路及临时性用电设施等首选，市场占有率一度超过两成。后因机制及管理等原因渐渐被市场抛弃，企业长期处于半停产状态，以至于资不抵债，靠政府输血才能勉强维持生存。为了盘活国有资产，也为了稳定职工队伍，青山市政府决定找个好婆家给"嫁"了。找了两年，结果没一家企业愿"娶"这个负债累累的"半老徐娘"。

　　有次，肖舜天在酒桌上谈起这桩烦恼事，褚南娇表示有兴趣去看看这个"半老徐娘"，但立即遭到肖舜天的反对，他不想让她蹚浑水。多年前，褚南娇在南港市城网改造项目中采购过青山变电器公司的箱式变电站设备，觉得该企业的技术人员素质和产品质量挺不错，倘若将核心人员和生产线收购过来，天全智能电器公司可谓如虎添翼。肖舜天拗不过，帮她打了招呼。那天，她与叶娜等4人前往青山变压器公司考察，发现该公司取得国家电能中心PCCC认证，并获得多项变压器国家专利，还拥有一流的生产设备和国际水准的现代化综合性厂房，具备国内一流的检测设备和先进的多功能数控机床、多功能数控折弯机、真空浸渍设备、煤油气相干燥设备、纵横剪流水线等具有国内领先的生产设备。这下，越发坚定了她收购该企业的决心。叶娜按照她的要求，加班加点做出一个双赢的收购方案。

褚南娇向蒋锐做专题汇报。蒋锐听后犹豫不决，觉得青山变压器公司历史包袱过重，担心它成为负担。按照方案对多余人员和负债进行剥离，几乎是天方夜谭，政府不可能为即将破产的企业改制买单。她胸有成竹地说："市政府急于甩包袱肯定有陪嫁的思想准备，我们可参照兼并重组成功企业的经验跟政府谈。如果收购成功，我们的技术力量和产品档次立马上个新台阶，股价会翻番。"为了佐证这一观点，她还列举了几个有影响力的兼并重组案例。

蒋锐终于被说服，答应与肖市长碰面后再定。他要看看市政府在这起兼并重组案中究竟扮演什么角色，能给出多少陪嫁。

褚南娇陪蒋锐拜访肖舜天。肖舜天看了收购方案大摇其头，连说："不可能，不可能，政府不可能为企业分流人员买单，不可能豁免企业的债务。基本原则是人员、债务、土地一锅端给收购方。我们测算过，土地折价费基本可冲抵人员安置费和债务，也就是说青山变压器公司是零价出让。"

褚南娇清楚肖舜天的难处，市国资委拿出的零价出让方案自有道理，若越过方案自作主张，必定会有国有资产流失之嫌。为了让他放下思想包袱，她建议："肖市长，咱们换个思路思考问题，市政府挂牌无人问津，说明青山变压器公司毫无价值。公司账上已显赤字，职工的工资无着落，一旦闹事，不仅是民生问题，还是政治问题。如果市政府在人员分流和债务上承担相应的责任，这盘死棋就可救活。"

蒋锐接过话说："对，肖市长，死棋下活，必须要有良策。假若市政府还是老思路，我就没兴趣。"

肖舜天眉头紧锁，思索一阵后说："这样吧，我给市国资委黄剑主任打声招呼，你们跟他谈。"随即拨通黄剑的电话，原则性地交代几句。

他俩来到市国资委，黄剑主任笑脸相迎。听完褚南娇的陈述，黄剑半天不吱声。让政府解决历史遗留问题再实施兼并重组的方案早就有人提过，他不想当败家子，也不愿留下风言风语。见黄剑无反应，褚南娇又从长远规划、长远发展、长远利益描述一番。黄剑对她的展望兴趣不大，目光不停地在他俩脸上扫来扫去。待褚南娇述毕，黄剑轻描淡写地说："把方案留下，我组织相关人员好好研究一下。当然，最终还以肖市长的意见为准。"

在回分公司的车上，蒋锐说："算了，不去蹚这趟浑水，肖市长态度暧昧，黄主任爱理不理。为何两年无人问津，答案出来了。"

褚南娇不改初衷，坚持道："蒋总，我们要从不同角度寻找答案。从政府现有观念寻找，肯定看不到希望。若从长远目标寻找，希望巨大。只要我们持之以恒、锲而不舍，终会感动上帝。依我看，青山变压器公司活不过三个月，政府不可能没完没了地输血。据悉，市财政局已口头通知市国资委，要青山变压器公司寻找其他途径筹措工人工资。一个即将破产的企业，从哪找钱？银行早就关上大门。化缘，谁会做冤大头？工人拿不到工资，断炊断粮，说不定哪天就会走上街头，甚至围堵市政府。等到这天，国资委就会主动上门，话语权就在我们手上。"

蒋锐摇摇头："心里不踏实，就算按你的方案实施兼并，其效果未必理想。我可不愿背包袱，损害股民利益。"

褚南娇志在必得，耐心做蒋锐的思想工作："蒋总，我们不能满足于现状，企业到了一定规模停止不前，其结果是自掘坟墓。市场瞬息万变，科技发展一日千里，只有顺应潮流，才能永立潮头。天全智能电器产品的品种、数量、规模、质量等都有待提高，若将青山变压器公司的箱式变电站、高低压开关柜、电缆分接箱等系列生产线兼并过来，不仅可填补空白，还可壮大实力。尤其是一批经过实践磨练的技术人员加盟进来，更可提高天全智能电器公司的软实力和创造力。再者，青山变压器品牌在市场上还是有很大影响力和竞争力，这也是一笔巨大的无形资产。我以为，不管有多难，必须想方设法啃下这块硬骨头。"

蒋锐思考良久，依然摇头："巨额负债，三百多号职工，想想头都大了。如果看好技术人员，可以招聘。至于上箱式变电站、高低压开关柜等新的生产线，我完全赞成。你拿个方案出来，股东会通过后找块地开建就是。"

褚南娇一下急了："蒋总，重建生产线需漫长时间。批地、建厂房、安装生产线、试产、开发市场等等，起码要4年左右。硬件建设好说，最大的问题是市场培育，弄不好鸡飞蛋打。收购兼并就不一样，生产线、市场、品牌现成，只要操作得当，短期内就可见效。"她拍拍胸脯，"蒋总，这事交给我来办，我用我的股权担保，出了问题，拿我是问。但有个条件，得拨笔启动资金。"

蒋锐被她的信心和决心感动，答应与沈晓琪、陈玉商量后再说。次日下午，蒋锐把她叫到办公室，一本正经地说："我们商量了，完全同意你的建议，但必须签保证书，以股权担保。"褚南娇想都不想："没问题。"说罢，掉头就走。蒋锐叫住她："就这里签吧。"褚南娇又折回，接过蒋锐手上的保证书，看了几遍，伏在办公桌上唰唰签上大名。写毕，交给蒋锐，问："给多少启动资金？"蒋锐将保证书放进抽屉，说："打个报告，列出资金用途清单。我尽量满足你的要求。"褚南娇打个响指："OK，谢谢蒋总信任！"

获得蒋锐高度授权后，褚南娇全力以赴投入到收购工作中。为了让收购工作合法化，褚南娇成立工作组，请蒋锐出任组长，她任副组长，成员中除了律师都是她的得力干将。

肖舜天见褚南娇志在必得，只好暗中助阵，不断给国资委施压。从此，她成为国资委的常客，每次谈判都亲自出马。国资委主任黄剑是个老顽固，认准了的理不轻易变改，无论褚南娇做什么工作，一直油盐不进。褚南娇改变策略，叫手下到青山变压器公司散布小道消息，激起职工不满情绪，倒逼黄剑接受现实。

市财政局因财政吃紧，不再给变压器公司输血，银行借贷无门，化缘处处碰壁，职工已3个月拿不到工资，有门路的纷纷跳槽，没门路的积怨越来越多，加上小道消息漫天飞，职工不满情绪一天比一天高涨。某个星期一的上午，愤怒的职工分两拨走上街头，一拨来到市国资委，一拨围堵市政府。正在省政府开会的肖舜天得知消息打通黄剑电话，劈头盖脸地将他痛骂一顿，责令市国资委务必在短期内化解危局，否则拿他是问。黄剑吓得直冒虚汗，唯唯诺诺地答应尽快解决问题，让市委市政府领导放心。

褚南娇的电话响个不停。她采用欲擒故纵之计，故意不接，甚至躲到度春山溶洞景区休闲去了。这下，黄剑急了，一边派人四处寻找褚南娇，一边向职工承诺马上启动兼并重组，并许诺从其他企业调资金补发工资。

事态平息三天后，褚南娇才出现在谈判桌上。黄剑已不是原来的黄剑了，态度和语气谦恭许多。褚南娇却变得强硬起来，有时还咄咄逼人。经过三天三夜的拉锯战，草签了一份意向协议，其中有两条是褚南娇坚持并获得蒋锐的认同：一是青山变压器公司所有债务以破产方式予以解决；二是青山变压器公司近两年到点退休和已退休的干部职工一律划归市国资委管理。

很快，青山变压器公司启动了破产程序。期间，陶岚成为褚南娇的座上客，双方来往十分密切。褚南娇是想通过陶岚了解破产中的法律问题，以便之后在签订正式协议时了然于胸。陶岚则是通过褚南娇了解兼并重组的内幕，以便炒股。

不久，大学毕业一直未谋面的任风找上门来，这多少让褚南娇有些吃惊。任风在大学期间追过杜玉娇，最后败在蓝天手下。大学毕业，任风去了深圳，并在那儿结婚生子。据说岳父是当地有名的地产开发商。

晚上，褚南娇宴请任风，问他见不见杜玉娇？任风头摇得像拨浪鼓。褚南娇讥笑："不像男人，男人就不该记仇。"任风扼腕长叹："我是怕回忆那段痛苦的岁月。"褚南娇觉得他有情有义，越发建议他见见老相好。任风拗不过，只得听从安排。

杜玉娇反倒不在乎，在褚南娇的起哄下与任风熊抱一下。几杯酒下肚，褚南娇不停地开任风的玩笑："既然喜欢玉娇，为什么在她落难时不上前？倘若当时站出来，玉娇就是你的娇妻了。"任风一脸通红，望着杜玉娇感叹："伤透了心，站不出来了！"杜玉娇赶紧打岔："别难为任风。他有这份心，我当感激不尽。"褚南娇嘘唏不已："多好的一对，被蓝天这个白眼狼搅了局。"杜玉娇端起酒杯说："好了，不说了，喝酒。"

褚南娇问任风："做了乘龙快婿，身家十几个亿吧！"任风摇头："我单独干，不受约束，乐得自在，混口饭吃而已。"褚南娇不信："老婆和岳父舍得吗，公司做大了，正需用人，会让你一走了之？"任风笑道："我又没卖身，干点自己喜欢的事，由不得他们同不同意。当然，启动资金还是岳父老子拿的。不像你，公司一上市成了富婆，财务完全自由了。若有可能，我们合作一把，让我赚点零花钱。"褚南娇想都不想，脱口而出："行呀，跟你做生意，放一万个心。"任风握住褚南娇的手："好，一言为定，谁失信谁小狗。"褚南娇哈哈大笑："还打赌，我问你，做什么生意？"任风故作高深："这是秘密，要不，我们签个秘密协议。"褚南娇打哈哈："你不说，签什么协议？拉倒吧，到时把我卖了还不知道是谁。"

任风不再跟她调侃，转移话题，聊兼并重组之事。褚南娇警惕地问："你咋知道？"任风说："陶岚到深圳出差时谈起过。"褚南娇又问："知道的人多不多？"任风摇了摇头："就我俩。"褚南娇放松警惕，都是朋友，没必要神经兮兮，于是一股脑儿将兼并重组之事全盘托出。任风特别感兴趣，问了许多细节，还帮褚南娇出了不少主意。杜玉娇发现，任风是这方面的老手，于是问："你是做投资的？"任风笑笑，忙否定："不，感兴趣而已。"杜玉娇不信："都是老同学，没必要隐瞒。南娇今天喝多了，把上市公司的纪律全忘了。如果你做了不该做的，会害死她。"任风迟疑一下，说了句双关语："真要做，也得做有利于她的事。"

或许是多年未见，总有聊不完的话题。当然，聊得最多的还是大学期间的往事。褚南娇老拿传递情书的趣事开涮任风。当年，青涩的任风比较内向，不敢直接向杜玉娇表白，于是以小恩小惠的方式讨好褚南娇传送情书。褚南娇看好任风，乐于促成，不停地帮任风说好话，唆使杜玉娇放弃蓝天。然而，杜玉娇被蓝天的激情所蒙，根本听不进劝。那段往事，是任风心中的痛，被褚南娇反复提及，不免心潮澎湃满脸涨红，只得找其他话题岔开。到酒店打烊时，他们才散席。褚南娇先走，留下两个老相好再叙叙旧。

两人来到青山河边，春夜的河水在霓虹灯和景观灯映照下波光粼粼，晚风有如轻纱般地拂在脸上，既柔和又温馨。河边的人行道上人影憧憧。两人很快融入到人流中，边走边聊各自的个人生活。

毕业后，任风南下深圳，应聘在岳父旗下的设计院做行政管理。不久，遇上到院里检查工作的现在的妻子。两人一见钟情，经过两年爱情长跑，顺利步入婚姻殿堂。妻子温柔贤惠，儿子聪明伶俐，生活其乐无穷。后来，他在岳父支持下开了间属于自己管理的投资公司。他的志趣和理想是做投资专家，把索罗斯和巴菲特当成毕生追求的偶像，力争成为中国资本市场上的大鳄。

杜玉娇为他的幸福人生和远大理想叫好，预祝他功成名就，为同学争光。

对杜玉娇的人生，任风既崇尚又惋惜。崇尚她走出了一条多少人梦寐以求的亦官亦商的阳光大道。惋惜她初恋时遇人不淑，以至现在婚姻不全，建议她尽快拿到一纸婚书。

杜玉娇感叹："没办法，这事强求不得。他总有理由让我寄希望。"

任风说："我是男人，清楚男人的内心世界。假如他真心爱你，会不顾一切地满足女人的要求。"

杜玉娇苦笑一声："也许男人与男人不一样。他之前受过伤，考虑问题比一般男人多几个极。你看的是地球极，他看的是宇宙极。婚姻，在一般人看来极普通，他却上升到暗物质和黑洞。"

任风驻足，盯着她拼命地摇头："这就麻烦了，绕圈子的男人最不靠谱。"

杜玉娇说："你不了解他，自与我好上，他完全脱胎换骨。能为我改变生活的人，说明有真爱。"

任风舒了口气："那好，哪天我会会他。以前，你是我心中的女神。我不希望我的女神生活在无望的等待中。"

杜玉娇的眼眶一下潮湿起来，哽咽道："谢谢，谢谢你的关心！"

走着走着，杜玉娇问起他来青山市的真实目的。任风盯着她说："想见见你呗。"

杜玉娇摇摇头："还在编故事，你就不能说点真心话？"

任风想了想，笑道："你的眼睛真毒，什么都瞒不过。好，都告诉你。前不久，从陶岚那儿得知褚南娇兼并重组之事，我就来了兴趣，觉得这是一次资本运作的好机会。褚南娇眼光远、野心大，是干大事的料，与她合作，定能成功。刚才一番咨询，越发增添了我的信心和决心。"

杜玉娇心里一惊，忙问："怎么合作？"

任风说："我还没想好，等与我的智囊团商量后再定。今天这番谈话千万别让褚南娇知道，否则对她不利。"

杜玉娇点点头："知道，但我要警告你，千万别拆南娇的台。资本市场是角斗场、绞肉机，有不少上市公司被资本大鳄吃得只剩骨头。我希望你不是被人痛骂的那种野蛮人。"

任风哈哈大笑："你看我有那么厉害？真成了索罗斯，也不会对褚南娇下手呀！以后，你帮我传递信息。当然，这活不会让你白干。"

杜玉娇说："只要对褚南娇有利，我会尽力而为。不过，我不会接受任何好处，只是报答你这份情感！"

次日，任风叫褚南娇的手下陪同去青山变压器公司作了一番深度调研，然后提了几点建设性的意见就回到深圳。

青山变压器公司破产程序完成后，天全电器股价突然拉升，连续三个涨停板，蒋锐不得不按证券交易所的要求发布风险提示。

第48章

劈波斩浪

在正式签约前，蒋锐接到省证监局电话，有人举报褚南娇涉嫌泄密兼并重组信息，暂停签约，待调查核实后再启动。

蒋锐似乎有心理准备，平静地接受这一突如其来的变故。他把褚南娇叫到办公室，问："到底咋回事，深圳长风创新投资有限公司为何一下持有我公司4%的股票？"

褚南娇不便解释，把头埋得低低的，心里埋怨任风先斩后奏。她也是事后才知长风创新投资有限公司是任风的公司，上次他来拜访属前期调查摸底，自己像傻子一样傻乎乎地钻进了他精心设计的圈套。

蒋锐指责："听说长风投资总裁任风是你大学同学，为何隐瞒？难道你们之间有什么交易吗？难怪你那么执意收购青山变压器公司，原来早有预谋。"

褚南娇平静地解释："蒋总，我绝对没有隐瞒，跟任风也没有什么交易，毕业后，我们只见过一次。上次见面，我喝多了，跟他说了收购的事，没想到他借此做文章。他开什么公司，当时也不知情，谈何预谋？这次泄密，是我的责任，我诚恳接受证监局的核查和处罚，也接受公司的处分。但话说回来，长风投资看好我公司，对这次收购，有百利而无一害。假若以我的处罚能换取资本市场对公司的青睐和追捧，也是一件好事。"

这下轮到蒋锐无话可说，是啊，哪家上市公司不希望受到资本市场的追捧呢？另外，此事还从侧面佐证了收购青山变压器公司的正确性。个中好坏，他清楚得很。是谁举报，他也清楚得很。为此，他十分苦恼，一头是夫人和陈玉，一头是得力干将褚南娇。但在这场较量中，他不得不站在夫人一边。为了不影响公司正常生产经营，他又不得不小心翼翼地搞好平衡术。这次麻烦究竟有多大？他不得而知，内心希望顺利渡过难关。见褚南娇将责任大包大揽下来，他的担心烟消云散："有这种态度就好，希望你吸取教训。等这次风波过去，约任风见见面，若看好我公司，不妨签个战略协议。"

褚南娇回到办公室，砰的一声将门关得山响，随即拿起茶杯狠狠地摔在地上，碎片到处乱飞。隔壁办公室一位新进的女大学生闻声过来敲门，褚南娇打开门怒目而视。女大学生怯怯地问："褚总，有事？"褚南娇大吼一声："没事。"砰的又把门关得山响。女大学生吓得大吐舌头，赶紧缩了回去。

好一阵，褚南娇才平静下来，把自己丢在沙发上，微闭双目生闷气。一是生任风的闷气，怪他事先不通气，把她架在火上烤；二是生沈晓琪和陈玉的闷气，平息不久又开始挑事。她甚觉纳闷，任风来去匆匆，除了叶娜，未跟公司任何人接触，难道身边有她们的内线？后又想，任风到青山变压器公司蹲了一天多，翻账本，查历史资料，与不同层次的人探讨，动静闹得够大，传到她们耳内也属正常。问题是她们这样做的目的是什么？如果仅让她受处罚也罢，若借机生事搅黄收购，后果就十分可怕。想到此，她惊出一身冷汗，赶忙给任风打电话，劈头盖脸地骂一通，接着把后果告知。

任风老老实实地当了半小时听众，待她骂毕，认真解释："信息泄密分客观主观，在此案例中，你属客观。无主观意识的泄密又分轻重，若影响不大，处罚力度自然小些；若影响巨大，性质就大不一样。"沉吟片刻，讲了实情，"跟你说实话，我重仓持有天全电器的股票，不是受收购影响，而是看好你。你的信心、野心、眼光、目标、信誉、毅力、能力令我敬佩和信赖。受资本市场追捧的股票，要么是题材和业绩，要么是企业主要领导者。虽然你是二股东，我通过陶岚了解了股权结构和你的风格，觉得你绝不会甘居人后。我这样做有两个目的，一是想帮你，帮你完成伟业；二是为自己，我研究了上千只股票，最后目光放在你身上……"

"为何看好我？"褚南娇打断他的话。

任风笑道："多种因素，更多的是友情和信赖。生意场上，友情和信赖至关重要，其他都有变数。而友情和信赖一旦固定，生意成功率就成为固定值。"

褚南娇责怪道："既如此，为什么不正大光明地与我与董事长接触？没必要生出这些是非，你这不是成心害我吗？"

任风忙赔不是："对不起，不是有意。如果早知你们内部复杂，就会考虑其他方式。待证监局处罚下来，你的处罚金由我承担。"

"还不晓得怎样处罚？"褚南娇忧心忡忡。

任风说："我研究过证券法，充其量罚款二十万。明天我飞过来，向证监局调查组解释清楚。我保证，以后若有行动，一定按证券法操作。"

话说到这步，褚南娇不便再追究，问了一些法律问题。任风对证券法研究很透，从法理上作了深度解释，让褚南娇悬着的心落了地。

调查组调查了三天，除了走访天全电器有关人员和青山变压器公司负责人，还询问了天全电器的高管和任风。褚南娇和任风如实交代了泄密过程的点点滴滴，所述细节基本一致。

询问沈晓琪和陈玉，她们都是谴责褚南娇与任风恶意串通，违规买卖天全电器股票。调查人员询问具体情况，她们不仅讲不清楚还恶意捏造事实。尤其是陈玉，信口开河地编撰一些似是而非的故事。调查人员半信半疑，顺着她的故事打破砂锅问到底，结果漏洞百出。调查人员觉得陈玉过于情绪化，劝其尊重事实，客观真实地反映情况，不得瞎编乱造。

陈玉理直气壮地辩解："我说的全是事实，倒是你们被假象所迷惑。任风为何敢一口气大量买进天全电器的股票？还不是褚南娇与任风恶意串通，拉升股价后抛出，损害广大股民的利益。听说褚南娇的私人律师陶岚也大量购买天全电器股票。褚南娇不提供内幕信息，陶岚有这个胆量动用杠杆建重仓？我认为这就是老鼠仓。对这种祸国殃民的股市大盗，应治以重罪，绳之以法。"

调查人员相视一笑，不再规劝，对她提供的新情况认真记录在案，末了问起陶岚。这一问，更激起了陈玉的愤慨："她呀，是褚南娇养的一条狗，帮褚南娇干了不少违法乱纪的勾当。一个小律师，能赚几个钱？自成为褚南娇的帮凶，一下发了，买了好几套房。特别是这次，利用内幕信息买了五十万股，按照当前市值，起码赚了四百万。这是抢劫，明目张胆地抢劫。对这种抢劫犯，必须严惩。"调查人员又是相视一笑，叫她把蒋锐请来。

蒋锐比较审慎，不痛不痒地批评褚南娇在收购过程中缺乏保密意识，违反了《证券法》相关规定，造成股价异动，产生了不良影响，要求证监局给予恰如其分地处罚。同时，公司也会根据证监局的处罚给予相应处分，以儆效尤。调查人员问起高管之间的协同情况。蒋锐不置可否，轻描淡写地说了句："三个女人一台戏，放心，影响不了大局。"调查人员从维护上市公司稳定的角度公事公办地提了几点要求，蒋锐答应一一照办。

一周后，处理结果出来，对褚南娇通报批评，罚款二十五万。同时，蒋锐做出决定，给褚南娇记大过处分，扣除当月奖金。

一波未平，一波又起。沈晓琪和陈玉不甘失败，以釜底抽薪之法挑起更大事端。她们以意向收购协议接受和安置职工的条款不合理为由给蒋锐施压，延迟或放弃签约。在初步方案中，接受和安置条款提出应有学历、有技术、年龄在40岁以下的中青年职工。后因谈判艰难，接受和安置条款做了较大修改。

蒋锐一口否定了她们的无理要求。沈晓琪早有心理准备，以离婚要挟逼蒋锐就范。蒋锐是出了名的妻管严，沈晓琪一发飙，他就束手无策，马上叫停签约。

这下，褚南娇傻眼了，一旦收购受阻，不仅声名扫地，更会让担保成为导火索引发股权争议。她突然醒悟，一时冲动埋下隐患，给沈晓琪陈玉留下把柄，自己给自己找麻烦。她跟杜玉娇诉苦，杜玉娇骂她没脑子，聪明一世，糊涂一时。杜玉娇只得把陶岚叫来一起商量。陶岚看了保证书也傻了眼，觉得还是友好协商为上，力争做通两人的思想工作，彻底消弭障碍。褚南娇觉得不可能，她们不会发善心。杜玉娇劝她低头服软，沈晓琪不松口，蒋锐不表态，收购工作走不下去，后果不堪设想。陶岚要她试试，假若行不通，再想其他办法。活人总不能被尿憋死。任风闻讯赶来，也同意陶岚的建议，专门跟褚南娇作了畅谈，希望她不要意气用事，力争顺利签约。

褚南娇只得硬着头皮找沈晓琪协商，低声求情："沈总，自从打这场官司起，我们就心存芥蒂。不管官司如何，已成事实，翻历史老账于事无补。公司上市挺不容易，完全是得力于蒋总的有力领导，得力于我们同心同德的辅佐。可以说，我们是功臣和元老。我能成为功臣，也是得力于沈总的大力帮助和栽培。对此，我感激涕零、永志不忘。我之所以力主收购青山变压器公司，也是为了报答蒋总的知遇之恩，协助您和蒋总把公司做大做强。

我俩是公司大股东，也是高管，本应一条心，不知为什么老是疙疙瘩瘩？公司是您和蒋总打拼出来的，我有幸成为股东，十分珍惜公司的前途和命运。假若这次收购受阻，对公司的发展影响巨大，难道您愿意自毁长城，自掘坟墓？"

沈晓琪当然清楚这些，只是咽不下这口气，褚南娇抢走了沈晓飞的股权不说还成为二股东，令她一直如鲠在喉。对褚南娇这番话，她权当没听见，自顾自地玩手机。

不管沈晓琪爱不爱听，褚南娇还是耐着性子讲道理，回顾打拼岁月的沟沟坎坎，讲到动情处，免不了盛赞沈晓琪在关键时刻起的作用和对她的帮助，接着夸张地擦拭眼睛，以表感激之情。这番表演起了作用，沈晓琪与她一起回忆那段不平凡的岁月。尤其谈到蒋锐出差在外遇到紧急情况时，两人如何共商对策、共克难关。这些难忘的片断，唤醒了沈晓琪的良心和责任，她一下忘了纠葛，时不时哈哈大笑。

这时，褚南娇抓住时机，话题转到收购签约上，要她高抬贵手，完成这桩伟业。接着，褚南娇又从做大做强主业、抢占市场高地、创收增效、提高竞争力、做行业佼佼者等方面煽情地展望与描述一番。沈晓琪听了不免热血沸腾，不停地点头称赞。褚南娇以为她思想通了，恰到好处地说了一番感谢话。谁知沈晓琪大摇其头："让我想想，让我想想。"褚南娇高涨的情绪一下低落下来，轻轻问："沈总，你到底是怎么想的？"见沈晓琪不答，又说："沈总，您是聪明人，在个人恩怨与公司利益发生冲突时，应该选择公司利益。如果选择牺牲公司利益而纠缠个人恩怨，相信这人已病入膏肓。"

沈晓琪耷拉脑袋，想自己的心事。褚南娇干脆挑明其中的利害关系："沈总，跟您这么说吧，无论你们如何阻止签约，最坏结果是公司利益受损，我的保证书不受任何影响。我问过律师，我的保证仅仅是这次收购案的承诺，不承担任何法律责任。如果你想拿这件事拖垮公司，我会用法律武器维护自己的权利。"沈晓琪一双眼睛瞪得大大的，不相信这是真实。褚南娇继续说："若不信，咱们走着瞧。我今天低三下四地求您，真的是为公司的发展，为大家的共同利益。如果您不在乎公司和大家的利益，我愿奉陪到底。"沈晓琪一下懵了，假若阻止签约威胁不到褚南娇的股权，以至引发政治事件，给公司带来不利影响，她就会成为众矢之的。她妥协道："行，我与陈玉通通气。不过，你还得找陈玉谈谈。"

褚南娇把这次协商结果告诉陶岚。陶岚认为不能过于乐观，毕竟沈晓琪还未表态。假若陈玉坚持己见，死死拖住沈晓琪，签约可能一拖再拖，到头来发生什么变数无法预料。陶岚建议她尽快跟陈玉好好谈谈，力争消除障碍。

褚南娇跟陈玉是死对头，才不愿意低三下四去求情。她斟酌再三，决定找沈晓飞谈谈，让他去压陈玉。虽是仇人，但过去那份割不断的纠缠一直萦绕在褚南娇脑海里，她有种重访故旧的冲动。电话联系好，她直奔沈晓飞家里。

沈晓飞已完全失去男子汉应有的雄风与魅力，满面憔悴，两眼无光，头发凌乱。他由于长期坐轮椅，脊背弯曲，双腿萎缩，与过去的沈晓飞相比判若两人。褚南娇突然生出些微犯罪感，觉得其惨状与自己有关。好在这种莫名的犯罪感像雷电一样闪过就瞬间即逝。她重新打起精神，走过去问好。沈晓飞对她的到来即无恶感也无惊喜，一脸茫然地盯着她。佣人端过一杯热茶。褚南娇双手接过，道声谢，在沈晓飞面前坐下。

"这些年过得还好吗？"褚南娇声音嘤嘤，探寻的目光在他身上飘忽。

沈晓飞摇摇头："不好，如坐牢房。"倏地，一股怒容在他脸上漾开，声音即沧桑又愤懑，"这都是你害的。"说罢，愤怒的目光像箭一样射在她身上。

褚南娇浑身颤抖一下，随即笑容满面地说："你错了，我没有害你，是你自己害了自己。"收敛笑容又补句，"不过，对你的现状我还是蛮同情的。"

沈晓飞沉默许久，低下头，无助地长叹一声，"是呀，我是一个大傻瓜，傻乎乎地用股权担保，最终一无所有。"

褚南娇说："又错了，你还有2%的股权。再说，用18%的股权换取牢狱之灾不冤。"

沈晓飞"呸"一声，扯开嗓子骂道："无耻。"

褚南娇早做好挨骂的准备，不怒反笑："无耻这两个字该用到你身上。今天，我不是来讨价还价，而是来谈怎样保住你这2%股权的问题。"

"什么意思？"显然，沈晓飞没听懂她的话外音，一脸惊恐，眼睛死死地盯在她脸上。

褚南娇讥笑一声："看来，陈玉在你面前屏蔽了公司所有信息。"接着慢条斯理地将近期发生的点点滴滴和盘托出。

在褚南娇叙述过程中，沈晓飞脸上的表情不断变化，时而皱眉，时而颜开，时而鼓腮，时而向往，时而眯眼。待褚南娇的话一停，他不假思索地说："我觉得陈玉没错。"

褚南娇发现他的对立情绪不是一时半刻能够改变，就耐着性子跟他讲道理："公司上市以来一直守摊子，收益率始终上不去。市场瞬息万变，若跟不上时代步伐，被谁打败都不清楚。我这样做的目的就是让公司突破瓶颈，做大做强主业，开拓创收渠道。唯有如此，才能让公司立于不败之地。假若这次收购受阻，除引发政治事件，更多的是影响公司发展，影响公司声誉。公司发展了，壮大了，我们的股权就有保障，反之，回到原点，成为穷光蛋。这些道理你应该明白，也清楚收购的长远意义。作为公司元老，相信你不会坐视不管，任陈玉无理取闹，损害公司利益。"

沈晓飞似有心动，张张嘴又合上。过了一阵，喃喃地说："我是废人，早就不管事了。"

褚南娇清楚他的内心世界，除了死要面子还不肯认输。不管怎样，他还是认同她的理念，至少不再对立。褚南娇趁机给他讲解行业现状和竞争格局，用事实和数据描绘未来发展趋势和产品更新换代的残酷性。沈晓飞这下听得认真，不时问些技术问题，褚南娇一一作答。告别的时候，褚南娇丢下一句话："在大是大非面前，相信你是聪明人。"走了几步，又折回，强调说，"我坚信这次没白来。记住，当天全电器成为行业佼佼者时，我会给你送来鲜花。"

褚南娇的努力并不理想，她一直没有得到正面回答。

这一拖，拖了一个月。国资委拖不住了，变压器公司职工拖不住了。国资委主任黄剑亲自登门拜访蒋锐。蒋锐以内部意见不统一作解释。黄剑问："收购意向协议书算不算数？"蒋锐连声说："算数，算数。"黄剑板起面孔说："那好，再给你一周时间，过了一周不签约，意向书作废，我另找买家。"

褚南娇急了，一旦废约，她的设想、雄心、目标、追求统统化为乌有。她不能让自己的心血白费，更不能让扩张主业的设想中断，必须在一个星期内做通蒋锐的工作，直至顺利签约。她把魏焘请来，以期说服蒋锐。面对魏焘咄咄逼人的目光和话语，蒋锐只得实话实说。原来，在褚南娇的游说下，沈晓琪松了口，沈晓飞也站在姐姐一边。谁知陈玉以死相拼，跟沈晓飞大打出手，跟沈晓琪大吵大闹。沈晓琪最终妥协，威逼蒋锐放弃收购。魏焘一听麻烦大了，男人最怕后院起火。褚南娇气急败坏地说："蒋总，为了公司利益，决不能让步。一旦毁约，天全电器股价立马大跌，形象大损。签订收购意向协议之事早已被外界炒得沸沸扬扬，毫无理由中止签约属欺诈行为，等待我们的将是严惩。"蒋锐无可奈何地说："沈晓琪以离婚威逼，我下不了决心。总不能为收购弄得妻离子散吧。"

魏焘把证监局长请出来。证监局长吓唬蒋锐："以惧内名义中断收购，荒诞无稽，还属欺诈。一旦贴上欺诈标签，你上市公司的任职资格就算到了头。即便股民饶你，我这个证监局长不会饶你。孰轻孰重，你自己掂量吧！"证监局长这一唬还真管用，蒋锐立马答应签约。

第49章
重磅消息

　　签约后，蒋锐授权褚南娇全权负责青山变压器公司的接管工作。褚南娇按照现代企业制度重构"三会"。她出任董事长，原党委书记耿力出任监事会主席，原总经理唐建的职务不变，其他高管和中层管理人员一律实行竞聘上岗，部门职员、研发人员、车间技术人员择优录用。有三分之一的落选人员进行第二次选聘，渠道有四个：一是组建服务中心，承担公司保安保洁、包装搬运，后勤服务等工作，选用符合岗位要求的人员；二是组建质量再检中心，选用细心和爱挑剔的人员；三是成立培训中心，对有学历而无技术的人员进行培训，待提高技能后再充实到车间和管理岗位。四是将年龄偏大和身体较弱的人员实行一次性买断工龄或提前内退。参考国内先进企业的经验，公司制定了一整套新的管理制度，强调质量、效率优先，着力建立健全信用体系，视质量和信用为企业的生命线。薪酬分配上严格按技能高低与贡献大小进行动态调整，彻底打破平均主义，端掉大锅饭，充分发挥与调动员工最大潜能和积极性。原有产品，如220kV级以下的油浸式变压器、干式变压器、高过载变压器、非晶合金变压器、光伏发电变压器、水力发电变压器、整流变压器、电炉变压器、矿用变压器、超强过载能力电力变压器、油田用变压器、高原用变压器、煤矿用变压器等重新进行定标，提高技术参数，确保产品无瑕疵。同时，派出一批技术专家和销售要员到原用户走访对接，用真诚和黏性服务重新获得对方认可，形成相互信任的长期合作关系。

　　经过近一年脱胎换骨大整顿，青山变压器公司焕然一新。由于创新了质量管理体系，产品出厂须经三次检测把关，一旦在厂外发现质量问题，从生产到检测处罚一批人，从而做到了无一件瑕疵产品出厂，这在行业内引起巨大反响，受到新老用户的高度点赞。次年，青山变压器公司为天全电器带来丰厚回报，继而推高了股价，成为资本市场收购成功的典范。任风和陶岚抓住时机全身而退，大赚一笔。任风越发看好褚南娇，把天全电器作为资本市场博弈的主战场。

正在这时，不幸悄然降至蒋锐身上。有天吃东西，他觉喉咙有刺感，因不痛，没在意。一星期后，刺感越来越强烈，直至疼得他无法吞咽。这下，他慌了，到医院检查，已是喉癌中晚期。蒋锐一下崩溃了，无心打理公司事务，将日常管理托付给褚南娇，在沈晓琪陪同下去上海治疗。沈晓琪则将财务管理大权交给陈玉。陈玉一掌握财务大权，就给褚南娇设置障碍，所需资金迟迟批不下来。褚南娇怕给蒋锐添堵，只得忍气吞声，派叶娜专跑财务审批，工作效率由此受到很大影响。

青山变压器公司接到一笔大单，急需三千万周转资金。叶娜跑了几天跑不下来。褚南娇只得亲自出马，谁知陈玉仍是爱理不理。褚南娇急火攻心，跟陈玉大吵起来。陈玉干脆脚底抹油，一走了之。这下，褚南娇没辙了，指着陈玉背影骂娘。骂完娘，褚南娇灰溜溜地回到办公室生闷气。生完闷气，调整情绪重新想办法，时间不等人，她只好飞到上海找蒋锐说理。

蒋锐已住进上海肿瘤医院，各类检查做完，只等动手术。褚南娇捧着鲜花，叶娜拎着大包小包，先后走进病房。二十多天不见，蒋锐判若两人，本是瘦弱的身体已成皮包骨，两眼深陷，仿佛被人抠掉眼球。褚南娇温声叫句："蒋总！"蒋锐有气无力地点点头，用目光示意她在床边凳子上坐。

沈晓琪扯住她的袖子说："他一周没吃东西，完全靠输液补充能量。这里病人太多，有关系没关系的都得排队。我们找了熟人，提前了两天，开刀时间定在下周三。医生说这几天要休息好。"

这显然是提醒别打扰蒋锐，褚南娇讲了几句宽慰话，正要开口汇报资金之事，医生过来检查。褚南娇只得垂手立在一旁。这时又有护士过来量血压和体温。沈晓琪伸手送客："谢谢你们来看望！"褚南娇望了蒋锐几眼，希望得到挽留。可蒋锐脸无表情，褚南娇只得告别，同沈晓琪走出病房。到得门外，沈晓琪对褚南娇说："我知道你来的目的，既然蒋锐已将日常事务托付给你，再难再复杂的事还是你自己解决。马上动手术，我不希望他这几天为公司的事操心。拜托了，再见！"

褚南娇握住沈晓琪的手请求道："请沈总跟陈玉打个电话，有笔周转资金不能再拖。"沈晓琪双手一摊："你看我现在有心情打电话吗？"褚南娇愣了一下，连说："对不起，对不起。"慌忙告别。

褚南娇只得另找对策，连续打了几个求助电话，都被委婉拒绝。在走投无路之际，她只得求助杜玉娇。见面后，褚南娇絮絮叨叨一番。杜玉娇眯起双眼看笑话，待她絮叨完，逗道："早知今日，何苦当初？"褚南娇骂道："你的同情心被狗吃了。"杜玉娇笑道："我同情有屁用。"褚南娇说："这次非得帮我渡过难关。"杜玉娇拱手告饶："姑奶奶，别给我添乱，这忙我能帮吗？"褚南娇采取惯用伎俩，搂住她撒娇："我不管，帮不了也得帮。我知道你们账上有大把资金，帮我过一下桥，等资金回笼就还回，利息可上浮一至两个点。"杜玉娇推开她，啐道："去，公司又不是我自个的，谁敢违背国资委和集团的规定？"褚南娇霸蛮道："我不管，这次赖上了你。"杜玉娇说："赖上也没用。"褚南娇一味求情："你看看，一个这么大的单子，没周转资金死定了，失信不说，还要重罚。"杜玉娇说："公司又不是你一个人的，她陈玉乱来，蒋锐算账算不到你头上。"褚南娇叹声气："唉，公司失信，我首当其冲受责。蒋总住院，我主持工作，责任全在我一个人身上。"杜玉娇不再贫嘴，帮她出主意："要不找银行？"褚南娇摇摇头："不行，来不及。我们民企贷款手续太复杂，待银行走完程序，黄花菜早凉了。我要的不多，就三千万，帮我过过桥。放心，我用青山变压器公司资产担保，跑不了的。"杜玉娇挠挠头："好吧，让我试试。"褚南娇搂住她叭叭地亲几下，高兴地说："还是闺蜜贴心！"杜玉娇想了想："要不，你叫肖市长给我打个电话。有他的电话，我好做工作。"褚南娇说："好，我这就叫他打。"

有肖舜天电话，又是为当地企业做过桥贷款，此事在总经理办公会讨论时获得一致通过。当然，新班子成员还是看杜玉娇的脸色行事，原班子成员有3人包括纪委书记方平先后到点退休，新补充了3人进班子，有一人是从外单位提拔过来的，有两人是从内部提拔的，新班子成员多数唯她马首是瞻。再者，她反复强调肖市长如何重视，如何为困难企业着想。谁都清楚肖舜天在水泥厂搬迁时帮过大忙，帮他办了事，等于还他一个人情。

褚南娇一拿到过桥贷款就兴奋得手舞足蹈，甜甜地叫道："爱死你了，爱死你了。"杜玉娇轻轻地打她一拳："别这样肉麻好不好，到时尽快还款就谢天谢地。"褚南娇发誓："资金一到账就还清。"走时还不忘亲她一口。

褚南娇前脚走，赵威后脚进来。杜玉娇说："你跟褚南娇怎么呐，今天合着到我这里串门。"赵威左右看看："褚总来了？"杜玉娇这才发现弄错，忙掩饰："对不起，误会了。请坐！"泡杯茶递过去。

赵威接过茶杯，呷了几口，抹抹嘴，问："褚总来借款？"杜玉娇一脸惊讶："你咋知道？"赵威说："她找过我，我手头刚好缺资金，匀不出来。这下彻底得罪了她。"杜玉娇摇摇头："没事，她不是小肚鸡肠之人。蒋锐住院，她主持工作，陈玉故意刁难，以后有得苦吃。"赵威笑吟吟地打趣："放心，她呀，精得很，对手还未出生。陈玉算什么？迟早会被她干掉。"杜玉娇想了想："对，到现在，她一直是有惊无险，一路过关斩将。"赵威摆摆手："不说她了。我这次到青山办点事，正好有闲，到您这里坐坐。您知道吗？省政协明年年初换届，我叔叔在运作邵总入选省政协副主席。据我所知，把握挺大，我打算后天晚上请邵总坐坐，请您和魏总作陪。邵总真是大好人，帮我拿到不少项目。这不，电厂项目一完，又帮我在钢厂改造项目上拿到一个大工程。我琢磨，邵总一旦当上省政协副主席就不好再当总经理了，最好在邵总离任之前把您运作到集团副总经理位置上，这样，对您对我都有好处。"杜玉娇摇摇头，自嘲道："我算哪根葱，比那些老油条差远了，即便有职数，也轮不到我。"赵威说："还真说不准，听我叔叔说，省委组织部正在起草方案，对国有企业的高管实行老中青配备，也就是说，每个国企都要配备一位40岁以下的高管。据我所知，你们集团只有您和蓝天符合条件。到时，你们有得一拼。"

对杜玉娇来说，这是一个任人振奋的重磅消息，如果属实，她的成功率至少有50%。再说，冯辉9月底退休，空出一个职数，也是一次机会。前几天，她从省委办公厅同学那儿也得知这一消息，只是不敢相信，因为现在谣言太多。但从省政协主席嘴里传出来的应是官方消息，这个饭局，她一定得去，立马表态："好，我通知老魏，后天晚上提前到达。"

赵威起身告辞，伸出手："杜总，您的事就是我的事。这次，我一定为您两肋插刀。"

杜玉娇双手握住他的手，使劲地摇，嘴里千恩万谢。

时间突然慢了下来，两天好像过了两个月，这是杜玉娇从未碰到过的。她知道，这是对权力憧憬和渴望的结果。她静下心来责问自己，为何权力欲越来越强？问了半天，始终问不明白。看来，随时间推移，人的欲念一直在变，而且变得无边。褚南娇变得贪恋财富，自己变得贪恋权力。这种欲念，是好是坏？自古以来无人理得清道得明。人类穷其智慧创造了无数准则和信条，可一遇到现实则南辕北辙面目全非。但现实毕竟是现实，无论是财富还是权力，都是人间至上之圭臬与追求。哪怕是俗人超人穷人富人，都脱离不了世俗的藩篱。想到此，她坦然了，决心在世俗的藩篱中破茧而出。

这天下午，她早早地驾车前往云都，与魏焘在酒店会合。魏焘早她一刻钟到，独自惬意地喝着茶。魏焘告诉她，赵威接邵总去了。杜玉娇问："你怎么不晓得邵总的事？"魏焘晃晃脑袋："此一时彼一时也，未证实的事，谁敢乱传？"杜玉娇说："你跟赵主席关系那么铁，他不透点风？"魏焘依旧晃脑袋："关系好，未必情谊深，毕竟等级大。求他时，往往是一事一说。不像赵威，到了云都，住在赵主席家里，叔侄之间有什么话不能讲？"

这时，服务员送菜单过来，杜玉娇接过，全是邵忠良爱吃的菜。魏焘凑过来瞥眼，感慨："这个赵威，越来越精明，与邵忠良的关系很不一般了，远远超过我这个师父。"杜玉娇也感慨："是啊，青出于蓝胜于蓝。他的目光比我们远，野心比我们大。"

不久，门外响起邵忠良的咳嗽声。两人赶紧起身恭迎。也许是人逢喜事精神爽，邵忠良的脸色格外红润，印堂特别亮，握手时力度比以往大许多。按座次一坐好，赵威就发布好消息，并带来赵承运的祝福。这阵势，仿佛邵忠良省政协副主席的帽子已经戴上。邵忠良也不纠正，乐滋滋地举杯开敬。酒过三巡，赵威带头吹捧，把邵忠良吹上了天。魏焘跟着唱高调。杜玉娇有样学样，肉麻地捧了一通。邵忠良听得骨头都酥了，两只放光的眼睛直直地盯在杜玉娇红彤彤的脸上。这一出色表演，令魏焘刮目相看，他想不到自己的女人也学会了官场那套阿谀奉承的高超本领。

将邵忠良捧上天后，赵威的话题突然转到杜玉娇身上："邵总，您马上高升，国信集团的班子建设考虑过没有？据我所知，凡进入省部级行列的高官不会长期兼任原职务。现在班子里有几个是您的心腹？听说冯总9月底退休，空出职数后肯定要补充新生力量。省委组织部正在拿方案，每个国企得配备一位40岁以下的高管。杜总正符合条件，也是您器重的大将。这是次好机会，请邵总帮她争取一下。"

万万没想到赵威会来这一手，邵忠良脸上一下由晴变阴。这事他不是没考虑过，只是不愿当着魏焘和杜玉娇的面提及。说实话，他看好杜玉娇，但更看好蓝天。因为蓝天领导和管理能力比她强许多。再者，蓝天这几年跟他来往十分密切，家里多了不少字画。更有甚者，女儿邵芳和余为副省长的女儿余思诗见面就叨唠蓝天的长处。最让他无法拒绝的是老朋友龙旺盛的聒噪，仿佛不把蓝天送上副总经理的位置就要与他绝交。当然，蓝天也有不足，过于争强好胜，得理不让人，难以把控。这方面，杜玉娇就比蓝天好得多。他劝过蓝天多次，但作用不大，过段时间又故态复萌。为不得罪魏焘和杜玉娇，邵忠良只得敷衍："是呀，小杜是最佳人选之一。到时，我自会助力。到高管这层，选拔权在省国资委和省委组织部。我只有建议权，人家听不听还是两说。"

赵威有备而来，不管邵忠良高不高兴，只顾自说："邵总，我知道您还欣赏蓝天。不错，蓝天在表面上超过杜总，胆量、冲劲、魄力等，都是他的强项。但他的人品不咋地，为了自身利益，敢牺牲一切，典型的小人。另外，他还有一个致命弱点，情绪化过重，有奶便是娘，容易翻脸，即便您把他推上去，到时感不感恩也未必……"

见邵忠良的脸色越来越不好，魏焘便打岔："小赵，别给邵总出难题。"杜玉娇也劝阻："赵总，邵总有统盘考虑，你就别出馊主意了。"

赵威向邵忠良拱拱手："邵总，不好意思，多有得罪，见谅。我肚子里有话不倒出，憋得慌。拜托，还是让我痛快地倒出来吧。杜总就不一样，滴水之恩，泉涌相报，会一直记您好，以后，您有事打个电话，她会立马帮您解决。这种人不用，用谁？因此，我特别希望您把杜总提上去。当然，我也有小九九，邵总一旦离开国信集团，就不好麻烦您，有事我就可以直接找杜总了。"

或许某些话说到邵忠良的心坎里，他脸上渐渐有了悦色，双手理理头发，笑道："是啊，小杜讲良心，可靠，又正直，值得信赖。"

杜玉娇赶紧接招："谢谢邵总夸奖，无论如何，我都会对邵总感恩戴德一辈子。若不是邵总关心，我到不了现在这个位置，细数成长中的每一步，都饱含了邵总的殷切关爱。"

魏焘趁机打边鼓："是呀，没有邵总的关怀，就没有玉娇的今天。她进入国信集团，是邵总帮的忙；提拔青山水泥公司副总经理到提拔总经理，都是邵总一手栽培。邵总这份大恩大德，我们没齿不忘。"

邵忠良很受用地摆摆手："应该的，小杜本身不错，她的为人和工作态度没得说，国信集团发展需要这种敬业的人，干部政策也需要这种踏踏实实和一丝不苟的年轻人。"

赵威欲逼邵忠良表态，被魏焘伸手制止："小赵，别说了，今天的话题是预祝邵总高升。你这一搅和，酒都喝得不尽兴。"端起酒杯，大声说，"来，邵总，我们敬您，祝您旗开得胜。"

场面又热闹起来，邵忠良兴致勃勃，来者不拒，喝得昏天黑地。好在都是喝酒高手，进度和深度把握到位。至微醺时，邵忠良提出散席。赵威对魏焘杜玉娇说："你们先走，我再给邵总说几句。"魏焘懂他的意思，拉起杜玉娇的手向邵忠良告辞。

魏焘和杜玉娇走后，赵威支走服务员，从包里掏出一张银行卡："邵总，听我叔叔说，刘书记同意他的建议，准备上报中央。以后推荐考察等环节都得用钱，我给您准备了一些，拿去用，下次我再给您准备一些。"

邵忠良假意推开："小赵，不行，不能这样。"

赵威执意将银行卡塞进他的衬衣口袋，诚恳地说："邵总，您老这样拒绝，我都不好意思。我完全是托您的福才拿到工程，只表示点心意而已。我叔叔老跟我说，要懂得感恩。您若拒绝感恩，我会睡不着觉。"

邵忠良亲切地拍拍他的肩："好，好，接受你的感恩。"然后拉下脸，"你当着他们的面提这种要求，让我多难堪。答应吧，不现实。不答应吧，得罪人。魏焘是前省长的外甥，又是我的好朋友，得罪不起。这下好了，我里外不是人。若不是看你叔叔面子，今天我定收拾你。"

赵威善于应变，又是告饶，又是请罪："对不起，对不起，我错了，下不为例。不过，我今天说的都是大实话和心里话。我还年轻，想在云江混一辈子，等你们都退休，我的靠山没了。杜总上去了，我就有了新靠山。我这样想，应该没错吧。我把想法跟叔叔说了，他也赞同我的观点，还说请您促成一下。"

邵忠良立即问："你叔叔真的这样说了吗？"

赵威举手发誓："有半句谎话，天打五雷轰。"

邵忠良沉思良久，然后说："蓝天和杜玉娇都是最佳人选，谁上，谁不上，不是我能左右，但建议权还是有。你叫杜玉娇好好准备，接受挑战。"

赵威兴奋地跳了起来："好嘞，谢谢邵总！我相信杜总在您的力助下，一定能战胜蓝天，成功晋升集团副总。"

送走邵忠良，赵威拨通魏焘电话，问在哪里，出来喝杯咖啡。魏焘说在家里，喝咖啡就算了，有事电话里说。赵威说，不行，有好消息，非得当面说。魏焘就说，到家里来吧。赵威说，好，我马上过来。

过了半小时，赵威敲门进来。杜玉娇端上三杯热腾腾的猫屎咖啡。赵威端起喝一口，咂咂嘴，赞美道："真香，杜总调制咖啡水平越来越高。以后，我得找机会多喝杜总调制的猫屎咖啡。"杜玉娇莞尔一笑："欢迎，希望你常给我带来好消息。"魏焘急切地问："邵总有态度了？"赵威点点头："他说让杜总好好准备，接受挑战。"魏焘苦笑一声："这个老狐狸，算盘打得精。"赵威说："我琢磨，他倾向蓝天。蓝天的能量比杜总大，我们得好好应对。"杜玉娇信心满满地说："怕什么，他有一屁股屎，一查一个准。"魏焘想了想："这样做，担心杀敌一千，自损八百。当下，谁经得起查？"杜玉娇胸有成竹："我干净得很，查就查。"赵威帮杜玉娇打气："对，我相信杜总的品行。这些年，帮了我那么多忙，分毫未收。不像蓝天，跟不同的商人打得火热，难免不留下把柄。"又压低声音对魏焘说，"我发现他跟邵芳、余思诗鬼混。若让邵总和余省长知情，不废他就不错。"魏焘颇感吃惊，问杜玉娇："你知道？"杜玉娇点了点头。魏焘一拍大腿："好，这是颗重磅炸弹。不争则已，争，就要争胜。"

❧第50章❧
生 死 对 决

在这非常时期，杜玉娇格外小心谨慎，按部就班地做好每项工作，原定几个突破性的改革，如销售代理竞标、减少管理层级、员工末位淘汰、薪酬以业绩好坏核定等一律暂停。暂停的理由是改革条件不成熟。消息一传出，立即引起一片叫好声。当袁霞将情况汇总上来，她大吃一惊，想不到员工对改革抵触情绪那么大。也难怪，国有企业员工享受惯了大锅饭的优越性，谁要是动了他们的奶酪，不跟你拼命才怪。本来，她想在任期内大刀阔斧地干几件大事，成为集团系统改革发展的标兵，树立能干事、敢干事、会干事的正面形象。经过多年探索，她发现国有企业存在许多弊端，体制僵化、机制不活、人浮于事、效率不高、执行力弱、分配不公等，尤其是平均主义、大锅饭、奖惩不力等现象影响了员工的积极性，不少人有和尚心态。为了解决这一痼疾，她决心试行改革，做通张勇军的工作后就成立改革领导小组。她自任组长，张勇军任常务副组长，其他班子成员任副组长，各部室各公司主要领导为成员。下设办公室，袁霞兼办公室主任。改革班子一搭好，她就组织力量起草改革方案，并在不同场合进行动员。起初，大家原以为她是作秀，唱高调给集团领导看。当改革方案初稿摆上大家案头，才发现她是来真的。这下，所有员工炸了锅，各种议论纷纷扬扬。然而，这些议论都被各部门各公司主要领导屏蔽掉，传到她耳内的都是积极的声音。初稿下发几个月，迟迟收不上来，都说还在征求意见。她也不着急，任何改革不是一朝一夕，让大家充分酝酿，思想统一才有把握。这一拖，歪打正着，反而救了她。否则她会引起公愤，成为众人唾沫的靶子。这个信号从侧面提醒她，工作中处处有地雷，为避免踩爆，只有走进员工内心，尊重他们的所思所想，超越或硬行破题往往适得其反。历史上的改革家，如商鞅、王安石、张居正等没有一个好下场。看来，任何事物都有两重性，以后考虑问题和作决策必须慎之又慎。

杜玉娇从繁忙的事务中抽出身，准备为选票奔波。她以考察调研为名，到有投票权的单位跑一遍，跟他们推杯换盏、套近乎，恰到好处地赞扬其政绩业绩，使对方很受用，又感到她可信可亲可爱。

同时，蓝天也在为选票做铺垫，方法与杜玉娇大相径庭。他隔三岔五宴请集团各部门各公司的头头脑脑，酒酣耳热之际大吹大擂自己这些年来的政绩和管理心得，拍完自己马屁拍宾客马屁，接着称兄道弟，空许好处。大家趁酒兴起哄："我们投你一票，发红包。"他也不避讳，大大咧咧地说："发。"于是掏出购物卡，每人发一张。这种过于张扬的排场很快传到邵忠良耳内，他把蓝天叫去狠狠批评一通。他偃旗息鼓了几天，尔后又忍不住悄悄宴请，只不过将发购物卡改为送土特产。每次宴请都是龙少华安排的，有时他夫人龙晨曦也会到场助威。

冯辉退休第三天，省国资委和省委组织部联合考察组来国信集团搞民主推荐。考察组由省委组织部谭副部长带队。在民主推荐会上，谭副部长着重讲了这次民主推荐的重要意义，强调是省委省政府关于国有企业干部队伍年轻化政策的有力体现，并提出几个硬性条件：一是年龄必须在40岁以下；二是学历必须是全日制本科及以上；三是必须要有基层工作经验；四是主持过大型企业的全面工作；五是政绩突出，具有较强的领导和管理能力；六是清正廉洁，未受过纪律处分。

谭副部长讲完话，会场出现骚动，议论纷纷，有人说："不公平，为什么非得40岁以下？"更有愤愤不平的声音："这是量身定做，腐败。"甚至拔腿走人。主持会议的邵忠良坐不住，起身用手摁住大家："安静，大家安静。刚才谭部长讲得很清楚，这是省委省政府的干部政策，也是党管干部的充分体现，更是考虑国有企业高管的梯队搭配，确保党的事业后继有人。有意见会后提，现在不是讨论的时候，请大家认真配合考察组完成这次民主推荐。"有个外号叫"歪大嘴"的大声嘀咕："我们不是党政机关，没必要老中青搭配。"邵忠良高声斥责："方正强，有没有组织纪律性？"邵忠良一斥责，会场立即平静下来。邵忠良对谭副部长说："不好意思，没带好队伍。"谭副部长笑笑："没关系，可以理解，说明我们的工作做得不细。"接着发推荐表。在发推荐表的过程中，国资委干部处处长作了推荐说明。

或许是会场骚动改变了考察组的安排，收齐考察表后专家组就离开集团。谭副部长走时丢下一句话："待向部长报告后再定考察日期。"考察组走后，邵忠良把气撒在这些骚动者身上，一个个找来臭骂一顿。挨骂者除了摇头就是叹气。是啊，熬到两鬓渐染白霜，好不容易空出一个职数，却让年轻人插了队，谁沉得住气？没办法，胳膊扭不过大腿，挨骂者纷纷表态，今后一定认真配合考察。邵忠良第二天下午赶到组织部向谭副部长道歉并报告情况。谭副部长说："部长觉得这次推荐不理想，推倒重来。"邵忠良小心问："出了什么问题？"谭副部长说："票数比较分散。"邵忠良又问："谁的票多？"谭副部长轻声说："杜玉娇，比蓝天多10张，但未超过半数。"邵忠良哦了一声，不再吱声。他心里清楚，余为副省长这次也关心蓝天，曾问过多次，或许还与部长达成某种默契。谭副部长交代："你再做做工作。"邵忠良心领神会。

一星期后，考察组原班人马再次来到国信集团。投票结束，考察组分两拨工作，一拨统计票数，一拨找人谈话。计票结果出来，票数相对集中在蓝天和杜玉娇身上，而且两人票数一样多。谭副部长盯着票数暗暗叫苦，但不得不接受现实。邵忠良得知结果也大吃一惊。看来，这是一场实力相当的大比拼。从内心讲，他倒希望杜玉娇胜出，因为蓝天确实难以把控。但因诸多因素，他还是暗中为蓝天助力，但效果并不理想。

在谈话过程中，意想不到的事情发生，有不少反感蓝天的人直指他个人生活腐化，理由是与庄诗文关系暧昧，经常去宾馆开房。问具体情况，又没人说得清。杜玉娇这边比较好，没什么负面言论，正面的声音比蓝天多许多。只是问到廉政问题时，有个别人重提田鸡村书记刘伯彦酒后失言之事。考察尾声，谭副部长与邵忠良作了深度交谈。邵忠良客观评价了两人的优点，谈到缺点，邵忠良对蓝天仅提了一点，个性较强，容易得罪人。对杜玉娇却提了三点，一是魄力不够；二是领导经验还不够丰富；三是有老好人思想。他的态度已经够鲜明，谭副部长还是追问一句："你倾向谁？"邵忠良沉吟片刻，慢慢回道："倾向蓝天。"谭副部长轻轻点头："知道了。"

当天晚上，蓝天获知考察结果，气得在家里骂娘。龙晨曦劝导："没关系，邵总主推你，组织部也看好你，个别人讲几句坏话影响不了什么。但你得讲实话，跟庄诗文到底有没有不正当的关系？"蓝天对天发誓："我跟她清清白白。当时，她跟老公闹别扭，到我这里诉苦，我多劝了几次而已。在我劝解下，人家现在和和睦睦。"龙晨曦满脸堆笑："相信你。"她不愿往这方面想，即便真的发生什么，只当耳旁风。她的观点是，优秀的男人不应管控过严，要给他足够的空间。她笃信这句箴言：信与不信，就在一念之间，懂我的人，何必去解释？

蓝天无法平静，对他来说，这是一场生死攸关的较量，成功了，以后的仕途灿烂辉煌；失败了，坦途荆棘丛生，或许就止步在现在这个位置上。有多少人错过一趟车就永远赶不上。他把龙少华叫来，三人关起门来商量对策。

龙少华恶狠狠地说："只有把杜玉娇踩下去，你才毫无悬念。她凭什么与你争高低，还不是长了一张狐狸脸？凭水平，凭能力，凭魄力，差你一大截。要不是你阻止，我早把她的黑材料抖出去了。"

龙少华所谓的黑材料，就是刘伯彦贿赂杜玉娇的有关情况。步子航出事后，曲凯将这方面的材料交给了龙少华，寄希望于他为步子航报仇，也为自己的发展之路扫平障碍。龙少华为了给龙晨曦出恶气，消灭蓝天的竞争对手，组织力量潜入刘伯彦身边深挖细找，最后用重金攻下刘伯彦的司机。司机详细提供了刘伯彦送钱送物的时间地点和数额。龙少华要司机留下字据，司机死活不肯，说不能害了刘伯彦。龙少华只好根据司机的说辞整理出来。龙晨曦拿到材料大喜过望，交代龙少华寄到省市纪委和检察院。蓝天得知，及时阻止了他俩的行动，认为把握性不大，倘若司机反悔，适得其反。况且此事早有定论，步子航就是在这件事上栽了跟斗。

未等蓝天回话，龙少华又进一步解释："步子航提供的是刘伯彦酒后失言。我提供的是司机亲眼所见所为。二者性质大不一样。"

蓝天想了想："算了，用钱收买来的证词本身就是违法。"

龙晨曦说："假若早动手，除掉竞争对手，你就一顺百顺。这下倒好，让她出尽风头，甚至威胁你的前途。"

蓝天连续抽了几支烟，长叹一声："为什么老天爷要这样安排呢？"

龙晨曦误以为他另有想法，斥责："是不是还存有幻想？告诉你，没门。跟任何人可以有幻想，唯独跟她没有幻想。如果你还念旧情，我绝对不会放过她。"

蓝天苦笑一声："孩子都上初中了，还在无端找醋吃。"

龙晨曦吼道："不阻止她，你能顺利过关？况且她的呼声超过你。"

龙少华鼓动道："还是把她的黑材料抖出去吧。到了节骨眼上，别首鼠两端，优柔寡断。"

蓝天直感无可奈何，只得同意。

省委组织部很快收到匿名举报信。举报信详细列举了刘伯彦何时何地给杜玉娇送了几次钱，数额多少，收钱时的态度。给人感觉举报者是当事人或是知情者。省委组织部将举报信转给省纪委。省纪委说："我们也收到。"谭副部长跟主管案件的副书记说："查查，我急等结果。"

省纪委责成青山市纪委查清。也是事有凑巧，刘伯彦作为田山区区长谷名胜案的同案犯正已立案。刘伯彦进去抵抗了两天两夜，最终土崩瓦解，将所有违法乱纪行为竹筒倒豆子般地倒得干干净净。行贿项下，除了供出谷名胜、杜玉娇，还供出市委原副书记黄卫等一批身居要职的人，等于在青山市官场投下一颗当量巨大的炸弹。

面对市纪委的调查，杜玉娇坦然自若地将事实一五一十地坦承出来，所收金额、时间、地点与举报信列举的相差无几。坦承完，杜玉娇打通袁霞电话，叫她马上带上所有收据到市纪委。

在等袁霞期间，调查人员问杜玉娇："当时为何不拒收。"杜玉娇老实回答："我拒收了，他拔腿就跑。第一次，我打电话威胁他，不取走就免谈工程的事。僵持两天，黄卫副书记给我来电话，帮刘伯彦说情。我马上明白，刘伯彦敢这样做，肯定与黄卫有千丝万缕的联系。为了不得罪他们，我选择上交廉政专户。这样，既保护自己，又未给他们捅娄子。"调查人员又问："后来查过刘伯彦酒后失言之事，当时为何不向组织交代？"杜玉娇解释："还是怕得罪人的思想作祟。这可能是我的致命弱点。邵总批评得对，我老好人思想严重，以后一定吸取教训，决不犯这种低级错误。"

大约半小时，袁霞赶到。调查人员接过收据看了看，跟刘伯彦供出的数额一致。调查组人员问："除了这几笔，还有其他的？"杜玉娇毫不犹豫地回道："没有，绝对没有。"调查组人员相互交换了一下目光，提醒道："好好想想，错过了就失去改过的机会。据说你跟福海省建筑集团第九建筑公司总经理赵威打得火热，给了不少关照，其中有没有利益关联？"

杜玉娇斩钉截铁地说："我以人格和党性担保，绝对没有利益关联。这不仅是我的性格使然，更是我家庭教育的结果。"顿了顿，喝几口水，然后字斟句酌地陈述，"我父亲在乡镇做了一辈子会计，母亲是地地道道的农民，家有四兄妹，我是老四。父亲从小教育我们要有节操和志气，不能心存贪念，否则会毁掉一切，并用古今故事来佐证。他不仅用道理和事实教育我们，更用行动给我们做榜样。前后有几任乡党委书记和乡长想打困难补助金的主意，都被他严正拒绝。后来，这些人暗中串通出纳套走不少困难补助金。他发现后逼出纳追回，这些人不仅不还，还想方设法销毁证据。一气之下，他向上级有关部门反映。这些人虽然受到惩罚，但他却成了孤家寡人。他常说，人一旦贪欲过大，容易跌入无底的深渊，以致万劫不复。吃，不过三餐，睡，不过三尺，千万别为不义之财而毁掉一生。母亲也跟着唠叨，不义之财是毒药。在这种环境中长大的我，参加工作后始终绷紧廉政这根弦，尤其是手中有了权，更是高度敬畏，谨小慎微，不敢越雷池一步。在度春山溶洞景区管理公司担任副总经理期间，我负责工程建设。到了青山水泥公司，我依然负责工程建设。在这些日子里，有不少人千方百计围猎我，但我始终坚持原则，不为各种利诱所动。同时，我还要求手下严格遵守纪律，洁身自好。这些情况是否属实，你们问问袁霞便知。刚才你们提到赵威，不妨多说几句，我们认识较早，溶洞景区的索道是他负责建的。当时，他是凭实力中标。事实证明，选择他承建完全正确，质量在全国同等工程中数一数二。青山水泥公司的工程，他也是正常中标，质量也是数一数二，还评为省优工程。除了吃过几顿饭，我与他一直是君子之交。到了青山水泥公司总经理任上，我更加小心翼翼如履薄冰，时刻算好经济账、政治账、自由账、亲情账、生活账、身体账，决不能因蝇头小利而毁掉前程。我的工资大部分寄给了家里，用于母亲治病。我住的房子，是男朋友魏焘买的。我身上的项链也是魏焘送的……"

调查人员打断她的话："问一个题外话，为什么至今不结婚？"

杜玉娇愣了一下，笑道："这不是今天的话题，不过，我很乐意回答。我与魏焘好上后，一直在为婚姻做准备，只是他还未走出前段婚姻的阴影。

我相信，他迟早会与我走进婚姻殿堂。"接着，继续陈述上面的话题，着重谈了人生观、价值观、世界观，以及如何增强自律意识和抓好公司廉政建设的思路和做法。这番言之凿凿入情入理的陈述，让调查人员改变了看法，让她们感到她是清正廉明和勇于抵制不正之风的好干部。

调查组找袁霞问话。袁霞将刘伯彦送钱和杜玉娇让她把钱上交廉政专户的过程原原本本地叙述一遍。接着大谈特谈杜玉娇如何严格要求自己和严格要求他人的点点滴滴，最后归纳："我认为，杜总是我见过的最优秀、最廉洁、最能干的好领导，政治素质高，思想品质好，自律意识强，工作认真负责，善于团结同志，作风朴实，是我们年轻人学习的好榜样。"

调查人员找青山水泥公司班子成员问话，得到的回答都是正面肯定。尤其是张勇军对杜玉娇评价很高，认为她一是个廉洁自律、作风过硬、工作踏实的优秀年轻干部。

市纪委这一查，反而查出了一个廉洁自律的好干部。这下，谭副部长左右为难，只得如实向部长报告。部长交代："放放，看还有什么变化。"

死里逃生的杜玉娇被激怒，将符文宗这些年交给她的照片并标上文字说明，分别寄给邵忠良、余为副省长、省委组织部考查组。

很快，余为副省长、邵忠良、省委组织部考查组陆续收到照片和文字说明。最先气炸的是邵忠良，拿着照片逼问邵芳。邵芳不以为然："大惊小怪，我们一起去酒店拜访客人呗。"邵忠良眼睛瞪得滚圆："什么客人？"邵芳随便编排："外地来的。"邵忠良将照片摔在她面前："你编，你编，不觉无耻吗？这是中国，容许干这种荒唐事？"邵芳把脸扭一边，干脆三缄其口，任邵忠良抓狂。

余为收到照片比较冷静，问余思诗咋回事？余思诗则大言不惭地坦承："这有什么，我们都是成年人，玩玩而已，又没损失什么。"对女儿的玩世不恭，余为早已领教，只是没想到她如此出格，忍不住训斥："没损失什么，告诉你，损失了人格。你这是把自己当畜生。传出去，我的脸往哪搁？"余思诗针尖对麦芒："自己做事自己当，关你什么事。有多少臭男人，干的勾当更邪门！有本事你去查查那些手握重权的官员，有几个是正经的？"余为气得拍桌子："你还有理？"抬手欲打她。余思诗把脸凑过去："你打，打烂了我找蓝天算账去。"余为发抖的手在空中落不下来，唉叹：

"我怎么生了一个这样的女儿？"随即把自己丢在沙发上，嘴里嘟囔，"我真傻，还帮他说情。这种道德败坏的人不配当领导。"余思诗角色转换快，上前搂住父亲，撒起娇来："爸，好事做到底。跟你说实话，我拿了他不少好处。"余为推开她，吼道："马上给我退回。"吼罢，掏出手机拨通省委组织部长的电话，气呼呼地说，"施部长，蓝天道德败坏，我之前的求情作废。对不起，打搅了。"

邵忠良最终将气撒在蓝天身上，把他叫到办公室，关起门来刮起暴风骤雨。蓝天不敢吭声，自始至终哭丧着脸挨训。邵忠良发泄完，怒吼一声："给我滚，以后别让我再看到你。"

蓝天连续几天失眠，精神几近崩溃，血压居高不下，只得住进医院。躺在病床上，他连死的心都有。龙晨曦获知内情，斥责几句又心痛地安慰。她相信自己的男人，把过错全记在邵芳和余思诗身上。

好在不雅消息只限定在有限的范围内，蓝天度过几天痛苦煎熬的日子复于平静。出院后，他照常上班，强装笑容面对一切，尽责干好分内工作，不再幻想提拔。空闲下来，他那颗不安分的心又躁动起来，与龙少华密谋反戈一击的对策。

⸎ 第51章 ⸎
斗智斗勇

　　蒋锐手术后，在医院治疗一段时间回到家。经过多次化疗，他的头发基本掉光，身体越发消退，药物治疗和静养了一些日子，病情稍有好转。精气神一上来，他就拖着未痊愈的身体上班，将管理大权收回。或许是担心蒋锐的身体，陈玉暂时挂起了免战牌，表面上与褚南娇有说有笑。蒋锐见了略为心宽，在不同场合予以表扬。然而，好景不长，蒋锐的病情复发，疼痛加剧。沈晓琪又陪他住进上海肿瘤医院。这次住院，蒋锐未将管理大权交给褚南娇，而是遥控指挥。在经过一系列的指标检测和靶向治疗，蒋锐病情得以控制。医生交代，不能再上班了，必须静心休养，否则会加重病情。出院回来，蒋锐召开临时董事会，当场签署授权书，沈晓琪代行董事长之职。蒋锐卸下重任后，在沈晓琪精心挑选的两个男女工作人员陪同下，定期来往于上海和云都肿瘤医院进行化疗，病情稍有好转，就到省内或云贵川名胜古迹风景区散心。手握重权的沈晓琪在陈玉唆使下，频频给褚南娇制造障碍。褚南娇除要确保完成公司年度营业额和利润指标，又要处心积虑地与她们明争暗斗，弄得身心交瘁寝食难安。

　　任风自从把天全智能电器公司定为资本主战场后，就成为褚南娇的座上宾，除了热线联系，几乎每周都要到天全智能电器股份公司的所属企业转一转，一来了解信息，二来出点主意。蒋锐住院不久，股民开始传闻其病情。上市公司法人身患绝症，无疑是重大负面消息，股价顿时下挫，连续三个跌停板。在第三个跌停板的当天，任风大量接盘，最后止住跌停，以后K线图就一直不阴不阳。临时董事会的消息一公布，股票又遭恐慌性抛售，任风又大量吸筹，名下股权达3.7%。

任风的行为引起魏焘的警惕，他要褚南娇早作防范，避免门外人野蛮收购。褚南娇不以为然，反倒希望任风代表资本力量进驻天全智能，如此就有新的力量与沈晓琪抗衡。魏焘想想可行，给她提出不少建议。褚南娇给任风打电话，透露自己的想法，任风一听，高兴地拍大腿："好呀，我们联手干件大事。"

一天，在城景花园26楼，褚南娇、任风、陶岚就联手之事商量对策。

褚南娇说："蒋锐身体每况愈下，估计撑不了多久。他已给我打过招呼，准备将自己的股权转到儿子名下，应是在做后事安排。他一走，我在公司的日子相当难过。个人无所谓，咬咬牙还能挺住，关键是公司的发展受阻，现有业绩会遭雪崩。沈晓琪、陈玉的精力根本不在工作上，一门心思窝里斗，弄得公司上下离心离德，人才外流。这样下去，公司迟早会关门。为了拯救天全电器公司，魏焘建议我设法接替董事长，消除这种不利因素。正常接替显然不现实，蒋锐不会让大权旁落家族之外的人。你们帮我想想办法，有什么妙计一招制胜？"

陶岚说："一般有三个途径，一是做通蒋锐的思想工作，让有能力的人也就是你接替，使公司能长期稳定地发展。这个难度较大，不妨试试，以真心换真心，若成功了，对大家都有好处。二是任风以现有的股权主张权利，争取进入董事会，换届时，取得独立董事的支持，以票决方式接替。但是，中国的散户难以凝聚，难度也是较大。三是任风公开举牌，增持比例尽量高。蒋锐、沈晓琪、陈玉名下股权35%。褚南娇名下股权13%，若能争取7名骨干持有的2%，任风在二级市场收购股权增至20%。如此就能与她们抗衡。我认为第三点把握性最大。只是不知任风有没有这个实力？"

褚南娇的目光投在任风身上，等待回答。任风想了想："等等，我去打几个电话。"起身进入卧室，关上门，跟几个私募基金的朋友反复交流。一小时后，他出来，笑眯眯地说："没问题，我的朋友很信任你，希望搭你的船发笔横财。"

"好啊！"褚南娇兴奋地跳起来，"有你助力，不愁击不败她们。不过，这一闹，我会落下忘恩负义的臭名。我有现在，完全靠蒋总，在人家落难时趁火打劫，有违道义。"

陶岚逗道："你不是没干过趁火打劫的事。"又一本正经地说，"这要看什么性质，上次趁火打劫，是为了维护名誉和尊严，惩罚作恶多端者。这次趁火打劫，是为了确保公司稳定发展，维护广大股民的权益。性质不一样，负名也不一样。这次负的是正当之名。"

任风击掌赞同，并表示："我争取做真正的股东，跟着你干实业。改革开放以来，有成就的，发大财的，还是那些干实业的。不瞒你，股市风险太大，一天到晚提心吊胆。你看看，我的头发掉得差不多了。再这样神经兮兮下去，不出几年，我的头就彻底成十五的月亮了。"

褚南娇摸摸他有点秃的头顶，俏皮道："以后帮你种上草，让你老婆天天查岗。"说罢，与陶岚哈哈大笑。

陶岚建议："先做做蒋锐的工作，若不行，再重拳出击。这样大的事，毕竟不是儿戏，二级市场一旦起风波，会涉及许多法律问题。中国已发生多起野蛮收购事件，影响很大，评价不一。当然，最受益的还是股民。比如我，就很喜欢这种游戏，趁机大捞一把。虽然违法，但还是敢冒天下之大不韪。"

褚南娇笑嘻嘻地警告："别把我拖进地狱。你是我的私人法律顾问，做事得多问几个为什么。"

陶岚呵呵一笑，啐道："死远点，谁想挣你的臭钱？"

褚南娇采纳陶岚的建议，决定找蒋锐好好谈谈。成与不成，暂且不管，关键是要将想法告诉他，坦然做君子。

约好在蒋锐家里见面。几个月不见，双方直感陌生许多，首先是褚南娇，几乎不敢辨认，经多轮化疗，蒋锐的头发已掉光，人消瘦得彻底脱型，体重不过60斤，声音也已变哑。蒋锐对她的到来热情不高，打过招呼之后便无声地望着她，似乎催她长话短说。见他这种状态，褚南娇不敢久留，开门见山谈了来意。

蒋锐淡淡地说："不可能。"

褚南娇耐心而诚恳地解释："蒋总，我绝对是出于对您的忠诚，对公司未来的发展着想。天全电器是您一辈子的心血，也是您留给子孙后代的一份伟业。要让天全电器基业长青，必须要承接您的智慧、胆识、决策和管理能力。事实证明，在您的栽培下，我具备了这些能力，能够把您打造的这艘航船带往理想之地。对沈总，我不好说什么，只感到她过于感情用事，计较个人得失。倘若领航人目光短浅，就有可能将航船引向骇浪，以致船毁人亡。我想，这不是您的希望，也不是广大股民的希望。"

蒋锐根本不领情，愤然问："你想逼宫？"

褚南娇赶紧澄清："蒋总，绝对不是这个意思。我这番良苦，真的是为公司的未来。如果您以为是逼宫，我收回刚才那番话。"

蒋总吸吸气，正告道："褚南娇，别打歪主意。我现在还没死，即便死了，也不会将公司的大权交给你。我有老婆，有儿子，凭什么让外人接班？沈晓琪确实不如你，但延续这份产业还是可以的。既然说到这件事，我就给你提要求。你有今天，完全靠我扶持，人要有良心和懂得感恩，否则猪狗不如。不错，我在日不多，说不定哪天就走了。我真诚地希望你像配合我一样配合沈晓琪。我儿子后年大学毕业，公司迟早要交到他手上，今天就算我正式托孤，请求你像诸葛亮辅佐阿斗一样辅佐我儿子。到了那天，我在地下会为你烧高香。"说到最后，有点气喘吁吁。护理人员递杯水过来："蒋总，喝口水，少说两句。"蒋锐接过杯子，抿了两口，休息一会儿，继续说，"公司发展那么好，你出了大力，也得到回报，应该知足。沈晓琪为什么老跟你疙疙瘩瘩？还不是沈晓飞股权的事。她和陈玉一直过不了那道坎。没办法，我劝了无数次，不管用。我身后，她们可能还会揪住不放，这是我最担心的。在这里，我还是要拜托你，别跟她们计较，你该怎么干还是怎么干，我会交代沈晓琪，一定要用好你，公司现在和将来不能没有你。你的作用，公司无人能够替代。拜托了！"双手拱了拱。

褚南娇起身做个拱手动作，以回答他的相托，然后忧心忡忡说："蒋总，您患病期间，许多事被屏蔽掉，她们不断制造障碍，弄得我举步维艰。您动手术前，陈玉利用管财务的权力卡住青山变压器公司的流动资金，为了不影响一个大单的合同正常履行，我找杜玉娇帮忙做过桥贷款才解决燃眉之急。前不久，叶娜签下一个跑了半年多的强弱电特大项目，按规定，应给一定比例提成。沈总以提成数额过高减掉一半，弄得叶娜团队藏怒宿怨、瞋目切齿。管理层内讧，影响队伍稳定，不少骨干跳槽。市场开发部副经理跳槽后，我物色到一个能力挺强的副经理人选。但对方有年薪要求，为了挖动他，我允诺下来。谁知沈总就是不同意，最后泡汤。还有许多例子，不一一列举。现在的士气和进取精神比原来相去甚远，若不改变管理结构，公司迟早会关门。"

蒋锐鼻子哼一声："危言耸听。"然后微闭双目。这时，护理人员过来送客："褚总，蒋总今天会客超过了医生规定的时间。对不起，下次再找机会吧。"褚南娇只得悻悻然向蒋锐告辞。

在楼下，褚南娇抬头望着蒋锐的窗户百感交集，心想，这次不该来，不但无效，反而增添了他的顾虑。人的情感永远在理智之上，尤其是行将就木之人，心里的位置一直被亲人占据。不管她有多大能耐，左右不过是棋局上的一枚棋子。自己想充当棋手，在他的指挥系统里永远排不上号。

褚南娇只得起动预案，准备做忘恩负义之人，但又想，发起进攻还是等蒋锐呜呼哀哉再说。看样子，他熬不过今年。她将想法告诉任风和陶岚，得到一致认同。

不久，天全电器在二级市场出现异动，有多家基金出现大笔买单。同时，"长风创投"公开举牌。天全电器股价一路上扬，连续5个涨停板，即便刊登风险提示也无法阻止股价翻红。

心存疑虑的蒋锐开始警觉，吩咐沈晓琪摸清几家基金的底细。不查不知道，一查吓一跳。几家基金的老总都是任风的朋友。沉不住气的沈晓琪质问褚南娇咋回事，褚南娇呛句："你问我，我问谁？"

尽管病已是沉疴，蒋锐一刻也没放松对天全电器未来的思考，欲在离世之前妥善处理但褚南娇与沈晓琪陈玉的争端。一方面，他苦口婆心劝导沈晓琪和陈玉冰释前嫌，从大局出发，善待褚南娇，同心同德。另一方面，安排董事会秘书起草承诺书，明确3人的权力和责任，并以股权担保。还未等他的设想付诸实施，二级市场就天翻地覆，叫他忍无可忍。既然褚南娇要做魏延，他只得学诸葛亮留下锦囊，让沈晓琪等待时机除之。在留锦囊之前，他准备找褚南娇认真谈谈，看她葫芦里究竟卖的什么药。

褚南娇应约来到蒋锐家里。蒋锐比上次精神许多，声音也响亮些。沈晓琪陪伴在侧，言笑晏晏。蒋锐开门见山："南娇，今天请你来，主要是想舒缓你与晓琪的紧张关系。我是唯物主义者，不怕死，走之前，一定要解决内讧问题，否则死不瞑目。这些年，晓琪在陈玉影响下，始终过不了那道坎。我跟她们说过无数次，别闹了，法律判定的事，再闹也闹不出名堂。好在晓琪终于明白过来，答应与你结成统一战线。家和万事兴，事兴天下平。晓琪出任董事长名正言顺，希望你好好辅佐她。只要你俩戮力同心，天全电器就有希望。"

沈晓琪诚恳地说："杜总，过去多有不敬，请宽宥。以后，我们要像亲姐妹一样拧成一股绳，共同将蒋锐开创的事业发展下去。"然后抹起眼睛，"我多么希望他永远健康，可不得不接受严酷的现实。他一走，公司主心骨没了，你我就是公司的主心骨。"说罢，泪眼婆娑。

褚南娇大受感动，跟着抹眼睛，茫然地点头。

蒋锐故作轻松地挥挥手："哭什么，人迟早都得死。我唯一放心不下的就是公司的后续发展，你们有这个态度，我就放心了。另外，我正在起草承诺书，希望你们3人签字画押，放弃内斗。"眼睛望着褚南娇，"你看，这样行不？"褚南娇不便反对，也不好响应，只是沉默。蒋锐继续说，"我知道，你是怀疑承诺书的有效性。这好办，大家都用股权担保，谁违约，谁承担责任。"

褚南娇只好含糊应付："假若承诺书能确保稳定，我当遵从。"

"好，我就要这个态度。"蒋锐用力击下掌，然后问，"任风为何在这个时候公开举牌天全电器？"

褚南娇早有心理准备，坦然回道："这是他的事，与我无关。"

沈晓琪说："我就纳闷，早不举，晚不举，为何在这个节骨眼上举？"

褚南娇笑笑："资本市场恢诡谲怪，不是我这等俗人看得懂的。如果你们感兴趣，我把他叫来，你们问。"

蒋锐摆摆手："没必要，这些人历来是神出鬼没，问也白问。我只想听听你的意见，假如他另有所图，如何应对？"

褚南娇故意装憨："蒋总，我不懂您的意思。"

蒋锐立马拉下脸："褚南娇，我真心以对，你却虚与委蛇。这种把戏瞒得了别人瞒不过我，想用这种下三烂取而代之，休想。我郑重警告你，别铤而走险，否则，我会让你死无葬身之地。"

褚南娇不愿与他闹翻，尽量息事宁人："蒋总，我真的不懂您的意思。任风的事跟我毫无关系，他想做中国的巴菲特，欲在二级市场上干点事。平时我们有接触，仅限于同学情谊，不敢违反规定透露半点内部信息。上次，他在这只股票上赚了大钱，是否卷土重来？不得而知。但人家是在法律范围内操作，我们无权干涉。"

蒋锐觉得谈下去已无意义，就说："好吧，今天就谈到这里。有句话我非说不可，我死后，千万别挖我的坟墓。否则，我会把你拽进去。"

褚南娇寒毛直竖，心里瘆得慌，逃也似的跑出来。

晚上，蒋锐召开家庭会议，没有前奏，直奔主题："我自知时日不多，不解决褚南娇的问题，死不瞑目。造成今天这个局面，有诸多因素，假若晓飞不干蠢事，股权就不会落到她手里；假若陈玉与晓琪不跟她作对，就不会引发如此激烈的矛盾；假若我不偏爱与重用她，就不会养虎遗患。然而，事到如今谁也怪不了，只有面对现实，彻底解决。你们说，怎么解决？"

沈晓飞先骂娘，后埋怨："姐夫，我是干了蠢事，如果你不阻挠，早把她弄死了。现在好了，她翅膀硬了，跟我们叫板了。要不，给我弄把枪，跟她同归于尽。"

蒋锐斥责："发这种牢骚有意思？"

陈玉气鼓鼓地说："如果真有枪，我同意他去拼命，他干的蠢事应该由他摆平。"然后面对蒋锐，"姐夫，再也不能手软，把那些烂事捅出去，让她疲于奔命。我就不信臭名远扬的她还有本事东山再起。再不济，让她颜面扫地，在公司永远抬不起头。"

沈晓琪赞同陈玉的意见，补充道："打出这张牌，我们会受到巨大压力，尤其是蒋锐，更会受到来自方方面面的指责。他又是那么重视名声和爱惜羽毛。但没办法，不这样做，我们就可能被扫地出门。当然，这决心还得他下。"

蒋锐闭目思考了半天，仰天长叹："不仁不义之事非得做？"顿了顿，咬咬牙，"对不起，魏总、肖市长，这是褚南娇逼的。"

第 52 章
站 上 高 位

　　不久，杜玉娇提任云江国信集团副总经理的公示张贴出来。如果七天内没有新的举报，杜玉娇则按程序顺利走上云江省国信集团副总经理的位置。

　　这七天，杜玉娇直觉过得特别慢，总担心居心不良者又出幺蛾子。事情往往是不由人的意志为转移，越担心出幺蛾子，果真就出了幺蛾子。省委组织部收到新的举报信，举报她男女作风不正，与福海省建筑集团第九建筑公司总经理赵威关系暧昧。举报者是龙晨曦。

　　龙晨曦这次特别忌恨杜玉娇坏了丈夫的大事。蓝天准备暗查举报者，被龙晨曦阻止："查什么查，不是她是谁？这次非得让她尝尝被陷害的苦果。"蓝天劝她不得胡来，别偷鸡不成蚀把米。龙晨曦气急败坏地说："我准备豁出去，你得不到的，她同样休想得到。"蓝天担心她走极端，问她到底要干什么？龙晨曦咬牙切齿地说："她会诬陷，我就不会诬陷？"蓝天听罢好一阵感动，觉得女人的心全在自己身上，动情地劝道："谢谢，还是认命吧！"龙晨曦越发忌恨："你别管，我非得出这口恶气。"接着把龙少华叫来，要他把以前偷拍的照片做些技术处理。当天，一封经过精心编造的实名举报信寄到省委组织部和省国资委。

　　省委组织部谭副部长阅信后慨叹不止，觉得国信集团人事关系太复杂，正常选拔干部，互评举报信满天飞。他拨通邵忠良电话，问龙晨曦何许人也。邵忠良如实作了介绍，问："怎么呐，她又在搞啥名堂？"之前，龙晨曦到他家里哭哭啼啼闹过，编造许多不实之词诽谤杜玉娇，被他骂了回去。谭副部长把举报内容简要述之。邵忠良听了哭笑不得，斥道："这个龙晨曦，搞什么鬼！杜玉娇跟赵威有暧昧关系，说破天也没人相信。"接着开句玩笑，"人家赵威有娇妻，还有漂亮情人，哪有心思跟杜玉娇暧昧？"谭副部长哈哈大笑："知道了。"

放了电话，谭副部长将举报信丢在一边，不予理睬。蓦地，他又想起施部长曾说过与龙旺盛同过事，于是拿起举报信敲开施部长办公室的门。

听完汇报，施部长说："龙晨曦读小学时我见过几次，挺阳光的一个女孩，爱打抱不平，现在怎么变成这样呢？要不，你派三处副处长饶云芳找她谈谈，有则查清，无则做做工作，别让她没事找事。"

第二天，龙晨曦被饶云芳请到办公室。寒暄几句，龙晨曦就义愤填膺地数落杜玉娇的"罪恶"。饶云芳耐心倾听，待她数落完，问起有关细节。龙晨曦断然道："我举报的都是有根有据。你看照片，他们显得多亲热。当天晚上，他们去宾馆开了房。"饶云芳问："有开房证据吗？"龙晨曦说："还要什么证据，他们进了房肯定是干那种事。"饶云芳又问："哪个宾馆？"龙晨曦摇头："谁记得清？过了这么久，反正有人看见。"饶云芳说："你提供知情者，我去调查总可以吧。"龙晨曦说："行，我跟他说说。假若人家不愿出面，我就没辙了。"绕了半天，绕不出名堂。饶云芳失去耐心，做了一阵思想工作就将她打发走。

魏焘从谭副部长那儿获知消息，直接冲到邵忠良办公室，愤怒指责龙晨曦无理取闹，敦请邵忠良制止这种造谣中伤的恶劣行径，否则，告她诬陷罪。邵忠良好生安抚一通，然后拨通龙旺盛电话，劈头盖脸地骂龙晨曦，末了放狠话："旺盛，叫她别给我拆台。否则，我拿蓝天开刀。"

龙旺盛深知其中的利害关系，唯唯诺诺应承。晚上，龙旺盛把女儿叫到家里，斥责一番，要她明天到省委组织部向饶云芳承认错误，撤回举报信。龙晨曦特别倔强："爸，跟你没关系。一人做事一人当，她若告我诬陷，我奉陪。"龙旺盛只得转变口吻，求道："我的姑奶奶，你这一闹，能得到什么？反而败坏蓝天的名声。"龙晨曦毫不妥协："蓝天被她害成那样了，还在乎什么？我就是要让天下人知道，杜玉娇不是好人。蓝天得不到的东西，她也休想得到。"龙旺盛做不通女儿的工作，只得给施部长打电话道歉，亲自到省委组织部要回举报信。

这场闹剧终于平息。公示期过后一个星期，省委组织部和省国资委到国信集团宣布杜玉娇的任命。省委组织部只派了饶云芳和一位主任科员，省国资委来了一位副主任和干部处处长。饶云芳宣读任命，国资委副主任讲话。杜玉娇的表态发言特别诚恳，把自己的成长完全归功于各级领导的培育和全体干部职工的关爱，表示在以后的工作中以"以学、以诚、以心、以敬、以和、以律"来报答各级领导和全体干部职工的信任和关爱。她的讲话充满感情，博得阵阵掌声。

杜玉娇走马上任不久，云江政坛发生大地震，省政协主席赵承运因福海省东窗事发被中纪委带走。坊间传闻赵承运在任福海省副省长和常务副省长期间索贿受贿4000多万，并有3个情妇。一时间，云江省跟赵承运关系密切的相关人物和相关事件也流言四起。传得最多的是邵忠良与赵承运不同寻常的关系，尤其是送美女的过程传得玄之又玄：有次去私人会所，赵承运看上了一个貌若天仙的美女，以致凡有应酬，必去那儿。邵忠良心领神会，交代赵威务必搞定美女。赵威也被美女的美貌迷倒，先上再说，然后将她安排在办公室当了只领高薪不上班的接待科长，又租了一套三居房，安排妥当，将钥匙交给邵忠良。后来发现常去那儿的是赵承运，着实把赵威吓坏了。

赵承运进去后，邵忠良寝食不安，办公室难得见到他身影。本来中组织部考察组已定下月初来云江考察他，这下全泡汤。赵威陪在他身边，像蒙头苍蝇一样在北京、云江两地跑来跑去。一天，邵忠良被中纪委专案组传去问话。这一问，就没出来。这下，凡与赵承运和邵忠良关系密切的人全部惶恐不安起来。

魏焘也陷入极度紧张中，一天到晚像掉了魂。杜玉娇感觉到什么，只是不敢惊扰他。她心里清楚，自己的男人与赵承运、邵忠良关系密切，保不定哪天也会被叫去问话。问话倒是正常，千万别去了回不来。提心吊胆了三天，她再也按捺不住，选择他情绪稳定时询问："我知道你心里好苦，看到好朋友先后进去，感情上难以接受。至于他们怎样，我不管，我只关心你。你给我说实话，在经济上跟他们有没有牵连？"

魏焘长叹一声："怎么说呢，说有，也有；说没有，也没有。"

"别吓我，到底咋回事？"杜玉娇心里一震。

魏焘不回答她的话，突然抱住她狂吻。吻着吻着，他泪流满面，弄得她脸上湿漉漉。她直感不妙，恰似末日来临，忍不住痛哭流涕。她一哭，他反而冷静下来，擦干眼泪，用舌头舔干她的泪水，嘴里喃喃地："亲爱的，放心，我不会有事的。"

杜玉娇推开他，越发紧张："求求你，给我说实话。"

魏焘动情地说："自从遇上你，我的人生观发生巨变。你的纯洁与自律像一面镜子照醒了我。之前，因受婚姻打击，我破罐子破摔，吃喝嫖赌，五毒俱全。幸运的是，上天派你来拯救我，使我这具被堕落掏空的躯壳重新装上正直善良的灵魂。在福海那些年，不少建筑商围猎我，一想到你，我就终止了贪念。若没你这面镜子，我这次肯定跟着赵承运进去了。"

杜玉娇庆幸地笑了，问："没贪，送了吗？"魏焘欲言又止，将头扭向一边，脸上写满痛苦。杜玉娇摇摇他："说呀，到底有没有送？"

魏焘又是一声长叹："送了，送得还不少。"怕她惊厥，使劲搂紧她，"这几天，我回想并查了记录，前后送了15次，总计一千万。好在当时跟一把手做了汇报，且都计入成本。没办法，房地产行业竞争激烈。为能顺利拿到地并在审批程序上从简从快，不搞定要害人物寸步难行。"

杜玉娇悬着的心落了地："那就好，到时找你问话，得实话实说，决不能隐瞒半点，到了这步，谁也保不了谁，只有自保。"

魏焘点点头："好，听你的。这几天，我特别痛苦，说，害了朋友；不说，害自己。行走江湖，难做人呐！"

杜玉娇又问："送了邵忠良？"

魏焘不再隐瞒，如实坦承："送了，为了你，陆续送了不少高档烟酒和当代名人的字画。好在这些名人的字画价格没上来，加起来也没多少钱。"

杜玉娇心里略宽些，含情脉脉地说："为了我，你付出许多。我从一个懵懂女青年，一步步成长为副厅级的国企高管。别人用一辈子心血和精力都难以企及，而我在短短十几年就达到。这些，都是托你的福。这辈子，我会用生命报答你。"

魏焘深情地望着她，慨叹道："你是我的救世主。以前，我身边美女如云，换女人如换衣服。自遇上你，我就向佛戒色了，心里只有你，你是我的整个世界。"

杜玉娇心里好一阵感动，想起他的从前，忍不住问："跟我好之前有没有经济问题？"

魏焘浑身一颤，避开她的目光，端起开水喝个不停，借以平静内心的不安。这些细微变化，被杜玉娇捕捉到，紧紧握住他的手，温存地劝道："假如有什么，尽早向纪检机关自首，如果被查出，难逃牢狱之灾。你是我的全部，希望你平平安安。"

魏焘沉默许久，然后摇摇头："都是鸡毛蒜皮的事，不值一提。放心，我会对你负责，不管出现什么，绝对不会牵涉到你。"

杜玉娇相信他，不再追问，转而想起婚姻："我问你，为什么不肯给我一个完整的婚姻？到底有什么顾虑？"

这个问题让他十分为难。以前，她问过多次，都以各种理由搪塞。现在再搪塞，就有点说不过去。毕竟她现在事业有成，他也稳定，女儿的事也已妥善解决。按理说，给她一个完整的婚姻不是不行，可他还是顾虑重重。而这顾虑又不能透露，否则令她焦躁不安。离婚后，前妻以女儿学习生活为名要挟，逼他每月提供五万元人民币。那时，他的工资水平不高，全部寄去亦杯水车薪。无奈之下，只有铤而走险。开始，他向建筑商借钱，并立下借据。建筑商闻讯蜂拥而至，争先恐后借给他钱。建筑商拿到借据，当着他的面撕掉，豪爽地说："魏总的事就是我的事，区区小事，不足挂齿。"一来二往，他与不少建筑商成了好朋友。当然，那些好朋友在他的关照下也顺利拿到想要的工程。女儿的高额学习生活费解决了，可他背上了沉重的思想包袱。虽然舅舅不断敲打，但他贪念的闸门一旦打开就关不上，以致后来的胃口越来越大。自遇上杜玉娇，他的思想轨迹发生巨变。杜玉娇纯洁的心灵像一束激光穿透心胸，让他那颗锈迹斑斑的心一下敞亮开来。在他面前，她是仙女和精灵，让他有终生呵护的强烈冲动，尤其是她的阳光心态和自律意识更让他倍加欣赏和值得追逐。为了她，他抛弃了那些乌七八糟的杂念，用纯洁的爱情洗涤那污秽的灵魂。他要让她看到站在身边的是一个干干净净堂堂正正的伟男子。当她索要婚姻，他打算给予，可一想到那些久违的蝇营狗苟之事就不寒而栗，生怕哪天东窗事发毁了她的名声，看到那些身陷囹圄的丈夫给妻子带来永久痛苦的景象就止步不前。婚姻，是一种约束，更是一种牵扯，一方有错势必牵扯另一方。在警报未解除前，他不愿让她背上未燃的炸药包。等哪天尘埃落定，他自会满足她的心愿。当然，这些想法是不能告诉她的，只能用心用情去提醒或感化她。让她真真切切地领悟到他这样做完全是为了她。假如哪天他身陷囹圄，无婚姻约束，她就很容易华丽转身，可以以未婚名义重新谋划自己的后半生。面对她的逼问，他牵强附会地应答：
"没什么顾虑，只是在选择最佳时机。等这次风波过后，我就与你走进婚姻
殿堂。"

杜玉娇兴奋地扑进他怀里，甜甜地说："我多么盼望能早日走进婚姻
殿堂。女人一辈子不图什么，只图有个稳定的家。自与你好上，我就认定了
你，执子之手，与子偕老。"

魏焘顿时热泪盈眶，用力搂紧她，让两颗激烈跳动的心相互碰撞相互
缠绕。

"蒋锐这边有风险？"杜玉娇想起天全电器干股之事。

魏焘早已盘算过，成竹在胸地说："应该没有，当时蒋锐也就是这么一
说，且干股放在褚南娇名下。再说，我从未留片言只字，没办任何手续，即
便提起，我和褚南娇死不承认便罢。"

杜玉娇想想在理，这些干股是蒋锐以开拓南港市场有功为名奖给褚南娇
的，公司章程上也是这么明确的，没有真凭实据，无法坐实罪名。

次日下午2点，魏焘被中纪委专案组叫去问话。魏焘毫不隐瞒，竹筒倒
豆子般地倒得干干净净，还把记录本交给专案组。因涉及单位行贿，专案组
对每个细节问得仔仔细细。魏总到晚上10点才回家。在这8个小时里，杜玉娇
坐立不安心惊肉跳，不停地看手表。当魏焘打开门，她一下扑过去，抱住他
哽咽不止。

邵忠良进去扛了几天，终于扛不住，凡有记忆的线索全部供出。因涉及
面超出赵承运案，中纪委将邵忠良移交给省纪委。省纪委随即成立邵忠良专
案组。魏焘又被叫去问话，不过这次还好，去了3个小时就回来。杜玉娇直觉
一身轻，在家摆宴为魏焘压惊，并请褚南娇作陪。杜玉娇忍不住又提干股之
事，要褚南娇想办法作个了结，彻底消除隐患。褚南娇为难地说："怎么了
结？什么凭证都没有，这些股票是蒋锐奖给我的。真有人问起，我一口咬定
与魏总无关就是。"杜玉娇心有余悸，千叮嘱万叮咛。褚南娇信誓旦旦地向
天发誓，绝不做害人之事。

蓝天也被叫去问话。这一问，他就没出来，成了邵忠良的殉葬品。
不久，有关蓝天生活腐化的传闻满天飞，与庄诗文的情人关系，与邵芳、
余思诗玩三人行的游戏，其细节逼真传神，仿佛传闻者亲眼所见。据说传

闻传到余为副省长耳内，气得打了余思诗几巴掌。这几巴掌把余思诗打跑了，她辞职到深圳一家五星级酒店做大堂经理去了。蓝天进去后，交代了不少经济问题，在旅游公司工程建设项目上收取好处费，帮龙少华揽工程赚取外快，且数额不少。正应了《红楼梦》那句话：机关算尽太聪明，反误了卿卿性命。

∽◎ 第53章 ◎∽
陷入绝境

一场百年不遇的大雪随着新年钟声敲响飘然而至，云都的大街小巷、屋顶坡面、线杆枝丫都铺上厚厚一层雪。纷纷扬扬的雪花飘了十几个小时还没有停下来的迹象。最高兴的莫过于那些童少，成群结队或在父母陪同下打雪仗堆雪人滑雪板。蒋锐透过窗玻璃静静地欣赏童少们的欢乐，脸上不时露出少有的微笑。昨天做完第10次化疗，痛感稍好些，精神也上来。沈晓琪端来一杯热茶，他毫无察觉，只静静地关注窗外景色。沈晓琪也不打搅，将茶杯放在他身旁的方凳上就悄悄离开。此时此刻的他，看似平静，实则内心波涛汹涌。上次与褚南娇交谈后，天全电器股票的交易量急剧下降，长风创投好几天未见动静，其他几只基金也偃旗息鼓。机构投资行为往往是二级市场的风向标，没了兴风作浪者，股价盘整了几天就飞流直下。同时，法人病入膏肓、高层四分五裂、工程与订单减少、收益达不到预期等传闻在散户中弥漫。这些负面消息造成天全电器连续几个跌停板。

股票"跌跌不休"，把蒋锐跌慌。他重新审视反击方案，觉得不应盲目行动，假若弄错，不仅害了朋友，也将自己陷于不仁不义。公司能上市，魏泰与肖舜天功不可没。魏泰帮他打通了上市通道，肖舜天帮他开拓了南港市和青山市的市场。到现在，公司主要收入还是来源于两市的工程项目和青山变压器公司。如果仅凭猜测就殃及或祸害鼎力相助的朋友，未免太不人道，甚至猪狗不如。于是，他阻止了反击行动，静观其变。然而，高层势不两立的局面始终让他放心不下，因为中国企业的死亡多半不是死于外部竞争，而是死于企业内耗。这可是他二十多年呕心沥血的结晶，是传给后代的基业。说实话，目前能接班的还只有褚南娇，沈晓琪的管理水平和决策能力差强人意。陈玉更不用说,心胸狭窄,争强好胜,蛮不讲理,敲边鼓都显多余。家族企业接班人确实是个难题,聘用职业经理人,中国的诚信土壤又缺失,说不定聘个败家子,三下两下被掏空。

"该吃药了。"沈晓琪的声音打断了他的胡思乱想。

蒋锐接过药碗,一口喝光。沈晓琪病急乱投医,只要听说某某中医的药方能抑制癌细胞,她就抓药回来煎。蒋锐把空碗递给她,端开方凳上的茶杯说:"你坐下,我们再谈谈。"

沈晓琪瞪他一眼,扭头便走,嘟囔道:"谈什么谈,告诉你,别让她把我们卖了还帮她数钱。"

蒋锐说:"也许我们误解了,任风的行为可能是投机。"

沈晓琪回到他身边,气鼓鼓地说:"我不管,你必须帮我处理好这件事,否则,我一辈子不会原谅你。"

蒋锐摇摇头:"我思前想后,觉得不能做这种缺德事。听说魏焘连续两次被叫去问话,说明纪检部门已盯上他。"

沈晓琪说:"这样更好,我们胜算更大。"

"你就不能往好的方面想?"蒋锐痛苦地哀叹一声。

元宵过后,蒋锐的病情急骤恶化,咯血、无法饮食、呼吸困难、说不出话、疼痛难忍。医生说时日不多,准备后事。沈晓琪要医生尽全力抢救,不用考虑钱。陈玉生怕蒋锐去世后无法扳倒褚南娇,催沈晓琪做主把准备的炮弹打出去。沈晓琪在陈玉紧逼下狠下了决心。

十八大后,反腐力度越来越大。纪检部门收到实名举报信立即组织调查组。在病房,省纪委两位处长要蒋锐就实名举报中的内容作详细说明。蒋锐这才发现,沈晓琪瞒着他把早先写好的实名举报信寄出,心里又悔又恨。悔不该听她的意见将这些秘密罗列出来,恨未能及时销毁这些东西,包括在她逼迫下的签字证明。没想到自己积累的好名声竟让她毁掉了。蒋锐口不能言,两位处长的问话都是沈晓琪代答,再由他点头确认。他想否定,但在沈晓琪逼迫下只得麻木点头。最后签字按手印,还是沈晓琪捉住他的手完成的。

褚南娇被叫去问话,面对咄咄逼人的问询,一口咬定这些股权是蒋锐奖给她的,且有章程记载,还有股权过户证据,任调查人员如何劝导都无济于事。调查人员自有办法，好，你不说，就尝尝孤寂的滋味吧。三天三夜，除了三餐饭，其他时间都是她一人面对寂寞和黑暗。她的心理承受能力超强，始终不屈服。调查人员改变战术，轮番轰炸，依然掏不出半句真话。过了三个星期，一位年过半百的女处长找她谈话。女处长很有谈话艺术，先谈她的奋斗经历，次谈她的经营能力，再谈她的美好前景和家庭生活。最后，又透露蒋锐送魏焘、肖舜天干股的来龙去脉，其细节清清楚楚。这下，褚南娇傻眼了，倘若蒋锐不说，沈晓琪和陈玉绝不清楚这些内幕。至此，她有种被出卖的感觉，认为坚持己见已无必要，就老实交代。调查人员乘胜追击，询问其他问题。已经崩溃的她将所作所为一股脑儿托出。比如，怎样秉承蒋锐旨意将肖舜天拉下水，最后成为他的情妇；怎样遵照蒋锐的安排给南港市电力公司总经理胡光明等业务渠道中的权要人物送钱送物，凡有记忆的无一漏网。

褚南娇留置期间，调查组从多个方面对魏焘、肖舜天展开调查。不日，对两人实施"双规"。

魏焘和肖舜天进去的第二天下午，褚南娇被放了出来。她掐指一算，留置了32天。她没回家，先去公司。留置前，她布置了几项重要工作，如开关厂进的一批原料质检不过关，厂长责令更换。供货商坚持质量没问题，提出由第三方重检。厂长认为第三方应由开关厂找，供货商则坚持由他们自己找。由此拉锯，影响了生产。厂长一气之下重新采购。供货商不干了，口水战打到褚南娇那儿。褚南娇自然是力挺开关厂，但又不能违反经济合同，于是请市场开发部做好协调，等等。这些工作，她一直放心不下。公司员工见她回来，有见了打招呼的，有见了低头绕走的。她发现，上班人员稀稀拉拉、情绪低落，就问办公室秘书。秘书沉重地告知："蒋总已经走了，定于明天上午8点在枫山殡仪馆举行遗体告别仪式。这几天，大家都没心思上班。"

褚南娇浑身一震，心里很不好受，虽有心理准备，还是无法接受这一残酷事实。呆愣许久，直到叶娜叫她才回过神。她跟叶娜并肩走进办公室。关上门，忍不住失声痛哭。叶娜也不劝慰，只默默地给她递纸巾。一会儿，秘书提热水瓶敲门进来。她抹干眼泪，交待道："告诉沈总，明天我参加蒋总的遗体告别仪式。"

秘书走后，叶娜说："我建议你别去，省得闹心。"

褚南娇说："最后送一程，蒋总对我有大恩大德。"

叶娜不再反对，待她平静下来，汇报几件要事："你进去后，发生三桩大事：一是沈晓琪在中层大会上宣布陈玉接替你的工作。陈玉一接手，就推翻你的工作思路和部署。你布置的几项重要工作无法落实，结果引起纠纷，客户嚷着要走法律程序维权。陈玉叫嚣，去呀，欢迎你们去。这一闹，公司上下无人敢做事，有些工作陷于瘫痪。二是青山变压器公司总经理唐建被陈玉逼走。起因是你推行的业务代理制。陈玉非要唐建取消这一制度。唐建毫不退让，认为业务代理制在开拓市场、拿订单、节约成本等方面起了巨大作用。陈玉驳斥这是脱裤子放屁，多了一道程序，反问自己的业务人员干什么去了？唐建向陈玉解释半天，强调代理人员与业务人员的人脉关系不一样，作用与效果有天壤之别。陈玉根本听不进，恶言怒骂。唐建从未受过这种污辱，跟陈玉拍桌子。陈玉二话不说，拿起烟灰缸砸过去，正中唐建脑门，他血流满面。唐建挥舞拳头冲过去打陈玉，被在场的干部劝住。当天晚上，唐建给沈晓琪递交了一份辞职报告。三是陈玉趁你不在找过裴勇三次，恶意编排你的不是。前两次裴勇不理会，还跟她吵起来。第三次，不知陈玉使了什么招，裴勇不仅相信，还按她的提示带裴安做了DNA检测。今天上午出了结果，裴安跟裴勇没有血缘关系。裴勇暴跳如雷，拿你父母出气。两老难过得大骂你。裴安放学回来，被裴勇羞辱一通。裴安大气不敢出，被你母亲拉进房间，随即号啕大哭。我接到保姆白玲的电话就赶过去，裴安还在哭。裴勇骂他'野种'太伤人。8岁孩子，小大人了，什么都懂。我劝了半天，才把裴安劝住。我走时劝了裴勇几句，被他臭骂一顿。"

听罢，褚南娇脸色惨白，全身颤抖，怒不可遏，恨不能生吃了陈玉。恼怒过后，又深深自责，双手掩脸，嘤嘤啜泣，心里嘶喊："天呐，我为什么走这条路？因果报应来了，老天爷惩罚来了。自己苦点没什么，孩子以后咋办？"她突然发疯似的用手捆自己的脸，脸上顿时红一块紫一块。叶娜赶紧捉住她的手："褚总，别这样。"

好一阵，褚南娇才安静下来，两眼茫然地望着叶娜，呐呐地说："我得回去，找裴勇理论去。"

叶娜劝道："今天最好别回去，裴勇几近发疯，让他冷静一下。你呢，也冷静一下。要不，今晚住我家，一起商量对策。明天再搭我的车去殡仪馆，告别仪式结束，我送你回家。如果裴勇有极端行为，我还可以阻挡一下。"

褚南娇想了想，感激地点点头。

叶娜把主卧让给褚南娇。晚饭后，叶娜支使老公收拾碗筷，自己拥着褚南娇进了房间。叶娜一边剥橘子一边说："工作上的事，你想过没有？沈晓琪和陈玉这次痛下狠手，逼你就范。沈晓琪大权在握，要斗，肯定斗不过。建议你学韩信，先受胯下之辱，委曲求全，再从长计议。"

褚南娇嗤之以鼻："学韩信，学不来。"吃过几片橘子，坚定地说，"你放心，我是不会妥协的。倘若让她俩折腾，不出三年，公司非垮不可。一个这么好的上市公司，眼睁睁看着滑坡，稍微有点责任心的人都不会袖手旁观。你告诉那些客户，等我回到工作岗位再说，别去闹。公司一旦官司缠身，业绩受损不说，股价肯定大跌。另外，给唐建打个招呼，暂在家休息些日子，以后我会请他回来。他是青山变压器公司的元老，我们收购后，重新焕发了青春，将公司打理得井井有条，无论是管理能力还是技术水平，目前无人能比。"

叶娜脸上露出笑靥："有这个态度就好，多少人盼望你重回岗位。说实话，蒋总走后，你就是天全电器的灵魂。老员工心里都清楚，公司发展这么快，除了蒋总，你的贡献最大。好，我一定把话带给他们。"

褚南娇握住叶娜的手，眼里闪动泪花，动情地说："叶娜，每当我遇到困难，你都不顾一切地护着我帮助我，叫我既感动又庆幸。庆幸遇到这么好的大姐、帮手和知己。等以后理顺了管理结构，我一定用其它方式感谢你。"

叶娜轻轻拍拍褚南娇的手，感慨道："褚总，感谢不敢当。我之所以愿意跟着你，是受你的人格魅力感染，敬佩你敢为人先、勇于冒险、善于开拓、吃苦耐劳的工作态度和进取精神。蒋总创业之初我就到了公司，那时工作思路比较窄，发展比较慢。你来后不久，市场开发理念发生很大变化。当时我就纳闷，你年纪轻轻，出校门不久，怎么会有那些超前意识？尤其是后来连续拿下几个大单，更让我赞叹不已。蒋总把你捧上天，又是发奖金，又是送股权，让大家羡慕死了。于是，我把你当追赶目标，寄希望自己也能出人头地。"

褚南娇感动得不得了，站起来拥抱她，连说："谢谢，谢谢！有你的支持和帮助，我一定重掌天全电器的管理大权，挽救公司，挽救大家的饭碗。"

过了会儿，叶娜问："如何面对裴勇？"

褚南娇痛苦地摇摇头："顺其自然，自己酿的苦酒自己喝。"

叶娜长叹一声，劝道："我是过来人，一方有错，另一方很难接受。即便是兔子，遇到这种事也会变成老虎。你要有这方面的心理准备。"

褚南娇点点头："让我想想。"

一晚上，她辗转反侧，直到天蒙蒙亮才微眯会儿。早餐时，她要了两杯浓咖啡，提振精神。两人提前半小时来到殡仪馆。大厅里外已是黑压压一片，至少有三百多号人，大多数是公司员工，蒋锐的生前好友亦不少。花圈密密麻麻地摆满大厅两侧。沈晓琪要让蒋锐备极哀荣。褚南娇去休息室见沈晓琪，慰问过后，提出代表公司员工讲几句道别话。在这种氛围下，沈晓琪不便反对，只得同意。

不一会儿，告别仪式开始，走完前面程序，轮到褚南娇讲话。她虔诚地向蒋锐的遗像长鞠三躬，然后双手扶住话筒，泣不成声地用极其简洁的语言叙述天全电器在他呕心沥血领导下飞速成长的历程；动情地颂扬他如何关心和扶持像她一样的年轻人成为公司骨干并分享胜利成果；悲痛地叙述他英年早逝给公司发展带来无可估量的损失及使年轻人失去一位德高望重的好导师的无比哀伤；深情地表达全体职工戮力同心在他打造的基业上继承创新开拓提高超越上付出努力并拿出漂亮成绩单来告慰他的天之灵。她的讲话凄婉深情、哀痛悲伤、激励上进，不少人唏嘘不已、泪水涟涟。

告别仪式结束，褚南娇没有走，跟随蒋锐的儿子蒋海及殡仪馆工作人员送蒋锐的尸体去火化。火化结束，她又陪同沈晓琪家人一起去安葬。安葬完后，她还不走，盯着蒋锐的墓碑发呆。叶娜过来扯扯她的袖子："褚总，都走了。"她回句："再等等。"

待沈晓琪的家人走远，她慢慢度到墓碑旁，颤声道："蒋总，您一世英名被糊涂毁掉，千不该万不该将魏焘、肖舜天抛出去。他们为天全电器的发展做出巨大贡献。你不仅毁了他们一生，也毁了您的声誉。培育朋友情谊千难万难，毁掉朋友情谊一念之差。现在，坊间都在风传您靠不正当手段掠夺财富，为一代奸商枭雄。那些劣迹斑斑商人的原罪名一夜之间把您包裹。蒋总，您是我的恩人和导师，我在感恩您的同时又憎恨您。您是多么精明的一条汉子，怎么会被两个目光短浅胸无大志心怀叵测的女人迷惑？如果您事先安排好，也不至于将天全电器推向毁灭的边缘。为了未来，我不得不做违背您意愿的事。不过，请相信，最终我会还给您儿子一个超常规发展的大公司。蒋总，安息吧！"

垂立一旁的叶娜听到这番念叨，不禁肃然起敬，心里竖起大拇指，感到天全电器公司有救了，暗暗发誓与她共进退。

叶娜陪褚南娇回家。两老见了安全归来的女儿不喜反怒。父亲黑着脸，闷头抽烟，当没这个人。母亲气鼓鼓地叨唠："太让人失望，我们这张老脸没地方搁，作孽啊！"叶娜赶紧上前安慰两老。保姆白玲胆战心惊地说："褚总，好在你昨晚不在家。裴总半夜发疯，把房间里的东西砸得稀巴烂。吓得裴安哭了半夜。"褚南娇茫然地问："裴安呢？"白玲说："上学去了。"

褚南娇上到三楼，推开房门，本是富丽堂皇的卧室已面目全非，十几个高档瓷瓶粉身碎骨，被子、枕头、衣裤、内衣、袜子散落在角角落落，枝型水晶吊灯上的枝叶歪七歪八，台式电脑组件七零八落，梳妆台上的雾化镜子破裂成蜘蛛网，镂雕花梨木大衣柜推拉门变了形。她最心疼那些高档瓷瓶，婚后，在裴勇陪同下，她每年必去景德镇收购特级大师的名作，以期做长期投资。且每件价格不菲，总价与别墅市场价相当。

叶娜摸着瓷瓶碎片不停地感叹："这个裴勇，咋下得了手？"褚南娇痛心疾首地说："他疯了，彻底疯了。"叶娜只好安慰："想开点，东西没了就没了。还是想法子与裴勇沟通好。"褚南娇叫她先回，残局自己能处理好。叶娜嘱咐几句就告辞。叶娜走后不久，白玲在下面叫："褚总，裴安和褚言放学回来了。"

褚南娇下得楼来，裴安绷着脸不理她，把书包丢在沙发上，冲进二楼自己的房间，扑到床上抽泣。褚南娇跟了进去，抚摸裴安的头款款细语："儿子，妈妈对不起你。不管怎样，妈妈终归是妈妈。你现在还小，等你长大，我会把这一切告诉你。"

"他骂我是野种。"裴安伤心大哭。

褚南娇紧紧将他搂在怀里，陪他一起流泪。裴安哭累了，擦干泪水，气呼呼地问："妈，他为什么骂我？"

褚南娇清楚，儿子很在乎裴勇的态度，毕竟喊了8年爸爸，父子情已融入骨髓。一场毫无征兆的巨变把他单纯和美好的愿望彻底击碎。然而，该来的已经来了，只有让他面对现实，接受风言风语的挑战。她捧起儿子的脸不停地亲吻："儿子，别怕，让他骂，妈妈不会让你受委屈，振作起来，接受现实，好好长大，好好学习，好吗？你永远是妈妈的好宝贝！"裴安懂事地点点头。

这时，褚言进来喊吃饭。褚南娇拉起裴安的手到一楼餐厅。用餐时，桌上除了咀嚼声就是心跳声。裴安强忍泪水埋头吃，褚南娇不停地给他碗里夹菜。两老吃了几口，丢下碗筷，坐在沙发上长吁短叹。

饭后不久，裴安和褚言上学去了。褚南娇闷闷不乐地进入房间，坐在梳妆台前的方凳上，盯着碎裂的镜子发呆。这一坐就是几小时。两老担心出事，轮番到门口瞅瞅，然后坐在一楼沙发上大眼瞪小眼。

直到下午5点，褚南娇才缓过神来，拨裴勇电话。连拨10个都没反应，到第11个才接。褚南娇哀求道："裴勇，我们好好谈谈，行吗？"裴勇咬牙切齿地说："有什么谈的。你把离婚协议签掉，明天上午去办手续。离婚协议在床上。"褚南娇说："非走这步？"裴勇怒气冲冲地说："你给我戴了8年绿帽子，不，戴了十几年，难道还要戴一辈子吗？"说罢，挂断电话。

离婚协议书在床底下找到。几扇窗户被裴勇打破，风在房间里肆虐了十几个小时。离婚协议书很简单，财产分割上，他仅要了城景花园26楼的两居室和股票账户上800多万元的资产。孩子归女方。离婚原因很刺眼：女方出轨，无法继续生活。这行字深深刺痛了她的心，他外表看似老实，内心却很毒辣，根本不考虑她的处境。她发短信提出改为性格不合。他即刻回话：没必要，实话实说。无奈，她只好强忍住难过的泪水在离婚协议书上签了字。

晚上，她跟裴安睡，轻声问："儿子，离开爸爸，会想他吗？"裴安想了想："不知道。"褚南娇搂紧儿子，幽幽地说："明天我跟爸爸离婚，不用担心他骂你了。"裴安钻进她怀里，吸溜鼻子："妈，他会来看我吗？"褚南娇摇摇头："不会的。以后，我会把你的亲爸爸找回来。"裴安身子抖动几下，不吱声。

次日上午，从街道民政所出来，褚南娇的双腿显得特别沉重，像灌满铅一样迈不动。裴勇却像卸了包袱一样轻松至极："过两天，我会把属于自己的东西搬走。"说完，头也不回地走了。

第54章

重 整 旗 鼓

褚南娇用了一周时间才把自己调整好。这段日子，她经历了人生虎跳峡，惊心动魄，跌宕起伏。险关过后，她要重新谋划自己，不到四十，人生路还很长。

她先去找沈晓琪，争取要回自己的管理权。天全大厦恢复了往日的繁忙景象。蒋锐死亡的阴影已云消雾散。沈晓琪已然成为大厦的统治者，川流不息的身影在她周遭飘来散去。陈玉趾高气扬，踩着尖尖的高跟鞋向不同类别的人发号施令。大多数员工适应或正在适应这种工作环境。

沈晓琪已搬进董事长办公室，里面装饰与摆设依旧。也许她要留住亡夫的记忆，只不过浓烈的烟草味换成淡淡的香水味。请求汇报或送阅批件者排着长队。褚南娇穿过长队时看到的是一个个表情不一的点头哈腰者。她的虎威依旧在，人们在观望中等待。到得门口，她轻轻敲了三下，没有反应，继续敲三下，依然没反应。她干脆直接推门进去。汇报者见了她赶紧叫句褚总，知趣地夹起汇报材料退出。

褚南娇一屁股坐在椅子上，平静地说："沈总，那边和我自己的事已处理毕，今天正式上班。我原来分管的工作，该完璧归赵吧。"

沈晓琪不自然地笑笑："陈玉刚刚上手，还是让她干吧。你就接她的工作。"

褚南娇白她一眼，揶揄道："让她干，恐怕不出一年，公司许多业务都得掉链子，效益滑坡。"

沈晓琪绷起脸孔："我知道你有两把刷子，未必少了你，地球就不转了。在我眼里，陈玉不比你差。假若她真的掉了链子，公司效益滑坡，我自有处置办法，不需你来提醒或冷嘲热讽。"

褚南娇一本正经地正告："沈总，我绝对不是危言耸听。蒋总尸骨未寒，我不忍心再起争端。假如逼上梁山，我不会袖手旁观。我这样做，不是为自己，而是为蒋总打下的天下，为全体股民的利益。"

"你要怎样？"沈晓琪跳了起来，用食指指着她，厉声道，"别自取其咎，胆敢挑起事端，我不会饶你。蒋锐把你惯成悍妇，养虎遗患，已铸成大错，这是他的悲哀，也是我的悲哀。从现在起，你必须老老实实地服从我的指挥，否则没有好果子吃。"

好似一盆冰水从头顶上浇下来，褚南娇顿感浑身冰凉冰凉。她慢慢站起来，强忍住怒火，一字一顿地说："好吧，服从你的指挥，但必须管住陈玉的胡作非为。"说罢，挺起胸膛，面带微笑地走出来。

她刚回到自己办公室，叶娜敲门进来，问："谈得怎样？"褚南娇摇摇头："不咋地。"叶娜叹道："算了吧，人在矮檐下，不低头也得低。这些天，她们在布局，把喜欢的人安排到重要岗位上。我跟企管部经理对调。我知道，陈玉讨厌我。"褚南娇责怪："为何不早告诉我？"叶娜苦笑一声："告诉你有何用？你已经乱成一锅粥，不想给你添堵。好在企管部归你管，我也挺乐意。"停顿一下，问，"要不要见见企管部的人？"褚南娇摆摆手："以后再说吧。"

打发走叶娜，褚南娇提前下班，欲去看望杜玉娇。出事后，两人一直未联系。她发动车子，掏出手机打杜玉娇电话，刚调出号码，突然警觉不妥，现在还是敏感时期，电话有可能被监听。邵忠良和魏焘出事后，杜玉娇3次被叫去问话，外面已是沸沸扬扬，各种谣言满天飞。褚南娇心想，直接过去碰碰运气。到得杜玉娇办公室门口，她抬手轻轻敲了三下。里面传来请进的声音。褚南娇激动地推开门，快步走进去。杜玉娇愕然片刻，随即上前拥抱她。好一阵，两人才分开。杜玉娇上下打量一番，微笑道："还好，虽然瘦点，但精神在。"然后拉她坐到沙发上。褚南娇刚张口问魏焘情况，被杜玉娇嘘声制止："晚上到家里谈。"褚南娇只好谈自己的近况。杜玉娇边听边慨叹："也好，离就离了。纸终究包不住火，迟早得走这步。只是对不起裴勇。"褚南娇说："他自己选择的，跟你没关系。不要什么事都往你身上揽。"杜玉娇一声长叹："怎么说呢，我错在隐瞒实情。"褚南娇本想得到她些许安慰，没承想却是一阵感慨和自责。她干脆转移话题："晚上叫上陶岚，一起吃个饭。"杜玉娇点了点头。

褚南娇拨通陶岚电话，告知在深圳，正与任风喝咖啡。两人寒暄几句，任风抢过电话："喂，褚南娇，挺住。无论发生什么，你在我心里都是最棒的。我后半生的财运全押在你身上。明天我和几个基金经理人一起过来，共同商量对策。"褚南娇顿时热泪盈眶，不停地道谢。

陶岚不在，杜玉娇建议到她家里吃水饺。褚南娇满口应承，要去超市购买。杜玉娇拦住说："我冰箱里塞满了冰冻水饺。"

踏进杜玉娇的家，褚南娇发觉情景异样，原本干净整洁的布置与摆设极其凌乱，吧台旁的高脚凳子和餐椅随意乱放，穿过的衣服和裤子东一件西一条乱丢，阅读过的报纸杂志到处都是。褚南娇说："这不是你的风格。"杜玉娇一边捡东西一边说："魏焘出事后，我一天到晚像丢了魂，哪顾得了这些？"褚南娇说："你去煮水饺，我来收拾吧。"

不一会儿，水饺端上桌。凌乱的东西也收拾干净。褚南娇嚼着水饺问："你现在就用这种东西填肚子？"杜玉娇笑道："已经上档次了，前些日子天天泡方便面。"褚南娇心里很不好受，建议道："以后，到我家吃吧。合不合口味不管，至少有热饭热菜。"杜玉娇苦笑一声："管得了一天，管得了一辈子吗？放心吧，我会管好自己。"

晚饭后，杜玉娇调好两杯猫屎咖啡端到茶几上，一股特有清香飘散开来。褚南娇久未闻到这种香味，忍不住端起杯子一饮而尽，向杜玉娇再要了一杯。两人这才慢慢喝着咖啡述说各自的遭遇。

外面的传闻各种各样，两人一凑情况，才发现传闻走样很大。但有一点是铁板钉钉，魏焘和肖舜天出事是因干股之事引发的，蒋锐的供词和褚南娇的证词坐实了他们的受贿罪。

褚南娇一想到魏焘和肖舜天获罪是因她的贪心牵累就痛心疾首，用双拳不停地捶打自己的胸脯，歇斯底里地怒骂自己，然后胡言乱语地道歉："玉娇，对不起，是我害了魏总。我不该贪占沈晓飞的股权。不贪沈晓飞的股权，就不会与陈玉结下深仇大恨。不与陈玉结下深仇大恨，就不会触怒蒋锐举报魏总。没人举报魏总，魏总就不会有事。我还答应你们不做害人之事，为了自保，成了软骨头……"

杜玉娇打断她："错不在你一人，大家都有错。当初，假若魏焘不开这个玩笑，假若我多个心眼予以劝阻，假若你不与陈玉沈晓琪结怨。然而，毕竟是假若，事实已发生，怪谁都没用。魏焘进去不久，陆续传出不利消息。他舅舅还在云江省长任上，就有他的举报。纪检部门顾及他舅舅，把举报信压了下来。赵承运和邵忠良出事后，过去的举报卷土重来。蒋锐的举报不过是导火索，提前引爆了地雷而已。我问过他的过去，被他掩饰，想不到问题这么严重。外面传说，除了干股，他收了一千万。但我不相信，没这么多，至多几百万，这都是他前妻害的。"

听她这么一说，褚南娇心里好受些，感叹几声，拉着杜玉娇的手问："你会恨我？"杜玉娇苦笑一声："有什么恨的？"褚南娇低下头，像小学生认错一样诚惶诚恐："我把魏总、肖舜天出卖了。"杜玉娇拍拍她的手，无可奈何地说："谁到了这步，都难以招架。"褚南娇抬起头，眼里溢满泪水："是啊，在里面，完全崩溃。"杜玉娇挥挥手："算了，不谈这些。还是多想想以后吧！"褚南娇用手拭干泪水，点点头："对，积极面对现实。"问，"肖舜天那儿有消息？"杜玉娇说："够呛，除干股外，据说涉案一千两百万。他妻子知道你们的事，闹着离婚。他现在是两头着火，招架不住，经常不吃不喝。"褚南娇心里难受至极，仰天长叹："是我害的，以后，只有用后半辈子来赎罪！"

两人围绕魏焘和肖舜天聊了很久。告别时，两人拥抱一下，互相打气鼓劲。褚南娇说："现在是我们的人生低谷，无论过去做错什么，都应谅解，以更加信任更加互爱的姐妹情共同面对困难。"

杜玉娇说："对，越是困难，越能考验我们的友情，过去是这样，未来也是这样。自认定做闺蜜，我就一直用真情和信任来维系这层关系。但愿我们能顺利度过难关。"

第二天上午，褚南娇早早地来到办公室，召见企管部工作人员，一起畅谈管理思路和工作打算，然后作了几点指示。她这样做的目的是要让公司员工知道，遭遇大难的她没有倒下，依然是雄心勃勃。

下午4点，在陶岚陪同下，任风和几个基金经理人按时到达云都机场。褚南娇开了丰田面包车将他们接到离机场不远的绿湖农庄。走进餐厅，各种野味和酒水已经摆上。任风探头探脑地东看看西瞧瞧，陶岚问："干什么？"任风说："检查摄像头。"大家相互一笑，一起帮助检查。褚南娇觉得任风虑事周全，不禁竖起大拇指。待大家坐好，任风提议："今晚不喝酒，半小时解决肚子，接着进入正题。"大家一致附和。

吃罢饭，任风将门窗插紧，盯着褚南娇作开场白："这段时间，我们都很紧张，生怕你出事。尤其是我，更是寝食不安。我若受累，算自个倒霉，他们几位是我苦口婆心拉来的，一旦弄砸，无法交代。后又听说你后院起火，我更急得不行，就把陶岚请到深圳。听了陶岚的解释，大家略为心宽。为稳妥起见，他们坚持要与你见个面。见面后，发现你的状态还好，大家心里的石头落了地。现在，请你把天全电器的发展过程及未来的设想全部告诉他们，以便做判断。"

褚南娇点点头，表示感谢，然后详详细细地将天全电器公司的发展历程及自己在市场开拓、产品提质、兼并重组、经营管理、创收增效等方面起的作用尽情叙述出来。接着，又滔滔不绝地描绘未来的发展前景。最后作结："假若你们助我出任董事长，不出两年，定会给你们一个满意地高额回报。"

其中有个叫涂强的基金经理人听得特别认真，在褚南娇叙述的一个半小时时间里，眼睛一刻也没离开过她的脸上和胸脯。褚南娇话一停，他便使劲鼓掌，然后开玩笑："褚总，你是我见过的智慧最高、能力最强、胸脯最大的美女总裁。听君一席话，胜读十年书。我服了，跟着任兄上刀山下火海赚大钱，跟着大胸总裁阅天下春色享清福。"

好在任风事先跟褚南娇打过招呼，她已知涂强好开色情玩笑，故笑嘻嘻地跟着开玩笑："胸大有什么好，惹是生非。"

涂强哈哈大笑："惹是生非好啊，不然哪有这么多精彩故事？哪有我们现在的强强联合？"然后竖起大拇指，露出一脸坏笑，"就凭这点，你让我崇拜得五体投地，这，就是现代美女的魅力。三纲五常有什么好，能'纲'出上市公司？能'常'出真金白银？在这个乱象丛生的社会里，女人有本事才算美，有超强本领才具无限魅力。"

任风生怕涂强玩笑开过头，赶紧岔开："好了好了，玩笑留在以后开。下面谈正事吧。"接着把自己的想法和大家的意见道出，"我们之所以看好天全电器，就是看好褚南娇。她身上那股拼劲和冒险精神难能可贵，尤其是强烈的责任意识令我们刮目相看。如果褚南娇的作用无法发挥，投资天全电器就毫无意义。所以，要确保投资回报，就必须确保褚南娇在天全电器有绝对话语权。蒋锐去世后，我们通过道上的朋友了解到，沈晓琪正在筹备召开股东会、董事会，以期明确其董事长的身份。这是一个危险信号，我们必须阻止。听说独立董事有不同看法，在不同场合表达过对沈晓琪正式出任董事长的担忧。前不久，沈晓琪带着董秘挨个做工作，据说不理想。独立董事的态度为我们争得了时间，他们内心也希望褚南娇出任董事长。如果褚南娇放弃努力，独立董事就有可能改变看法。因此，我们建议褚南娇主动出击，向独立董事表明态度。我们则加大二级市场并购速度，多提高股权占比。当然，在重新发起并购前，我们会有一系列动作。这些，只限我们几个知道。陶岚在法律上帮助把好关。一旦条件成熟，我们就发起冲击，将褚南娇推上董事长位置。"望着褚南娇，"到时，你的承诺一定要兑现。当然，我是相信你。股权解禁，他们几个去留不管，我是打算做天全电器的长期股东。"

涂强带头鼓掌，又开玩笑："到时看大胸总裁的魅力，倘若还有足够魅力吸引我，我当愿意跟随任兄继续与大胸总裁阅天下春色。"

大家一阵哈哈大笑，一个个表态跟进，接着，在陶岚提示下，商量了具体操作细节。任风一看时间还早，就说："时不待人，我们今晚飞回深圳，明天开始行动。"大家一致同意，任风马上在网上订了最后一班飞深圳的机票。褚南娇将他们送到机场。

两天后，网上出现多篇评点天全电器股价走势和公司高层内耗的文章，基点是唱衰。三天后，又出现几篇揭露天全电器公司创始人蒋锐去世后，引发董事长之争的分析文章。文章着重分析了沈晓琪和褚南娇的性格特点及在公司成长过程中的作用。究竟谁能胜任新董事长，文章没有明说，留待股民领悟。连续一周的负面消息，引起天全电器股价波动。任风及几个基金经理人趁机接盘，股价一直不阴不阳地徘徊。不久，任风和基金经理人发力，大量买进，股价一飞冲天。

虽然褚南娇没给杜玉娇透露什么，但她还是能闻出天全电器股价波动背后的火药味。从大数据中，杜玉娇发现任风公司的股权数量在激增，表明一场董事长争夺战即将打响。

国信集团总经理一职空出5个月后终于有人填补。填补者是青山市委书记钟诚。钟诚到任之前，省政府已将国信集团公司改为国信集团有限责任公司。钟诚被任命为国信集团有限责任公司党委书记、董事长。青山市委书记、市长的位置分别被省委政研室主任和省林业厅厅长取代。肖舜天出事，钟诚因履行主体责任不力受到通报批评，这次突然换岗，或许与此事有关。

钟诚对新职务非常满意，薪酬一下提高几倍，工作压力又相对较小，乐得找到好去处。班子成员中，他只认识杜玉娇，两人免不了经常接触。一天，两人谈完工作，钟诚关心地问："听说你天天晚上吃方便面或冰冻水饺？"

杜玉娇不好意思地笑笑，坦承道："魏焘出事后，我就没心思做饭，反正是填饱肚子。"

钟诚劝道："没必要跟自己过不去，表面看是饱食问题，实则是思想问题。你呀，还陷于痛苦的自闭中。到下面走走，散散心。下周起，我准备到所属企业跑一圈，熟悉熟悉情况，你呢，陪我一起去吧。"杜玉娇马上应诺，表示感谢。钟诚又说："邵忠良和魏焘相继出事后，对你不利的传闻挺多。后来，又有不少同情你的传闻。在廉政问题上，我是领教过，青山水泥厂一个这么大的搬迁工程，你竟然切割得干干净净。后来有人举报，一查，反而查出一个清官。在青山市廉政教育大会上，我把你当正面典型教育大家。同时，我还把你当镜子，经常照照自己……"

杜玉娇被夸得不好意思，站起来打岔："钟书记，我可消受不起，您才是我们的榜样和镜子。"

钟诚用手压压："坐，坐，我们是同事，没必要虚情假意。给你个任务，以后，我在工作中若出现差错，及时指正。说实话，在企业管理方面我算新兵，难免因经验不足或认识问题出现偏差。"

杜玉娇点点头，未等她答话，钟诚的话题马上转到魏焘那儿："我发现，魏焘为了保护你，早跟你做了切割。他出事，人们自然联想你，至少是同案或窝赃犯。开始，人们就是这么议论。随着后面的幕布拉开，人们才发现，你也是受害者，婚姻没婚姻，财产没财产，于是，一片同情声。这说明，魏焘太精明。"

杜玉娇从未想到这一层，经钟诚点拨，马上醒悟，难怪他一直不给婚姻，原来是为了避免连累她而采取的一种独特的救赎行为。于是感叹："他用心良苦。以前，我错怪他了。"

钟诚笑道："所以，你要对得起他这番良苦用心，彻底切割，摆脱阴影，以全新的精神面貌示人。既然省委省政府将国信集团这副重担交给我，我就要不辱使命完成好。要完成好，得有好助手，我相信，你能成为我的好助手。"

钟诚这份坦诚和信任令杜玉娇倍受鼓舞，她精神陡然激增，信誓旦旦地表白："钟书记，谢谢您的鼓励和信任，我一定尽最大努力做您的好助手！"

"这就对了。"钟诚伸出右手，有力地与她握了握。

回到办公室，杜玉娇打电话约褚南娇晚上出来坐坐。褚南娇说："好啊，我正准备约你呢。我跟陶岚说好了，她也过来。"杜玉娇想了想："算了吧，就我俩，只想跟你聊聊天。"褚南娇迟疑一下，说："行，到时看情况，需要再给她电话。"

下午，两人早早地来到云都大厦云顶餐厅。云都大厦是云都市最高建筑。坐在装修一流精致漂亮的雅座上，随着大转盘缓慢转动，在品味美味佳肴的同时，可以360度欣赏云都市的美丽夜景。杜玉娇点了几个招牌菜，上了一瓶拉菲。褚南娇歪着脑袋笑吟吟："看这阵势，今天一定遇上好事。"

杜玉娇满脸堆笑，兴高采烈地说："今天上午，钟书记找我谈话，打开了我的心结。经他点拨，才发现老魏原来不结婚，是跟我做切割，以一种特殊的方式保护我。"

褚南娇满脸狐疑："未必，我看是不够爱你。"

杜玉娇深情地说："我深切感受到，从一开始，他就把整个心给了我。能够为我改变一切的人，还不够爱吗？他反复解释，待时机成熟一定给我一个满意的婚姻。现在才明白，这个时机就是待警报解除，虽然现在解除的方式有点残酷，但我还是认了。待他出来，我们再进入婚姻殿堂不迟。从今往后，我一定要好好活着，活出精彩，活出自我。"

褚南娇向她竖起大拇指，连连称赞："好，好，向你学习，活出精彩，活出自我。来，痛痛快快地干一杯。"两人举杯一碰，一饮而尽。褚南娇放下杯子，抹抹嘴说，"还是把陶岚叫过来吧，请她做魏泰和肖舜天的律师。"

杜玉娇琢磨片刻，点点头："好，律师费还可优惠点。"

褚南娇大度地说："律师费按规定给，甚至还可给高点，我们要的是高水平的辩护。律师费全由我出。"

　　杜玉娇连忙摆手："不行，不行，让别人知道，又是一桩罪。"

　　褚南娇毋庸置疑地说："事是我惹的，责任肯定由我担，与你想的两码事。"说罢，打了陶岚电话，叫她马上过来。

　　一会儿，陶岚赶到，咋呼起来："怎么，都喝上了，太不够意思。"褚南娇指着杜玉娇玩笑道："她另有想法？"陶岚往椅子上一坐，噘嘴问："杜总，是怀疑我的能力，还是不相信我？"杜玉娇赶紧摆手："不，不，焉敢怀疑老同学？"陶岚呵呵一笑："那就好，我跟南娇商量过多次，早介入，早主动，不求完美，但求无瑕。"杜玉娇双手作揖："谢谢陶大律师，事后必定重谢！"尔后，三人边吃边商量具体细节。

~*~ 第 55 章 ~*~
前 路 漫 漫

经过一番腥风血雨般的搏击，任风及几个基金经理人手中持有天全电器股票达22%。几个基金经理人与长风创新投资有限公司订立了股权托管协议，任风成为第二大股东。

魏焘和肖舜天专案组通过法律程序，分别将褚南娇代持的各1%的股权分离出来，套现后上缴财政。这样，褚南娇名下的股权由13%变更为11%。

从账面看，沈晓琪一方持有股权35%，褚南娇与任风一方持有股权33%，两者相差2%。褚南娇觉得没有绝对胜算把握，请任风再想想办法。任风说："放心，我和陶岚商量过，力争把几个业务骨干股东争取过来。"公司上市前，蒋锐分别给7个业务骨干奖励了1%或0.5%的股权，共4%，上市后稀释为2%。褚南娇还是没把握："即便争取过来，也没有绝对优势。"任风胸有成竹地说："没问题，我会做好一些自然人的工作，到时网上投票成为压倒性优势。"

待各项工作就绪，任风分别给证券交易所和天全电器公司去函主张权利，要求增设两名董事名额。经过拉锯式的多轮谈判，沈晓琪在证券交易所的压力下终于妥协。

召开股东大会那天，董事选举过程白热化。现场投票褚南娇、任风、涂强均未通过，其中有两位业务骨干股东临时倒戈。网上投票结果出来，褚南娇、任风、涂强一下增加5个点，超过沈晓琪、陈玉的票数。倒是蒋锐儿子蒋海和业务骨干股东黄亮获全票通过。根据股东会制定的选举规则，见证律师当场宣布蒋海、任风、褚南娇、沈晓琪、涂强、陈玉、黄亮当选为董事，4名独立董事留任。

股东大会结束，接着召开董事会。董事会由沈晓琪临时主持。她利用主持的权力拼命吹嘘自己在这段主持董事会工作期间所取得的政绩。除了蒋海和陈玉，没有哪个听得进去。董事长和副董事长选举采取无记名投票。结果出来，褚南娇高票当选董事长，蒋海当选副董事长。4名独立董事把票投给了褚南娇。沈晓琪无法接受这一事实，掩脸痛哭。董事会只好暂时休会。

蒋海虽是大二学生，上市公司的基本法则和管理程序却懂得不少。他从大局和发展前景反复做母亲的思想工作，直到做通为止。这一沉稳举动令任风刮目相看，悄悄把他拉到一边，问："你为何认同褚南娇？"蒋海说："父亲临终前叮嘱过，要我好好向褚阿姨学习。天全电器未来发展离不开褚阿姨。并要我在关键时刻做好妈妈的工作，一切以大局为重。"任风听了不禁肃然起敬，只遗憾蒋锐没有安排好接班人，以至引发一场毫无必要的董事长之争。

休会不久，董事会继续开会。褚南娇正式行使董事长权力，将事先准备好的会议材料发给大家。一是聘任总经理和副总经理的议案；二是未来发展战略的议案；三是发行企业债券的议案；四是上年度分红预案。加上沈晓琪事先准备的共有10个议案。褚南娇拿出的4个议案纯属个人意见，希望通过董事会明确下来，尤其是二三四议案，设想大胆，意识超前。

聘任总经理和副总经理议案中，褚南娇提出自己兼任总经理，除了提名沈晓琪、陈玉为副总经理，还提名任风、叶娜、黄亮为副总经理。提名后三位的理由是为下一步实行业务扩张和做大做强企业做准备。为了获得大家认可，她提前把未来发展战略陈述一遍，力争3年内将天全电器做成行业第一，效益翻番，给股民丰厚回报。这一远大设想，令到会人员热血沸腾跃跃欲试。表决时，除了陈玉对任风、叶娜表示反对外，大家一致通过。为了提高工作效率，褚南娇当场对班子成员进行分工。沈晓琪分管财务，代蒋海行使副董事长权力，陈玉分管企业管理，任风分管资产经营，叶娜分管市场开发和营销，黄亮分管研发中心和工程管理，剩下的由褚南娇自己兼管。讨论二三议案时，因褚南娇前面做了展望，顺利通过。讨论第四议案时，大家对10送10高分配方案多持反对意见。尤其是独立董事，一致认为公司还不具备大配送能力。褚南娇依然是从做大做强方面予以陈述。她形象地比喻："股权比例好比箩筐，箩筐大，装的东西多，箩筐小，装的东西自然小。你去融资，银行会不会看你的笔筐大小？答案是肯定的。你去兼并收购，对方会不会看你笔筐大小？答案也是肯定的。所以，我们要不断把船造大，把我们的体量做大。至于业绩，请大家放心，我保证公司以后每年以15%的速度增长。如果达不到目的，我自动辞去董事长。"她这番雄心壮志的讲话很快打消了大家的顾虑。

董事会开到中午1点才结束，各项议案顺利通过。

下午3点，褚南娇手捧鲜花来到蒋锐的墓地，毕恭毕敬地向蒋锐的墓碑鞠三躬，然后虔诚地说："蒋总，请原谅我的鲁莽，我用正大光明的手段夺得了董事长的位置，这可能不是您的所愿，但也不是您的不愿。其实，您心里清楚，天全电器在您之后应该由我领航才能完成伟业，可您为何不遵从内心妥善解决这一难题？好在权力之争已经结束，天全电器一定会在您夯实的基础上飞速发展。请相信，我不是忘恩负义之人，会永远记住您的大恩大德，会一如既往地贯彻您的发展理念。今天，新的董事会通过了几项重要议案，也是在您生前我们经常探讨过的做大做强的思路和梦想。我要用实际行动实现我们的梦想，把天全电器打造成国内一流的电器上市公司。您放心，我会按您的要求培养好蒋海，等哪天他成长了成熟了，我会把董事长的大权交给他，让您的宏愿在他手上发扬光大。"

这时，沈晓琪为请罪也来到蒋锐墓地，见褚南娇在祭拜，就默默地垂立一旁观察。褚南娇这番虔诚祭语，她听得一清二楚，禁不住百感交集、泪流满面。褚南娇转身发现她，大吃一惊，瞥她一眼就匆匆离去。

次日下午，褚南娇与任风、叶娜来到青山变压器公司。重新回到岗位的唐建紧紧握住褚南娇的手，激动地说："褚总，天全电器公司有救了！"褚南娇亦感慨万端："唐总，这段时间让你受委屈了。以后，甩开膀子大胆干吧。我准备修订激励制度，让你们这些核心骨干堂堂正正地拿到该拿的回报。企业要发展，关键在人才，唯有调动大家的积极性，才能实现董事会制定的目标。"

唐建拍胸脯表决心："褚总，请放心，我一定超额完成董事会下达的任务。我们干基层的最需要领导信任，最需要宽松的人文环境，有您这样的好领导，即便加多少班吃多少苦也在所不辞。"

褚南娇听了倍感欣慰，觉得往后一定要善待一线管理者，除了充分信任，还必须给予他们最大的管理裁量权，让他们的聪明才智得到最大限度发挥。晚上，褚南娇在食堂宴请青山变压器公司中层以上干部。敬酒前，她作了一个鼓舞人心的讲话，展望了公司的发展前景，提出了任务和效益翻番的目标。她的讲话博得了阵阵掌声和欢呼声。

以后几天，褚南娇一行分别到分公司、施工现场、开关厂、电缆厂、安装公司转了一圈，内容基本一致，展望，鼓劲，提目标，让所有员工清楚公司最高领导者的所思所想所为，继而激发大家的斗志。在最后一站的晚上，任风到褚南娇房间作了一番深度交谈。

任风说："我越来越发现投资你十分正确，且不说你的管理理念，仅这份勃勃野心就让我激动不已。资本追逐高风险高回报。高风险的项目多的是，但预期并非清晰。高回报的项目也不少，能兑现的遥遥无期。唯有你这里，一切是那么清晰明朗，一眼就能见到未来的预期。"

褚南娇逗道："你早到哪里去了，我本是硕果，为何不及时采摘？"

任风感慨道："有眼无珠，不识珍玉。然而，不经风霜雪雨打磨的璞玉显示不出菁华。这些年的拼搏与磨难把你锻造成商业奇才，可敬可贺！"

褚南娇扼腕长叹："是悲是喜，难以定论。以前的向往和追求一旦成为现实，随之而来的是一番无尽的烦恼。人心就像黑洞，永远无法满足。不过，我会遵循游戏规则，谋定而动，动而守则。"

任风笑道："凡是干大事者都不安分，我认为这是好事。"沉吟片刻，又说，"资本市场，最缺的是诚实守信。而你让我切切实实地感到了这份可贵。你的敬业精神和远见卓识着实令我敬佩，以后，我会踏踏实实地协助你做好资本运营。不过，你得保证我的工作时间和地点相对自由和宽松。"

褚南娇说："我的承诺永远有效。为了让你工作方便，我打算在深圳设立办事处，人员由你选配。兼并收购这盘棋完全交给你，记住，必须要扎扎实实地把好关，决不能出现纰漏。"

任风拍拍胸脯："放心，我已经与公司绑在一起，不会给自己找麻烦。"

褚南娇欣然道："好，我们是一条绳上的蚂蚱，一荣俱荣，一损俱损。"

任风点点头，问："在个人问题上，以后有何打算呢？"

褚南娇想都不想，脱口而出："顺其自然。"

任风说："我班同学娄先进单身两年了，有兴趣接触一下吗？"

褚南娇断然否定："算了，这种公子哥不是我的菜。"

任风解释："人家早不是那个公子哥了，经过多年打拼，有自己的贸易公司。他对你挺有兴趣，托我帮助撮合。"

褚南娇啐道："叫他有多远滚多远。"

任风说："割舍不了肖舜天吧。"

褚南娇沉默半晌，愧疚地说："是我害了他，妻离子散，身陷囹圄。我必须对他的后半生负责。"

"好样的。"任风竖起大拇指，"这是你的风格，我赞成。肖舜天的案子何时尘埃落定？"

褚南娇痛苦地说："估计近期会移送司法机关。"

褚南娇的猜测没错，一个星期后，肖舜天和魏焘的案子同时移送到司法机关。

赵承运和邵忠良的案子已有结果，赵承运判了15年，邵忠良判了9年。不久，蓝天的案子也有结果，判了7年。

杜玉娇唏嘘不已，尤其是蓝天，由恋人变仇人，心情尤为复杂。蓝天身陷囹圄，与她有一定联系，倘若不是暗中较劲斗法，或许他不会铤而走险。当然，关键还是他心中驻有贪恋权财的恶魔，即便她不反击，迟早也会原形毕露东窗事发。这一悲剧，不仅是他咎由自取，更是命中注定。如果两人当初修得正果，可能是另一种命运。也罢，正如佛陀所言，中心念恶，罪苦自追。其归宿是善恶报应，祸福相承，身自当之，无谁能代。

有天，赵威敲开杜玉娇办公室的门，两人双手紧握，互相道好。自赵承运和邵忠良出事，他们就一直未谋面，不免感慨万端。赵威在这些日子里承受了巨大的心理压力，先后进去被询问3次，每次都在20天左右。

杜玉娇感慨道："没事就好，前车之鉴，后事之师。以后，老老实实走正道，规规矩矩活下去。"

赵威动情地说："我能有今天，多亏您这面镜子，让我提前规避了许多风险。否则，我也成为阶下囚。"

杜玉娇说："我没什么，是你自己未雨绸缪，早留好后路。"顿了顿，问，"以后有何打算？"

赵威叹道："叔叔出事后，福海省建筑集团不让我挂靠，我一下傻了眼，年年收了那么多管理费，凭什么我叔叔一出事就要痛下杀手？再说，我经营那么多年，在云江打出了品牌，不让挂靠，全完了。我买好了明天的机票，回去做工作，大不了多付点管理费，牌子一定要保住。"

建筑行业挂靠、买资质成风，其乱象一直遭诟病，但始终无法解决。中央清理行业不正之风政策出台后，有不少地方开始整顿。杜玉娇担心地问："假如做不通工作？"

赵威颇有自信地说："不可能，给他们足够的利润分成，没有谁跟钱过不去。"

杜玉娇赞道："对，大度一点，钱是赚不完的，只要保住牌子，能活下来就有出路。"

赵威点点头，欣然道："在云都，我只有您这位朋友了，以后，少不了找您麻烦。我想好了，等魏哥出来，我们一起来做，董事长，总经理，由他任选。"

杜玉娇握拳拱了拱："谢谢！要是魏焘知道你有这份心，肯定高兴万分。"

赵威起身告辞，杜玉娇送他到楼下。望着远去的汽车，她心里百感交集，不知这位朋友以后还会给她带来什么？她相信，过去两人相得益彰，以后更会相互促进。在当下，朋友越多越好，尤其是十分信赖的朋友更是弥足珍贵。

两个月后，魏焘、肖舜天判决结果出来，魏焘判处11年，肖舜天判处13年。杜玉娇找朋友做工作将两人安排在同一监狱。一天，杜玉娇和褚南娇两人一起去探监。办完探监手续，两人分头去了探监室。

在一间灯光稍暗的探监室，杜玉娇见到了日思夜想的心上人，眼泪禁不住哗哗直流。魏焘理个小平头，瘦了许多，人显得更精神。见她泪眼婆娑，他笑着劝道："别哭了，我不是活得好好的嘛！"拍拍小了一圈的肚子，"你看，以前想减肥怎么都减不了，这下可好，一下减了60斤，身体轻盈许多。"

杜玉娇被他的乐观情绪感染，抹去眼泪，问道："在里面过得惯吗？"

魏焘瞟了眼旁边的狱警，乐呵呵地说："挺好，他们对我挺关照。人到了这步，就得好好接受改造。你还好吗？"

杜玉娇说:"我很好,钟诚书记到国信集团当董事长,他对我挺关照。你要好好改造,争取早点出来,我会等你。"

魏焘摇摇头:"别等了,你已经不年轻了,找个满意的嫁了。过去,我一直不给你婚姻,就是为了你的未来。感谢你的陪伴,即便我有不测,想起这些年的美好时光,没有丝毫后悔。"

杜玉娇双手拍玻璃墙,大声喊:"不,我不会再找他人,你就是我的未来。过去,我错怪你了。等你出来,我就为你披上婚纱,继续过我们的美好生活。"

魏焘眼眶潮湿,哽咽道:"谢谢,谢谢!为了你,我会好好改造,争取提前出来,给你一个圆满的婚姻。"

在另一间探监室,褚南娇与肖舜天久久地望着,都想把第一句话让给对方。或许是打击过大,肖舜天头上已经轻染白霜,皱纹布满额头,情绪十分低落,目光里全是绝望。妻子已经与他离婚,孩子声言与他断绝父子关系。奋斗二十多年,到头来落得妻离子散,一无所有。

"在里面过得还好?"还是褚南娇打破沉寂。

肖舜天茫然点头,沙哑着声音说:"过得去,只是心里苦,几乎夜夜失眠,我现在什么都没有了。"

"不,你还有我,还有肖安,你的儿子。"褚南娇叫道,然后温柔地解释,"我把儿子的姓改成你的姓了。起初,儿子死活不肯,我做了几天几夜的工作,才勉强做通。今天本想带他来,他不愿。我想,不急,慢慢来,等哪天他心里接受了,就带他来见你。"

肖舜天眼睛里终于有了亮光,脸上露出笑容,急切地问:"他真是我儿子?裴勇呢,他承认吗?"

褚南娇平静地说:"我跟他离了。你出事后,他带肖安做了DNA检测,发现肖安跟他没血缘关系,大闹了一场。当初怀孕,我就预感是你的,但不敢肯定。也好,这样反而让我心里踏实,我们才是真正的一家。"

肖舜天高兴地说:"太好了,我又有希望了。"

褚南娇说:"认真悔过自新,我和儿子等你出来团聚。你给你父母写封信,告知我们的关系,我带儿子去认亲。只要他们认我,我就代你行孝,让他们过上无忧无虑的幸福生活。"

肖舜天点点头，哽咽道："谢谢，你是好人，我马上给父母写信，相信你会成为好儿媳妇。"

在离开监狱的车上，杜玉娇和褚南娇沉默不语，各自想着心事。车至离监狱不远处的山坡上，褚南娇停好车，与杜玉娇一起爬上山顶，俯瞰高墙林立、戒备森严的监狱。来来往往进进出出的车辆和忙忙碌碌嘈杂鼎沸的人影把本是晦气肃杀的监狱城喧嚣成一座繁忙小镇。两人的目光循着监狱大门一直走向关押心上人的牢房，到底是哪幢哪间她们不清，只清楚目光所及把心带往那儿。

杜玉娇不禁喃喃自语："这本不是他的去处，到底是贪心害了。人啊，一步走错，满盘皆输。生活目标，终极平凡，过度索取，得不偿失。"

褚南娇亦感叹自责："肖舜天应是众人景仰的政界明星，只因不羁，落得妻离子散，沦为囚徒。他走上不归，我亦有一定责任，倘若不逼他权谋通变，他也不至于越滑越远。"

杜玉娇搂住褚南娇，怅然道："你我经十几年拼搏，算是事业有成，但这种成功到底有多大意义？家，没个家的样子；婚姻，没个圆满的婚姻。等他们出来，我们已是年过半百的大妈了。这里面的辛酸苦辣，唯有你我清楚。"

褚南娇却有另一番感慨："玉娇，看远点，短暂失败，并不代表整个人生失败。生活对每个人都是公平的，平淡的，死水一潭；不平的，跌宕起伏。对我而言，宁愿跌宕起伏，也不愿死水一潭。现在，我们的个人生活沉入谷底，事业却蒸蒸日上，两厢相比，得大于失。下一步，我们要过好每一天，因为，团聚的日子并不太远。"

杜玉娇意味深长地说："对，旧希望欺骗了我们的地方，就存在着新希望！"

两人手牵手从山顶下来，坐进车内。褚南娇发动车子，车子像离弦的箭一样急速向云都驶去，背后扬起一串长长的灰尘……